K.J. Howe
Die falsche Geisel

PIPER

Zu diesem Buch

Thea Paris ist eine starke Frau. Sie ist das einzige weibliche Mitglied der Sondereinheit für Entführungen und geht jedes Risiko ein, um ihre Kollegen in gefährlichen Einsätzen auf der ganzen Welt zu schützen. Viele Leben hat sie schon gerettet – doch das erlöst sie nicht von der Schuld, die sie empfindet, seit sie vor zwanzig Jahren Zeugin wurde, wie ihr Bruder von maskierten Männern entführt wurde. Neun schreckliche Monate später kam er frei, doch das schlimme Trauma hat tiefe Spuren in seiner Psyche hinterlassen. Nun kämpft Thea jeden Tag für Entführungsopfer, wie es damals ihr Bruder war. Und dann wird ihr schlimmster Albtraum wahr: Ihr Vater, der schwerreiche Ölmagnat Cristos Paris, wird vor Theas Augen auf seiner Jacht entführt. Sofort nimmt sie die Verfolgung auf, doch als sie das Schiff erreicht, das sich in Windeseile von der Küste entfernt, findet sie die Crew ermordet vor, ihr Vater ist spurlos verschwunden. Thea alarmiert ihr Team der Sondereinheit, gemeinsam machen sie sich auf die Suche nach Cristos. Eine Suche, die sie fast einmal um die ganze Welt führt – und zu einem Geheimnis, das in der Vergangenheit ihres Vaters liegt …

K.J. *Howe* wurde in Toronto geboren und bereist seit jeher die ganze Welt. Neben ihrer Leidenschaft für ferne Länder begeisterte sie sich schon früh fürs Lesen und bald wuchs in ihr der Wunsch, selbst Geschichten zu schreiben. In Toronto studierte sie zunächst Betriebswirtschaft und fasste nach dem Abschluss schnell Fuß in der Geschäftswelt. Doch ihr Traum vom Schreiben trieb sie bald wieder zurück zur Universität, wo sie Kreatives Schreiben studierte. Wenn sie gerade nicht an Kamelrennen in Jordanien teilnimmt, auf Hawaii surft, sich durch den Dschungel von Costa Rica schlägt, mit Weißen Haien in Südafrika taucht oder mit Elefanten in Botswana arbeitet, lebt Howe in Toronto. »Die falsche Geisel« ist ihr erster Roman. Mehr Informationen über die Autorin unter www.kjhowe.com

K.J. Howe

DIE FALSCHE GEISEL

Thriller

Aus dem kanadischen Englisch
von Bärbel und Velten Arnold

PIPER

Mehr über unsere Autoren und Bücher:
www.piper.de

Wenn Ihnen dieser Thriller gefallen hat, schreiben Sie uns unter Nennung des Titels »Die falsche Geisel« an empfehlungen@piper.de, und wir empfehlen Ihnen gern vergleichbare Bücher.

MIX
Papier aus verantwortungsvollen Quellen
FSC® C083411

Deutsche Erstausgabe
ISBN 978-3-492-31240-0
Februar 2019
© Kimberly Howe 2017
Titel der kanadischen Originalausgabe:
»The Freedom Broker«, Quercus Books, Kanada 2017
© der deutschsprachigen Ausgabe:
Piper Verlag GmbH, München 2019
Umschlaggestaltung: zero-media.net, München
Umschlagabbildung: FinePic®, München
Satz: Kösel Media GmbH, Krugzell
Gesetzt aus der Quadraat
Druck und Bindung: CPI books GmbH, Leck
Printed in the EU

KAPITEL

01

150 METER ÜBER KWALE, NIGERIA
1. NOVEMBER
2:30 UHR

Thea Paris wusste, wie es lief.

Wenn der Einsatz scheiterte, würde niemand ihre Leiche bergen. Sie würde zurückgelassen werden und im Dschungel verwesen, nicht identifiziert und vergessen. Und das kam nicht infrage. Sie konnte schließlich nicht die Party zum sechzigsten Geburtstag ihres Vaters versäumen.

Ihre behandschuhte rechte Hand glitt routiniert lässig über ihre kugelsichere Weste und ihren M4-Karabiner. Nachtsichtgerät, Leuchtraketen, Handgranaten, Ersatzmagazine – alles war leicht zugänglich. Sie hatte die Waffe geprüft, gereinigt und geölt, die den Dschungel durchdringende Feuchtigkeit würde ihr nichts anhaben können. Alle nötigen Checks für den Einsatz waren gemacht.

Das hypnotische Schnurren des für Geheimmissionen wie diese wieder aus der Versenkung geholten Tarnhubschraubers Hughes 500P bestimmte den Ton der Operation. Schwarz und unsichtbar, in jeder Hinsicht. Geräusche, Bewegung, Licht – alles war auf ein Minimum reduziert. Sie flogen im Konturenflug, dicht über dem Boden, die Beschaffenheit des Geländes nutzend, um unter dem Radar zu bleiben.

Sie leitete den Einsatz und hatte ihn mit ihrem Sechsmannteam unzählige Male auf einem dem Zielgebiet nachempfundenen Gelände geprobt. Jetzt stand die Ausführung kurz bevor. Brown hatte Kopfhörer auf und hörte Jimi Hendrix – das war seine Art, sich psychisch zu wappnen. Johansson starrte ins

Leere und dachte wahrscheinlich an seine schwangere Frau, die alles andere als glücklich war, dass er sich für diesen Einsatz gemeldet hatte. Team A, das ihnen in dem anderen umgerüsteten Hubschrauber folgte, bestand aus den in Schottland geborenen Zwillingsbrüdern Neil und Stewart und einem von seiner langen Kampferfahrung gezeichneten Veteranen der französischen Fremdenlegion namens Jean-Luc, der sie, was seine Fähigkeiten als Schütze anging, alle in den Schatten stellte. Sie hatte jeden Einzelnen von ihnen aus der bei Quantum International Security zur Verfügung stehenden Truppe an Spezialisten sorgfältig ausgewählt.

Bis auf Rifat Asker, den Sohn ihres Chefs.

Der sie in diesem Moment anstarrte. Da ihre Väter sehr gute Freunde waren, kannten sie und Rif sich schon seit Kindheitstagen. Thea respektierte seine Fähigkeiten im Kampfeinsatz, doch was die Taktik anging, kriegten sich die beiden oft in die Haare. Sie fuhr mit dem Finger über die S-förmige Narbe auf ihrer rechten Wange, ein bleibendes Andenken an jenen Zwischenfall, bei dem Rif mit ihrem Bruder Nikos aneinandergeraten war.

Sie tippte auf das Display ihres Smartphones und ließ sich ihren Blutzuckerwert anzeigen: 105. Die Batterien des Messgeräts waren voll geladen. Perfekt. Nichts konnte den Erfolg eines Einsatzes stärker gefährden als ein niedriger Blutzuckerwert. Sie schob ihr Handy in die entsprechende Tasche ihrer taktischen Weste neben ihr Glucagon-Kit. Rif beobachtete sie immer noch, als sie ihre Weste zurechtrückte, und sie fragte sich, ob er Bescheid wusste. Sie hatte ihr Bestes getan, um die Tatsache, dass sie Diabetikerin war, geheim zu halten, aber ihm entging nur selten etwas. Wahrscheinlich hätte es nicht viel geändert, wenn es bekannt gewesen wäre, aber sie wollte nicht, dass irgendjemand im Team glaubte, dass sie dem Job nicht gewachsen war.

In ihrem Ohrhörer krächzte die Stimme des Piloten. »Drei Minuten bis zur Landung.«

»Verstanden. Wir sind bereit.«

Der Gewitterhimmel verbarg den zweiten Hubschrauber. Thea wischte sich ihre feuchten Hände an ihrem Tarnanzug ab. Regen prasselte auf den Rumpf des Hubschraubers, die Turbulenzen bescherten ihr einen flauen Magen. Sie war noch nie gerne geflogen. Die schlechte Sicht ermöglichte es ihnen, sich ihrem Ziel zu nähern, ohne vom Radar erfasst zu werden, aber die hohe Luftfeuchtigkeit und die Hitze konnten die Manövrierfähigkeit des Hubschraubers beeinträchtigen. Um möglichst leicht zu sein, hatten sie nur ein Minimum an Treibstoff im Tank, doch das bedeutete, dass sie kaum einen Puffer hatten, falls sie in Schwierigkeiten gerieten.

Rif verlagerte seine Position und sah Brown und Johansson an. »Also gut, Jungs, holen wir uns diesen Ölbaron.«

Die Geisel, John Sampson, ein texanischer Erdölingenieur, verdiente hohe sechsstellige Beträge damit, auf der ganzen Welt die Betreiber von Bohrstellen zu beraten und ihnen dabei zu helfen, die Fördermengen zu steigern. Sampson hatte zwei Kinder, seine Frau war Lehrerin und unterrichtete eine dritte Klasse. Jeden Donnerstagabend trainierte er eine Baseballmannschaft der Little League, aber die letzten zehn Spiele seiner Mannschaft hatte er versäumt, weil er von einer Gruppierung entführt worden war und als Geisel gehalten wurde, die sich »Bewegung für die Befreiung des Nigerdeltas« nannte, kurz BBND. Offenbar hatte jede Terroristengruppe ein einprägsames Kürzel, als ob sie allesamt PR-Agenturen beauftragt hatten, ihre Markennamen einer möglichst breiten Öffentlichkeit bekannt zu machen.

Diese militante nigerianische Gruppe würde unter keinen Umständen von ihrer Drei-Millionen-Dollar-Lösegeldforderung abrücken. Leider deckte Sampsons Entführungsversicherung nur eine Lösegeldsumme bis zu einem Betrag von einer Million Dollar ab. Damit blieb nur eine Option: Befreiung. Doch die Erfolgsquote bei Kommandoeinsätzen zur Befreiung von Geiseln lag nur bei zwanzig Prozent, was der Grund dafür war, weshalb Sampsons Leute sich an Quantum gewandt hatten. Wenn ein Leben auf dem Spiel stand, ging man zu den Besten.

»Sechzig Sekunden bis zur Landung«, verkündete der Pilot.

Thea setzte sich ihr Nachtsichtgerät auf und hielt sich an einer der an den Kabinenwänden verankerten Halteschlaufen fest.

»Bist du sicher, dass es keine undichte Stelle gibt?« Schwarze Tarnfarbe unterstrich die Anspannung, die in den Fältchen um Rifs Augen zum Ausdruck kam.

»Ja.« Sie konzentrierte sich auf das Positive. Das war immer besser, als sich von trüben Gedanken beeinflussen zu lassen, wenn man hinabsank in potenzielles Höllenfeuer. Sie müssten das Überraschungsmoment auf ihrer Seite haben, und sie hatte ein absolutes Topteam zusammengestellt. Jedes Mitglied des Teams würde für die anderen sein Leben riskieren, und mit ihrer gesammelten Einsatzerfahrung spielten sie in der Ivy League der Spezialkommandos mit.

Mithilfe des schmalen Wärmebildes, das die Infrarotkamera neben den Kufen des Hubschraubers lieferte, folgte der Pilot dem Flussbett. In einer mondlosen Nacht in einen dichten Dschungel hineinzufliegen war alles andere als optimal, aber ihrem Informanten zufolge hatten sie keine Zeit zu verlieren. Sie mussten Sampson noch in dieser Nacht befreien.

»Dreißig Sekunden.« Die Vorwarnung des Piloten verursachte einen Amphetaminschub. Sie schwebten über einer kleinen Lichtung inmitten des dichten Blätterdachs des Dschungels, gut drei Kilometer von dem Rebellenlager entfernt.

Ein Schweißfilm bedeckte Theas Nacken. Ihr Körper kribbelte. Sie fühlte sich lebendig, hellwach, adrenalingeflutet.
»Zehn Sekunden.«
Der Pilot zog die Nase des Hubschraubers hoch und setzte auf. Thea nickte den anderen zu, und sie sprangen schnell nach draußen, landeten auf dem Boden und rollten sofort von der Lichtung weg. Sie spürten den Regen auf ihrer Haut und die Hitze, die vom Rotor ausging und über sie hinwegfegte, als der Hubschrauber wieder aufstieg und davonflog.

Ein modriger Geruch schlug Thea entgegen und stieg ihr in Mund und Nase – ein Überbleibsel endloser Regenzeiten. Die Mitglieder des Teams kauerten im dichten, tropfenden Gebüsch, während der andere Hughes 500P Jean-Luc und die beiden Schotten absetzte. Sie suchten nach allen Seiten das Gelände ab. Das Rattern der Hubschrauber verblasste in der Ferne, die schwachen, aber typischen Silhouetten der beiden Hughes 500P ließen kurz erkennen, welche Veränderungen zu ihrer Tarnung vorgenommen worden waren.

Die normalen Nachtgeräusche des Dschungels kehrten zurück: das Zirpen der Grillen, das Glucksen des Wassers im nahen Fluss, das eigenartige Brüllen eines Nilpferds, das Prasseln des Regens. Sie warf einen Blick auf ihr GPS-Gerät, gab Rif ein Zeichen und rückte durch das dichte Buschwerk vor. Sie hatten exakt zweiundvierzig Minuten, um die Geisel zu befreien, zu den Hubschraubern zurückzukehren und zuzusehen, dass sie wieder verschwanden. Sie ging um das dichteste Dickicht herum und erstarrte.

Ein Geräusch. Ein Rascheln im Gebüsch. Ihre Hand verspannte sich um ihren M4-Karabiner. Ein Wachposten? So nah an ihrem Landepunkt?

Sie blickte über ihre linke Schulter. Rifs großer Umriss kauerte gut einen halben Meter hinter ihr. Brown und Johansson hockten neben ihm, während Team A die Seite in die andere Richtung deckte. Das Gestrüpp zu ihrer Linken raschelte in der auffrischenden Brise.

Stille. Ein Moskito ließ sich auf ihrem Nacken nieder. Sie ignorierte den brennenden Stich.

Dann knickte ein Zweig. Knirschende Schritte. Ein leiser, schriller Schrei.

Sie entsicherte ihr Sturmgewehr und sah erst nach links, dann nach rechts. Ihr Finger verharrte neben dem Abzug.

Dann eine Bewegung, direkt vor ihnen, in Bodenhöhe.

Ein Stachelschwein huschte vorbei, die Stacheln angriffsbereit aufgestellt.

Thea stieß einen langen Atemzug aus und bedachte Brown mit dem Ansatz eines Lächelns. Du heilige Scheiße! Um ein Haar hätte sie die stachelige Kreatur erschossen und damit ihre Tarnung auffliegen lassen. Brown tätschelte den Kaninchenfuß, der an einer Kette vor seinem Hals baumelte, und nickte. Einen Glücksbringer dabeizuhaben war bei einem Einsatz ein Muss. Sie trug immer den silbernen Santa-Barbara-Anhänger, den ihr Vater ihr zu ihrem zwölften Geburtstag geschenkt hatte. Ihr Glücksbringer hatte sie bisher nie im Stich gelassen.

Die beiden Teams durchquerten schweigend das feindliche Terrain und versuchten, sich so leise wie möglich durch das Dickicht zu bewegen. Tierlaute drangen durch die Nacht, das Prasseln des Regens war ein konstantes Hintergrundgeräusch. Thea führte die Gruppe an, rückte vorsichtig in die Dunkelheit vor. Am Rand einer Erhöhung blieb sie stehen und blickte nach unten. Die schwach zu erkennenden Flammen eines Lagerfeuers beschleunigten ihren Herzschlag. Unter ihnen befand sich der äußere Bereich des BBND-Lagers.

Sie drückte Rifs Arm und bedeutete ihm, Team A den Hang hinunterzuführen. Das würde nicht ganz einfach sein, denn der Boden war mit einer dicken Matschschicht bedeckt und glitschig.

Thea blieb auf dem geschwungenen Rücken des Hangs. Als Einsatzleiterin brauchte sie einen Überblick aus der Vogelperspektive. Brown und Johansson flankierten sie zu beiden Seiten und hielten nach patrouillierenden Rebellen Ausschau.

Sie tarnte sich mit Buschwerk und richtete sich in ihrem Versteck ein. Sie hatten alle wichtigen Punkte mithilfe von Satellitenaufnahmen kartiert. Die Hütte, in der sich das Waffenlager der Rebellen befand, lag neben den Akazien, ein Stück weit westlich gab es mitten im Dschungel einen großen Unterstand, im südwestlichen Quadranten des Lagers befanden sich fünf kleine Gebäude. Die Geisel wurde im Außengebäude »Tango« festgehalten, etwa vierhundert Meter von ihrem Standpunkt entfernt.

Sie wartete und sah eine gefühlte Ewigkeit lang zu, wie der Regen ihr T-Shirt durchnässte und sich mit ihrem Schweiß vermischte. Ihre Haut war klamm und kalt. Ihre Gedanken wanderten zu den verrücktesten Orten, an die ihre Einsätze sie geführt hatten, und sie malte sich diese durchnässte Landschaft als eine ideale Kulisse für einen Werbespot für wasserfeste Wimperntusche aus.

Ihr lief ein leichter kalter Schauer über die Schultern. Die Welt um sie herum schien außergewöhnlich still – so still, als ob der Tod eingetroffen wäre. Fünfundzwanzig kostbare Minuten waren verstrichen, seitdem Rif und die anderen in das Lager hinabgestiegen waren.

Thea richtete ihr Gewehr über dem Hang aus. Ihr Atem ging langsamer. Sie suchte das Gelände ab, das sich unter ihr erstreckte, und schürzte die Lippen. Der vertraute Geschmack der Tarnschminke entspannte sie.

In ihrem Ohrhörer rauschte es leise, dann meldete sich Rif.

»Holen uns jetzt den Adler.« Team A hatte den Außenbereich des Lagers erreicht.

Aus der Ferne hallte gedämpftes Lachen durch die Nacht. Einige Rebellen drängten sich um das Lagerfeuer und versuchten zweifellos, die Nässe mit etwas *kai-kai* zu vertreiben, dem lokalen Palmenschnaps.

»Am Feuer sechs Gegner mit AK-47-Sturmgewehren. Haltet euch bereit.« Ihre Stimme war kaum zu hören. Sie mussten davon ausgehen, dass die BBND Wachposten aufgestellt hatte. Das Leben der Rebellen wurde von der Angst bestimmt, in einen Hinterhalt gelockt zu werden, und dies sorgte dafür, dass sie besonders paranoid waren.

Ganz in der Nähe waren Schritte zu hören. Sie erstarrte. Es waren definitiv menschliche Bewegungen. Dann fiel ihr das schwache Glimmen einer brennenden Zigarette ins Auge. Ein einzelner Rebell war auf dem Hügel und kam direkt auf sie zu.

Zeit für die Cocktailstunde. Sie langte in ihren Rucksack, holte das Betäubungsgewehr heraus und strich mit den Fingern über die Spritze, die mit einem Betäubungsmittel gefüllt war.

Der Rebell räusperte sich und setzte seine Runde fort. Er hatte keine Ahnung, dass er direkt auf sie zuging. Sie wartete, atmete gleichmäßig und regte sich nicht. Der Mann kam in Schussweite. In einer einzigen Bewegung verlagerte sie ihre Position, hob das Betäubungsgewehr und drückte ab. Der Rebell grummelte etwas und schlug sich an den Hals, als ob er ein Insekt zerquetschen wollte. Sekunden später sackte er auf den Boden.

Sie huschte zu ihm und stieß ihn mit der Spitze ihres Stiefels an. Er regte sich nicht. Sie trat seine glimmende Zigarette in die nasse Erde, fesselte seine Hände und seine Füße mit Plastikhandschellen und -fußfesseln und zog ihm einen Streifen Klebeband über den Mund. Wenn er wieder zu sich kam, würde ihr Team längst über alle Berge sein.

Theas Haut war glitschig. Der Regen prasselte weiter erbarmungslos auf die Erde nieder. Sie sah auf ihre Stoppuhr – seitdem Team A in das Lager eingedrungen war, waren weitere viereinhalb wertvolle Minuten vergangen. Sie blickte nach Südwesten und wartete angespannt darauf, entweder das Codewort »Ölquelle« in ihrem Ohrhörer zu hören, was bedeutete, dass die Geisel gefunden worden war, oder dass Rif und sein Team sich meldeten und zurückkamen.

Die Minuten verstrichen, und nichts passierte. Ihre Nerven waren angespannter als die Saiten einer Stradivari.

In ihrem Ohrhörer rauschte es, dann meldete sich Rifs ruhige Stimme. »Der Brunnen ist ausgetrocknet. Der Adler ist nicht in Tango.«

Sie sog Luft ein. Ihr Informant hatte vor zwei Stunden bestätigt, dass sich Sampson in diesem Außengebäude befunden hatte. Er musste woanders hingebracht worden sein.

»Abbruch.« Es missfiel ihr aufs Äußerste, diesen Befehl zu erteilen, aber sie konnte nicht das Leben ihrer Teamkollegen aufs Spiel setzen, indem sie sie anwies, das Lager zu erkunden. Sie hatten nicht genug Zeit. Sie hatten es versucht – und der Einsatz war gescheitert. Die Information war falsch gewesen. Ende der Geschichte. Ende des Einsatzes.

Aus dem Ohrhörer schlug ihr Stille entgegen. Verdammt. Rif war ein Profi. Er wusste, dass er ihren Befehl zu befolgen hatte.

»Abbruch des Einsatzes. Bitte bestätigen.« Sie ließ ihren Blick über das Lager schweifen. Einige weitere Rebellen hatten sich zu der Gruppe gesellt, die sich um das Feuer versammelt hatte.

Rifs Stimme füllte die Stille. »Gib mir nur drei Minuten. Kommen.«

Ausgeschlossen. Drei Minuten waren eine Ewigkeit. Sie mussten sofort aufbrechen, um rechtzeitig bei den Hubschraubern zu sein.

»Ich wiederhole, Einsatz abbrechen. Kommen.«

Stille.

Schließlich knisterte es in ihrem Ohrhörer. »Warte. Ende.« Funkersprache für *Leck mich, ich habe zu tun*. Rif hatte viele Jahre bei der Spezialeinheit Delta Force gearbeitet, aber das hier war nicht die US Army. Sie leitete diesen Einsatz, und er widersetzte sich ihrem Befehl.

Bevor sie antworten konnte, peitschten unten im Lager Schüsse. Damit war Schluss mit dem Ausharren im Verborgenen. Es war Zeit, in Aktion zu treten.

»Losschlagen!«, wies sie die Mitglieder ihres Teams an.

Die Männer am Feuer eilten zu ihren Waffen, während Brown und Johansson vom Hügel aus mit ihren M4-Karabinern feuerten, was das Zeug hielt. Umrisse von Männern stürzten auf den matschigen Boden. Kugeln surrten durch die Nacht, der Geruch von Schießpulver stieg ihnen in die Nase.

»Brown, lösch dein Ziel aus.« Sein Auftrag war, mit dem Granatwerfer die Hütte zu zerstören, die den Rebellen als Waffen- und Munitionslager diente.

»Augen zu«, warnte Brown die anderen Mitglieder des Teams, damit sie sich vor dem grellen Licht der Explosion schützten, das ihnen besonders zusetzen würde, da sie alle Nachtsichtgeräte trugen. Sekunden später explodierte die Hütte inmitten eines Meers aufzuckender blutroter Flammen.

Das Geräusch von gegen Steine schlagendem Metall erweckte ihre Aufmerksamkeit. Um sie herum hagelte es Kugeln. Sie drückte ihr Kinn in den Matsch, presste sich so platt wie möglich auf den Boden und erwiderte das Feuer.

Eine Gruppe Rebellen stürmte auf den Hang zu, doch dank

der Nachtsichtgeräte waren sie für die Mitglieder des Teams leichte Ziele. Schüsse hallten durch die Senke, Mündungsblitze zuckten auf.

»Alle zurück zum Treffpunkt. Ende.« Ihre Stimme blieb ruhig, aber ihr schossen alle möglichen Schimpfworte durch den Kopf.

Wo war Rif?

Am Fuß des Hangs sah sie Rebellen, die Team A die Rückzugsroute versperrten. Verdammte Scheiße! Na schön, wie es aussah, war »All Inclusive« das Motto des Tages.

»Gib mir Feuerschutz, Brown.« Sie sprang auf und stürmte den rutschigen Hang hinunter, wobei sie in dem Matsch immer wieder den Halt verlor. Bevor die Rebellen reagieren konnten, stellte sie ihr M4 auf den Vollautomatikmodus, drückte den Abzug durch und jagte eine Salve nach der anderen in die Richtung ihrer Gegner. Sie rammte ein neues Magazin rein und feuerte weiter. Etliche Männer fielen, andere flohen und suchten nach Deckung. Sie ballerte unaufhörlich weiter. Die Rückzugsroute war wieder frei. Zumindest hatten Rif und die anderen jetzt die Möglichkeit zu entkommen.

In ihrem Ohrhörer knisterte es. »Bravo vier getroffen.« Johanssons Stimme war schwach. Er war angeschossen worden.

An der nordöstlichen Flanke war sonst niemand, und Rif hatte sich unerlaubt von der Truppe entfernt. Also war es an ihr, Johansson zu helfen.

Sie drückte den Sprechknopf. »Ich komme, Jo. Brown, gib mir Feuerschutz.«

Sie stürmte den Hang wieder hoch und überquerte den Kamm. Der Matsch quatschte unter ihren Kampfstiefeln.

Noch fünfzig Meter. Sie legte einen Zahn zu.

Noch dreißig.

Noch zehn.

Um sie herum durchsiebten Kugeln die Luft. Sie hechtete hinter einen Baum. Ihre Unterarme trugen die Hauptlast der Wucht des Aufpralls ihrer Landung, der Schmerz schoss hoch bis in ihre Schultern. Sie robbte zu Johansson. Aus seiner linken Schulter sickerte Blut, sein Gesicht war aschfahl, seine Augen starrten ins Leere. Sie nahm einen QuickClot-Notverband aus dem Erste-Hilfe-Set in seinem Rucksack und legte ihn auf die Wunde. »Ich habe viel zu viel Angst, deiner schwangeren Frau alleine gegenüberzutreten, also reiß dich gefälligst zusammen.«

Er lächelte sie matt an.

Sie nahm die Morphiumspritze aus seiner Vordertasche und rammte sie ihm in den linken Oberschenkel. Er würde sehr bald angenehm betäubt sein.

Eine Gruppe Rebellen stieg den Hang hinauf. Brown feuerte diszipliniert weiter, konnte die Angreifer jedoch nicht alleine in Schach halten. Thea zielte mit ihrem eigenen M4 auf die näher rückenden Gegner und drückte den Abzug. Einige Männer fielen. Sie lud ein neues Magazin nach.

In der Ferne tauchten Gestalten aus dem Nebel auf, durch die Nachtsichtgeräte zeichnete sich die Hitze ihrer Körper als unscharfe grüne Silhouetten ab. Sie zählte die Umrisse. Vier. Der Größte, Rif, hatte einen menschlichen Körper über seine rechte Schulter geworfen. Sampson. Sie hatten ihn gefunden, aber sie konnte nicht erkennen, ob die Geisel tot war oder lebte.

»Jo, Team A ist zurück. Kannst du gehen?«

Sein Atem ging schnell und flach. »Ja, verdammt.«

Er war vollgedröhnt mit Morphium, deshalb war sie nicht sicher, ob sie ihm glauben konnte. Dafür, dass sie nur neunundfünfzig Kilo wog, war sie stark, aber sie konnte nicht laufen, wenn sie mehr als neunzig Kilogramm mit sich herumschleppte. Außerdem würden sie ein leichtes Ziel abgeben.

»Steh auf, Soldat!«, wies sie Johansson an.

Johansson stöhnte. »Meine Frau wird mich umbringen.«

»Auf dein Leben haben es so viele abgesehen, dass sie wohl eine Nummer wird ziehen müssen.« Sie half ihm hoch auf die Beine. Er taumelte auf dem matschigen Untergrund wacklig hin und her. Sie legte seinen linken Arm um ihre Schulter und stützte ihn. »Dann wollen wir dich mal nach Hause bringen.«

Das ferne Rattern eines sich nähernden Rotors spornte sie an. Ihnen blieben nur noch wenige Minuten, um die Lichtung zu erreichen.

Eine ganz in ihrer Nähe donnernde Salve schreckte sie auf. Sie sah auf, bereit zu schießen, doch dann sah sie, dass es Rif war, der die Gegner unter Dauerbeschuss nahm, während er über den Rücken des Hügels sprintete. Er hatte die Geisel an ein anderes Mitglied seines Teams übergeben und stürmte zu ihnen hinter einen riesigen Baum. Der Regen hatte seine Tarnfarbe verschmiert, was seinem Gesicht einen unheimlichen Ausdruck verlieh. »Team A ist mit Sampson auf dem Weg zur Lichtung.« Er schwang sein Sturmgewehr über den Rücken und hievte Johansson auf seine Schulter. »Gebt mir Feuerschutz.«

Thea stürmte hinter den beiden her, ihr Herz und ihr Gewehr im Vollautomatikmodus. Die Rebellen hechteten in Deckung, als sie und Brown sie unter Beschuss nahmen. Sie rief Brown zu: »Hubschrauber!« Sie wollte, dass alle anderen an Bord der beiden Hughes waren, bevor sie selber an Bord springen würde.

Die drei rannten auf die Lichtung zu, während die Bäume um sie herum von einem erneuten Kugelhagel eingedeckt wurden. Sie suchte hinter einem großen Mangrovenbaum Deckung, erwiderte das Feuer und verschaffte Rif ausreichend Zeit, Johansson in den Hubschrauber zu helfen.

Dann rannte sie im Zickzack über das offene Gelände. Ihr Hubschrauber stand in einer Senke mehr als dreihundert Meter entfernt. Der andere Hughes, in dem Team A und Sampson transportiert wurden, hob hinter ihr ab und entschwand in den Regen. Sie rannte weiter, Kugeln surrten an ihr vorbei, und auf einmal schoss ihr ein brennender Schmerz in den linken Arm, während sie durch das dichte Gestrüpp vorwärtsstürmte. Sie ignorierte den Schmerz und rannte noch schneller.

Dann hatte sie die Senke erreicht, stakste schnell hinunter und hechtete in den Hubschrauber. Johansson, Brown und Rif waren bereits an Bord. Sie riss sich ihr Nachtsichtgerät herunter und setzte sich ihr Headset auf.

»Starten!«, wies sie den Piloten an.

»Festhalten.«

Der Wind blies aus östlicher Richtung, was bedeutete, dass sie beim Start direkt auf das Lager und die Läufe der AK-47-Sturmgewehre der Rebellen zuhalten würden. Die Rotorblätter drehten sich immer schneller, während die Gruppe bewaffneter Männer auf den Hughes zustürmte. *Na los, komm schon.* Ihre Fingernägel vergruben sich in ihren Handflächen. Der Hubschrauber tauchte in den Kugelhagel hinein wie eine fliegende Piñata.

Thea hielt den Blick starr geradeaus gerichtet und versuchte, den Hubschrauber mit ihrem Willen dazu zu bringen, sechzig Knoten zu erreichen, damit sie wenden konnten. Die Sekunden fühlten sich an wie Stunden, doch schließlich beschleunigten sie und drehten von dem Lager ab. Sie warf einen Blick ins Cockpit. Das Hemd des Piloten war schweißgetränkt.

Rif betrachtete das Blut auf ihrem Ärmel. »Bist du verletzt?«

»Ist nur ein Streifschuss.« Sie starrte die Einschusslöcher an, mit denen der Rumpf des Hubschraubers durchsiebt war, und wurde sich dessen bewusst, wie knapp sie davongekommen waren – und dass Rifs Änderung des Plans mitten im Einsatz die Mitglieder ihres Teams das Leben hätte kosten können.

»Was ist mit Sampson?« Nach allem, was sie durchgemacht hatten, hoffte sie, dass die Geisel lebte.

»Er ist dehydriert und wurde etwas hart rangenommen, aber er wird es schaffen.«

»Gott sei Dank.« Die heilige Barbara hatte ihre Mission wieder einmal erfüllt. Thea ließ sich auf den Boden sinken, lehnte sich mit dem Rücken gegen die Innenwand des Rumpfes und war dankbar, dass die Rebellen keinen Granatwerfer hatten. Sie warf einen Blick auf das Display ihres Handys. Wie erwartet hatte der extreme Stress ihren Blutzuckerwert in die Höhe schießen lassen. Doch schnell wirkendes Insulin würde sehr bald dafür sorgen, dass der Wert sich wieder normalisierte.

Sie holte tief Luft. Eine weitere Geisel wurde unversehrt von Quantum International Security nach Hause gebracht. Wie es aussah, würde sie es doch zur Geburtstagsparty ihres Vaters schaffen.

KAPITEL 02

ZENTRALE VON QUANTUM INTERNATIONAL SECURITY, LONDON
28. NOVEMBER
15 UHR

Thea musterte die Ärztinnen und Ärzte, die um den Tisch des Konferenzraums saßen, um vor ihrer Reise instruiert zu werden. Wenn sie durch diese Informationsveranstaltungen auch nur eine einzige Entführung verhindern konnte, hatte sich die Mühe schon gelohnt. Jede Gruppe war anders, aber sie versuchte immer vorherzusagen, welcher Teilnehmer am besten klarkäme, wenn er entführt werden würde, und ihre Ansprache auf diejenigen zuzuschneiden, die sich wahrscheinlich nicht so gut schlagen würden. Sie war sieben Jahre lang »Reaktionsberaterin« gewesen – der Insiderbegriff für Verhandlerin bei Geiselnahmen – und somit lange genug im Geschäft, um zu wissen, wie die jeweils unterschiedlich gestrickten Menschen damit umgingen, wenn sie in Geiselhaft gehalten wurden.

Sie lächelte die Ärzte an, die demnächst zu einem internationalen Hilfseinsatz nach Culiacán aufbrechen würden, der Hauptstadt der Drogenverbrechen im mexikanischen Bundesstaat Sinaloa. »Reden wir ein bisschen über Physiologie, womit Sie sich ja besonders gut auskennen dürften. Wenn Sie in eine traumatische oder bedrohliche Situation geraten, löst Ihr Hypothalamus normalerweise eine Fight-or-flight-Reaktion aus, die Ihren Körper in höchste Alarmbereitschaft versetzt, richtig? Blut strömt in Ihre Extremitäten, um die Muskeln einsatzbereit zu machen. Dies treibt Sie dazu, entweder kämpfen oder die Flucht ergreifen zu wollen. Doch wenn Sie entführt wurden, kann jede dieser Reaktionen kontraproduktiv sein –

und potenziell tödlich. Neueren Forschungsergebnissen zufolge gibt es noch eine dritte Reaktion, nämlich das Erstarren. Und das ist bei einer Entführung auch nicht gut.«

Der Arzt in dem Zegna-Anzug, der gerade seine manikürten Fingernägel bewunderte, strahlte Überlegenheit und Langeweile aus. Aber war das nur Großtuerei, die Furcht überdeckte? Wahrscheinlich. Er würde mit Sicherheit ein perfektes Ziel abgeben. Und mexikanische Kidnapper würden sein aufgeblasenes Ego mit der üblichen »Willkommens-Prügel«, der sie ihre Geiseln unterzogen, um ihre Macht zu demonstrieren, augenblicklich in sich zusammenfallen lassen. Diesem Kerl brauchte man nur seine Rolex und seine anderen Statussymbole abzunehmen, und schon würde er in Embryonalstellung zusammengekauert daliegen und darum betteln, nach Hause zu dürfen. Menschen mit einem Kern aus Titan waren diejenigen, die eine Entführung ohne bleibende Beeinträchtigungen überstanden, nicht solche wie dieser Kerl, dessen Kern aus einem Windbeutel bestand.

»Als Geisel sind Sie in einer von Angst beherrschten Hölle gefangen, und Ihr Aufenthalt dort kann Stunden, Tage, Monate oder sogar Jahre dauern, und Sie haben absolut keine Kontrolle über Ihr Schicksal. Um eine Geiselhaft unbeschadet zu überstehen, müssen Sie die Fight-or-flight-Reaktion unterdrücken und dürfen auch nicht erstarren. Stattdessen müssen Sie Überlebenseigenschaften aufbringen, wie zum Beispiel Geduld, Optimismus und Disziplin.« Thea zeigte auf eine durchtrainiert aussehende Frau mittleren Alters, die ziemlich weit vorne saß. Ihr Name stand auf ihrer Mappe. »Annie würde eine Geiselhaft wahrscheinlich gut überstehen. Sie trägt bequeme Schuhe statt Stilettos, was dafür spricht, dass sie praktisch veranlagt ist, und dem Kreuzworträtselheft nach zu urteilen, das in ihrer Aktentasche steckt, verfügt sie über die erforderliche

Konzentrationsfähigkeit und Geduld, um sowohl die Langeweile als auch die Angst zu überstehen.«

Annie bedachte sie mit einem Lächeln.

»Aber ich hoffe, dass niemand von Ihnen herausfinden muss, wie Sie mit einer Geiselhaft klarkommen. Wir sind heute hier, um das Risiko, dass Sie entführt werden, zu minimieren.«

Sie schritt durch den Raum. »Die meisten Entführungen finden morgens an Werktagen statt, und achtundsiebzig Prozent aller Opfer werden innerhalb eines Radius von zweihundert Metern von ihrem Wohnort oder ihrem Arbeitsplatz entführt. Wie können Sie sich schützen? Indem Sie für potenzielle Entführer ein schweres Ziel abgeben. Aber was heißt das konkret? Nehmen Sie nicht jeden Tag den gleichen Weg zur Arbeit, achten Sie darauf, dass Ihr Tagesablauf nicht vorhersehbar ist, und behalten Sie immer Ihre Umgebung im Auge. Seien Sie wachsam. Schreiben Sie keine SMS und telefonieren Sie nicht in der Öffentlichkeit. Achten Sie stattdessen sorgfältig auf jedes verdächtige Auto und jede verdächtige Person, die in der Gegend herumlungert.«

Ein Mann mit einem dichten Zwirbelbart hob die Hand. »Wie heftig soll ich mich wehren, wenn jemand versucht, mich zu entführen?«

»Gute Frage. Und auf diese Frage gibt es keine perfekte Antwort. Der Zeitpunkt, zu dem sie sich das Opfer schnappen, ist für Entführer ein riskanter Moment, deshalb gehen sie mit aller Härte vor, um dem Opfer gegenüber vom ersten Augenblick ihre Dominanz zu zeigen. Rechnen Sie damit, die Augen verbunden zu bekommen, geschlagen, betäubt oder in den Kofferraum eines Autos gezwungen zu werden. Unter diesen Umständen bleiben Sie ruhig und tun Sie, was man Ihnen sagt. Konzentrieren Sie sich aufs Überleben. Halten Sie sich vor Augen, dass Sie für die Entführer wertvoll sind und sie darauf bedacht sind, dass Sie gesund und am Leben bleiben, damit sie das Lösegeld einstreichen können. Wenn Sie sich an einem öffentlichen Ort befinden und das Gefühl haben, fliehen zu können, könnte es das Risiko wert sein, einen Fluchtversuch zu wagen. Aber wenn Sie auf einer verlassenen Straße in die Mündung einer Uzi blicken, ist es wahrscheinlich ratsamer, sich zu fügen. Zeigen Sie sich gegenüber den Entführern auf keinen Fall unkooperativ oder feindlich gesonnen. Wenn Sie sich wie ein widerspenstiges Balg benehmen, müssen Sie damit rechnen, bestraft zu werden. Mit diesen Leuten ist nicht zu spaßen.«

»Sollen wir uns also zusammenrollen wie verängstigte Schulmädchen?«, fragte Mr Zegna-Anzug mit hochgezogenen Augenbrauen.

»Das Entscheidende ist, den Entführern keine Probleme zu bereiten.« *Arschloch.* »Als Geisel haben Sie einen einzigen Job: Sie müssen aufmerksam sein und sich sorgfältig Ihre Umgebung und die Tagesabläufe Ihrer Entführer einprägen. Und da Sie möglicherweise unabsehbar lange gefangen gehalten werden, ist es lebensnotwendig, ein regelmäßiges Programm an mentalen und physischen Übungen zu etablieren und einzuhalten, damit Sie fit und geistig wach bleiben.«

»Ich würde einen Weg finden zu entkommen«, stellte Mr Zegna-Anzug klar. »Nach allem, was ich gelesen habe, sind die meisten Entführer geistig ziemlich minderbemittelt. Ich meine, sie sind doch bestimmt nicht sehr gebildet.«

»Man braucht keinen Doktortitel, um jemandem eine Neunmillimeterkugel in den Kopf zu jagen. Wenn Sie einen Fluchtversuch wagen, sollten Sie verdammt sicher sein, nicht wieder eingefangen zu werden. Andernfalls statuieren Ihre Entführer an Ihnen wahrscheinlich ein Exempel, um andere Geiseln dazu zu bringen, sich zu fügen. Konzentrieren Sie sich auf das Endziel, das darin besteht, dass Sie überleben. Die meisten Entführungen enden nicht mit dem Tod der Geisel oder mit bleibenden Verletzungen der Opfer, weshalb es in der Regel klüger ist, einen Weg zu finden, die Geiselhaft durchzustehen und es den Experten zu überlassen, über Ihre Freilassung zu verhandeln.«

Vorbeugung vor Entführungen, Verhandlungen mit Geiselnehmern und die Befreiung von Geiseln waren allesamt Dienstleistungen, die Quantum International Security, kurz QIS, im Angebot hatte. Manchmal buchten Firmen, deren Mitarbeiter einem hohen Entführungsrisiko ausgesetzt waren, bei QIS Scheinentführungen von Führungskräften, damit diese erfuhren, wie es war, in Geiselhaft gehalten zu werden, und die erforderlichen Fähigkeiten entwickelten, um eine Entführung zu überstehen. Mr Zegna-Anzug könnte von einem dieser Programme profitieren. Er war der Typ Kunde, der jeden wohlgemeinten Rat ignorierte.

Thea wurde von Müdigkeit überfallen, die mit dem Koffein rang, das sie vor zwanzig Minuten zu sich genommen hatte. Sie war gerade von einem anstrengenden Einsatz im Irak zurückgekehrt, bei dem es um die Befreiung eines entführten Journalisten gegangen war. Es war ein ziemlich harter Einsatz gewesen. Die Fälle, in denen es um Lösegeld ging, waren meistens einfacher und unmittelbarer zu lösen als Entführungen mit politischen Motiven. Leider hatten der Terrorismus, die weltweite Wirtschaftskrise, die Verfügbarkeit billiger Waffen und die Globalisierung des organisierten Verbrechens dazu beigetragen, Entführungen zu einem Milliarden-Dollar-Geschäft zu machen – und dabei waren nur die bekannten Fälle zugrunde gelegt.

Mr Zwirbelbart hob erneut die Hand. Doch bevor sie auf seine Frage eingehen konnte, gab ihr Chef ihr durch die Glaswand des Konferenzraums zu verstehen, dass er sie im Lagezentrum brauchte.

»Wir machen eine zehnminütige Pause«, informierte Thea die Ärzte. »Bitte bedienen Sie sich von dem bereitgestellten Kaffee und den Keksen. Ich bin gleich wieder da.«

Sie eilte den langen Flur entlang, an dessen Wänden atemberaubende Naturfotos hingen, die ihr Chef während seiner jährlichen Urlaubsreisen aufgenommen hatte. Eigentlich hatte sein Motto gelautet, dass Entführer keine freien Tage kannten, also würde er auch keinen Urlaub machen. Doch als sein Kardiologe ihn im Scherz darauf hingewiesen hatte, dass er seine eigene Geisel geworden sei, hatte Hakan Asker angefangen, auf der ganzen Welt Regenwälder zu erkunden und dabei in seinem üblichen Workaholic-Arbeitsrhythmus kunstvolle Fotos zu schießen.

Thea hatte im Laufe der zurückliegenden Wochen kaum Zeit für eine Verschnaufpause gehabt. Sie war unmittelbar nach ihrem Nigeria-Einsatz in den Irak geflogen und erst vor zwei Tagen zum Hauptsitz der Firma nach London zurückgekehrt. Schlaf war in ihrem Geschäft, in dem es keine geregelten Arbeitszeiten gab und in sämtlichen Zeitzonen der Welt Einsätze durchgeführt wurden, ein Luxus.

Und dann stand auch noch die Geburtstagsparty ihres Vaters an, und sie musste sein Geschenk noch fertigstellen.

Die Stahltür, durch die man das Lagezentrum betrat, hatte kein Fenster. Sie blickte in den Netzhautscanner an der Wand, der die Blutgefäße hinter ihren Augäpfeln vermaß. Ein lautes Piepen, gefolgt von einem aufleuchtenden grünen Lämpchen signalisierte, dass sie den Raum betreten durfte, und ein verborgener hydraulischer Mechanismus ließ die Tür zur Seite gleiten.

Auf einer großen elektronischen Anzeigetafel an der rechten Wand des Raums wurden alle laufenden Einsätze von QIS angezeigt. Die Namen einiger Geiseln standen seit ein paar Tagen dort, andere schon seit Jahren. An der längsten Wand des Raums waren diverse Monitore angebracht: Auf einem lief ein Newsfeed; ein anderer diente für die sichere Übertragung von Videokonferenzen mit den weltweit operierenden Geiselbefreiungsspezialisten; auf einem weiteren war eine Weltkarte dargestellt, auf der jede Menge rote Punkte aufblinkten, die jeweils für Kunden standen, die mit unter der Haut getragenen Peilsendern ausgestattet waren.

Wenn Kunden geschäftlich in gefährliche oder politisch unsichere Gegenden reisen mussten – zum Beispiel nach Syrien oder Ägypten –, konnten sie sich mit der Gewissheit beruhigen, dass das Lagezentrum von QIS an sieben Tagen die Woche rund um die Uhr besetzt war. Wenn sie das Gefühl hatten, dass sich während so einer Reise Schwierigkeiten zusammenbrauten, konnten sie zu jeder Tages- und Nachtstunde mit den Sicherheitsexperten von Quantum Kontakt aufnehmen, und die Firma war in der Lage, auf der Stelle auf ein dichtes Netz an Kontaktpersonen zurückzugreifen, die sie jederzeit an jedem Ort mit absoluter Präzision ausfindig machen und ihnen zur Seite stehen konnten.

Der Inhaber und Chef von Quantum International Security, Hakan Asker, war eine starke Führungspersönlichkeit und strahlte absolute Autorität aus, die er sich in seinen siebenundzwanzig Jahren Einsatz an vorderster Front erworben hatte. Dieser Tage verbrachte er die meiste Zeit im Büro, wo er Nachforschungen anstellte und Kundenpflege betrieb. Die Arbeit eines Elite-Geiselbefreiungsspezialisten verlangte einem ab, auf jeden Anschein eines Privatlebens zu verzichten, und was das anging, hatte Hakan sein Soll mehr als übererfüllt.

Thea lächelte ihren Chef an. Er saß über eine Computertastatur gebeugt und tippte schnell, wobei er sich eines der verschlüsselten E-Mail-Accounts bediente, die die Quantum-Informatiker eingerichtet hatten. Als er sie sah, bedeutete er ihr, zu ihm zu kommen, während er sich auf das, was er tat, konzentrierte und sich seine falkenartigen Gesichtszüge verengten.

»Gib mir noch einen Moment, um diese E-Mail zu beenden. Der Finanzchef von Beltrain Communications hat gerade angerufen. Einer seiner Männer im Sudan wurde entführt. Ich habe Freddy auf den Job angesetzt.« Hakans Jackett war mit den für ihn typischen Ärmelschonern ausgestattet, was ihm eine leicht professorale Aura verlieh. Trotzdem vertraute sie ihm, dass er jederzeit auf sie aufpasste.

»Hat er Familie?« Sie erkundigte sich immer nach den Details, selbst wenn sie nicht mit dem Fall befasst war.

»Der arme Teufel hat fünf Kinder und zwei Ex-Frauen.«

Das konnte die Sache verkomplizieren. Sie sah auf die Uhren, die nebeneinander an der Wand angebracht waren und jeweils eine andere Zeitzone anzeigten. In welcher Zeitzone die Angehörigen dieses Mannes auch immer lebten, sie waren in die Sache hineingezogen, und ihr Leben war im Begriff, sich für immer zu ändern.

»He, wenn wir einen Augenblick Zeit haben, würde ich dich bitten, mal einen Blick auf meine neusten Wetterkarten-Modelle zu werfen. Aus ihnen ergeben sich ein paar interessante Daten, wenn man sie mit der Häufigkeit von Entführungen und der jeweiligen Gegend in Beziehung setzt.«

Der Chef von QIS war ein Datenanalyse-Freak und vertiefte sich mit Inbrunst in die statistische Seite des Geiselbefreiungsgeschäfts. Seine bahnbrechende Herangehensweise, die in einer umfassenden Analyse und Auswertung von Daten bestand, hatte ihnen in mehr als einem Fall geholfen.

Das Zischen der sich öffnenden Tür zum Lagezentrum veranlasste Thea, über ihre Schulter zu blicken. *Rif.* Seit dem Einsatz in Nigeria waren schon ein paar Wochen vergangen, aber wenn sie an sein rebellisches Verhalten dachte, kochte sie immer noch innerlich.

»Ah, der verlorene Sohn kehrt zurück.« Hakan stand auf und drückte Rif zur Begrüßung die Schulter.

»Ich würde ja eher sagen, Rambo kehrt zurück«, bemerkte Thea.

»Du bist also immer noch sauer«, stellte Rif fest.

»Befehlsverweigerung kann Leben kosten.«

»Wir hatten keine Zeit, um das Ganze bei einer Tasse Tee und ein paar Crumpets zu besprechen«, entgegnete er. »Ich bin das kalkulierte Risiko für *dich* und das Team eingegangen.«

Sie wandte sich ihrem Chef zu. »Es hat sich nicht viel geändert, seit wir Kinder waren und er sein M60-Spielzeugmaschinengewehr überallhin mitgenommen hat.« Diesmal hatte seine Kühnheit das Leben der Geisel gerettet, doch meistens endete eine derartige Disziplinlosigkeit in einem Desaster.

Rif trat näher an Thea heran. »Wie geht's deinem Arm?«

»Ist so gut wie neu.« Die Kugel hatte nur den Trizeps gestreift. Sie hatte sehr großes Glück gehabt. »Und John Sampson arbeitet seit gestern wieder an seinem Arbeitsplatz in den USA. Was mit Sicherheit besser ist als das Schicksal, das diesen Typen von Equipe Oil ereilt hat.« Der Mann war an eine Pipeline genagelt aufgefunden worden, von Ratten belagert, die ihm das Gesicht wegfraßen. Er hatte noch gelebt, als er gefunden worden war, aber nur gerade so.

Rif zog kaum merklich die linke Augenbraue hoch. »DIA – du weißt ja, wie es da läuft.«

Das ist Afrika. Es war ein Klischee, aber wie alle Klischees hatte es einen schmerzhaften wahren Kern. Rif war nach seiner Zeit beim Militär ziemlich abgebrüht, und seine Vorliebe für knappe Kommentare belegte nur ein weiteres Klischee – Söldner kannten wirklich keine Gnade.

Sie war froh, dass John Sampson sich wieder gefasst und in seinen normalen Lebensrhythmus zurückgefunden hatte. Doch er würde von der Tortur, die er durchgemacht hatte, emotionale Narben behalten, die ihn sein Leben lang begleiten würden. Sie wusste aus Erfahrung, dass eine Entführung, egal wie sie ausging, einen Menschen für immer verwandelte. Dauerhaft.

»Ich habe dich aus der Infoveranstaltung gerufen, weil Rif bedenkliche Informationen hat, die Nigeria betreffen.« Hakan rückte seine Schildpattbrille zurecht.

Rifs Blick verdunkelte sich. »Wie du weißt, hat Brown die Hütte mit den Waffen und der Munition in die Luft gejagt, aber als ich mich im Lager umgesehen habe, um Sampson zu finden, bin ich auf zwei weitere Hütten gestoßen, die mit Sprengstoff und Waffen vollgestopft waren. Ich habe inzwischen einige Nachforschungen angestellt und herausgefunden, wo dieses Kriegsmaterial herkommt: aus China.«

Theas Nackenhärchen richteten sich auf. Während chinesische AK-47-Sturmgewehre allgegenwärtig waren, wurden chinesische Sprengkörper und Zünder außerhalb staatlich kontrollierter Waffenarsenale nur selten angetroffen. Wenn die Chinesen irgendwie darin verwickelt waren, die Bande, die John Sampson entführt hatte, mit Waffen zu versorgen, konnte dies ein Zeichen für einen signifikanten Wechsel der Akteure sein, die das Feld in Afrika beherrschten. Und es konnte erklären, warum die Anzahl erfolgreicher Entführungen in dieser Region so dramatisch in die Höhe geschnellt war.

»Informiert unsere Leute vor Ort in Kenia, Simbabwe und Somalia. Wir müssen herausfinden, ob die Chinesen auf dem ganzen Kontinent Lord of War spielen«, wies Hakan die beiden an, bevor er sie aus dem Lagezentrum entließ.

Noch über die beunruhigenden Neuigkeiten nachdenkend, ging Thea zurück in den Konferenzraum, wo die Ärzte warteten.

KAPITEL

03

KOLUMBIEN
25. DEZEMBER
16 UHR

Mitten im kolumbianischen Dschungel in den Tiefen des Lagers der FARC musterte der weltweit agierende Waffenhändler, bekannt unter dem Namen Ares, das mit dunklen Stoppeln übersäte konkave Gesicht, die mit Schatten umringten Augen und das eingefettete Haar des Mannes, der ihm an dem ramponierten Teakholztisch gegenübersaß. Ares machte seit sieben Jahren mit Carlos Antiguez Geschäfte – sieben Jahre in den Wind geredeter Worte und endloser Verhandlungen. *Guerillakämpfer waren auch nicht mehr das, was sie mal waren.*

»Kaffee?«, fragte Carlos.

Über solche Nettigkeiten waren sie längst hinweg. Ares ignorierte das Angebot. Ohne auch nur einmal nach unten zu blicken, nahmen seine geschickten Finger wiederholt die kleine Spieluhr, die er immer bei sich hatte, auseinander und setzten sie wieder zusammen, die anrührende Melodie des Stücks, das sie spielte – »Tie a Yellow Ribbon« –, dudelte in seinem Hinterkopf.

Carlos redete ohne Unterlass weiter. Ares hörte mit halbem Ohr zu und dachte über die letzte SMS nach, die er erhalten hatte: Gabrielle Farrah, eine Agentin der US-Regierung, die ihn – den für Entführungen und die Bewaffnung von Außenseiter-Rebellengruppen bekannten Waffenhändler mit dem mythischen Namen – seit Langem vergeblich jagte, stand offenbar kurz vor einem Durchbruch. Ares war zufrieden – das war alles Teil seines Plans.

Der Mund des kolumbianischen Guerillakämpfers bewegte sich weiter, aber nichts Inspirierendes kam heraus. Was er unterm Strich sagte? Die FARC wollten das von ihnen kontrollierte Territorium vergrößern und waren gerade auf Einkaufstour. Aber wenn die Guerilleros wirklich erfolgreich sein wollten, würden sie mehr benötigen als nur Geld.

»Vier Millionen für die Kalaschnikows, die Panzerfäuste und die M24-Scharfschützengewehre.« Ares schlug eine Fliege weg, die vor seinem Revers herumsummte. Er mochte zwar einen Armani-Anzug tragen, aber er fühlte sich im Dschungel genauso wohl wie Carlos.

Der Kolumbianer saugte seine Wangen ein und brachte damit seinen Unmut zum Ausdruck. »Das ist ja lächerlich. Drei Millionen und keinen Peso mehr.«

Ares ließ seinen Blick zu Jorge wandern, Carlos' Neffen. Dieser konnte höchstens dreiundzwanzig sein, aber anders als sein Onkel nahm der intelligente Junge auch Feinheiten wahr. Unter der entsprechenden Anleitung konnte Jorges Talent geschliffen werden. Junge Menschen brauchten guten Einfluss, und den bot Carlos ihm ganz bestimmt nicht.

»Die kolumbianische Armee hat vor Kurzem Black Hawks, Raketen und Panzer gekauft. Wenn deine Truppe mithalten will, brauchst du meine Waffen. Vier Millionen.«

»Woher soll ich wissen, dass diese Information stimmt?« Carlos rieb sich mit der rechten Hand seine Stoppeln.

»Die Ares Corporation hat überall da, wo es wichtig ist, Augen und Ohren.« Er behielt für sich, dass er die letzte Schiffsladung der kolumbianischen Armee gekapert hatte, um seine regelmäßige Lieferung an chinesischen Schwarzmarktwaffen aufzustocken. Irgendjemand musste schließlich die Davids dieser Welt bei ihrer Rebellion gegen die tyrannischen Goliaths unterstützen.

»Mir wurde die gleiche Lieferung für drei Millionen angeboten. Deine Preise sind nicht konkurrenzfähig.«

»Rapier bietet keinen Komplettservice, der auch die Ausbildung an den Waffen beinhaltet. Willst du, dass deine Männer kampfbereit sind oder dass sie sich gegenseitig erschießen?«

Carlos' Augen quollen hervor.

Es war eine gute Entscheidung gewesen, den Neffen besser kennenzulernen. Die interne Information, die er dem jungen Mann über seine Konkurrenz entlockt hatte, hatte sich gerade in höchstem Maße ausgezahlt.

»W-wie …?«, brachte Carlos hervor.

»Du musst mit jemandem zusammenarbeiten, der deine langfristigen Ziele versteht. Rapiers Halunken können dir nicht dabei helfen, dein Territorium zu vergrößern.« Normalerweise lieferte Ares sich mit Carlos ein paar Runden verbales Schattenboxen und ließ den älteren Mann in dem Glauben, einen oder zwei Treffer gelandet zu haben, damit sein Triumphgefühl ihn ablenkte, bevor er ihn ausmanövrierte. Doch im Moment hatte er drängendere Dinge im Kopf. »Haben wir einen Deal?«

»Du bist unmöglich.« Carlos zündete sich eine filterlose Zigarette an und blies Ares den Rauch direkt ins Gesicht.

Ares zuckte nicht einmal mit der Wimper. »Nein, ich ermögliche Dinge. Und jetzt hol das Geld.«

»Ich brauche Zeit, um die zusätzliche Million aufzutreiben.«

»Die Waffen werden an den Kunden verkauft, der als Erster bezahlt.« Ares stand auf.

»Du bist ein harter Mann.«

Und das aus dem Mund eines Mannes, der wegen eines Kilos Koks seine eigene Tochter umgebracht hatte. »Geschäft ist Geschäft, mein Freund.« Ares ließ die Spieluhr wieder in seine Tasche gleiten und schritt in Richtung Ausgang. Mit Sicherheit hatte Carlos allein in diesem Lager Millionen gebunkert. Die Drogen-Bourgeoisie glaubte nicht an Banken.

Er hatte die Tür schon beinahe erreicht, da sagte Carlos: »Warte. Jorge wird dich zu dem Geld bringen. Ich erwarte, dass die Waffen innerhalb von vierundzwanzig Stunden geliefert werden.«

Ares drehte sich um. »Du wirst alles, was du bestellt hast, in zwölf Stunden haben.«

Carlos' Neffe erhob sich, folgte Ares nach draußen und führte ihn zu dem Außengebäude, in dem das Bargeld aufbewahrt und von bewaffneten Männern bewacht wurde.

»Jorge, es ist so weit. Eine Stunde nachdem ich weg bin, werden meine Männer mit den Waffen eintreffen. Wirst du es durchziehen?«

Die Augen des jungen Mannes glänzten. »Ich bin bereit.« Jorge war voller Tatendrang und ein schlauer Kopf. Zweifellos würde er die FARC in den kommenden Jahren anführen. Keine weiteren Treffen mehr mit dem unerträglichen Carlos. Der bloße Gedanke entlockte Ares beinahe ein Lächeln.

Jorge lud mehrere große schwarze Reisetaschen in den Hubschrauber. Ares zählte das Geld nicht. Der junge Mann würde seinen Steigbügelhalter nicht hintergehen – zumindest noch nicht. Das bedeutete natürlich nicht, dass er ihn in Zukunft nicht sorgfältig würde im Auge behalten müssen. Immerhin verriet Jorge seinen Onkel. War denn gar nichts mehr heilig? Dieser Tage konnte man nicht mal mehr der eigenen Familie vertrauen.

Ares reichte dem jungen Mann die Hand und stieg an Bord des Black Hawk. Im gleichen Moment setzten sich die Rotorblätter des Hubschraubers in Bewegung.

KAPITEL 04

SANTORIN, GRIECHENLAND
25. DEZEMBER
6 UHR MORGENS

Während fast überall auf der Insel der Geburt Christi gedacht und Weihnachten gefeiert wurde, würde Thea den sechzigsten Namenstag ihres Vaters feiern. Die Familie war zwar inzwischen durch und durch amerikanisch, aber sie zelebrierte immer noch die griechischen Feiertage, vor allem die Namenstage, und Christos' Namenstag fiel auf den ersten Weihnachtstag. Diese Tradition brachte Vater, Tochter und Sohn – und ihren von allen innig geliebten Rhodesian Ridgeback Aegis den Zweiten – zusammen, egal, wie beschäftigt sie auch sein mochten. Wo auch immer auf der Welt sie sich gerade aufhielten – jedes Jahr flogen Christos, Thea und Nikos zu diesem Anlass nach Athen, gingen an Bord der *Aphrodite*, Christos' Jacht, und legten die hundert Seemeilen nach Santorin im Angedenken an Christos' bescheidene Anfänge als Sohn eines Fischers auf dem Schiff zurück. Und im Einklang mit dem wachsenden Vermögen ihres Vaters wurde jedes Jahr größer und pompöser gefeiert.

Papas laute Stimme dröhnte aus dem Salon. »Und wenn Sie sich eigenhändig durch den Ölsand graben müssen – holen Sie dieses Öl aus dem Boden. Und machen Sie sich keine Gedanken wegen der Kanadier. Sobald das Öl fließt, werden sie sich höflich bei Ihnen bedanken. Da bin ich ganz sicher.«

Er war im Geschäftsmodus, akzeptierte keine Ausflüchte. Er konnte ein gnadenloser Zuchtmeister sein.

Aegis stupste Thea mit der Schnauze an. Der Ridgeback benötigte regelmäßig ausgiebige Bewegung, und Thea war ihm dabei immer eine bereitwillige Begleiterin. »Wir machen uns gleich auf.« Sie streichelte seinen weizenfarbenen Haarkamm, wo sein Fell entgegen der Richtung verlief, in der sein sonstiges Haar wuchs. »Na los, sagen wir erst noch dem Ölbaron Guten Morgen.« Als sie den Salon betrat, beendete ihr Vater gerade sein Telefonat, das er mit seinem BlackBerry geführt hatte.

»*Hronia polla*, Papa. Immer noch ein Höhlenmensch, wie ich sehe.« Sie zog ihn immer wieder gerne damit auf, dass er so eisern an seinem BlackBerry festhielt.

»Wenn es für Barack Obama gut genug war ...«

Na schön. Viele Prominente benutzten die überholten Handys aus Sicherheitsgründen. Doch selbst Weltenlenker würden künftig andere Wege finden müssen, um ihre Obsession für sichere Handykommunikation und physische Tastaturen zu befriedigen: BlackBerry Limited hatte die Produktion der Smartphones eingestellt.

»Zu deiner Feier heute Abend fliegen dreihundert deiner Gefolgsleute ein.« Mit der Vorbereitung der Party, die in dem hoch auf den berühmten Klippen der Insel gelegenen Lieblingsrestaurant ihres Vaters stattfinden würde, war bereits eine große Mannschaft beschäftigt. »Und in weniger als einer Woche beginnen die Verhandlungen in Kanzi. Die Zeitungen reden schon von dem größten Ölfund seit der Entdeckung des Ölfelds Ghawar in Saudi-Arabien.« Der Fund in dem in der Nähe von Simbabwe und Sambia liegenden afrikanischen Land könnte die Öl-Weltkarte verändern und entsprechende politische Folgen haben. Sie durchquerte die Kabine und drückte Christos einen Kuss auf seinen ergrauenden Kopf.

»Athena Constanopolous Paris, deine Shorts sind unziemlich. Ganz Fira wird über dich reden.« Seine dunklen Augen blickten sie streng und missbilligend an.

»Aber ich will doch gleich die Treppen hochlaufen.« Sie zog ihre Nike-Laufshorts zwei Zentimeter nach unten und sofort wieder hoch. Nigerianische Rebellen waren einfacher zu handhaben als ihr Vater.

Sein Gesicht verzog sich zu einem breiten Grinsen. »Haha, da bist du mir aber auf den Leim gegangen.«

Sie schüttelte den Kopf und lächelte. Na schön, sie hatte seine Worte für bare Münze genommen. »Dabei wollte ich gerade sagen: Ein kluger Rat von einem Mann, der bei seiner fünften Ehefrau angelangt ist.«

»Autsch! Ganz meine Tochter. Mir schwillt vor Stolz die Brust.«

Sie lachte. »Espresso?«

»Mit Zimt?« Papa kraulte Aegis hinter den Ohren und warf ihr eine Kusshand zu.

Koffein war schon seit Langem ein Grundnahrungsmittel der Familie Paris, aber es war Thea gewesen, die angefangen hatte, Zimt hinzuzugeben. Sie steuerte die Espressomaschine an und zauberte ein bisschen. Dampfende, karamellfarbene Flüssigkeit tröpfelte in die winzigen Tassen, und ein köstlicher Geruch durchströmte den Salon.

Sie trug die beiden Espressos in die Sitzecke, ließ sich auf dem Sofa gegenüber von ihrem Vater nieder und rückte die Insulinpumpe zurecht, die sie unter ihrem BH verbarg. Ein schneller Blick auf ihre Smartphone-App bestätigte ihr, dass ihre Blutzuckerwerte gut waren. Wachstumshormone aus ihrer Leber ließen ihre Blutzuckerwerte zwischen drei und sieben Uhr morgens steigen, was für Menschen mit Diabetes Typ 1 normal war. Es bestand also keine Notwendigkeit, sofort etwas zu essen: Mit diesen Werten käme sie die Treppen hoch und sogar noch weiter.

Aegis setzte sich neben sie und sah sie an. Seine intelligenten Augen sagten: *Los, lass uns endlich rausgehen*. Der kräftige, achtunddreißig Kilogramm schwere Hund gehörte seit acht Jahren zur Familie und hatte den Platz des ersten Aegis eingenommen, der das gesegnete Alter von zwölf Jahren erreicht hatte.

»Wie war dein letzter HbA_{1C}-Wert?« Ihr Vater hatte sich sehr bemüht, sich über ihre Krankheit kundig zu machen.

»Sehr gut. Laut Dexter kein Absturz während der letzten Monate, also alles okay an der Zuckerfront.« In dem Bemühen, ihrer Krankheit mit Humor zu begegnen, hatte sie ihr Dexcom CGM – ihr Gerät zur kontinuierlichen Glukosemessung – Dexter genannt.

»Du bist disziplinierter, als ich es je sein könnte.« Christos musterte sie mit ernstem Ausdruck durch seine Lesebrille. »Was ganz anderes, *latria mou*, ich brauche deine Hilfe. Du musst Peter mal unter die Lupe nehmen. Er führt nichts Gutes im Schilde – das spüre ich.«

»Peter Kennedy ist einer der besten Finanzchefs, die du je hattest, auch wenn er wie ein Pfau umherstolziert. Soll das ein weiterer Versuch deinerseits sein, meine Miete zu finanzieren? Keine Sorge, Hakan sorgt dafür, dass ich genug zu tun habe.« Ihr Job bei Quantum International Security bedeutete lange Arbeitszeiten, endlose Reisen und ständige Gefahr – und nichts davon fand die Zustimmung ihres Vaters.

»Irgendwas stimmt nicht mit Peter. In den letzten Wochen konnte er mir nicht in die Augen sehen.«

»Na ja, Papa, du schaffst es durchaus, Normalsterbliche einzuschüchtern.«

»Mit Ausnahme von dir. Ich wünschte, ich könnte dich überzeugen, bei Paris Industries einzusteigen.« Das Gesicht ihres Vaters erhellte sich hoffnungsvoll.

»Heute ist dein Ehrentag, deshalb lehne ich das Angebot

nicht glattweg ab. Wie wär's damit: Ich denke darüber nach, okay?«

»Ich verstehe ja, dass dir die Sache mit den Geiselbefreiungen wichtig ist. Aber könntest du es nicht dabei belassen, diese Wohltätigkeitsorganisation zu unterstützen, die ehemaligen Geiseln hilft, anstatt unmittelbar an der Front zu agieren?«

»Ich steige lieber in eine Kampfmontur, als Spenden zu sammeln.« Sie lächelte. In Wahrheit brauchte sie die Action, musste eigenhändig etwas Greifbares bewirken. Als ihr Bruder Nikos mit zwölf Jahren entführt worden war, hatten die Kidnapper es eigentlich auf sie abgesehen. Sie hatte viel wiedergutzumachen.

»Ich kann dir gar nicht oft genug sagen, wie stolz ich bin, dass du so viele Geiseln nach Hause gebracht hast. Aber jedes Mal, wenn du in eines dieser Vierte-Welt-Länder reist, kann ich mich erst wieder entspannen, wenn du wohlbehalten zurück bist.«

»Tut mir leid, Papa. Das ist mein Job.« Es missfiel ihr zutiefst, ihm Stress zu bereiten, aber sie musste nun mal dorthin, wo die Entführungen stattfanden. Und Länder wie die Schweiz und Kanada waren nicht gerade Krisenherde, an denen Menschen verschleppt wurden.

»Paris Industries expandiert. Ich brauche jemanden am Ruder, dem ich absolut vertrauen kann – jemanden aus der Familie.«

Als junger Mann hatte Christos alles Geld zusammengekratzt, das er auf dem Fischerboot seines auf Santorin lebenden Vaters verdient hatte, und war damit in die USA gereist, wo er einen Job als Hilfsarbeiter auf einer Bohrinsel angenommen hatte. Er hatte Böden geschrubbt, Maschinen repariert und sich durch Learning by Doing von ganz unten nach oben hochgearbeitet.

Dank seiner geradlinigen Art und seiner Gewissenhaftigkeit wurde er schließlich zum Vorarbeiter befördert. Und dann hatte er irgendwann einem playboymäßigen Ölbaron, der die Leitung seines Unternehmens in die Hände eines Mannes mit praktischer Erfahrung legen wollte, eine Art Partnerschaft angeboten. Ihr Vater hatte Deals ausgehandelt, war unglaubliche Risiken eingegangen und hatte damit Erfolg gehabt, was ihn zu dem Selfmademan gemacht hatte, der er heute war. Schließlich hatte er die Firma übernommen und in Paris Industries umbenannt. Inzwischen leitete er einen der drei größten Ölkonzerne der Welt. Der Kanzi-Deal würde ihn zur Nummer eins machen.

Sie zögerte, doch dann beschloss sie, direkt mit der Tür ins Haus zu fallen. »Na ja, es gibt ja auch noch Nikos. Er hat für unser Waisenhaus, das African Sanctuary for Children, unglaubliche Arbeit geleistet, und über die erforderlichen Geschäftserfahrungen verfügt er mit Sicherheit auch. Vielleicht könnte er dir bei den Kanzi-Verhandlungen zur Seite stehen?« Ihr Bruder hatte sich im Import-Export-Business einen Namen gemacht.

An der Schläfe ihres Vaters pochte eine Ader. Sein Adamsapfel hüpfte dreimal in rascher Folge auf und ab. »Über Nikos müssen wir ein ernstes Gespräch führen. Aber lass mich erst mal meinen Kaffee trinken.«

Immer wenn in einem Gespräch mit ihrem Vater Nikos' Name fiel, war es, als hätte sich ein feuchtes Leichentuch über die Unterhaltung gelegt. Ihr älterer Bruder kam im Urlaub meistens nach Hause und besuchte sie jedes Jahr an ihrem Geburtstag, aber ansonsten war er immerzu geschäftlich auf der ganzen Welt unterwegs. Sie vermisste ihn, aber an jedem Freitag schickte er ihr von dem Ort, an dem er gerade war, ein Foto. Außerdem waren sie wegen der Wohltätigkeitseinrichtung in Kanzi, der sie gemeinsam vorstanden, regelmäßig in Kontakt.

Am meisten wünschte sie sich eine vereinte und glückliche Familie, aber ihren Bruder und ihren Vater je entspannt im gleichen Raum zu erleben, würde wohl ein frommer Wunsch bleiben. Gott sei Dank hatten sie Aegis. Er war der Kitt, der alle Familienmitglieder zusammenhielt, denn sie buhlten geradezu um Zeit mit dem geliebten Hund.

»Fliegt Helena heute Nachmittag ein?«, fragte sie, um das Thema zu wechseln. Die neuste Ehefrau ihres Vaters, eine international erfolgreiche Innenarchitektin, war seit Jahren die sympathischste Partnerin ihres Vaters und diejenige, die auch vom Alter her am ehesten zu ihm passte. Seit dem Tod ihrer Mutter vor vierundzwanzig Jahren – Thea war damals sieben gewesen – hatte Christos in emotionaler Hinsicht keinen Halt mehr gefunden. Er hatte wie besessen gearbeitet und sich in seiner Freizeit dem Scotch, dem Sex und irgendwelchen Filmsternchen hingegeben. Sie hatte sich Sorgen um ihn gemacht und sich gewünscht, er möge eine Frau finden, die ihn liebte und nicht nur sein Vermögen. Vielleicht war Helena die Antwort. Sie war eine nachdenkliche, freundliche Frau. Christos hatte sie während einer Radtour in Frankreich kennengelernt.

Er straffte seine Krawatte. »Helena würde diese ganz besondere Feier niemals verpassen. Sie musste nur noch ein Projekt beenden. Aber jetzt haben wir genug über mich geredet. Wann wirst du endlich sesshaft? Wenn du erst mal Mutter bist, kannst du doch nicht weiter durch die Welt jagen und Menschen retten.«

Bei ihrem Job und den vielen dadurch bedingten Reisen hatte Thea seit über einem Jahr keinen Sex gehabt, geschweige denn einen Partner. Eine unbefleckte Empfängnis wäre die einzige Möglichkeit, Christos zum Großvater zu machen.

Aegis stürmte zur Tür und kam schwanzwedelnd mit einem von Theas Joggingschuhen in der Schnauze zurück. Der Hund war ihre Rettung. Sie lachte. »Ich habe verstanden«, sagte sie an den Ridgeback gewandt.

Dann wandte sie sich wieder ihrem Vater zu. »Tja, Papa, an deinem Ehrentag gibt es ja nicht viele Orte, an denen du herumschnüffeln und nach Geschenken suchen kannst.« Sie langte in einen in der Nähe stehenden Schrank und holte ein in Geschenkpapier gewickeltes Päckchen hervor, das sie dort zuvor versteckt hatte. »Apropos – ich habe etwas für dich.«

Sein Gesicht erstrahlte, als er das Geschenk vorsichtig auspackte und einen Humidor zutage förderte, auf dem ein Foto von Vater und Tochter eingeprägt war, das aufgenommen worden war, als Thea sechs gewesen war. Sie hatten beide eine Zigarre im Mund, wobei ihre natürlich nicht angezündet war, und strahlten wie Honigkuchenpferde. Er öffnete den Humidor.

»Sechzig der besten Zigarren der Welt, eine für jedes Jahr seit deiner Geburt.« Da ihr Vater sich liebend gerne eine gute Zigarre gönnte, hatte sie vor mehr als eineinhalb Jahren begonnen, auf ihren Reisen einzigartige Exemplare zusammenzutragen.

»Das ist ja unglaublich. Ich weiß nicht, was ich sagen soll.« Sein Blick wurde mild, er sah sie voller Liebe an.

»Du brauchst nichts zu sagen. Du sollst nur wissen, dass ich dich lieb habe. Lass uns zusammen frühstücken, wenn ich vom Laufen zurück bin.«

»Aber keine Sekunde nach zehn, *kóre*. Ich möchte lieber früher als später frühstücken – und wir müssen uns, wie gesagt, über Nikos unterhalten.«

»Aye, aye, Kapitän.« Der fortwährende Zwist zwischen ihrem Vater und ihrem Bruder erschöpfte sie. Vielleicht war das eigentliche Problem, dass die beiden Männer einander zu ähnlich waren.

Sie steuerte die Tür an, Aegis stürmte an ihr vorbei. Früher hatte ihr Vater sie bei diesen Läufen auf Santorin begleitet, doch eine Arthritis im linken Knie hatte ihn gezwungen, auf Radfahren und Schwimmen umzusteigen. Bei Letzterem ließ er sie allerdings immer noch spielend hinter sich.

Vom Koffein befeuert, wollte Thea die steile Treppe, die nach Fira hinaufführte, in weniger als zehn Minuten schaffen. Sie warf einen Blick auf die Uhr. Nein, heute würde sie unter neun Minuten bleiben – dann hätte sie beim Frühstück noch einen Grund mehr, um zu feiern.

Draußen wurde sie von der frischen, salzigen Luft begrüßt. »Guten Morgen, Piers.« Sie schwang sich über den Querbalken der *Aphrodite*. Der Chef-Bodyguard ihres Vaters, ein ehemaliger Soldat der südafrikanischen Koevoet, stieg gerade aus dem Speedboot Donzi, das neben der *Aphrodite* festgemacht war. Als sie näher kam, straffte er die Schultern, sein wettergegerbtes Gesicht verzog sich zu einem Grinsen.

»Guten Morgen, Ms Paris. Wie wär's mit einer Wette?«

Sie hätte sich seinen Akzent den ganzen Tag lang anhören können. »Ich wette mit Ihnen um das Doppelte Ihres Einsatzes, dass ich unter neun Minuten bleibe.« Die beiden wetteten um alles und jedes, aber niemand zahlte den anderen je aus.

»Die Wette gilt.«

Sie lachte. Wenn er sie ansah, strahlten seine blauen Augen immer Wärme und Herzlichkeit aus. Vielleicht lag es daran, dass er durch die vielen Reisen an Christos' Seite seine eigene Tochter so selten sah.

Die kühle Dezemberbrise sorgte für eine Gänsehaut auf Theas Armen und Beinen, aber ihr würde nicht mehr lange kalt sein. Sie winkte Piers kurz zu und steuerte den Fuß der Steintreppe an, die zu Santorins Hauptstadt hinaufführte. Aegis lief neben ihr her. Sie war froh, dass nicht Hochsommer war, wenn sich unfitte Touristen auf Eseln die Klippe hochtragen ließen oder in endlosen Schlangen am Anleger standen und auf die Seilbahn warteten.

Am Fuß der Treppe kauerte in einer Ecke eine alte, in eine zerlumpte Decke gehüllte Frau. Sie hatte die Nacht offenbar draußen verbracht. Ihr Gesicht war von tiefen Furchen durchzogen, ihre Haut fahl, aber ihre Augen leuchteten aufgeweckt. Aegis schnüffelte an ihren Zehen, dann rieb er sich an ihren Beinen.

Thea holte den Zwanzigeuroschein hervor, den sie für Notfälle immer in der Hosentasche ihrer Shorts hatte, und drückte ihn der Frau in die Hand. »*Kala Hristouyienna – Frohe Weihnachten*«, sagte sie und bedachte die Frau mit einem Lächeln. Nach dem Lauf würde sie ihr von der Jacht etwas zu essen bringen.

»*Efxaristo.*« Die alte Frau umschloss den Schein mit der Faust und huschte über den Anleger davon, als hätte sie Angst, dass ihre Wohltäterin ihr das Geschenk wieder wegnehmen könnte.

Thea dehnte sich zunächst und machte dann zum Aufwärmen noch ein paar Kniebeugen, während Aegis bereits auf und ab lief. Sie atmete tief ein und genoss den atemberaubenden Blick auf die halbmondförmige Caldera, die Krater der Vulkanausbrüche vergangener Zeiten. An diesem Tag lag Santorin friedlich da, der tiefblaue Himmel passte perfekt zu dem dunkelblauen Meer.

Die schnittigen Linien der *Aphrodite* und ihr leuchtender weißer Fiberglasrumpf harmonierten mit den niedrigen, weiß getünchten Häusern, die die Architektur der Insel prägten. Thea salutierte noch kurz in die Richtung der getönten Fensterscheiben des Oberdecks. Ohne jeden Zweifel stand ihr Vater hinter einem der Fenster und stellte gerade seine eigene Stoppuhr, um ihre Zeit zu messen.

»Lauf vor, Aegis!« Während der Ridgeback losschoss,

klemmte Thea sich ihr Handy hinten an die Shorts, drückte den Startknopf ihrer Garmin-Laufuhr und rannte die breite Kopfsteinpflastertreppe hoch, die Augen vor sich auf die Füße gerichtet. Der unebene Untergrund stellte bei jedem Schritt eine Herausforderung dar.

Den Gestank des Eselmists nahm sie kaum wahr. Sie lief an ein paar Restaurantbetreibern vorbei, die die Terrassen ihrer Tavernen fegten und für die anstehenden Feierlichkeiten herrichteten. Ihre Lunge und ihre Waden brannten. Sie stürmte die Serpentinen hoch und rannte immer weiter hinauf. Ihre Beine funktionierten wie Metronome, ihr Herz wie ein Presslufthammer.

Als sie die Hälfte geschafft hatte, sah sie schnell auf ihre Garmin-Uhr.

4:38.

Noch mehr Gas geben also.

Die Luft wurde dünner. Ihre Füße flogen über das Kopfsteinpflaster, berührten es kaum noch, bevor sie auch schon wieder abhoben. Ihr Oberkörper war nass geschwitzt. Ihr langes dunkles Haar klebte an ihrem Nacken. Ihr Körper bettelte darum, es ruhiger angehen zu lassen, aber Aegis spornte sie an. Er war ihr wie immer etliche Treppenstufen voraus. Der Hund war wirklich verdammt gut in Form.

6:12.

Ihr Handy vibrierte an ihrer Wirbelsäule. Wer auch immer es war, würde drei Minuten warten müssen.

Das letzte Stück ihres Aufstiegs stellte die größte Herausforderung dar, das Pflaster war abgewetzt und glatt. Sie hielt auf ihr Ziel zu. Trotz ihrer intensiven Konzentration tauchte vor ihrem inneren Auge ein vertrautes Gesicht auf. Rif. Er würde heute Abend auf die Party ihres Vaters kommen. Ob er der Anrufer war?

Sie war nicht unbedingt in der Stimmung, Rifat Asker zu begegnen, aber sie würde es verschmerzen. Offenbar hatte er mithilfe ihrer afrikanischen Kontakte weitere Informationen bezüglich der in China fabrizierten Waffen aufgedeckt, die in Afrika in Umlauf waren. Es könnte interessant sein, aus erster Hand mehr darüber zu erfahren.

Ihre Gedanken lenkten sie ab, und sie verfehlte eine Stufe. Endlose Mikrosekunden lang ruderte sie mit den Armen, ihr rechter Fuß landete hart auf der falschen Stufe, aber sie fand erneut ihren Rhythmus. Ihre Beine arbeiteten wie Kolben, während sie die letzten Stufen hinaufsprintete und sich wieder voll auf ihr Laufen und ihre Atmung konzentrierte. Sie verspürte einen Seitenstich.

8:26.

Ihr Handy vibrierte erneut. *Ignorier den Anruf. Denk nicht an Rif. Vergiss alles um dich herum.* Ihre Arme fungierten als Gegengewichte, trieben sie vorwärts und nach oben. Noch fünf Stufen ... drei ... eine. Oben angekommen drückte sie auf Stopp.

8:57.

Ihre bisherige Bestzeit.

Sie lehnte sich an die weiße Steinmauer neben der Treppe und japste nach Luft, das Blut pulsierte in ihren Adern. Sie streichelte Aegis' kurzes Fell. Der Hund war längst bereit weiterzulaufen. Musste ein schönes Gefühl sein. Aber egal, ein fast schmerzhaftes Gefühl der Euphorie durchströmte sie. Ihr Vater würde beeindruckt sein. Vielleicht stand er auf dem Deck und hatte zugesehen, wie sie oben angekommen war.

Sie richtete sich auf und blickte hinunter zur Lagune. Aber die *Aphrodite* war nicht mehr festgemacht. Stattdessen glitt die schnittige Jacht durchs Wasser hinaus aufs Meer. *Was, zum Teufel, hatte das denn zu bedeuten?*

Ihr Vater hatte nicht vorgehabt, noch irgendwohin zu fahren, und er hätte sie niemals zurückgelassen. Sie langte nach ihrem Handy. Sie war zweimal von einer unbekannten Nummer angerufen worden, aber der Anrufer hatte keine Nachricht hinterlassen. Sie drückte die Rückruftaste, erreichte aber niemanden. »Na los, mein Junge.« Ihre Beine fühlten sich an wie zu weich gekochte Spaghetti, als sie neben Aegis die Treppe hinunterstrauchelte und währenddessen immer wieder die Ruftaste drückte. Nichts. Das Pochen in ihren Ohren war inzwischen weniger ihrer Erschöpfung zuzuschreiben als ihrer Besorgnis.

Der Rückweg die Klippe hinunter dauerte eine Ewigkeit. Ihre Knie pochten von dem gnadenlosen Abstieg über das Kopfsteinpflaster. Sie wählte die Handynummer ihres Vaters, landete jedoch direkt auf der Mailbox. Das hatte sie noch nie erlebt. Der BlackBerry ihres Vaters war regelrecht an seiner Hüfte festzementiert – und er würde niemals einen Anruf ignorieren, schon gar nicht von ihr. Aegis legte ein flottes Tempo vor, als ob er die Dringlichkeit der Situation erkannte.

Ihre Seitenstiche verschlimmerten sich. Die *Aphrodite* verschwand am Horizont in einem Dunstschleier. Sie drückte die Kurzwahlnummer 1. Hakan Asker meldete sich beim ersten Klingeln.

»Lass mich raten: Christos möchte mehr Zigarren für die Party heute Abend.« Er lachte. »Ich bin in Athen, und mein Hubschrauber startet in zehn Minuten. Ich habe keine Zeit mehr zum Shoppen, aber richte ihm aus, dass ich mich an den Zigarren gütlich tue, die er hat.«

»Ich habe einen Spitzentag!«, sagte Thea. Ihr Codewort für einen Notfall. Sie musste vorsichtig sein, denn sie benutzte kein verschlüsseltes Satellitentelefon. Sie stürmte keuchend die letzten Stufen hinunter.

»Wie kann ich dir helfen?« Jede Leichtfertigkeit war aus seiner Stimme gewichen.

»Der Geburtstagsjunge gibt sich schüchtern – er verschwindet in westlicher Richtung über das Wasser, und ich verliere den Blickkontakt.«

»Sind seine Kumpels an Bord?«

»Kann mir nicht vorstellen, dass sie ihn alleine abhauen lassen würden.«

Sie ließ die Treppe hinter sich, sprintete über den Anleger zu der Stelle, an der die Jacht festgemacht gewesen war, und kam rutschend zum Stehen. Piers lag mit ausgestreckten Armen und Beinen auf dem Rücken. In seiner Brust klafften zwei Löcher, die Augen waren leblos. Aegis lief zu dem Bodyguard und leckte ihm das Gesicht. »Piers ist ... unpässlich«, teilte sie Hakan mit. Sie versuchte, den Kloß in ihrem Hals herunterzuschlucken, schaffte es aber nicht. Solange sie zurückdenken konnte, war der Südafrikaner Teil ihres Lebens gewesen.

Piers' Glock steckte noch im Holster unter seiner Windjacke. Sie nahm die Pistole und suchte die Umgebung ab. Niemand war zu sehen. Der Schütze hatte ihn offenkundig überrascht – durchaus kein einfaches Unterfangen. Piers war immer freundlich und herzlich gewesen, aber er hatte über Killerinstinkte verfügt. Und das Sicherheitsteam ihres Vaters, das Hakan Asker sorgfältig zusammengestellt hatte, hatte das Hafengelände nach ihrer Ankunft am Abend zuvor gründlich inspiziert.

»Sonst noch irgendwelche Freunde in der Umgebung?«

Sie sah erneut nach rechts und nach links. Die alte Frau war längst verschwunden. Am Anleger dümpelten drei verlassene Boote im Wasser. Über den normalerweise belebten Kai hatte sich eine unheimliche Stille gelegt, das Einzige, was sich bewegte, war eine gespenstische Brise. Wahrscheinlich waren alle zu Hause und feierten im Kreise ihrer Familien Weihnachten. Sie nahm die Donzi ihres Vaters ins Visier. »Nein, aber Aegis und ich werden uns an den Geburtstagsjungen dranhängen, bis du hier bist. Sorg dafür, dass er vor der Party heute Abend nichts durch überstürzte Aktionen vermasselt.«

»Nimm Piers am besten mit, auch wenn er ... unpässlich ist«, sagte er. »Wir wollen ja nicht, dass die anderen Gäste sich Sorgen machen.«

»Mache ich. Ich halte dich auf dem Laufenden.«

»Löst die Party nicht auf, bevor ich da bin.«

»Ich muss los.«

Sie beendete das Gespräch und steckte ihr Handy weg. Ihre Hände zitterten. Sie beruhigte sich und zwang sich zur Konzentration.

Hakan würde die Truppen mobilisieren, und sie würden alles unter Verschluss halten. Ihr Vater würde es so wollen. Papa kannte Maximilian Heros, ein hohes Tier bei der griechischen Polizei. Sie saßen gemeinsam in einigen Beiräten und hatten sich jahrelang in den gleichen Kreisen bewegt. Falls nötig, könnte Heros sicher auf dem kleinen Dienstweg helfen.

Auf dem Deck eines Fischkutters lag eine Rolle blaue Abdeckplane. Thea zog die Plane auf den Kai, kniete sich neben Piers und drückte seine schwielige Hand. »Ich werde dich vermissen, mein Freund.« Wenn sie doch bloß die letzten zwanzig Minuten ungeschehen machen und ihn zurückholen könnte.

Sie hievte Piers' Leiche an den Armen und Beinen vorsichtig auf die Plane, ließ sie hinab auf die Donzi und legte Piers auf die Rückbank. Dann nahm sie eine Dose zum Wasserschöpfen und wusch sein Blut vom Kai.

In der Ferne waren Stimmen zu hören. Wahrscheinlich Fischer, die rausfuhren, um sich ihr Weihnachtsessen zu fangen. Aegis sprang neben ihr ins Boot und schnüffelte an Piers' Leiche. Derweil tastete Thea die Unterseite des Armaturenbretts ab und hoffte, dass Piers die Schlüssel am üblichen Ort deponiert hatte. Ihre Finger ertasteten einen schwimmenden Schlüsselanhänger.

Sie startete den Motor, band das Boot los und jagte los in Richtung Westen. Dann aktivierte sie in ihrem Handy den GPS-Tracker, um die *Aphrodite* zu lokalisieren – auf der Jacht war ein Chip eingebaut, der es ihrem Vater ermöglichte, ihre Position zu orten, wenn er nicht an Bord war. Ausnahmsweise war sie mal froh, dass er so ein Kontrollfreak war.

Sie beschleunigte und gab Vollgas. In weniger als einer Stunde würde Hakan da sein. Er flog mit einem Aerospatiale SA360 aus Athen ein, einem Mehrzweckhubschrauber, der es auf eine Höchstgeschwindigkeit von 274 Stundenkilometern brachte.

Die steife Brise trieb ihr Tränen in die Augen. Sie zitterte, ihr schweißnasses T-Shirt kühlte sie aus. Trotzdem brachte sie es nicht über sich, sich Piers' Windjacke anzuziehen.

Während sie durch das winterlich aufgepeitschte Meer bretterte, raste ihr nur eine Frage durch den Kopf: *Lebte ihr Vater noch?*

KAPITEL
05

Sie näherte sich der Jacht ihres Vaters, die Silhouette der *Aphrodite* zeichnete sich immer deutlicher ab. Sie schaukelte bei ausgeschaltetem Motor in der Dünung und trieb in der pechschwarzen See. Als Thea die *Aphrodite* erreicht hatte, umkreiste sie die Jacht und hielt nach Lebenszeichen Ausschau.

Die Decks schienen verlassen.

»Wo ist er?«, fragte sie Aegis. Er jaulte leise.

Hakan würde noch mindestens fünfzehn Minuten auf sich warten lassen. Die Regeln ihrer Ausbildung verlangten, dass sie auf Verstärkung wartete, aber sie musste sofort an Bord gehen, selbst wenn es eine Falle war. Es konnte auf Sekunden ankommen.

Sie schickte Hakan eine SMS mit den aktualisierten GPS-Koordinaten. Ihr Chef würde stinksauer sein, dass sie allein an Bord ging, aber er würde sie verstehen. Er würde für Christos das Gleiche tun.

Sie lenkte die Donzi zur Steuerbordseite der *Aphrodite*, warf die Fender über den Querbalken, machte das Boot schnell mit einem Kreuzknoten fest und schaltete den Motor aus. Piers' Glock in der linken Hand, suchte sie mit den Augen die Decks der Jacht ab.

Sie schienen alle verlassen. Keine Kampfspuren.

»Sitz!«

Aegis sah alles andere als glücklich aus, aber er gehorchte und ließ sich neben Piers' Leiche nieder.

Thea umfasste das Edelstahlgeländer, zog sich auf das Deck und duckte sich, die Glock schussbereit. Sie lauschte, aber das Pfeifen des Windes übertönte alle anderen Geräusche.

Sie schlich vorsichtig über das Deck. Der weiß markierte Hubschrauberlandeplatz war mit einem kleinen roten Punkt verschmiert. Blut. Sie ging in einem Bogen um die Bullaugen herum, stieg auf das obere Deck und schlich weiter. Die Oberlichter waren klare Glasfaserfenster, damit die Kabine von Tageslicht durchflutet wurde. Sie blickte durch das vordere Oberlicht in den privaten Bereich ihres Vaters. Papas Brieftasche lag auf der Anrichte, seine frisch gebügelte Kleidung für die Geburtstagsparty hing an dem eichenen stummen Diener, auf dem Nachttisch lag in Erwartung von Helenas Ankunft eine einzelne rote Rose.

Thea kroch weiter in Richtung Salon und blickte durch dessen Oberlicht. Die *New York Times* lag zusammengefaltet auf dem Tisch neben Christos' Lesebrille. Ihre leeren Espressotassen vom Morgen standen noch so da, wie sie sie zurückgelassen hatte. Der Humidor, den sie ihrem Vater geschenkt hatte, zierte immer noch den Tisch. Nichts schien fehl am Platz.

Aus der Richtung des Achterdecks ertönte ein klingendes Geräusch. Sie bewegte sich auf das Geräusch zu, ihre Knie schabten über das raue Glasfaseroberlicht. Das Geräusch wurde lauter. Sie krabbelte weiter, ihre eisigen Finger umklammerten die Pistole.

Sie legte sich flach auf den Bauch und robbte zentimeterweise weiter. Ihre Muskeln spannten sich an. Sie lugte über den Rand des Oberlichts – und atmete aus. Ein Schiffstau hatte sich im starken Wind gelöst, und das Metallende schlug gegen die Reling.

Sie drehte sich um und ließ sich an der Außenwand zum

Hauptdeck hinuntergleiten. An den Türpfosten gepresst, nahm sie das Innere des Salons ins Visier. Die cremefarbenen Ledersofas waren makellos, der helle Hartholzboden glänzte. Niemand zu sehen. Sie betrat den Raum, den Rücken gegen die Wand gedrückt, und achtete darauf, ob sich etwas bewegte. Nach dem peitschenden Wind draußen war die Stille unheimlich. Sie umfasste die Glock fester und schlich weiter. Auf einmal schlug ihr ein fauliger Geruch entgegen, der sie veranlasste, die Nase zu rümpfen.

In ihrem peripheren Sichtfeld nahm sie im Nebenraum etwas Farbiges wahr. Sechs Crewmitglieder lagen mit den Gesichtern nach unten auf dem Plüschteppich. In jedem Hinterkopf klafften zwei Einschusslöcher. Hinrichtungsstil. Das Werk eines Profis. Keine Patronenhülsen und zweifellos keine Fingerabdrücke.

Ihr Vater war nicht unter den Toten. Henri, der Koch, auch nicht. Irgendjemand hatte die Jacht geentert und war verschwunden.

Sie ließ sich an der Wand heruntersacken, ihre Knie waren wie aus Gummi. Diese Männer hatten seit Jahren zum Stammpersonal von Paris Industries gehört. Wer hatte das getan – und warum?

Sie suchte den Rest der Jacht ab. Die *Aphrodite* war verlassen. Christos war weg.

Ein lautes Geräusch, ein Stapfen auf dem Deck. Sie zielte mit der Glock auf den Kabineneingang.

Aegis kam in höchster Alarmbereitschaft durch die Tür gepirscht.

So viel dazu, dass der Hund gehorchte. Gewohnt, Löwen zu jagen, konnte bei Ridgebacks ihre wilde Natur zum Vorschein kommen. Und sie konnten über eineinhalb Meter hohe Zäune springen, weshalb es Thea nicht überraschte, dass er es mit einem Satz auf die Jacht geschafft hatte. Aber es beruhigte sie, dass er jetzt bei ihr war und nicht in Gefahr.

Ein Piepen im Salon erregte ihre Aufmerksamkeit. Das Handy ihres Vaters lag auf dem Couchtisch, ein aufblinkendes rotes Licht zeigte den Eingang einer neuen Nachricht an. Sie hatte keine Ahnung, wie sein Passwort lautete, also versuchte sie es mit seinem Geburtsdatum, dem Namen ihrer Mutter und deren Geburtsdatum, Helenas Geburtsdatum und ein paar weiteren Kombinationen. Nichts funktionierte. Nach der siebten falschen Eingabe gestattete sie sich noch einen letzten Versuch. BlackBerrys waren so programmiert, dass nach zehn falschen Passworteingaben alle Daten gelöscht wurden, und falls sie bei ihrem letzten Versuch ebenfalls scheiterte, wollte sie die Handydaten für die Computer-Gurus retten.

Sie tippte ATHENA. Das Display leuchtete auf.

Ein unbekannter Absender hatte eine SMS geschickt.

Saepe ne utile uidem est scire quidem futurum sit.

Es schien Lateinisch zu sein. Aber was, zum Teufel, bedeutete der Satz? Weil sich so viele europäische Sprachen aus dem Lateinischen herleiteten, hatte sie in der Schule Latein gelernt, aber das war lange her. Warum versuchte der Kidnapper in einer toten Sprache mit ihr zu kommunizieren? Sie würde eine Weile brauchen, bis sie die Nachricht übersetzt hatte.

Sie starrte auf das Display, um es durch schiere Willenskraft dazu zu bringen, ihr eine Antwort zu geben, bis der von den Rotoren eines Hubschraubers erzeugte Luftschwall sie ruckartig in die Gegenwart zurückkatapultierte. Aegis bellte.

Hakan war eingetroffen.

KAPITEL 06

WASHINGTON, D.C.
25. DEZEMBER
10:30 UHR

Special Agent Gabrielle Farrah lechzte nach einer Gitanes – diese Marke rauchte sie am liebsten –, aber sie würde ihr Verlangen noch unterdrücken müssen, bis sie den Schießstand verließ. Sie war eine gebürtige libanesische Muslimin und feierte Weihnachten nicht, deshalb hatte sie gedacht, dass sie ein paar Schießübungen machen könnte, während alle anderen freihatten und die Feiertage genossen. Doch auch wenn sie im Freien und außer ihr niemand da war, passten schießen und rauchen einfach nicht zusammen. Ihre Hände mussten ruhig sein und ihr Atem regelmäßig.

Sie lag auf dem Bauch, hatte die Ellbogen aufgestützt, schätzte die Windgeschwindigkeit ab und berechnete die Flugbahn des Projektils. In vierhundertfünfzig Metern Entfernung stand die Zielscheibe und verhöhnte sie beinahe. Sie hatte aus dieser Entfernung schon oft ins Schwarze getroffen, aber die eisige Temperatur und der starke Wind stellten an diesem Tag eine besondere Herausforderung dar.

Sie blendete jegliche Ablenkungen aus, als sie durch das Zielfernrohr ihres Scharfschützengewehrs starrte. Daumen runter, entsichern. Einatmen, Luft anhalten. Ihr Finger drückte den Abzug. Sie atmete aus.

Dann spürte sie den Rückstoß des M24 SWS an ihrer Schulter, und das vertraute Gefühl beruhigte sie. Sie hielt sich ihr Fernglas vor die Augen. *Mist.* Der Schuss hatte die Scheibe ein paar Millimeter links vom Schwarzen durchbohrt.

Sie rollte sich auf den Rücken und starrte in den grauen Himmel, ihr Atem kristallisierte in der kalten Dezemberluft. Die endlosen Geheimdienstberichte, die sich in der HRFC-Zentrale auf ihrem Schreibtisch stapelten, ließen ihr keine Ruhe und drückten sie nieder.

Hostage Recovery Fusion Cell. Der Name klang nach einem biologischen Experiment, und in gewisser Hinsicht war es das auch, denn die Regierung der USA versuchte, sich der Herausforderung zu stellen, mit der sie sich durch ein neuartiges Szenario von Entführungen im Ausland konfrontiert sah, wozu auch die furchtbaren Tode der US-amerikanischen Journalisten James Foley und Steven Sotloff zählten, die beide vor laufender Kamera von Kämpfern der Terrormiliz »Islamischer Staat« enthauptet worden waren. Die tragischen Tode der beiden Journalisten hatten ein weitverbreitetes Misstrauen in die Fähigkeit der Regierung gesät, in einer Zeit des ungezügelten globalen Terrorismus die Sicherheit US-amerikanischer Bürger zu gewährleisten, und zwar sowohl im Ausland als auch in den USA selbst.

Zuvor hatten die Dienste, die mit Entführungen befasst waren, miteinander darum gerangelt, wer das Sagen hatte, sich geweigert, Informationen weiterzugeben, und den Familienangehörigen gedroht, sie vor Gericht zu bringen, wenn sie ein Lösegeld zahlten. Mit dem Ziel, über eine effektivere Mannschaft zu verfügen, um entführte Geiseln nach Hause zu holen und deren Familien zu unterstützen, hatte die gegenwärtige Regierung eine dienstübergreifende Einheit gebildet. In Ergänzung zur Presidential Decision Directive 12 hatte die Regierung die Presidential Policy Directive 30 verabschiedet und darin Richtlinien festgelegt, nach denen in Fällen von Entführungen US-amerikanischer Bürger im Ausland zu verfahren war. Angesichts ihrer Geheimdiensterfahrung, die sie bei der CIA erworben hatte, und ihrer internationalen Erfahrung aufgrund ihrer Arbeit im Außenministerium war Gabrielle in der neuen Abteilung eine Topposition angeboten worden.

Die Informationen, die sie am Tag zuvor von der für Afrika zuständigen Abteilung erhalten hatte, erregten ihre Aufmerksamkeit. Ein unbekannter Waffenhändler namens Ares füllte seine Kasse, indem er die Entführung von Vorstandsmitgliedern international agierender Unternehmen unterstützte, die im Rohstoffabbau, in der Erdölindustrie, in der Landwirtschaft oder im Bankgeschäft tätig waren. Die Entführungsteams dieser Schattengestalt gaben sich nicht mit Angestellten der mittleren Managementebene ab – er hatte es auf die hohen Tiere abgesehen. Und zusätzlich zu den Entführungen belieferte Ares diverse Rebellenbanden mit großen Mengen chinesischer Waffen.

Alles, was den Wohlstand der Vereinigten Staaten gefährdete, erforderte ein umgehendes Einschreiten, und Rohstoffe waren definitiv von nationalem Interesse. Die politischen Unruhen und die terroristischen Entführungen im Ausland hatten US-amerikanische Firmen Milliarden gekostet, was auch schon ernst genug war, ohne dass auch noch ein mysteriöser Akteur wie Ares hinzukam. Da die Zahl der weltweiten Entführungen sich im Laufe der vergangenen fünf Jahre verdreifacht hatte, war ihr Team bis zum Anschlag ausgelastet – aber dieser selbst ernannte Kriegsgott musste gestoppt werden. Das Problem war, dass niemand ihn identifizieren konnte. Er war ein Geist.

Das Zirpen ihres Privathandys riss sie aus ihren Gedanken. Sie langte in ihre Schießjacke und holte das Gerät heraus. Auf dem Display stand »Unbekannter Anrufer«. Sie hoffte, dass es nicht der Typ war, den sie am Morgen aus ihrem Bett geworfen hatte – sie hatte ihn am Abend zuvor zu später Stunde im Kelly's in der Nähe der Union Station aufgerissen und sich nicht einmal die Mühe gemacht, ihn nach seinem Namen zu fragen. Er war ganz nett gewesen und hatte mit ihr frühstücken und den Weihnachtstag gemeinsam feiern wollen, doch sie hatte nichts davon wissen wollen. Wenn er auf der Suche nach einer Seelenverwandten war, würde er seinen Radar für die Partnersuche neu justieren müssen.

»Farrah«, meldete sie sich.

Am anderen Ende ertönte eine dumpfe, mechanisch klingende, hallende Stimme.

»Christos Paris wurde entführt.«

»Was? Wer spricht da?«

»Santorin.«

»Warten Sie, was ...?« Es klickte, und die Verbindung war tot.

Ihre Finger krallten sich um das Handy in ihrer Hand. Christos Paris, der milliardenschwere Ölmagnat, der so oft auf der Titelseite der *Forbes* geprangt hatte, dass sie die Male nicht zählen konnte, war entführt worden? Gestern erst war ein Bericht über die bevorstehenden Verhandlungen in Kanzi über ihren Schreibtisch gegangen. Ein gigantischer Ölfund in dem verarmten Land konnte die geopolitischen Kräfte auf der ganzen Welt verändern. Japan, Iran und Russland hatten Angebote für die Bohrrechte und die Raffination unterbreitet, doch Paris Industries und die Chinese National Petroleum Company waren die einzigen beiden Bieter, die noch im Spiel waren. Wenn Christos Paris entführt worden war, konnte dies für die US-amerikanischen Interessen ein Riesendesaster sein.

Sie rief das Bereitschaftsteam an. Die HRFC-Zentrale war an sieben Tagen die Woche rund um die Uhr besetzt. »Verfolgen Sie die Nummer zurück, von der ich soeben auf meinem Privathandy angerufen wurde. Und teilen Sie mir umgehend das Ergebnis Ihrer Recherche mit.«

Sie musste dringend eine rauchen. Sie packte ihr Gewehr zusammen und verarbeitete den alarmierenden Anruf. Wer hatte angerufen? War Paris wirklich entführt worden? Und wenn es stimmte, war es dann zu viel verlangt zu hoffen, dass es eine ganz normale Entführung war, bei der es um Lösegeld ging? Politisch motivierte Entführungen hatten das Potenzial, ein ganzes Land als Geisel zu nehmen und sowohl zu Hause als auch im Ausland gewaltigen Schaden anzurichten. Nach dem Geiseldrama im Iran lag Jimmy Carters Präsidentschaft in Trümmern. Ein Versuch, US-amerikanische Geiseln zu befreien, die im Libanon festgehalten worden waren, hatte zu Ronald Reagans Iran-Contra-Skandal geführt. In jüngerer Zeit hatte Barack Obama wegen eines Austauschs politischer Gefangener für den in Afghanistan festgehaltenen US-amerikanischen Soldaten Bowe Bergdahl eine heftige Kontroverse ausgelöst.

Die Presidential Policy Directive 12 legte fest, dass die US-Regierung keine Zugeständnisse machen würde – Politsprech für kein Lösegeld zahlen –, stellte jedoch zum ersten Mal klar, dass »keine Zugeständnisse« nicht bedeutete, »keinen Kontakt« aufzunehmen. Was die Zahlung von Lösegeld anging, hatte sich die Haltung der Regierung leicht verändert. Während bisher grundsätzlich nicht mit Terroristen verhandelt worden war, ganz egal, wie die Umstände waren, war man nun dazu übergegangen, jeden einzelnen Fall für sich zu betrachten. Inzwischen wurde die Zahlung eines Lösegelds in Erwägung gezogen, wenn sie dazu dienen konnte, Informationen über die Entführer zu gewinnen, wie zum Beispiel ihre Identität, ihren Aufenthaltsort oder die Art und Weise, wie sie Geld bewegten. Denn unterm Strich war das übergeordnete Ziel der Regierung, Informationen zu gewinnen, die dabei helfen konnten, Terroristen ausfindig zu machen und zu eliminieren, sie zu schnappen und vor Gericht zu bringen oder ihre verzweigten Geldströme auszutrocknen.

Ein Lösegeld konnte nicht gezahlt werden, wenn es nur darum ging, einen einzelnen US-Bürger zu befreien – es mussten schon größere strategische Absichten mit im Spiel sein. Aber wenn Christos Paris die Geisel war, würde diese Maßgabe kein Problem darstellen. Der Name des Mannes war ein Synonym für Öl, den Brennstoff der USA. Diejenigen, die das Sagen hatten, würden alles in ihrer Macht Stehende tun, um ihn zu befreien.

Aber in so einer wichtigen Angelegenheit würde sie sich ganz bestimmt nicht auf das Wort irgendeines mysteriösen Anrufers verlassen. Sie holte ihr Handy hervor, doch ihre Finger zögerten über der Tastatur. Der einzige Mensch, der ihr helfen konnte, war der letzte Mensch, mit dem sie sich in Verbindung setzen wollte.

Was soll's! Wir sind beide erwachsen. Sie wählte die Nummer aus dem Gedächtnis, wobei ihr ihre CIA-Ausbildung zu Hilfe kam.

»Maximilian Heros.« Seine tiefe Baritonstimme brachte die Erinnerungen an jene Nacht im Hotel Grande Bretagne in Athen zurück.

»Es ist schon eine Weile her.«

Ein Moment des Schweigens. »Gabrielle. Ich dachte, die Sache zwischen uns wäre erledigt.«

»Ist sie auch. Dies ist ein dienstlicher Anruf.«

»Musst du all deine Anteilnahme für deine Geiseln aufsparen? Könntest du nicht wenigstens so tun, als würde es dich interessieren, wie es mir geht?« In der Stimme des hochrangigen griechischen Polizisten schwang tiefe Enttäuschung mit.

So viel dazu, dass sie beide erwachsen waren. Als sie einander zum ersten Mal begegnet waren, hatte sie ihm gegenüber keinen Hehl daraus gemacht, dass sie nicht an einer Beziehung interessiert war, doch nachdem sie an einem Abend gemeinsam eine Flasche Scotch geleert und einander den Kummer anvertraut hatten, den ihre Schwestern ihnen bereiteten – ihre hatte Krebs, seine hatte einen schweren Verkehrsunfall erlitten –, hatte er ihr klar zu verstehen gegeben, dass er mehr wollte. Also hatte sie ihn abserviert.

»Na gut. Wie *geht* es dir denn, Max?« Sie konnte den Sarkasmus in ihrer Stimme nicht unterdrücken.

»Ein guter Mann könnte Wunder bewirken, um dich glücklich zu machen. Was brauchst du?«

»Informationen. Ist da drüben bei euch irgendwas passiert?« Sie unterdrückte den Drang, an ihren Fingernägeln zu kauen. Ihre Hände gierten nach einer Zigarette.

»Vielleicht könntest du dein Anliegen ein bisschen konkretisieren.«

»Eine Entführung.«

»In Griechenland?«

»Santorin«, entgegnete sie.

»Auf Santorin sind in dieser Woche jede Menge zusätzliche Sicherheitskräfte stationiert. Wegen der Geburtstagsfeier von Christos Paris tummeln sich dort gerade Scheichs, Politiker, Rockstars ... *Skata*, wer wurde denn entführt?«

Wenn sie etwas haben wollte, musste sie auch etwas geben. »Paris. Ist aber nicht bestätigt.« Max war in Griechenland so gut vernetzt wie niemand sonst. Wenn es stimmte – wie konnte er es dann nicht wissen?

»Christos Paris wurde entführt?« Einige Sekunden herrschte Schweigen. »Das ist ja wirklich verrückt! Das hat ja alle Zutaten zu einer modernen griechischen Tragödie.«

»Warum das denn?«

»Bist du, was das *Who's Who in Kidnapping* angeht, nicht auf dem Laufenden, Gabrielle?« Er spielte mit ihr, ließ sie dafür bezahlen, dass sie die Frechheit besessen hatte, den großen Maximilian Heros zurückzuweisen. *Natürlich wusste er von der Entführung.*

»Ich sehe schon, dieser Anruf war ein Fehler«, stellte sie fest.

»Wo ist denn dein Sinn für Abenteuer?«, fragte er.

»Hat sich zusammen mit meinem Sinn für Humor in Luft aufgelöst. Was ist denn nun verrückt?«

»Dass Christos entführt wird und seine Tochter weltweit eine der Topgeiselbefreiungsexpertinnen ist. Unsere Familien sind schon seit vielen Jahren miteinander befreundet. Ich rede von Thea Paris. Ehemalige Agentin der Defensive Intelligence Agency mit einem Master in Internationale Beziehungen. Spricht sieben Sprachen. Unter dem Namen Liberata bekannt, seit sie in Sizilien eine Geisel aus den Fängen eines Mafiabosses befreit hat, ohne auch nur einen einzigen Cent zu bezahlen. Niemand weiß, wie sie es angestellt hat.«

Stimmt, ja, Thea Paris. Sie hatte Vater und Tochter nicht miteinander in Verbindung gebracht.

»Paris' Sohn wurde vor vielen Jahren auch schon mal entführt, als der Junge zwölf war. Auf einigen Familien scheint in dieser Hinsicht ein Fluch zu liegen.«

»Ist der Sohn wieder nach Hause gekommen?«

»Nach neun Monaten Gefangenschaft irgendwo in den Tiefen von Kanzi.«

Wo Christos gerade versuchte, den größten Deal seines Ölmagnatendaseins abzuschließen.

»Kannst du ein bisschen herumschnüffeln? Und sehen, was du herausfinden kannst? Meine Informationen sind nicht bestätigt, meine Quelle ist nicht besonders zuverlässig. Und während du ermittelst, nehme ich den nächsten Flieger nach Athen.«

»Eine unzuverlässige Quelle? Nun komm schon, du brauchst

mir keine Märchen aufzutischen, wenn du mich sehen willst, Gabrielle.«

»Konzentrier dich auf die Entführung. Es dreht sich nicht immer alles nur um dich.«

»Das ist der Punkt, in dem du dich irrst. Du hättest einen anderen deiner Kontakte in Griechenland anrufen können, aber du hast meine Nummer gewählt.«

»Weil du in deinem Job gut bist – oder es zumindest mal warst«, entgegnete sie.

»Im Bett bin ich auch gut.«

»Sorg nicht dafür, dass ich es bereue, dich angerufen zu haben.«

Er lachte. »Pack dein rotes Kleid ein. Bis bald.«

Sie beendete das Gespräch. Max war der einzige Mann, mit dem sie sich möglicherweise eine zweite gemeinsame Nacht vorstellen konnte – aber sie war keine Frau für eine Beziehung. Der Schießstand lieferte ihr alles an therapeutischem Ausgleich, was sie benötigte. Außerdem riskierte sie, ihr Herz zu verlieren, wenn sie sich zu stark auf jemanden einließ. Der Tod ihrer Eltern und die Krankheit ihrer Schwester hatten ihr schon genug Kummer bereitet.

Familie. Der bloße Gedanke sorgte dafür, dass sie sich nach ihren Eltern sehnte. Vor vier Jahren waren sie zusammen in den Libanon gereist, und ihr Urlaub hatte sich als ein tödlicher Albtraum entpuppt. Sie kannte immer noch nicht die ganze Geschichte dessen, was passiert war, sie war gegen eine Mauer gerannt, als sie versucht hatte, weitere Ermittlungen anzustellen. Jetzt brauchte die Familie Paris Hilfe.

Wenn Christos tatsächlich entführt worden war, konnte sich diese Sache als der Fall des Jahrhunderts entpuppen, und der Job würde ihre gesamte Aufmerksamkeit erfordern. Es war höchste Zeit, dass sie ihr Team anwies, ein detailliertes Dossier über Christos Paris und seine Familie zu erstellen. Sie schlang ihre Gewehrtasche über ihre Schulter und steuerte ihren ramponierten BMW an.

KAPITEL
07

Thea bürstete ihr langes, dunkles Haar, trug Lipgloss auf und schlüpfte in das schwarze Anne-Fontaine-Kleid, das sie für die Namenstagsfeier ihres Vaters ausgesucht hatte. Angesichts des Schauspiels, das sie gleich vor den Gästen inszenieren würde, schwirrte ihr der Kopf. Sie hatte in dem Hotel direkt gegenüber dem Restaurant, in dem die Party stattfinden sollte, eine Suite gebucht, weil sie vorgehabt hatte, ihren Vater mit einer After-Show-Party im Kreis seiner engsten Freunde zu überraschen. Aber die Gegebenheiten hatten sich geändert. Nun musste sie zu den Partygästen sprechen, eine Erklärung für die Abwesenheit des Ehrengastes erfinden und die Zeit nutzen, sämtliche Gesichter der Versammelten zu studieren.

Einer von ihnen konnte hinter Christos' Verschwinden stecken.

Sie umarmte Aegis ungestüm und gab ihm ein Leckerli. Er war seit dem Morgen völlig von der Rolle, und das entsprach ihrer eigenen Stimmung. Er vermisste ihren Vater ebenfalls. »Mach dir keine Sorgen – wir finden ihn.«

Sie hüllte sich in einen Sprühnebel aus Creed-Parfüm, schlüpfte in ihre Louboutin-Stilettos und wünschte sich, die letzten dreizehn Stunden auslöschen zu können. Hakans Ankunft, die Nachbesprechung, die Suche nach Zeugen – all das hatte sie nur verschwommen wahrgenommen, während sie stur ihre übliche Vorgehensweise befolgte, damit die Routine die Panik unterdrückte, die unter ihrer Oberfläche brodelte. Das goldene Zeitfenster war nur kurze Zeit geöffnet: Die ersten vierundzwanzig Stunden waren bei jeder Entführung von entscheidender Bedeutung, und bisher hatten sie fast nichts in der Hand.

Sie checkte noch einmal ihren Blutzuckerwert, verließ das Hotel und überquerte den Hof, der zum Sphinx führte, dem Restaurant, in dem sie die Party ausrichten wollten. Der Blick vom Restaurant über die atemberaubende Caldera Santorins war unvergleichlich. Die winzigen Lichtpunkte an der Klippe erhellten zusammen mit den Sternen den nächtlichen Himmel. Sie fragte sich, ob ihr Vater da, wo er jetzt war, auch die Sterne sehen konnte.

Ihr Magen wurde flau, als sie an das Blutbad an Bord der *Aphrodite* dachte, an die zahlreichen schaurigen Leichen der Crewmitglieder. Sie würde dafür sorgen, dass ihre Familien finanziell abgesichert wären, aber kein Geld der Welt würde jemals ausreichen, sie für ihre Trauer zu entschädigen. Das wusste sie nur zu gut. All der Reichtum ihres Vaters hatte in keinster Weise dazu beigetragen, den Schicksalsschlag zu mildern, den sie vor Jahren erlitten hatte, als ihre Mutter gestorben war. Ihr Tod hatte in ihrer Familie eine klaffende Wunde hinterlassen, die sich nie schließen würde.

Nach einer gründlichen Durchsuchung der Jacht hatten sie und Hakan die *Aphrodite* nach Santorin zurückgebracht, die Donzi im Schlepptau. Hakan hatte Christos' zuverlässigem Polizeikontakt, Max Heros, von der Jacht, den Leichen und dem Blutfleck auf dem Hubschrauberlandeplatz erzählt. Sie hatten keine Ahnung, wer Christos entführt hatte und warum. Solange sie die Situation nicht besser verstanden, war Eindämmung das Schlüsselwort, und Max hielt die Informationen unter der Decke. Offen mit den Behörden zusammenzuarbeiten war nie der Modus Operandi ihres Chefs gewesen, und in diesem Fall war Thea gerne bereit, diesem Beispiel zu folgen.

Insbesondere in Anbetracht der merkwürdigen lateinischen SMS, die auf das Handy ihres Vaters geschickt worden war. Sie hatte sie schließlich übersetzt: *Oft ist es nicht einmal nützlich, zu wissen, was bevorsteht.* Ein Zitat von Cicero. Es bot keine Hinweise, war nur ein düsteres Omen. Sie las die Botschaft immer wieder, suchte verzweifelt nach irgendeinem Anhaltspunkt. Es war normal, dass Entführer ihre Geiseln erst mal in ein sicheres Versteck brachten, bevor sie eine Lösegeldforderung stellten, doch diese Sache fühlte sich irgendwie anders an. Es kam ihr vor, als würden sie verhöhnt.

Sie zwang ihre Gedanken, sich wieder dem zuzuwenden, was unmittelbar vor ihr lag, und wünschte sich, sie hätte Aegis als moralische Unterstützung mit auf die Party nehmen können. Sie betrat das Restaurant, musterte die Weihnachtskränze, die die weiß getünchten Wände zierten, und die Mistelzweige, die von den Torbögen herabhingen. Kellner servierten griechische Delikatessen und schenkten Cristal Champagner ein. Gelächter erfüllte den Raum. Die Männer trugen maßgeschneiderte Smokings, die Frauen zeigten sich in der neuesten Designermode.

Thea blieb stehen und begrüßte Ahmed Khali, den Vorstand für das operative Geschäft bei Paris Industries, einen kompetenten Mann, der seine Arbeit ernst nahm. Er wirkte gehetzt. Wusste er etwas über die Entführung, oder machte er sich nur Sorgen, ob die Party seines Chefs ein Erfolg werden würde?

Thea schüttelte kurz den Kopf, um die aufkeimende Hysterie zu verscheuchen, und steuerte auf direktem Weg die Bühne mit dem Rednerpult an. Sie brauchte jedes Quäntchen ihrer Energie, um das hier durchzuziehen. Sie nickte Hakan zu. Bevor sie ans Mikrofon trat, schloss sie die Augen, dachte an glücklichere Zeiten und wünschte sich, dass Christos wie von Zauberhand auftauchen und seine Gäste begrüßen möge.

Sie öffnete die Augen wieder, trat vor und justierte das Mikrofon. »Guten Abend allerseits. Herzlich willkommen auf unserer alljährlich stattfindenden Feier.«

Die Gäste drehten sich zur Bühne um, die Geräuschkulisse verebbte. Sie nahm die Gesichter ins Visier, hielt Ausschau danach, ob jemand die Lippen zusammenkniff oder schnell wegsah, suchte nach irgendeinem Anzeichen dafür, dass jemand im Raum war, der etwas mit dem Verschwinden ihres Vaters zu tun haben könnte. Doch außer Ahmed Khalis fragendem Gesichtsausdruck blickten ihr nur erwartungsfreudige, gute Laune ausstrahlende Gesichter entgegen. Und bisher keine Spur von ihrem Bruder Nikos. Sie freute sich nicht gerade darauf, ihm die Hiobsbotschaft zu überbringen. Die Entführung ihres Vaters förderte bei ihm vermutlich Erinnerungen zutage, die besser in der Vergangenheit begraben blieben.

Sie rang sich ein Lächeln ab. »Meine Familie freut sich sehr, dass Sie heute hier bei uns sind.« Sie beugte sich von dem Mikrofon weg und räusperte sich.

Unter den Gästen erhob sich zustimmendes Gemurmel. Gläser klirrten aneinander, es wurde angestoßen. Die Eingeladenen waren aus der ganzen Welt eingeflogen: geschäftliche Konkurrenten, Würdenträger, Scheiche, Führungskräfte von Paris Industries, Politiker, Rockstars, Prominente.

»Nichts würde ich lieber tun, als jetzt an meinen Vater zu übergeben, damit er seine Party eröffnet, aber ich fürchte, das werde ich heute Abend nicht tun können.«

Vereinzeltes enttäuschtes Aufstöhnen. Jemand rief: »Wo ist unser Star des Abends?«

Sie wünschte, sie wüsste es. »Ein sehr geschätztes Mitglied des Paris-Industries-Teams, genauer gesagt der Chef-Bodyguard meines Vaters, der ihm während der vergangenen zweiundzwanzig Jahre treue Dienste geleistet hat, ist heute Nachmittag unerwartet verstorben.« Ihr Vater hatte ihr immer geraten, beim Lügen so nah wie möglich bei der Wahrheit zu bleiben. »Aus Anlass dieses tragischen Verlustes ist mein Vater heute Abend bei der Familie des Verstorbenen. Er lässt seine herzlichsten Grüße ausrichten und hofft, dass Sie die Gelegenheit nutzen, die Extraration Champagner zu genießen, die zur Verfügung stehen wird, da er selber ja nicht da ist, um sich daran gütlich zu tun.« Sie erhob ihr Glas. »Auf Christos.«

Der Geräuschpegel im Restaurant stieg, als die Gäste ihre Unterhaltungen wiederaufnahmen. Die Partystimmung kehrte schnell zurück. Natürlich bedauerten sie es, dass ihnen nun die Möglichkeit entging, persönlich mit ihrem Vater den Kontakt zu pflegen, aber sie würden sich bestimmt nicht die Gelegenheit entgehen lassen, dem guten Essen und dem Champagner zu frönen.

Die Gästeliste war über Monate unter strategischen Gesichtspunkten zusammengestellt worden, alle Eingeladenen waren sorgfältig ausgewählt. Und auch wenn Christos den Ruf genoss, ein Mann zu sein, der zu seinem Wort stand, arbeitete er in einer gnadenlosen Branche, in der Verrat und Betrug an der Tagesordnung waren. Das machte ihre Aufgabe, nach ungewöhnlichem oder verdächtigem Verhalten Ausschau zu halten, natürlich zu einer Herausforderung.

Mit der linken Hand umklammerte sie den BlackBerry ihres Vaters und betete darum, dass er klingeln möge. Außer der hinterlassenen Spur aus Leichen und der lateinischen Textnachricht hatten sie nichts, wo sie ansetzen konnten. Der Zeitfaktor war eine der mächtigsten Waffen von Entführern: Sie ließen Familienangehörige verzweifelt auf Nachrichten warten. Das Spiel war Thea nur allzu gut bekannt.

Sie ließ ihren Blick über die Gästeschar schweifen und erkannte aufgrund von Zeitungsfotos Quan Xi-Ping und Quan

Chi, Schwester und Bruder. Die Delegation aus China. Nur ihr Vater hatte den Mumm, seine unmittelbaren Konkurrenten bei den Verhandlungen über die Bohrrechte in Kanzi zu seiner Party einzuladen. Vielleicht wäre es eine gute Idee, wenn sie sich den beiden vorstellte und herauszufinden versuchte, ob das Geschwisterpaar etwas zu verbergen hatte.

Sie stellte ihr Glas ab – kein Alkohol heute Abend – und verließ die Bühne. Von ihrem Treppenlauf war sie noch etwas wacklig auf den Beinen, der Stress und die Stilettos taten ein Übriges. Auf der letzten Stufe geriet sie ins Taumeln. Eine starke Hand hielt sie fest.

Sie blickte auf. Vor ihr stand Rif.

»Dein linkes Auge zuckt, wenn du lügst«, sagte er.

»Tut mir leid, ich habe gerade keine Zeit für Small Talk.« Sie wollte an ihm vorbeigehen, aber seine große Gestalt versperrte ihr den Weg.

»Scheint immer so zu sein, wenn ich in der Nähe bin. Aber heute Abend lasse ich mich nicht abwimmeln. Mein Patenonkel würde dieser Party niemals fernbleiben, es sei denn, er ist todkrank oder tot. Was von beidem ist der Fall?«

Immer ganz der Taktvolle. »Piers ist tot. Das war keine Lüge.« Sie sah ihm in die Augen. Rif kannte Piers seit vielen Jahren. Hakan und Christos waren schon eng miteinander befreundet gewesen, bevor sie und Rif überhaupt zur Welt gekommen waren.

Seine harten Gesichtszüge wurden etwas weicher. »Tut mir leid. Ich weiß, dass ihr beiden euch sehr nahestandet.«

»Danke.« Normalerweise war sie stolz darauf, wie gut sie es schaffte, bei Entführungsfällen, die oft einer Achterbahnfahrt der Gefühle gleichkamen, die Fassung zu bewahren, aber dieser Fall lag anders. Sie hatte sich nur mit Mühe im Griff. »Ich muss gehen.«

»Nicht, bevor du mir verrätst, warum du so durch den Wind bist.«

Sie langte nach seinem Arm, um ihn sanft wegzuschieben, und ertastete seinen harten Bizeps unter dem Ärmel seines Smokings.

Bevor Rif zur Seite treten konnte, kam Hakan auf sie zu. »Gut, dass ihr beiden schon bei der Sache seid.«

»Bei welcher Sache?«, fragte Rif.

»Wir brauchen angesichts einer gewissen Situation deine Hilfe, mein Sohn.«

»Nicht hier«, stellte Thea mit Nachdruck klar und starrte Hakan an.

»Verstehe«, entgegnete Hakan und nickte. »Lass uns im Hotel weiterreden.«

Er drehte sich um und steuerte den Ausgang an. Rif bedeutete Thea, ihm zu folgen. Doch sie blieb stehen, ihre Louboutin-Stilettos verharrten wie festgewachsen auf der Stelle. Er brauchte nicht zu wissen, dass sie vorhatte, vor ihrer Lagebesprechung noch mit der chinesischen Abordnung zu reden.

Rif zog eine Augenbraue hoch. »Um was auch immer es geht, ich kann diskret sein.«

»Aber du hältst dich nicht immer an die Befehle.«

KAPITEL
08

Rif stapfte hinter seinem Vater über den Hof des Hotels. In jedermanns Leben gab es einen Menschen, dem man es nie recht machen konnte, egal, wie sehr man sich auch bemühte. In seinem Fall war dieser Mensch Thea Paris, und zwar schon seit ihrer gemeinsamen Kindheit. Schon damals hatte er machen können, was er wollte, um sie zufriedenzustellen – es hatte nicht funktioniert. Meistens behandelte sie ihn einfach, als wäre er ein Neandertaler.

Er redete sich ein, dass es ihm egal war, was sie über ihn dachte, aber tief in seinem Inneren wusste er, dass das nicht stimmte. In Nigeria hatte er sich voll reingehängt und sich feindlichem Beschuss ausgesetzt, um ihre Geisel nach Hause zu bringen. Und was hatte ihm das gebracht? Einen Anschiss wegen Befehlsverweigerung. Verdammt, sie mochte ihren Hund lieber als ihn.

Rif folgte seinem Vater durch die Tür der Suite, die Thea für die After-Party gemietet und für die Gäste offen gelassen hatte.

Hakan legte Rif seine rechte Hand auf die Schulter. »Christos ist von seiner Jacht entführt worden. Die Crewmitglieder wurden alle ermordet, bis auf Henri, den Koch, der ebenfalls verschwunden ist.«

Rif holte tief Luft und versuchte, die Nachricht zu verarbeiten. »Gab es schon Kontakt mit den Entführern?«

»Nur eine lateinische Textnachricht, die an Christos' Handynummer geschickt wurde.«

»Merkwürdig.« Rif rieb sich mit einer Hand den Hinterkopf. »Was stand in der Nachricht?«

»Es war ein Zitat von Cicero. ›Oft ist es nicht einmal nützlich, zu wissen, was bevorsteht.‹ Das ist alles, was wir haben. Wie schätzt du Theas Stimmungslage ein?«

Rif rief sich ihre kurze Rede auf der Party in Erinnerung, in der sie Christos' Abwesenheit erklärt hatte. »In Anbetracht der Umstände hält sie sich wacker. Sie ist unerschütterlich.« Falls er je entführt werden sollte, würde er sich wünschen, dass sie sich des Falls annähme.

»Irgendwas fühlt sich nicht richtig an«, murmelte Hakan.

»Hast du mir etwas vorenthalten?«, fragte Rif. Sein Vater war ein Labyrinth aus Geheimnissen.

»Ist nur so ein Gefühl.«

Ja, bestimmt. »Spiel keine Spielchen mit mir, Baba. Wenn du willst, dass ich dabei bin, brauche ich sämtliche Fakten.«

»Pass auf ...«

Jemand klopfte an die Tür.

»Wir sind noch nicht fertig miteinander.« Rif durchquerte den Raum und blickte durch den Türspion. Seine Atmung beschleunigte sich. Draußen stand Thea, einen stürmischen Ausdruck auf dem Gesicht.

Schotten dicht machen. Zyklon im Anmarsch.

KAPITEL
09

Nachdem Thea mit den Quans gesprochen hatte, die zwar aalglatt und ein wenig verdrießlich zu sein schienen, jedoch kein unverhohlen verdächtiges Verhalten an den Tag legten, war sie zu der Hotelsuite hinübergeeilt, die sie für die After-Party gemietet hatte. Sie entledigte sich ihrer Stilettos, warf ihre Handtasche auf einen in der Nähe stehenden Stuhl und gesellte sich zu Hakan und Rif, die in der Sitzecke am Kamin saßen.

»Das mit Christos tut mir echt leid«, sagte Rif.

»Wie ist der Stand?« Die Frage war an Hakan gerichtet. Sie wollte Antworten, Fakten, irgendetwas, das dazu beitrug, ihren Vater nach Hause zu bringen. Auf Rifs Mitleid konnte sie verzichten. »Verfolgen wir die Spuren jeden Hubschraubers, der in der Gegend war? Anders als mit einem Hubschrauber können sie Papa unmöglich so schnell von der Jacht weggeschafft haben.«

Hakan fummelte an der hochstehenden Stirnlocke seines dichten grauen Haarschopfes herum. »Wir warten noch auf Rückrufe. Die *Aphrodite* wurde in einen kleinen Hafen in der Nähe von Athen gebracht, wo wir gute Beziehungen zu den Zollbeamten haben. Außerdem habe ich Max Heros auf den neusten Stand gebracht. Unsere Kriminaltechniker sind auf dem Weg, um die Leichen der Crewmitglieder zu untersuchen und andere Hinweise zu analysieren – allerdings bin ich nicht besonders optimistisch. Alles deutet darauf hin, dass wir es mit Profis zu tun haben. Wir suchen auch nach dieser Bettlerin, der du an der Treppe begegnet bist. Vielleicht hat sie etwas gesehen. Außerdem habe ich eine Liste der Feinde deines Vaters erstellt.«

»Ehrgeizige Männer hinterlassen auf ihrem Weg nach oben viel verbrannte Erde«, stellte Rif fest und sah sich den Ausdruck an, den Hakan mitgebracht hatte. »Dass sie sich dabei Feinde machen, ist sozusagen eine natürliche Begleiterscheinung.«

Thea dachte an Paris Industries – an all die Intrigen und Fälle von Verrat, an die Arbeitsunfälle, die Menschen zu Krüppeln gemacht und getötet hatten, an die ökologischen Folgen der Aktivitäten der Firmen, an denen ihr Vater in allen möglichen Ländern beteiligt war. Die schiere Anzahl potenzieller Feinde bereitete ihr Unbehagen.

»Wie ich Christos kenne, ist er schon dabei, seine Freilassung auszuhandeln«, sagte Hakan.

»Ja, vielleicht sollten wir eher die Kidnapper bedauern als ihn«, entgegnete Thea.

Sie lachten alle, aber ihre Heiterkeit war aufgesetzt.

»Jetzt mal im Ernst. Wenn die Kidnapper einfach nur auf Geld aus wären, wäre es für sie am einfachsten gewesen, sich Helena – oder mich oder Nikos – zu schnappen und ein hohes Lösegeld zu verlangen. Papa hätte kein Problem damit gehabt, Geld lockerzumachen und sie freizukaufen. Hier geht es nicht um Geld.«

»Da stimme ich dir voll und ganz zu.« Hakan machte sich Notizen. »Thea, du warst der letzte Mensch, der deinen Vater vor seiner Entführung gesehen hat. Hat er irgendjemanden oder irgendetwas Ungewöhnliches erwähnt – vielleicht auch nur eine Belanglosigkeit, die ihn geärgert hat?«

Es kam ihr vor, als wäre schon eine Ewigkeit vergangen, seitdem sie am Morgen gemeinsam Espresso getrunken hatten.

»Er wollte, dass ich Peter Kennedy mal unter die Lupe nehme, den Finanzchef von Paris Industries, aber ich weiß nicht, ob er das ernst meinte. Ich treffe mich in einer halben Stunde im Club 33 mit Peter auf einen Drink. Ich klopfe ihm ein bisschen auf den Busch, aber er ist ein Zahlenfreak. Er verfügt nie und nimmer über die Verbindungen und Ressourcen, um so eine Operation durchzuziehen.«

»Es sei denn, er hat mächtige Partner.« Rif ging neben dem Kamin auf und ab. »Ich habe vor zwei Wochen mit Christos mittaggegessen, und da hat er mir von seinen Sorgen im Zusammenhang mit einer Verhandlung erzählt, die vor Kurzem in Venezuela stattgefunden hat. Der Umweltminister stand offenbar in Verbindung mit einem anderen Ölmagnaten, und Christos hat den Zuschlag nicht bekommen. Peter könnte Insiderinformationen weitergegeben haben …«

Ihre Nackenmuskeln zuckten, als sie von dem Mittagessen hörte. Rif und Christos standen sich nahe – die ausgeprägte Männlichkeit des Soldaten gefiel ihrem Vater, und es bedeutete ihm etwas, Rifs Patenonkel zu sein. Vielleicht erinnerte Rifs waghalsiges Draufgängertum Christos daran, wie er selber in jüngeren Jahren gewesen war. »Warum sollte er Papa dann entführen? Wenn er die Informationen sowieso schon hat, gäbe es doch keine Notwendigkeit. Und Ahmed Khali, der Chef des operativen Geschäfts, dürfte ebenfalls Zugang zu diesen heiklen Informationen haben. Sollten wir uns ihn auch näher ansehen?«

Hakan kreiste einen Namen auf der Liste ein. »All das ist reine Spekulation, weil wir so wenig wissen. Aber da ist noch etwas, dem wir nachgehen sollten. Außerdem, Thea, müssen wir …«

»Falls du glaubst, dass du mich von diesem Fall abziehen kannst, weil ich persönlich zu sehr betroffen bin, vergiss es. Ich werde nicht tatenlos von der Seitenlinie aus zusehen, während Papa in den Händen irgendwelcher Kidnapper ist.« Wenn die Rollen vertauscht wären und sie das Entführungsopfer wäre, würde ihr Vater unermüdlich nach ihr suchen.

Hakan seufzte. »So dumm bin ich nicht, als dass ich so etwas vorschlagen würde. Was mir Sorgen bereitet, ist, dass du auf der *Aphrodite* hättest gewesen sein können, als der Überfall stattfand. Wir wissen nicht, ob die Kidnapper gewartet haben, bis du mit Aegis von Bord gegangen bist, oder ob sie dich einfach nur verpasst haben. Bis wir Genaueres wissen, möchte ich dich unter Schutz stellen.«

»Ich bin ja wohl durchaus in der Lage, selber auf mich aufzupassen.«

»Das weiß ich, aber dein Vater würde es mir nie verzeihen, wenn dir irgendetwas zustoßen würde. Rif steht dir bis auf Weiteres rund um die Uhr zur Seite.«

Sie verweigerte Rif die Genugtuung einer Reaktion. Dennoch spannten sich ihre Rückenmuskeln an. Um Hakan zufriedenzustellen, würde sie sich damit abfinden, einen Babysitter zu haben. Falls nötig, würde sie ihn einfach abschütteln. »Was ist mit Henri? Er ist zusammen mit Papa verschwunden, also muss er auch als Geisel genommen worden sein, oder er ist ein Komplize. Gibt es irgendeinen Hinweis, der ihn mit der Entführung in Verbindung bringt?«

»Ich habe Freddy Winston aus unserer Londoner Zentrale mit ins Boot geholt. Er untersucht Henris Hintergrund. Außerdem seine Bankgeschäfte und die Telefonate, die er geführt hat. Vielleicht haben wir ja Glück.«

Freddy war einer der erfahrensten Geiselbefreiungsspezialisten in der Londoner Zentrale, und sie war erleichtert, dass er mit an Bord war. Er hatte gerade die Entführung des Mitarbeiters von Beltrain Communications im Sudan erfolgreich zu

Ende gebracht, sodass er zur Verfügung stand, ihnen zu helfen. »Freddy ist eine gute Wahl. Hältst du mich auf dem Laufenden, wenn weitere Leute ins Team geholt werden?«

Auf Hakans Smokinghemd zeichneten sich Schweißflecken ab. »Wenn ich kann, ja. Hört zu, wir müssen schnell Entscheidungen treffen. Christos' Leben könnte davon abhängen. Die Grenzen sind verwischt, und das unterscheidet diese Entführung von den Fällen, mit denen wir sonst zu tun haben. Wir müssen Freddy ein Angehörigen-Interview mit dir führen lassen. Du magst eine meiner besten Verhandlungsführerinnen sein, aber du warst auch die erste Kontaktperson, bei der die Kidnapper sich gemeldet haben. Es wäre für jeden in deiner Situation schwierig, objektiv zu bleiben.«

»Du bist ja auch nicht gerade völlig unberührt von dem Ganzen.«

»Und genau deshalb werde ich auch alles tun, was in meiner Macht steht, um Christos zurückzubring...«

Ein lautes Klopfen an der Tür der Suite ließ ihn innehalten.

Rif schlich zur Tür, in den Händen hielt er wie durch Zauber plötzlich eine Glock. »Wer ist da?«, fragte er, blickte kurz durch den Türspion und öffnete die Tür.

Auf der Schwelle stand Christos' Frau, Helena. Ihr rotblondes Haar war zerzaust, ihre Wimperntusche unter den Augen verschmiert. Hakan hatte ihr die Hiobsbotschaft von der Entführung ihres Mannes früher am Abend überbracht und sie einer Befragung unterzogen, um zu sehen, ob sie irgendwelche hilfreichen Informationen liefern konnte. »Sie wollten informiert werden, wenn Nikos einfliegt. Sein Flugzeug ist vor zwei Minuten gelandet.«

»Danke für das Update. Alles okay mit Ihnen?«, fragte Hakan.

»Sobald Sie mir meinen Mann wohlbehalten zurückgebracht haben, ja. Falls Sie mich noch brauchen sollten – ich bin in der

Kapelle. Ich gehe davon aus, dass Sie Nikos unterrichten.« Mit diesen Worten schritt Helena wieder von dannen.

Eine greifbare Spannung lag in der Luft. Nikos. Immer wieder das Problem, das allen bekannt war und keiner ansprach. Hakan und Rif würden zweifellos dafür plädieren, ihn besser im Dunkeln zu lassen – aus allen möglichen Gründen. Aber Christos war auch sein Vater, und egal, wie schwierig das Vater-Sohn-Verhältnis auch sein mochte, ihr Bruder verdiente es zu wissen, was los war.

»Was ist mit Helena?«, fragte Rif. »Sie ist relativ neu in Christos' Leben und hat Zugang zu seinem Terminkalender.«

Thea sah ihn an. »Du bist wohl kein Fan von ihr, was?«

Er zuckte mit den Achseln. »Sie sind noch nicht lange zusammen. Vielleicht verbirgt sich im Inneren ihrer süßen Hülle ein fauler Kern. Immerhin hat sie ein milliardenschweres Motiv. Es wäre doch verrückt, sie nicht in Betracht zu ziehen.«

»Jeder wird unter die Lupe genommen«, stellte Hakan klar und tippte mit seinem Kugelschreiber auf seinen Oberschenkel. »Wie wir wissen, war Christos im Begriff, in Afrika den Deal seines Lebens unter Dach und Fach zu bringen, womit Paris Industries zum größten Öllieferanten der Welt aufsteigen würde. Würden die Chinesen nicht am meisten davon profitieren, wenn sie ihn verschwinden ließen?«

»Vielleicht, vielleicht aber auch nicht. Ich habe mich gerade dem Geschwisterpaar vorgestellt, das die chinesische Verhandlungsdelegation leitet. Die Regierung Kanzis könnte die Verhandlungen verschieben, wenn einer der wichtigsten Mitbieter fehlt, und daraus würden die Chinesen keinen Vorteil ziehen. Alle Ölkonzerne, egal ob staatlich oder privat, sind scharf auf Kanzis Ölvorräte.« Bevor die beiden letzten Bietenden übrig geblieben waren, hatte es sehr viel mehr Interessenten gegeben.

»Das Ölgeschäft ist ein geopolitisches Labyrinth«, stellte Hakan fest. »Wir müssen uns alle Akteure genau ansehen, und zwar sowohl die staatlichen Ölgesellschaften als auch die Privatkonzerne.«

Die Mineralölunternehmen, die sich mehrheitlich oder vollständig in staatlichem Besitz befanden, verfügten über finanzielle Unterstützung ihrer Regierungen, hatten Zugang zu politischen Gefälligkeiten und genossen unzählige weitere Vorteile. Paris Industries war ein privater Ölkonzern, und das hieß, dass er sämtliche Explorationen selber finanzieren musste. Durch Christos' Explorationsbohrungen war das große Ölfeld in Kanzi überhaupt erst entdeckt worden. Aber das meiste Öl befand sich in einem Gebiet, für das ihr Vater noch keine Bohrrechte ausgehandelt hatte, womit auch andere Interessenten zugelassen gewesen waren, sich um die Rechte für die Förderung dieses neu entdeckten Öls zu bewerben. Aber Öl war nur eins von mehreren potenziellen Motiven, das die Kidnapper möglicherweise antrieb.

»Wir dürfen auch nicht die Guerillas und die Politiker außer Betracht lassen, die den Ölreichtum in ihren jeweiligen Ländern ausbeuten«, fuhr Hakan fort. »Und auf dieser Liste sollten auf jeden Fall General Ita Jemwa und Premierminister Kimweri stehen.« Bei dem Gedanken, dass ihr Vater einer Milizarmee in Kanzi ausgeliefert sein könnte und womöglich irgendwo frierend, nass und zusammengeschlagen in einem Käfig eingesperrt war, drehte sich ihr der Magen um. Dann wurde sie auf einmal von einem plötzlichen Schwindelgefühl überfallen. Sie langte in ihre Handtasche und nahm einen Energieriegel heraus.

»Möchte einer von euch auch einen?«

»Nein, danke«, erwiderte Hakan.

Rif kniff die Augen zusammen, als könne er es nicht fassen,

dass sie in so einem Moment an Essen dachte. Nur drei Menschen wussten, dass sie Diabetikerin war: ihr Vater, Nikos und ihr Arzt. Aber Rif war ein aufmerksamer Beobachter und verfügte über eine gute Intuition. War es möglich, dass er Bescheid wusste? Ihre Hände zitterten. Sie riss die Verpackung auf und biss in den Riegel.

»Wenn Paris Industries aus den Kanzi-Verhandlungen ausscheidet – wer rückt dann nach?«

»Der russische Ölkonzern Rosneft war aufgrund der geografischen Ausrichtung seiner Aktivitäten knapp an dritter Stelle. Ich frage Ahmed, was Paris Industries über die Firma weiß«, sagte Hakan.

»Jedenfalls würde man bei Rosneft mit Sicherheit die richtigen Leute kennen, die in der Lage wären, eine professionelle Entführung durchzuziehen«, räumte Thea ein. »Trotzdem können wir nicht mit dem Finger auf sie zeigen, ohne Beweise zu haben. Was ist mit Ares und anderen bekannten Gruppen, die sich auf Entführungen spezialisiert haben? Wir dürfen nichts außer Betracht lassen. Manchmal ist die am nächsten liegende Erklärung nicht die richtige. Das hat mir ein schlauer Mann beigebracht.«

Hakan runzelte die Stirn. »Nur dass dieser Mann sich heute nicht besonders schlau vorkommt. Unsere persönliche Betroffenheit lenkt uns ab.«

»Stimmt. Du weißt ja, was die Experten dazu sagen: Ein Anwalt, der sich selbst vertritt, hat einen dummen Mandanten. Sollten wir uns also wirklich selber um diesen Fall kümmern?«, fragte sie, wohl wissend, dass es keine Alternative gab. Nach einem weiteren Biss in den Riegel stand der Raum wieder gerade, der glänzende Schweißfilm auf ihrer Haut kühlte ab, und sie konnte sich wieder konzentrieren.

»Niemand würde sich so ins Zeug legen wie wir. Niemand

verfügt über so viele Insiderinformationen wie wir – Informationen, von denen Christos niemals wollte, dass sie an andere weitergegeben werden. Außerdem würde ich es mir nie verzeihen, wenn ich diesen Fall in andere Hände legen würde und etwas schiefliefe.«

Ihr Telefon summte. Es war eine SMS von einem ihrer Analytiker. »Die lateinische Nachricht, die auf dem Handy meines Vaters gelandet ist, wurde von einem Wegwerfhandy geschickt, das in Athen gekauft wurde. Die Nummer ist nicht zurückzuverfolgen.«

»Das wundert mich nicht«, stellte Hakan klar. »Ich setze mich mit Freddy in Verbindung. Mal sehen, ob er irgendwas rausgefunden hat.«

Thea sah auf ihre Uhr. »Ich treffe mich in zehn Minuten mit Peter Kennedy. Am besten mache ich mich auf die Socken. Könntest du Aegis füttern?« Sie gab Hakan einen ihrer Zimmerschlüssel.

»Zwei Junggesellen mit Riesenhunger und Zimmerservice. Klingt gut.«

»Danke.« Sie schritt durch das Zimmer.

An der Tür hatte Rif sie eingeholt. Sie drehte sich zu Hakan um. »Ist das wirklich nötig?«

»Du musst den Kopf frei haben, um herauszufinden, wer Christos entführt hat«, stellte Hakan klar. »Das geht nicht, wenn du gleichzeitig auf dich selber aufpassen musst. Und wenn dir etwas zustieße, würde dein Vater mir das nie verzeihen.«

KAPITEL

10

Rif ging neben Thea den Kopfsteinpflasterweg entlang, der vom Hotel wegführte. Die Schatten der Olivenbäume tanzten in der frischen Brise und spielten seinen Augen Streiche, während er vor sich die Umgebung ins Visier nahm. Solange er für Theas Sicherheit verantwortlich war, würde ihr nichts passieren. Nicht, dass sie nicht selber auf sich aufpassen konnte, da hatte sie völlig recht gehabt. Aber sie war momentan verletzlich, vielleicht stärker, als es ihr selbst bewusst war. Christos war quasi vor ihren Augen entführt worden, und sie hatte ihm nicht helfen können – eine gespenstische Parallele zu Nikos' Entführung vor zwanzig Jahren.

»Lass uns eins klarstellen«, sagte sie. »Ich führe das Gespräch. Tu du das, was du am besten kannst: einschüchtern durch Schweigen.«

Seine Mundwinkel gingen ganz leicht nach oben. »Das ist ja fast ein Kompliment.« Angesichts der jüngsten Verstimmungen wegen seiner Aktion in Nigeria waren diese Worte regelrecht überschwänglich.

Thea blieb stehen und sah ihn an, ihre smaragdgrünen Augen funkelten. »Ich bin genauso begeistert darüber wie du, dass du mein neuer Babysitter bist, aber unsere Animositäten wegen Nigeria dürfen uns nicht dabei im Weg stehen, meinen Vater zu finden. Das ist das Einzige, was zählt.«

Unsere Animositäten? Genau. Sie erinnerte ihn mit ihrem Verhalten an das Stachelschwein, das ihnen während ihres Einsatzes über den Weg gelaufen war – kampfbereit, mit aufgestellten Stacheln. Kein Dankeschön dafür, dass er ihr und Johansson den Arsch gerettet hatte, kein Dankeschön dafür, dass er ein extremes persönliches Risiko eingegangen war, um ihre Geisel zu finden, kein Dankeschön dafür, dass er ihre Bedürfnisse über seine gestellt hatte.

»Geh vor.«

Sie steuerte den Club 33 an, ihre langen Beine stolzierten in den Stilettos mühelos voran. Nach ein paar Schritten hatte er sie eingeholt, und sie erreichten gleichzeitig den Eingang. »Lass mich bitte als Erster reingehen.« Er betrat den schummrig beleuchteten Club. Weiße Marmorböden, schrille Lichtspots unter einer gewölbten Decke und laute Musik – der Club 33 war einer der angesagtesten Nachtclubs Firas. Ein schwarz gekleideter Barkeeper servierte zwei an der Theke sitzenden fetten Männern jeweils ein Glas Whiskey. Für das tanzlustige Partyvolk war es noch zu früh.

Ein blonder Mann hatte die komplette hintere Sitznische in Beschlag genommen, als handele es sich um sein Privatgemach. Peter Kennedy, Christos' aufsteigender Stern, ein absoluter Hohlkopf und ein Mann, der dazu neigte, sein Gegenüber mit einem Wortschwall einzudecken, als würde er das Magazin einer Pistole leer schießen. In Kennedys Fall würde Rif das Magazin gleich zweimal leeren.

Er hatte Peter etliche Male bei irgendwelchen Paris-Industries-Veranstaltungen getroffen, und das Netteste, was er über den Mann sagen konnte, war, dass er *Rain Man* war: ein absoluter Zahlenfreak. Während seines Aufstiegs die Karriereleiter bei Paris Industries hinauf hatte er den Abdruck seiner Designerschuhe auf den Hinterteilen unzähliger Untergebener hinterlassen. In Anbetracht der Geringschätzung, die Christos seinem Sohn Nikos entgegenbrachte, und angesichts Theas mangelnden Interesses, in das Unternehmen ihres Vaters einzusteigen, lag es auf der Hand, dass entweder Peter Kennedy oder Ahmed Khali als Nachfolger des Firmenpatriarchen infrage kam. Und wenn Rifs Patenonkel die Entführung nicht überleben sollte, wäre Peter der Unternehmensspitze ein deutliches Stück näher gekommen.

Rif nannte das ein Motiv.

Er trat zur Seite, um Thea in die Sitznische schlüpfen zu lassen. Peter wollte aufstehen, aber sie bedeutete ihm, sitzen zu bleiben.

»Danke, dass Sie sich so spät noch mit uns treffen.« Sie lächelte, aber ihr Lächeln war aufgesetzt.

»Tut mir leid wegen Piers. Hatte er einen Herzinfarkt?«, fragte Peter.

Der Finanzchef war geschieden und hatte zwei Kinder. Christos hatte Rif anvertraut, dass Peter vor Kurzem während eines morgendlichen Meetings gelallt hatte, weshalb Rif nicht überrascht war, dass die Augen des Mannes auch jetzt so glasig waren, als hätte er einige Rusty Nails zu viel intus. Sein Blick wanderte zu Theas Ausschnitt. Rif hatte Lust, ihm eine reinzuhauen.

Ihr Ausdruck verfinsterte sich. »Wir werden ihn sehr vermissen. Er stand seit zweiundzwanzig Jahren im Dienste unserer Familie.«

»Kann ich bei den Bestattungsformalitäten behilflich sein oder sonst irgendwas tun?«, fragte Peter.

Speichellecker.

»Danke, das ist nett von Ihnen, aber Piers stammte aus einer Kleinstadt in Südafrika, und die Beerdigung findet dort im engsten Familien- und Freundeskreis statt. Mein Vater hat mich gebeten, für ein paar Tage als Verbindungsglied zwischen ihm und dem Geschäft zu fungieren, damit er seinen Black-

Berry weglegen und Zeit mit Piers' Familie verbringen kann. In nächster Zeit steht doch hoffentlich nichts Drängendes an, oder?«

Peters Augen weiteten sich. Vielleicht konnte er nicht recht glauben, dass sein Workaholic-Chef sich auch nur fünf Minuten freinahm, geschweige denn mehrere Tage. Aber er hatte keinen Grund, Thea zu misstrauen. Außerdem versprühte sie eine Arglosigkeit, die es ihr gestattete, eine ausgefuchste Lügnerin zu sein. Eine perfekte Eigenschaft für Verhandlungen.

»Mit den Geschäften geht es immer auf und ab, aber ein paar Tage bringen wir auch ohne ihn durch. Ich treffe alle notwendigen Entscheidungen.«

Rifs Bauchgefühl sagte ihm, dass irgendetwas faul war. Was war mit den Verhandlungen über die Bohrrechte in Kanzi? Hielt Peter es nicht für erforderlich, die Milliarden-Dollar-Gelegenheit zu erwähnen, die Paris Industries weltweit zur Nummer eins unter den Ölfirmen machen würde, wenn die Firma den Zuschlag erhielt?

»Ich möchte, dass Sie sich mit mir absprechen, bevor Sie irgendwelche wichtigen Entscheidungen treffen«, stellte Thea klar. »Jedenfalls, bis mein Vater zurückkehrt.«

Der Finanzchef räusperte sich. »Heißt das, dass Sie das Angebot Ihres Vaters in Erwägung ziehen, bei Paris Industries einzusteigen?«

Natürlich machte Peter sich mehr Sorgen um sich selber als um irgendetwas anderes. Falls Christos' Lieblingskind in die Firma einstiege, würde dies die Aufstiegspläne des Finanzchefs an die Spitze des Imperiums gefährden, und er hätte womöglich keine Zukunft bei Paris.

»Momentan gilt mein Interesse Entführungen.« Ihre Kiefermuskulatur spannte sich an.

»Am zweiten Januar findet eine Vorstandssitzung statt. Ist er bis dahin zurück?«

»Das hoffe ich doch sehr«, sagte sie. »Ich habe nämlich keine Lust, diese Qual an seiner Stelle über mich ergehen lassen zu müssen. Das wäre nun wirklich zu viel des Guten.« Sie lachte kurz auf.

»Ob Sie es glauben oder nicht – ich finde diese Sitzungen interessant. Aber Ihr Job übertrumpft natürlich alles. Haben Sie irgendwelche spannenden Geiselgeschichten auf Lager?«

Sie kam keinen Moment aus dem Tritt. »Vor Kurzem haben wir in Kolumbien einen Teenager befreit, eine junge Frau, die auf dem Schulweg gekidnappt wurde. Wie sich herausstellte, war ihr Chauffeur in die Entführung verwickelt. So was nennt man wohl Vertrauensbruch.«

»Furchtbar.« Peters bleiches Gesicht wurde leicht pinkfarben, eine physiologische Reaktion, die auf potenzielle Schuldgefühle hindeutete. Aber war diese Reaktion auf einen betrügerischen geschäftlichen Schachzug zurückzuführen, oder war der Finanzchef in die Entführung verwickelt? Oder lag es einfach nur am Alkohol? Rif bräuchte nur fünf Minuten mit Peter in einer dunklen Gasse, und er hätte die Antwort, aber Thea wollte die Dinge immer schön konventionell angehen.

Aus ihrer Handtasche ertönte das Signal, das anzeigte, dass auf dem Handy ihres Vaters eine SMS eingegangen war.

»Ich muss nachsehen, was das ist«, sagte sie. »Könnte was sein, das mit meinem Job zu tun hat. Bitte entschuldigen Sie mich.«

»Natürlich, kein Problem. Ich halte Sie über alle Entwicklungen auf dem Laufenden.«

Rif stand auf, damit sie die Sitznische verlassen konnte. Ein leichtes Zittern in den Knien war das einzige Anzeichen ihrer Anspannung, und es fiel ihm nur auf, weil er sie so gut kannte.

Sie steuerte die Tür an. Er beugte sich bis auf wenige Zentimeter an Peters Gesicht heran und nahm ihn ins Visier. »Sie verheimlichen etwas, und ich werde herausfinden, was es ist.«

Peters Gesicht lief dunkelrosa an.

KAPITEL
11

Thea trat aus dem Club in die kühle Nacht. Sie lechzte nach frischer Luft. Rif stand neben ihr und inspizierte die verwaiste Straße und die Schatten unter den Vordächern. Sorgfältig wie immer. Das war gut, denn ihr Hirn war völlig benebelt.

»Gehen wir.« Er führte sie die Gasse hinunter, seine Hand lag auf ihrem Rücken.

In ihr tobte ein Krieg. Einerseits wollte sie unbedingt den nächsten Zug der Entführer kennen, andererseits graute ihr vor potenziell schlechten Nachrichten. Wer auch immer dahintersteckte, hatte bereits eine Spur von Leichen gelegt. Sie konnte den Gedanken nicht ertragen, dass ihr Vater eine dieser Leichen war. Sie konnte es unter keinen Umständen länger hinausschieben, die SMS zu lesen, und suchte in ihrer Handtasche nach dem Handy ihres Vaters.

Bevor sie es herausnehmen konnte, gruben sich Rifs Finger in ihren Arm. Sie blickte auf. Vier in Schwarz gekleidete Gestalten umringten sie. Zwei hatten Messer in der Hand, eine eine Brechstange, die vierte schwang eine Kette.

Sie ließ das Handy wieder in die Handtasche fallen und schlang sich den Riemen diagonal um die Schulter, um die Hände frei zu haben. Instinktiv stellten sie und Rif sich Rücken an Rücken. Sie streifte sich ihre Louboutins von den Füßen und trat sie weg.

Zwei Männer griffen sie an, während die anderen beiden sich auf Rif stürzten. Die Stimme ihres japanischen Kampfsportlehrers hallte durch ihren Kopf. Wenn sie nicht perfekt ausgebildet sind, arbeiten mehrere Angreifer nicht gut zusammen. Nutze ihre Desorganisation und richte sie gegen sie.

Sie huschte nach links und zwang sie, ihr in eine Nische zu folgen. Der erste Angreifer näherte sich ihr. Aufblitzender Stahl erregte ihre Aufmerksamkeit. Sie ging zur Seite, klemmte ihr Handgelenk um seinen Unterarm, trat näher und setzte den Armhebel an. Knack. Sie brach ihm den Arm und schubste ihn dem anderen Mann entgegen. Das Messer fiel scheppernd auf den Boden. Sie wirbelte herum.

Der zweite Angreifer stieß den ersten zur Seite und stürzte sich auf sie. Sie drehte sich um, um der Kette auszuweichen. Zu spät. Die schweren Kettenglieder peitschten über ihren Rücken und trafen mit voller Wucht ihre rechte Niere. Schmerz durchschoss ihren Körper.

Sie taumelte, als der Angreifer sie mit seinem ganzen Gewicht rammte und zu Boden brachte, es folgte ein Faustschlag, der ihre Zähne erschüttern ließ. Sie rollte weg, zog ihre Beine zu sich heran und stieß dem Mann mit voller Wucht die Spitze ihres rechten Fußes in den Solarplexus. Er krümmte sich vornüber, ein lautes Keuchen entwich seiner Kehle. Sie rappelte sich wieder hoch, spürte das raue Kopfsteinpflaster unter ihren nackten Füßen.

Am Rand ihres Blickfelds nahm sie eine Bewegung wahr. Rif kämpfte mit den beiden anderen Angreifern. Ächzen, Blut, das Geräusch einer auf Fleisch klatschenden Brechstange.

Ein metallischer Geschmack breitete sich in ihrem Mund aus. Bevor sie sich richtig fassen konnte, griff der zweite Angreifer sie wieder an. Die Kette wirbelte durch die Luft. Sie versuchte, aus dem Weg zu taumeln, doch die massiven Glieder krachten mit voller Wucht gegen ihre Schulter und schleuderten sie wieder zu Boden. Ihr Kopf krachte auf das Kopfsteinpflaster, und ihr wurde schummrig vor Augen. Sie versuchte, die Benommenheit abzuschütteln. Der Mann stand über ihr, die Kette in der Hand.

Sie blinzelte, um die Doppelbilder, die sie sah, wegzuzwinkern. In ihrem Kopf blitzte wieder die Stimme ihres Lehrmeisters auf. Ketten, die als Waffen benutzt werden, haben einen Schwachpunkt. Sie bringen denjenigen, der sie einsetzt, aus dem Gleichgewicht. Sie schützte ihren Kopf mit den Armen, als die Eisenglieder auf sie niederkrachten.

Nachdem sie den Schlag eingesteckt hatte, packte sie die Kette mit beiden Händen, verlagerte ruckartig ihre Position und setzte das Gewicht ihres Körpers ein, um ihren Gegner aus dem Gleichgewicht zu bringen. Der Angreifer taumelte nach vorne. Er war kräftig, hatte einen Oberkörper wie ein Fass und würde sie im Nahkampf problemlos überwältigen können.

Sie brauchte das Messer. Auf allen vieren krabbelte sie auf die Waffe zu, doch seine fleischigen Finger packten ihr linkes Bein und zogen sie zu sich, bevor sie das Messer zu packen bekam.

Er drehte sie auf den Rücken, setzte sich rittlings auf ihren Oberkörper und presste ihr die Luft aus der Lunge. Dann schlossen sich seine Hände um ihren Hals und drückten immer fester zu. Sie bekam keine Luft mehr. Vor ihren Augen verschwamm alles.

Nein. Sie musste kämpfen. Für Papa, Aegis und Nikos.

Ihre Hand tastete auf dem Boden herum und fand einen ihrer Schuhe. Sie packte den Stiletto, holte weit aus und rammte dem Angreifer den Absatz mit voller Wucht in den Hals. Er stöhnte, und sein Mund klaffte auf und wurde schlaff. Seine Finger ließen ihre Kehle los und umfassten seine eigene. Dann brach er auf ihr zusammen. Dunkles Blut spritzte auf das Kopfsteinpflaster.

Im nächsten Moment zerrte Rif den Koloss von einem Mann von ihr herunter. Sie rang keuchend nach Atem. In der Ferne heulten Martinshörner. Drei der Angreifer humpelten in die Dunkelheit. Der Mann mit dem Stilettoabsatz im Hals lag reglos da.

»Alles klar?«, fragte Rif und half ihr in eine Sitzposition.

Sie nickte. »Ich hatte alles im Griff.«

»Killerabsätze im wahrsten Sinne des Wortes.« Rif zog dem Mann die Sturmhaube vom Gesicht, enthüllte dessen bullige Nase und seine olivfarbene Haut und machte mit seiner Handykamera ein paar Aufnahmen.

Das Heulen der Sirenen wurde lauter.

»Lass uns von hier verschwinden.« Er riss den Stiletto aus dem Hals des Mannes. Das edle Leder des Schuhs war mit Blut durchtränkt.

»Igitt. Die ziehe ich bestimmt nicht noch mal an.«

»Ist mir schon klar, aber wir wollen doch wohl nicht, dass die örtliche Polizei nach Aschenputtel sucht.« Seine markanten Gesichtszüge waren blutverschmiert.

Er half ihr aufzustehen. Ihr Kopf pochte von dem Aufschlag auf das Kopfsteinpflaster, deshalb lehnte sie sich an ihn, als sie die Straße entlangeilten.

Das nahe Quietschen von Reifen schreckte sie auf. Hakan hielt mit seinem gemieteten Renault neben ihnen und stieß die Tür auf. Seine dunklen Augen weiteten sich, als er die beiden sah. »Ich habe beim Abhören des Polizeifunks etwas von einer Schlägerei gehört und wusste, dass ihr in dieser Gegend unterwegs wart, um euch mit Kennedy zu treffen. Was, zum Teufel, ist passiert?«

Sie war noch nie so erleichtert gewesen, ihren Chef zu sehen, ließ sich neben Rif auf den Rücksitz gleiten und knallte die Tür des Wagens zu. Hakan brauste sofort los.

»Wie es aussieht, ist Christos nicht der Einzige, hinter dem die Kidnapper her sind«, stellte Rif fest und wischte sich Blut von der Stirn.

»Soll ich euch in ein Krankenhaus bringen? Ihr seht nicht besonders gut aus.« Hakan zog die Augenbrauen zusammen.

»Ins Hotel, bitte«, stellte Thea klar und sog Luft ein.

»Ich werde veranlassen, dass einer der hiesigen Ärzte in euren Zimmern nach euch sieht.« Hakan bretterte mit Höchstgeschwindigkeit um die Kurven.

»Wir können keine Zeit damit verschwenden, uns Befragungen der Polizei zu unterziehen. Ich werde morgen in aller Frühe nach Athen fliegen, wo wir eine temporäre Operationsbasis einrichten können.« Ihr Magen machte einen Satz. Die Nachricht. Sie kramte das Handy ihres Vaters hervor, dessen aufblinkendes rotes Lämpchen den Eingang einer SMS anzeigte.

Mit zitternder Hand las sie die Nachricht laut vor. »Corruptio optimi pessima. Die Entartung der Besten führt zum Schlimmsten.«

»Noch ein Rätsel – und wieder keine verdammte Lösegeldforderung.« Rif sprach mit angespannter, abgehackter Stimme.

Hakan bretterte schlingernd auf den Parkplatz vor dem Hotel und konnte gerade noch einem wartenden Taxi ausweichen. Bei Geiselnahmen hatten die Entführer das Sagen, das wussten sie. Die Familie des Opfers war der Gnade der Entführer ausgeliefert. Deshalb war es so wichtig zu verstehen, mit wem man es zu tun hatte, und zu entschlüsseln, was die Entführer wollten – aber all dies war umso schwerer zu ergründen, wenn die Entführer sich hartnäckig weigerten, sich zu erkennen zu geben. »Ach, übrigens – Nikos ist auf der Party.«

Thea fiel das Schlucken schwer, und sie wusste nicht, ob ihre Probleme noch eine Nachwirkung der Tatsache waren, dass sie um ein Haar erwürgt worden wäre, oder ob es darauf zurückzuführen war, dass sie sich solche Gedanken um den Aufruhr machte, von dem ihre Familie heimgesucht wurde.

Rif drückte ihre Hand, und sie erwiderte den Händedruck. Das war ihre Art, sich bei ihm zu bedanken. Wenn sie an diesem Abend alleine gewesen wäre, wäre das Ganze ziemlich anders ausgegangen.

KAPITEL
12

Ares schlüpfte durch die Hintertür des Restaurants Sphinx und stieg, immer zwei Stufen auf einmal nehmend, die Treppe hinauf. Musik, Gelächter und das Klirren aneinanderstoßender Champagnergläser erfüllten die Nachtluft. Er war als seine andere Persönlichkeit zu der Party eingeladen worden, was jedoch nicht bedeutete, dass er willkommen war. Das hatte ihn allerdings noch nie davon abgehalten hinzugehen. Er langte in die Tasche seines Anzugs und ertastete die Spieluhr. Dass sie da war, beruhigte ihn. Es war beinahe so weit.

Er verharrte in einem verborgenen Winkel und betrachtete die Menge, mit der er nahezu sein ganzes Leben lang zu tun gehabt hatte. Prominente Frauen flirteten mit arabischen Prinzen, ein weiblicher Rockstar tanzte aufreizend mit einem Geschäftsmogul, Models mit hungrigen Blicken verscheuchten Kellner, die Tabletts voller kleiner Köstlichkeiten herumtrugen, die sie den Gästen anboten. Das Licht von Scheinwerfern reflektierte von Juwelen, die so groß waren wie Steine, was einen Stroboskopeffekt erzeugte. Er holte tief Luft und sog ein Duftgemisch aus teuren Parfüms und Rasierwassern ein. Eine ziemlich gediegene Party. Aber an diesem Abend hatte er keine Lust, soziale Spielchen zu spielen.

Vom äußeren Anschein fügte er sich gut in die Gesellschaft ein, sein italienischer Smoking war aus dem edelsten Stoff geschneidert, sein dunkles Haar, das unmittelbar unter dem Kragen seines Hemdes endete, modisch gestylt. Doch im Gegensatz zu all den verwöhnten Leuten, die sich auf der Party tummelten, hatte er grobe Hände. Seine Handflächen waren mit Schwielen übersät, über einen seiner Daumen lief eine Narbe, die er sich bei einer Messerstecherei zugezogen hatte. Außer ihm würde niemand von dieser verhätschelten Bande auch nur fünf Minuten ohne etwas zu essen und ohne Wasser in der Wüste überleben, umgeben von Skorpionen und anderen Raubtieren – wobei zu letzterer Kategorie auch Christos Paris zählte. Ares suchte erneut den Raum ab. Wie erwartet, waren weder der Gastgeber noch seine neue Frau Helena zu sehen. War er wirklich entführt worden? Ares' Männer waren in höchster Alarmbereitschaft und auf der Jagd nach jedem Hinweis auf Christos' Aufenthaltsort.

Eine kleine Asiatin, die in der anderen Ecke des Raums stand, erweckte seine Aufmerksamkeit. Quan Xi-Ping. Das erste Mal, als er ihren Namen gesehen hatte, hatte er keine Ahnung gehabt, wie man ihn aussprach, doch dann hatte er erfahren, dass »Xi« wie »she« ausgesprochen wurde. Aus irgendeinem Grund nannte er sie seitdem im Stillen »die Wölfin«, und sie wurde diesem Spitznamen in jeder Hinsicht gerecht.

Sie schürzte leicht die Lippen, was ihm verriet, dass sie sich seiner Gegenwart bewusst war. Sie war intelligent, tough und selbstbewusst – gute Eigenschaften für seine wichtigste Waffenlieferantin. Sie unterhielt sich mit drei jungen Männern, die miteinander um ihre Aufmerksamkeit wetteiferten. Ihre schlanken Finger umfassten ein Champagnerglas, ihr helles Kleid schmiegte sich wie eine zweite Haut an ihren wohlgeformten Körper. Lady Godiva hielt Hof.

Ihre Blicke trafen sich. Er sah zur Treppe. Sie drückte den Arm des Mannes, der ihr am nächsten stand, und lächelte. Im nächsten Augenblick steuerte sie auch schon auf Ares zu. Er wandte sich ab und nahm sich ein Kanapee vom Tablett eines vorbeikommenden Kellners. Der Duft nach Jasmin stieg ihm in die Nase, als sie an ihm vorbeirauschte und die Treppen hinabschritt.

Er wartete ein paar Minuten, dann folgte er ihr ebenfalls die Treppe hinunter, zwei Stufen auf einmal nehmend. Die Toiletten des Sphinx lagen etwas abgeschieden im unteren Geschoss des Restaurants neben einem privaten Speisesaal – für die meisten Gäste etwas ungünstig, doch für seine Zwecke ideal.

Unter einer der Toilettenkabinentüren zeichnete sich ein schwacher Lichtschein ab. Er drehte den Knauf, trat ein und schloss die Tür hinter sich. »Keine Spur von Christos. Du hast es doch nicht etwa vermasselt, was unser Timing angeht, oder?« Xi-Ping legte ihm die offenen Handflächen auf die Brust und drückte ihn gegen die Wand.

»Kümmere du dich um deine Aufgaben, ich kümmere mich um meine.« Er löste ihre Haarklammer, sodass ihr langes, dunkles Haar über ihre nackten Schultern fiel. Dann küsste er sie gierig. Ihre schlanken Arme wurden von einer Gänsehaut überzogen.

»Erzähl mir nicht, was ich zu tun habe«, stellte sie klar. »Ich habe jetzt das Sagen.« Sie ließ sich auf die Knie sinken und zog den Reißverschluss seiner Smokinghose herunter.

Davon träumte sie vielleicht. Aber er spielte das Spielchen mit. Er packte eine Handvoll Haare und zog ihren Kopf zu sich heran. Ihr seidener Mund umhüllte ihn, ihre Zunge schlängelte sich sein Glied hinunter. Hitze pulsierte durch seine Kapillaren. Ein feiner Schweißfilm bedeckte seine Stirn.

Doch der Anruf, den er früher am Abend erhalten hatte, geisterte ihm noch im Kopf herum.

War sein Plan durchkreuzt worden? So kurz vor seinem letzten Zug? Er hatte so sorgfältig geplant und jede Möglichkeit bedacht – bis auf eine.

Xi-Ping leckte gierig, verschlang ihn mit ihren vollen Lippen. Trotzdem spürte er, dass sein Glied ein wenig erschlaffte.

Was auch immer passiert war, er würde einen Weg finden, Rache zu üben. Er war Ares, und Ares war nicht zu stoppen.

Er drückte ihr Gesicht gegen sein Becken, stieß sein Gemächt in ihren Mund und wurde wieder hart. Sie packte seine Pobacken und vergrub ihre Fingernägel im Stoff seiner Hose und in seinem Fleisch. Er spannte sich an, während er immer schneller zustieß, und blendete bis auf die Euphorie des Moments alles aus.

Dann riss er ihren Kopf nach hinten und zog sie hoch auf die Beine. Seine Erregung stieg.

Sie verpasste ihm eine Ohrfeige. Er packte ihr Handgelenk und rammte ihren Körper gegen die Tür. Ihre Finger verkrallten sich in seinem Hemd. Er stieß sie von sich weg, wirbelte sie herum, sodass sie mit dem Gesicht zur Toilettenschüssel stand, und schob das lange Rockteil ihres Kleides über ihre Taille. Dann riss er ihr ihren Seidentanga vom Leib und drang in sie ein.

Seine kräftigen Arme legten sich um ihren Körper, seine Finger bearbeiteten ihre hart werdenden Nippel. Er verlor sich in ihrem berauschenden Duft. Ihren Lippen entwich ein Stöhnen. Er stieß härter zu, spürte, dass er sich dem Höhepunkt näherte.

Sie biss ihn in den Arm, mit aller Kraft. *Miststück.* Er lockerte seinen Griff und legte ihr eine Hand über die Nase und den Mund. Geräusche in der Toilettenkabine nebenan lenkten ihn ab. Er konnte es sich unter keinen Umständen leisten, mit ihr erwischt zu werden.

Er drückte sie an sich. Da sie nicht atmen konnte, wand und krümmte sie sich unter ihm. Vor seinem inneren Auge zuckten weiße Blitze auf, als er zum Höhepunkt kam. Er gab dabei keinen Mucks von sich, war kontrolliert wie ein Scharfschütze in seinem Versteck. Die Wellen der Erregung ließen langsam nach, und seine geistige Klarheit kehrte zurück.

In der Toilettenkabine nebenan wurde die Spülung gezogen, und derjenige, der sie benutzt hatte, ging wieder weg. Ares nahm die Hand von Xi-Pings Gesicht. Sie sog gierig Luft ein, ihr Atem ging laut und rasselnd. Sie sank auf den Boden, ihre Brust hob und senkte sich. Ihr Haar war völlig zerzaust, ihr Make-up verschmiert, doch ihre vollen Lippen verzogen sich zu einem Lächeln.

Er betätigte die Spülung, zog den Reißverschluss seiner Hose hoch und strich seine Fliege glatt.

»Wo ist Christos? Ich dachte, wir schnappen ihn uns während der Verhandlungen in Simbabwe.«

Er musterte ihr Gesicht und versuchte zu ergründen, ob sie irgendetwas mit dieser vorzeitigen Entführung zu tun hatte, doch ihr unergründlicher Blick verriet nichts. »Alles ist gut.« Sie sah ihn intensiv an und seufzte. »Das war bisher das beste Mal. So war es mit einem anderen noch nie, Nikos.«

Xi-Ping war eine der nur sehr wenigen Personen, die über seine zwei Persönlichkeiten Bescheid wusste: Nikos, Sohn des großen Christos Paris; und sein Alter Ego, Ares, ein Waffenhändler und Entführer, der mit Revolutionären in von Bürgerkriegen zerrissenen Ländern auf drei Kontinenten per Du war. Es war ein kalkuliertes Risiko, da sie mehr zu verlieren hatte als er, wenn sie sein Geheimnis enthüllte.

KAPITEL
13

Theas blutverschmierter Stiletto lag auf dem Tisch des Hotelzimmers, ein grausiges Erinnerungsstück. Ein noch so intensives Nahkampftraining konnte einen nie ganz auf einen realen Kampf vorbereiten. So ein Kampf war wild, animalisch. Sie hatte sich entscheiden müssen: töten oder getötet werden.

Rif schien von dem Angriff weniger mitgenommen, er wirkte ruhig. Seine Zeit in Afghanistan, im Irak und in Afrika hatte ihn gegenüber Gewalt abgehärtet. Als sie Kinder gewesen waren, war er ein abenteuerlustiger, ausgelassener Junge gewesen, der die freie Natur erkundet hatte und wann immer er konnte zum Angeln oder Wandern ausgeschwärmt war. Diese sorglose Seite an ihm war ihm durch das, was er im Tschad erlebt hatte, genommen worden, und inzwischen schien eine gewisse Düsternis auf ihm zu lasten.

Thea ging ins Bad, schlüpfte aus ihrem zerfetzten Kleid und trat unter die Dusche. Der kräftige, heiße Wasserstrahl prasselte auf ihre verkrampften Schultern. Die vergangenen vierundzwanzig Stunden waren die Hölle gewesen – die Entführung ihres Vaters, Piers' Ermordung und der Kampf auf der Straße. Sie konnte immer noch die dunklen Augen ihres Gegners sehen, die sie intensiv durch die Schlitze seiner Sturmhaube anstarrten, während seine starken Hände sich um ihren Hals legten und zudrückten. Sie rieb sich den Hals, ihre Kehle tat ihr von diesen kräftigen Fingern immer noch weh.

Sie konnte die erdrückende Angst angesichts dessen, was

ihrem Vater womöglich widerfuhr, nicht abschütteln. Geiselhaft war die schlimmste Form mentaler Folter, denn die Geisel konnte nur noch einen Gedanken denken: Ist dies der Tag, an dem ich sterben werde? Na schön, Christos Paris war aus Titan gemacht und konnte unendlich viel erdulden. Was das anbelangte, würde er mit der Entführung klarkommen. Aber er war absolut unfähig zuzulassen, dass andere ihn dominierten. Seine Unabhängigkeit und seine Sturheit hatten bei seinem wirtschaftlichen Erfolg eine wichtige Rolle gespielt, aber auf seinem Weg hatte er sich auch viele Feinde gemacht. Er konnte zweifellos ein ziemlich harter Brocken sein, wenn er sich einmal etwas in den Kopf gesetzt hatte.

Sich bei Geschäftsverhandlungen als unnachgiebig zu erweisen war eine Sache, doch als Geisel musste man zumindest so tun, als erkenne man die Autorität der Entführer an, sonst lief man Gefahr zu sterben. Im Endeffekt galt: Wenn etwas entsetzlich schieflief, war es das Einfachste für die Entführer, die Geisel zu töten und das Weite zu suchen. Sie sagte sich, dass ihr Vater als Geisel viel zu wertvoll war, als dass dies passieren würde, doch andererseits war es keine typische Entführungssituation.

Er war immer für sie da gewesen. Obwohl sein Geschäft ihn absolut in Anspruch genommen hatte, hatte er kein einziges wichtiges Ereignis in ihrem Leben verpasst – Theateraufführungen in der Schule, Tennisspiele, Abschlüsse. Er hatte sich sehr gefreut, als sie ihren Master in Internationale Beziehungen gemacht hatte – wahrscheinlich, weil er gehofft hatte, dass sie zu ihm in das Familienunternehmen kommen würde –, doch er hatte sie dennoch aufrichtig beglückwünscht, als sie stattdessen einen Job bei der Defense Intelligence Agency angenommen hatte. Und als sie die DIA wieder verlassen hatte, um zu Quantum zu gehen, war er darüber nicht gerade glücklich gewesen, hatte sie aber bei ihrer Entscheidung unterstützt.

Erschöpfung und Kummer überfielen sie. Sie ließ sich gegen die Duschwand sinken und glitt an den Fliesen hinab, bis sie zusammengekauert auf dem Boden saß, die Arme um ihre Knie gelegt. All ihre aufgestauten Emotionen entluden sich in einem Weinanfall, ihre Tränen strömten in Rinnsalen über ihr Gesicht, ihr Körper erbebte bei jedem Schluchzer.

Die Dusche war schon immer ihr Rückzugsort gewesen, der Ort, an dem sie ihren Schutzpanzer ablegen konnte. Tränen wurden im Hause Paris nicht gebilligt – ihr Vater betrachtete sie als ein Zeichen von Schwäche, und Nikos weinte nie. Ihr Bruder war einst teilnahmsvoll und fürsorgend gewesen, wenn sie Angst gehabt hatte oder durcheinander gewesen war.

Bis er entführt worden war.

In Theas Kinderzimmer in Kanzi stand ein großes Himmelbett, und das Zimmer hatte eine gewölbte Decke, an der sich Ventilatoren mit Bambusblättern drehten, die schaurige Schatten auf die Stuckwände warfen. Ihre Kollektion an Stofftieren war auf einem Bücherregal aufgereiht, und wenn es in dem Zimmer dunkel war, sahen die Gesichter der Tiere aus, als wären sie lebendig. Während der Regenzeit peitschte die Nässe gegen das Erkerfenster, und die Hartholzböden des Hauses knarrten von dem starken Sturm. In dunklen, stürmischen Nächten hatte sie immer Albträume, in denen sie wieder durchlebte, wie sie ihre Mutter auf dem Segelboot verloren hatte.

Nikos, ganz der aufmerksame Wächter, hörte ihr Schluchzen, das über den Flur zwischen ihren Kinderzimmern zu ihm drang, und kam zu ihr, um sie zu trösten. Er baute ihr aus dem Tagesbett, das an der anderen Wand stand, eine improvisierte Burg, wobei eine große Steppdecke als Dach diente. In ihrer Burg verschanzt, fühlte Thea sich sicher und behütet. Er legte sich dann oft in ihr Himmelbett und bewachte sie, bis das Mor-

genlicht durch die Fenster fiel und ihre Ängste vertrieb. Wenn er da lag, zog er ihre Spieluhr auf, sodass die sanften Klänge von »Tie a Yellow Ribbon« sie wieder in den Schlaf säuselten.

Eines Nachts hatte sie nach einem besonders lauten Donner nach ihrem Bruder gerufen. Er kam sofort in ihr Zimmer gestürzt und trug sie auf das Tagesbett an der anderen Wand des Zimmers.

»Ich habe Mama wieder im Wasser gesehen.«

Ihre Mutter war während eines Segeltörns bei schlechtem Wetter über Bord gegangen und im Meer verschwunden. Ihre Leiche war nie geborgen worden.

»Sie ist oben im Himmel, glücklich und in Sicherheit, und passt auf dich auf.« Ein weiterer Blitz zuckte vom Himmel, gefolgt von einem dröhnenden Donner. Die Fensterscheiben erzitterten, was Thea so erschreckte, dass sie mit den Zähnen klapperte. Nikos zeigte zum Himmel. »Das war Mama, die dir damit sagen wollte, dass du jetzt schlafen musst, damit du deinen Rechtschreibtest morgen super hinkriegst.« Er drückte sie fest an sich.

Sie entspannte sich in seiner beschützenden Umarmung. »Frag mich ab. Frag mich irgendwas.«

»Triskaidekaphobie.«

Sie verzog das Gesicht. Ein schweres Wort. »T-R-I-S-K-A-I-D-E-KA-P-H-O-B-I-E.«

Er runzelte die Stirn. Enttäuschung stieg in ihr auf. Dann fing er an zu lachen. »Volltreffer. Athena, Göttin der Weisheit. Und jetzt muss ich mich ein bisschen ausruhen, sonst werde ich morgen mit dem Gürtel verprügelt, weil ich in der Schule einschlafe.«

Nikos, für sein Alter eher groß, war selbstbewusst, ein kleiner König. Er hüllte sie in eine Decke, und sie kuschelte sich in ihren Kokon der Geborgenheit und sah zu, wie er sich in ihr Himmelbett legte, wo er den Rest der Nacht verbringen und ihre Träume bewachen würde.

»Ich bin nur zehn Schritte von dir entfernt, wenn du mich brauchst.«

Sie vergrub sich unter der Decke und machte es sich gemütlich. Ihn in der Nähe zu haben vertrieb all die Gespenster und Monster. Auf sie warteten schöne Träume, und sie dämmerte weg.

Später weckte sie ein Geräusch aus ihrem Tiefschlaf. Leise Schritte in ihrem Zimmer. Das Gewitter war weitergezogen, schwaches Mondlicht schien durch das große Erkerfenster. Eine warme Brise blies die Vorhänge zur Seite. Der Boden knarrte, und sie bekam Angst. Dann fiel ihr ein, dass Nikos in ihrem Zimmer war – vielleicht hatte er mal auf die Toilette gemusst.

Sie sah hinüber zu dem Bett. Nikos lag noch da. Weitere Schritte. Ein großer Schatten baute sich über ihrem Bruder auf. Sie blinzelte und fragte sich, ob sie sich das Monster nur einbildete.

Die Gestalt drückte ein Tuch auf Nikos' Mund und Nase. Ihr Bruder wollte sich ruckartig aufrichten, doch kräftige Arme hielten ihn zurück. Sie öffnete den Mund und wollte schreien, doch kein Laut kam heraus. Sie verharrte erstarrt und atemlos.

Nikos trat um sich und wand sich, doch er konnte gegen die dunkle Gestalt nichts ausrichten. Ein leises Wimmern entwich seinem Mund, kaum lauter als ein Flüstern. Das Monster drückte das Tuch fester auf Nikos' Mund und Nase und brachte ihn zum Schweigen.

War das ein böser Traum? Wach auf, wach auf.

Nikos starrte sie mit hervorquellenden Augen an, verzweifelt, flehend. Er schlug und trat nach dem Mann, doch seine Schläge und Tritte zeigten keinerlei Wirkung. Sie wollte ihm unbedingt helfen, doch ihre Angst lähmte sie. Ihr Herz hämmerte wie wild in ihrer Brust.

Im nächsten Augenblick erschlaffte ihr Bruder und fiel in sich zusammen wie eine Stoffpuppe. Das Monster warf sich Nikos' schlaffen Körper über die Schulter, stieg durch das offene Fenster nach draußen und verschwand in die Nacht.

Sie zitterte am ganzen Leib. Warme Nässe durchtränkte ihre Schlafanzughose ...

Ein Klopfen an der Badezimmertür ließ Thea zusammenfahren. Sie schüttelte die furchtbaren Erinnerungen ab und zwang sich zurück in die Gegenwart. Das Wasser, das über ihren Körper strömte, war inzwischen kalt. Sie hatte von oben bis unten eine Gänsehaut.

»Alles klar mit dir da drinnen?«, fragte Rif.

Sie versuchte, sich zu fassen. »Alles bestens. Bin sofort fertig.«

Vor zwanzig Jahren war sie nicht in der Lage gewesen, ihrem Bruder zu helfen, doch sie war nicht mehr dieses verängstigte kleine Mädchen. Ihr Vater brauchte sie, und sie würde für ihn da sein. Sie drehte den Wasserhahn zu, nahm sich ein dickes weißes Handtuch und trocknete sich ab.

Zurück in ihrem Zimmer, checkte sie schnell ihren Blutzuckerwert. Er war ein bisschen niedrig. Sie zog sich eine Jeans und ein schwarzes T-Shirt an, aß einen Apfel, schmuste auf der Couch mit Aegis und sah ihre E-Mails durch. Sie hoffte auf einen Hinweis, doch in ihrem Posteingang gab es nichts Neues.

Nachdem sie ihr Haar geföhnt hatte, klopfte sie an die Verbindungstür, hinter der sich Harkans Suite befand.

»Herein.« Vater und Sohn saßen über einen Laptop gebeugt. Aegis trottete zu den beiden, ließ sich hinplumpsen und rollte sich auf ihre Füße. Rif kraulte dem Rhodesian Ridgeback den Bauch. Der Hund wurde ihr immer untreu, wenn der ehemalige Soldat in der Nähe war. *Verräter.*

»Alles klar mit dir?«, fragte Hakan und nippte an seinem Kaffee.

Sie musterte das Foto auf dem Monitor. Ihr toter Gegner. »Jedenfalls geht's mir besser als dem da. Ich habe nachgedacht. Wenn sie uns hätten umbringen wollen, wäre es für sie einfacher gewesen, ein bewaffnetes Team mit Schalldämpfern auf uns anzusetzen. Die Brechstange, die Kette … Das macht mir eher den Eindruck, als hätten sie uns eine ordentliche Abreibung verpassen wollen – was dann aber gründlich in die Hose gegangen ist.«

»Ein sehr guter Hinweis. Vielleicht eine Warnung der Entführer an euch, euch zurückzuhalten? Ich habe das Foto, das Rif gemacht hat, durch unser Gesichtserkennungsprogramm laufen lassen. Es gab einen Treffer: Illy Natasha. Ein russischer Auftragskrimineller und ehemaliger Agent des russischen Inlandsgeheimdienstes FSB. Wurde aus unbekannten Gründen aus dem Dienst entlassen – aber ihr könnt euch ja vielleicht denken, was der Grund war. Wurde mehrfach verhaftet – wegen Überfalls, Körperverletzung, Vergewaltigung und – jetzt kommt der Hammer – illegalen Elfenbeinexports aus Kanzi.«

Also *könnte* das Verschwinden ihres Vaters mit dem bevorstehenden Deal in Afrika in Verbindung stehen. »Gibt es irgendwas Neues über Henri?«

»Nicht wirklich. Als ich vor seiner Einstellung seinen Hintergrund überprüft habe, gab es eine fünfjährige Lücke in seinem Lebenslauf. Henri gab zu, sich in Italien vor einer fünfjährigen Gefängnisstrafe gedrückt zu haben, indem er aus dem Land floh und sich der französischen Fremdenlegion angeschlossen hat. Ich habe damals empfohlen, ihn nicht anzustellen, aber Christos kam zu dem Schluss, nicht ohne Henris *pain ou chocolat* leben zu können.«

»Könnte Henri etwas mit der Entführung zu tun haben? Er schien Papa so ergeben zu sein.« Sie drückte den Home Button auf dem Handy ihres Vaters. Keine neue SMS.

»Entweder ist er ein Komplize oder eine Geisel.«

Rif stand auf. Aegis tat es ihm gleich und erhob sich ebenfalls. »Was sollen diese lateinischen Textnachrichten? Ist es eine Hinhaltetaktik?«

»Vielleicht«, entgegnete sie. »Vielleicht verstehen wir aber auch nur einfach nicht, was sie bedeuten. Wer profitiert am meisten davon, dass Papa kurz vor dem Abschluss des Kanzi-Deals verschwindet? Was passiert, wenn Christos bei den abschließenden Verhandlungen in Simbabwe nicht auftaucht? Werden die Verhandlungen dann abgeblasen? Übernimmt eine andere Firma den Platz von Paris Industries am Verhandlungstisch? Oder würden die Chinesen den Zuschlag bekommen, weil Christos nicht erschienen ist? Peter müsste es wissen ...«

»Wenn das Arschloch in die Sache verwickelt ist, wird er dafür zahlen.« Rifs Hände ballten sich zu Fäusten. »Ich habe eine Wanze in sein Telefon eingebaut, um seine Anrufe zu kontrollieren.«

Hakan sah sie besorgt an. »Du bist ganz blass. Bist du sicher, dass du nicht zu einem Arzt willst?«

»Mir geht es gut. Ich mache mir nur Sorgen um Papa. Er ... er ist nicht besonders gut darin, Befehle von anderen zu befolgen.« Sie wandte sich ab und schaute zum Kamin, um den Kummer in ihren Augen vor den beiden zu verbergen.

KAPITEL
14

Rif beendete seine letzte Runde einarmiger Liegestütze auf dem Boden von Theas Hotelzimmer, während er gleichzeitig damit beschäftigt war, Aegis' Zuneigungsbeweise abzuwehren, der ihn immer wieder anstupste. Fitnessübungen halfen ihm dabei, die Fakten zu ordnen und sich darüber klar zu werden, was wichtig war und was nicht. Die lateinischen Textnachrichten gaben ihm zu denken. Das provokative Verhalten hatte irgendwie etwas Persönliches. Er wagte nicht, es Thea gegenüber zu erwähnen, aber er würde es Nikos durchaus zutrauen, eine Sache wie diese einzufädeln und durchzuziehen.

Nach einer langen durchzechten Nacht hatte sein Patenonkel ihm vor einigen Jahren anvertraut, dass Nikos nach der Rückkehr aus seiner Geiselhaft unberechenbar und jähzornig geworden war und er sich nicht in der Lage gesehen hatte, mit seinem Sohn klarzukommen. Er hatte versucht, ihm anderweitig Hilfe zukommen zu lassen, aber nichts hatte funktioniert. Christos zufolge war sich der Seelenklempner nicht sicher gewesen, wie die Erfolgsaussichten standen, dass Nikos sich von den erlittenen psychischen Störungen je erholen würde. In jedem Fall hatte er Christos gewarnt, auf weitere Gewaltausbrüche vorbereitet zu sein, während Nikos versuchte, das Erlebte zu verarbeiten und psychisch zu genesen.

Doch ganz egal, wie übel ihr Bruder sich auch verhielt – Thea konnte das Monster, das in ihm hauste, nicht erkennen. Nicht einmal, wenn er bei Familienzusammenkünften explodierte, und auch nicht bei jenem Mal vor etlichen Jahren, als er an Weihnachten davongestürmt und stundenlang weggeblieben war. Sie schien ihre Meinung über ihn nie zu ändern. Für sie blieb Nikos der zwölfjährige Junge, der sie als Kind beschützt und dafür einen hohen Preis bezahlt hatte. Das Überlebensschuld-Syndrom. Nikos' Anwesenheit erinnerte sie fortwährend daran, was für ein Schicksal ihr selber hätte widerfahren können. Aufgrund seiner eigenen Erfahrungen konnte Rif das nachempfinden.

Er stieß sich vom Boden ab, sprang auf und warf einen Blick auf seine Stocker&Yale-P650-Armbanduhr: 3:00 Uhr. *Verdammt. Sie sollten dringend schlafen.* »Ein ehemaliger Fremdenlegionär, den ich in Afghanistan kennengelernt habe, checkt Henris Vorgeschichte in der Fremdenlegion.«

Sie sah von ihrem Computer auf. Unter ihren Augen zeichneten sich dunkle Ringe ab. Sie hatte den gleichen gequälten Blick wie damals vor zwanzig Jahren nach Nikos' Entführung. Sie war damals acht gewesen, Rif sieben, Nikos zwölf – Kinder, die in einem Albtraum gefangen waren.

Er hätte sie gerne getröstet, aber damit hätte er sich wahrscheinlich eine Kugel aus der SIG Sauer eingefangen, die er ihr ein paar Stunden zuvor besorgt hatte. Nach dem Überfall in der Gasse wollte er, dass sie beide angemessen bewaffnet waren. *Scheiß auf die strengen griechischen Gesetze.*

»Willst du darüber reden, was heute passiert ist?«, fragte er.

»Bestimmt nicht.« Ihr Blick wandte sich wieder dem Computermonitor zu, und sie begann zu tippen.

Sie glich ihrem guten alten Papa mehr, als sie vielleicht zugeben würde. Intelligent, zäh, jemand, der sich nicht kleinkriegen ließ – Eigenschaften, die Vater und Tochter gleichermaßen auszeichneten. Christos hatte sie genutzt, um sowohl beruflich als auch persönlich in höchste Sphären aufzusteigen. Darüber hinaus war er ihm immer ein guter Patenonkel und Mentor gewesen. Genau genommen wäre Rif nicht einmal geboren worden, wenn Christos seinem Vater nicht das Leben gerettet hätte. Während der türkischen Invasion auf Zypern im Jahr 1974 hatte Christos, damals Soldat der griechischen Armee, Hakan alleine verwundet in einer Scheune gefunden, wo er im Begriff gewesen war zu verbluten. Obwohl sie Feinde waren, hatte Christos dem jungen Türken geholfen und sein Überleben gesichert, indem er ihm Blut gespendet hatte, um Hakans Blutverlust auszugleichen. Rif glaubte nicht, dass sein Vater diese Schuld je als zurückbezahlt betrachten würde.

»Was ist mit der letzten SMS – irgendwelche Ideen?«, fragte er und hütete sich zu hoffen, dass sie auch nur in Erwägung zog, Nikos in den Kreis der Verdächtigen einzubeziehen.

»Entführer kommen normalerweise direkt zur Sache, und normalerweise geht es entweder um Geld oder andere Forderungen. Sich in philosophischen lateinischen Sprüchen zu ergehen ist absolute Zeitverschwendung, der jedoch eine Absicht zugrunde liegen könnte. Sie könnten darauf bedacht sein, uns mit der Entschlüsselung beschäftigt zu halten, während sie Papa irgendwohin transportieren. Wenn die Geschichte erst einmal durchgesickert ist, wird sie auf allen Nachrichtensendern rauf- und runtergehen, deshalb werden sie darauf bedacht sein, ihn an einem entlegenen Ort zu verstecken.«

»Die Verhandlungen über die Bohrrechte beginnen in einigen Tagen. Von allen potenziellen Szenarien scheint es mir das wahrscheinlichste, dass jemand nicht will, dass Christos daran teilnimmt.«

»Das sagt mir mein Bauchgefühl auch. So ein Mist! Dabei haben wir bei meinem Vater alle nur erdenklichen Vorsichtsmaßnahmen ergriffen. Sämtliche Mitglieder seines Personals haben ein intensives Anti-Entführungs-Training absolviert.«

»Es ist nicht deine Schuld, Thea.«

Es klopfte laut. Er ging zur Tür, die Glock in der Hand, doch Aegis war als Erster da. Wer zum Teufel stattete Thea um diese Zeit einen Besuch ab?

»Thea, mach auf.«

Aegis wedelte mit dem Schwanz, doch die vertraute Stimme jagte Rif vor Anspannung kribbelnde Schauer über den Rücken. Er löste die Sicherheitskette und zwang sich, die Mündung der Glock nach unten zu richten und auf den Boden zu zielen. Er konnte diesen Mann nicht wie seinen Feind behandeln. Jedenfalls nicht offen.

Nikos stürmte in Theas Hotelzimmer. Er sah vor Wut rot und musste mit aller Kraft um seine Fassung ringen. Aegis' enthusiastisches Abschlecken linderte den Druck in seinem Kopf etwas, doch selbst der Rhodesian Ridgeback konnte seine Wut nicht völlig vertreiben.

Er schleuderte seiner Schwester eine griechische Zeitung vor die Füße. Die Schlagzeile der *Eleftherotypia* lautete: *Ölmilliardär entführt*. »Wann hattest du die Absicht, es mir zu erzählen?«

Die Tatsache, dass Rif im Zimmer seiner Schwester war, machte ihn noch wütender. Das Soldatenjüngelchen hängte sich immer an seine Schwester, und er ergriff jede Gelegenheit, die Rolle ihres Beschützers zu spielen. Aber es gab niemanden, dem Thea mehr bedeutete als ihm. Ihre Blutsbande waren stärker als jede Freundschaft oder jedes Erlebnis, das sie in der Vergangenheit mit Rif durchlebt haben mochte.

Seine Schwester hob die Zeitung auf. »Es ist wahr. Papa wurde entführt. Ich wollte dich anrufen, aber dann wurden Rif und ich heute Abend überfallen. Ich hab keinen Schimmer, wie die Presse herausgefunden hat, dass er entführt wurde.«

Nikos holte tief Luft und musterte die Blutergüsse auf dem

Hals seiner Schwester. Sie war blass und ganz offensichtlich mitgenommen. »Alles okay mit dir?«

Sie nickte, was ihn jedoch nicht überzeugte. Es gehörte einiges dazu, seine Schwester zu erschüttern. Er streichelte Aegis weiter, vor allem, um sich selbst zu beruhigen.

»Deine Schwester ist durchaus in der Lage, auf sich aufzupassen.« Klar, dass so was aus dem Mund von Rif kam, dessen Anwesenheit im besten Fall unerwünscht war.

»Das muss sie auch. Schließlich ist es nicht so, dass sie sich auf dich verlassen könnte.« Nikos konnte nicht widerstehen, den Mann zu verhöhnen.

Rif ging auf ihn zu, seine Wangenmuskeln spannten sich an.

Thea hob die Hände. »Schluss jetzt. Das gilt für euch beide. Tut mir leid, Nikos, du hast jedes Recht, sauer zu sein.«

Er besann sich wieder darauf, dass er Informationen brauchte. »Was habt ihr von den Entführern gehört? Wollen sie Geld?«

»Wir haben zwei lateinische Textnachrichten erhalten, Zitate von Cicero. Bisher ist keine Lösegeldforderung eingegangen.« Sie strich ihr Haar hinter ihr rechtes Ohr, womit sie ihre Narbe voll entblößte – eine Geste, deren sie sich normalerweise bediente, wenn sie im Kampfmodus war.

Nikos hatte ein schlechtes Gewissen wegen des Zwischenfalls, der ihr die Narbe eingebracht hatte, doch es war Rifs Schuld gewesen, weil er ihn provoziert hatte. Der Eindringling war seiner Schwester zu nahe gekommen, die beiden hatten zusammengehalten wie Pech und Schwefel. Er hatte sich ausgeschlossen gefühlt, vor den Kopf gestoßen.

»Ein philosophischer Entführer? Da hat Papa ja alles Glück der Welt. Vielleicht schlürfen sie gerade Sherry und diskutieren über die Vorzüge der sokratischen Methode bei Verhören in unserer Zeit.«

»Spar dir deine Witze. Seine komplette Crew, mit Ausnahme von Koch Henri, der ebenfalls verschwunden ist, wurde auf der *Aphrodite* exekutiert.« Sie legte die Zeitung auf ihren Schreibtisch.

Hm. Wer auch immer dies getan hatte, meinte es ernst. Die Täter waren sorgfältig, kühn und, falls erforderlich, bereit zu töten. Die Entführer würden schwer aufzuspüren sein, aber er musste Christos finden, bevor Thea ihn fand. »Gibt es irgendwelche Hinweise?«

»Wir gehen die Sache von allen Seiten an. Aber bisher haben wir nichts.«

»Es gibt unzählige Leute, die potenziell als Entführer infrage kommen. Du könntest ein Weilchen beschäftigt sein.«

»Nikos, die Situation muss schwierig für dich sein – sie könnte schlimme Erinnerungen in dir heraufbeschwören.« Ihre Stimme verblasste.

Er würde jetzt nicht darüber reden, jedenfalls nicht vor Rif. Er hatte nie mit jemand anderem über seine Entführung sprechen können als mit dem Psychiater und seinem Vater, und das hatte ganz offensichtlich zu nichts geführt. Ansonsten hatte er noch mit Aegis darüber gesprochen, aber nur, weil der Hund nichts hatte erwidern können. »Die seltsame Fügung ist mir nicht entgangen, aber mach dir um mich keine Sorgen. Papa ist derjenige, um den wir uns Sorgen machen müssen.«

Bevor sie etwas erwidern konnte, klingelte ihr Handy. »Thea Paris.« Sie hörte zu und wurde kreidebleich. »Danke, dass Sie mich informiert haben.«

»Was ist denn?«, fragte Nikos.

»Kurz bevor Papa entführt wurde, habe ich am Kai eine obdachlose Frau gesehen. Offenbar wurde ihre Leiche an der Küste angespült.«

»Also *hat* sie etwas gesehen«, stellte Rif fest.

Das war nicht gerade eine ergiebige Spur. Nikos brauchte

hilfreiche Informationen, wenn er Christos vor seiner Schwester finden wollte.

»Leite mir bitte diese Textnachrichten weiter. Während ihr beiden das Schicksal der armen Menschen beklagt, mit denen die Welt es nicht so gut gemeint hat, werde ich ein bisschen Gehirnschmalz investieren, um über die Entführung nachzudenken. Mal sehen, ob ich helfen kann, den Kreis derjenigen zu bestimmen, die womöglich ein Hühnchen mit ihm zu rupfen haben.« Abgesehen von ihm natürlich. Die einzige Leidenschaft, die er jemals mit seinem Vater geteilt hatte, war die für Tiere. Ihre gemeinsame Zuneigung zu Aegis ermöglichte ihnen noch am ehesten, sich in Bezug auf irgendetwas auf neutralem Terrain zu bewegen. Und dann war da noch sein Polopferd gewesen, Martino, ein Geschenk seines Vaters zu seinem sechzehnten Geburtstag. Er hatte an diesem Hengst mehr gehangen als am Leben. Doch dann ging es während eines Spiels zu hart zu, und Martino hatte sich eine schlimme Beinverletzung zugezogen. Sein Vater hatte ihn begleitet, um sich von dem Pferd zu verabschieden, und nach der Einschläferung hatten sie in Gedenken an Martino sogar noch gemeinsam etwas getrunken. Aber die Zeit der Entspannung zwischen ihnen hatte nicht lange angedauert.

Nikos kraulte Aegis ein letztes Mal den Kopf und stapfte aus der Tür, doch bevor er draußen war, hörte er Rif zu Thea sagen: »Ich glaube, er gewöhnt sich langsam an mich.«

Du störendes kleines Arschloch. Zumindest war der ehemalige Soldat womöglich von Nutzen, um den Bodyguard seiner Schwester zu spielen. Nikos selber konnte nicht auf seine Schwester aufpassen – den einzigen Menschen, der es wert war, beschützt zu werden –, während er nach ihrem Vater suchte. Also war es gut zu wissen, dass Rifs Hingabe gegenüber seiner Schwester nutzbringend eingesetzt werden konnte.

KAPITEL
15

Thea war von einer Laufrunde mit Aegis und Rif zurückgekehrt und starrte nun aus dem Fenster ihres Hotelzimmers in das blendende Licht der Morgensonne Santorins. Vor dem Haupteingang des Hotels säumten Paparazzi die Kopfsteinpflasterstraßen, Reporter gingen mit Mikrofonen in der Hand auf und ab – Piranhas auf der Suche nach Beute. Das Medieninteresse war bei Entführungen ein heikles Thema.

Sie hatte sich der Medien in der Vergangenheit gelegentlich strategisch bedient, indem sie höchst vertrauliche Informationen an vertrauenswürdige Kontakte weitergegeben hatte, aber in den meisten Fällen war es nicht ratsam, die Medien einzuschalten, weil dies den Wert der Geisel steigern und die Lösegeldsumme in die Höhe schießen lassen konnte. Im Fall von Christos wussten die Kidnapper offenkundig, dass sie einen Milliardär in ihrer Gewalt hatten.

Medienaufmerksamkeit konnte auch zu einem Geiseltransfer führen, bei dem eine Entführergruppe die Geisel an eine andere übergab oder verkaufte; auf diese Weise wurde manchmal aus einer finanziell motivierten Entführung eine politisch motivierte. Falls ihr Vater zum Beispiel in den Händen von Terroristen war, konnten sie ihn für einen hohen Preis an al-Qaida oder den IS verkaufen. Wenn man den Medien gegenüber zu viele Informationen preisgab, konnte dies zudem Trittbrettfahrer oder Spinner animieren zu behaupten, sie hätten die Geisel in ihrer Gewalt, was wiederum dazu führen konnte, dass Aufmerksamkeit und Ressourcen vom eigentlichen Fall abgezogen wurden.

Zum jetzigen Zeitpunkt brachte es ihr nichts, mit Reportern zu reden. Und in Anbetracht der offenkundigen Kultiviertheit der Kidnapper glaubte sie auch nicht, dass sie sich durch einen Appell der Tochter des Opfers beeindrucken ließen. Die Medien waren in diesem Fall einfach nur eine lästige Plage.

»Ich frage mich, wer die undichte Stelle ist.« Rif gesellte sich zu ihr ans Fenster.

»Schwer zu sagen. Könnte sogar der Entführer selber sein.« Sie würde Freddy Winston bitten, bei der griechischen Zeitung nachzuforschen, die die Geschichte gebracht hatte, allerdings wurden Quellen sorgfältig geschützt, sodass sie in dieser Angelegenheit wahrscheinlich auf Granit beißen würden.

Das Timing der Entführung musste auf jeden Fall berücksichtigt werden. Ein Multimilliardendollardeal, der auch politische Auswirkungen haben würde, stand kurz vor dem Abschluss. Die meisten großen Ölfelder der Welt hatten ihr Fördermaximum erreicht, sodass die zukünftigen Fördermengen stetig sinken würden. Eine Entdeckung wie die in Kanzi könnte alles verändern.

Sie hatte zufällig mitgehört, als ihr Vater mit Spitzenbeamten der US-Regierung geredet hatte, und wusste, dass sein Einfluss bei der Regierung ein neues Level erreichen würde, wenn es ihm gelänge, den Deal unter Dach und Fach zu bringen. Die Vereinigten Staaten hatten sich seit Jahrzehnten bei den Saudis angebiedert, weil sie über so große Ölreserven verfügten – genau die Art von Beziehung, die Christos genießen würde, wenn Paris Industries den Zuschlag für die Bohrrechte für das zweitgrößte Ölfeld der Welt erhalten würde. Der Traum ihres Vaters war, die ins Stottern geratene griechische Wirtschaft durch die Kapitalisierung ausgewählter Banken anzukurbeln und dies durch fortschrittliche politische Maßnahmen begleiten zu lassen. Und die politische Währung, die er erhielte, wenn Paris Industries das Ölfeld in Kanzi ausbeuten könnte, wäre zu verwirklichen. *Wollte irgendjemand Christos daran hindern, sein Heimatland zu retten?*

Zuckende Blitzlichter und ein Haufen Mikrofone, die einen Rotschopf umringten, erregten ihre Aufmerksamkeit. Helena drängte sich durch die Meute und eilte zu einem in der Nähe stehenden Auto. Derart im Rampenlicht zu stehen war für die zurückhaltende Frau vermutlich zu viel des Guten.

Rif seufzte. »Sie sieht aus wie ein erschrecktes Kaninchen, das vor einem Rudel Wölfe flieht.«

»Sie hat einen starken Kern. Ich habe gesehen, wie sie mit Papa umgeht.«

Auf Santorin zu bleiben war keine Option. Thea hatte die Nacht nur noch für den Fall auf der Insel verbracht, dass womöglich irgendwelche Informationen bezüglich der Entführung ihres Vaters zutage gefördert würden, aber die Kidnapper hatten keine einzige Spur hinterlassen. »Wir müssen nach Athen. Es gibt eine Hintertür, die wir nehmen können, um der Meute zu entkommen.«

Ihr Telefon piepte. Sie las die Nachricht und informierte Rif. »Wir haben einen Hinweis zu dem Hubschrauber, mit dem Papa von der *Aphrodite* weggeflogen worden sein könnte. Der Pilot lebt in Athen. Ich schicke ein paar Männer hin, damit sie ihn ausquetschen.«

Ein leichtes Klopfen an der Tür. »Zimmerservice.«

Aegis knurrte.

»Hast du was bestellt?« Rif langte nach seiner Glock.

»Nein, aber die Stimme kenne ich.« Ein schneller Blick durch den Türspion bestätigte ihre Vermutung. Sie öffnete die Tür, während Rif im Verborgenen blieb.

Auf der Schwelle stand Peter Kennedy, vor sich einen Servierwagen vom Zimmerservice. Er lächelte. »Ich habe mir das Frühstück aufs Zimmer kommen lassen, und es ist so viel, dass es für uns beide reicht. Als ich das von Ihrem Vater gehört habe, habe ich mir Sorgen um Sie gemacht.«

Wie unheimlich. Wer bestellte schon etwas beim Zimmerservice, um dann damit zu einem anderen Zimmer zu spazieren? »Kommen Sie rein.« Eigentlich hatte sie vorgehabt, nur einen Proteinriegel zu frühstücken, um Zeit zu sparen, aber vielleicht war Peters Besuch ja zu etwas nütze.

Das Lächeln des Finanzchefs verblasste, als er Rif und den Ridgeback sah, dessen Nackenhaare sich aufgestellt hatten. »Oh, störe ich?«

»Ganz und gar nicht. Rif ist als mein Bodyguard hier.«

»Nett, dass Sie auch an mich gedacht haben.« Mit diesen Worten hob Rif eine der silbernen Tellerhauben hoch und nahm sich zwei Baconscheiben, eine für sich und eine für Aegis. Peter erstarrte in seinem Versace-Anzug.

»Gerne, natürlich …«, stammelte der Finanzchef und sah ungläubig blinzelnd zu, wie Rif auch noch eine Scheibe Toast verschlang.

»Wir wollen in Kürze abreisen, Peter. Möchten Sie im Gulfstream mit uns nach Athen fliegen?«, fragte Thea ihn.

Sie war alles andere als erpicht darauf, Zeit mit Peter zu verbringen, aber ihre Unterhaltung am Vorabend hatte sie nicht zufriedengestellt. Falls er etwas wusste – und sie spürte, dass dies der Fall war –, mussten sie es aus ihm herauskitzeln.

Sie ging zu dem Servierwagen. »Vielen Dank für das Frühstück. Dann wollen wir mal sehen, was Sie noch so geordert haben.« Sie hob die zweite silberne Tellerhaube hoch.

»Ihr Lieblings…« Peter erstarrte und verstummte.

Theas Herz setzte für ein paar Schläge aus. Anstelle eines

Frühstücks lag auf dem Teller eine Uhr: die Uhr ihres Vaters. Die Uhr, die ihre Mutter ihm gleich nach ihrer Hochzeit geschenkt hatte und die er immer trug. War das ein Beweis, dass er lebte? Ein Hoffnungsschimmer?

Thea streifte sich ein paar Vinylhandschuhe über, die sie immer dabeihatte, und hob die Santos de Cartier Galbée hoch, um sich die Gravur auf der Rückseite ansehen zu können: AUF UNSERE ZUKUNFT, IN LIEBE, TATIANA.

Rif durchquerte das Zimmer und drückte Peter an die Wand, die Hand auf seine Kehle gepresst. Aegis' Ohren hatten sich ruckartig aufgestellt, und er ging vor den beiden Männern auf und ab. »Was zum Teufel soll das?«

»Ich wusste nicht, dass die Uhr auf dem Teller lag«, presste Peter hervor. »Ich habe einfach nur Frühstück bestellt. Vielleicht habe ich erwähnt, dass ich es mit auf Theas Zimmer nehmen wollte …«

»Versuchen Sie's noch mal.« Rifs Stimme klang scharf.

»Ich schwöre es bei meinem Leben. Ich habe nichts damit zu tun.«

Thea dachte daran, wie Peter reagiert hatte, als sie die Tellerhaube hochgehoben hatte und wie er mitten im Satz verstummt war. Als er die Uhr gesehen hatte, hatte er die Augen aufgerissen, ganz kurz nur, aber es war ein Hinweis darauf, dass seine Überraschung echt gewesen war. Jetzt stand ihm Angst ins Gesicht geschrieben, keine Schuldgefühle. »Lass ihn los«, wies sie Rif an.

Rif ließ ihn los, woraufhin Peter zu Boden sackte und nach Luft rang. Aegis sah aus, als wollte er ihm den Rest geben, deshalb rief sie ihn zu sich.

»Falls Sie uns auf unserem Flug nach Athen begleiten wollen, packen Sie Ihre Sachen«, sagte sie in gemessenem Tonfall an Peter gewandt. »Wir starten in zwanzig Minuten.«

Peter rappelte sich hoch. »Ich tue alles, was ich kann, um Ihnen zu helfen, das müssen Sie wissen.« Er verließ den Raum, den Blick besorgt auf Rif und Aegis gerichtet.

Rif knallte die Tür hinter ihm zu. »Ich traue ihm nicht über den Weg.«

»Ich auch nicht, aber was die Uhr angeht, hat er die Wahrheit gesagt.«

Rif runzelte die Stirn. »Aber mit *irgendwas* hält er hinterm Berg.«

»Das liegt auf der Hand, aber ihn zu bedrohen wird uns nicht weiterhelfen.« Mit brutaler Gewalt konnte man bei einem Typen wie Peter nichts erreichen. Sie musste ihm das Gefühl vermitteln, Teil des Teams zu sein, ihn wissen lassen, dass das, was er ausgefressen hatte – was auch immer es war –, verziehen werden konnte. »Du solltest an deiner Vorgehensweise arbeiten.«

»Wir haben nicht den gleichen Stil.«

»Wie würdest du deinen denn bezeichnen? Hemmungslos testosterongesteuert? Bereit zu foltern?«

Er trat näher an sie heran und sagte mit angespannter Stimme: »Ich werde alles tun, was erforderlich ist, um Christos zu finden.«

Sie ließ es dabei bewenden. Sie mochten zwar unterschiedliche Herangehensweisen haben, aber ihr Vater bedeutete ihm etwas, und er tat alles, was in seiner Macht stand, um ihn zu befreien. »Falls Peter uns begleitet, möchte ich, dass ihr euch vertragt. Und in der Zwischenzeit befragen wir das Küchenpersonal.«

KAPITEL
16

Nikos schlenderte durch die Savannenlandschaft des Attischen Zoologischen Parks bei Athen. Er trug ein typisches Touristen-Poloshirt und eine Kakihose, in der Hand eine Tüte Erdnüsse.

In seiner Kehle machte sich ein Gefühl der Anspannung breit. Wer hatte Christos entführt – und warum? Da hatte er alles bis ins kleinste Detail geplant, und was war passiert? Die eine Möglichkeit war eingetreten, die er nicht bedacht hatte.

Das Gefühl, hintergangen worden zu sein, nagte an ihm wie eine alte, nicht verheilende Wunde. Nach seiner Entführung in Afrika waren Vater und Sohn nie mehr in der Lage gewesen, eine emotionale Beziehung zueinander aufzubauen, obwohl er es immer wieder versucht hatte. Doch selbst sein »Magna-cum-laude«-Abschluss an der Harvard Business School hatte seinen Vater nicht beeindruckt. Er hatte ihm nie einen Job in dem Familienunternehmen angeboten.

Auch wenn sein Vater ganz offensichtlich kein Vertrauen in seine Fähigkeiten hatte, hatte Nikos gewusst, dass er über den Geschäftssinn und den Antrieb verfügte, etwas ganz Spezielles zu erschaffen. Er musste sich einfach nur auf etwas anderes konzentrieren. Er musste sein Geschäftsfeld jenseits von Paris Industries suchen. Und das hatte er getan. Er hatte ein Unternehmen gegründet, das genauso global tätig war, jedoch Waffen verkaufte, und zwar an die Underdogs dieser Welt, damit sie sich gegen ungerechte Regierungen und unersättliche Konzerne wie den seines Vaters zur Wehr setzen konnten. Außerdem unterstützte er die Unterdrückten, nahm Anteil an ihrem Elend und gab mehr als die Hälfte seines Einkommens dafür aus, Kindern zu helfen, die an den Folgen von Kriegen litten. Sie waren unschuldig ... So wie er es gewesen war.

Während er an seine Entführung und die langen Monate dachte, die er in Gefangenschaft verbracht hatte, ballten sich seine Hände zu Fäusten, doch er zwang sich, sich zu entspannen und den tief in ihm sitzenden Groll zu verbannen. Emotionen führten zu nichts. Er musste seinen Verstand benutzen.

Die Schönheit seiner Umgebung half ihm, sein Gleichgewicht wiederzufinden. In der Nähe plätscherte Meerwasser einen künstlichen Wasserfall hinunter, in dem Becken schossen tropische Fische hin und her. Die Strahlen der frühen Morgensonne fielen durch die Zweige der Akazien und warfen durchbrochene Schatten auf das Gras, was ihn an das reale Afrika erinnerte, seine Heimat.

Die Affen im nahen Gehege schrien ihn an und schätzten mit ihren intelligenten Blicken ab, wie wahrscheinlich es war, dass er etwas zum Naschen für sie dabeihatte. Er warf eine Handvoll Erdnüsse in ihren Käfig. Ein Affe mittlerer Größe sammelte die Nüsse ein und verteilte sie an die kleineren Exemplare. Im nächsten Augenblick stieg das Alphamännchen herab, trommelte sich gegen die Brust, stieß einen lauten heiseren Schrei aus und stürzte sich auf das Futter. Die anderen Affen ließen ihre Erdnüsse fallen und huschten davon.

Wie die Affen hatten auch die Menschen ihre Hierarchie. Christos war jahrelang der gierige, überhebliche Alphamann gewesen, der alle anderen verscheucht hatte, damit er sich die gesamte Beute unter den Nagel reißen konnte. Doch damit würde es in absehbarer Zeit ein Ende haben. Thea musste ihren Vater im richtigen Licht sehen. Sie musste dazu gebracht werden zu verstehen, dass es Papas Gier war, die Nikos' Leben zerstört hatte.

Vor allem musste er Christos vor seiner Schwester finden. Seine vertrauenswürdigsten Männer durchkämmten Santorin und Griechenland, und sie hatten den Piloten identifiziert, der den Hubschrauber geflogen hatte, mit dem Christos von der Jacht weggeschafft worden war.

Die Entführung eines Mannes von Christos' Statur war kein einfaches Unterfangen, und die Brutalität, mit der die Entführer zu Werke gegangen waren – sie hatten fast die komplette Crew exekutiert –, zeigte, mit was für einer bedingungslosen Hingabe die Täter sich der Sache verschrieben hatten. Da er selber im Entführungsgeschäft tätig war, kannte Nikos die meisten der Hauptakteure in diesem Metier. Er musste nur herausfinden, wer Christos entführt hatte und warum.

Die Vorstellung, dass sein Vater wie die Affen in einen Käfig eingesperrt war, überzogen mit seinem eigenen Dreck – und ziemlich weit weg von seinem kostspieligen Lebensstil –, brachte Nikos beinahe zum Lächeln, doch gleichzeitig drohte sein Groll wieder in ihm aufzusteigen. Er würde es nicht hinnehmen, dass sich jemand in seine Pläne einmischte, die er für seinen Vater hatte. Wie bei einer ausgeklügelten Schachstrategie war es eine Herkulesaufgabe gewesen, alle Teile so zusammenzufügen, dass es passte, und das Timing war entscheidend.

Auf einmal lag der Duft von Jasmin in der Luft, und dann sah er Xi-Ping, nur wenige Meter von ihm entfernt. Sie war eine Frau, deren Macht er respektierte. Sie hatte sich dem Waffenhandel zugewandt, weil sie darin eine Möglichkeit gesehen hatte, sich dem Einfluss ihres dominanten Bruders zu entziehen, und war darin unglaublich erfolgreich.

Die Waffenlieferantin trug dunkle Jeans und eine weiße Bluse, die die aufwendigen Tattoos bedeckte, die ihre Arme und ihren Rücken zierten. Ihr umwerfendes Gesicht war nicht geschminkt – sie brauchte kein Make-up. Ihr glänzendes schwarzes Haar fiel bis auf die Mitte ihres Rückens. Schön, aber tödlich. Das war seine Partnerin. *Oder war sie es? Konnte sie hinter Christos' Entführung stecken?*

»Soll ich dich Ares oder Nikos nennen?« Ein verschmitztes Lächeln umspielte ihre vollen Lippen.

»Wir haben keine Zeit für Spielchen. Wir haben ein Geschäft zu erledigen.«

»Dein Pilot hat mich gebeten, dir das hier zu geben.« Sie reichte ihm einen schwarzen Kunststoffbehälter, der etwas größer war als eine Hutschachtel. »Ist das etwas, worüber ich Bescheid wissen sollte?«

»Ist eine Familienangelegenheit.« Allerdings betraf es nicht seine Familie.

»Apropos Familie, ich habe heute Morgen die Zeitungen gelesen. Warum wurde die Umsetzung des Plans vorverlegt?«

Er musterte sie aufmerksam, suchte nach einem Anzeichen dafür, dass sie in die Entführung seines Vaters verwickelt war. Sein ursprünglicher Plan hatte vorgesehen, dass Christos zunächst in Simbabwe ankam, um an den Verhandlungen teilzunehmen. Steckte Xi-Ping hinter der vorzeitigen Entführung? Oder ihr Bruder? Die beiden repräsentierten die Chinesen bei den Verhandlungen, somit hatten sie auf jeden Fall ein Motiv, Christos zu entführen. Trotzdem glaubte er nicht, dass sie ihn hinterging. Er war ihr größter Abnehmer auf dem Schwarzmarkt für Waffen und hatte ihr geholfen, einen Plan zu entwerfen, mit dessen Hilfe sie sich ihres größten Rivalen entledigen konnte: ihres Bruders. Er konnte gut nachvollziehen, dass sie Chi eliminieren wollte. Das frauenverachtende Arschloch redete mit ihr, als wäre sie seine persönliche Sklavin. Nikos würde Thea nie so erniedrigend behandeln.

»Alles ist unter Kontrolle.« Etwas anderes würde er ihr gegenüber nie zugeben. Außerdem konnte ihn, nachdem er als Kind in die Mündungen von Uzis und AK-47-Sturmgewehren geblickt hatte, nichts mehr aus der Fassung bringen. Die Entführung seines Vaters war nur ein weiteres unbedeutendes Hindernis. Und wenn er erst einmal herausgefunden hatte, wer das Ganze inszeniert hatte, konnte er es vielleicht sogar zu seinem Vorteil nutzen.

»Deine Schwester könnte immer noch ein Problem darstellen.« Xi-Pings Lippen verspannten sich.

»Thea?«

»Meine Männer haben sie in Santorin aufgemischt. Ich wollte sie vorübergehend außer Gefecht setzen, damit sie wegen der Entführung nicht herumschnüffelt und uns bei unseren Plänen in die Quere kommt.«

Theas Blutergüsse. Ihre Beinahebegegnung mit dem Tod. Wie konnte die Wölfin es wagen, seiner Schwester wehzutun? »Leg nicht noch einmal Hand an meine Schwester.« Er starrte das zarte Zungenbein an Xi-Pings alabasterner Kehle an und fragte sich, wie viel Druck wohl erforderlich wäre, um es aus seiner Aufhängung zu reißen.

Sie zuckte mit den Schultern, als ob der Überfall ein unbedeutender Fehltritt gewesen wäre.

»Um es dir unmissverständlich klarzumachen: Thea ist tabu für …« Sein Handy zirpte. Er hob eine Hand und bedeutete Xi-Ping, dass sie später weiterreden würden. »Ja?«, sagte er ins Telefon.

Am anderen Ende meldete sich eine raue, hallende Stimme. »Ich bin's, Konstantin, aus dem Hangar. Es ist alles bereit.«

»Gute Arbeit. Weitermachen wie geplant.«

»Selbstverständlich. Vielen Dank für Ihr großzügiges Geschenk.«

»Es wird noch mehr geben.« Nikos beendete die Verbindung.

Xi-Ping sah ihn fragend an.

»Wir liegen im Plan.«

»Können wir uns nachher in meinem Hotel treffen?« Sie zog verführerisch die Augenbrauen hoch.

»Dafür werden wir später Zeit haben.« *Oder auch nicht.* »Ich muss so schnell wie möglich nach Kanzi.«

Enttäuschung legte sich wie ein Schatten über ihre Augen. Er sah sich um. Inzwischen liefen einige Familien zwischen den Gehegen umher und sahen sich die Tiere an. »Kümmere du dich um deine Aufgabe, dann werden wir viel Grund zum Feiern haben.« Er nahm den schwarzen Kunststoffbehälter und steuerte den Ausgang des Zoos an.

Im Schutz der getönten Fenster seines schwarzen Mercedes öffnete er die Schnappverschlüsse des Behälters und brach das Siegel. Aus dem Behälter stieg Nebel auf. Verdampfendes Trockeneis. Als die Dampfwolken sich auflösten, starrte er in die dunklen Augen von Carlos Antiguez, dem ehemaligen Anführer der FARC, dessen fettiges Haar an seinem abgetrennten Kopf festgefroren war. Ein frischer Energieschub beflügelte ihn. Es war definitiv die richtige Entscheidung gewesen, den Neffen zu unterstützen.

KAPITEL
17

Gabrielle Farrah ging auf dem internationalen Flughafen von Athen neben dem Gepäckband auf und ab und wartete auf ihren Koffer, eine nicht angezündete Zigarette in der Hand. Normalerweise reiste sie nur mit Handgepäck, doch diesmal hatte sie keine Ahnung, wie lange sie wegbleiben würde. Max hatte ihr vor ihrem Abflug eine SMS geschickt und ihr mitgeteilt, dass Christos Paris auf seiner eigenen Geburtstagsparty nicht erschienen war.

Wer auch immer dieser hallende, mechanisch klingende Anrufer gewesen war, hatte offenbar über Insiderinformationen verfügt. Ihr Team hatte inzwischen herausgefunden, dass sie von einem nicht zurückverfolgbaren Wegwerfhandy angerufen worden war. Verdammt, es konnte einer der Entführer selbst gewesen sein. Jetzt, da die Meldung über die Entführung des Ölbarons in den Nachrichten gelandet war, war die US-Regierung in Aufruhr darüber, dass der Chef von Paris Industries entführt worden war. Ihr Chef, Stephen Kelly, der stellvertretende Leiter der Hostage Recovery Fusion Cell, hatte ein komplettes Verstärkungsteam mobilisiert, das sie unterstützte, und gleichzeitig die Verantwortlichen beim Special Presidential Envoy for Hostage Affairs informiert, ein dem Präsidenten unterstelltes Amt zur Bewältigung von Geiselnahmen. Wenn es irgendetwas gab, das den politischen Betrieb befeuerte, dann war es der Zugang zu Öl.

Während des Flugs hatte sie sich in das Dossier über die

Familie Paris vertieft. Die Entführung des Sohnes hatte alle Ingredienzien der tragischen Geschichte der Lindbergh-Entführung, nur dass Christos' Sohn im Gegensatz zu dem Baby von Charles Lindbergh das Glück gehabt hatte, lebendig wieder nach Hause zu kommen. Inzwischen war Nikos über dreißig und Inhaber einer Import-Export-Firma mit Sitz in Kanzi, mit deren Einnahmen er eine große, auch von seiner Schwester unterstützte Wohltätigkeitsorganisation finanzierte, die sich um Waisenkinder kümmerte. Er hatte absolut nichts mit Paris Industries zu tun. Sie fragte sich, warum wohl nicht. Aber es war auf jeden Fall gut, dass er sich von seinem eigenen Martyrium erholt hatte und Kindern half. Nicht jede Geisel hatte das Glück, in ein normales Leben zurückzufinden.

Der Patriarch der Familie hatte den Ruf, ein rücksichtsloser Selfmade-Tycoon zu sein. Er hatte seine erste Frau bei einem Segelunfall verloren. Danach hatte er noch vier weitere Male geheiratet. Seine derzeitige Ehefrau war eine Französin namens Helena.

Thea Paris, die einzige Tochter, arbeitete als Geiselbefreiungsexpertin bei einer der weltweit führenden, auf Verhandlungen mit Geiselnehmern und die Befreiung von Geiseln spezialisierten Firma. Wahrscheinlich hatte die Entführung ihres Bruders sie veranlasst, in den Kampf gegen Geiselnehmer mit einzusteigen. In ihrem Metier war sie die einzige Frau und dafür bekannt, selbst unter den widrigsten Umständen Geiseln befreit zu haben.

Im Hause Paris machte niemand etwas nur halb. Ein Psychiater würde mit dieser Familie ein gefundenes Fressen haben.

Am Gepäckband ertönte eine Klingel und riss sie aus ihren Gedanken. *Na endlich.* Gabrielle musterte die vorbeirollenden Taschen und hielt Ausschau nach ihrem Samsonite-Hartschalenkoffer. Maximilian Heros würde sie abholen, und wie sie Max kannte, würde er über neuste Informationen über den Fall verfügen, immerhin war er ein hochrangiger griechischer Polizist. Das letzte Mal, als sie miteinander zu tun gehabt hatten, hatte sie im Außenministerium gearbeitet, und er hatte wichtige Informationen ausgegraben, die ihr geholfen hatten, den Fall, mit dem sie befasst gewesen war, zu lösen. Die anschließende Nacht hatte in ihrem Hotelzimmer geendet. Immer nur eine Nacht – das war ihr Credo. Und kein Bettgeflüster. Ihre Schwester warf ihr vor, sich bei ihren Affären wie ein Kerl zu verhalten. Gabrielle fasste das als Kompliment auf.

Sie nahm ihren Samsonite-Koffer vom Gepäckband und steuerte den Ausgang an. Die Doppeltür schwang auf und gab den Blick auf den griechischen Polizisten frei, der an seinem schnittigen silbernen Aston Martin lehnte, ein lässiges Lächeln auf den Lippen.

»Das Olivengeschäft scheint ja gut zu laufen.« Sie hatte beinahe vergessen, dass Max steinreich war. Seine Familie gehörte zu den führenden Olivenölproduzenten Griechenlands. Na schön, dann konnte er sie ruhig zum Mittagessen einladen. Sie bekam schließlich nur ihren Beamtensold.

Er trat auf den Bürgersteig und breitete die Arme aus. »Ich habe ein Begrüßungsgeschenk für dich.«

Der vertraute Geruch nach Tabak und Vanille, den er verströmte, weckte in ihr lebendige Erinnerungen an ihre gemeinsame Nacht. Sie wich seinen Armen aus und drückte ihm stattdessen ihren Koffer in die Hand. »Christos Paris ist auf seinen rechtmäßigen Thron zurückgekehrt, und ich kann einen echten griechischen Salat genießen, bevor ich mich ins nächste Flugzeug setze und wieder nach Hause fliegen kann?«

Er lachte, wobei sein Lachen einem tiefen Grollen glich.

»Wie ich sehe, ist dir deine Bewunderung für die *hoi oligoi* nicht abhandengekommen.«

»Ich empfinde tiefstes Mitgefühl für entführte Ölmilliardäre, auf deren Geschäfte meine Regierung angewiesen ist.« Ihre Mundwinkel gingen nach oben, und sie zündete sich die Gitanes an.

»Du bist eine grausame Frau – vielleicht gehst du mir deshalb einfach nicht aus dem Kopf.« Er verstaute ihren Koffer im Kofferraum und hielt ihr die Beifahrertür auf. Sie glitt auf den weichen schwarzen Ledersitz.

Er stieg ein und startete den Motor. Der Zwölfzylinder-V-Motor röhrte dröhnend los.

»Was ist denn nun mit dem Geschenk …?« Sie sog den Rauch tief ein, die Zigarette verschaffte ihr den dringend benötigten Nikotinschub.

»Paris wurde auf Santorin von seiner Jacht entführt. Dabei muss ein Hubschrauber eingesetzt worden sein, aber ein Hubschrauber hat nur eine begrenzte Reichweite. Paris ist in Griechenland ein Held, deshalb wäre es für die Entführer nicht sicher, ihn hier zu verstecken. Ich habe die privaten Flughäfen überprüft und die Flugunterlagen gecheckt. Ein Flugzeug fiel auf.« Er legte den ersten Gang ein und reichte ihr einen Post-it-Zettel. »Das hier habe ich von einem Freund über das Interpol-Kommunikationsnetzwerk I-24/7 erhalten – es ist das Flugzeugkennzeichen. Ich fahre dich zu dem Privatflughafen, auf dem das Flugzeug aufgetankt wurde.«

»Zum jetzigen Zeitpunkt ist die Liste der Verdächtigen endlos«, stellte sie fest. »Während der letzten vierundzwanzig Stunden ist die von uns abgefangene Kommunikation des Islamischen Staates regelrecht explodiert. Mit einer Entführung von jemandem, der so reich ist wie Paris, könnten sie für die nächsten Jahre ihre Kriegskasse füllen.« Das auf der Hand Liegende ließ sie unerwähnt: dass er auch als politisches Druckmittel eingesetzt werden könnte. »Es könnte für den Mann ziemlich ungemütlich werden.«

»Ich kenne Christos seit Jahren. Wir verkehren in den gleichen Kreisen. Er ist zäh, er wird es schaffen.«

»Jeder kommt irgendwann an seine Belastungsgrenze. Um seinetwillen hoffe ich, dass er von Kriminellen gekidnappt wurde und nicht von politisch motivierten Entführern. Theo Padnos hat während seiner Geiselhaft in den Händen der Al-Nusra-Front die Hölle durchlebt.« Bei politisch motivierten Entführungen wurden die Kidnapper von ihrer Ideologie geleitet. Sie erinnerte sich an den Abschlussbericht über den Fall des amerikanischen Journalisten. Padnos war geschlagen und in einem syrischen Gefängnis in Einzelhaft gehalten worden. Er war extremer Kälte ausgesetzt gewesen und sogar für eine halbe Stunde lebendig begraben worden. Als er nach seiner Freilassung nach Hause kam, aß und schlief er anfangs kaum, war verwirrt und litt unter extremen Gefühlsschwankungen – mal war er himmelhochjauchzend, mal wurde er von Weinkrämpfen geschüttelt. Wenn Christos Paris von Terroristen entführt worden war, würde er nicht als der gleiche Mann zurückkommen, wenn er überhaupt zurückkäme.

»Padnos kann froh sein, dass er noch lebt. Ich frage mich, ob seine Entführer von seinem Buch *Undercover Muslim* wussten. Er ist zum Islam konvertiert und hat an einer der radikalsten Moscheen den Koran studiert. Sein Buch könnte in islamischen Kreisen als Abfall vom Glauben gesehen werden.« Max schüttelte den Kopf.

»Alle Geiseln haben Geheimnisse, und diese Geheimnisse können sie das Leben kosten.«

»Verrätst du mir deine?«

»Ich bin nicht deine Geisel.«

»Könntest du aber sein.«

»Konzentrier dich auf den Fall, Max.«

»Paris' Tochter ist in Athen. Sobald wir an dem Hangar fertig sind, treffen wir uns mit ihr.«

Max trat das Gaspedal durch, die Beschleunigungskraft drückte Gabrielles Kopf gegen die Kopfstütze. Sie tippte das Flugzeugkennzeichen in ihr Handy ein, schickte es per SMS an Ernest in ihrem Team und beauftragte ihn mit der Recherche; er sollte so viele Informationen wie möglich dazu beschaffen.

Der Aston Martin schlängelte sich um die Kurven und glitt dicht über dem Asphalt dahin. Sie fuhren in Richtung Küste und ließen die malerische Landschaft auf sich wirken, die unter der strahlenden Sonne an ihnen vorbeizog. Doch Gabrielles Stimmung war düster – sie wollte Christos Paris nicht zwecks Durchsetzung irgendwelcher politischer Ziele vor den Augen der Weltöffentlichkeit in einem orangen Overall zur Schau gestellt sehen. Es hatte genug von diesen Videos gegeben.

»Wir sind da.« Max' Baritonstimme brachte sie zurück in die Gegenwart. Sie schlängelten sich die gepflasterte Zufahrt entlang, die zu dem kleinen Flughafen führte. Er lag etwas verborgen an der Küste, ein perfekter Ort für jemanden, der illegale Fracht – oder ein Entführungsopfer – von einem Hubschrauber in ein Flugzeug umladen wollte, ohne unnötige Aufmerksamkeit zu erregen.

Max fuhr zu dem Gebäude, in dem die Flugsicherung untergebracht war, und parkte dort. Gabrielle drückte ihre Zigarette aus. Ihr Handy summte. Eine verschlüsselte SMS von ihrem Chef. *Das Team hat drei IS-Trainingslager in Syrien identifiziert. In einem davon ungewöhnliche Aktivität. Prüfen, ob Paris eventuell dort festgehalten wird. Rückverfolgen außerdem alle Schiffe und Flugzeuge, die Griechenland um die Zeit der Entführung verlassen haben. Halten Sie auf dem Laufenden.*

War es möglich, dass Christos Paris vom IS gefangen gehalten wurde? Sie steckte ihr Handy in ihre Handtasche. Bevor sie dazu kam, die Tür zu öffnen, hielt Max sie bereits für sie auf.

Sie eilten die Treppe hinauf und betraten das Gebäude. Max zückte seinen Dienstausweis und lächelte die Frau am Empfang an, woraufhin sie sofort in ein hinteres Büro geführt wurden. An den Wänden im Flur hingen Fotos von Santorin, die berühmte weiß getünchte Kirche mit der blauen Kuppel hatte einen besonders prominenten Platz. Man konnte sich kaum einen schöneren Platz auf Erden vorstellen – die Insel war definitiv kein typischer Ort für eine Entführung.

Der Flughafendirektor hatte gerade sein Mittagessen beendet und tupfte sein hageres Gesicht mit einer Serviette ab. Der Geruch nach Hummus weckte bei Gabrielle Erinnerungen daran, wie ihre verstorbene Mutter das Gericht immer zubereitet hatte.

Max stellte sich auf Griechisch vor und fragte den Mann, ob er Englisch spreche.

Er nickte. »Konstantin Philippoussis.«

»Darf ich vorstellen – Gabrielle Farrah aus den USA.«

»Aha. Aus Amerika.« Der ausgemergelte Mann sprach mit starkem Akzent, in seinen Augen funkelte Intelligenz.

»Waren Sie schon mal dort?«, fragte sie ihn in dem Versuch, eine Beziehung zu ihm aufzubauen.

»Nein, nie. Aber meine Tochter mag die große Statue mit Krone.«

»Die Freiheitsstatue in New York City. Ein Geschenk der Franzosen.«

»Wir interessieren uns für alles, was Sie uns zu dem Flugzeug mit diesem Kennzeichen sagen können.« Max reichte ihm den Post-it-Zettel.

Konstantin runzelte die Stirn. »Ja, ich erinnere mich. Schöne Beine.«

Max lachte. »Schöne Beine vergesse ich auch nie. Wem gehörten sie?«

»Einer Asiatin. Schwebte auf High Heels dahin wie ein exotischer *petalouda*.«

Gabrielle sah Max fragend an.

»Ein Schmetterling«, übersetzte er. »Wann war das?«

»Gestern, gleich nach meinem Arbeitsbeginn. Nachdem sie gelandet ist, ist das Flugzeug sofort wieder weggeflogen.«

»War sie allein?«

Konstantin nickte.

»Hat sie ein Taxi genommen? Oder einen Mietwagen?«

»Sie wurde von einer weißen Limousine abgeholt.« Er zeigte aus dem Fenster. »Ich hab diese Beine gesehen, als sie eingestiegen ist.«

»Was ist mit dem Flugzeug? Hat der Pilot einen Flugplan eingereicht?«

»Einen Moment, bitte.« Er stapfte aus dem Büro.

Max zuckte mit den Achseln. »Könnte einfach nur eine reiche Asiatin gewesen sein, die die Sehenswürdigkeiten besichtigen wollte.«

»Christos Paris sollte später in dieser Woche in Kanzi um Ölförderrechte verhandeln. Sein Hauptkonkurrent ist die Chinese National Oil Company.«

»Du witterst überall Verschwörungen...«

Konstantin kam wieder in den Raum geschlurft. »Kein Flugplan. Entweder hat der Pilot keinen eingereicht oder er ist verschwunden.«

Verdammt. Sie hatte gehofft, einen Hinweis zu bekommen, wohin das Flugzeug geflogen war. Jetzt mussten sie stattdessen die Frau finden. Max würde ihre Identität herausfinden – so viele weiße Limousinen, die asiatische Frauen beförderten, konnte es in Athen nicht geben.

Ihr Telefon summte. Sie las die Nachricht von Ernest, während Max weiter Konstantin befragte: *Kennzeichen führt zu einer belgischen Briefkastenfirma, die mit Ares' Waffengeschäften in Verbindung steht. Forschen weiter nach.*

Gabrielles Hände wurden feucht. Ares war dafür bekannt, die Entführung prominenter Firmenchefs zu finanzieren. Hatte er diesmal eine wahre Goldader angezapft?

KAPITEL
18

Nikos seilte sich in einer abgelegenen Höhle in der Nähe von Mykene ab, einem ungestörten Ort, an dem er Zusammenkünfte mit seinen Untergebenen abhielt. Mehr als achtzig Kilometer südwestlich von Athen gelegen und weitab von jedem Feriengebiet, waren die Wände der Höhle mit Zeichnungen aus der Jungsteinzeit verziert, was seinem geheimen Rückzugsort eine gewisse Gravität verlieh, und der die Höhle umgebende dichte Wald bot ihm die ideale Tarnung, um unbemerkt in sein Versteck einsteigen zu können.

Die dunkle, entlegene Höhle diente ihm als perfekter Ort, um sein Doppelleben aufrechtzuerhalten. Er ließ sich durch die schmale Öffnung hinab und verharrte auf dem Boden hinter einer dreieckigen Felsformation, sodass sein Gesicht im Schatten verborgen blieb, während er seinen Untergebenen seine Anweisungen erteilte. Nur einer von ihnen hatte es einmal gewagt, tiefer in die Höhle vorzudringen, und versucht, von Angesicht zu Angesicht mit ihm zu reden. Der Mann war nie mehr nach Hause gekommen.

Eines seiner Handys vibrierte. Er nahm den Anruf besser entgegen, bevor er keinen Empfang mehr hatte. Er wickelte sich das Seil um den Arm, stützte sich mit dem Fuß an der Seitenwand der Höhle ab und holte das Handy hervor, das er als Nikos benutzte. Auf dem Display sah er, dass es Pater Rombola aus Kanzi war, der Priester, der ihm und Thea vor Ort half, den Betrieb des Waisenhauses aufrechtzuerhalten.

»Guten Tag, Pater.« Er achtete darauf, mit gleichmäßiger, sachlich klingender Stimme zu sprechen.

»Ich möchte Ihnen für Ihre großzügige Spende danken. Sie hätte zu keinem besseren Zeitpunkt kommen können. Gestern Abend wurde eine Gruppe Halbwüchsiger im Waisenhaus abgesetzt. Arme Jungs, halb verhungert und traumatisiert von der Zeit, die sie bei den Warlords verbracht haben.«

Nikos' Ziel war es, die Praxis, Kindersoldaten zu rekrutieren, in Kanzi ein für alle Mal zu beenden, denn Kindersoldaten würden sich, wenn sie einmal älter waren, in eine Bande brutaler Krieger verwandeln. So furchtbar seine eigenen Erfahrungen als Geisel auch gewesen sein mochten, war er doch einer derjenigen gewesen, die das Glück gehabt hatten, irgendwann wieder nach Hause zu kommen. So viele der anderen Jungen kehrten nie zurück oder hatten nicht einmal mehr ein Zuhause, nachdem ihre Eltern umgebracht worden waren. Das Waisenhaus war seine Art und Weise, auf die er zu helfen versuchte. Als Ares wies er seine Männer an, den Dschungel zu durchkämmen und verschleppte Kinder zu befreien. Als Nikos war er der Wohltäter, der in Afrika viel Geld für gute Zwecke stiftete. Die beiden Persönlichkeiten ergänzten sich perfekt. »Gern geschehen. Es ist wichtig, etwas zurückzugeben.«

»Ich hoffe, Sie kommen uns bald mal wieder besuchen. Wir würden gerne ein Essen für Sie ausrichten.«

»Das wäre mir eine Ehre. Vielleicht nach den Weihnachtsfeiertagen.«

»Ja, natürlich. Ich bin sicher, dass Sie im Moment viel mit Ihrer Familie zu tun haben.«

Mehr, als Sie denken. »Das bringt diese Zeit des Jahres mit sich.«

»Na gut, dann will ich Sie nicht länger aufhalten, aber seien Sie dessen versichert, dass wir Sie jeden Tag in unsere Gebete einschließen. Grüßen Sie Thea von mir.«

»Das mache ich. Vielen Dank.«

Nikos steckte das Handy wieder weg und stieg weiter hinab in die Höhle wie eine Fledermaus, die an ihren Rückzugsort zurückkehrt. Die Dunkelheit tat ihm gut, sie sorgte dafür, dass er klar denken konnte, und schärfte jeden seiner Sinne. Beim Atmen stieg ihm der Geruch von abgestandenem Wasser in die Nase. Es roch wie zu Hause. Obwohl jegliches Licht verblasst war, spürte er, wo sich der nächste Halt für die Füße befinden würde, und arbeitete sich nach unten.

Seine Männer waren erfolgreich gewesen und hatten den Piloten ausfindig gemacht, der bei Christos' Entführung den Hubschrauber geflogen hatte, und ihn in die Höhle gebracht. Er hieß Andel Raptis und war offenbar ein erfahrener Mitarbeiter der Küstenwache. Interessant. Er wollte den Mann persönlich verhören, weil Raptis möglicherweise der einzige Mensch war, der die Identität des Kidnappers kannte – jener Person, die ihm mit der Entführung von Christos zuvorgekommen war.

Nikos' Kletterschuhe schabten unter ihm über den nassen Fels. Er hatte den Kalksteinboden der inneren Höhlenkammer erreicht und brannte darauf, diesen Piloten, der offenbar einem Nebenerwerb nachging, zu sehen. Er schnallte sich von dem Nylonseil ab, befreite sich von dem Klettergeschirr, langte in seine North-Face-Windjacke und holte eine Minitaschenlampe heraus. Die leichte, vor Kälte schützende Jacke war lebenswichtig. Während seines Abstiegs in die Tiefen der Höhle war die Temperatur um mehr als zwanzig Grad gefallen.

Er richtete den Lichtstrahl auf eine schmale Öffnung, schlich durch die Höhle und musste sich immer wieder ducken, wenn die steinernen Bögen nicht hoch genug waren, damit er mit seinen eins fünfundachtzig darunter durchkam. Nach fünfzig Schritten fand er den Piloten exakt so, wie er seine Männer angewiesen hatte, ihn zurückzulassen.

Raptis war an einen Bambusstuhl gefesselt und wand sich hin und her, schaffte es jedoch nicht, die festen Knoten seiner Fesseln zu lösen. Er stank nach Exkrementen und Körpergeruch, seine Hose war mit Urinflecken übersät. Nikos' Männer würden ihm eine ordentliche Tracht Prügel verabreicht haben, deshalb war eine kleinere Sauerei zu erwarten gewesen.

Nikos knipste eine Campinglampe an, die an einem Felsvorsprung hing, und machte seine Taschenlampe aus. Raptis' Augen quollen vor Angst hervor. Nikos beugte sich zu ihm hinab und riss ihm das Klebeband vom Mund, wobei einige Stoppeln seines grau melierten Bartes mit abgingen.

Der Mund des Piloten bewegte sich, doch es kam kein Laut heraus. Tränen rollten über sein schmutziges Gesicht. Nikos langte in seinen Rucksack und nahm seine Wasserflasche heraus. Er legte sie Raptis an die Lippen und drückte ihm den Inhalt in den Mund. Der Mann schluckte gierig, Wasser tropfte von seinem Kinn.

Während sein Gefangener Wasser schlürfte, warf Nikos einen Blick auf die Uhr. Er brauchte schnell Antworten und musste dann Thea finden und sehen, ob sie irgendetwas Nützliches herausgefunden hatte. Zweigleisig vorzugehen würde sich auszahlen.

»Sie wollen hier raus? Dann erzählen Sie mir, wo Sie den Mann von der Jacht hingeflogen haben«, sagte er auf Griechisch und richtete die Flasche aufrecht, damit Raptis Luft holen konnte.

»Sie lassen mich gehen?«, krächzte der Mann.

»Natürlich. Ich brauche nur Informationen.« Hoffnung war eine hilfreiche Motivation, wenn man etwas von jemandem wollte. Raptis brachte ein mattes Lächeln zustande, in den Falten um seine Augen klebte getrocknetes Blut. Die meisten Geiseln schrumpften innerhalb weniger Stunden zu einem kindlichen Schatten ihrer selbst zusammen, wobei eine aggressive Tracht Prügel dazu beitrug, diesen Prozess zu beschleunigen. Das moderne Dasein hatte die Menschen verweichlicht, und es gab nur noch wenige Krieger.

»Gott sei Dank.« Raptis' Kopf war vor Erleichterung vornübergesunken. »Meine Familie w-wird es Ihnen danken.«

»Das braucht sie nicht. Wer hat Sie angeheuert?«

Raptis sah hinunter auf seine Schuhe, sein Gesicht verfinsterte sich vor Scham. »Ich wette auf Pferde und kann nicht davon lassen. Ich habe einen Haufen Schulden. Tausende. Der Buchmacher hat mir gesagt, dass er mir meine Schulden erlassen würde, wenn ich ihm diesen einen Gefallen täte.«

»Leute von einer Jacht abholen.«

Er nickte. »Es schien mir ein völlig harmloser Job zu sein. Zwei Männer, die wie Bodyguards aussahen, sind mit Christos Paris in den Hubschrauber gestiegen – ich habe ihn aufgrund der Fotos in den Zeitungen erkannt –, und dann sind wir losgeflogen. Ich dachte, dass er vielleicht zu einem geheimen Treffen wollte und unerkannt hinkommen musste. Reiche Menschen können komische Allüren haben.«

»Woher wussten Sie, wo Sie hinfliegen sollten?«

»Man hat mir einen Hubschrauber zur Verfügung gestellt und mir die GPS-Koordinaten gegeben. Bevor ich den Anruf erhielt, musste ich mich stundenlang in Bereitschaft halten.«

»Haben Sie sonst noch jemanden auf der Jacht gesehen?«

»An der Jacht war ein kleineres Speedboot vertäut, auf dem zwei Männer und ein Typ in Kochmontur waren. Noch bevor wir abgehoben haben, sind sie davongebraust. Ich schwöre bei Gott, dass ich keine Ahnung hatte, dass es eine Entführung war. Das habe ich erst später in den Nachrichten gehört.«

»Und Sie haben niemandem von Ihrer Beteiligung erzählt?«

»Keiner Menschenseele. Meine Familie war nicht einmal zu

Hause. Ich habe meine Frau mit den Kindern über Weihnachten zu ihrer Mutter geschickt. Ich habe ihr gesagt, dass ich arbeiten muss.«

Wie dumm von ihm, zu verraten, wo seine Familie war. »Bei wem hatten Sie die Schulden?«

Raptis zuckte zusammen und wand sich in dem Stuhl. »Alec Floros.«

»Wo haben Sie Christos Paris hingebracht?«

»Nach Korfu. Auf der Landebahn stand eine Dash 10 bereit. Sie sind eingestiegen und sofort gestartet.«

»Hatte das Flugzeug irgendwelche Markierungen? Konnten Sie die Flugzeugnummer erkennen?«

»Ich kann mich an keine Markierungen erinnern. Ich habe nur meinen Job erledigt und mich um meinen eigenen Kram gekümmert.«

Nikos langte blitzschnell nach unten und zog das Jagdmesser mit der dreißig Zentimeter langen Klinge aus der Scheide, die um seine linke Wade geschnallt war. Bevor der Pilot reagieren konnte, schnitt die rasiermesserscharfe Klinge an beiden Handgelenken durch Haut und Knorpelgewebe. Ein markerschütternder Schrei hallte durch die Höhle, gefolgt von einem Stöhnen und Wimmern. Nikos wollte auf Nummer sicher gehen, dass er jedes Detail aus dem Mann herausgeholt hatte.

»Erzählen Sie mir alles, und ich stoppe die Blutung. Das ist Ihre letzte Chance.«

»A-aber ich habe Ihnen alles erzählt. Bitte, helfen Sie mir.« Raptis' Augen traten hervor, als er die Blutlache sah, die sich auf dem Boden der Höhle bildete. »Meine Familie ... Sie haben versprochen, dass ich sie wiedersehen würde.« Seine Stimme war schrill, verzweifelt.

»Immer geht es um die Familie. Aber meine Familie kommt zuerst.« Mit diesen Worten schlitzte Nikos Raptis die Kehle auf. Blut schoss aus der durchtrennten Halsschlagader und spritzte auf die Höhlenwand. Er wischte die Klinge am Ärmel des Piloten ab und schob das Messer zurück in die Scheide. Raptis' Augen starrten ins Leere und bewegten sich nicht mehr.

Nikos' Männer konnten die Schweinerei später beseitigen. Er eilte zurück zu dem geheimen Eingang und sammelte seine Ausrüstung ein. Beflügelt von seinem erfolgreichen Verhör, kletterte er flink und gekonnt die Höhlenwand wieder hoch. Er fand problemlos einen in der Wand verankerten Fußtritt nach dem anderen und hangelte seinen muskulösen Körper in null Komma nichts nach oben. Er musste duschen und sich umziehen und das Flugzeug ausfindig machen, das von Korfu weggeflogen war.

Und da Freitag war, würde er Thea ein Foto schicken. Wo auch immer auf der Welt er gerade war, selbst wenn sie sich im gleichen Land befanden, schickte er ihr ein Selfie, und sie antwortete ihm mit einer herzlichen, liebevollen Textnachricht. Thea war immer für ihn da. Darauf zählte er.

KAPITEL
19

Thea und Rif betraten das Hotel Grande Bretagne in Athen. Die Zeit verstrich, und die wenig kommunikativen Entführer verharrten im Verborgenen. Da Thea keine Ahnung hatte, wohin die Suche nach ihrem Vater sie führen würde, hatte sie Hakan gebeten, Aegis mit nach London in die Firmenzentrale von Quantum zu nehmen. Helena war eigentlich keine Hundefreundin, aber Aegis war im Begriff, sie für sich zu gewinnen. Peter Kennedy hatte ihr Angebot, mit ihnen nach Athen zu fliegen, abgelehnt und gesagt, dass er später nachkommen werde. Sie fragte sich, ob er versuchte, weiteren beharrlichen Fragen ihrerseits aus dem Weg zu gehen.

Die vertraute Umgebung des historischen Grandhotels erinnerte sie erneut an ihren Vater. Sie war unzählige Male mit ihm durch das prunkvolle Foyer gegangen. Die dorischen Säulen, die Kassettendecke mit den Buntglasfenstern, die vergoldeten Spiegel, die plüschigen Samtsofas und der kunstvoll gefliese Boden – diese prachtvolle Ausstattung war ihr wohlbekannt, doch an diesem Tag, ohne die Anwesenheit ihres Vaters, erschien ihr all das wertlos und nichtssagend. Wenn ihr Vater nach Athen kam, übernachtete er immer in dem Hotel und zahlte eine monatliche Miete, damit ihm die Präsidentensuite jederzeit zur Verfügung stand, wenn er unangekündigt auftauchte.

Bevor sie und Rif den Fahrstuhl in den sechsten Stock nehmen konnten, wo sich der Butler-Check-in befand, wurde sie von einem bekannten Gesicht begrüßt. Stavros war seit mehr als zwanzig Jahren der Manager des Hotels. »Ms Paris, ich habe gehört, was Ihrem Vater passiert ist. Kann ich irgendetwas für Sie tun?«

»Wenn Sie so freundlich wären, die Suite herrichten zu lassen, wäre das wunderbar.«

Er langte in die Brusttasche seines Anzugs und reichte ihr die Schlüssel. »Ist bereits geschehen, sie steht für Sie bereit.«

»Danke, aber ...«

»Ich dachte mir schon, dass Sie auf dem Weg hierher sind, als dieser Brief für Sie abgegeben wurde.« Stavros reichte ihr einen braunen Umschlag, auf dem maschinenschriftlich in Druckbuchstaben ihr Name stand.

Für den Fall, dass der Entführer Kontakt zu ihr aufnehmen wollte, hatte sie sich bewusst für ihr Stammhotel entschieden. Oder war der Umschlag vielleicht von Hakan? Es war besser, auf Nummer sicher zu gehen. Sie langte in ihren Rucksack und zog ein Paar Vinylhandschuhe heraus.

Sie öffnete den Umschlag und nahm ein weißes Blatt heraus.

Christos Paris und die Damocles sind IN unserer GEWALT. LASSEN Sie morgen vor Mitternacht zehn Millionen Euro in nicht markierten Scheinen in wasserdichten Behältern auf das Deck ABWERFEN. Nach Verstreichen der Deadline wird Christos jede Stunde ein Körperteil verlieren. AUSSERDEM wird Öl ins Mittelmeer GELEITET. Keine Verhandlungen, keine Anrufe.

Ihre Hände zitterten, doch ihr Hirn arbeitete auf Hochtouren. Die *Damocles* war einer der Supertanker von Paris Industries mit einem Fassungsvermögen von mehr als 190 Millionen Litern Rohöl. Ihr Vater hatte ihr einige Jahre zuvor beim Abendessen die Baupläne des Tankers gezeigt. Er liebte Wasserfahrzeuge jeder Art, egal ob groß oder klein, und war stolz auf die neuste Errungenschaft in der Paris-Industries-Flotte gewesen.

Sie reichte Rif das Blatt mit der Nachricht.

Er beugte sich näher an Stavros heran. »Wer hat den Brief abgegeben?«

»Ein junger Kurier. Keiner der Boten, die sonst bei uns ein und aus gehen.« Der ältere Mann zog die Augenbrauen zusammen. »Habe ich etwas falsch gemacht?«

»Überhaupt nicht. Glauben Sie, Sie könnten diesen jungen Mann einem Phantombildzeichner beschreiben?« Der Bote würde ein paar Euro für die Auslieferung des Briefes bekommen haben. Es war fraglich, ob sie die Identität desjenigen, der ihn angeheuert hatte, herausfinden würden, aber sie mussten es zumindest versuchen.

»Selbstverständlich. Das Einprägen von Gesichtern ist Teil meines Jobs.«

»Wir werden möglichst schnell einen Phantomzeichner kommen lassen. Ich muss jetzt ein paar Telefonate führen. Können wir hochfahren?«

»Selbstverständlich. Es tut mir leid, falls ich einen Fehler gemacht habe.« Stavros' Gesicht war blass.

Thea drückte ihm die Hand. »Das haben Sie nicht. Bitte sprechen Sie ein Gebet für meinen Vater.« Stavros war ein gläubiger Mann und hatte eine große Familie. Er konnte nachvollziehen, wie sehr sie litt.

Der Hotelmanager rang sich ein Lächeln ab, doch es erreichte nicht seine Augen. »Das werde ich auf jeden Fall tun. Lassen Sie mich bitte wissen, wenn ich noch irgendetwas für Sie tun kann.«

»Danke.«

Sie steuerten den Fahrstuhl an. Rif ging vor und schwieg auf dem Weg nach oben. Währenddessen aktivierte Thea die gleiche GPS-App, mit der sie die Jacht ihres Vaters geortet hatte. Die gesamte Paris-Industries-Flotte war mit Trackern ausgestattet, die den Quantum-Mitarbeitern zugänglich waren, da Quantum für die Sicherheit des Unternehmens zuständig war. Sie tippte den Namen des Supertankers ein, und ihr Puls raste im Einklang mit dem blinkenden roten Licht auf dem Display.

Sie betraten die Suite, und Thea ging in dem geräumigen Wohnzimmer auf und ab, bis der Klingelton ertönte, der anzeigte, dass die Ortung gelungen war. Sie bedeutete Rif, mit ihr ins Bad zu gehen, und stellte die Dusche an, um ihre Unterhaltung so gut wie möglich vor versteckten Mikrofonen abzuschirmen. »Die *Damocles* ist nicht weit entfernt. Im Mittelmeer. Nicht gerade eine Gegend, in der es von Piraten wimmelt. Warum erfahren wir erst jetzt davon?«

»Wer würde denn normalerweise kontaktiert, wenn es ein Problem mit einem der Supertanker gibt? Peter?«

»Ich bin mir nicht sicher. Er kümmert sich um die Versicherungen, aber als Sicherheitschef sollte eigentlich Hakan die erste Anlaufstelle sein. Irgendwas stimmt hier nicht. Erst kriegen wir diese merkwürdigen lateinischen Botschaften mit unterschwelligen Drohungen und jetzt auf einmal diese direkte Lösegeldforderung. Kein Lebensbeweis, keine Verhandlungen. Ich frage mich, ob die Botschaften von ein und derselben Person stammen.«

»Vielleicht wurde Christos an einen anderen Geiselnehmer übergeben?« Rifs schwarze Stiefel, seine Kampfhose und sein unrasiertes Gesicht passten in keiner Weise zu der luxuriösen Ausstattung des Hotels.

»Glaube ich nicht. Die lateinischen Texte hatten etwas Persönliches, Racheorientiertes. Und jetzt will der Kidnapper auf einmal Cash in Form von nicht gekennzeichneten Scheinen? Vielleicht haben die Piraten auf dem Supertanker meinen Vater gar nicht in ihrer Gewalt. Es könnte sich um Trittbrettfahrer handeln.«

»Und sie haben uns keine Möglichkeit gelassen, mit ihnen in Kontakt zu treten, um zu verhandeln«, stellte Rif fest.

»Oder um uns zu vergewissern, dass mein Vater lebt«, fügte Thea hinzu. »Ich versuche mal, ob ich Magnusson erreichen kann, den Kapitän der *Damocles*.«

»Hätte er keine Meldung abgesetzt, wenn der Tanker geentert worden wäre?«

»Wenn die Kidnapper den Tanker überfallartig in ihre Gewalt gebracht haben, hat er vielleicht keine Zeit gehabt. Die Zeit bis zur Lösegeldübergabe-Deadline ist knapp bemessen. Wenn die Nachricht vom echten Kidnapper stammt, wird er die Annahme von zehn Millionen Euro an Deck bestimmt nicht einem Haufen Rowdys überlassen. Wir müssen herausfinden, wer die Schlüsselfigur ist, die hinter dem Ganzen steckt. Ich rufe die Brücke der *Damocles* an.«

Bei Entführungen gab es große Unterschiede, was den Aufwand anging, mit dem sie durchgeführt wurden. Es gab schlichte Express-Entführungen, bei denen eine wahllos ausgesuchte Geisel, oft ein normaler Berufstätiger oder ein Tourist, gezwungen wurde, Geld aus einem Automaten zu ziehen, und es gab raffinierte, gut vorbereitete Entführungen von Prominenten. Diese Entführung – die mit dem Überfall auf eine gut bewachte Jacht und jetzt möglicherweise auch noch mit dem Entern eines Supertankers einherging – war eine der komplexesten Geiselnahmen, die sie je erlebt hatte.

Sie stellte die Dusche ab und suchte in der Paris-Industries-Datenbank nach der Nummer der Brücke. Nachdem sie gewählt hatte, stellte sie ihr Handy auf Aufnahme, während Rif eine SMS an Hakan schrieb, in der er um weitere Informationen über den Supertanker und dessen Besatzung bat.

Das Telefon klingelte und klingelte. Als sie die Verbindung gerade beenden und noch einmal neu wählen wollte, meldete sich jemand.

»Hier Kapitän Magnusson.« Seine Stimme war kräftig, aber in seinem Tonfall schwang unterschwellige Anspannung mit.

»Guten Tag, Kapitän, hier spricht Thea Paris. Befindet sich die *Damocles* in fremder Gewalt?«

»Ja, Ma'am. Das ist leider der Fall.«

Sie spürte die Schmach, die er empfand. Ihr rutschte das Herz in die Hose. Ein Teil von ihr hatte gehofft, dass die Botschaft mit der Lösegeldforderung falsch adressiert gewesen war.

»Wurde jemand verletzt?«

»Bisher nicht.«

»Keine Sorge, wir bringen Sie heil nach Hause zu Ihrer Familie. Ich habe leider die Übersicht verloren – wie viele Kinder haben Sie noch mal inzwischen?« Magnusson war clever. Er würde verstehen, was sie von ihm wissen wollte.

»Zehn. Deshalb verbringe ich ja so viel Zeit auf hoher See.«

Im Hintergrund waren gedämpfte Stimmen zu hören. Sie konnte jedoch nicht heraushören, in welcher Sprache sie sich unterhielten.

»Das ist ja ein ganzer Haufen. Ist mein Vater an Bord?«

»Das kann ich nicht mit Sicherheit sagen. Ich wurde seit der Enterung des Tankers gezwungen, auf der Brücke zu bleiben.«

»Kann der Kidnapper mich hören?«

»Ja.«

»Bitte holen Sie ihn ans Telefon.« Sie wollte Magnusson auf keinen Fall in die nicht vertretbare Situation bringen, sein Leben zu riskieren, indem sie ihm Informationen entlockte, die sich womöglich als nutzlos entpuppten.

»Sie haben Ihre Instruktionen erhalten. Werfen Sie das Geld

ab, und Christos Paris wird unversehrt zurückkehren.« Der Sprechende redete abgehackt und kurz und bündig, kein Anzeichen eines Akzents.

»Mit wem spreche ich?« Bring ihn zum Reden, entlocke ihm weitere Informationen.

»Zehn Millionen Euro bis morgen Mitternacht, in wasserdichten Behältern auf das Deck abgeworfen. Im Gegenzug lassen wir Christos Paris und die Besatzung frei.«

»Es ist unmöglich, in so kurzer Zeit so viel Bargeld zu beschaffen. Geben Sie mir ein paar Tage.«

»Pietro Andreas kann das Geld beschaffen.«

Als er den persönlichen Banker ihres Vaters beim Namen nannte, schauderte sie. Woher wussten sie von ihm? »Lassen Sie mich mit meinem Vater sprechen. Wir brauchen vor der Geldübergabe ein Lebenszeichen.«

»Sie haben bereits die Uhr erhalten.«

Sie schloss einen Moment lang die Augen. Der Mann sprach auffällig langsam, weshalb sie glaubte, dass Englisch nicht seine Muttersprache war. »Holen Sie Christos ans Telefon. Wir brauchen eine Bestätigung, dass er lebt.«

»Tut mir leid, Mr Paris ist momentan beschäftigt.«

»Wir brauchen ein Lebenszeichen.«

Ein Schlurfen. Und dann im Hintergrund ein lauter Schrei. Es klang nach Kapitän Magnusson.

»Morgen um Mitternacht, oder Christos verliert Körperteile, und wir öffnen die Ventile und schwärzen das Meer. Ihre Entscheidung.«

Ein Klicken, dann nichts mehr.

Sie stellte die Dusche wieder an und schickte die Aufnahme zur Analyse per E-Mail an Hakan. Dann drückte sie die Abspieltaste, hörte sich das ganze Gespräch noch einmal an und achtete auf irgendwelche weiteren Hinweise.

»Mein Vater sagt, dass die Besatzung aus 24 Männern besteht«, sagte Rif.

»Und wir können von zehn Kidnappern ausgehen. Magnusson wird von seiner Seite das Beste geben. Normalerweise beschreiben Kidnapper in allen Einzelheiten, welche entsetzlichen Schmerzen sie der Geisel zufügen werden, um die Familie einzuschüchtern. Dieser Typ war eher steril.« Sie rieb ihre Handflächen an ihrer 5.11 Tactical Stryke Pants.

»Immerhin hat er angekündigt, Christos einzelne Körperteile abzutrennen.« Rif runzelte die Stirn.

»Der Mann hat weder mit Leidenschaft gesprochen noch sich groß aufgespielt. Ich habe keine Ahnung, mit wem wir es zu tun haben.« Sie ging in dem geräumigen Marmorbad auf und ab. »Wir müssen diesen Supertanker entern.« Sie steckte sich die Haare hinter die Ohren. »Papa würde es zutiefst missbilligen, wenn Öl seiner Firma eine Umweltkatastrophe verursachen würde. Als sich die Ölkatastrophe von BP im Golf von Mexiko ereignet hat, war er fuchsteufelswild. Er mag zwar ein Ölmagnat sein, aber er ist auch der Sohn eines Fischers. Er hat eine Tirade darüber losgelassen, wie der starke Ölgeruch den Meerestieren zu schaffen macht. Dass die Jungtiere verstoßen und zurückgelassen werden, sodass sie verhungern und letzten Endes sterben. Er hat die Schiffe seiner Flotte schon mit besonderen Sicherheitsvorrichtungen ausstatten lassen, bevor sie gesetzlich vorgeschrieben waren. Zum Schutz der Meere vor auslaufendem Öl hat er doppelwandige Tanker bauen lassen, obwohl ihn das einen Haufen Geld und Zeit gekostet hat. Das Mittelmeer ist seine Heimat. Er würde von uns erwarten, in diesem Fall etwas zu unternehmen und eine Ölkatastrophe zu verhindern.«

»Wo ist die *Damocles*?«

»Vierzig Seemeilen vor Kalamata. Sorg dafür, dass das Team

bereit ist. Johansson und Brown müssten bald eintreffen. Hakan hat sie nach Papas Entführung sofort zum Dienst einbestellt.«

»Ist Johanssons Schulter schon wieder ganz verheilt?«, fragte Rif.

»Der Mann verfügt über übermenschliche Kräfte. Sind die Pläne des Tankers unterwegs?«, fragte sie.

»Natürlich.« Er hielt inne. »Selbst wenn Christos nicht an Bord ist – wasserdichte Behälter, ein Abwurf des Lösegelds aufs Deck –, wir haben es hier nicht mit Amateuren zu tun.«

Sie wählte Hakans Nummer und stellte auf Lautsprecher. »Ist das Team zusammengestellt?«, fragte sie.

»Schon auf dem Weg. Sie treffen in ein paar Stunden in Athen ein. Die Bank bereitet das Lösegeld vor. Ich habe gestern Nacht angefangen, Fonds aufzulösen.«

»Lass uns die *Damocles* zurückerobern.«

Es folgte ein ausgedehntes Schweigen. »Bist du sicher, dass du dieses Risiko eingehen willst, Thea?«, fragte Hakan schließlich. »Falls dein Vater an Bord ist, könnten sie ihn umbringen, bevor du herausgefunden hast, wo sie ihn versteckt halten.«

»Wenn wir einfach nur das Lösegeld zahlen, haben wir auch keine Garantie für irgendetwas. Außerdem können wir die Besatzung nicht im Stich lassen. Wir entern den Tanker im Dunkeln.«

»Was mir Sorge bereitet, ist, dass die Kidnapper irgendwie Zugang zu Insiderinformationen von unserer Seite zu haben scheinen. Sie haben dir Christos' Uhr geschickt, einen Schlägertrupp auf dich angesetzt und schon vor deiner Ankunft gewusst, dass du im Grande Bretagne absteigen würdest. Woher wussten sie, dass du nach Athen kommen würdest?«

»Genau das frage ich mich auch«, entgegnete sie.

»Vielleicht haben sie bei uns einen Maulwurf«, sagte Hakan.

»Dann setz Freddy doch darauf an, die gesamten Belegschaften von Paris Industries und Quantum unter die Lupe zu nehmen. Vielleicht findet er heraus, ob irgendjemand was zu verbergen hat.«

»Er ist bereits dran. Ich halte dich auf dem Laufenden. Bist du sicher, dass du diese Sache durchziehen willst?«

»Ja.« Angesichts der Tatsache, dass sie nicht einmal mit Sicherheit wussten, ob ihr Vater überhaupt an Bord war, würden sie ein hohes Risiko eingehen, aber sie mussten es versuchen.

»Thea hat recht«, sagte Rif. »Informationen wie die über die Uhr könnten irgendwie durchgesickert, gegen andere Informationen ausgetauscht oder verkauft worden sein, und hinter dieser Aktion könnten durchaus Trittbrettfahrer oder Phantom-Entführer stecken. Verdammt, der tatsächliche Kidnapper könnte diese Typen sogar für ein Ablenkungsmanöver angeheuert haben, während er selber Christos in aller Ruhe irgendwohin transportiert. In die Offensive zu gehen ist die einzige Möglichkeit, Antworten zu bekommen.«

»Es ist deine Entscheidung, Thea. Ich schicke euch den Phantombildzeichner, damit wir versuchen können, den Boten ausfindig zu machen. Das Team hat die komplette Ausrüstung dabei. Falls ihr sonst noch was braucht, lasst es mich wissen.« Hakan klang hoch konzentriert.

Wenn alles gut ginge, würden sie ihren Vater befreien und das Geld zurückholen, aber wann war das letzte Mal alles nach Plan gelaufen? Sie verabschiedete sich von Hakan.

Ehre, Ruf, Würde – das waren immer Christos Paris' Mantra gewesen. Er hatte sogar eine PR-Firma in seinem Kurzwahlverzeichnis, die er beauftragt hatte, sich um sein Image zu kümmern. Er wollte als Engel der Weltenergie gesehen werden: Paris Industries, das saubere, fürsorgliche Unternehmen, das sich von den anderen Ölkonzernen abhob. Zudem war er sehr stolz darauf, dass sein Unternehmen sich den Ruf erworben hatte, ein philanthropischer Gigant zu sein: Paris Industries gewährte Zuschüsse und Stipendien und finanzierte Wohltätigkeitsorganisationen, und all dies zeigte ihn als einen Mann, der auch etwas zurückgab. Er würde der Umwelt oder anderen unter keinen Umständen Schaden zufügen wollen.

Sie begegnete Rifs Blick. »Sag mir, dass ich keinen Riesenfehler begehe.«

»Das kann ich nicht, aber dein Vater wäre stolz auf dich.«

»Davon werde ich viel haben, wenn ich durch meine Aktion dafür sorge, dass er umgebracht wird.« Sie straffte ihre Schultern. »Okay, es ist an der Zeit, die Mission zu planen.«

KAPITEL
20

Finsternis umhüllte Thea und die Leute ihres Teams, während sie mit zwei umgerüsteten Schnellbooten durch das Wasser bretterten. Jedes der Boote hatte mehr als tausend PS, war getarnt und seefest und mit einem tiefen V-förmigen Rumpf ausgestattet, der durch die Dünung schnitt wie ein heißes Messer durch Butter. Die pechschwarzen Tiefen des Mittelmeers und die schallgedämpften Motoren ermöglichten es ihnen, sich der *Damocles* unbemerkt zu nähern. Der Supertanker, dessen kathedralengroße Tanks prall gefüllt waren, lag tief im Wasser und schob sich langsam vorwärts, was für Theas Team von Vorteil war. Sie waren alle schwarz gekleidet, hatten ihre Gesichter schwarz angemalt und verschmolzen mit der Dunkelheit der Nacht. Sie kommandierte ein Schnellboot, Rif das andere.

Sie rückte ihren Ohrhörer zurecht und wartete auf das Kommando des Piloten. Die Männer in der tief fliegenden Cessna waren im Begriff, zehn Millionen Euro in nicht markierten Scheinen, die sich in großen, wasserdichten Behältern befanden, über dem Deck der *Damocles* abzuwerfen. Das Timing war entscheidend. Der Abwurf des Lösegelds bot ihrem Siebenmannteam die perfekte Ablenkung, um unbemerkt an Bord des Supertankers zu klettern.

Sämtliche Schiffscrews von Paris Industries hatten ein spezielles Anti-Piraten-Training absolviert, aber Supertanker waren besonders verwundbar. Da sie überwiegend automatisiert gesteuert wurden, waren die klobigen, langsam fahrenden Schiffe nur mit kleinen Crews besetzt. Ein Sofortstopp, bei dem die Motoren des Schiffs von Höchstgeschwindigkeit auf volle Rückwärtskraft geschaltet wurden, dauerte vierzehn Minuten, der Bremsweg betrug fast zwei Seemeilen. Und die in internationalen Gewässern geltenden Gesetze verboten den Besatzungen das Tragen von Waffen, sodass die Männer an Bord leichte Beute waren, perfekte Opfer für Piraten.

Doch Theas Team war bereit, die *Damocles* von den Piraten zu befreien. Brown und Stewart hatten die Aufgabe, zu verhindern, dass die Entführer ihre Drohung wahr machen und Öl ins Mittelmeer lassen konnten. Brown kannte sich mit Maschinenbau aus und verfügte somit für einen solchen Einsatz über hilfreiche Kenntnisse. Rif und Jean-Luc sollten den Hubschrauber der Entführer manövrierunfähig machen, Neil würde zurückbleiben und die beiden Schnellboote bewachen. Thea und Johansson hatten die Aufgabe, Theas Vater zu finden, wenn er überhaupt an Bord war.

Sie checkte noch einmal ihren Blutzuckerwert mithilfe ihres Smartphones. Alles bestens.

»Operation Abwurf gestartet«, krächzte die Stimme des Piloten in ihrem Ohrhörer. Sie beschleunigte und hielt direkt auf das Ruder der *Damocles* zu. Der bauchige Rumpf der *Damocles* sorgte dafür, dass die Entführer sie nicht sehen konnten. Somalische Piraten hatten das Ausnutzen dieses natürlichen toten Winkels perfektioniert, um unbemerkt Schiffe zu entern.

Als die Schnellboote sich dem riesigen Heck näherten, wurden sie so weit abgebremst, dass sie im gleichen Tempo weiterfuhren wie der Tanker. Johansson stieg auf das Deck des Schnellboots, befestigte einen starken Magneten am Rumpf der *Damocles* und warf Brown ein Seil zu, mit dem er das Boot an das große Schiff anhängte. Jean-Luc vollzog auf Rifs Boot das gleiche Manöver.

Das Knattern und Brummen der sich nähernden Cessna überdeckte ihre Geräusche.

Der Abwurf stand kurz bevor.

Johansson, ein begeisterter Bergsteiger, kletterte den Rumpf des Tankers hoch, wobei er speziell für diesen Zweck angefertigte Saugnäpfe benutzte, wie sie auch von Dieben eingesetzt wurden. Einige Minuten später warf er zwei Strickleitern für die anderen herunter. Neil blieb bei den Booten, während die anderen Mitglieder des Teams über die Reling glitten. Da die Brücke sich am Heck befand, mussten sie sich im Verborgenen halten.

Thea und Johansson blieben in der Hocke und suchten die Umgebung schnell nach Wachposten ab. Ihre MP5-Maschinenpistolen mit Schalldämpfern hatten sie sich über die Schulter geschlungen. Aus den Fenstern der Brücke drang Licht, im Inneren stand eine einzelne Silhouette. Wie erwartet, nahm die Ankunft des Lösegelds die geballte Aufmerksamkeit der Entführer in Anspruch.

Das Dröhnen der Cessna wurde lauter, als das Flugzeug für den bevorstehenden Abwurf des Lösegelds noch tiefer ging. Die Mitglieder des Teams nutzten die Ablenkung, um sich zu verteilen und ihre jeweiligen Aufgaben anzugehen.

Thea und Johansson gingen zu der Treppe am Heck. Wenn ihr Vater an Bord war, wurde er wahrscheinlich in einer der Kabinen unter Deck gefangen gehalten.

Sie stiegen vorsichtig die Stufen hinunter. An Bord waren sechs Mitglieder des Quantum-Teams, vierundzwanzig Mann Besatzung und wahrscheinlich zehn Feinde. Wie beim Training im Schießübungssimulator würden sie binnen Sekunden entscheiden müssen, ob es sich bei denen, die ihnen begegneten, um Freund oder Feind handelte.

Eine Glühbirne an der Decke warf ein schwaches gelbes Licht in den engen Gang. Die beiden schlichen langsam zu der ersten Kabine. Thea schob die Stahltür auf. Dahinter war niemand zu sehen. Sie gab Johansson ein Zeichen, und sie schlichen weiter.

Ein Geräusch. Ein Schaben. Ein Stöhnen. Ihr Vater?

Laute Schritte stapften die Treppe hinunter. Sie umfasste ihre schallgedämpfte MP5. Dann huschten sie beide in die nächste Kabine und ließen die Tür einen Spalt weit offen.

Ein Mann in schwarzem Kampfanzug ging den Gang entlang, in der Hand ein AK-47. Er blieb stehen und lauschte. Ein erneutes leises Stöhnen. Mr AK steuerte das Geräusch an.

Sie mussten ihn schnell ausschalten. Thea nickte Johansson zu.

KAPITEL
21

Rif und Jean-Luc krochen über das Deck zum Hubschrauberlandeplatz. Der ganze Einsatz war aufgrund des enormen Zeitdrucks ziemlich überstürzt geplant worden. Da drei Teams gleichzeitig drei verschiedene Missionen zu erledigen hatten, gab es drei Möglichkeiten, dass etwas schieflaufen konnte. Doch für Rif galt: Je riskanter die Situation, desto ruhiger wurde er. Und das Gute war, dass die Kidnapper ihre Anwesenheit immer noch nicht bemerkt hatten.

Trotzdem war das Deck ein Albtraum für jeden, der einen geheimen Einsatz durchführte. Es war offen und ausgedehnt und bot ihnen kaum Orte, an denen sie sich verstecken konnten, während sie sich zum Heliport vorarbeiteten. Große Rohre zogen sich der Länge nach über das ganze Deck und trennten die Steuerbordseite ab. Die beiden hielten sich geduckt und suchten das Deck zu allen Seiten ab, bevor sie weiter in die Dunkelheit vorrückten.

Mehrere dumpfe Aufprallgeräusche beschleunigten Rifs Puls. Die Cessna dröhnte über dem Tanker, und die wasserdichten Behälter mit dem Lösegeld landeten auf dem harten Deck. Sie mussten schnell handeln. Sobald die Kidnapper sich vergewissert hätten, dass die Behälter mit Geld gefüllt waren, würden sie sie auf ein herbeifahrendes Boot oder in den Hubschrauber laden und verschwinden.

Es piepte zweimal in seinem Ohrhörer. Das Signal, mit dem sich Team zwei, Brown und Stewart, identifizierte. Er wartete.

Drei weitere Pieptöne. Sehr gut. Sie hatten die Rohre manipuliert, sodass die Kidnapper kein Öl ins Wasser lassen konnten. Es war nur eine provisorische Maßnahme, aber immerhin hatten sie diese Bedrohung fürs Erste neutralisiert.

Damit war ein Auftrag erledigt, zwei standen noch aus. Das Timing war entscheidend. Er wollte nicht für Aufruhr sorgen, bevor Thea und Johansson den Tanker gründlich durchsucht hatten. Es war schwer zu sagen, ob Christos an Bord war. Es wäre problemlos möglich gewesen, ihn mit einem Bell 206 von der *Aphrodite* auf die *Damocles* zu transportieren, doch der Milliardär konnte inzwischen genauso gut in irgendein fernes Land gebracht worden sein. Die plötzliche ultimative Lösegeldforderung ließ wenig Raum für Verhandlungen oder weitere Ermittlungen. Rif war an genug Einsätzen dieser Art beteiligt gewesen, um zu wissen, dass die Taktik dieser Entführer ungewöhnlich und besorgniserregend war.

Nachdem sie ihren Auftrag erledigt hatten, würden Brown und Stewart sich an der Suche nach Christos beteiligen. Es war an der Zeit, den Hubschrauber manövrierunfähig zu machen. Rif rückte zentimeterweise weiter vor. Neben dem Bell 206 gingen zwei dunkle Umrisse auf und ab. Wachposten. Er gab Jean-Luc ein Zeichen.

KAPITEL
22

Unter Deck zog Thea die Kabinentür wieder auf, sodass sie freie Sicht auf den Gang hatten. Ein leises Quietschen der Scharniere hallte in die gespenstische Stille. Der bewaffnete Mann drehte sich um, sein AK-47 schussbereit. Johansson zog den Abzug seiner schallgedämpften MP5 und feuerte dem Mann schnell hintereinander drei Kugeln in die Brust. Er sackte zu Boden.

Sie zogen die Leiche in die leere Kabine und schlossen die Tür. Für den Fall, dass er Funksprüche von dem Mann auf der Brücke erhielt, nahm Thea ihm das Funkgerät ab.

Ein weiteres Stöhnen. Sie gingen weiter den Gang entlang und stellten sich jeweils an eine Seite der Tür der Kabine, aus der das Stöhnen kam.

Sie gab Johansson mit ihrer freien Hand ein Zeichen. Er umfasste den Knauf und drehte ihn. Sie ging zuerst in die Kabine, die MP5 vor sich gerichtet. Ihr Blick fiel auf einen gefesselten und geknebelten Mann in Uniform. Von einer Kopfwunde rann ihm Blut übers Gesicht.

Kapitän Magnusson. Sie schluckte ihre Enttäuschung hinunter, nahm dem Kapitän den Knebel ab und löste die Fesseln, mit denen seine Hände und seine Füße zusammengebunden waren, während Johansson sie von der Tür abschirmte.

»Ms Paris, was machen Sie denn hier an Bord?«, fragte Magnusson.

»Wir sind hier, um zu helfen.« Ihr geschwärztes Gesicht und ihre geschwärzten Hände mussten befremdlich wirken.

Der Kapitän wischte sich Blut von den Augen. »Nachdem wir miteinander telefoniert haben, haben sie mich zusammengeschlagen und hier eingesperrt.«

»Zehn Männer, richtig?«

»Bis an die Zähne mit Kalaschnikows und Macheten bewaffnet.«

»Ist mein Vater an Bord?«

»Als sie das Schiff geentert haben, war er nicht bei ihnen.«

Ihr Magen zog sich zusammen. »Welche Sprache sprechen sie?«

»Spanisch.«

Merkwürdig. Zwar fanden sechzig Prozent der Entführungen in Südamerika statt, doch die *Damocles* fuhr gegenwärtig durch die Gewässer vor der griechischen Küste – ziemlich weit weg von den üblichen Tummelplätzen für Geiselnahmen wie Mexiko, Kolumbien und Venezuela.

»Wissen Sie, wo sie die Crew festhalten?«

»Tut mir leid, keine Ahnung.«

Sie nahm ein QuikClot aus ihrem Erste-Hilfe-Beutel und stillte die Blutung an seiner Kopfwunde.

Im Gang hallten Schritte. Ein weiterer Wachposten, der wahrscheinlich nachsah, warum der erste nicht zurückgekommen war. Sie machten die Tür wieder auf, und Johansson feuerte zwei Schüsse ab, doch der Kidnapper hatte sich hinter eine Ecke zurückgezogen und kroch den Gang entlang.

»Wir sind aufgeflogen. Lass uns von hier verschwinden.«

Das Funkgerät des Kidnappers krächzte. Eine Stimme schrie etwas auf Spanisch.

Sie drückte den vereinbarten Code, um das Team darüber zu informieren, dass sie entdeckt worden waren.

Ein leichter Rauchgeruch stieg ihr in die Nase und löste ihren inneren Alarm aus.

»Feuer«, stellte Johansson fest und schirmte sie von dem Gang ab.

»Dann wollen wir Sie mal hier wegschaffen, Käpt'n.« Sie half Magnusson aufzustehen. Er war unsicher auf den Beinen, aber die Entschlossenheit in seinen Augen beruhigte sie. Sie nahm eine Flasche Wasser aus ihrem Rucksack und tränkte etwas Verbandsmull damit. »Hier, atmen Sie durch die Mullbinde.«

Sie eilten in den neun Meter langen Gang. Von rechts quoll ihnen Rauch entgegen.

»Hier lang«, sagte Johansson.

Sie gingen den Weg zurück, den sie gekommen waren, und steuerten die Tür zu ihrer Linken an, doch laute Schritte kamen die Treppe hinuntergepoltert, direkt auf sie zu. Rufe auf Spanisch. Definitiv keine Mitglieder ihres Teams. Sie waren gezwungen, in die Richtung des Rauchs zu fliehen. Ein durchdringendes, mechanisch klingendes Heulen hallte durch den Gang. Der Feueralarm. Kugeln schlugen in die Stahlwand neben ihnen ein. Sie hechteten um eine Ecke. Johansson bedeutete ihr, einen Ausgang zu finden, während er in die Hocke ging und das Feuer mit seiner MP5 erwiderte.

Dicker, giftiger Rauch füllte ihre Lunge. Sie hustete, ihre Bronchien verkrampften sich. Die drei saßen in der Falle.

KAPITEL
23

Rif hielt die Garrotte in den Händen und schlich sich an einen der beiden Wachposten heran. Jean-Luc baute sich hinter dem anderen auf. Sie griffen gleichzeitig an. Rif legte die Drahtschlinge um den Hals des Piraten und zog sie zu. Der Mann rang nach Luft und drehte und wand sich, seine Finger zerrten an dem Draht und versuchten verzweifelt, seinen Hals aus der Schlinge zu befreien. Sekunden später sackte er zu Boden. Rif fing ihn auf und legte ihn sanft ab, um jeden unnötigen Lärm zu vermeiden. Der Mann, den Jean-Luc sich vorgenommen hatte, war bereits außer Gefecht gesetzt und lag mit ausgestreckten Armen und Beinen neben dem Heckrotor des Hubschraubers.

Während sein Partner das Deck nach weiteren potenziellen Gefahren absuchte, stieg Rif in den Bell 206. Er ging schnell zu Werke, verschaffte sich Zugriff zur Batterie und trennte sie ab. Dann entfernte er Pedale und Schalter für die Betätigung der Heckrotoren. Jetzt konnten die Kidnapper den Hubschrauber nicht mehr einsetzen, um von dem Tanker wegzukommen, aber vielleicht war ein anderes Boot unterwegs zu dem Schiff, um sie abzuholen.

Es piepte einmal in seinem Ohrhörer. Thea und Johansson. Dann folgte ein langer, endloser Piepton. *Scheiße.* Sie brauchten Hilfe. Er stieg mit der Batterie und den Heckrotorpedalen in der Hand aus dem Hubschrauber und suchte nach einem geeigneten Ort, an dem er alles verstecken konnte. Er entdeckte eine

Aufbewahrungsbox in der Nähe, hob den Deckel und legte die Teile hinein.

Dann hielt er nach Bedrohungen Ausschau und führte sich den Grundriss des Tankers vor Augen. Thea und Johansson durchsuchten die Kabinen unter Deck nach Christos. Die nächste Treppe, die nach unten führte, befand sich am Heck. Er bedeutete Jean-Luc, ihm zu folgen, und ging in Richtung Heck.

Ein lauter Alarm heulte. Aus dem Treppenhaus stieg Rauch auf. Was war da los?

KAPITEL 24

Thea riss sich ihre Jacke vom Leib, wickelte sie sich um die Hand und schlug die Scheibe des Schranks mit den Feuerlöschern ein. Rauch brannte in ihren Augen und ihrer Lunge. Der beißende Geschmack von Asche füllte ihren Mund. Überall auf dem Gang lagen große Bündel von etwas, das aussah wie brennende Wäsche. Die Piraten wussten, dass das Schiff, das sie unter ihre Kontrolle gebracht hatten, geentert worden war, und versuchten, die Eindringlinge im wahrsten Sinne des Wortes auszuräuchern.

Auf der anderen Seite des Gangs peitschten Schüsse und prallten von den Wänden. Sie warf dem Kapitän einen der Feuerlöscher zu und nahm den anderen selber in die Hand. Dann zog sie die Sicherung und spritzte das Löschmittel auf die brennenden Wäschebündel, während Johansson die Angreifer mit seiner MP5 in Schach hielt.

Luft! Sie brauchte Luft. Sie stützte sich an der Wand ab und atmete keuchend ein. Inzwischen brannten nur noch zwei Bündel. Sie spritzte mehr Löschmittel auf die Flammen.

Dann hörte sie ein lautes Ächzen. Da man durch den Rauch kaum etwas sehen konnte, ging sie ein paar Schritte den Gang entlang, wobei sie sich mit der Hand an einer der Wände entlangtastete, bis sie Johansson erreichte. Eine Kugel hatte seine linke Schulter durchbohrt.

»Ich übernehme.« Sie lehnte ihn gegen die Wand und warf ihm ein QuikClot zu, damit er die Blutung stoppen konnte.

»Scheiße! Habe ich einen Volltreffer an meiner Schulter abbekommen, oder was? Wenigstens ist es diesmal die linke.«

Sie feuerte in den Gang, nietete einen sich nähernden Piraten um und zog sich hinter die Ecke zurück in Deckung. »Keine Ahnung, wie lange wir sie noch abwehren können.« Eingezwängt zwischen dem Rauch von der einen Seite und dem Dauerbeschuss von der anderen, steckten sie ernsthaft in Schwierigkeiten.

KAPITEL
25

Unter normalen Umständen würde Rif seinen Schritt verlangsamt haben und unauffällig wie ein Heckenschütze über das Deck vorwärtsrücken, um zu vermeiden, entdeckt zu werden, aber Thea und Johansson steckten in Schwierigkeiten. Aus dem Treppenhaus stiegen Rauchwolken. Sie mussten sich beeilen.

Er und Jean-Luc deckten einander, während sie das Steuerborddeck entlanggingen, indem sie immer abwechselnd ein paar Schritte vorrückten. Der brisanteste Moment lag vor ihnen: die Überquerung des Decks, um zum Treppenhaus zu gelangen. Für seinen Geschmack war das Stück zwischen Reling und Treppenhaus viel zu weit und offen, insbesondere jetzt, da die Kidnapper wussten, dass sie an Bord waren.

Sie erreichten die Stelle an der Reling, die parallel zu der Treppe lag. Er wägte seine Optionen ab. *Scheiß drauf.* Thea brauchte ihn, also würde er die Funkstille brechen müssen, um herauszufinden, was los war.

»Team Tango, wo seid ihr? Kommen.«

Es verstrichen einige Sekunden, ohne dass er eine Antwort erhielt. Dann hörte er das Geknatter eines heftigen Schusswechsels. »Deck C, Steuerbord. Umzingelt. Von achtern versperrt uns Feuer den Weg. Kommen.«

»Sind auf dem Weg. Over.«

Er suchte das Deck zu allen Seiten ab und gab Jean-Luc ein Zeichen. Rif würde seinem Kameraden Deckung geben, während dieser das Deck überquerte, und ihm dann folgen.

Jean-Luc stürmte über die offene Fläche. Aus der Dunkelheit tauchten vier schwarz gekleidete Kidnapper auf, die alle mit Kalaschnikows bewaffnet waren, und umringten den älteren Mann. Rif überlegte, ob er schießen sollte, doch selbst wenn er zwei oder drei der Angreifer eliminierte, würde der vierte Jean-Luc exekutieren.

Stattdessen machte er sich unsichtbar und zog sich noch weiter in die Dunkelheit zurück, während die vier Kidnapper Jean-Luc packten und in Richtung Brücke führten.

Er folgte ihnen wie ein Raubtier, das sich an seine Beute heranpirscht. Thea würde noch ein bisschen durchhalten müssen.

KAPITEL
26

Thea feuerte eine Salve Schüsse in den rauchgefüllten Gang. Sie hatte kaum noch Munition.

Einige Ächzer und Schreie drangen durch den Qualm. Dann Stille. Sie wartete, ihre Finger spannten sich um ihre MP5 an.

»Eigenbeschuss.« Browns vertraute Stimme hallte durch den Gang. Sie riskierte einen schnellen Blick. Brown und Stewart kamen auf sie zu.

»Das wurde aber auch Zeit, die Herren. Müssen wir denn die ganze Drecksarbeit alleine machen?« Sie hustete, beißender Qualm füllte ihre Lunge.

Brown inspizierte Johanssons blutende Schulter. »Komm schon, Junge, wenn du keine Babywindeln mehr wechseln willst, musst du es nur sagen.«

»Leck mich, Alter. Ich bin auch einarmig ein besserer Vater, als du je mit zwei Armen einer wärst.«

»He!« Sie zeigte auf den Gang. »Wir müssen zurück an Deck. Schnapp dir den Kapitän, und lass uns zusehen, dass wir Rif und Jean-Luc finden.«

Sie stürmten den Gang entlang, lechzten nach frischer Luft. Auf dem Weg mussten sie über zwei Leichen steigen, dann halfen sie Johansson die Treppe hinauf. Sein Gesicht war aschfahl, seine Augen glasig, aber er bewegte sich aus eigener Kraft. Brown führte die Gruppe an und hielt nach Feinden Ausschau. Stewart half Kapitän Magnusson, der ziemlich wackelig auf den Beinen war.

Sie eilten zum Achterdeck, trafen dort auf Neil, der ihre Boote bewachte, und überließen ihm Stewart, Johansson und den Kapitän, damit er sie in die Schnellboote verfrachtete, wo sie relativ sicher sein würden.

Sie und Brown kehrten zurück zur Brücke und verbargen sich in der Dunkelheit unter einem Überstand. Aus dem Augenwinkel erhaschte Thea eine Bewegung. Vier bewaffnete Kidnapper umzingelten Jean-Luc, und die Gruppe kam direkt auf die Brücke zu. Von Rif keine Spur.

Einer ihrer Männer war den Entführern in die Hände gefallen. Ein Lösegeldabwurf war bei Entführungen immer ein gefährlicher Moment. Emotionen kochten hoch, die Kidnapper drehten durch und wurden schießwütig. Wenn während eines Einsatzes irgendetwas schiefging, waren alle Geiseln in Gefahr.

Ihr Bauchgefühl sagte ihr, dass ihr Vater nicht an Bord war. Aber wenn die Piraten mit denen, die Christos in ihrer Gewalt hatten, in Verbindung standen, konnten sie ihn als Vergeltung für den Gegenangriff jederzeit töten.

Sie mussten den Tanker zurückerobern.

Aber was war mit Rif? Er hatte ihr gesagt, dass er unter Deck geht. War er verletzt und versteckte sich irgendwo – oder war er tot? Ihr Magen wurde flau. Er hätte niemals kampflos zugesehen, wie Jean-Luc in die Hände der Entführer geriet. Sie sandte ihm das vereinbarte Signal, das ihn anwies, zur Brücke zu kommen, und wartete auf eine Antwort. Nichts.

Sie versuchte es noch einmal. Ihr Finger zitterte auf dem Knopf.

Ein Bestätigungs-Piepen drang an ihr Ohr. Erleichterung durchströmte ihren Körper.

Rif lebte.

Geduckt unter dem Überstand kauernd, verständigte sie sich

per Handzeichen mit Brown. Er gab sein Okay, verschwand schnell in der Dunkelheit und ging in Position, um die Brücke zu stürmen.

Im nächsten Moment tauchte ein großer Schatten auf, der die Gestalt eines Mannes annahm. Rif. Er berührte ihre Hand, ihre Blicke trafen sich. Er wandte sich als Erster ab, aber sie hatte bereits verstanden. Aus seinem Blick sprach Zerknirschung. Sie kannte das Gefühl gut, aber jetzt war dafür keine Zeit.

Sie verdeutlichte ihm mit den Händen den Plan, und Rif schlug eine sinnvolle Änderung vor. Sie sah ihm fest in die Augen und forderte ihn durch Zeichensprache auf, ihr zu bestätigen, dass er keine Planänderung vornehmen würde, ohne diese vorher mit ihr abzusprechen. Er nickte. Sie stellte seine Kampfstrategie nur selten infrage. Wie ein Schachmeister kalkulierte er jeden Schritt im Voraus. Aber sie musste ihn im Auge behalten. Er war im Kampfmodus, und zwar in seiner gefährlichsten Form, und sie mussten einen oder mehrere der Kidnapper lebendig erwischen.

Sie gingen in Position. Sie und Brown richteten ihre MP5-Maschinenpistolen auf die Wachen, während Rif durch die Dunkelheit an die Brücke heranrobbte. Sie drückte den Knopf und gab das Signal zum Losschlagen. Ein leises Piepen. Im nächsten Moment eröffneten sie das Feuer auf die Wachen, einer der Männer war auf der Stelle tot. Rif stürmte auf die Brücke, eine Blendgranate in der Hand. Er warf die Granate nach drinnen. Es folgte eine laute Detonation, die Granate sorgte dafür, dass alle, die sich auf der Brücke befanden, etwa fünf Sekunden lang nicht sehen und nicht hören konnten und ihr Gleichgewichtssinn gestört war.

Rif stürmte durch die Tür, Thea und Brown folgten ihm. Die drei verbliebenen Kidnapper taumelten desorientiert auf der

Brücke umher. Thea stürzte sich auf den Piraten, der Jean-Luc am nächsten war. Der Mann schüttelte orientierungslos den Kopf. Bevor sein Gleichgewichtssinn wieder funktionierte, drehte sie ihn um und fesselte mit Kabelbindern seine Hände und Füße.

Rif und Brown hatten die beiden anderen Männer an die Backbordwand gedrängt. Jean-Lucs Gesicht war übel zugerichtet und sein Haar blutgetränkt, aber er brachte ein halbes Lächeln zustande. »Schön, dass ihr vorbeikommt. Dieses Arschloch ...«, er zeigte auf den Mann, den Thea außer Gefecht gesetzt hatte, »... wollte mich gerade zu einem Privatdate ausführen.«

Sie schnitt mit ihrem KA-BAR-Messer Jean-Lucs Fesseln durch.

Rif half ihm auf die Beine. »Dabei hattest du schon so lange kein Date mehr.«

»Sehr witzig. Wobei ich nichts dagegen hätte, ein Weilchen mit ihm alleine zu verbringen und ihn mir vorzuknöpfen.« Jean-Luc spuckte auf den Boden, eine Mischung aus Blut und Speichel.

»Ich kümmere mich schon um ihn.« Rif packte den Mann am Hals und zog ihn auf die Beine. »Wir beide werden uns jetzt mal unterhalten.«

»Sí, sí, está bien.«

Thea sprach fließend Spanisch und Rif auch, aber sie wollten den Vorteil nutzen, dass der pockennarbige Mann ihnen gegenüber im Nachteil war, wenn er gezwungen war, Englisch mit ihnen zu reden. Außerdem war es gut, wenn die Piraten nicht wussten, dass Thea und Rif Spanisch sprachen. Möglicherweise gaben sie etwas preis, wenn sie sich sicher wähnten, auf Spanisch nicht verstanden zu werden. Als Erstes mussten sie herausfinden, wer das Sagen hatte: der Pockennarbige, der

Dunkelhäutige mit dem Ziegenbart oder der Dürre mit den Bleistiftbeinen.

»Wo ist Christos Paris?« Rif lockerte seinen Griff, mit dem er den Hals des Pockennarbigen umklammert hatte.

»Wir ihn nicht haben.«

»Das sehen wir. Wo wird er festgehalten?«

Der Mann runzelte die Stirn. »Ich ihn nie gesehen.«

Es war definitiv nicht der Mann, mit dem Thea telefoniert hatte – sein Englisch war nicht gut genug. Sie gab Rif durch ein leichtes Nicken zu verstehen, dass dem Mann ins Gesicht geschrieben stand, dass er die Wahrheit sagte.

»Wo ist die Besatzung?«

»In Bilge.«

Brown trat vor. »Wir sind beim Verschließen der Ölrohre auf die Besatzung gestoßen, haben sie aber zu ihrer eigenen Sicherheit da unten gelassen.«

»Nimm Jean-Luc mit und überprüft alle Besatzungsmitglieder, bevor ihr sie freilasst. Checkt, ob einer von ihnen sich verdächtig verhalten hat – möglicherweise war einer von ihnen an dem Coup beteiligt. Wenn euch niemand auf den ersten Blick verdächtig erscheint, findet heraus, wer Wache hatte, als der Tanker geentert wurde.«

Brown und Jean-Luc verließen die Brücke. Thea zielte mit ihrer MP5 auf die drei Piraten.

»Versuchen wir's noch einmal. Wo ist Christos Paris?« Sie verpasste dem Dunkelhäutigen einen Stiefeltritt.

»*No lo sé.*« Wir wissen es nicht.

Für eine längere Befragung hatten sie keine Zeit. »Aufstehen!« Sie öffnete die Tür und bedeutete den Männern, die Brücke zu verlassen. Sie schlurften los, Thea folgte ihnen.

Als sie den Hubschrauber erreichten, ließ Rif seine Hand in eine Aufbewahrungsbox in der Nähe gleiten und nahm ein paar

Hubschrauberteile heraus. »Pass kurz alleine auf sie auf.« Er stieg in den Bell und baute die Teile wieder ein. Zwei Minuten später begannen die Rotoren sich zu drehen.

»Letzte Chance zu reden.«

Die Männer schwiegen weiter. Na gut, wenn sie es so wollten.

»Einsteigen!«

Die drei Piraten gingen auf die Hubschraubertür zu. Thea hielt sie mit der Pistole in Schach.

»Verbinde ihnen die Augen«, sagte Rif. »Somalia Sechs.«

Sie rief sich den Einsatz in Erinnerung, nickte, nahm drei Tücher aus den Taschen ihrer Kampfhose, band sie den Männern fest um die Augen und stieß sie in den Hubschrauber. Dann stieg sie selber ein.

Rif setzte sich auf den Pilotensitz. Im nächsten Moment hob der Bell vom Deck des Tankers ab. Er zog den Hubschrauber hoch, ließ ihn abrupt absinken, riss ihn nach rechts und nach links, damit die Männer die Orientierung verloren, und richtete ihn schließlich wieder geradeaus.

»Wo ist Christos Paris?«, fragte Thea den Dürren.

Er schwieg beharrlich weiter.

Sie packte ihn am Kragen und schob ihn in die Nähe der Tür.

»Letzte Chance.«

Nichts.

Sie stieß ihn aus dem Hubschrauber. Seine Schreie wurden sofort vom Rattern der Rotoren übertönt.

Schweißperlen rollten über die Stirn des Dunkelhäutigen.

»Du bist der Nächste. Mach den Mund auf, oder genieß deinen finalen freien Fall.«

Der Mann erbleichte, sein Adamsapfel hüpfte auf und nieder. »*Mierda!* Ich schwöre, dass wir nichts über diesen Öltypen wissen. Wir sind von der FARC.«

Bingo. Sie erkannte seine Stimme, es war der Mann, mit dem sie telefoniert hatte. Aber FARC? Die Fuerzas Armadas Revolucionarias de Colombia, die Revolutionären Streitkräfte Kolumbiens, waren eine marxistisch-leninistische Guerillabewegung, die sich auf Entführungen spezialisiert hatte. Unter anderem ging der bekannte Fall des verschleppten US-Amerikaners Thomas Hargrove auf ihr Konto. Aber warum mischten sie bei dieser Sache mit?

»Wie seid ihr an die Uhr gekommen?«, fragte sie ihn.

»Ich habe die Uhr nicht gesehen. Sie haben uns angewiesen, zu sagen, dass wir sie als Lebenszeichen geschickt haben.«

»Wer hat euch angeheuert?«

»Unser Anführer Jorge hat uns geschickt. Wir sollten das Schiff übernehmen und das Geld entgegennehmen. Das ist alles.«

»Ich glaube dir nicht.« Sie stieß ihn in Richtung Tür. Sein Kopf und seine Schultern hingen bereits aus dem Hubschrauber.

»Ich schwöre es, ich schwöre es.«

Der Dunkelhäutige hatte keine Widerstandskraft mehr. Und er wusste nichts. Wahrscheinlich hatten diese Idioten ihren Vater nie zu Gesicht bekommen. Die ganze Nummer mit dem Lösegeldabwurf konnte inszeniert worden sein, um sie von den echten Kidnappern abzulenken.

Sie gab Rif das Okay-Signal, woraufhin er den Bell wieder auf den Hubschrauberlandeplatz des Tankers setzte.

Sie riss den Männern die Augenbinden ab. Ihre Gesichter waren kreidebleich, aber als sie den Dürren mit besudelter Hose und vielleicht einem oder zwei gebrochenen Knochen, jedoch quicklebendig, an Deck sahen, füllten sich ihre Augen mit Hass. Der Hubschrauber hatte sechs Meter über dem Tanker geschwebt, hoch genug, um den gewünschten Effekt zu erzielen, jedoch nicht so hoch, dass für die Rausgestoßenen ein tödliches Risiko bestand. Thea wollte die Piraten lebend an Hakan übergeben, der sich darum kümmern würde, sie einer intensiven und hoffentlich ergiebigeren Befragung zu unterziehen, für die sie selber keine Zeit hatten. Außerdem würde ihr Chef die zehn Millionen Euro Lösegeld abholen und für den Fall bereithalten, dass sie plötzlich eine größere Summe Bargeld benötigten.

Sie langte nach ihrem Funkgerät und drückte die Sprechtaste.

»Brown, kannst du die Mannschaft hochbringen auf die Brücke?«

»Roger, wird sofort erledigt.«

»Hast du irgendwas aus ihnen herausbekommen?«

»Nichts Substanzielles.«

Sie würden auch die Besatzungsmitglieder einer weiteren Befragung unterziehen. Wahrscheinlich würden sie nicht viel mehr erfahren, aber sie mussten sichergehen, dass keiner etwas mit der Sache zu tun hatte.

Das Schiff war eine Sackgasse.

KAPITEL
27

Theas Stimmung war von der Enttäuschung gedrückt. Rif fuhr schweigend zurück zum Grande Bretagne. Sie hatten soeben wertvolle Zeit und Ressourcen verschwendet, indem sie eine Spur verfolgt hatten, die nach einem Täuschungsmanöver seitens der Kidnapper aussah oder die Tat von Trittbrettfahrern gewesen war, die über Insiderinformationen verfügt hatten und sich mal eben schnell zehn Millionen Euro unter den Nagel hatten reißen wollen.

Hakan hatte eine Hotline eingerichtet, bei der sich Leute melden konnten, die Aufschluss über den Verbleib von Christos geben konnten, und sie war regelrecht heiß gelaufen, allerdings hatten sich vor allem die üblichen Spinner gemeldet, die auf ihre fünfzehn Minuten Ruhm aus waren. Genau diesen Unfug hatte Thea gehofft, vermeiden zu können, indem die Nachricht von der Entführung ihres Vaters unter Verschluss gehalten wird. Jedes Jahr wurden weltweit mehr als vierzigtausend Menschen entführt, und die Medien waren in den seltensten Fällen eine Hilfe dabei, die Opfer wieder nach Hause zu bringen.

»Ich wüsste gerne, wer der Zeitung die Nachricht von Papas Entführung gesteckt hat.« Sie rieb sich die Augen und versuchte, sich wieder zu konzentrieren.

»Was ist mit Helena? Vielleicht hat sie gedacht, die Presse könnte helfen.«

»Möglich, aber sie hat mir angekündigt, mich zu kontaktieren, bevor sie irgendwelche Schritte unternimmt. Laut Hakan hat irgendein Schwachkopf in einer griechischen Radiosendung behauptet, Christos hätte sich einen Sender einpflanzen lassen, der Funksignale ausstrahlt. Lächerlich. Papa würde nie und nimmer seine Privatsphäre aufgeben. Wenn wir ehrlich sind, ist es doch so: Er spürt allem und jedem nach, aber niemand darf ihm nachspüren.« Sie sah Rif an, der sich mit teilnahmslosem Ausdruck aufs Fahren konzentrierte. »Tut mir leid, ich schimpfe nur so vor mich hin.«

»Kann ich verstehen. Die Medien scheren sich einen Dreck um die Sicherheit eines Menschen oder um die Wahrheit – sie wollen einfach nur schmutzige Wäsche waschen.« Seine Hände umklammerten das Lenkrad noch fester.

Sie spürte die Qual, die er litt. »Warum bist du meinem Vater gegenüber eigentlich so loyal?«

»Er ist mein Patenonkel.«

»Es muss mehr sein als das.«

Er zögerte einen Moment, als ob er überlegte, ob er sich ihr anvertrauen sollte. »Christos hat nie versucht, mich umzukrempeln.«

»Im Gegensatz zu Hakan?«

»Vater und Sohn – das ist selten ein einfaches Verhältnis. Wir sehen die Welt völlig unterschiedlich.«

»Du solltest Hakan mal über dich reden hören, wenn du nicht dabei bist. Glaub mir, er ist stolz auf dich. Und das Gleiche gilt für deine Mutter.«

»Nimm es mal irgendwann für mich auf.« Seine Lippen verzogen sich zu einem halbherzigen Lächeln.

»Wie läuft es denn gerade so bei dem Liebespärchen?« Rifs Eltern hatten sich vor fünfzehn Jahren scheiden lassen, weil Hakan so viel auf Reisen war, aber nach zwei Jahren Trennung hatten sie angefangen, wieder miteinander herumzuturteln. Eine herzerwärmende Geschichte.

»Es ist die Rede davon, dass sie wieder heiraten wollen. Kannst du dir das vorstellen? Baba hat mich gefragt, ob ich sein Trauzeuge sein würde, wenn sie es tatsächlich tun.«

»Wie schön. Freu dich, dass du unseren beiden Vätern so nahestehst. Ich für meinen Teil habe Mitleid mit Nikos. Papa macht ihn bei jeder sich bietenden Gelegenheit schlecht.«

»Dein Bruder ist nicht der Engel, für den du ihn gerne hältst.«

»Was hast du eigentlich für ein Problem mit Nikos? Er hat dir doch nie was getan, oder?« Sie hatte Rif schon mehr als einmal gefragt, warum er ihren Bruder nicht mochte, hatte es jedoch nie geschafft, die Wahrheit aus ihm herauszukitzeln.

Auf dem letzten Stück zum Hotel schaltete Rif in den dritten Gang. »Sobald es um Nikos geht, verlierst du komplett die Perspektive. Manchen Leuten sagt man nach, dass sie alles durch die rosarote Brille sehen, du hingegen bist blind wegen deiner Schuldgefühle. Aber es ist nicht deine Schuld, dass er entführt wurde.«

Das sagten ihr alle immer wieder, aber die Realität war sehr viel komplizierter. »Ich frage mich oft, wie sich wohl alles entwickelt hätte, wenn ich diejenige gewesen wäre, die gekidnappt wurde.« Es erschreckte sie zum Beispiel, dass sie mit dem überwältigenden Gefühl der Erleichterung aufgewachsen war, nicht diejenige gewesen zu sein, die es getroffen hatte.

»Schwer zu sagen. In Anbetracht deines Durchhaltevermögens hättest du das Ganze vielleicht besser überstanden als dein Bruder.«

Sie erreichten den Vordereingang des Grande Bretagne. Rif drückte dem Wagenportier die Autoschlüssel in die Hand, und sie betraten das großzügige, in Marmor gehaltene Foyer. Das Hotel bot atemberaubende Blicke auf die berühmte Akropolis und den Parthenon, den Syntagma-Platz, die Parlamentsgebäude, den Lykabettos-Hügel und das Panathinaiko-Stadion, das Olympiastadion der ersten Spiele der Neuzeit. Das geschichtsträchtige Athen fühlte sich für Thea an wie ihr zweites Zuhause, aber im Moment sehnte sie sich mit ganzem Herzen nach ihrem Vater.

Im Hotel kam ein auffallendes Paar auf sie zu. Thea erkannte den Polizisten mit dem breiten Brustkorb, der Hakan bei der kriminaltechnischen Untersuchung der Jacht geholfen hatte, aber die Frau hatte sie noch nie gesehen. Rif stellte sich vor sie.

Der Mann langte um ihn herum und schüttelte Thea die Hand. »Ms Paris, Maximilian Heros. Ich habe Sie das letzte Mal in Mailand auf dieser von Ihrem Vater ausgerichteten Wohltätigkeitsveranstaltung gesehen.«

Sie schüttelte Max' Hand. Der Abend war ihr noch gut in Erinnerung: Maximilian Heros hatte eine goldene Rolex und einen Designersmoking getragen und bei der Live-Versteigerung den Ferrari einer limitierten Serie gewonnen.

»Oliven, stimmt's?«, fragte Thea, auf das Unternehmen seiner Familie anspielend. Ihr Vater dinierte gelegentlich mit Max – zwei reiche Männer, die gemeinsam ihren Vorlieben für Scotch und Zigarren frönten.

»Ich habe aber auch eine ziemlich hohe Position bei der griechischen Polizei. Das ist Gabrielle Farrah von der Hostage Recovery Fusion Cell in Washington, D.C.«

Die Frau hatte große braune Augen und eine markante Kieferpartie. HRFC. Die Leute dort leisteten gute Arbeit, aber sie mussten sich in einer Weise an die Vorschriften halten, wie es bei privaten Firmen wie Quantum International Security nicht der Fall war.

Thea zeigte auf Rif. »Das ist mein Kollege Rifat Asker.« Sie begrüßte Gabrielle mit einem festen Händedruck. »Wir sind spät dran, wenn Sie uns jetzt also bitte entschuldigen würden.«

»Ms Paris, könnten Sie sich ein paar Minuten Zeit nehmen

und mit uns über die Entführung Ihres Vaters sprechen? Ganz Griechenland ist wegen seiner Entführung in Aufruhr, und wir haben gerade in den Nachrichten einen Bericht darüber gesehen, dass Sie einen gekaperten Öltanker zurückerobert haben.« Max' dunkle Augen verweilten auf ihrem Gesicht.

Sie lief rot an. *Verdammt, schon wieder eine undichte Stelle. War es denkbar, dass es tatsächlich jemand aus ihrem Team war?* »Wir wissen Ihr Interesse zu schätzen, aber Quantum kümmert sich um die Entführung. Zu viele Köche verderben den Brei. Das verstehen Sie doch sicher.« Mit diesen Worten drehte sie sich um und wollte gehen.

Gabrielle fasste sie sanft an der Schulter. »Ich bin hier, um Ihnen zu helfen, ich möchte, dass Sie das wissen. Und weil Sie im gleichen Metier tätig sind wie ich, verlasse ich mich auf Ihre Diskretion und vertraue Ihnen folgende Information an: Heute Nacht findet irgendwo im Nahen Osten eine Geiselbefreiungsaktion statt. Der Einsatz wird von einem SEAL-Team durchgeführt. Wir haben Informationen, dass in dem Camp ein bekannter Amerikaner gefangen gehalten wird.«

»In welchem Land? Wie kommen Sie darauf, dass es sich um meinen Vater handeln könnte?«

»Tut mir leid. Mehr kann ich Ihnen nicht sagen. Aber sobald ich Neuigkeiten erfahre, werden Sie die Erste sein, die ich informiere.«

Theas Skepsis war größer als ihre Hoffnung. »Danke. Warum wird nicht verhandelt? Befreiungen bergen ein hohes Risiko.«

Gabrielle schüttelte den Kopf. »Das Ganze ist als geheim eingestuft, tut mir leid. Ich war früher als CIA-Agentin im Nahen Osten stationiert, und alles, was ich Ihnen sagen kann, ist, dass die Entscheidung, diesen Einsatz durchzuführen, wohlüberlegt ist. Ich kann mir vorstellen, dass Sie gerade die

Hölle durchmachen, aber wie gesagt: Ich bin hier, um zu helfen. Hier ist meine Visitenkarte.«

Thea warf einen Blick auf die Karte, steckte sie in ihre Tasche und reichte der HRFC-Agentin ihre eigene Karte, auf der auch ihre private Handynummer stand. Wahrscheinlich bestand kein Anlass zu großer Hoffnung, dass die SEALs ihren Vater befreien würden, aber selbst wenn es ihnen nicht gelänge – oder es sich bei der Geisel gar nicht um ihren Vater handelte –, könnte Gabrielles Zugang zu bestimmten Ressourcen sich als hilfreich erweisen, um ihren Vater nach Hause bringen zu können.

Thea musste Vorsicht walten lassen. So zuvorkommend die beiden Beamten auch sein mochten, sie verfolgten eindeutig jeweils ihre eigene Agenda. Natürlich erregte die Entführung ihres Vaters aufgrund seiner finanziellen Unterstützung und seiner Verbindung zum Öl sowohl bei der griechischen als auch bei der US-amerikanischen Regierung großes Interesse. Aber das Letzte, was ihr Vater wollen würde, wäre, aufgrund seiner Entführung in den Strudel der Politik zu geraten.

Die Eingangstür ging auf, und das grelle Sonnenlicht blendete sie, sodass sie die Konturen der ihr vertrauten Silhouette, die auf sie zuschritt, nicht sofort erkannte. Thea blinzelte. *Nikos.*

KAPITEL
28

Nikos erkannte die brünette Frau, die neben Thea stand, sofort. Gabrielle Farrah, seine ganz persönliche Stalkerin. Die Agentin der Hostage Recovery Fusion Cell war kürzlich auf CNN zu den immer häufigeren Entführungen von Führungskräften interviewt worden. Sie hatte den Verdacht geäußert, dass Ares viele dieser Entführungen finanzierte. Na schön, wenn das Leben dir Zitronen gibt, mach Limonade draus – es sei denn, er fände einen Weg, dieser unnachgiebigen Frau den Saft der Zitronen in die Augen zu spritzen.

Mit ein paar großen Schritten war er bei seiner Schwester, die gerade von dem Nebenschauplatz auf dem Supertanker zurückgekehrt sein musste. Er war beeindruckt, wie ihr Team Jorges Männer neutralisiert hatte. Das stimmte ihn für die Zukunft optimistisch. Wenn Bruder und Schwester zusammenarbeiteten, wären sie unaufhaltbar.

Das Ablenkungsmanöver hatte ihm Zeit gegeben, nach Korfu zu fliegen, wo er herausgefunden hatte, dass das Flugzeug, mit dem sein Vater befördert worden war, nach Kanzi geflogen und auf einer verlassenen Landebahn an der Südostküste, unweit von Simbabwe, gelandet war. Und genau dorthin würde er in gut einer Stunde fliegen. Aber vorher wollte er noch mit seiner Schwester reden und herausfinden, ob der tatsächliche Kidnapper sich wieder gemeldet hatte.

»Darf ich vorstellen – mein Bruder, Nikos Paris.« Thea deutete auf die brünette Frau und ihren gut gekleideten Begleiter.

»Inspector General Maximilian Heros von der griechischen Polizei kennst du wahrscheinlich von Papas Wohltätigkeitsveranstaltungen. Und das ist Gabrielle Farrah von der Hostage Recovery Fusion Cell.«

Nikos trat nah an sie heran und hielt Gabrielles Hand länger als nötig. »Es ist mir eine Freude, Sie kennenzulernen.«

Ihm fiel auf, dass Max die Lippen zusammenkniff. *So war das also.* Sie sah tatsächlich aus, als wäre sie eine Tigerin im Bett.

Er begrüßte Max mit einem festen Händedruck. Der hochrangige griechische Beamte drückte noch fester zu. Rif wurde von Nikos ignoriert. »Irgendwas Neues über Papa?«, fragte er an seine Schwester gewandt.

»Darüber wollten wir gerade reden«, entgegnete Thea.

Gabrielle trat näher an die beiden heran. »Die HRFC kann Ihrer Familie Unterstützung bieten, unter anderem nachrichtendienstliche Informationen und Zugang zu Datenbanken unserer Regierung.«

»In der Hostage Recovery Fusion Cell arbeiten mehrere Dienste zusammen, richtig?«, fragte Thea.

»So ist es. Das ermöglicht es uns, Informationen aus vielen verschiedenen Quellen zusammenzutragen. Wir folgen allen möglichen Hinweisen und überwachen Online-Chats. Haben Sie eine Lösegeldforderung erhalten?« Gabrielle musterte Theas Gesicht mit ihren durchdringenden Augen.

»Nein, keine Lösegeldforderung.«

Die lateinischen Textnachrichten erwähnte sie nicht. Der entschlossene Gesichtsausdruck seiner Schwester sagte Nikos, dass Ms Geiselretterin nicht auf Theas volle Kooperation würde setzen können. *Super.*

»Lassen Sie mich wissen, wenn Sie irgendwelche Forderungen erhalten. Wir haben Zugang zu Ressourcen, die helfen können, Ihren Vater zurückzubringen.«

»Bitte probieren Sie es nicht mit der Mitleidsschiene. Ich will nicht unhöflich sein, aber Geiseln zu befreien ist mein Job.« Ihre Stimme klang jetzt stählern entschlossen.

Er genoss die Szene: zwei willensstarke Frauen, die herauszufinden versuchten, was die andere wusste. Seine Stalkerin war listig und scharfsinnig, aber seine Schwester mit dem rabenschwarzen Haar war nicht umsonst unter dem Namen Liberata bekannt.

»Wir respektieren Ihre umfangreichen Kenntnisse in diesem Metier und möchten Ihnen wirklich helfen. Wir haben herausgefunden, mit welchem Flugzeug Christos außer Landes befördert wurde. Max hat seinen Einfluss geltend gemacht, und wir haben eine interessante Verbindung entdeckt.« Ms Geiselretterin ließ die Worte in der Luft hängen.

»Lassen Sie uns nicht zappeln«, sagte Nikos, der wusste, was Konstantin ihnen gesagt hatte.

»Auf Flughäfen wird akribisch darauf geachtet, Flugpläne sorgfältig zu dokumentieren. Für ein Flugzeug, das einen Flughafen in der Nähe von Athen genutzt hat, gab es keinen Flugplan. Das Kennzeichen dieses Flugzeugs lässt sich zu einer Briefkastenfirma zurückverfolgen, die einem international agierenden Waffenhändler namens Ares als Fassade dient. Sicher wissen Sie, dass er in der Vergangenheit bereits des Öfteren in die Entführung bekannter Führungskräfte involviert war.«

»In Afrika ist er eine Legende«, entgegnete Nikos. »Er liefert Rebellen Waffen für ihren Kampf gegen unterdrückerische Regimes.« Rif trat näher an Thea heran.

»Wenn das Geld stimmt, verkauft er seine Waffen an *jeden*«, korrigierte Gabrielle ihn.

Nikos' Nackenhaare stellten sich auf. *Stimmt nicht.*

»Und warum sollte Ares meinen Vater entführen wollen?«, fragte er. Thea war nicht blöd. Er musste vorsichtig sein.

»Seine Agenda ist noch nicht klar, aber Gerüchten zufolge hat er starken Einfluss auf die Regierung von Kanzi und zieht im Hintergrund die Fäden«, erwiderte Gabrielle.

»Geht es Ihnen eigentlich wirklich um meinen Vater, oder geht es eher darum, sicherzustellen, dass die Förderrechte für das Öl in Kanzi nicht in die falschen Hände geraten?«, fragte Thea.

Eine große Gruppe aufgeregt miteinander plappernder Touristen betrat das Hotel.

»Christos Paris ist ein bekannter US-amerikanischer Bürger, der im Ausland entführt wurde. Die Hostage Recovery Fusion Cell möchte helfen, ihn nach Hause zu bringen.« Gabrielle erhob die Stimme ein wenig, um sich über den Lärm der Touristengruppe hinweg Gehör zu verschaffen. »Würden Sie uns bitte in meine Suite begleiten, damit wir unsere Informationen austauschen können?«

»Ich muss erst noch einen dringenden Anruf erledigen. In zwanzig Minuten?« Seine Schwester bedachte Ms Geiselbefreierin mit einem angespannten Lächeln. Thea arbeitete am liebsten allein, ein Charakterzug der Familie Paris.

Nikos war in Versuchung, Gabrielle später auf einen Drink einzuladen, um Max zu ärgern, aber er hatte keine Zeit für solche Spielchen.

»Zimmer 604. Danke, dass Sie sich die Zeit nehmen. Ich bestelle uns etwas zu essen. Sie sind doch sicher nicht dazu gekommen, etwas zu sich zu nehmen.« Gabrielle steuerte die Aufzüge an.

Max Heros nahm Theas Hand und drückte sie. »Ihr Vater ist ein beeindruckender Mann und ein Freund. Ich werde alles in meiner Macht Stehende tun, um ihn zurückzubringen. Darauf gebe ich Ihnen mein Wort.«

Sie bedachte den hohen Polizeibeamten mit einem skeptischen Lächeln – wie Aegis, wenn er versuchte zu entscheiden, ob er jemanden mochte oder nicht. So war sie, seine kleine Schwester, dachte Nikos. Traute niemandem über den Weg, außer ihrem Bruder. Die Ironie entging ihm keinesfalls, aber er schätzte ihre Loyalität.

KAPITEL 29

Thea stand neben Rif im Foyer des Hotels. Sie checkten ihre E-Mails auf irgendwelche neuen Hinweise. Während Thea ihr Handy nach Neuigkeiten durchforstete, dachte sie über die Theorie nach, dass Ares in die Entführung ihres Vaters involviert sein könnte. Über den schwer greifbaren Waffenhändler kursierten alle möglichen Geschichten, er war ein geheimnisvoller Schatten, der unter dem Radar schwebte. Einige Gruppierungen sahen in ihm einen Helden, einen modernen Robin Hood, während er für andere der Teufel in Person war. Er war genial, reich und für etliche spektakuläre Entführungen verantwortlich. Seine Operationsbasis befand sich in Afrika. Eine mögliche Verbindung zu Ares war ein weiterer Hinweis, dass die Antworten auf die Entführung ihres Vaters in diesem Teil der Welt zu finden waren.

Max Heros und Gabrielle Farrah waren mit dem Fahrstuhl nach oben gefahren, Nikos hatte sich damit entschuldigt, er müsse noch etwas besorgen. Angesichts dessen, dass die Zeitungen seine eigene Entführung wieder aufkochten und breittraten, mochte sie sich lieber nicht vorstellen, was für Emotionen bei ihrem Bruder hochkamen. Eine Entführung in einer Familie war immer eine Geschichte wert, zwei verursachten eine regelrechte Medienhysterie. Die Reporter wollten unbedingt eine Verbindung zwischen den beiden Fällen herstellen, obwohl zwanzig Jahre dazwischenlagen.

Sie drehte sich zu Rif um. »Was hältst du von diesem HRFC-Einsatz im Nahen Osten?«

»Wenn so ein einflussreicher Mann wie Christos entführt wird, muss der Kidnapper über gewaltige Ressourcen und gute Verbindungen verfügen. Ob seine Entführung auf die Kappe von Terroristen gehen könnte? Auf jeden Fall. Da es um Öl geht, könnte es eine Verbindung zu einem OPEC-Land geben. Die Terroristen könnten sich Geld beschaffen wollen, oder vielleicht planen sie auch, ein politisches Zeichen zu setzen.«

»Aber warum stellen sie keine Forderungen? Es macht doch keinen Sinn zu schweigen.«

»Terrorgruppen wie der IS oder al-Qaida verhalten sich nicht immer so, wie man es erwarten würde. Erinnerst du dich an den Fall Peter Kassig? Sie haben seiner Familie eine E-Mail geschickt, in der sie behauptet haben, Peter sei ihr Gast. Das einzig Vorhersehbare bei Terrorgruppen ist ihre Unvorhersehbarkeit.«

Es war nett von Rif, auf die Erwähnung politischer Gefangener in orangefarbenen Overalls zu verzichten. Ihr Vater würde niemals vor laufender Kamera den Westen verurteilen. Eher würde er sterben.

Sie ließ ihren Blick durch das Foyer schweifen und war froh, den ehemaligen Soldaten an ihrer Seite zu haben. Sie musste zugeben, dass sie sich in seiner Anwesenheit sicherer fühlte. Das Verschwinden ihres Vaters hatte dafür gesorgt, dass sie ziemlich durch den Wind war.

Sie drückte die Kurzwahltaste 4 und redete mit dem Chefpiloten ihres Vaters. »Bitte machen Sie das Flugzeug startklar. Ziel Kanzi International Airport. Ich werde in Kürze da sein.« Sie beendete die Verbindung.

»Und was ist mit der Verabredung mit deiner neuen besten Freundin?«

»Ich rede mit ihr, wenn sie uns nach Afrika gefolgt ist – falls sie uns folgt. Der Flieger ist in einer Stunde bereit.«

»Ich schätze mal, es ist von Vorteil, eine Paris zu sein.« Rif ließ seinen Blick über ihr Gesicht schweifen.

»Papas Jet übertrifft in der Tat meinen üblichen Reisekomfort.« Sie hatte mehr Zeit in spartanisch ausgestatteten ehemaligen Militärflugzeugen verbracht als in den luxuriösen Learjets ihres Vaters. Doch angesichts dessen, dass jede Stunde zählte, war sie dankbar für das zur Verfügung stehende Transportmittel.

»Lass uns ...« Ihr Handy klingelte. Helena. Sie hob eine Hand. »Alles in Ordnung?«

Die Frau ihres Vaters war atemlos und aufgeregt. »Ich weiß, wer es war.«

»Wer was war?«

»Wer deinen Vater entführt hat.«

Kalte Schweißperlen sprenkelten Theas Stirn. »Wer?«

»Ich habe Christos' Moleskine-Notizbuch gefunden. Du bist doch im Hotel, oder? Ich bin in zwei Minuten da. Meine Limousine ist schon fast am Hotel. Komm raus, wir treffen uns vor dem Eingang.«

»Helena, warte ...«

Ihre Stiefmutter beendete die Verbindung, bevor Thea ihr weitere Informationen entlocken konnte.

»Weiß sie etwas?«, fragte Rif.

»Das behauptet sie zumindest. Ihre Limousine ist gleich da. Komm, lass uns herausfinden, warum sie so aus dem Häuschen ist.« Sie steuerte schnurstracks die Tür an. Rif holte sie mit seinen großen Schritten ein.

»Sei vorsichtig. Es könnte eine Falle sein.«

»Vielleicht. Aber ich werde sie nicht aus den Augen lassen, bis ich den Beweis selber geprüft habe.« Da sie wusste, dass Rif den Eingangsbereich vor dem Hotel inspizieren wollen würde, hielt sie ihm die Tür auf.

Sie schirmte ihre Augen mit der Hand vor dem Licht der untergehenden Sonne ab, die direkt vor ihnen am Horizont versank, und wartete auf Helena.

»Was genau hat sie gesagt?«, fragte Rif.

»Dass sie Papas Moleskine-Notizbuch gefunden hat und weiß, wer ihn entführt hat. Sie klang aufgeregt, dabei ist sie normalerweise sehr abgeklärt.«

»Glaubst du, da ist was dran?«

»Das werden wir gleich erfahren.«

Eine schwarze Hummer-Limousine fuhr auf den Syntagma-Platz zu. Zweifelsohne Helena. Sie hatte keinen Führerschein, deshalb hatte sie immer einen Fahrer. Ihr Vater fand das reizend.

Gäbe es endlich einen Durchbruch?

Die Limousine hielt vor einer roten Ampel. Theas Blick war auf die getönten Fenster der Limousine geheftet. Die Ampel sprang auf Grün, der Wagen fuhr in weitem Bogen auf das Hotel zu.

Thea ging gerade die Treppe hinunter, um Helena am Bordstein in Empfang zu nehmen, als sie plötzlich von einer starken Erschütterung nach hinten katapultiert wurde. Jeder einzelne Wirbel in ihrem Rücken schrie von der Wucht des Aufpralls, als sie rückwärts gegen die Treppe geschleudert wurde. Rif warf sich auf sie und bedeckte sie mit seinem Körper, während weiß glühende Hitze sie umhüllte. Sie atmete keuchend in kurzen Stößen. Teile der Limousine krachten gegen die Hotelfassade und regneten um sie herum zu Boden. Schreie erfüllten die Luft, aber sie klangen weit weg. Ein Portier, der am Bordstein gestanden hatte, lag in einer Blutlache, seine leeren Augen starrten gen Himmel.

»Bist du verletzt?« Rif kniete neben ihr.

»Nur schwindelig.« Das Klingeln in ihren Ohren war so laut,

dass sie kaum noch hören konnte, obwohl sie sah, dass Rif laut rief.

Sie rollte auf die Seite und setzte sich auf. Völlig desorientiert versuchte sie, die Nachwirkungen der Explosion abzuschütteln. Ruß bedeckte ihr Gesicht und klebte in ihren Augenwimpern. Die Limousine war nur noch ein loderndes schwarzes Gerippe, stellenweise bis auf die Karosserie niedergebrannt. Weder Helena noch der Fahrer konnten diese Explosion überlebt haben, von dem Moleskine-Notizbuch ganz zu schweigen.

Traurigkeit erfüllte Theas Herz. Sie hatte ihre Stiefmutter gemocht. Dass ihr Vater ihr begegnet war, war das Beste gewesen, was ihm seit Langem passiert war.

Und jetzt hatten sich Helenas Erkenntnisse, was die Entführung betraf, mit ihr in Rauch und Asche aufgelöst.

In der Ferne ertönten Martinshörner, ihr durchdringendes Heulen wetteiferte mit den Schreien der Sicherheitskräfte des Hotels.

Thea stand auf und fand allmählich ihr Gleichgewicht wieder.

Eine verdächtige Bewegung in einer Seitenstraße erhaschte ihre Aufmerksamkeit. Ein dunkelgrauer, von ihrem Standort aus in einem rechten Winkel stehender Audi S8 fuhr gerade an. Im ersten Moment konnte sie den Fahrer wegen der blendenden Sonne nicht erkennen. Dann brauste der Wagen los. Sie starrte den Fahrer an, der ein Handy in der Hand hielt. Nein, das war unmöglich ...

Aber er war es.

Sie zeigte auf den Audi.

»Henri ... Papas Koch. Es ist Henri!«

KAPITEL
30

Die laute Explosion vor dem Hotel erschütterte die Fenster in Gabrielle Farrahs Zimmer und erinnerte sie an die Zeit, als sie in Gaza stationiert gewesen war. Ohne anzuklopfen, riss sie die Verbindungstür zu Max' Zimmer auf. Er hatte darauf bestanden, ihr ein Luxuszimmer zu spendieren, allerdings unter der Voraussetzung, dass es eine Verbindung zu seinem eigenen gab. So ein Zimmer hätte sie sich auf Staatskosten niemals leisten können – aber solange sie die Verbindungstür von ihrer Seite aus zuschließen konnte, nahm sie die Einladung gerne an.

Max stand am Fenster und starrte hinunter auf die Straße.

»Was, um Himmels willen, war das?« Sie stellte sich neben ihn, durch ihre Adern schien Eiswasser zu strömen.

»Sieht so aus, als wäre eine Limousine explodiert.« Auf seiner Stirn glänzten Schweißperlen.

Max hatte ihr anvertraut, dass seine Halbschwester Laila bei einem Autounfall, bei dem der Wagen komplett ausgebrannt war, schlimm entstellt worden war. Diese Explosion rief vermutlich Erinnerungen in ihm wach, die besser begraben geblieben wären.

»Eine weiße?« Sie musste an die Asiatin denken, die Ares' Flugzeug entstiegen war.

»Nein, eine schwarze Hummer-Stretchlimousine. Viel ist nicht übrig geblieben, aber ich erkenne die Form des Kühlergrills.« Er klang aufgewühlt.

Sie starrte auf die schwelenden Überreste, die die Straße

unter ihr blockierten. Von dem Autowrack stiegen dichte Rauchwolken auf.

Auf der Treppe lag ausgestreckt ein Paar, das sich gerade hochrappelte. »Das sind ja Thea Paris und ihr Kollege!« Hatte jemand versucht, Christos' Tochter zu töten?

Eine plötzliche Bewegung erweckte ihre Aufmerksamkeit. Thea zeigte die Straße entlang und sprang im nächsten Moment auf ein Motorrad, Rifat Asker schwang sich hinter ihr auf den Soziussitz. Die dünnen Reifen hinterließen eine Spur auf dem Asphalt, als sie mit vollem Tempo losdüste. Was hatte sie gesehen? Den Bombenleger?

Max' Kieferknochen verspannten sich. »Los, gehen wir!«

Sie verzichteten auf den Aufzug, eilten die Treppen hinunter und stürmten durch das Chaos im Foyer. Draußen lag ein übler Gestank nach verbranntem Fleisch in der Luft. Gabrielle bedeckte Mund und Nase mit ihrem Halstuch. Martinshörner heulten, Blaulichter zuckten, Menschen weinten. Die Polizei war bereits dabei, den Tatort mit Absperrband zu sichern. Sanitäter eilten herbei und kümmerten sich um die Verletzten. Feuerwehrleute löschten die Flammen, die noch aus dem Autowrack züngelten.

Max zeigte dem leitenden Kriminalbeamten seinen Dienstausweis. Sie unterhielten sich einige Minuten lang auf Griechisch, während Gabrielle die ausgebrannte Limousine ins Visier nahm. Wer auch immer die Bombe in dem Wagen platziert hatte, wollte sicherstellen, dass die Insassen auf keinen Fall überlebten. Der Anschlag war nicht als Warnung für sie gedacht gewesen.

Max kehrte an ihre Seite zurück, seine Augen sahen müde aus. »Helena Paris, Christos' Frau.«

Gabrielle zog eine Augenbraue hoch. »Wollte der Kidnapper sie aus dem Weg räumen?«

»Vielleicht war die Bombe auch für Thea gedacht. Aber es ist ein Albtraum, so oder so.«

Gabrielles piepsendes Handy zerriss die Stille. Sie las die SMS. »Quan Xi-Ping.«

»Wer?«

»Die Frau, die die weiße Limousine genommen hat. Sie ist im King George Palace abgestiegen, direkt nebenan. Da Thea sowieso erst mal nicht da ist, können wir unserer Nachbarin ja einen Besuch abstatten.«

»Einen Moment noch.« Max sprach noch einmal auf Griechisch mit dem leitenden Kripobeamten und kam dann wieder zu ihr. »Er schickt mir noch heute Nachmittag den Bericht über den Vorfall. Und jetzt auf zu dem Schmetterling.«

Kurz darauf betraten sie das opulente Foyer des King George Palace. In der weitläufigen Halle glitzerten Kronleuchter, die Marmorböden waren elegant und modern, es duftete nach frischen Gardenien. Max trat an den kunstvoll geschnitzten Holztresen und sprach, Dringlichkeit ausstrahlend, mit dem Rezeptionisten.

Dann übersetzte er für Gabrielle. »Unser Schmetterling ist unmittelbar nach der Explosion davongeflattert. Ob sie verängstigt war oder etwas mit der Explosion zu tun hatte, lässt sich nicht sagen.«

»Scheint so, als würden wir immer einen Schritt hinterherhinken.«

Er berührte ihren Arm. »Das ist frustrierend, ja, aber die Sache hat auch einen Vorteil. Auf diese Weise habe ich länger etwas von dir.«

Nur *eine Nacht*. Und sie hatten ihre bereits gehabt.

KAPITEL
31

Thea drehte den Gasgriff der BMW, die sie sich kurzerhand unter den Nagel gerissen hatte, voll durch und bediente sich des Tempos und der Wendigkeit des Motorrades, um Henris S8 zu verfolgen. Sie hatte die Straßen Athens erkundet, seitdem sie ein Kind gewesen war, jede Straße und Gasse hatte sich in ihr Hirn gebrannt. Der Wind peitschte ihr ins Gesicht und trieb ihr Tränen in die Augen. Rifs Arme legten sich noch fester um sie, als sie sich scharf in eine Kurve legte.

Henri trat das Gaspedal bis zum Anschlag durch. Der Audi bretterte die enge Straße entlang und krachte in die Auslagen und Stände der Straßenhändler. T-Shirts, Nippes und Früchte flogen auf das Pflaster. Sie steuerte das Motorrad um die verstreuten Auslagen herum und beugte sich hin und wieder zur Seite, um Hindernissen auszuweichen. Rif tat es ihr gleich, sodass sie sich bewegten, als wären sie eine Person.

Der S8 schoss mit quietschenden Reifen um eine Ecke und kollidierte um ein Haar mit einem Müllwagen, der langsam die Straße entlangfuhr. Die Bremsen des Lastwagens quietschten. Neben dem Müllwagen war nur eine schmale Lücke frei. Vielleicht war sie gerade so breit genug, um an dem Wagen vorbeizukommen. Es gab nur eine Möglichkeit, das herauszufinden. Sie drosselte das Tempo und fädelte sich durch die Lücke, ihr rechter Arm schabte an der Seite des Lastwagens entlang.

Als sie vorbei waren, hielt sie nach dem S8 Ausschau. Wie erhofft hatte Henri einen Fehler begangen und war nach rechts abgebogen. Der Audi raste in eine Sackgasse und kam schlingernd zum Stehen. Thea bremste ebenfalls scharf, und sie und Rif sprangen vom Motorrad und suchten hinter einem Müllcontainer Deckung.

Der Motor des Audis heulte auf.

Sie erwartete, dass der Wagen rückwärts auf sie zuhalten würde, doch stattdessen raste Henri bis zum Ende der Straße, sprang aus dem Wagen, ging dahinter auf die Knie und begann auf sie zu schießen. Kugeln prallten vom Müllcontainer ab. Stille. Nach ein paar Sekunden spähte Thea um den Container herum, nahm eine schnelle Bewegung wahr und sah, dass Henri zu Fuß die enge Gasse entlangrannte.

»Los!« Rif rannte neben ihr, mit seinen langen Beinen holte er schnell auf. Sie bogen um eine Ecke. Henri feuerte ein paar Schüsse ab, traf aber nur die Mauern der Geschäfte, die sich an der Straße entlangzogen. Die Menschenmenge stob auseinander, Touristen und Einheimische rannten zu allen Seiten und suchten nach Deckung.

Direkt vor ihnen befand sich der Eingang zur Akropolis. Henri blieb nichts anderes übrig, als in die antike Stätte zu flüchten. Er pflügte durch die Schlange vor dem Eingang und stürmte am Eintrittskartenkontrolleur vorbei. Ein Mann vom Sicherheitsdienst versuchte ihn zu packen, aber Henri schoss ihm in den Kopf und tötete ihn auf der Stelle. Die Menschenmenge rannte auseinander, viele der Anwesenden schrien. Es herrschte ein wildes Durcheinander. Selbst die streunenden Hunde und Katzen, die normalerweise an der Akropolis herumschlichen, huschten davon.

Rif und Thea rannten hinter Henri her den Berg hinauf und hatten alle Mühe, sich durch das Gewimmel der Menschen zu manövrieren, die auf dem Weg zum Ausgang der Touristenattraktion waren und ihnen entgegenströmten. Für seine massige Statur war Henri erstaunlich schnell, aber schließlich war er bei der Fremdenlegion gewesen und hatte eine intensive Kampfausbildung absolviert.

Theas Lunge brannte, doch sie legte noch einen Zahn zu und konzentrierte sich darauf, Henris kahlen Kopf nicht aus den Augen zu verlieren. Rif war ein paar Schritte vor ihr. Das Hochjoggen der Treppen auf Santorin erschien ihr im Vergleich zu diesem Irrsinn leicht. Sie wünschte, Aegis wäre da, um vorzupreschen und den Mistkerl zu fassen.

Die Menschenmenge erschwerte Henri das Vorankommen. Sie und Rif holten auf und verkürzten den Abstand auf fünfzig Meter.

»Lauf du nach rechts, und ich decke die linke Seite ab«, sagte Rif.

»Okay.« Die Akropolis befand sich auf einem aufragenden großen, flachen Felsplateau, das mehrere antike Gebäude und Tempel beherbergte. Indem sie sich aufteilten, konnten sie Henri alle Fluchtwege abschneiden.

Die Steine waren rutschig und ungleichmäßig, und es war ziemlich gefährlich, auf diesem Untergrund zu rennen. Thea stolperte und verdrehte sich den Knöchel. Ein stechender Schmerz schoss ihr unteres Bein hinauf. Sie fand ihr Gleichgewicht wieder, war dankbar, dass ihre Schuhe Gummisohlen hatten, und stürmte weiter.

Henri rannte zwei ältere japanische Touristen um, die gerade Fotos machten, drehte sich um und schoss auf Thea.

Doch nichts passierte.

Er hatte das Magazin seiner Waffe leer geschossen.

Er stürmte durch den Parthenon und lief weiter in Richtung Osten. Sie hatten ihn beinahe in die Enge getrieben. Rif kam ihr von der anderen Seite zu Hilfe. Theas Lunge brannte, aber sie rannte unbeirrt weiter.

Der Koch stürmte auf den östlichen Rand des Plateaus zu, an dem an der Felsklippe eine Fahnenstange aufgestellt worden war. Eine griechische Flagge flatterte in der Brise. Rif rannte von Norden auf Henri zu, Thea von Südwesten, sodass ihm kein Fluchtweg blieb.

Henri erreichte die Fahnenstange und drehte sich um, um es mit Thea aufzunehmen.

Sein Gesicht war fleckig, Schweiß rann ihm von der Stirn. Sie hatte ihn fast erreicht, war nur noch dreißig Meter von ihm entfernt.

In Henris Augen blitzte Entschlossenheit auf. Er bekreuzigte sich, sah zum Himmel, sprang über den Zaun und stürzte sich die Felsklippe hinunter in die Tiefe.

Thea rutschte das Herz in die Hose, als sie den Rand des Felsplateaus erreichte.

Nein, nein, nein.

Sie rannte gegen den Zaun. Als sie nach unten blickte, ignorierte sie die Plaka – die Altstadt Athens –, die Ruinen des Olympieions und das zwischen den mit Pinien bewachsenen Hügeln eingebettete Panathinaiko-Stadion. Ihr Blick richtete sich auf Henri auf den Felsen direkt unter ihr. Sein Hals und seine Arme und Beine waren völlig verdreht. Er war eindeutig tot.

Am Zaun kamen immer mehr Touristen zusammen. Rif gesellte sich zu ihr und sah ebenfalls, dass Henri tot war.

»Scheiße. Lass uns von hier verschwinden, bevor die Polizei eintrifft.« Er legte ihr eine warme Hand auf die Schulter.

Sie taumelte von der Felsklippe weg, und ihr fiel eine stupide Geschichtsstunde aus ihrer Schulzeit ein. Als die Deutschen Griechenland während des Zweiten Weltkriegs besetzt hatten, wurde der Evezone – ein Mitglied der griechischen Infanterie –, der die griechische Flagge auf der Akropolis bewachte, von den Nazis angewiesen, die Flagge herunterzuholen. Der Soldat holte die Flagge in aller Ruhe herunter, wickelte sie sich um den Körper und sprang von der Felsklippe in den Tod.

Thea und Rif steuerten den Ausgang an und versuchten, mit der Menge zu verschmelzen, um nicht den Sicherheitskräften aufzufallen, die auf das Gelände schwärmten. »Wer verdient so viel Loyalität, dass Henri lieber stirbt, als zu enthüllen, wer ihn angeheuert hat?«

»Oder er hat vor irgendjemandem mehr Angst als vor dem Tod?«

»Fragen über Fragen. Wir brauchen Antworten.«

Ihre Bluse war schweißdurchtränkt und ihre Haut mit Staub überzogen. Sie war niedergeschlagen.

»Jede Spur, der wir folgen, führt uns zu einem toten Ende. Im wahrsten Sinne des Wortes.« Die Besatzung der *Aphrodite* war exekutiert, die alte Frau umgebracht, Helena in die Luft gejagt und der Öltanker geentert worden, und jetzt hatte sich Papas Koch, der ihn verraten hatte, in den Tod gestürzt, um die Wahrheit mit sich zu nehmen.

Die Zahl der Toten würde steigen, bis sie herausfanden, wer ihren Vater entführt hatte. Sie musste sich zurückziehen und sämtliche Informationen, über die sie verfügte, noch einmal durchgehen. Irgendwo in diesem Wirrwarr war die Antwort zu finden.

KAPITEL
32

Thea saß im Hotel Grande Bretagne auf einem Barhocker zwischen Ahmed Khali, dem Leiter des operativen Geschäfts von Paris Industries, und Peter Kennedy, dem Finanzchef der Firma. Die großen Fenster, die vom Boden bis zur Decke reichten, boten eine spektakuläre Aussicht auf die Akropolis, doch nach Henris Selbstmord konnte sie dem Blick nichts mehr abgewinnen.

Sie nippte an einem Glas Weißwein. Ein einzelner Faden konnte dieses Geflecht aus Mord und Entführung entwirren – sie musste nur den richtigen ziehen. Und aus genau diesem Grund hatte sie um dieses Treffen gebeten.

Bisher hatten alle Hinweise in eine Sackgasse geführt, doch in irgendeiner Form tauchte immer wieder Kanzi auf, weshalb sie vorhatte, umgehend dorthin zu fliegen, sobald sie in Griechenland alles erledigt hatte. Obwohl die Nachricht über die Entführung ihres Vaters an die Öffentlichkeit gelangt war, waren die Verhandlungen über die Bohrrechte nicht abgesagt worden. Sie würde an den Verhandlungen im benachbarten Simbabwe teilnehmen, um die mächtigen Mitspieler im Bietergefecht – inklusive der beiden Männer, die gerade an ihrer Seite saßen – zu beobachten und zu sehen, ob ihr irgendetwas merkwürdig vorkam.

Ahmed hob sich ein Sodawasser an die Lippen und nippte daran. »Peter hat mich bezüglich der Entführungs- und Lösegeldversicherung über alles informiert. Wenn Sie irgendetwas wissen wollen, fragen Sie. Wir können problemlos mehr Geld lockermachen.«

»Danke. Ich wünschte, es wäre so einfach.«

»Gibt es immer noch keine Forderungen von den richtigen Entführern?« Peter kippte sich den Rest seines zweiten Whiskeys herunter.

»Nein. Hat einer von Ihnen eine Idee, wer dahinterstecken könnte?« Sie studierte aufmerksam die Gesichter der beiden Führungskräfte von Paris Industries, während diese sich ihre Antworten auf diese unverblümte Frage zurechtlegten. Wegen seines Ehrgeizes würde sie von den beiden eher Peter zutrauen, dass er in die Sache verwickelt war, allerdings war sie sich nicht sicher, was sich hinter der glatt polierten Fassade von Ahmed verbarg.

»Die Chinesen könnten in die Sache verwickelt sein«, sagte Peter, winkte dem Barkeeper zu und deutete auf sein leeres Glas. »Vielleicht auch die Russen. Beide würden davon profitieren, Paris Industries in ein vorübergehendes Chaos zu stürzen.«

»Ich würde mir das Militär von Kanzi und die führenden Politiker der Regierungspartei genauer ansehen. Fünfzehn Jahre Arbeit in Afrika haben mir gezeigt, wie sehr das politische System in Kanzi von Korruption und Gier durchsetzt ist, und zwar angefangen bei der nationalen Regierung bis hin zu den untersten Instanzen.« Ahmeds Stimme klang leicht gereizt, als ob er Ärger herunterschluckte.

Thea spielte mit dem Stiel ihres Weinglases. »Als wir in Kanzi gelebt haben, haben Stammeskämpfe in der Politik eine wichtige Rolle gespielt. Vielleicht geht es bei dem Ganzen um einen internen Machtkampf.«

»Da könnten Sie recht haben«, sagte Ahmed. »Schließlich dürfen wir das Timing nicht vergessen. Die Einheimischen sind aus Angst wegen des möglichen Verlusts von Arbeitsplätzen ziemlich in Aufruhr.«

Peter wandte sich ihr zu. »Ahmed will sämtliche Arbeitskräfte von außerhalb ins Land holen, aber das können wir nicht tun. Wir müssen Leute aus Kanzi ausbilden, wie es auch Christos vorgesehen hat. Andernfalls wäre dies unterm Strich auch für unsere Bilanz nachteilig.«

»Ich bin derjenige, der dafür sorgen muss, dass die Sache läuft«, stellte Ahmed klar. »Sie wollen bloß die Kosten senken.«

Unstimmigkeiten in der Vorstandsetage. Es konnte etwas zu bedeuten haben oder schlicht und einfach an der Tagesordnung sein.

Der Barkeeper kam mit Peters neu gefülltem Glas.

»Über die Einzelheiten können wir uns Gedanken machen, wenn wir den Deal unter Dach und Fach haben. Es wird schwer sein, die Chinesen aus dem Feld zu schlagen. Einer unserer Hauptvorteile ist, dass Paris Industries ein Familienbetrieb ist. Christos hat persönlich Geld in die Sozialeinrichtungen des Landes gesteckt. Doch jetzt, da er verschwunden ist, dürfte es natürlich schwer sein, diesen Trumpf zu unseren Gunsten auszuspielen.« Peters Hand, mit der er das Glas hielt, zitterte, sein Gesicht war aufgedunsen.

Das war die Gelegenheit, auf die sie gewartet hatte. »Mein Vater war immer der Überzeugung, dass die Familie der Schlüssel für seine Beziehungen in Kanzi ist. Gibt es irgendeine Möglichkeit, wie ich helfen könnte?«

Peter rümpfte die Nase und sagte nichts.

Ahmed straffte seine Krawatte. »Vielleicht könnten Sie erwägen, die Präsentation unseres Angebots bei den Verhandlungen mit einer kurzen Rede zu eröffnen. Die Leute unserer Kommunikationsabteilung könnten Ihnen beim Schreiben der kurzen Ansprache zur Hand gehen.«

Perfekt. »Solange mein Vater aus dem Verkehr gezogen ist, werde ich alles tun, um dazu beizutragen, dass dieser Deal zustande kommt. Sie können auf mich zählen.« Damit hatte sie sich bei den entscheidenden Verhandlungen einen Platz in der ersten Reihe gesichert, und es würde sie nur kurz von der Suche nach ihrem Vater abhalten.

»Sehr schön.« Ahmed warf einen Blick auf die Uhr. »Wollen Sie im Firmenjet mitfliegen? Es ist alles vorbereitet, und ich möchte so schnell wie möglich ankommen. Der Flieger startet in einer halben Stunde.«

»Ich muss erst noch ein paar Dinge erledigen. Ich werde den Privatflieger meines Vaters nehmen.«

Peter leerte sein Glas in einem Zug. »Könnte ich vielleicht mit Ihnen fliegen, Thea? Ich habe auch noch ein paar Sachen zu erledigen und könnte die zusätzliche Zeit in Athen gut gebrauchen.«

»Natürlich. In dem Flugzeug ist genug Platz. Dann treffen wir uns in drei Stunden in der Hotellobby.« Sie war froh, ihn in ihrer Nähe zu haben.

»Wir sehen uns in Kanzi«, sagte Ahmed.

Sie standen alle auf. Peter war ziemlich wacklig auf den Beinen, seine Augen waren glasig, und Thea war sich nicht sicher, ob das nur am Alkohol lag. Er sah schlecht aus.

Sie schickte dem Mann vom Sicherheitsdienst, den sie heimlich in der Lobby postiert hatte, eine Nachricht. Er würde Peter observieren, sodass sie herausfinden konnte, was der Finanzchef von Paris Industries im Schilde führte.

KAPITEL
33

Thea sank auf das cremefarbene Ledersofa im Gulfstream V ihres Vaters. Ihr ganzer Körper schmerzte, ihr Kopf pochte, ihr Magen knurrte. Die vergangenen Tage forderten ihren Tribut.

Brianna, die Stewardess, brachte ihnen Sandwiches aus der Bordküche. Thea checkte heimlich ihren Blutzuckerwert und aß ein Truthahn-Provolone-Roggensandwich, um ihren Zuckerwert stabil zu halten. Sie nahm ein zuckerfreies Pfefferminzbonbon aus ihrem taktischen Überlebenssicherungsbeutel für alle Eventualitäten. Angesichts der häufigen internationalen Reisen, zu denen sie oft von jetzt auf gleich aufbrechen musste, wusste sie nie, welche Ausstattung erforderlich sein würde. In dem Beutel befanden sich auch alle möglichen medizinischen Utensilien, von Teststreifen bis hin zu Stechhilfen zur Entnahme von Kapillarblut.

Wenn man unter Diabetes litt, bedeutete dies, dass man vorausplanen musste. Man musste Kohlenhydrate zählen und kontinuierlich den Blutzuckerwert kontrollieren. Sie hatte die Diagnose im Alter von zehn Jahren erhalten, aber ihr Vater hatte sie nicht wie ein kleines Kind behandelt. Er hatte gewollt, dass sie die Krankheit ernst nahm und selber in der Lage war, damit umzugehen. Sie hatte wieder und wieder mit einer Spritze an einer Apfelsine geübt, bevor sie so weit gewesen war, sich selber Insulin zu injizieren. Inzwischen waren Spritzen ein fester Bestandteil ihres Lebens und machten ihr absolut nichts aus. Zu fliegen bereitete ihr mehr Unbehagen. Es war nicht gerade ihre Lieblingsbeschäftigung, was zweifellos daran lag, dass sie beim Fliegen keinerlei Kontrolle hatte.

Um sich abzulenken, dachte sie über die Informationen nach, die Rif ihr vor dem Abflug gegeben hatte. Er war im Laufe der Jahre unzählige Male in Kanzi gewesen und hielt sogar Kontakt zu einigen ehemaligen mit ihm befreundeten Angehörigen der Special Forces, die in Afrika eingesetzt waren, sodass er Zugang zu aktuellen Sicherheitsdossiers hatte.

Seit seinem Amtsantritt vor drei Jahren hatte Premierminister Kimweri die Regierungsbehörden und die öffentliche Verwaltung überwiegend mit Familienangehörigen besetzt. Nepotismus war in afrikanischen Ländern gang und gäbe, wo der Stamm und die Partei, denen man angehörte, oft eng miteinander in Verbindung standen. General Ita Jemwa war nicht mit dem Premierminister verwandt, hatte jedoch den Ruf, in der Regierung über großen Einfluss zu verfügen. Eine stetige Lieferung an Waffen von dem Waffenhändler Ares hatte die Position des Generals gestärkt, und zwar sowohl in der Wüste als auch in den Hallen der Macht. Der alternde Soldat könnte versucht sein, auf eine Gelegenheit zu warten, Kimweri zu stürzen und sich an dessen Stelle zu setzen.

Thea wollte nicht, dass Kanzi zu einem weiteren traurigen Beispiel eines verarmten afrikanischen Landes wurde, das zum Wohle einer reichen Minderheit seiner natürlichen Ressourcen beraubt wurde, während die Mehrheit der Bewohner weiter in Armut lebte. In bestimmten Regionen Kanzis hatte ihr Vater, was die sozialen Einrichtungen des Landes anging, unglaubliche Dinge zuwege gebracht, und wenn er den Zuschlag für die Bohrrechte erhielt, hatte er Pläne, als Teil der Vereinbarung weitere Schulen, Krankenhäuser und Wasseraufbereitungsanlagen zu bauen.

Peter Kennedy hatte sich in einen Berg von Öl-Verhandlungsdokumenten vertieft. Der Beschatter, den sie auf ihn angesetzt hatte, hatte ihr berichtet, dass der Finanzchef nach dem Verlassen des Grande Bretagne ein großes Gebäude aufgesucht hatte, in dem sich etliche Firmen befanden, darunter auch Wirtschaftsprüfungsgesellschaften und Arztpraxen. Der Mann, der ihn observiert hatte, konnte ihm jedoch nicht in das Gebäude folgen, ohne aufzufliegen, sodass sie nicht wussten, wohin er letztendlich gegangen war. Sie hatte den Bericht an Hakan in London weitergeleitet. Er und Freddy konnten der Frage nachgehen, ob es zwischen Peter und einer der Firmen, die in dem Gebäude Büros gemietet hatten, irgendeine Verbindung gab.

Sie wühlte in ihrer Kuriertasche herum, um ihren Laptop herauszunehmen. Dabei fiel ihr ein loses Bündel ihr unbekannter, vergilbter Blätter ins Auge. Ihre Nackenhaut kribbelte. Jemand musste die Blätter in ihre Tasche gesteckt haben. Aber wer?

Sie nahm sie heraus und begann zu lesen.

Dr. Alexander Goldberg
4. Juli, 9 Uhr

Anweisung
*Sämtliche medizinischen Aufzeichnungen und Berichte, die den Patienten Nikos Paris betreffen, sind **ausschließlich** dem Vater des Patienten, Christos Paris, auszuhändigen. Das gilt auch für die Diagnose und den Behandlungsplan. Ausschließlich Ausdrucke, keine elektronischen Dateien und keine Kommunikation per E-Mail.*

Subjektive Wahrnehmung
Christos Paris berichtet, dass er seinen einzigen Sohn, Nikos, »immer verwöhnt« und ihm bis zu dem Tag, an dem der Junge entführt wurde, jeden Wunsch erfüllt habe. Nikos sei mit der Erwartung groß geworden, alles

zu bekommen, was er wollte, und er sei es gewohnt gewesen, dass seine Wünsche umgehend befriedigt wurden. Besonders erwähnenswert ist der Tod seiner Mutter bei einem Segelunfall, als Nikos zehn Jahre alt war.
Im Alter von zwölf Jahren wurde Nikos aus seinem Zuhause in Kanzi, Afrika, entführt. Als er nach neun Monaten in Gefangenschaft befreit wurde und wieder nach Hause kam, litt er seinem Vater zufolge unter starken Stimmungsschwankungen, wobei sich Phasen, in denen er sich zurückzog und verschlossen zeigte, mit solchen abwechselten, in denen er zu unkontrollierten Wutausbrüchen neigte. Seinem Vater zufolge fand er an vielen Aktivitäten, für die ein Junge seines Alters sich normalerweise interessiert, so gut wie keinen Gefallen. Nikos hatte immer noch die Erwartung, dass sein Vater und andere ihm seine Wünsche ausnahmslos zu erfüllen hätten. Die ständigen Stimmungsschwankungen seines Sohnes haben Mr Paris veranlasst, seine Kinder permanent von einem Kindermädchen beaufsichtigen zu lassen. Ein neuer Familienhund scheint Nikos dabei zu helfen, seine Stimmungsschwankungen in den Griff zu bekommen.

Objektive Befunde
Nikos ist ein gepflegter, intelligenter Junge, der älter wirkt, als er tatsächlich ist, was unter anderem daran liegt, dass er für sein Alter überdurchschnittlich groß ist. Er leidet weder unter signifikanten gesundheitlichen Problemen noch, soweit berichtet wird, unter Schmerzen, Unwohlsein oder irgendwelchen physischen Problemen.
Der Vater des Patienten war während des gesamten Aufnahmegesprächs anwesend. Der Vater wurde auch alleine befragt. Der erste therapeutische Kontakt erfolgte etwa zwei Wochen, nachdem Nikos aus der Geiselhaft nach Hause zurückgekehrt ist, und die Sitzungen wurden einige Monate lang fortgesetzt. Anfangs gab der Patient keine relevanten Details über seine Zeit in Gefangenschaft preis. Es fiel ihm offensichtlich schwer, das, was er erlebt hat, in Worte zu fassen. Erst nach einigen Sitzungen, der Herstellung eines gewissen Vertrauensverhältnisses und der Ermunte-

rung, seine Geschichte mit seinen eigenen Worten aufzuschreiben, war er in der Lage, einen Bericht darüber zu verfassen, was er in den neun Monaten seiner Gefangenschaft erlebt hat. Wie alle traumatisierten Opfer weigerte Nikos sich zunächst vorhersehbar, das, was er durchgemacht hatte, zu offenbaren, doch nachdem er einige Entspannungstechniken gelernt hatte, begann er, seine Erfahrungen niederzuschreiben.

Er zeigte insgesamt wenig Emotionen, war während der meisten Zeit ziemlich verschlossen und überließ es überwiegend seinem Vater, die Informationen hinsichtlich seiner Entführung zu übermitteln. Bei einigen wenigen Gelegenheiten, wenn er direkt zu seiner Gefangenschaft befragt wurde, bekam er extreme Wutausbrüche, die sich sowohl verbal (Fluchen, Schreien, Beschimpfungen des Fragestellers) als auch physisch äußerten (Tritte gegen den Couchtisch, Schläge auf das eigene Bein), und zeigte somit Emotionen. Diesen Wutausbrüchen folgten kurze Phasen absoluten Schweigens, in denen er keinen Blickkontakt herstellte.

Beurteilung des Falls

Der beinahe dreizehn Jahre alte, physisch vollkommen gesunde Junge erweist sich insgesamt als sehr verschlossen und neigt zu wiederkehrenden verbalen und gewalttätigen Wutausbrüchen. Er blickt seinem Gegenüber nur selten in die Augen. Die vorläufige Diagnose lautet »narzisstische Persönlichkeitsstörung mit antisozialen Tendenzen«, begleitet von einer ausgeprägten Feindseligkeit gegenüber Autoritätspersonen. Ein Faktor, der zu seinen narzisstischen Charakterzügen und seinem sehr ausgeprägten Anspruchsdenken beigetragen haben mag, ist möglicherweise in der extremen Verwöhnung durch die Eltern zu finden, doch einige Symptome sind wahrscheinlich auch das Resultat seiner Entführung und der Erlebnisse während seiner neunmonatigen Gefangenschaft. Weitere Sitzungen werden dazu dienen, diesen Problemen auf den Grund zu gehen und die Diagnose zu verfeinern.

Behandlungsplan
Empfohlen werden eine Behandlung mit psychotropen Medikamenten und eine langfristige Fortsetzung psychotherapeutischer Sitzungen. Patienten in Nikos' Alter mit seiner von Trauma und Gefangenschaft geprägten Geschichte, die unter den gleichen Symptomen leiden wie er, erfordern generell eine derartig langfristige psychotherapeutische Behandlung und können davon profitieren. Allerdings ist darauf hinzuweisen, dass man bei Patienten mit einer Diagnose, die eine Persönlichkeitsstörung beinhaltet, nur eine vorsichtige Prognose abgeben kann.

Die Geschichte in den eigenen Worten des Jungen:

Gekidnappt
Ich heiße Nikos. Dies ist die Geschichte meiner Entführung. Ich warne den Leser an dieser Stelle: Die Geschichte ist nicht schön. Viele Menschen sind gestorben. Einige haben es verdient, andere nicht. Ich habe alles Mögliche erlebt und gelernt, Dinge, die einige Erwachsene niemals erfahren werden. Wie ein Mann aussieht und riecht, wenn er tot ist. Wie es sich anfühlt, wenn du mit Drogen betäubt wirst. Was du tun musst, wenn niemand sich einen Dreck darum schert, ob du lebst oder krepierst. Sie wollen meine Geschichte lesen? Nehmen Sie sich in Acht, was Sie sich da vornehmen. Ich möchte das alles gar nicht aufschreiben, aber mein Psychiater sagt, dass ich es tun sollte, und Papa drängt mich auch, es endlich zu tun. Aber ich glaube nicht, dass ihm gefallen wird, was er zu lesen bekommt. Vielleicht will er aber auch nur sehen, ob der Privatunterricht, den ich genossen habe, einen guten Schreiber aus mir gemacht hat.
Na gut, hier die Geschichte ...

Die Entführung
Ich konnte nicht atmen. Mein Körper verspannte sich. Ich öffnete verwirrt die Augen und sah mich um. Wo bin ich? Theas Lieblingsteddy liegt neben mir auf dem Bett. Dann fiel es mir ein – ich habe in ihrem Zimmer

geschlafen, weil sie einen Albtraum von Mama hatte, als sie gestorben ist. Ich versuchte wieder zu atmen, aber jemand drückte mir mit aller Kraft ein merkwürdig riechendes Tuch auf den Mund und die Nase. Ich trat und schlug um mich. Doch ich konnte nichts ausrichten. Ich war einfach zu schwach. Ich hatte keine Wahl und sog durch das Tuch Luft ein. Das sorgte dafür, dass mir komisch zumute wurde. Ich sah zu Thea hinüber, die in der Festung versteckt war, die ich ihr gebaut hatte. Sie war wach, ihre Augen waren weit aufgerissen und voller Angst. Ich schrie ihr in meinem Kopf zu: »Hilfe! Hol Hilfe!« Ihr Mund öffnete sich, doch es kam kein Laut heraus. Sie regte sich nicht. Mir wurde schwindelig. Das Zimmer drehte sich. Dann wurde alles um mich herum schwarz.

Als ich wieder aufwachte, war immer noch alles schwarz. Mir war eine Kapuze über das Gesicht gezogen worden, meine Hände waren mit einem Seil gefesselt, und ich hatte einen stinkenden Lappen im Mund. Öl. Igitt! Ich musste mich übergeben, doch ich schluckte die Kotze wieder runter. Mein Körper schlug gegen etwas Hartes. Es fühlte sich an, als ob ich auf der Ladefläche eines Transporters liegen würde. Es tat sehr weh. Ich versuchte, mich zu befreien, aber die Fesseln saßen zu fest. Ich hatte Durst. Mein Rücken war wund. Mein Herz raste, und ich hatte mich eingepinkelt und war verschwitzt. Ich hatte keine Ahnung, wie lange ich schon unterwegs war, vielleicht seit Stunden.

Ich wollte wissen, wer mich entführt hatte. Papa würde mich finden und sie dafür bezahlen lassen, was sie mir angetan hatten. Vielleicht würde er sie sogar umbringen. Das wäre gut.

Der Dieselmotor rumpelte und verstummte. Wir waren da. Ich hatte keine Ahnung, wo. Jemand öffnete die Tür zum Laderaum. Ich spürte die heiße Sonne auf meinem Rücken, als mich jemand über seine knochige Schulter hievte. Ich wurde heftig durchgeschüttelt und hörte das Knarren einer Tür, die geöffnet wurde. Ich bekam eine Gänsehaut an den Armen. Es war kalt. Eine Klimaanlage.

Der knochige Kerl legte mich auf etwas Weiches, vielleicht auf ein Sofa. Ich sog einen merkwürdigen Geruch ein. Es roch nach Erde und Moos,

genauso hatte es gerochen, als wir Großvater in dieser tiefen, großen Grube beerdigt hatten. Laute Schritte. Jemand riss mir die Kapuze vom Kopf. Grelles Licht blendete mich. Ich sah mich um. In dem Raum hingen unheimliche afrikanische Masken an den Wänden. Ein Riese starrte auf mich herab. Er roch auch so wie Großvaters Grab – nach Tod. Ich versuchte, mutig zu sein, aber meine Zähne klapperten.
Der Riese trug Militärkleidung und ein Barett in Tarnfarben. Er wurde »der General« genannt und kommandierte den dürren Kerl, Kofi, herum. Seine Wangen waren mit Stammesnarben überzogen. Als wir zum ersten Mal nach Afrika kamen, hat Papa uns erklärt, dass Stammesnarben aus der Zeit der Sklaverei stammten und freie Männer sich Narben in die Gesichter geritzt hatten, damit niemand sie für Sklaven hielt. Wollte dieser Riese mich zu seinem Sklaven machen?
Kofi hatte einen hinterhältigen Blick in den Augen, als ob er es hasste, Befehle entgegenzunehmen. Sie redeten über eine Verwechslung, der Junge sei im Mädchenzimmer gewesen. Vielleicht hatten sie Thea entführen wollen. Ein Glück, dass sie mich genommen hatten. Meine Schwester ist jünger und kleiner. Sie könnte sich nicht wehren. Sie würde das Ganze nicht überleben. Ich schon.

Die Dorfbewohner

Sie hielten mich irgendwo weitab vom Schuss in einer heißen, schmutzigen Baracke gefangen. Von diesem Ölgestank war mir ständig übel. Die verfilzte Matratze war zerrissen, sodass ich eine lose Feder herausnehmen und damit auf dem Boden, der aus nackter Erde bestand, zeichnen konnte. Ich war gut darin, Dinge auseinanderzunehmen und wieder zusammenzusetzen. Papa sagte, dass ich gut im räumlichen Denken wäre, was auch immer das ist.
Die Tage zogen langsam dahin, und ich ritzte mit der Feder jedes Mal, wenn die Sonne aufging, einen Strich in die Betonwand. Schon elf Striche. Ich roch ziemlich übel, doch als ich fragte, ob ich mich waschen kann, spritzte Kofi mich mit eiskaltem Wasser ab, deshalb benutzte ich

lieber Pflanzenblätter, um mir den Dreck abzuwischen. Ich hatte zwei Eimer, einen für Wasser, den anderen zum Pinkeln und Kacken. Das Wasser schmeckte komisch. Ich glaube, Kofi vertauschte die Eimer, wenn er den einen leerte und den anderen füllte. Mir tat der Bauch weh.
Es war so langweilig, die ganze Zeit allein zu sein. Kofi brachte mir jeden Nachmittag Bohnen und Reis. Er piesackte mich mit einem Stock und lachte, wenn ich ihn fragte, ob ich nach draußen darf. Ich vermisste mein Zuhause. Ob jemand käme und mich zurückholte? Piers würde erklären müssen, warum er das zugelassen hatte. Piers war der Chef von Papas Sicherheitsteam. Vielleicht würde er nach diesem Zwischenfall gefeuert werden.
An Tag zwölf erschien der General. Er roch immer noch komisch, nach Erde. Er hatte einen ernsten Blick aufgesetzt wie Papa, wenn er einen schlechten Tag hinter sich hatte. »Komm.«
Ich stand auf, aber mit wackligen Beinen. Das grelle Sonnenlicht brannte mir in den Augen. Ich bewegte mich nicht, weil ich Angst hatte. Seine riesige Pranke landete in meinem Nacken, und er schob mich zu einem grünen Land Cruiser. In dem Wagen sah ich drei Gewehre. Wollten sie mich erschießen? Wollte Papa mich nicht zurückhaben?
Kofi steuerte den Wagen, der Dieselmotor spuckte große, bläuliche Rauchwolken aus. Meine Hände zitterten. Ich straffte die Schultern und nahm mir vor, mutig zu sein. Papa hatte mir beigebracht, dass starke Männer eine Fassade der Härte aufsetzten. Aber ich wollte nicht sterben.
Der Land Cruiser rumpelte die Schotterpiste entlang. Wir passierten Akazien, Maisfelder und ausgedehnte Wüstenabschnitte. Schließlich bogen wir auf einen Pfad, der zu einem Dorf mit einfachen Strohhütten führte. Kleine Kinder mit hervorstehenden Bäuchen spielten Fangen. Frauen drängten sich um eine Feuerstelle. Sie sahen hungrig und traurig aus. In ihrer Nähe standen alte Männer und ließen tatenlos Fliegen um ihre Gesichter schwirren. Diese Menschen hatten keine Hoffnung. Das war mir sofort klar. Aber ich hatte auch nicht mehr viel Hoffnung.
Kofi und der General öffneten die Tür des Laderaums und verteilten Ge-

treidesäcke an die Dorfbewohner. Die Leute tanzten und lächelten und behandelten den General wie einen Helden. Zwei Frauen kippten Getreidekörner in einen Topf voller Wasser und begannen zu rühren. Alle waren auf einmal glücklich. Der General nahm die Kinder in den Arm und spielte mit ihnen. Als er mich zu sich rief, war ich nicht mehr ganz so ängstlich. Angesichts dessen, dass so viele Leute zusahen, würde er mich doch nicht umbringen, oder?

Es war total komisch. Die Dorfbewohner sahen mich an, als wäre ich ein außerirdisches Wesen. Wahrscheinlich hatten sie noch nie in ihrem Leben einen Menschen mit weißer Haut gesehen. Ich erinnere mich immer noch an die Frage, die der General mir in jenem Moment stellte.

»Hattest du jemals wirklich Hunger? Solchen Hunger, dass du für einen Happen zu essen alles tun würdest?«

Ich hasste dieses furchtbare Gefühl, einen leeren Magen zu haben. Mein Vater fragte mich jeden Tag irgendwelche Sachen ab, und wenn ich die Fragen nicht richtig beantwortete, strich er mir das Abendessen, und ich wurde hungrig ins Bett geschickt. Aber ich hatte nie mehrere Tage lang nichts gegessen und ahnte, was der General hören wollte.

»Nein, Sir.« Das war meine Standardantwort, wenn ich in Schwierigkeiten steckte. Und meistens kam ich damit durch.

Der Riese zeigte mit einer ausschweifenden Handbewegung auf die Anwesenden und sagte, dass all die Leute essen wollten, mein Vater jedoch ihre komplette Ernte aufkaufe, um daraus etwas herzustellen, das Biotreibstoff hieß, und ihnen nichts zu essen übrig ließ. Ich starrte ihn entgeistert an. Wie konnte Papa diesen Menschen wehtun, wenn er sie nicht einmal kannte?

Zumindest kannte ich die Antwort auf die nächste Frage, die lautete, womit Papa sein Geld verdient. Das war einfach. »Öl« war das entscheidende Wort, das ich jeden Abend beim Essen zu hören bekam. Papa erzählte mir immer wieder, dass die Zukunft auf Energie basiert. Aber der General ließ es so klingen, als wäre es etwas Schlechtes. Deshalb hatten sie mich also entführt — um meinen Vater zu zwingen, damit aufzuhören, ihnen die komplette Ernte wegzunehmen. Ich wusste nicht, was ich davon halten sollte, aber ich war irgendwie sauer auf meinen Vater, weil er dafür sorgte, dass der General wütend war.

Ich fragte ihn, wann ich wieder nach Hause kann, und für einen Augenblick wirkten die dunklen Augen des Generals etwas netter, doch dann verhärtete sich sein Blick wieder und war nur noch böse. Er sagte, dass Papa nicht auf seine Forderungen eingehe, dass ihm seine Arbeit wichtiger sei als ich.

Ich war fassungslos. Der General musste lügen. Ich war der einzige Sohn meines Vaters, sein Lieblingskind. Ich war in New York City geboren, aber Papa war Grieche, und in Griechenland ist der älteste Sohn das wichtigste Kind. Eines Tages würde ich seine Firma übernehmen.

Dann hörte ich fünf laute Knalle. Ich fuhr fast aus meiner Haut. Im nächsten Moment kamen vier Jeeps angebraust, in denen laute Musik wummerte. Die Dorfbewohner rannten alle weg. Der General packte mich, rannte mit mir zu dem Land Cruiser. Er stieß mich auf den Boden des Wagens und schnappte sich eins der Gewehre.

Ich spähte durch ein rostiges Loch in der Tür. Aus einem der Jeeps stieg ein großer Mann, der ein rotes um den Kopf gewickeltes Bandana trug. Er hieß Oba. Der General schrie ihm zu, dass er verschwinden und die Dorfbewohner in Ruhe lassen soll. Doch Oba hörte nicht auf ihn. Er wies seine Männer an, die Getreidesäcke in die Jeeps zu laden, und kam zu dem Land Cruiser. Ich hatte entsetzliche Angst. Das Weiße in Obas Augen war gelb-rot wie in Blut gebratene Spiegeleier. Seine Pupillen waren riesig.

»Hol das Kind!«, hörte ich ihn zu Kofi sagen. Arbeitete Kofi jetzt für ihn? Ein weiterer ohrenbetäubender Knall. Kofi hatte dem General ins Bein geschossen. Er sagte, Oba zahle besser. Dann lachte er wie eine Hyäne. Sie rissen die Tür des Land Cruisers auf und packten mich. Ich schrie und trat um mich, konnte jedoch nichts ausrichten. Der General versuchte, sie daran zu hindern, mich mitzunehmen, doch drei von Obas Männern hielten ihn zurück.

Kofi warf mich über eine Schulter und trug mich zu einem der Jeeps. Ich konnte es nicht glauben. Dieser verrückte Oba würde mich ganz sicher umbringen.

Nobo
Schlechte Nachrichten. Obas Lager war noch schlimmer als die Baracke des Generals. Vier Matratzen voller Läuse, auf jeder acht Jungen, deren dürre Beine ineinander verschlungen waren. Ich zog mich in eine Ecke zurück, weil ich nicht schlafen konnte. Dieser kleine Junge, Nobo, rollte sich nachts neben mir zusammen, vielleicht damit ihm nicht kalt wurde. Irgendwie tat er mir leid, weil er so klein war und ihm zwei Schneidezähne fehlten. Ich teilte meine Decke mit ihm, weil die anderen Jungen ihm seine weggenommen hatten.
Läuse gruben sich in meine Haut. Meine Fingernägel waren blutig, weil ich mir ständig den Kopf kratzte. Fliegen summten unaufhörlich vor meinem Gesicht und krabbelten auf meinen Armen. Ich hatte es aufgegeben, sie zu verscheuchen. Die Moskitos hinterließen überall auf meinem Körper blutige Einstiche und große Beulen. Die Treiberameisen, die die Betten bevölkerten, bissen mich, wenn sie sich nicht gegenseitig attackierten. Jede Stelle meines Körpers juckte.
Am liebsten hätte ich mich vor Kofi und Oba versteckt und wäre geflohen, aber vor dem Dschungel hatte ich noch mehr Angst als vor den beiden. Ein Kind riss aus, und sie brachten seine Leiche zurück, von Löwen zerfetzt. Nachts hörte ich Tiere schreien, furchtbare Laute, die mich wach hielten. Ich hoffte, dass Papa mich finden würde, doch als immer mehr Tage verstrichen, ohne dass er kam, gab ich die Hoffnung irgendwann auf. Vielleicht war er zu sehr mit seiner Arbeit beschäftigt, um zu kommen. Das machte mich wütend.
Ich hörte die Glocke. Die Jungen rannten zur Außendusche, aus der nur braunes Wasser kam. Nobo folgte mir überallhin. Wir wuschen uns schnell – wenn man es überhaupt waschen nennen konnte –, dann stellten sich alle an der Feuerstelle fürs Frühstück an. Ein großer Topf voller Getreide, das Obas Männer den Dorfbewohnern weggenommen hatten,

köchelte auf dem Feuer. Ich machte, was die anderen Jungen machten, und wollte mich einfügen, wusste jedoch, dass ich das nicht konnte. Sie nannten mich Mzungu. Weißer Junge. Meine Hautfarbe sorgte dafür, dass ich herausstach wie ein Zebra auf einer Grasebene. Die anderen Jungen starrten mich immer an.

Ich träumte von zu Hause, von sauberen Decken auf meinem Bett, von dem Geruch nach frischem, von unserem Koch gebackenem Brot, von dem Blick auf die Gärten. Ich vermisste sogar Hakans Sohn Rifat, mit dem ich Papa zufolge spielen musste, weil sein Vater für ihn arbeitete. Alles war besser als dieser Ort.

Eines Tages wies Kofi alle Jungen an, sich auf die Holzbänke an den Tischen zu setzen. Jeder Junge bekam ein Gewehr. Er sagte uns, dass das Gewehr unser neuer bester Freund sei und wir es immer bei uns haben und überall mit hinnehmen sollten. Oba stand in einer Ecke und beobachtete uns. Ich sah ihn nicht an. Der Kerl war unheimlich.

Kofi hielt ein AK-47 in seinen dürren Händen und zeigte uns, wie man das Sturmgewehr auseinandernahm und wieder zusammenbaute. Das Gewehr war irgendwie cool. Ein größerer Junge, der Blado hieß, war am schnellsten. Der arme Nobo war nicht so gut im Hantieren mit dem Gewehr, seine kleinen Hände waren zu schwach. Ich warf Oba einen verstohlenen Blick zu, aber seine dunklen Augen wirkten total irre. Ich wollte nicht, dass er von mir Notiz nahm, deshalb widmete ich mich meinem AK-47. Aber ich war gut im Auseinandernehmen und Zusammenbauen, weshalb Oba zu mir kam und mir zusah.

Dann sah er, dass Nobo kaum angefangen hatte. Er packte den kleinen Jungen am Ohr und schrie ihn an.

»Jetzt bist du fünf Wochen dabei und kannst es immer noch nicht?« Er war total wütend.

Nobo zitterte am ganzen Leib.

Bevor ich auch nur nachdenken konnte, ging mein Mund auf. »Er ist viel zu klein dafür. Warum lassen Sie ihn nicht stattdessen Kugeln zählen?«

Alle Jungen verstummten. Mir war klar, dass ich einen Fehler gemacht hatte.

»Akzeptieren wir in diesem Lager Schwäche?«

Niemand sagte etwas.

»Ich habe gefragt, ob wir Schwäche akzeptieren.«

Absolutes Schweigen.

»Die Antwort lautet Nein.« *Oba zog seine Pistole, hob Nobo hoch in die Luft und schoss ihm in den Kopf. Der laute Knall ließ mich aufspringen. Blut spritzte mir ins Gesicht.*

Mir war elend zumute. Mein Herz setzte für ein paar Schläge aus. Ich war erstarrt, unfähig, mich zu bewegen.

Nobo lag auf dem Tisch neben mir, sein Mund stand offen und entblößte die Lücke, in der ihm die beiden Schneidezähne fehlten.

»Und jetzt an die Arbeit. Sofort!«

Oba schlug mir mit dem Gewehr mit voller Wucht auf den Hinterkopf. Ich sah Sterne und hatte das Gefühl, mich übergeben zu müssen. Meine Hände waren mit Nobos Blut besudelt, aber ich nahm mir das Gewehr vor und machte mich an die Arbeit. Ich wollte nicht der Nächste sein, der erschossen wurde. Mir war immer noch elend zumute. Ich hätte Nobos AK auseinandernehmen und versuchen können, ihm zu zeigen, wie man es machte. Zu Hause zeigte ich Thea auch alle möglichen Sachen. Aber ich hatte zu viel Angst gehabt, um ihm zu helfen. Ich musste alles tun, was Oba sagte, wenn ich weiterleben wollte. Und die Dinge, die ich tat, waren böse.

Die vergilbten Seiten von Nikos' Bericht zitterten in Theas Händen. Sie holte tief Luft. Alles, was man ihr erzählt hatte, um Nikos' Entführung nicht so schlimm erscheinen zu lassen, war eine Lüge gewesen. Vor Entsetzen lief ihr ein kalter Schauer über den Rücken. Wer wusste noch, was Nikos tatsächlich widerfahren war? Hakan? Rif? War sie die Einzige, die man im Dunkeln gelassen hatte?

Während Nikos' Entführung hatte ihr Vater sich hinter verschlossenen Türen mit unzähligen Experten getroffen. Eine Grabesstille hatte sich über das Haus gelegt, als ob niemand mehr richtig Luft holen durfte, solange Nikos nicht wieder zu Hause war. Sie erinnerte sich gut an jene langen Monate, in denen ihr Bruder verschwunden und die Tatsache, dass er entführt worden war, bei jeder Mahlzeit mit den Händen zu greifen gewesen war. Dennoch hatte sie nie in vollem Ausmaß begriffen, was ihr Bruder durchgemacht hatte, weil ihr Vater hartnäckig an dem Märchen festgehalten hatte, das er ihr über seinen Aufenthaltsort aufgetischt hatte, nämlich dass er als Faustpfand zwischen rivalisierenden afrikanischen Stämmen hin- und hergeschoben worden und zwar ein bisschen hungrig und verdreckt gewesen sei, aber mehr oder weniger in Sicherheit.

Lügen, Lügen, Lügen.

Ein Gefühl der Anteilnahme überkam sie. Nikos hatte die reinste Hölle durchgemacht, und vielleicht hatte ihr Vater ihr in dem fehlgeleiteten Versuch, sie vor der grausamen Wahrheit zu schützen, vorenthalten, was wirklich passiert war. Sie hatte an etlichen Nachbesprechungen im Anschluss an Geiselnahmen teilgenommen. Es war in keinem Fall einfach, mit dem Grauen, das Geiselnahmen mit sich brachten, umzugehen, doch dieser Fall machte ihr besonders zu schaffen. Diesmal ging es um ihren Bruder, ihren Fels in der Brandung, nachdem ihre Mutter ums Leben gekommen war.

Nikos war nach seiner Rückkehr aus der Gefangenschaft nie mehr der Gleiche gewesen wie vorher. In den ersten Tagen war er schweigsam und in sich gekehrt gewesen. Und sehr wütend. Er hatte ständig Türen zugeknallt, geschrien und Wutausbrüche bekommen. Allison, ihr Kindermädchen, hatte zwei Monate nach Nikos' Rückkehr aus heiterem Himmel gekündigt.

Und dann war ihr Bruder nach Utah auf eine Schule für gestörte Kinder geschickt worden.

Ihre Welt war kleiner und kleiner geworden, als immer mehr Menschen, die ihr am Herzen lagen, aus ihrem Leben verschwanden. Sie rief ihren Bruder jeden Sonntag an, hatte jedoch immer das Gefühl, dass er ihr nicht erzählte, wie schlecht es ihm tatsächlich ging. Sie wollte, dass Nikos wieder nach Hause kam und bei ihr war, doch wenn er in den Ferien zu Besuch kam, war er verschlossen, in düsterer Stimmung und benahm sich beinahe wie ein Fremder. In Papas Gegenwart zu sein, schien ihn zu verstimmen.

Und das ganze Desaster hatte begonnen, als Nikos aus ihrem Zimmer entführt worden war, an ihrer Stelle.

Sie fragte sich erneut, wer ihr dieses Bündel Papiere zugesteckt hatte. Nikos selbst? Möglicherweise, aber würde er preisgeben wollen, dass ein Psychiater ihm eine Persönlichkeitsstörung attestiert hatte? Und dass er all diese Qualen durchlitten hatte?

Sie schüttelte den Schock ab und konzentrierte sich wieder auf ihren Vater. Später würde sie noch genug Zeit haben, sich mit dieser Lawine an Emotionen zu befassen. Immerhin war Nikos längst wieder aus seiner Geiselhaft zurück und in Sicherheit – im Gegensatz zu ihrem Vater.

Dessen Albtraum begann jetzt erst. Der Mann, dem Macht und Kontrolle wichtiger waren als alles andere, hatte beides verloren. Wie würde er damit klarkommen? Geiseln suchten die Schuld für ihre Notlage oft bei sich selbst. *Hätte ich doch bloß nicht diesen Weg zur Arbeit genommen. Wäre ich bloß wachsam geblieben.* Insbesondere Männern konnte es schwer zu schaffen machen, dass sie sich nicht gegen ihre Geiselnehmer auflehnen und zur Wehr setzen konnten, und dieses Ausgesetztsein konnte bei ihnen zu einem Gefühl von unerträglicher Verzweiflung,

Scham und Unzulänglichkeit führen. Ein Machtmensch wie ihr Vater würde noch mehr mit dieser Ohnmacht zu kämpfen haben.

Anstatt etwas unternehmen zu können, mussten Geiseln einen Weg finden, ihre Situation auszuhalten, wenn sie überleben wollten. Sie mussten alle möglichen Entbehrungen, psychologische und/oder physische Folter und erzwungene Unterwerfung unter ihre Peiniger aushalten, und all das in der Ungewissheit, ob sie je wieder nach Hause zurückkehren würden.

Wie sie ihren Vater und seinen Stolz kannte, würde er sich weigern, vor den Kidnappern zu Kreuze zu kriechen, und das würde nichts Gutes für ihn verheißen. Würde er gefoltert werden? Nicht vorstellbar, was Nikos widerfahren war.

Sie beugte sich vor, stützte den Kopf auf die Hände und versuchte, sich das Grauen vorzustellen, das ihr Bruder hatte aushalten müssen. Eine starke Hand legte sich auf ihre Schulter. Die Hand gehörte Rif.

Sie schob die Papiere schnell in ihre Tasche. Rif hatte sich noch nie gut mit ihrem Bruder verstanden. Vielleicht würde er anders für ihn empfinden, wenn er die Wahrheit kennen würde – oder kannte er sie bereits? Doch es war nicht der richtige Zeitpunkt, um sich weiter in dieses Thema zu vertiefen. Zum einen war Peter anwesend, und sie hatte keine Lust, dem Finanzchef von Paris Industries irgendetwas Persönliches anzuvertrauen. Zum anderen konnte Rif Nikos sowieso nicht ertragen.

»Alles klar mit dir?«, fragte Rif.

»Ich bin nur erschöpft. Nichts, worüber man nicht mit einem starken Espresso hinwegkäme.«

»Gönnen Sie sich doch eine heiße Dusche und kommen ein bisschen zur Ruhe.« Peter legte seinen Stift auf den dicken Stapel Papiere vor ihm.

Rifs Finger auf ihrer Schulter verspannten sich.

»Nein, danke. Wir landen in weniger als einer Stunde, und ich habe noch jede Menge zu tun.« Sie steuerte die Espressomaschine an. Bevor sie sie erreichte, piepte ihr Handy. Sie las die Nachricht. Sie war von Freddy. »Ein Team hat Henris Apartment durchsucht und ein Satellitentelefon für verschlüsselte Telefonate gefunden«, berichtete sie. »Die letzte gewählte Nummer war eine Nummer in Kanzi.« Adrenalin schoss durch ihre Adern. Vielleicht brauchte sie doch kein Koffein mehr. Eine mögliche Spur konnte wahre Wunder bewirken und ihre Energie erneut entfachen.

»Der Koch war in die Entführung verwickelt?«, fragte der Finanzchef.

Rif kniff die Lippen zusammen. Er traute Peter nicht. Gut, sie auch nicht, aber wenn sie ihm nicht entscheidende Informationen anvertraute, konnte sie vielleicht anhand feinster Anzeichen seiner Körpersprache abschätzen, ob er auch in die Sache involviert war. »Sieht so aus, als ob Henri der Insider war oder zumindest einer der Insider.«

»Dabei schien er Christos so ergeben gewesen zu sein«, entgegnete Peter. »Irgendwie kaum vorstellbar.«

»Menschen haben ihre Gründe.«

»Ich wüsste gar nicht, wo ich anfangen sollte, wenn ich jemanden kidnappen wollte. Vermutlich braucht man ein großes Team, um eine so ausgeklügelte Operation wie diese Entführung in die Tat umzusetzen.« Peter sah nachdenklich aus.

»Definitiv.« Man brauchte tatsächlich eine große Truppe, aber nicht in der Weise, wie Peter es sich wahrscheinlich vorstellte. Normalerweise gab es bei solchen Entführungen mehrere, unabhängig voneinander operierende Zellen, deren Mitglieder einander nicht kannten: ein Entführungsteam, ein Transportteam, ein Verhandlungsteam, Wächter, die sich um die Geisel kümmerten, und ein Kommandozentrum, das als Hirn der Operation agierte und alles koordinierte.

»Ist das Ganze so strukturiert wie ein Unternehmen?«, fragte Peter.

»In gewisser Weise.« Genau genommen eher wie eine terroristische Organisation, bei der nur die Spitze, die als das Hirn der Organisation agiert, die ganze Operation kennt. Auf diese Weise hatte eine Zelle, falls sie aufflog, keine Informationen über die anderen Zellen.

»Muss eine kostspielige Angelegenheit sein.«

»Ist es auch, aber was dabei herausspringt, kann den Aufwand wert sein. Entführungen sind in vielen armen Ländern zu einem lukrativen Geschäft geworden. Jede Menge entlassene ehemalige Soldaten und Angehörige diverser Polizeieinheiten greifen auf Entführungen zurück, um über die Runden zu kommen. Sind Sie schon mal nur knapp einer Entführung entgangen?«, schob sie ein.

»Nein, ich ziehe es vor, im Sitzungszimmer auf der Vorstandsetage zu bleiben und mich mit Zahlen zu beschäftigen. Was meine Sicherheit angeht, verlasse ich mich auf meine Bodyguards.« Peter kritzelte etwas in seinen Notizblock und sah auf. »Wenn es vor allem um Geld geht, ist das eine gute Nachricht für Christos, oder? Er ist hoch gegen Lösegeldforderungen im Falle einer Entführung versichert.«

»Woher wissen Sie das?«

»Ich bitte Sie, ich bin der Mann für die Zahlen. Was glauben Sie denn, wer die Versicherungen für die Topmanager der Firma abschließt? Aus Sicherheitsgründen werden die Mitglieder der Vorstandsetage nie darüber informiert, wie hoch die Versicherungssumme der Lösegeldversicherung für sie ist – für den Fall, dass sie entführt und gefoltert werden. Ich habe dafür gesorgt, dass Christos mit der maximal möglichen Summe versichert ist. Für ihn haben wir eine Fünfzigmillionendollar-Police abgeschlossen, die zudem auch noch zusätzlich anfallende Ausgaben abdeckt.«

Falls Peter darauf aus war, sich die nötigen Geldmittel zu verschaffen, um vorzeitig in den Ruhestand gehen zu können, hatte er auf jeden Fall ein Motiv für eine Beteiligung an der Entführung. Aber die tatsächlichen Entführer hatten bisher nicht mal ein Lösegeld gefordert. *Noch nicht.* Sie musterte den Finanzchef und achtete auf verräterische Anzeichen, doch bisher schien er aufrichtig überrascht und an ihrer Arbeit interessiert.

»Warum ist bisher keine Lösegeldforderung eingegangen?«, fragte er.

»Jede Entführung ist anders.« Er brauchte keine Details über die Zehnmillionendollar-Farce der FARC oder die lateinischen Textnachrichten zu erfahren. »Absolute Funkstille ist üblich, während die Geisel an einen anderen Ort transportiert wird. Damit verschaffen sich die Entführer Zeit.«

Sie bereitete sich einen Espresso zu und fügte zu Ehren ihres Vaters eine Prise Zimt hinzu. Die Befragung von Peter hatte sie erschöpft, und das Warten darauf, dass die Entführer sich meldeten, machte sie verrückt. Aber genau das wollten sie.

»Was kann ich tun, um zu helfen?«, fragte Peter.

»Erzählen Sie mir mehr über diese Verhandlungen um die Bohrrechte.«

»Gerne. Durch den Kauf von Biotreibstoffen trägt Paris Industries gegenwärtig etwa sechzig Prozent zum Bruttoinlandsprodukt von Kanzi bei, doch im Vergleich zu den potenziellen Milliarden, die mit fossilen Brennstoffen umgesetzt werden, sind das Peanuts. Bei unseren Erkundungen sind wir auf einige sehr große Ölfelder gestoßen. Ein Teil des Öls befindet sich unter dem Land, für das wir bereits die Bohrrechte haben, aber für einen Großteil des Funds trifft dies nicht zu.«

»Und die Beziehungen meines Vaters zum Premierminister haben nicht ausgereicht, um Paris Industries diese Bohrrechte für einen erschwinglichen Preis zu sichern?«

»Kimweri weiß, dass er auf einem Milliardenschatz sitzt. Warum sollte er also darauf verzichten, uns gegen die Chinese National Oil Company auszuspielen, um den bestmöglichen Deal für sein Land herauszuholen? Ich würde es genauso machen. Im Vergleich zu den möglichen Gewinnen aus dem Ölgeschäft sind die Einnahmen aus dem Verkauf der Biotreibstoffe Almosen.«

»Gibt es irgendetwas, das wir als Druckmittel einsetzen können?«

»Bis zu dem Ölfund war die Regierung Kanzis völlig desorganisiert und in einigen Regionen des Landes nicht einmal in der Lage, für ausreichend Nahrung, Wasser und Unterkünfte zu sorgen, um die Gesundheit der Bevölkerung zu garantieren und für politische Stabilität zu sorgen. Im Westen des Landes hat der Wassermangel eine interne Flüchtlingskrise verursacht. Stämme bekriegen sich untereinander um Wasserstellen und Viehherden. Unser Angebot beinhaltet einen Plan, um allen Kanzianern ein friedliches Dasein zu garantieren. Dazu gehören der Bau von Schulen, die Einrichtung stabiler Grenzen zwischen den Stämmen sowie der Bau von Krankenhäusern und religiösen Stätten. Wenn das Land über die erforderliche Infrastruktur verfügen würde und alle Menschen ihre Grundbedürfnisse befriedigen könnten, wären die meisten der derzeitig stattfindenden Gewaltausbrüche zu vermeiden.«

»Ich fand die Landschaft immer wunderschön, aber ich habe schon als Kind mitbekommen, dass Kanzi von Armut und Kriegen geplagt wird.«

»Und die politischen Verhältnisse sind ein einziger Hexenkessel – typisch für Afrika. Premierminister Kimweri und sein Schwager, Bini Salam, der Finanzminister, wurden in Kanzis Hauptstadt geboren, wo Stammesgewalt eher keine so große Bedrohung darstellt, wohingegen General Ita Jemwa, der Sicherheitsminister, aus dem Westen des Landes stammt und bestens weiß, unter was für elenden Bedingungen die Wüstenbewohner dort leben.«

Der General. Ihr fielen plötzlich Nikos' Aufzeichnungen ein: Die Entführung war durch den Wunsch »des Generals« motiviert, den Armen zu helfen. So ein Motiv mochte einen Soldaten antreiben, jedoch nicht unbedingt einen Politiker. Kimweri schien ein guter Mensch zu sein, aber machthungrige Diktatoren umgaben sich oft mit einer Aura der Mildtätigkeit und Güte, wenn es ihnen nützte.

»Können Sie bitte ein Dossier über alle Mitspieler bei den Kanzi-Verhandlungen erstellen? Vielleicht finde ich darin etwas, das mir dabei hilft, herauszufinden, wer meinen Vater entführt hat.« Entführungsfälle wurden nur selten schnell gelöst. Es konnten Tage oder sogar Wochen und Monate vergehen, bevor eine entscheidende Information auftauchte. Thea nahm sich vor, alles an Informationen zusammenzutragen, was es gab. Peters Insiderwissen anzapfen zu können, könnte sich als sehr hilfreich erweisen.

»Gerne. Wie wär's, wenn ich Sie bei einem gemeinsamen Abendessen auf den neusten Stand bringe?«

»Sehen wir erst mal, wie sich der Abend entwickelt.« Sie hatte keine Lust, bei einer Flasche Bordeaux mit Kennedy ihre Zeit zu vertrödeln. Sie wollte einfach nur die Informationen haben. »Ich schaue mal bei den Piloten vorbei. Wir sind fast da.«

Sie ging durch den Salon und klopfte an die Tür des Cockpits. Eine Stimme bat sie herein. Der Co-Pilot saß alleine vor den Kontrollinstrumenten, in der linken Hand eine Tasse frischen Kaffee aus der Keurig-Kaffeemaschine, die im Cockpit stand. »Wo ist Flugkapitän Houston?«

»Ich fürchte, ihm ist schlecht. Er ist schon seit zehn Minuten auf der Toilette. Vielleicht hat er was Verdorbenes gegessen. Können Sie mir einen Gefallen tun und mal nach ihm sehen?«

»Mache ich. Wann landen wir?«

»In dreißig Minuten. Wir gehen jetzt über der Wüste in den Sinkflug.« Sie sah, dass ihm Schweiß die Schläfe herunterrann. Vielleicht hatte er sich auch etwas eingefangen.

Sie blickte durch die Fenster auf die endlose Sandfläche. Der Anblick erinnerte sie an bessere Zeiten. Vor ihrem inneren Auge sah sie, wie ihr Vater in einem Land Rover neben galoppierenden Kamelen herbretterte. Sie und Nikos saßen auf der Rückbank. Doch das war alles vor der Entführung ihres Bruders gewesen.

Ein plötzliches Ruckeln des Flugzeugs riss sie aus ihren Erinnerungen; sie durchflogen eine Turbulenz. Sie hielt sich an der Trennwand zwischen dem Cockpit und dem Passagierraum fest, bis sie durch das Schlimmste hindurch waren.

Wenn ihr Job sie doch bloß nicht zwänge, regelmäßig fliegen zu müssen.

»Ich sehe mal nach dem Captain. Bin sofort wieder da.«

»Nett von Ihnen.« Die Stimme des Co-Piloten klang ein wenig zittrig, seine Schultern wirkten angespannt.

Es gefiel ihr nicht, dass Houston nicht im Cockpit war. Redundanz beruhigte sie, insbesondere in der Luft. Sie wandte sich der Toilettentür zu und sah die rote Markierung, die anzeigte, dass die Toilette besetzt war. Sie klopfte leise, doch es folgte keine Reaktion. Sie klopfte lauter. Keine Antwort.

»Captain, alles klar mit Ihnen?« Es widerstrebte ihr, einzudringen, aber was war, wenn der Pilot Hilfe brauchte? Sie schob die Abdeckung über dem »Besetzt«-Zeichen hoch und öffnete das Türschloss von außen. Wenn die Leute wüssten, wie leicht sich die Tür einer Flugzeugtoilette von außen öffnen ließ, wären sie nicht so schnell dabei, Mitglied im Mile High Club zu werden.

Sie fand Flugkapitän Houston vornübergebeugt über der Kloschüssel, seine Arme hingen schlaff an seinen Seiten herab. Erbrochenes hatte auf dem Boden eine Lache gebildet. Sie schüttelte ihn leicht. Keine Reaktion. Sie prüfte seine Halsschlagader. Kein Puls. Sie legte ihn auf den Boden. Sein Gesicht war blau angelaufen.

Er war tot.

Das Flugzeug wurde erneut durchgeschüttelt. Sie wandte sich der Passagierkabine zu und hielt nach Rif Ausschau. Er konnte von einem Hubschrauber bis zu einem Jumbojet alles fliegen, und sie wollte, dass er den Platz des Piloten einnahm und dem Co-Piloten auf die Finger schaute.

Er kam bereits auf sie zu.

»Captain Houston ist tot. Sieht so aus, als wäre er vergiftet worden. Kannst du dich neben den Co-Piloten setzen?«

Rif zog den Kopf ein und trat ins Cockpit. Sie folgte ihm. Ein übler, durchdringender Geruch schlug ihr entgegen. Erbrochenes. Der Co-Pilot stöhnte, und sein Kaffee ergoss sich auf den Boden. Sie beugte sich zu ihm vor, um nach ihm zu sehen, während Rif sich auf dem linken Platz festschnallte, sich das Headset aufsetzte und nach dem Steuerhorn langte.

Der Co-Pilot erschlaffte und sank auf seinem Sitz in sich zusammen. Nur seine Schultergurte hielten seinen Körper aufrecht. Weißer Schaum quoll aus seinem Mund.

Thea fühlte seinen Puls. Nichts.

»Ich muss versuchen, ihn wiederzubeleben.« Sie langte nach seinem Sicherheitsgurt, doch im gleichen Moment ertönte ziemlich weit hinten im Flugzeug eine gedämpfte Explosion und schüttelte es heftig durch. Die Kontrollinstrumente spielten verrückt, die Lichter wurden dunkler.

»Klingt so, als wäre im Höllenheck was explodiert«, stellte Rif mit abgehackter Stimme fest und warf ihr einen besorgten Blick zu.

Das »Höllenheck«: der Raum ohne Druckausgleich unter dem Seitenleitwerk, in dem sich die Batterien, die hydraulischen Akkumulatoren, das Hilfstriebwerk und andere entscheidende Instrumente befanden und gewartet wurden.

»Setz dich und schnall dich an! Wir sinken schnell. Du kannst sowieso nichts mehr für ihn tun.«

»Ich muss es zumindest versuchen.«

Die Nadel einer Anzeige auf dem Armaturenbrett stürzte beunruhigend schnell nach unten. Rif umfasste mit der linken Hand das halbrunde Steuerhorn, während seine rechte über den großen Touchscreen-Monitor auf dem Armaturenbrett tanzte und alle möglichen Menüs, farbige Balken und computergesteuerte Skalen aufrief.

»Auf den Sitz! Sofort!«

Der Co-Pilot war eindeutig tot. Sie waren auf sich selbst gestellt. Sie klappte den Notsitz in der Türöffnung zum Cockpit herunter und schnallte sich an.

»Wir sitzen tief in der Scheiße«, murmelte Rif. »Wir verlieren Hydraulikdruck, die Instrumente funktionieren schon nicht mehr richtig. Halt dich fest. Ich bringe den Vogel runter.« Er zog die beiden Gashebel des Jets zurück bis fast auf Leerlauf und drückte die Nase nach unten, während er mit dem Daumen den Schalter für die Trimmung an seiner Steuerungskonsole auf einen steilen Kippwinkel einstellte.

»Hier?« Sie schluckte schwer und blickte nach unten auf die endlose Sandwüste, die sich vor den Fenstern erstreckte.

»Wo denn sonst? Ich muss den Vogel runterbringen, bevor

die Hydraulik ganz ausfällt und ich die Kontrolle über das Flugzeug verliere.«

Peter und die beiden Stewardessen, Brianna und Megan, mussten wissen, was los war. Sie schnappte sich das Mikrofon. »Hinsetzen und anschnallen, bitte! Bereiten Sie sich für eine Notlandung vor. Die Landung könnte hart werden.«

Rifs Gesichtsausdruck war unergründlich. Er drückte das Steuerhorn nach vorne, sodass das Flugzeug in einem 45°-Winkel sank, seine Augen schossen zwischen den Anzeigen und der Wüste hin und her, die auf sie zuraste. Thea umfasste die Rückenlehne seines Sitzes. Der Inhalt ihres Magens stand ihr an der Kehle. Sie hatte das Gefühl, als würden sie direkt auf den Boden zujagen.

Rif zog sich ein kleines Galgenmikrofon vor den Mund und drückte den Funkübertragungsknopf. »Mayday, Mayday, Mayday – Yankee Tango …«

Sie langte erneut nach dem Mikrofon der Bordsprechanlage. »Sicherheitsposition einnehmen!« In ihren Ohren ploppte es, während die Ziffern der Höhenanzeige mit schwindelerregender Geschwindigkeit nach unten rauschten.

Angesichts ihrer Flugangst kannte Thea sämtliche Sicherheitsbestimmungen in- und auswendig. Sie zurrte ihren Gurt noch fester und zog ihn herunter zu ihrem Becken. Jeder Zentimeter Spielraum des Gurts verdreifachte die g-Kräfte des Aufpralls, und die robusten Beckenknochen ertrugen diese enormen Belastungen besser als die anfälligen inneren Organe. Sie hätte unbedingt einen Schultergurt benötigt, aber es blieb keine Zeit mehr, um den Co-Piloten aus seinem Sitz zu zerren.

Rif redete mit sich selbst. »Nicht das Fahrgestell ausfahren. Der Sand ist zu weich, das Flugzeug würde umkippen oder die Nase abgerissen werden. Eine Bauchlandung ist die einzige Option.«

Ihre Höhe nahm rapide ab. Er hantierte schnell an den Instrumenten herum, war aufs Äußerste konzentriert. »Sicherheitsposition einnehmen!«

Sie beugte sich so weit vor, bis ihre Brust auf den Oberschenkeln lag, nahm den Kopf zwischen die Knie und umfasste mit den Händen ihre Knöchel. Ihr Haar berührte beinahe die mit Knöpfen übersäte mittlere Konsole zwischen den Sitzen des Piloten und des Co-Piloten. Die Sekunden verstrichen. Die Anspannung angesichts dessen, was unmittelbar bevorstand, wuchs ins Unermessliche. Sie rasten auf die Erde zu, die Tragflächen wackelten hin und her, die Nase des Flugzeugs schlingerte, während Rif sich verzweifelt bemühte, den Flieger richtig ausgerichtet zu halten. Sekunden später setzte das Flugzeug hart auf, hüpfte wieder hoch, krachte erneut auf den Boden und erzeugte einen Sand-Tsunami.

Eine Flügelspitze bohrte sich in eine Düne, der Rumpf wurde heftig nach rechts gerissen. Theas Körper wurde erst nach vorne und dann zur Seite geschleudert. Schmerz schoss durch ihr Kreuz. Die Gulfstream wurde durchgeschüttelt, während sie durch die Dünen rauschte, die Windschutzscheibe grub sich in den rotbraunen Sand, sodass es im Cockpit stockdunkel wurde. Sie schlitterten seitwärts, das durchdringende Kreischen von knirschendem Metall malträtierte ihre Trommelfelle.

Alle Gelenke taten ihr weh. Sie sah Sterne. Ihre Zähne schlugen aufeinander. Schließlich kam das Flugzeug ruckelnd zum Stehen. Völlig durcheinander holte sie tief Luft und versuchte, sich zu orientieren.

Auf Rifs Stirn klaffte eine Wunde. Blut tropfte ihm in die Augen, während er beide Triebwerke abstellte und seinen Sicherheitsgurt aufriss. »Alles klar mit dir?«, schrie er über das Dröhnen der verstummenden Turbinen hinweg.

Sie nickte. Ihr Körper war schwer in Mitleidenschaft gezogen, aber sie hatte keine ernsthaften Verletzungen. Der alarmierende Geruch von Kerosin, vermischt mit beißendem Rauch, brachte sie in Fahrt. »Raus hier!«

Ihre schnellste Fluchtroute war vorne heraus, doch sie mussten Peter und den Stewardessen helfen. In der Passagierkabine stand dichter Rauch. Sie zog sich ihren Pullover aus, benutzte ihn als Atemfilter und stürmte in die Hauptkabine. Rif war unmittelbar hinter ihr. Der Boden war mit Trümmern übersät. Neben dem Platz der leitenden Stewardess lagen Kaffeetassen, Scherben von zerbrochenen Gläsern und ein Laptop.

Thea stolperte über eine Reisetasche, die auf dem Boden lag, konnte jedoch gerade noch ihr Gleichgewicht wiederfinden, indem sie sich mit einer Hand an der Decke abstützte. Der Rauch schränkte die Sicht ein. Rif versuchte, eine der Türen zu öffnen, doch sie hatte sich verklemmt und ließ sich nicht bewegen. Der Rumpf hatte sich während der Bruchlandung verbogen.

»Hier lang«, wies Rif Brianna und Peter an und steuerte den roten Hebel an, mit dem sich die Klappe des Notausstiegs über dem Tragflügel öffnen ließ. Er warf die Klappe durch die hüfthohe Öffnung und half den anderen, auf den stark geneigten Flügel zu steigen.

Thea rannte durch die Passagierkabine und suchte die zweite Stewardess. Das Genick der Frau war derart verdreht, dass Thea es sich sparen konnte, nach dem Puls zu tasten. Sie stolperte zurück zum Ausstieg und beugte sich tief herunter, um sich durch die enge Luke zu zwängen. Rif reichte ihr eine Hand und geleitete sie zum herunterhängenden Rand der Tragfläche.

Sie sprangen herunter und rannten in Richtung der Nase von dem Flugzeugwrack weg. Sekunden später explodierte eine Sauerstoffflasche und entzündete das Kerosin, das aus den geplatzten Tanks unter den Flügeln rann. Das Flugzeug explodierte, ein oranger Feuerball breitete sich aus, durchsetzt mit finsterem, schwarzem Rauch, und schleuderte Trümmer brennenden Aluminiums und eine Hitzewelle in ihre Richtung.

Thea warf sich neben Rif in den Sand und schützte mit den Armen ihren Kopf. Eine Serie kleinerer Explosionen folgte, die den Sand rund um den Rumpf mit Trümmern eindeckten und versengten und das zerfetzte Wrack des Jets mit einer hässlichen schwarzen Rußschicht überzogen.

Thea hievte sich hoch in eine Sitzposition. Ihre Lippen waren trocken und geschwollen, ihre Augen gereizt und sie brannten. Tränen liefen ihr übers Gesicht. Der zerfetzte Jet war in ein loderndes Inferno gehüllt und würde für immer am Boden bleiben, ein ausgehöhltes Wrack, das in den Sand schmolz. Die Leichen der Piloten und der Stewardess waren in Rauch und Flammen aufgegangen, ihre Asche in den gnadenlosen Winden der Wüste Kanzis verweht.

Rif reichte ihr eine Hand, um ihr beim Aufstehen zu helfen. Sie ergriff sie dankbar. Ohne seine Fähigkeiten als Pilot wären sie alle tot.

KAPITEL
34

Nikos' Blick auf die ausgedörrte Dünenlandschaft rechts und links der Landepiste wurde von der roten Erde vernebelt, die die aufsetzende Cessna Caravan aufwirbelte. Das Flugzeug kam rumpelnd zum Stehen, und der aufgewirbelte Sand verflüchtigte sich. An einem einsamen Mast flatterte eine Kanzi-Flagge – halb rot, halb schwarz mit einem grünen Kreis in der Mitte. Die Farben standen für: »Durch den Schlamm und das Blut zu den grünen Feldern.« Doch an diesem Tag war von grünen Feldern nichts zu sehen. Sengende Hitze und anhaltende Trockenheit hatten sämtliche Feldfrüchte vertrocknen lassen. Rund um die Landepiste gab es weit und breit nichts als ausgedörrtes Ödland.

Die Cessna war im Westen des Landes gelandet, einer Region, die aufgrund des extremen Klimas äußerst unwirtlich war, sich jedoch perfekt eignete, um dort ein Rebellentrainingscamp zu errichten. Schüsse konnten abgefeuert werden, und Granaten konnten explodieren, ohne Alarm zu verursachen. Die einzigen Menschen, die in dieser Wüste lebten, waren die Nomadenstämme, und die hüteten sich davor, sich in die Nähe des Lagers zu wagen.

»Willkommen zu Hause.« Der Steward öffnete die Tür, während der Co-Pilot um die sich noch drehenden Propeller herumeilte und Nikos' Gepäck auslud. Vier Soldaten in Tarnanzügen standen neben zwei Toyota Land Cruisern. Sie waren mit AK-47-Sturmgewehren bewaffnet, die den Rebellen erst vor Kurzem geliefert worden waren.

So hart die Lebensbedingungen in dieser Gegend auch waren, Nikos betrachtete dieses Land als seine Heimat. Er mochte in New York City geboren sein, doch Ares war in Kanzi zu Hause. Er hatte seine beiden Identitäten jahrelang streng voneinander getrennt. Doch jetzt war er im Begriff, das ultimative Risiko einzugehen und sich zu offenbaren. Er hatte vor, einen Teufel auszutricksen, um sich an einem anderen zu rächen und somit seine Bestimmung zu erfüllen und den Kreis seiner Geschichte nach zwanzig langen Jahren endlich zu schließen.

Er ging entschlossenen Schrittes zu dem vorderen der beiden Jeeps und stieg ein. Die Klimaanlage bot eine willkommene Abkühlung von der gnadenlosen Hitze. Sie fuhren in Richtung Trainingscamp, der Jeep holperte durch das unebene Gelände.

Fünfzehn Minuten später erreichten sie das Militärlager, und der Land Cruiser hielt vor einem großen Zelt mit einem weiten Vordach. Darunter stand eine riesige Gestalt neben zwei Jungen, die gleiche Nike-Shirts trugen.

Der General.

Nikos stieg aus dem Jeep und trat seinem einstigen Entführer zum ersten Mal seit zwanzig Jahren von Angesicht zu Angesicht gegenüber. Der Mann, der auf ihn zukam, hatte ihn erst entführt und war dann sein Retter gewesen, doch inzwischen verband sie etwas – ihr Hass auf Christos Aristoteles Paris. Und deshalb hatte der General sofort eingewilligt, als Nikos ihm über einen verschlüsselten Anruf per Satellitentelefon seinen Vorschlag unterbreitet hatte.

Mit seinen eins fünfundachtzig war Nikos alles andere als klein, doch als er neben diesem Riesen stand, wurden in ihm Erinnerungen an den zwölfjährigen Jungen wach, der er bei ihrer letzten Begegnung gewesen war. Irgendwo in seinem

Inneren schwankte seine eiserne Selbstbeherrschung einen Augenblick.

Aber nein. Die Dinge lagen inzwischen anders. Er hatte das Heft in der Hand, wohingegen der General nur ein Bauer auf dem Schachbrett war. Der in die Jahre gekommene Mann hatte graues Haar an den Schläfen, sein pechschwarzes Gesicht war von tiefen Furchen durchzogen, seine mit Stammesnarben überzogene Haut sah aus wie die ledrige Haut eines Nashorns. Sein massiger Körper war etwas erschlafft, die Knöpfe seiner Uniform spannten über seinem Bauch. Außerdem humpelte er leicht – eine Folge jener lange zurückliegenden Schießerei, während der Kofi den General verraten und ihm ins Bein geschossen hatte.

Im Gegensatz dazu war Nikos nicht nur fit und in Bestform, sondern zudem ein gefürchteter Waffenhändler, der mit einem beiläufigen Flüstern in das richtige Ohr jemandes Tod anordnen konnte.

Nikos war jetzt der Riese.

Der General wedelte mit seinen großen Händen in die Richtung der beiden Jungen. »Meine Enkel. Wir verbringen gerade ein bisschen Zeit miteinander, bevor sie am Nachmittag wieder nach Hause fahren.«

Die Kinder liefen davon und jagten einander um den Land Cruiser herum.

»Du bist auf jeden Fall erwachsen geworden.« Ein schwaches Lächeln umspielte die Lippen des Generals. Er bot Nikos eine fleischige Hand an. »Nach all den Jahren begegnen wir uns nun also wieder.«

Nikos zögerte einen Augenblick, dann ergriff er die angebotene Hand und schüttelte sie. Der General drehte Nikos' Hand nach unten. Es war der Versuch, zu demonstrieren, dass er immer noch die Kontrolle hatte, doch Nikos drehte seine Hand wieder zurück und beanspruchte die dominante Rolle für sich. Wie Nikos erwartet hatte, war der General nicht bereit, seine Vorrangstellung einfach so aufzugeben. Das machte ihn nützlich, zumindest vorübergehend.

»Die Truppen sind ständig im Training und einsatzbereit – für den Fall, dass sie benötigt werden.«

»Sehr gut.« Wenn die Öl-Verhandlungen nicht gut endeten, waren sie bereit für einen Putsch, um die Regierung Kanzis zu stürzen.

»Ich habe in den Zeitungen von der Entführung deines Vaters gelesen. Ist Christos hinter Schloss und Riegel?« Ein Glänzen in den Augen des Generals irritierte Nikos, aber er wollte nicht zu viel hineinlesen. Warum sollte der Riese in Christos' Entführung verwickelt sein? Warum sollte er Nikos' Vorhaben untergraben und den Einfluss und die unermesslichen Reichtümer aufs Spiel setzen, die ihn erwarteten, wenn er mit Nikos zusammenarbeitete? Es sei denn, er hatte ein anderes Endziel im Auge.

»Wir gehen vor wie geplant«, stellte Nikos klar. Er hatte einen leicht flauen Magen.

»In einigen Tagen wird Kanzi mitsamt seinem Ölreichtum uns gehören«, entgegnete der General mit einem Lächeln.

Nein, mir. Alles wird mir gehören.

Ein vertrauter Knall hallte durch das Lager. Nikos blickte sich um und suchte nach der Quelle des Geräusches. Einer der Enkel des Generals hatte auf der Rückbank des Land Cruisers ein AK-47 eines der Wächter gefunden. Der Junge hielt das Sturmgewehr in seinen kleinen Händen, strahlte über das ganze Gesicht und hatte den Lauf direkt auf Nikos und den General gerichtet.

Die Augen des Riesen weiteten sich. In ihnen lag Angst. Nicht um sich selber, sondern um seinen Enkel. Der dürre

Junge mit dem Gewehr in der Hand beschwor in Nikos Erinnerungen herauf. Er war nicht älter gewesen als dieser Junge, als er auf Obas Befehl mit einer Kalaschnikow getötet hatte.

Nikos ging zu dem Jungen, hockte sich neben ihn und nahm ihm das Gewehr behutsam aus den kleinen Händen. »*Zuri mtoto, baya ridhe.*« Guter Junge, böse Waffe.

Der Junge kicherte und rannte hinter seinem Bruder her. Er war sich der Gefahr, in der sie alle gewesen waren, völlig unbewusst. Die Arglosigkeit der Kinder musste um jeden Preis beschützt werden. Deshalb verwendete Nikos viel Geld aus seinen Waffengeschäften dafür, Kindern in Not zu helfen. In den prägenden Jahren der Kindheit bildete sich die Psyche der Kinder heraus, und sie wurden zu den Menschen, die sie ihr ganzes Leben lang bleiben würden. Jedes Kind hatte die Chance verdient, glücklich zu sein, doch die meisten hatten niemals in ihrem Leben auch nur ein Fünkchen Hoffnung verspürt.

Er berührte die Tasche, in der die Spieluhr steckte, sah den General an, und sie tauschten einen verstehenden Blick aus. Im Gegensatz zu Oba stimmte der Riese mit ihm darin überein, dass Kinder niemals in Kriege hineingezogen werden sollten.

KAPITEL 35

Theas Bluse war schweißnass. Die gnadenlose Sonne bestrafte jeden Zentimeter Haut, der ihr ausgesetzt war. Die Temperatur betrug um die 50 Grad, vom Wüstenboden stiegen flimmernde Hitzewellen auf. Um den unbarmherzigen Bedingungen zu entkommen, hatte die kleine Gruppe Zuflucht unter einem *Kowa* im Stil der Apachen gesucht, den Rif aus etwas Gestrüpp gebaut hatte, das er in der Nähe gefunden hatte. Doch selbst unter dem schützenden Dach reflektierten die brutalen Strahlen heiß vom Sand.

Nichts hatte die gewaltige Explosion überstanden, sodass sie nur noch das hatten, was sie am Leib trugen. Wegen ihrer Krankheit hatte Thea in dem isolierten Spezialbehälter, den ihr Vater ihr geschenkt hatte und der sich in ihrer Cargohose befand, immer ausreichend Insulin für zwei Tage bei sich. Außerdem hatte sie als Notreserve in den Hosentaschen ein paar Proteinriegel gebunkert. Den ersten hatte sie bereits zu gleichen Teilen an alle verteilt, doch die anderen sparte sie für später auf, da sie keine Ahnung hatten, wie lange sie draußen in der Wüste festsitzen würden. Sie machte sich ernsthafte Sorgen. Diabetes beeinträchtigte die Schwitzfähigkeit, aber schwitzen war nötig, damit der Körper seine Temperatur regulieren konnte. Wenn ihr Insulin Temperaturen von über dreißig Grad ausgesetzt war, konnte dies ihr Medikament unwirksam machen.

Hitze war nicht ihr Freund.

Sie rief sich ihr Überlebenstraining und die wichtige Dreier-

Regel in Erinnerung, die einem in einem Notfall helfen konnte, das, was man zu tun hatte, zu priorisieren. Sie lautete: Drei Sekunden ohne Hoffnung, drei Minuten ohne Luft, drei Stunden in extremer Hitze ohne ausreichenden Schutz, drei Tage ohne Wasser oder drei Wochen ohne Nahrung – jeder dieser Umstände konnte tödlich sein.

Sie hatten Hoffnung, Luft und ein schützendes Dach vor der Hitze, aber sie hatten seit mindestens fünf Stunden nichts getrunken, und die Dehydration machte ihr bereits zu schaffen. Ihr war schwindelig, und sie fühlte sich schwach. In der Wüste nach Hilfe zu suchen wäre leichtsinnig und wahrscheinlich tödlich. Zu allen Seiten erstreckten sich kilometerweit endlose Sanddünen bis zum kargen, trostlosen Horizont. Der sicherste Plan war, auf Rettung zu warten. Zu warten war normalerweise eine Fertigkeit, in der sie besonders gut war, doch diesmal ging es nicht nur um ihr Leben und um das ihrer Begleiter. Jede Stunde, die verstrich, war eine Stunde, die ihrem Vater vielleicht nicht mehr blieb.

Sie hatte ihr eigenes Handy und das ihres Vaters bei sich, doch in der Wüste gab es keinen Empfang. Ihr Satellitentelefon und ihr taktischer Überlebensbeutel waren zusammen mit dem Flugzeug in Rauch und Asche aufgegangen. Zum Glück hatte Rif während ihrer Notlandung einen Notruf abgesetzt, sodass die offiziellen Stellen in Kanzi informiert waren und man nach ihnen suchen müsste. Der Rauch des brennenden Flugzeugs war in der Wüste leicht zu entdecken, doch die Frage war, ob die kleine Gruppe lange genug überleben würde, bis Rettung eintraf.

Briannas Gesicht war rot wie eine Tomate. Sie zitterte am ganzen Leib. Rif hockte neben ihr und munterte sie auf. »Bald kommt Hilfe. Halten Sie noch ein bisschen durch.«

»Ich sehe Wasser. Ich muss etwas trinken.« Ihre Augen

waren unfokussiert, ihre Lippen trocken. Sie zeigte auf den Horizont und versuchte aufzustehen. Rif zog sie behutsam zurück in den Schatten.

Thea blickte nach Westen. In der Ferne schwebte eine Fata Morgana – sie sah aus wie ein See. Leider war er nicht real. »Keine Sorge, wir werden Ihnen bald Wasser besorgen.«

Die Stewardess stand offensichtlich unter Schock. Es war schmerzhaft, mit ansehen zu müssen, wie Kollegen oder Freunde starben. Thea zwang sich, nicht an Flugkapitän Houston und die anderen zu denken. Unter so furchtbaren Umständen war kein Raum für negative Gedanken.

Ihre besten Werkzeuge waren ihre Gehirne, da fürs Überleben häufig eher mentale Fähigkeiten erforderlich waren als physische. Bei klarem Verstand zu bleiben half einem dabei, dumme Fehler zu vermeiden. Sie mussten im Schatten bleiben und jede Anstrengung vermeiden, um hydriert zu bleiben.

Kanzi war in den zurückliegenden Jahren von einer schlimmen Dürre heimgesucht worden. Kein Wunder, dass das ganze Land in Aufruhr war. Lokale Stämme suchten verzweifelt nach Wasserstellen und trieben ihre Viehherden auf das Territorium anderer Stämme, um zu überleben. Um Wasser und Vieh wurden tödliche Kämpfe ausgefochten. Die Wüste war ein gnadenloser Lebensraum.

Während ihrer Zeit bei der DIA hatte sie ein Überlebens-, Ausweich-, Widerstands- und Fluchttraining absolviert, und sie war dankbar, dass die militärische Ausbildung dieser Tage wissenschaftlich fundierter war als noch zu Zeiten des Zweiten Weltkriegs. Die Militärführung in Nordafrika hatte geglaubt, die Soldaten so konditionieren zu können, dass sie mit weniger Wasser auskamen, indem die ihnen zur Verfügung gestellte Flüssigkeitsmenge während der Ausbildung nach und nach verringert wurde. Diese Experimente hatten Hunderte von Hitzeopfern gefordert. Menschen brauchten Wasser, um zu überleben, und insbesondere bei hohen Temperaturen jede Menge. Genau in diesem Moment würde sie für ein großes Glas kaltes Wasser töten.

Peter wischte sich den Schweiß von der Stirn, seine helle Haut war rosarot und fleckig. »Christos besteht immer darauf, dass seine Flugzeuge einwandfrei gewartet sind. Was um alles in der Welt ist da oben passiert?«

»Sabotage.« Thea legte die Arme um ihre Knie. Ihr Misstrauen gegenüber Kennedy hatte etwas nachgelassen, da er an Bord gewesen war, als das Flugzeug abgeschmiert war. Doch sie spürte, dass er mit irgendetwas hinterm Berg hielt.

»Was glaubst du?«, fragte sie an Rif gewandt, dessen Gesicht eine perfekte Vorlage für eine grafische Intensitätsstudie abgegeben hätte.

Sein Ausdruck verfinsterte sich. »Jemand muss ein bisschen C4 ins Höllenheck geschmuggelt haben – ein perfektes Versteck, weil der Pilot den Plastiksprengstoff dort bei seiner visuellen Inspektion vor dem Flug nicht entdeckt hätte. Wir haben Hydraulikdruck verloren. Und um auf Nummer sicher zu gehen, dass wir abstürzen würden, wurden der Pilot und der Co-Pilot vergiftet. Wer auch immer hinter diesem Sabotageakt steckt, ist sehr gründlich zu Werke gegangen.«

»Aber auf wen hatte der Saboteur es abgesehen?«, fragte Peter. *Gute Frage.* Es konnte einer oder eine von ihnen gewesen sein oder sie alle. Angesichts der anderen Anschläge stand Thea wahrscheinlich ganz oben auf der Liste.

»Keine Ahnung«, erwiderte sie und verscheuchte eine Fliege. »Aber wer auch immer es war, hat nicht damit gerechnet, dass wir noch einen weiteren Piloten an Bord hatten. Was für ein Glück, dass wir Rif hatten.«

»Ich habe Kopfschmerzen von dieser Hitze.« Schweiß rann

Peters Gesicht herunter. »Und ich habe Beinkrämpfe.« Kopfschmerzen, geistige Verwirrung, Reizbarkeit, übermäßiges Schwitzen, Schwäche und Krämpfe waren Symptome für einen Hitzekollaps.

Thea ging es auch nicht gut. Ihr Diabetes würde zu einem ernsthaften Problem für sie werden, wenn sie nichts mehr zu essen hätten oder die hohen Temperaturen ihr Insulin zerstörten. Doch sie würde den anderen erst anvertrauen, dass sie unter dieser Krankheit litt, wenn es sich nicht mehr vermeiden ließ. Es gab auch so schon genug Dinge, um die sie sich Sorgen machen mussten.

Die Hitze war ihr schlimmster Feind. Paradoxerweise würden sie in wenigen Stunden, wenn die Sonne unterging, mit dem entgegengesetzten Problem konfrontiert sein: Unterkühlung. Während der Nacht konnte die Temperatur in der Wüste unter zehn Grad fallen, und sie hatten weder Decken noch Jacken, um sich zu wärmen.

Brianna schien zusehends schwächer zu werden, ihre Körpersprache signalisierte, dass sie sich aufgab. »Wenn ich es nicht schaffe, richten Sie meinem Sohn, meinem kleinen Jimmy, bitte aus, dass seine Mutter ihn sehr lieb hat.«

Rif hielt ihre Hand. »Das werden Sie ihm selber sagen. Stellen Sie sich vor, dass Sie nach Hause kommen zu Jimmy. Was werden Sie als Erstes tun?«

Ein Funkeln brachte ihre Augen wieder zum Leuchten. »Ich werde ihn in die Arme nehmen und mit ihm ins Schwimmbad gehen.«

Thea wischte sich über die Stirn. »Klingt verdammt gut. Kann ich mitkommen?«

Alle lachten. Doch die Situation war alles andere als lustig. Rif kümmerte sich weiter um die Stewardess und versuchte, sie aufzubauen, damit sie die Hoffnung nicht aufgab.

Er selbst kam mit Notlagen gut zurecht – das war schon immer so gewesen. Thea dachte daran, wie lange sie ihn schon kannte, und fuhr mit einem Finger über die Narbe auf ihrer Wange.

Thea rekelte sich auf ihrem Anwesen an der Meadow Lane in Southampton, New York, auf der Chaiselongue am Swimmingpool und nippte an einem Glas Wein. Wegen ihres Diabetes trank sie nicht viel Alkohol, doch angesichts der bevorstehenden Party, bei der mehrere Hundert Gäste erwartet wurden, mit denen sie Small Talk betreiben musste, brauchte sie einen kleinen Schluck, um ihre Nerven zu beruhigen.

Es war ein freudiger Tag, denn Papa war nach einer langen Nahostreise mit Hakan und Piers nach Hause gekommen. Sie langte nach unten und streichelte Aegis, der sich zu ihren Füßen eingerollt hatte und ein Nickerchen machte, während sich am Himmel die Sonne herabsenkte. Das Labour-Day-Wochenende und das Ende des Sommers – irgendwie eine traurige Zeit. Die Wege von Rif, Nikos und Thea würden sich von nun an trennen. Nikos würde am nächsten Tag zur Harvard University fahren, wo er Betriebswirtschaft studierte und seinen MBA machte, und sie würde nach Georgetown fahren und ihr zweites Studienjahr beginnen.

Rif war als einer der wenigen auserwählten ausländischen Studenten an der United States Military Academy in West Point aufgenommen worden, und Papa schmiss eine Party für ihn, um diese Neuigkeit zu feiern. Christos war stolz auf sein Patenkind und wollte dies alle wissen lassen.

Die Sonne versank hinter dem Horizont, und der Schein der um den Swimmingpool aufgestellten Fackeln reflektierte auf der Wasseroberfläche. Das Personal war emsig damit beschäftigt, alles für die Party vorzubereiten. Rif kam vorbei, half einer der Kellnerinnen, die sich mit einem großen Karton abmühte. Anschließend gesellte er sich zu Thea und machte es sich auf der Chaiselongue neben ihr gemütlich. Aegis regte sich, verließ sie auf der Stelle und trottete zu dem künftigen Offizier.

»Heutzutage gibt es einfach keine Loyalität mehr«, stellte sie fest und lachte.

Rif langte in seine Tasche und holte ein Hundeleckerli für Aegis hervor. »Wie die meisten Männer ist er ein Sklave seines Magens. Er weiß, dass er mich leicht um den kleinen Finger wickeln kann.«

»Du bist bestimmt gespannt auf West Point und die Ausbildung, die dich erwartet.«

»Na ja, ich muss mich ja gegen deine Kung-Fu-Künste verteidigen, Bruce Lee.« Er zog sie immer auf, weil sie Jeet-Kune-Do-Unterricht nahm.

»Dann leg dich mal schön ins Zeug. Aber sehen wir der Wahrheit ins Auge: Ich werde immer weiser, tougher und älter sein als du.«

»Ja, genau elf Monate, die ich nie mehr aufholen kann«, entgegnete Rif.

In dem Moment kam Nikos auf einem der Wege zum Pool geschlendert, in der Hand ein Kristallwhiskeyglas, das bis zum Rand mit Bourbon gefüllt war – und seinem Blick nach zu urteilen, war es nicht sein erstes.

»Was heckt ihr denn gerade aus?« Er lachte, aber sein Lachen klang aufgesetzt. Ihr Bruder und Rif waren ein explosives Gemisch. Rif wirkte plötzlich angespannt.

Aegis lief los und begrüßte Nikos, der ihm ungestüm den Kopf kraulte.

»Wir chillen nur ein bisschen vor der Party«, erwiderte sie. »Sind die ersten Gäste schon eingetroffen?«

»Ich glaube, sie marschieren gerade alle gemeinsam ein – in West-Point-Manier. Ich kann es gar nicht glauben, dass wir eine Party schmeißen, um zu feiern, dass unser Soldatenjunge in die Drohnenfabrik geht und den US-amerikanischen Imperialismus vorantreibt.« Nikos genehmigte sich einen großen Schluck Bourbon. Er schwankte leicht.

»Bringen sie dir solche hochtrabenden Worte in Harvard bei?«, fragte Rif.

Nikos trat näher an Rif heran. »Und noch ein paar andere. Muss ich mich noch klarer ausdrücken, damit du mich verstehst?«

»Ruhig, Jungs!« Sie konnte Aegis solche Befehle geben, und er hörte auf sie, nicht jedoch diese beiden jungen Männer.

Rif stand auf. Er war ein paar Zentimeter größer als Nikos.

Aegis ging am Pool auf und ab. Er spürte die Spannung. Theas Handflächen wurden feucht. Da braute sich etwas zusammen, und sie wollte nicht, dass das Ganze in eine Prügelei ausartete und die Feier zu Rifs Ehren ruinierte.

»Stell dich auf ein Leben ein, in dem du dich mit billigen Vergnügungen zufriedengeben musst«, sagte Nikos und kniff die Augen zusammen. »Denn mehr wirst du dir nicht leisten können.«

»Ich bin lieber ein Patriot als ein Mann, der nur dem Geld gegenüber loyal ist.«

»Besser das Geld auf die altmodische Weise verdienen als zuzusehen, wie es das Klo des militärisch-industriellen Komplexes runtergespült wird. Huch, drücke ich mich wieder zu hochgestochen aus?«

»Zu erben heißt für dich, das Geld auf die altmodische Weise zu verdienen? Dein Vater hat auf die altmodische Weise Geld verdient. Er hat mit einem Wischlappen in der Hand angefangen und sich hochgearbeitet. Deine einzige Anstrengung hat bisher darin bestanden, den Silberlöffel fest in den Mund zu nehmen.«

Das klang nicht gut. Sie sollte dazwischengehen, doch jeder der beiden würde das Gefühl haben, dass sie sich auf die Seite des anderen schlug.

Nikos senkte die Stimme. »Wenn du darauf stehst, dass man dir vorschreibt, wann du zu essen, zu schlafen, dich anzuziehen und zu scheißen hast, bist du beim Militär bestens aufgehoben. Du wirst, wie dein Vater, bis zum Ende deines Lebens Befehle entgegennehmen.«

Rif straffte die Schultern. »Und du wirst bis ans Ende deiner Tage von den Millionen deines Vaters schmarotzen.«

»Überspann den Bogen nicht«, entgegnete Nikos. »Jeder ist ersetzbar.«

»Willst du es wirklich darauf ankommen lassen?« Rifs Tonfall war bedächtig, kontrolliert.

O mein Gott, es war so, als würde sie dabei zusehen, wie sich ein Verkehrsunfall ereignete. Sie wollte etwas tun, war jedoch erstarrt.

»Du jagst mir keine Angst ein, G. I. Joe.« Mit diesen Worten goss Nikos seinen Bourbon in die Richtung, in der sich Rifs Gesicht befand, doch Rif trat zur Seite, und die Flüssigkeit platschte auf den Boden.

»Letzte Chance, einen Rückzieher zu machen«, sagte Rif.

Ihr Bruder holte weit aus und schleuderte Rif das schwere Kristallwhiskeyglas entgegen. Rif duckte sich. Das Glas flog an ihm vorbei, traf Thea mit voller Wucht direkt ins Gesicht und zerbarst.

Eine große Scherbe schnitt in ihre Wange.

Sterne. Ein stechender Schmerz. Ein Schrei. Aus ihrem Mund. Sie taumelte von dem heftigen Schlag. Blut strömte die rechte Seite ihres Gesichts herunter.

Rif schnappte sich ein Handtuch und drückte es gegen ihre Wange. »Alles klar mit dir?«

»Sieh nur, was du getan hast.« Nikos starrte ihn finster an.

Papa und Hakan kamen aus dem Haus gestürmt, weil sie ihren Schrei gehört hatten. Aegis stupste sie an und leckte sie, als ob er sie trösten wollte. Rif fuhr sie in die Notaufnahme, und zweiundzwanzig Stiche später hatten sie die Party verpasst. Papa gab Nikos die Schuld für den Zwischenfall, doch das konnte sie nicht. Nicht ganz. In der Nacht, in der ihr Bruder entführt worden war, hatte sie nichts getan, um ihm zu helfen. Das Leben erteilte einem die gleichen Lektionen in unterschiedlicher Weise, bis man sie gelernt hatte. Na gut, sie hatte es jetzt begriffen. Nimm das Zepter in die Hand, und starr nicht wie das Kaninchen auf die Schlange.

Sie hatte ein blaues Auge davongetragen und eine bleibende Narbe auf der Wange. Sie hätte es mit plastischer Chirurgie versuchen können, aber die Ärzte waren nicht optimistisch. Also trug sie die Narbe mit Stolz und betrachtete sie als tägliche Erinnerung, mutig zu sein, ganz egal, was es kostete.

Und einem Konflikt nie aus dem Weg zu gehen.

»Sehen Sie! Sehen Sie nur!«, riss Briannas Stimme sie aus ihren Erinnerungen. »Ich sehe etwas.«

Noch eine Fata Morgana? Etwas, das sich in der Ferne bewegte, erregte Theas Aufmerksamkeit. Staub, der am Horizont aufgewirbelt wurde. Sie suchte angestrengt die endlose Wüste ab. Eine Fahrzeugkarawane raste auf sie zu.

In diesem Land voller Despoten und Warlords konnte sie nur hoffen, dass die Ankömmlinge ihnen freundlich gesonnen waren.

KAPITEL 36

Dreißig Minuten später hatte sich der ferne Dunst am Horizont in eine aufgeblähte rotbraune Wolke verwandelt. Thea starrte angestrengt in die Ferne und konnte fünf Toyota Land Cruiser identifizieren, die auf sie zurasten. Brianna war freudig erregt, ihre Energie kehrte zurück. Peters Gesicht entspannte sich.

Im Gegensatz dazu war Rifs Kiefer angespannt. Auch Thea wurde von nervöser Unruhe erfasst. Sie befanden sich mitten in einem von Kriegen zerrissenen Land – das Letzte, was sie gebrauchen konnten, war, von Guerillas oder anderen ihnen feindlich gesonnenen Leuten »befreit« zu werden.

Schließlich erreichte die Karawane die Stelle, an der das Flugzeug notgelandet war, und die Land Cruiser parkten hintereinander. Männer in Tarnanzügen stiegen aus, sie fuchtelten alle mit AK-47-Sturmgewehren herum. Einer der Soldaten öffnete die hintere Tür des dritten Geländewagens. Ein riesiger Mann entstieg dem Wagen, der die anderen mit seiner Größe und Schultern, die den Äquator umspannen konnten, wie Zwerge erscheinen ließ.

Thea schauderte, als sie die große Statur und das vernarbte Gesicht wiedererkannte, das sie auf den Fotos in den Zeitungsartikeln über Nikos' Entführung gesehen hatte. General Ita Jemwa. Was ihre Rettung anging, würde nun also der Mann, der die Million Dollar Lösegeld für die Freilassung ihres Bruders eingestrichen hatte, die entscheidende Rolle spielen, der Mann, der Nikos seinem Bericht zufolge ursprünglich entführt hatte. Sie fragte sich erneut, wer ihr diese Aufzeichnungen in die Tasche gesteckt hatte. Wer wollte, dass sie wusste, was wirklich in Kanzi passiert war?

Der General nickte zweien seiner Männer zu. Die Soldaten öffneten die Kofferraumklappe des ersten Geländewagens, nahmen eine Kühlbox heraus und verteilten Wasser und Sandwiches. Peter und Brianna lehnten sich an den Land Cruiser und tranken gierig das Wasser. Rifs steife Haltung verriet ihr, dass er auf der Hut war. Thea drehte den Deckel einer gekühlten Flasche ab und stürzte den Inhalt hinunter. Das Wasser stillte ihren Durst, doch sie hatte immer noch ein ungutes Gefühl im Magen.

Der General musterte die schwarzen Überreste des Flugzeugrumpfes und wandte sich dann ihr zu. »Ms Paris, nehme ich an. Ich habe etliche Jahre lang mit Ihrem Vater zusammengearbeitet. Herzlich willkommen in Kanzi. Heute muss Ihr Glückstag sein.«

Wohl kaum. »Ich werde mich erst glücklich schätzen, wenn ich in einem klimatisierten Restaurant sitze und ein Steak auf dem Teller habe.« Sie zwang ihre Lippen zu einem angespannten Lächeln.

Der General lachte, es war ein tiefes, grollendes Lachen. »Wenn es sein muss, werde ich das Rind persönlich schlachten. Wir wollen unsere Gäste schließlich auf keinen Fall enttäuschen.«

KAPITEL
37

Rif schätzte seine Optionen ab, falls die Dinge sich böse entwickelten. Viele gab es nicht. Die AK-47-Sturmgewehre, die in ihre Richtung zielten, waren schwer zu ignorieren. Da er Hakans Dossier über Nikos' Entführung gelesen hatte, hatte er General Ita Jemwa sofort erkannt.

»Wir bringen Sie an einen Ort, an dem es ein bisschen kühler ist. Mein Camp befindet sich zwei Stunden westlich von hier.« General Jemwa rückte sein Barett zurecht und schnippte mit den Fingern. Die Soldaten setzten sich sofort in Bewegung und packten die Wasserflaschen und den Proviant in den Land Cruiser.

Rif und Thea fuhren mit dem General in dem neueren Geländewagen mit. Die Klimaanlage war göttlich, nachdem sie stundenlang in der gnadenlosen Wüstenhitze geschmort hatten.

Während Rif neben dem riesigen Soldaten saß, verspürte er einen Hauch von Mitgefühl für Nikos. Unvorstellbar, wie furchtbar es für einen zwölfjährigen Jungen sein musste, entführt zu werden und sich dann auch noch diesem Riesen gegenüberzusehen.

Die Land Cruiser bahnten sich ihren Weg über die endlosen Sanddünen, immer der untergehenden Sonne entgegen. Der General verlagerte seinen massigen Körper und sah Rif an. »Wir haben Ihren Notruf empfangen und festgestellt, dass Sie in unserer Nähe waren. Was ist passiert?«

»Technische Probleme«, erwiderte Rif.

»Offenbar von der gravierendsten Sorte«, stellte der General fest. »Sie haben unglaubliches Glück gehabt, dass Sie die Notlandung überlebt haben.«

»Die Piloten sind bei dem Versuch, uns zu retten, ums Leben gekommen.« Es war ein kluger Schachzug von Thea, dies zu sagen. Lass deine potenziellen Feinde über die fliegerischen Fähigkeiten eines deiner Teamkameraden im Dunkeln. Sie war verdammt gut darin, ein Pokerface aufzusetzen. »Wir müssen spätestens morgen Nachmittag im Victoria Falls Hotel in Simbabwe sein. Ist es möglich, einen Hubschrauber zu organisieren, der uns in Ihrem Camp abholt?«

»Sehen wir erst mal zu, dass Sie duschen, essen und sich ein bisschen ausruhen. Morgen ist ein neuer Tag. Alles Weitere wird sich dann schon ergeben.« Der General lächelte. Er genoss es sichtlich, Herr der Lage zu sein.

Rif spürte Theas Unruhe und hatte Verständnis für ihre Ungeduld. Sie war aufgewühlt wegen ihres Vaters. Jede Minute, in der sie keinen Handyempfang hatte, war eine Minute, in der sie nicht nach Christos suchte. Vielleicht sollten sie General Jemwa auch mal genauer unter die Lupe nehmen. Immerhin war er, was Entführungen anging, kein unbeschriebenes Blatt, und eines seiner Opfer war ein Mitglied der Familie Paris gewesen. Entgegen der landläufigen Meinung war es keinesfalls ungewöhnlich, dass mehr als ein Familienmitglied von ein und derselben Person oder Gruppe entführt wurde, insbesondere wenn die Familie den Forderungen zu schnell nachgab. Weiche Ziele machten Entführer gierig. In diesem Fall lagen zwischen den Entführungen zwanzig Jahre, aber vielleicht hatten die Verhandlungen über die Ölförderrechte in Kanzi für Jemwa als Katalysator gedient. Brauchte er Geld? War es ein Schachzug im Spiel um die Macht?

»Wir wissen Ihre Gastfreundschaft zu schätzen, aber wir

müssen unbedingt zu unserem Hotel«, stellte Thea klar. »Morgen beginnen unsere Verhandlungen.«

»Wir sorgen dafür, dass Sie rechtzeitig da sind. Ich werde sogar mit Ihnen reisen. Ich wurde im Zusammenhang mit den Verhandlungen beauftragt, für entsprechende Sicherheitsvorkehrungen zu sorgen, deshalb habe ich bereits ein Vorauskommando vor Ort.«

»Wunderbar! Dann kommt es Ihnen ja sicher gelegen, schon heute Abend aufzubrechen.«

»Wir haben für heute Abend eine Feier für unsere Soldaten geplant. Aber keine Sorge: Als meine Gäste sind Sie selbstverständlich eingeladen, an der Feier teilzunehmen.«

»Wie liebenswürdig von Ihnen.« Ihre Worte hingen in der Luft. »Gibt es in Ihrem Lager zufällig ein Satellitentelefon?«

»Selbstverständlich. Heute Morgen funktionierte es nicht, aber wir können es heute Abend noch mal versuchen.«

Der General wollte ihre Kommunikation also kontrollieren, aber warum? Nutzte er die Gelegenheit, dass sie ihm in die Hände gefallen waren, um sie als Druckmittel bei einem Geschäftsdeal zu benutzen? War er an Christos' Entführung beteiligt? Oder war er gerade dabei, sie zu kidnappen?

Die Karawane bog in ein Lager, das von Elektrozäunen und bewaffneten Wachposten umgeben war. Fürs Erste waren sie die Gäste des Generals.

Oder vielleicht auch eher seine Gefangenen.

KAPITEL
38

In Anbetracht dessen, dass sich General Jemwas Trainingslager mitten in der Wüste befand, war Thea beeindruckt, wie viele Annehmlichkeiten es bot. Zwei Soldaten brachten heißes Badewasser in das Zelt, in dem sie die Nacht verbringen würde und das den Eindruck einer festen Behausung vermittelte. Nachdem sie gebadet, eine weitere große Flasche Wasser getrunken, zwei Sandwiches gegessen und sich Insulin injiziert hatte, das dank ihres Thermobeutels immer noch ausreichend gekühlt zu sein schien, fühlte sie sich schließlich wieder wie neu.

Doch die Sorgen lasteten schwer auf ihr. Sie hatte zwar das Handy ihres Vaters, aber es hatte den ganzen Tag lang keinen Empfang gehabt. Falls der wahre Entführer sie zu erreichen versuchte und immer wieder auf der Mailbox landete – wer wusste schon, was er ihrem Vater dann antäte?

Außerdem musste sie herausfinden, wer das Flugzeug sabotiert und die Piloten vergiftet hatte. Wie viele Personen hatten Zugang zu dem Gulfstream gehabt? Hakan würde ein Team einfliegen lassen, das die Absturzstelle untersuchen und die sterblichen Überreste der Flugzeugbesatzung bergen würde. Irgendetwas entging ihr. Es gab keine Lösegeldforderung, und jedes Mal, wenn sie mit ihren Ermittlungen voranzukommen versuchten, mündete das Ganze in Gewalt. Das Töten würde nicht enden, bis sie herausgefunden hatten, wer ihren Vater entführt hatte, und sie die Bedrohung ausgeschaltet hatten.

Mit ein wenig Glück würde das Flugzeugwrack ein paar neue

Hinweise liefern. Falls es dort irgendwelche brauchbaren Spuren gab, würde ihr Chef sie finden. *Hakan*. Er musste sich unglaubliche Sorgen machen. Sie war selten auch nur eine Stunde nicht erreichbar, geschweige denn einen ganzen Tag.

Und dann war da noch ein drängendes Problem, das ihr zu schaffen machte. Ihre Medikamente reichten nur noch bis zum nächsten Nachmittag, deshalb musste sie es bis Mittag in die Apotheke von Victoria Falls schaffen, um sich neues Insulin und weitere Utensilien zu besorgen. Ihr Vorrat war mit dem Gulfstream in die Luft gegangen. Ohne Zugang zu ihren Medikamenten und ohne mit der Außenwelt kommunizieren zu können, fühlte sie sich nackt und verletzlich.

In einen farbenfrohen Sarong gehüllt, den der General ihr zur Verfügung gestellt hatte, verließ sie das Zelt, um die anderen zu suchen. Der Arzt des Camps hatte Peter und Brianna in dem Pavillon, der als Krankenstation diente, gründlich untersucht, weil die beiden Symptome eines Hitzschlags erkennen ließen. Sie erkundete das Lager und folgte den Fackeln, die den zentralen Weg säumten. Der schöne Feuerschein stand in krassem Gegensatz zu der militärischen Anlage des Ortes. Das Lager war schlicht und einfach strukturiert und diente nur einem Zweck: Killer auszubilden.

Der frische Wind in Kombination mit ihrem nassen Haar ließ Thea um die Schultern herum frösteln. Nach dem Sonnenuntergang und dem Anbruch der Nacht kühlte es in der Wüste rasch ab.

Ein großes Zelt am Ende des von Fackeln gesäumten Weges erregte ihre Aufmerksamkeit. Es war rund, der schwere, verwitterte Zeltstoff sah strapazierfähig aus. Unter einem beigen Vordach standen ein paar spartanische Außenmöbel. Zweifelsohne war dies der Pavillon, in dem der General sein Quartier aufgeschlagen hatte.

Sie ging zum Eingang des Zeltes. »*Jambo*, ist jemand da?«

Ihr schlug Schweigen entgegen. Sie hielt einen Moment inne und rief noch einmal. Keine Antwort.

Es war ja nicht so, dass sie auf eine Klingel drücken konnte. Also schob sie die Klappe zur Seite, lugte ins Innere und betrat das geräumige Zelt. Auf der linken Seite stand ein runder Tisch, um den acht Rattanstühle gruppiert waren. Wahrscheinlich ein Versammlungsort für den General und seine obersten Gefolgsleute.

Sie ging weiter in den Pavillon hinein. Im nächsten Raum befand sich eine Küche mit allem Drum und Dran und Geräten aus Edelstahl, die von einem Generator betrieben wurden. Rechts von der Küche gab es ein komplett ausgestattetes Büro. Sie stutzte. Der Schreibtisch, die Stühle, sogar der Lampenschirm – alles sah exakt so aus wie im ehemaligen Arbeitszimmer ihres Vaters in Kanzi. Bis hin zu dem Kristallaschenbecher auf dem Schreibtisch und dem Humidor daneben. Was zum Teufel sollte das?

Gruselig.

Sie ging zum Schreibtisch und schnupperte, als sie einen vertrauten Geruch wahrnahm. Sie hob den Deckel des Humidors und sah hinein. Tatsächlich, in der Schachtel lagen La Flor de Cano Short Churchills. Sie dachte daran, wie sie mit ihrem Vater an Bord der *Aphrodite* gesessen und er diese Zigarren geraucht hatte. Sie nahm eine heraus, hielt sie sich unter die Nase und roch daran. Ihre Alarmglocken schrillten.

»Wie wär's, wenn wir uns gemeinsam eine genehmigen?« Das tiefe Dröhnen der Stimme des Generals riss sie zurück in die Gegenwart. Die Zigarre fiel ihr beinahe aus der Hand.

»Ich fürchte, sie sind nicht ganz mein Geschmack. Aber interessanterweise sind es die Lieblingszigarren meines Vaters.« Ganz zu schweigen davon, dass das ganze Büro ein exaktes

Duplikat des Arbeitszimmers ihres Vaters aus längst vergangenen Zeiten war.

Auf dem massigen Gesicht des Generals zeichnete sich Belustigung ab. »Ihr Vater hat einen erlesenen Geschmack. Vielleicht darf ich Sie beide zum Abendessen in meine Villa einladen? Ich könnte Ihnen etwas über die Vorzüge des feinen Zigarrenaromas beibringen. Das wäre ein unvergessliches Essen. Wie Raúl Juliá zu sagen pflegte: Eine Zigarre ist so gut wie die Erinnerung, die sie in einem heraufbeschwört, wenn man sie raucht.«

Zweifellos spielte er mit ihr. Aber vielleicht ließen der Druck und die Erschöpfung sie auch paranoid werden. »Sie müssen doch mitbekommen haben, dass mein Vater entführt wurde.«

Die Augen des Generals weiteten sich, sein Mund klappte auf. Ihr Bauchgefühl? Der Ausdruck des Erstaunens stand ihm ein kleines bisschen länger ins Gesicht geschrieben, als es für eine echte Überraschung angemessen gewesen wäre. Aber das sagte ihr nur ihre Intuition.

»Es tut mir aufrichtig leid, das zu hören. Ich war hier und habe meine Männer trainiert. Wir kriegen hier nicht viel davon mit, was in der Welt passiert.«

»Mein Vater betreibt jede Menge Geschäfte in Kanzi. Haben Sie eine Ahnung, wer ein Interesse daran haben könnte, ihn zu entführen?«

»Ich würde auf die Chinesen tippen, schließlich sind sie ziemlich scharf darauf, den Zuschlag für die Ölförderrechte zu bekommen. Aber es könnte jeder dahinterstecken. Milliardäre und deren Familienangehörige sind immer potenzielle Ziele für Entführer.« Er zuckte mit den Schultern. »Apropos, wie geht es eigentlich Ihrem Bruder? Ich weiß nicht, ob Sie sich erinnern, aber vor zwanzig Jahren habe ich ihn aus den Fängen eines brutalen Warlords namens Oba gerettet.«

Ihn gerettet. Alles klar. Sie musste jedes Quäntchen Selbstbeherrschung aus sich herausholen, um sich davon abzuhalten, ihm eine reinzuhauen. Dieser Riese war ein Meister im Manipulieren, ein geborener Lügner. Sie warf einen Blick auf die Bücher, die in den Regalen seines Büros standen. Es war alles dabei, von Klassikern bis hin zu Biografien. Ein gebildeter Soziopath, der sowohl seine Muskeln als auch seinen Verstand benutzte, um andere zu dominieren.

»Ja, ich erinnere mich. Sie haben eine Million Dollar Belohnung dafür eingestrichen, dass Sie Nikos zurückgebracht haben. Ich wusste doch, dass Sie mir irgendwie bekannt vorkamen.«

»Das Geld hat unzählige Leben gerettet. Wir haben Getreide angebaut, um Menschen zu ernähren. Ihr Vater wurde ein lokaler Held.«

In Nikos' Aufzeichnungen stand, dass »der General« ihren Vater gehasst habe, weil er die komplette Ernte aufgekauft habe, um damit Biotreibstoff herzustellen. Inzwischen war die Geschichte also umgeschrieben worden, und ihr Vater wurde als Retter in der Not dargestellt.

»Ich hatte gehofft, Ihr Satellitentelefon benutzen zu dürfen«, sagte Thea. Sie musste diese Unterhaltung beenden.

»Gerne, aber beeilen Sie sich bitte. Die Männer sind ganz heiß darauf, dass die Feier losgeht.« Er reichte ihr das Telefon. »Kommen Sie zur Feuerstelle, wenn Sie fertig sind.« Er verschwand so plötzlich, wie er aufgetaucht war. Für einen Mann seiner Größe war er recht leichtfüßig.

Sie ließ sich auf den nächstbesten Stuhl fallen, in ihrem Kopf drehte sich alles. Das Motiv – welches Motiv konnte General Jemwa haben, ihren Vater zu entführen? Geld? Macht? Öl? Rache? Es gab unzählige Möglichkeiten.

Sie wählte die Handynummer ihres Chefs. Er meldete sich beim ersten Klingeln.

»Hakan Asker.«

»Mein Feng-Shui-Unterricht scheint heute auszufallen.« Ihr Code für eine unsichere Verbindung.

Kurzes Zögern. »Wo bist du?«

»Wir haben eine einzigartige Landung in Kanzi hinter uns. Rif, Peter, Brianna und ich genießen jetzt die Gastfreundschaft von General Ita Jemwa in seinem Wüstencamp. Es wäre gut zu wissen, wer Zugang zu dem Flugzeug hatte.«

»Braucht ihr Luftunterstützung?« Es beruhigte sie, seine Stimme zu hören. Hakan würde der Sache nachgehen und das Wrack lokalisieren.

»Der General hat angeboten, uns morgen früh nach Victoria Falls zu bringen. Aber wenn ich mich bis elf Uhr morgen Vormittag meiner Zeit nicht bei dir gemeldet habe, schick bitte Hilfe. Du kannst die GPS-Koordinaten aufgrund meines Anrufs bestimmen, oder?«

»Ja.«

»Wir sind von der Absturzstelle aus ungefähr hundert Kilometer nach Südwesten gefahren. Mit dieser Angabe solltest du in der Lage sein, das Flugzeug zu orten.«

»Danke. Schick mir eine SMS, sobald du in Simbabwe bist.«

»Mach ich. Wie benimmt sich Aegis?«

»Das wirst du lieber nicht wissen wollen. Belassen wir es dabei, dass mein Sofa inzwischen ziemlich gerupft aussieht.«

Sie lächelte. »Ich habe dir ja gesagt, dass er jeden Tag intensive Bewegung braucht, um seinen Wühltrieb in Schach zu halten.«

»Keine Sorge, ich werde unseren neusten Mitarbeiter von jetzt an jeden Tag lange Läufe mit ihm machen lassen. Sie können das Training beide gut gebrauchen.«

Sie sollte nicht weiter nachfragen, aber sie konnte nicht anders. »Irgendwelche Neuigkeiten von deiner Seite?«

»Natürlich. Du weißt ja, wie ich mich ins Zeug gelegt habe. Lass uns morgen darüber reden.«

»Perfekt.« Hoffnung beflügelte ihr Herz. Hakan hatte neue Informationen, vielleicht eine Spur.

»Viele Grüße an Rif.«

»Richte ich aus. Danke, dass du darauf bestanden hast, dass wir zusammen reisen. Er hat sich als sehr nützlich erwiesen.«

Hakan lachte. »Mein Junge hat seinen Charme.«

»Wir wollen nicht übertreiben. Bis morgen.« Sie legte auf und stützte den Kopf in die Hände. Das Letzte, wozu sie jetzt Lust hatte, war, auf eine von einem Soziopathen ausgerichtete Party zu gehen, einem Mann, der sehr wohl in Betracht kam, ihren Vater gefangen zu halten. Immerhin hatte er bereits ein Mitglied der Paris-Familie entführt und dies geleugnet. Warum sollte er also nicht auch diese Entführung bestreiten?

Und warum sollte er es bei zwei Entführungen belassen?

KAPITEL
39

Rif saß am Feuer und tat so, als würde er aus der Flasche mit Hochprozentigem trinken, die im Kreis der Männer herumgereicht wurde. General Jemwas Soldaten hatten die Kampfanzüge gegen ihre traditionelle Aufmachung getauscht, ihre pechschwarze, schweißnasse Haut glänzte im Feuer, ihre Wangen und Körper waren mit weißer Farbe bemalt. Auf dem Boden lagen die Speere und Schilde der Krieger.

Nach dem Mahl, das aus Reis und einer über dem Feuer am Spieß gegrillten Ziege bestand, hatte der Tanz begonnen. Jaramogi, der Stellvertreter des Generals, legte die erste Tanzeinlage hin. Während seiner Einsätze in Simbabwe und im Tschad hatte Rif an etlichen traditionellen Feiern der Einheimischen teilgenommen. Gelegentlich war er sogar aus seinen Schuhen geschlüpft und war in den eigenartigen Schritt des *Mbende*-Tanzes mit eingefallen. Doch an diesem Abend musste er auf der Hut sein.

Sie waren nicht unter Freunden.

Peters Haut hatte einen tiefrosaroten Ton angenommen, ein Hinweis darauf, dass er ordentlich einen in der Krone hatte, wenn er nicht sogar sternhagelvoll war. Der Finanzchef von Paris Industries mochte ein absoluter Crack sein, was Zahlen und Verträge anging, aber er hatte nicht den Hauch von gesundem Menschenverstand. Sie befanden sich mitten in der Wüste in einem von Kriegen zerrissenen Land und waren der Gnade gefährlicher Männer ausgeliefert – sich in so einer Situation zu betrinken, zeugte von kompletter Hirnlosigkeit. Wenigstens hatte es auch eine gute Neuigkeit gegeben. Rif war vor der Feier im Krankenzelt bei Brianna gewesen, und es ging ihr schon viel besser.

Er spürte, dass die Aufmerksamkeit der Männer sich dem Weg zuwandte, der zu den Zelten führte, und blickte in diese Richtung, um zu sehen, was ihr Interesse geweckt hatte. Es war Thea, die in einem smaragdgrünen Sarong auf das Feuer zuschritt. Die leuchtende Farbe betonte ihre durchdringenden grünen Augen, ihr langes schwarzes Haar glänzte im Schein des Feuers. Er bedauerte seinen Anteil an dem Zwischenfall, dem sie die Narbe auf ihrer rechten Wange verdankte, doch das Mal nahm ihr nichts von ihrer Schönheit. Im Gegenteil: Es ließ sie noch umwerfender aussehen – und menschlicher.

Die Männer musterten sie äußerst interessiert. Er konnte es ihnen nicht verdenken. Wahrscheinlich hatten sie seit Monaten keine Frau zu Gesicht bekommen, während sie in diesem testosterongeladenen Lager stationiert waren.

Thea zwängte sich zwischen ihn und Peter und setzte sich im Schneidersitz auf den Boden.

»Ich habe mit Hakan telefoniert«, sagte sie. »Er war ziemlich entsetzt, dass wir hier sind.«

»Damit schließt sich der Kreis der Ereignisse, die sich vor zwanzig Jahren hier zugetragen haben.«

»Nur dass es diesmal Papa ist, der entführt wurde. Ich frage mich, ob unser Gastgeber in die Sache verwickelt ist.«

»Möglich ist alles«, stellte Rif leise fest.

»Ich habe im Zelt des Generals einen Humidor gefunden, der voll ist mit Papas Lieblingszigarren, und das Büro ist mit exakt den gleichen Möbeln ausgestattet wie das ehemalige Arbeitszimmer meines Vaters in Kanzi.«

»Das ist in der Tat ziemlich merkwürdig. Aber warum sollte

er einen Mann entführen, der ihn reicher machen kann als Saudi-Arabien?«

Lautes Getrommel übertönte ihre Antwort. Die Soldaten tanzten zu dem Stakkatotakt, die Lautstärke und der Rhythmus der Trommelschläge spiegelten ihre beschwingte Stimmung wider. Die Männer ließen die Hüften kreisen, schwangen die Schultern hin und her und verschmolzen zu einem Kreis. Jeder der Männer hatte seinen Auftritt in der Mitte des Kreises, viele balancierten auf einer Hand, die Beine kerzengerade in die Luft gestreckt. Jaramogi überragte die Menge und stellte seine enormen Kräfte und seine Beweglichkeit zur Schau. Die Männer des Generals bildeten eine geschlossene Truppe – man konnte auch sagen: Sie waren kampfbereit.

Bei Rif schrillten die Alarmglocken. Er hatte sein halbes Leben in von Kriegen zerrissenen Ländern zugebracht und mit angesehen, wie Rebellen Komplotte geschmiedet hatten, um Regierungen zu stürzen. Dieses Camp mitten in der Wüste wirkte nicht wie ein von der Regierung eingerichtetes Trainingslager. Es vermittelte eher den Eindruck, als handele es sich um das persönliche Hauptquartier des Generals. Das komplette Lager war von einem Stacheldrahtzaun umgeben, der einzige Zugang wurde von vier bewaffneten Männern bewacht, die Wüste rund um das Camp war absolut unwirtlich. Es war der perfekte Ort, um jemanden verschwinden zu lassen. Vielleicht wartete Jemwa auf den passenden Augenblick und wollte erst mal sehen, wie die Öl-Verhandlungen liefen, bevor er zur Tat schritt. Nichts würde Rif überraschen.

Schließlich trat ihr Gastgeber in Erscheinung. Er trug seine komplette Militäruniform, an seiner Jacke prangten etliche Medaillen, die jedoch nur einen Teil seines riesigen Brustkorbs bedeckten. Er stolzierte um das Lagerfeuer herum und klopfte mit seinen bärenartigen Pranken auf etliche Schultern. In seinem linken Mundwinkel hing eine Zigarre. Der intensive Tabakgeruch füllte die Luft. Thea hatte recht – es war Christos' Lieblingsmarke.

Das Trommeln wurde intensiver, die Erde erbebte im Takt der Schläge. Gegrillte Ziege, Hunderte Männer, die seit Tagen nicht geduscht hatten, die Gefahr von Skorpionen und Schlangen. Es war die beste Feier, auf der er seit Langem gewesen war. *Genau.* Das letzte Mal, als er in der Wüste gewesen war, war das Ganze in einem Desaster geendet.

Es war eine perfekte Nacht für einen Überfall. Ein Sandsturm hüllte das Lebensmittellager der UN in eine ominöse braune Wolke. Rif machte seine Runde an der Umgrenzung des Lagers. Eine Windböe blies ihm Sand in die Augen. Seine Lippen waren mit einer Sandschicht bedeckt, und er blieb stehen und spuckte die groben Körner aus, die es in seinen Mund geschafft hatten. Dann marschierte er an dem jämmerlichen Zugangstor zu dem Lager vorbei und hielt nach Rebellen Ausschau. Der Befehl lautete, jeden, der sich blicken ließ, auf der Stelle zu erschießen. Jeder wusste, dass Ausgangssperre herrschte, und sie mussten die Lebensmittellager der Flüchtlinge bewachen. Die ausgemergelten Evakuierten bekamen schon nur noch achthundert Kalorien am Tag. Wenn sie noch irgendwelche Lebensmittelvorräte verloren, würden die Totengräber mit dem Beerdigen der Leichen nicht mehr nachkommen.

Er hatte den ganzen Tag in der Hütte verbracht, die als Kommunikationszentrale diente, und Berichte über Rebellen gehört, die die Ausgangssperre missachteten und sich in der Nacht bewegten. Seine Einheit war in höchster Alarmbereitschaft. Sie schützten mitten in der kargen Wüste des Tschads Tausende Getreidesäcke. Klar, die Soldaten der Rebellenarmee mussten auch essen, doch er würde auf keinen Fall zulassen, dass diese Mistkerle die Vorräte stahlen, die er bewachte.

Der Sandsturm wurde heftiger, der Wind peitschte die Körner gegen seine ungeschützten Wangen, während er angestrengt versuchte, etwas durch sein Nachtsichtgerät zu sehen. Die Dinger waren unter solchen Bedingungen nutzlos. Er riss sich das Nachtsichtgerät vom Kopf und setzte sich stattdessen eine Schießbrille mit klaren Gläsern auf. So war es nicht viel besser.

Was würde er nicht alles für eine eisgekühlte Coca-Cola tun. Er dachte an Kinshasa, einen achtjährigen einheimischen Jungen, der mit seiner Familie in einem benachbarten Dorf lebte. Der kleine Junge hatte Unternehmergeist und tauchte immer mit kalten Getränken auf, die er gegen Geld oder etwas zu essen tauschte. Zu dieser nächtlichen Stunde würde er natürlich sicher und wohlbehalten in seinem einfachen Zuhause im Bett liegen.

Rif hatte dem dürren Jungen in seinen freien Stunden Englisch beigebracht. Er hatte seine übliche Regel gebrochen, sich nicht mit den Einheimischen einzulassen, doch er bereute es nicht. Außer sich mit dem einheimischen Bier volllaufen zu lassen, gab es in der Wüste nicht viel zu tun, und darauf stand er nicht so. Der Mumm, der in dem Jungen steckte, inspirierte ihn und erinnerte ihn an Thea, die immer wieder auf die Beine kam, ganz egal, was ihr auch passierte. Man brauchte sich nur anzusehen, wie sie sich als Reaktion auf die Entführung ihres Bruders in ihren Geiselbefreiungsjob gestürzt hatte und darin voll aufging.

Die Leuchtziffern seiner Stocker&Yale P650 zeigten 02:00 Uhr an. Noch vier Stunden, bis die gnadenlose Sonne aufgehen und Brown ihn erlösen würde. Das Scheißwetter bedeutete kürzere Nachtwachen. Jeder Mensch konnte nur eine bestimmte Menge Sand schlucken.

Schweiß rann ihm die Stirn hinunter, tropfte ihm brennend in die Augen und beeinträchtigte seine Sicht. Er nahm eine Hand von seinem M-4-Karabiner und drehte seinen Rücken dem Wind zu. Dann nahm er die Brille ab und wischte sich den Schweiß weg, doch es war alles sinnlos. Sandkörner prasselten in seine Augen. Es fühlte sich an, als ob winzige Klingen durch seine Augen schnitten.

Da er befürchtete, dass seine Waffe angesichts der widrigen Wetterbedingungen versagte, checkte er den Feuermechanismus. Er funktionierte noch, aber der Lauf war mit einer Sandschicht überzogen. Er wischte den Sand mit ein paar schnellen Handbewegungen ab. Sein Maschinengewehr sollte tunlichst nicht blockieren.

Mit trüben Augen setzte er seine Runde fort. Die Tarnanzüge der Rebellen würden in dem Sandsturm nicht zu sehen sein, deshalb suchte er die Gegend nach ihrem Erkennungszeichen ab – den roten Halstüchern.

Eine Bewegung zu seiner Rechten erweckte seine Aufmerksamkeit. Er hielt die Luft an, wirbelte herum, den Finger um den Abzug seines Maschinengewehrs gelegt, und konnte sich gerade noch rechtzeitig zurückhalten abzudrücken. Eine Springmaus hüpfte an ihm vorbei. Um ein Haar hätte er dem verdammten Nager sein felliges Hinterteil zerfetzt. Das am merkwürdigsten aussehende Tier, das er je gesehen hatte – wie eine Kreuzung zwischen einem Känguru und einer Maus. Sein Herz hämmerte angesichts des blinden Alarms. Er nahm den Finger vom Abzug.

Die Zeit verging lähmend langsam. Er versuchte, nicht mehr an die Cola zu denken. Für einen einzigen Schluck würde er einen Wochenlohn – vielleicht sogar einen Monatslohn – geben. Mitten in der afrikanischen Wüste gab es sonst sowieso nichts, wofür er sein Geld ausgeben konnte.

Ein Geräusch. Es klang wie durch den Sand huschende Schritte. Scheiße. Die Informationen waren also richtig gewesen. Zu seiner Linken erhaschte er in seinem Blickwinkel etwas Rotes. Eine weitere Sandwolke wurde aufgewirbelt und nahm ihm die Sicht. Instinktiv richtete er sein Maschinengewehr in die Richtung, in der er etwas Rotes gesehen hatte, und drückte ab. Der Lauf spuckte einen Hagel Kugeln aus, der Rückstoß ließ seine Schulter erbeben.

Ein greller Schrei durchschnitt die Nacht, danach war es still. Er wartete, schwenkte den Lauf seines Maschinengewehrs hin und her, bereit für die zweite Welle Angreifer. Nichts passierte. Merkwürdig. Die Rebellen waren immer in Gruppen unterwegs. Er senkte seine Waffe und ging in die Richtung, in der er das aufleuchtende Rot gesehen hatte. Immer noch nichts. Wo zum Teufel war Brown? Hatte er die Schüsse nicht gehört? Er rückte langsam weiter vor und richtete das Maschinengewehr wieder vor sich aus. Noch ein Schritt, dann sah er den roten Stoff und blieb wie angewurzelt stehen.

Vor ihm lag Kinshasa mit ausgebreiteten Armen und Beinen auf dem Rücken, herausgeputzt in einem roten Coca-Cola-T-Shirt. Neben ihm lag ein abgenutzter Leinensack, in dem sich ein 12er-Pack Cola zu befinden schien.

Rifs Herz setzte einen Schlag aus. Kinshasa stöhnte. Eine Kugel hatte seinen kleinen Körper durchbohrt. O mein Gott. Was um alles in der Welt hatte der Junge mitten in diesem Sandsturm hier zu suchen? Er wusste doch, dass er sich nach Beginn der Ausgangssperre draußen nicht blicken lassen durfte. Rif strich ihm über die Wangen. Der Kleine hatte sich wahrscheinlich in der Hoffnung rausgeschlichen, den durstigen Männern etwas verkaufen und einen Dollar verdienen zu können.

Rif hängte sich das Maschinengewehr über die linke Schulter und hob den leichten Körper mit beiden Händen hoch. Kinshasas Augenlider flatterten, dann fielen sie zu. Die Reglosigkeit des Jungen machte Rif völlig fertig. Er versuchte, die Blutung mit seiner Jacke zu stoppen.

Was konnte er bloß tun? Das nahe Flüchtlingslager – dort gab es Ärzte. Er wiegte den Jungen in den Armen und rannte durch den Sandsturm, verzweifelt nach Hilfe suchend.

Zum Glück hatte Kinshasa überlebt, doch der Schock, angeschossen worden zu sein, hatte den fröhlichen Jungen in einen stillen, ernsten jungen Mann verwandelt. Rif ließ ihm und seiner Familie immer noch jeden Monat anonym Geld zukommen.

Sein Team, seine Vorgesetzten und später sogar Thea hatten ihm gesagt, dass er absolut vorschriftsgemäß gehandelt hatte, aber ... er hatte auf einen acht Jahre alten Jungen geschossen, auf einen Freund. Von da an sah er seine Arbeit mit anderen Augen. Er ließ in brenzligen Situationen größere Vorsicht walten, ging jedoch während einer Operation mit umso größerer Aggressivität zur Sache. Er würde alles Erforderliche tun, um sicherzustellen, dass denjenigen, die ihm am Herzen lagen, nichts passierte.

KAPITEL
40

Thea war in Aufruhr. Nach der erst kürzlich überstandenen Notlandung machte ihr das erneute Fliegen schwer zu schaffen. Wenigstens hatte sie aus dem Bell Helicopter, der über den tausendsiebenhundert Meter breiten Victoriafällen schwebte, einen spektakulären Blick auf den breitesten Wasserfall der Welt. Da noch früher Morgen war, stieg über dem Sambesi ein leichter Nebel auf, die üppige Vegetation und die rote Erde zu den Seiten des Flusses lagen im Dunst. Der Wasserfall, von den Einheimischen *Mosi-oa-Tunya* – Donner, der raucht – genannt, verdiente seinen Platz auf der Liste der sieben Naturwunder. Wie David Livingstone 1855 in seinem Tagebuch so schön geschrieben hatte, war die Landschaft so überwältigend, dass er festhielt: »Selbst die Engel müssen entzückt sein, wenn sie über die Fälle fliegen.« Doch der Riese, der neben ihr saß, war ganz gewiss kein Engel.

»Meine Männer prüfen, ob Ihr Vater womöglich in Kanzi gefangen gehalten wird«, sagte der General. »Wenn er in meinem Land festgehalten wird, werden wir ihn finden.«

Das war kaum beruhigend. Der Würdenträger Kanzis war bewiesenermaßen selber ein Entführer. Und sein Doppelgängerbüro hatte sie erschaudern lassen. Nach allem, was sie wusste, konnte er durchaus derjenige sein, der ihren Vater in der Gewalt hatte. Doch es machte keinen Sinn, sich mit ihm anzulegen. »Danke für Ihre Hilfe und dafür, dass Sie uns mitnehmen.« Sie saß hinter Rif, deshalb konnte sie in seinem

Gesichtsausdruck nicht lesen, was er von dem Ganzen hielt. Brianna und Peter waren in dem zweiten Hubschrauber, der ihrem folgte.

Erschöpfung drückte ihre Schultern nieder. Sie hatte in ihrem Zelt eine schlaflose Nacht verbracht und sich hin und her gewälzt, war sich nicht sicher gewesen, ob General Jemwa sein Versprechen halten und sie tatsächlich die kurze Strecke nach Victoria Falls fliegen würde. Doch die Versuchung, seine unerwarteten Gäste hängen zu lassen, verblasste offenbar angesichts der Gelegenheit, bei den Verhandlungen über milliardenschwere Ölbohrrechte zugegen zu sein.

Der Bell sank in Richtung des Hubschrauberlandeplatzes des Elephant Hills Hotels. Weniger als eine Minute später landeten sie auf dem weiß markierten Kreis. Vier Hummer-Geländewagen standen bereit, um sie zum einige Kilometer weit entfernten Victoria Falls Hotel zu bringen.

Thea stieg aus dem Hubschrauber und eilte zu den bereitstehenden Geländewagen. Im Kopf plante sie bereits, was sie als Nächstes tun würde. Als Erstes musste sie mit Hakan reden. Dann musste sie Rif abschütteln und eine Apotheke finden. Unerreichbar zu sein war ein ziemlich frustrierendes Martyrium für sie gewesen – sie wusste nicht, ob die Entführer sich gemeldet hatten, sie wusste nicht, ob Hakan einen Durchbruch erzielt hatte, und auch nicht, ob ihr Vater verletzt war oder es noch schlimmer um ihn stand.

Thea, Rif und General Jemwa stiegen in den ersten Hummer und fuhren los in Richtung Hotel. Angesichts der Verheerungen, die Mugabe dem Land zugefügt hatte, um sich selbst zu bereichern, war die Stadt in einem relativ guten Zustand. Doch die verschlossenen, müden Gesichter der Menschen, die die Straßen säumten, spiegelten die Spuren der Abnutzung wider, die eine jahrelange Diktatur mit sich brachte.

Ihr Handy vibrierte in ihrer Tasche. Sie hatten wieder Empfang. Sie beugte sich nach vorne und checkte ihre Textnachrichten.

Eine SMS von Hakan: *Ruf mich so schnell wie möglich an. Die Blutgruppe des Bluts auf dem Hubschrauberlandeplatz der Aphrodite ist die gleiche wie die von Christos.*

Rif starrte sie an. Sie schüttelte den Kopf. Nicht jetzt. Sie würde ihn im Hotel auf den neusten Stand bringen. Und sie wartete immer noch darauf, dass das Handy ihres Vaters wieder Empfang hatte – verdammter BlackBerry. Sie ignorierte die Schönheit der Farne, Palmen und Lianen und scrollte durch ihre persönlichen Textnachrichten. Ihr fiel eine SMS von Freddy ins Auge. *Christos' persönlicher Terminkalender wurde von seinem Computer gelöscht. Wir arbeiten daran, die Datei wiederherzustellen. Sobald wir es geschafft haben, solltest du dir den Kalender mal ansehen. Er hat an dem Morgen, an dem er entführt wurde, mit jemandem telefoniert. Vielleicht kannst du den Initialen Namen zuordnen.*

Wer hatte Zugriff auf den Kalender ihres Vaters? Sein Assistent? Ahmed? Peter? Oder vielleicht hatte ihn auch jemand gehackt. Jedenfalls musste er irgendetwas Belastendes enthalten, wenn sich jemand die Mühe gemacht hatte, ihn zu löschen.

Nach einer Minute vibrierte leicht verspätet auch das Handy ihres Vaters. Jede Menge geschäftliche E-Mails gingen ein wie auch ein paar herzzerreißende Nachrichten der inzwischen toten Helena. Dann leuchtete eine einzelne Nachricht auf dem Display auf.

Pede poena claudo.

»Die Strafe kommt lahmen Fußes.« Die Vergeltung mag spät kommen, aber irgendwann kommt sie. Ein Zitat von Horaz.

Sie schauderte. Dies war keine normale Geiselnahme, bei der der Entführer einfach nur eine Tonne unmarkierter Geldscheine für die Freilassung der Geisel verlangte. Sie hatten es mit Lösegeld-Entführungen und politisch motivierten Entführungen zu tun gehabt, aber dieser Fall lag anders. Was hatte der Entführer zu gewinnen, indem er ihren Vater in seiner Gewalt hatte, wenn er weder auf Geld noch auf die Erfüllung irgendwelcher Bedingungen aus war? Doch der Lateinliebhaber würde sich auch nicht die Mühe machen, mit ihr zu kommunizieren, wenn er nur die Absicht hatte, ihren Vater umzubringen. Sie mussten zwischen den Zeilen lesen, die unterschwelligen Hinweise entdecken, die sie zu der Identität des geheimnisvollen Mannes oder der geheimnisvollen Frau führten.

Die Tür des Geländewagens schwang auf. Sie waren an dem Hotel angekommen. Vor ihnen erhob sich das majestätische koloniale Gebäude, dessen Haupteingang von weißen Säulen gesäumt wurde. Zwei hohe Palmen wachten über das historische Wahrzeichen, das rote Dach und der rot gepflasterte Weg bildeten einen Kontrast zu den makellos weißen Außenwänden des Hotels. Afrikanische Fünfsternegastfreundschaft erwartete sie.

»Ich hoffe, ich sehe Sie heute Abend auf der Cocktailparty, die Premierminister Kimweri ausrichtet«, sagte der General. »Sie werden dort Gelegenheit haben, die angesehenen Führungspersönlichkeiten unserer großen Nation kennenzulernen – und Ihre Konkurrenz bei den Verhandlungen.«

»Das werden wir uns nicht entgehen lassen«, entgegnete Rif, stieg aus dem Wagen und bot Thea eine Hand an.

»Dann bis heute Abend.« Mit diesen Worten schritt Jemwa zum Eingang des Hotels.

»Was um alles in der Welt führt er im Schilde?«, fragte Thea.

»General Ita Jemwa war der Mann, der Nikos ursprünglich entführt hat«, sagte Rif. »Ich hatte nie die Absicht, dieses Geheimnis zu lüften, aber angesichts der Umstände musst du über damals Bescheid wissen.«

»Woher weißt du das?« War sie die Einzige, die man im Dunkeln gelassen hatte?

»Ich habe die Schlosskombination am Safe meines Vaters geknackt und Nikos' Bericht gelesen. Christos hatte meinen Vater gebeten, die Aufzeichnungen unter Verschluss zu halten, aber ich war ein neugieriges Kind.«

»Du weißt von Oba?«

»Ja. Woher ...«

»Jemand hat den Bericht des Psychiaters über Nikos in meine Computertasche gesteckt. Also warst du es nicht?«

»Nein. Ich habe diese Aufzeichnungen seit vielen Jahren nicht mehr gesehen.«

»Weiß Nikos, was du über ihn weißt?«, fragte sie.

»Er hat mich dabei erwischt, als ich im Safe meines Vaters herumgeschnüffelt habe. Ich habe mich oft gefragt, was er im Arbeitszimmer meines Vaters zu suchen hatte. Vielleicht wollte er seinen Bericht zurückhaben.«

Kein Wunder, dass Nikos Rif gegenüber so feindlich gesonnen war. Dass jemand anderes in die schlimmsten Momente seines Lebens eingeweiht war – und dann auch noch ein jüngerer Junge, der sich heimlich Zugang zu den Informationen verschafft hatte –, konnte nicht einfach für ihn gewesen sein.

Während sie den Eingang des Hotels ansteuerten, verspürte sie kurz einen Anfall von Schwindel. Sie brauchte Insulin, etwas zu essen und musste sich ausruhen. Zwei der drei Dinge waren essenziell.

»Alles klar mit dir?«, fragte er.

»Ich mache mir nur Sorgen. Lass uns einchecken.« Sie nickte dem Portier zu, einem großen Mann, der einen rotbraunen Mantel und einen Hut trug und einnehmend lächelte. Alle Hotelangestellten verströmten menschliche Wärme und erzeugten eine unglaublich einladende Atmosphäre.

»Jetzt sag endlich«, drängte Rif. »Hat der Entführer eine Lösegeldforderung geschickt?«

»Nein, nur einen weiteren lateinischen Spruch. Ich beginne allmählich zu befürchten, dass alles Geld der Welt nicht ausreichen wird, um Papa zu befreien.«

KAPITEL
41

Die Lichter in der Passagierkabine wurden gedimmt, als das Abendessen beendet war. Max hatte darauf bestanden, sie in die erste Klasse upzugraden, und Gabrielle hatte sich bereitwillig auf den Luxus eingelassen, da sie hoffte, noch ein paar Stunden richtig schlafen zu können, bevor sie zu den Öl-Verhandlungen in Simbabwe eintrafen, wohin sie Thea Paris folgten. Außerdem war das Essen im vorderen Teil des Flugzeugs sehr viel besser als hinten.

Während Max mit seiner Dienststelle kommunizierte, las sie die verschlüsselten Textnachrichten ihres Chefs der Hostage Recovery Fusion Cell, Stephen Kelly. Enttäuschung machte sich in ihr breit. Das SEAL-Team hatte in Syrien einen Bankmanager befreit, nicht Christos Paris. Sie versuchte, Thea zu erreichen, um ihr die Neuigkeit zu übermitteln, hatte jedoch kein Glück, weshalb sie stattdessen Hakan anrief. Der Inhaber von Quantum International Security war professionell, intelligent und führte ein gutes Geiselbefreiungsteam, und sie hoffte, irgendwie zu der Lösung des Falls beitragen zu können, da der politische Druck, den Ölmilliardär unversehrt nach Hause zu holen, ständig wuchs.

Normalerweise war es ihr nicht gestattet, außerhalb der USA eine Waffe zu tragen, doch sie hatte einen Freund kontaktiert, der ein ehemaliger CIA-Agent war. Er würde sie ausstatten, solange sie in Afrika war. Falls es Schwierigkeiten gäbe, wollte sie bewaffnet und gewappnet sein.

Nach zwei Gläsern vollmundigem Cabernet Sauvignon entspannten sich ihre Muskeln, die Plüschdecke schmiegte sich weich an ihre Arme. Sie hatte ihre Schwester angerufen, um zu erfahren, wie ihre letzte Chemotherapie gelaufen war. »Mit meiner derzeitigen Frisur kann ich mich bei den Marines bewerben«, hatte Adriana ihr gesagt. »Ich gehe noch heute ins Rekrutierungsbüro.« Ihr Sinn für Humor und ihr Optimismus, den sie an den Tag legte, während sie den Brustkrebs im dritten Stadium bekämpfte, konnten einen gesunden Menschen beschämen. Gabrielle beendete die Verbindung, ohne sich zu verabschieden. Es widerstrebte ihr, auf Wiedersehen zu sagen.

»Deine Schwester?«, fragte Max.

»Sie macht gerade den zweiten Zyklus der Chemo durch. Ich sollte eigentlich bei ihr sein.«

»Aber sie wollte nichts davon wissen.«

»Genau. Während des ersten Zyklus' habe ich mir extra ein paar Tage Urlaub genommen, um mich um sie zu kümmern. Vielleicht habe ich sie mit meinen Kochkünsten vergrault.« Sie versuchte zu lächeln, wusste jedoch, dass die Heiterkeit nicht ganz ihre Augen erreichte.

»Selbst Menschen, die sehr krank sind, müssen hin und wieder das Gefühl haben, unabhängig zu sein. Sie geben so viel auf, da müssen sie zumindest den Anschein erwecken, ein Stück weit die Kontrolle über ihr Leben zu behalten.«

Er hatte recht. Adriana versuchte einfach nur, selber zu erledigen, was sie noch selber erledigen konnte. »Wie geht es denn *deiner* Schwester, Max?« Das hätte sie schon früher fragen können, aber sie waren zu sehr mit dem Fall befasst gewesen.

»Unverändert.« In seinen Augen schimmerte Schmerz. Es war selten, einen Mann zu sehen, der seine Gefühle so offen zu erkennen gab. »Wir haben zwar nicht immer unter einem Dach gelebt, aber wir haben viel Zeit miteinander verbracht.«

Ach ja, sie erinnerte sich. Die beiden waren Halbgeschwister und hatten die gleiche Mutter. Sie drückte seinen Arm. »Tut mir leid. Es ist furchtbar, mit ansehen zu müssen, wie jemand leidet, der einem am Herzen liegt.«

»Meine Erinnerungen an unsere gemeinsame Nacht in Athen helfen mir über den Schmerz hinweg.« Seine kräftige Hand glitt unter die Decke und legte sich direkt über dem Knie auf ihren Oberschenkel. »Ich habe dich vermisst, Gabrielle.«

Hoppla. Sie streifte seine Finger von ihrem Bein. »Wir leben in unterschiedlichen Ländern und haben jeder unser eigenes Leben.«

»Und genau deshalb müssen wir jeden Moment, in dem wir zusammen sind, voll auskosten.«

Seine Hand kehrte zurück und wanderte langsam die Innenseite ihres Oberschenkels hoch. Eine Welle der Erregung schoss durch ihren Körper. Plötzlich war sie hellwach, und ihr Adrenalinspiegel stieg. Sie sollte widerstehen, ihre Professionalität aufrechterhalten, doch der Wein hatte ihren Willen geschwächt. Sie wollte Ja sagen.

Er schob ihren Seidenslip zur Seite. Die kühle Luft kitzelte ihre entblößte Haut. Sie schauderte. Er schob zwei Finger in sie. Sie atmete schwer.

In dem Moment erreichte die Stewardess mit einem Tablett voller Getränke ihre Reihe. »Darf ich Ihnen einen Schlummertrunk anbieten?«

Gabrielle versuchte, cool zu bleiben, damit die Stewardess nicht mitbekam, was unter der Decke passierte. »Nein, danke, wir sind rundum zufrieden.« *Mehr als rundum zufrieden.*

»Lassen Sie mich einfach wissen, wenn ich noch irgendetwas für Sie tun kann«, sagte die Stewardess und ging weiter den Gang entlang.

»Ich habe alles, was ich brauche.« Max' Finger glitten tief in sie hinein und wieder heraus, während sein Daumen ihre Klitoris stimulierte.

Sie hob die Hüfte und drängte sich seinen Fingern entgegen. Ihr ganzer Körper verlangte nach ihm. Was tat sie denn da? Sie war eine Topagentin der Regierung und ließ es sich in einem normalen Passagierflugzeug besorgen. Wenn das je herauskäme und die Runde machte, würde sie sich zur Lachnummer machen.

Sie suchte nach der Willenskraft, ihn zu stoppen, doch eine Welle der Erregung begrub jeden Anflug von Widerstand. O Gott, wenn er so weitermachte, würde sie wegen lauten Schreiens abgeführt werden.

Sie war kurz vor dem Höhepunkt. Er brachte sie über die Schwelle, und sie unterdrückte ein Stöhnen, als die Wellen des Orgasmus durch ihren Körper rauschten. Er bescherte ihr ein Hochgefühl, und nicht nur in physischer Hinsicht.

Dann beugte er sich zu ihr und küsste sie auf den Kopf, ein aufrichtiges Lächeln auf den Lippen, doch in seinen Augen lag auch ein Hauch von Schwermut. »Du bist eine ganz besondere Frau.«

Verflixt und zugenäht. Sie konnte es nicht ertragen, wenn er ihr jetzt auch noch romantisch kam. Und hatte sie ihre Nur-eine-Nacht-Regel eigentlich gebrochen, wenn sie keinen Geschlechtsverkehr gehabt hatten?

KAPITEL
42

Thea war Rif entwischt, während er unter der Dusche gestanden hatte, und hatte sich ihre Medikamente und ein paar andere erforderliche Utensilien besorgt. In der Apotheke vor Ort gab es das Insulinpräparat nicht, das sie sich normalerweise injizierte, aber das, das sie erstanden hatte, würde es auch tun. Die Zeitzonenwechsel, der Stress und die ausgefallenen Mahlzeiten brachten ihren Blutzuckerspiegel völlig durcheinander, und eine Stabilisierung ihrer Werte war entscheidend für ihren Gesundheitszustand.

Zurück in ihrem Zimmer studierte sie den Grundriss des Hotels. Genau zu wissen, wo sich die Ein- und Ausgänge befanden, stärkte ihr Gefühl, alles im Griff zu haben. In Anbetracht der zahlreichen Attacken, denen sie ausgesetzt gewesen waren, musste sie jederzeit auf der Hut sein.

Sie rief Hakan an.

Er meldete sich nach dem ersten Klingeln. »Ich habe mit Gabrielle Farrah gesprochen. Enttäuschende Nachricht für uns. Das SEAL-Team hat einen Banker befreit, der vor sechs Monaten entführt wurde. Keine Spur von deinem Vater.«

Dass es nicht so einfach sein würde, ihren Vater zu finden, hätte man sich ja denken können. »Danke für die Info.«

»Die Medien überbieten sich mit verrückten Hypothesen, wer Christos gekidnappt haben könnte«, fuhr Hakan fort.

»Die Medien lieben es, schmutzige Wäsche zu waschen. Die Versuchung ist zu groß, als dass sie widerstehen könnten.«

»Ich habe ein Team darauf angesetzt, den Flugzeugabsturz zu untersuchen. Sei vorsichtig. Irgendjemand wollte verhindern, dass du in Kanzi ankommst.« Er klang müde und erschöpft. Mit Sicherheit hatte er kein Auge zugemacht und ging das Ganze zusammen mit Freddy Winston und dem Quantum-Team von jeder nur erdenklichen Seite an.

»Rifs fliegerische Fähigkeiten kamen uns sehr gelegen.«

»Mein Sohn läuft unter Druck zur Höchstform auf. Genauso wie du.«

»Wir übersehen irgendwas. Die Antwort befindet sich in meinem peripheren Sichtfeld, aber ich kann sie nicht erkennen.« Sie war mehr als frustriert.

»Keine Lösegeldforderung, kryptische Botschaften, keine forensischen Beweise. Der Kidnapper ist ein Profi. Henri hat die Explosion der Limousine mit einem Wegwerfhandy ausgelöst, aber bisher konnten wir noch nicht zurückverfolgen, wer Helenas Ermordung eingefädelt hat.«

»Sie wusste, wer der Entführer ist, wollte es mir aber am Telefon nicht sagen.«

»Und das Notizbuch gibt es nicht mehr. Ich habe Paco darauf angesetzt, seine Beziehungen in Kolumbien spielen zu lassen, um herauszufinden, welche Rolle die FARC bei dem Ganzen spielt, aber was den Supertanker angeht, bin ich deiner Meinung: Damit hatte der wahre Kidnapper nichts zu tun. Er spielt ein raffiniertes Spiel und will sich noch nicht offenbaren. Ob es jemand aus unserem Metier sein könnte? Man hat ja fast den Eindruck, als hätte er eine Art Handbuch für Entführungen. Er macht keinen einzigen der typischen Fehler.«

»Und er ist uns immer etliche Schritte voraus. Wir müssen dringend aufholen, bevor er uns schachmatt setzt.«

»Ich mache mir Sorgen um eure Sicherheit«, sagte Hakan. »Der Angriff in der Seitengasse, der Flugzeugabsturz ... sie sind hinter dir her. Mir stellt sich immer mehr die Frage, ob sie es bei dem Überfall auf die Jacht nicht in Wahrheit auf dich abgesehen hatten. Das Timing deines Treppenlaufs könnte dir das Leben gerettet haben.«

»Ich habe bei dem Absturz alles verloren, was ich dabeihatte. Falls sie mir also einen Peilsender untergeschoben haben sollten, können sie mit dem jetzt nichts mehr anfangen. Rif und ich sind in höchster Alarmbereitschaft, du brauchst dir keine Sorgen zu machen.«

»Mache ich aber. Wir gehen weiter allen denkbaren Spuren nach. Ich habe das Team darauf angesetzt, alle Möglichkeiten in Betracht zu ziehen. Dazu gehören: der IS, Ares, die russische Mafia, General Jemwa, Premierminister Kimweri, die Chinesen ... die Liste ist endlos.«

»Denkt daran, auch Ereignisse aus der fernen Vergangenheit in eure Überlegungen einzubeziehen. Die Planung einer derart komplexen Operation muss eine Engelsgeduld erfordert haben. Außerdem jährt sich Nikos' Entführung zum zwanzigsten Mal, womit sich der Kreis durch Papas Entführung gewissermaßen schließt.«

»Da du gerade von ihm sprichst – hast du etwas von deinem Bruder gehört?« Hakan hatte ein Faible für Nikos, was vielleicht daran lag, dass er wusste, was ihm während seiner Gefangenschaft widerfahren war.

»Nein. Er war sauer, dass wir ihn nicht sofort eingeweiht haben. Irgendjemand hat mir Auszüge des psychiatrischen Gutachtens und seiner eigenen Aufzeichnungen über seine Gefangenschaft in die Tasche gesteckt. Die wahre Geschichte. Mir wurden mein ganzes Leben lang Lügen aufgetischt. Warum hat mir niemand erzählt, was er wirklich durchgemacht hat?«

Einen endlosen Moment langt herrschte dröhnendes Schweigen. »Christos hat darauf bestanden. Einem seiner beiden Kinder wurde die Unschuld geraubt. Dein Vater wollte nicht, dass auch du deine Kindheit verlierst.«

»Und als ich erwachsen wurde? Hatte ich es da nicht verdient, die Wahrheit über meinen Bruder zu erfahren?«

»Es stand mir nicht zu, diese Entscheidung zu treffen.«

»Wurde Nikos angewiesen, über all das Stillschweigen zu bewahren?« Sie war voller Mitgefühl für ihren Bruder. Wie furchtbar musste es gewesen sein, all dieses Grauen erlebt zu haben und dann verpflichtet worden zu sein, mit niemandem darüber zu reden.

»Das musst du alles deinen Vater fragen.«

Das würde sie ganz gewiss tun, aber erst einmal musste sie ihn finden. »Irgendwelche Hinweise zu der letzten SMS?«

»Sie wurde auch von einem Wegwerfhandy verschickt, das sofort nach der Verwendung unbrauchbar gemacht wurde.«

»Glaubst du, dass der Kidnapper die Männer auf der *Damocles* angeheuert hat, um uns abzulenken?«, fragte sie Hakan.

»Wenn jemand entführt wird, der so reich ist wie Christos, treten alle möglichen Verrückten auf den Plan, die ihre fünfzehn Minuten Ruhm haben wollen – oder die zehn Millionen Euro einstreichen wollen. Die Sache mit dem Tanker kann mit der Entführung nichts zu tun gehabt haben.«

»Die FARC wusste über Papas Uhr Bescheid.«

»Irgendwas sickert immer durch. Sie waren nicht im Besitz der Uhr, sie wussten nur davon. Ich lasse sie im Labor auf Fingerabdrücke oder andere Hinweise untersuchen.«

Ein Klopfen an der Tür ließ sie zusammenfahren. »Ich muss los. Die Cocktailparty, die der Premierminister ausrichtet, beginnt gleich. Ich habe vor, mich ein bisschen mit General Jemwa zu unterhalten – ich traue ihm definitiv nicht über den Weg. Und was ist mit dem Flugzeugabsturz?«

»Ich treffe mich heute Nachmittag mit den Experten.«

»Bitte halte mich auf dem Laufenden.«

»Mache ich.«

»Ich bin so froh, dich auf meiner Seite zu wissen, Chef.«

»Darauf kannst du immer zählen.«

Es klopfte erneut. Sie beendete das Gespräch und guckte durch den Türspion.

Peter Kennedy. Der fehlte ihr gerade noch.

Sie band ihren Bademantel fester zu und öffnete die Tür.

»Ich dachte, wir genehmigen uns vielleicht noch einen Drink, bevor die Party losgeht, und reden über unsere Verhandlungsstrategie für morgen.« Er stand in einem cremefarbenen Anzug, helloranger Krawatte und dazu passendem Einstecktuch auf der Schwelle. Wie, um alles in der Welt, war er so schnell an so ein Outfit gekommen? Sie hatten doch all ihr Gepäck bei dem Flugzeugabsturz verloren.

»Wie wär's, wenn wir uns nach der Party treffen, sagen wir um 22 Uhr? Ich bin noch nicht ganz fertig. Ich habe im Laden des Hotels darum gebeten, mir ein Kleid hochzuschicken.«

Sein Blick wanderte zum Ausschnitt ihres Bademantels. Sie musste sich zusammenreißen, nicht zu schaudern.

Er blinzelte ein paarmal, wobei seine Augenlider merkwürdig flatterten. »Wie wär's, wenn wir uns draußen im Garten ein Plätzchen suchen? Ich möchte nicht, dass uns jemand belauscht. Wenn Christos zurückkommt – und er wird zurückkommen –, soll er stolz darauf sein, was wir in seiner Abwesenheit erreicht haben. Dieser Deal könnte ein Jahrhundertdeal sein.«

»Auf jeden Fall. Wir sehen uns dann auf der Party.«

Sie schloss die Tür und ließ sich auf den nächstbesten Stuhl fallen. Sie war es leid, gute Miene zum bösen Spiel zu machen. Entführungen zogen sich oft lange hin, verlangten einem unendliche Geduld ab und zwangen einen, ein Pokerface aufzusetzen, aber all ihre Erfahrungen reichten nicht, um sie auf diesen extrem persönlichen und verwirrenden Fall vorzubereiten. Wenn das Leben eines eigenen Familienangehörigen auf dem Spiel stand, machten einem Kummer und Sorgen auf ganz andere Art zu schaffen.

Sie schloss die Augen. Klarheit zähmte das Chaos. Es war dem Entführer offensichtlich wichtig, die Kontrolle zu haben.

Das Zimmertelefon klingelte. »Hallo.«

»Ms Paris, Ihr Kleid ist bereit. Soll ich es Ihnen hochschicken?«

»Ja, jetzt gleich bitte.«

Es war an der Zeit, ihm die Kontrolle zu entreißen.

KAPITEL
43

Der tiefe Ausschnitt des saphirblauen Schlauchkleides offenbarte mehr Dekolleté, als Thea lieb war, aber sie hatte kaum eine andere Wahl. Das Kleid erinnerte sie an Helena, deren Lieblingsfarbe Blau gewesen war. Sie hatte das Haus ihres Vaters in Südfrankreich in Azur-, Himmel- und Indigoblau neu gestaltet. Thea brannten die Augen. Ob ihr Vater wusste, dass seine Frau tot war?

Sie zwang sich, sich wieder auf das Hier und Jetzt zu konzentrieren. Sie würde den Kidnapper ins Visier nehmen und ihm unermüdlich nachstellen. Sie bürstete ihr langes Haar und trug Lipgloss auf. Dann schritt sie durch die gewölbten Flure zu dem prachtvollen Livingstone Room und wappnete sich für den bevorstehenden Abend.

Mit den antiken Möbeln und den Porträts von Mitgliedern des britischen Königshauses versprühte der große Festsaal ein koloniales Flair. Ein Pianist ließ seine Finger über einen Stutzflügel tanzen, weißbehandschuhte Kellner reichten Champagner und Hors d'œuvres. Alles war vom Feinsten – und so sollte es auch sein. Es ging um viele Milliarden Dollar, und ungeachtet dessen, wer letztendlich den Zuschlag für die Ölförderrechte erhalten würde, waren die offiziellen Vertreter Kanzis im Begriff, ihren Lebensstandard beträchtlich zu verbessern.

Peter saß an der Theke auf der gegenüberliegenden Seite des Saals. *Was für eine Überraschung.* Er winkte ihr zu, aber sie tat so, als hätte sie ihn nicht gesehen. Um ihn würde sie sich später kümmern. Jetzt wollte sie sich erst mal einen Eindruck von den Anwesenden verschaffen und sehen, ob es jemanden gab, der sich auffällig verhielt und als potenzieller Entführer infrage kam. Insbesondere wollte sie die Quan-Familie ins Visier nehmen, die unmittelbare Konkurrenz von Paris Industries bei den Verhandlungen um die Ölförderrechte in Kanzi.

Sie ging weiter in den Saal hinein und ließ sich von einem vorbeikommenden Kellner ein Glas Champagner reichen. Die bunten Farben der traditionellen afrikanischen Kleidung bestimmten die Atmosphäre im Saal. Viele der Frauen trugen aufwendigen, ihrer sozialen Stellung Ausdruck verleihenden Kopfschmuck. Thea stellte sich in die Reihe der Gäste, die anstanden, um vom Premierminister begrüßt zu werden, und ließ ihren Blick durch den Saal schweifen. Wie auf einem Event der Vereinten Nationen waren Menschen verschiedenster Herkunft zusammengekommen, die alle ihre eigene Agenda im Gepäck hatten und ihre persönlichen Ziele verfolgten.

Als sie schließlich an der Reihe war, überraschte sie das Mitgefühl in den Augen des Premierministers. »Ms Paris, ich habe versucht, Sie zu erreichen. Ich wollte Sie fragen, ob ich im Hinblick auf die Entführung Ihres Vaters irgendwie behilflich sein kann. Vor vielen Jahren hat Christos meiner Familie einmal geholfen, als sie schwere Zeiten durchgemacht hat. Ich werde seine Güte nie vergessen.«

Thea wurde weich ums Herz, als sie an die wohltätige Ader ihres Vaters dachte. Klar, er war ein hartgesottener Geschäftsmann, aber er gab der Gemeinschaft immer etwas zurück. Die Frage war, ob der Premierminister sein Angebot ernst meinte oder ob dahinter die Absicht steckte, etwas zu verschleiern. »Vielen Dank. Ich werde mich ganz sicher bei Ihnen melden, wenn ich Ihre Hilfe benötige. Mein Vater wird es zutiefst bedauern, dass ihm Ihre wunderbare Feier entgeht.«

Der Premierminister lachte. »Ja, ich konnte bei jedem feierlichen Anlass immer fest auf die Anwesenheit Ihres Vaters zählen. Bitte denken Sie an mein Angebot.«

»Das tue ich, und ich versichere Ihnen, dass bei Paris Industries alles weiter seinen geregelten Gang geht, bis mein Vater wieder da ist.«

Die Empfangsreihe drängte hinter ihr, und andere, die ungeduldig darauf warteten, Buddha den Bauch zu streicheln, schoben sie aus dem Weg. Sie steuerte den hinteren Bereich des Saals an und suchte sich einen Standort, von dem aus sie das Treiben besser beobachten konnte.

Im starken Kontrast zu den farbenfroh gekleideten Afrikanern war die chinesische Delegation durchweg in Schwarz erschienen. Die Männer trugen Smokings, die einzige Frau ein eng sitzendes bodenlanges Abendkleid, das ihre grazile Figur betonte. Ihr rabenschwarzes Haar bildete einen starken Kontrast zu ihrer blassen Gesichtsfarbe und ihrem auffälligen knallroten Lippenstift. Thea erkannte Quan Xi-Ping und ihren Bruder Chi wieder, die sie auf Christos' Feier kennengelernt hatte. Die beiden würden als Verhandlungsführer der Chinese National Oil Company am Tisch sitzen und brachten gemeinsam fünfundzwanzig Jahre geballte Erfahrung mit.

Chi genoss den Ruf, ein Logistikgenie zu sein, während seine umwerfend aussehende Schwester diejenige war, die die Deals unter Dach und Fach brachte. Sie galt als eine Frau, die ein Nein nicht als Antwort gelten ließ. Als wäre er von ihrer Schönheit betört, hielt der General sich ihre Hand einen endlos erscheinenden Moment lang an die Lippen.

Eine kräftige Hand umfasste Theas Arm. Rif. In seinen Augen zeichneten sich Sturmwolken ab. »Wenn ich das nächste Mal dusche, fessele ich dich mit Handschellen ans Waschbecken.«

»Ich musste ein paar Besorgungen machen. Wie du siehst, geht es mir bestens.«

»Auf Santorin wurden wir von einem Schlägertrupp überfallen, unser Flugzeug wurde sabotiert und wäre um ein Haar abgestürzt, und in Kürze beginnen in einem von Bürgerkriegen zerrissenen Land die Verhandlungen um einen milliardenschweren Rohstoff-Deal. Da solltest du besonders vorsichtig sein.«

Sein Ärger war echter Sorge gewichen. Und er hatte ja recht. Sie hatte unverantwortlich gehandelt und sich Rif gegenüber als unfair erwiesen. »Es tut mir leid. Ich bin so daran gewöhnt, alleine zu reisen, dass ich mir darüber kaum Gedanken mache.«

»Ich bin nicht gerade scharf darauf, dein Big Brother zu sein.« Er starrte zur gegenüberliegenden Seite des Saals, wo Nikos gerade in einem Designersmoking den Livingstone Room betrat. »Aber da ich sehe, dass dein richtiger Bruder da ist, überlasse ich dich jetzt dem Familientreffen.«

Sie ging zu ihrem Bruder und umarmte ihn.

Er erwiderte ihre Umarmung und drückte sie fest an sich. »Peter hat mir von dem Flugzeugabsturz erzählt. Alles klar mit dir?«

»Ja, alles in Ordnung. Reden wir lieber von dir. Auf der ganzen Welt gibt es ohne Ende Städte mit jeder Menge Hotels – und du kommst ausgerechnet hier hereinspaziert?«

Er lächelte. »Ich hab dich im Auge, kleine Schwester.«

Ihre Heiterkeit verblasste. »Was ist los, Nikos?«, fragte sie besorgt.

»Ich bin dich auf Santorin ziemlich hart angegangen. Tut mir leid, dass ich die Beherrschung verloren habe. Um es wiedergutzumachen, wollte ich dir meine Unterstützung anbieten. Solange unser Vater verschollen ist, solltest du nicht alles allein schultern müssen.«

»Danke. Ich will alles tun, was in meiner Macht steht, um Peter und Ahmed bei den Verhandlungen zu unterstützen. Und ich spüre, dass hier irgendwo die Verbindung zu Papas Entführung zu finden ist.«

»Ich hatte schon mal mit den Quans zu tun. Sie spielen nicht fair.«

Ihr Vater wäre entsetzt, wenn er wüsste, dass Nikos auf dem Empfang war. Andererseits könnte die Situation vielleicht dazu beitragen, die familiären Unstimmigkeiten auszubügeln.

»Ich hatte einen Termin in Südafrika, der gecancelt wurde. Ich war also in unmittelbarer Nähe und dachte, dass das Schicksal es wohl so gewollt hat, dass ich hier vorbeischaue.« Ihr Bruder sah sie ernst und mit beschwörendem Blick an.

General Jemwa steuerte mit dem chinesischen Geschwisterpaar im Schlepptau direkt auf sie zu. Nikos war im Begriff, seinem einstigen Kidnapper gegenüberzustehen. Wie würde er reagieren? Sie bereitete sich darauf vor, dass es krachen würde. Ihr Bruder war leicht reizbar. Diesen Charakterzug an ihm hatte sie im Laufe der Jahre mehr als einmal kennengelernt, und ein Beweis dafür befand sich in Form einer Narbe auf ihrer Wange.

»Ms Paris, schön, Sie wiederzusehen. Ich denke, wir können es einrichten, dass Sie heute Abend das Steak bekommen, das Sie sich gewünscht haben. Und sieh mal einer an, wen haben wir denn da? Den Bruder, den ich vor vielen Jahren aus den Fängen dieses grausamen Warlords gerettet habe.« Jemwa wandte sich Xi-Ping und Chi zu. »Wussten Sie, dass Nikos entführt wurde?«

»Vielleicht sollten wir lieber über das reden, weshalb wir alle hier sind«, schaltete sich Thea in dem Versuch ein, das Thema zu wechseln. »Wenn ich richtig informiert bin, starten wir morgen in aller Frühe.« Sie wollte vermeiden, dass ihr Bruder einen seiner berüchtigten Wutausbrüche bekam. Die Lage war auch so schon angespannt genug.

Doch Nikos überraschte sie. Er nickte Jemwa nur kurz und emotionslos zu. »Ist schon in Ordnung, Thea. Wenn der General Anerkennung für sein Heldentum einheimsen will, darf er meine Leidensgeschichte gerne zum Besten geben.«

Chi bedachte Nikos mit einem kühlen Blick. »Tja, am Verhandlungstisch wird der General sich nicht auf Ihre gemeinsame Geschichte besinnen.«

Nikos lächelte. »Wenn mir die Konkurrenz von Paris Industries Sorgen bereiten würde, dann sicher nicht wegen Ihnen, sondern eher wegen Ihrer Schwester. Ich hatte vor einigen Jahren schon mal mit Xi-Ping zu tun, als ich Waren nach China eingeführt habe, und habe sie dabei als knallharte Verhandlerin kennengelernt.«

Chi reagierte nahezu ungerührt. »Doch diesmal werden Sie mit mir das Vergnügen haben. Meine Schwester ist nur die Schaufensterdekoration.«

Du lieber Himmel, was für ein Macho! Xi-Ping starrte Chi auf beunruhigende Art an.

Thea drängte es danach, von dem Geschwisterpaar wegzukommen und Nikos und den General voneinander zu trennen, bevor die Situation möglicherweise kippte. »General, hätten Sie Lust, sich mit mir auf einen Drink zu dem Premierminister zu gesellen? Wie ich sehe, hat er seine Pflicht getan und alle Gäste empfangen.«

»Gerne, selbstverständlich.«

Ein subtiles Funkeln in den Augen des Generals verriet ihr, dass er mit Kimweri nicht auf bestem Fuße stand. Dennoch hakte er Theas Hand unter seinem Arm ein. »Ach, Nikos«, sagte er noch im Weggehen, »komm doch später noch mal zu mir und erzähl mir, wie es dir so ergangen ist. Es ist mir immer eine

Freude, mich mit alten Freunden zu treffen und Neuigkeiten auszutauschen.«

Mit Freunden? Davon konnte wohl keine Rede sein. Nur ein Hauch von Skepsis im Blick ihres Bruders verriet, dass er auf diese Begegnung alles andere als erpicht war. Aus dem Augenwinkel sah sie, dass Rif sie beobachtete. Sie konnte es ihm nicht verdenken, dass er allein in einer Ecke stand. Diese Cocktailparty war die reinste Hölle, die Anspannung im Saal war derart mit Händen zu greifen, dass selbst sie es kaum ertragen konnte. Sie warf einen Blick über ihre Schulter und rechnete fast damit, ein auf ihren Rücken gerichtetes Messer zu sehen.

KAPITEL 44

Es war schon eine Weile her, seitdem Nikos sich das letzte Mal auf einer Cocktailparty so amüsiert hatte. In seiner Rolle als Nikos Paris ertrug er solche Anlässe nur, weil sie ein notwendiges Übel waren. Das Beste an seiner Rolle als Ares war seine geisterhafte Erscheinung, denn nur sehr wenige Leute traten ihm persönlich gegenüber, und diejenigen, mit denen er sich traf, waren genauso auf ihre Anonymität bedacht wie er.

Apropos Fassaden – der General hatte gerade demonstriert, wie gut er lügen konnte, was natürlich keine Überraschung war. Selbst Thea hatte sich als talentierte Pokerspielerin erwiesen. Wenn er sie nicht so gut kennen würde, hätte er die unterschwelligen Anzeichen ihrer Panik, die sie verströmt hatte, als Jemwa auf sie zugekommen war, nicht wahrgenommen.

Das bedeutete, dass sie die Aufzeichnungen gelesen hatte, die er in ihre Computertasche geschmuggelt hatte. Jetzt, da sie wusste, was ihm widerfahren war, würde sie die Wahrheit erkennen: dass ihr Vater mitnichten ein Held war. Sie musste begreifen, wie sehr er, Nikos, aufgrund der Habgier ihres Vaters gelitten hatte. In ihm wuchs die Hoffnung, dass Thea ihn bedingungslos liebte. Gemeinsam würden sie ihre Wohltätigkeitsorganisation in Afrika wirklich voranbringen, aber es gab noch so viel mehr, was sie tun konnten.

»Du hast mir gar nicht erzählt, dass deine Schwester so hübsch ist«, stellte Xi-Ping fest, nachdem Chi gegangen war, um sich mit einem von Kanzis Würdenträgern zu unterhalten.

»Fühlst du dich bedroht?«, fragte Nikos. Thea hatte die Genpool-Lotterie gewonnen: Von ihrem Vater hatte sie das dunkle Haar und die olivfarbene Haut geerbt, von ihrer Mutter die smaragdgrünen Augen, doch was sie vor allem auszeichnete, war ihre Intelligenz.

»Niemals.« Xi-Ping lächelte und ließ die Zunge über ihre Lippen gleiten. »Komm heute Nacht auf mein Zimmer. Dann zeige ich dir, wie bedroht ich mich fühle.«

Er lachte. »Ich fürchte, ich brauche heute Nacht meinen Schönheitsschlaf, damit ich morgen frisch bin.«

»Wovon redest du? Du bist bei den Verhandlungen doch gar nicht dabei.«

Er zog eine Augenbraue hoch. »Entschuldige mich bitte.«

»Aber...«

Er steuerte die Theke an. Noch mochte er den Aufenthaltsort seines Vaters nicht kennen, aber es konnte nicht mehr lange dauern, bis er wusste, wo er war. Die ständigen neuen Wendungen sorgten dafür, dass das Spiel spannend blieb.

KAPITEL 45

Rif stand in einer Ecke des Livingstone Rooms und ließ die Kassettendecke, die stilvollen Wandleuchter und die prachtvollen burgunderroten Wandteppiche auf sich wirken. Dies war definitiv ein noblerer Ort als die üblichen militärisch-spartanischen Unterkünfte, die er sonst gewohnt war. Er bestellte sich bei dem Barkeeper ein Tonic – kein Alkohol heute Abend, obwohl er einen kräftigen Drink gebrauchen konnte.

Ein paar Schritte von ihm entfernt hatte sich gerade das Grüppchen aufgelöst, das sich aus Thea, Nikos und einem auffälligen chinesischen Paar zusammengesetzt hatte – zweifellos die Konkurrenz bei den Verhandlungen über die Bohrrechte. Wie er ihrer Körpersprache entnommen hatte, gärte es unter ihnen, und das war gut so. General Jemwa hatte mit verschränkten Armen leicht nach hinten gelehnt dagestanden, eine Position, die Gegnerschaft zum Ausdruck brachte. Aufgrund der Vorgeschichte zwischen ihm und Nikos überraschte Rif das nicht.

Nikos wiederum hatte intensiven Blickkontakt mit dem riesigen Mann gehalten, was in bestimmten Situationen auf positives Interesse hindeuten konnte. In diesem Fall bedeutete es aber wahrscheinlich, dass Nikos dem General in keiner Weise traute und in Alarmbereitschaft verharrte. Trotzdem war an der Interaktion zwischen den beiden Männern irgendetwas Beunruhigendes, wobei Rif nicht genau sagen konnte, was es war.

Chi mit seinem nach hinten gegelten schwarzen Haar hatte

während des gesamten Gesprächs nicht ein einziges Mal gezwinkert – ein potenzielles Anzeichen für Falschheit. Theas Kopf und Nacken waren steifer gewesen als eine Stahlstange, ihre Schultern angespannt. Wenn Menschen den Kopf starr hielten, bedeutete das, dass sie mit jemandem zusammen waren, dem sie nicht trauten oder vor dem sie Angst hatten.

Als er sie gerade hatte erlösen wollen, war sie mit Jemwa in die entgegengesetzte Richtung davongeschlendert, und Chi hatte sich ebenfalls abgewandt, sodass Nikos mit der chinesischen Schönheit allein zurückgeblieben war. Der gierige Blick der Frau wanderte von Nikos' Augen hinunter zu seinen Lippen. Da war aber jemand scharf auf Nikos, so viel stand fest. Und die beiden begegneten sich eindeutig nicht zum ersten Mal. Sie strahlten ein Gefühl der Vertrautheit aus und standen viel zu nah beieinander, als dass sie sich fremd sein konnten. Rif fragte sich, ob Thea wusste, dass die beiden sich kannten, oder ob sie es an diesem Abend gespürt hatte.

Ein paar Anzugträger strichen durch den Saal. Zwei von ihnen erkannte Rif – Anwälte von Paris Industries. Er war ihnen schon mal kurz auf einer Veranstaltung der Firma begegnet, bei der er für die Sicherheit zuständig gewesen war. Ahmed Khali war ebenfalls da und schüttelte Hände. Wie es aussah, war alles, was Rang und Namen hatte, vor Ort. Die Verhandlungen versprachen spannend zu werden. Und irgendwo in diesem komplexen Netzwerk verbarg sich die Antwort auf die Frage, wer Christos entführt hatte und warum – darauf würde er sein letztes Hemd verwetten.

Er ließ seinen Blick an den Rändern des Saals entlangwandern, hielt Ausschau nach etwaigen Gefahren und behielt die ganze Zeit Thea im Auge. Er hatte nur mal kurz geduscht, und schon war sie einfach verschwunden. Da sie sich der möglichen Gefahren sehr wohl bewusst war, musste sie etwas Wichtiges zu erledigen gehabt haben, wenn sie zu diesem heiklen Zeitpunkt bereit gewesen war, so ein Risiko einzugehen. Er würde später den Hotelpagen aufsuchen, ihm ein Trinkgeld zustecken und ihn fragen, ob sie mit einem Taxi in die Stadt gefahren war. Es missfiel ihm zwar, in ihre Privatsphäre einzudringen, aber er konnte ihre Sicherheit nicht aufs Spiel setzen. Und sie war nun mal nicht gerade besonders mitteilsam.

Er bahnte sich einen Weg durch die Gästeschar und fand sich plötzlich dem General gegenüber. »Sie haben da ja in der Wüste ein ziemlich beeindruckendes Trainingslager aufgebaut. Erwarten Sie einen Krieg?«

Die Nasenflügel des Generals blähten sich. »Haben Sie Kindersoldaten erwartet, die mit veralteten Waffen herumlaufen? Tut mir leid, da muss ich Sie enttäuschen. Diese Region Afrikas ist ein gefährliches Pflaster. Es ist besser, gewappnet zu sein.«

»Ich habe als Kind in Kanzi gelebt.«

Jemwa kniff die Augen zusammen. »Zusammen mit Christos Paris?«

»Mein Vater ist für seine Sicherheit zuständig.«

»Tja, dann ist Ihr Vater vielleicht derjenige, der sich veralteter Methoden bedient. Jedenfalls haben sie nicht verhindert, dass Mr Paris entführt wurde.«

Rif straffte sich. »Da Sie es erwähnen – die Waffen Ihrer Soldaten sahen funkelnagelneu aus. Wenn ich mich nicht irre, waren es chinesische Fabrikate. Hat Ares Ihnen die geliefert?«

»Wer?«

Rif spürte Theas Blick auf sich, schaute aber nicht in ihre Richtung. »Ihr Waffenhändler. Ich wette, dass Sie mehr darüber wissen, als Sie zugeben, was mit Christos passiert ist. Waren Sie nicht derjenige, der seinen Sohn vor zwanzig Jahren entführt hat?«

Der General verzog das Gesicht zu einem breiten Krokodilsgrinsen. »Sie irren sich. Ich habe Nikos aus den Fängen des Warlords gerettet, der ihn gekidnappt hatte.«

»Das habe ich aber anders gehört.« Rif sah dem General tief in die Augen.

»Gerüchte zu verbreiten kann gefährlich sein, erst recht, wenn man sich im Revier eines anderen Mannes befindet. Vielleicht sollten Sie lieber die Feier genießen und sich Ihre Verdächtigungen für ein andermal aufheben.«

Eine plötzliche Bewegung im Saal lenkte ihn ab. Peter taumelte auf Thea zu. Er war offensichtlich betrunken. War ihm seine Professionalität denn völlig abhandengekommen? Es mochte ja hinnehmbar sein, bei dem einen oder anderen geschäftlichen Empfang leicht angetrunken zu sein, aber bei diesem Anlass war es doch wohl angesagt, seine Sinne beisammenzuhalten? Die bevorstehende Verhandlung war zweifellos die wichtigste, der Peter im Laufe seines Berufslebens beigewohnt hatte. Er sollte eine Krise meistern und helfen, den Öldeal unter Dach und Fach zu bringen. Sich ausgerechnet auf diesem Empfang zu betrinken war einfach nur dumm, selbst für seine Verhältnisse.

Rif ließ den General stehen, um den Finanzchef abzufangen, bevor er Thea in eine peinliche Situation brachte.

Doch es war zu spät. Peter lief in einen Kellner hinein, dessen Tablett voller Champagnergläser in hohem Bogen durch den Saal flog. Die Gläser zersplitterten auf dem Boden. Die Gäste drehten sich um, um zu sehen, was passiert war. Der Pianist hörte auf zu spielen. Im Livingstone Room wurde es schlagartig mucksmäuschenstill.

Peter torkelte weiter, er wurde mit jedem Schritt langsamer. Sein Gesicht war fleckig, seine Augen glasig. Aus seinem Mund quoll weißer Schaum. Im nächsten Moment brach er auf dem Parkettboden zusammen.

Rif drängte sich durch die Menge, um ihm zu helfen, und fühlte umgehend seinen Puls. Es war keiner tastbar. Thea hockte sich neben ihn auf den Boden und wollte mit einer Reanimation beginnen.

Ein schwacher, aber vertrauter Mandelduft drang Rif in die Nase. Er legte Thea eine Hand auf die Schulter. »Es ist zu spät. Er ist tot.«

KAPITEL 46

Thea starrte hinab auf Peter Kennedy und wünschte, sie könnte ihn durch reine Willenskraft wieder zum Leben erwecken, doch seine hervortretenden starren Augen ließen ihr keine Hoffnung. Noch vor wenigen Minuten hatte er ihr, ganz der gesellige Typ, der er war, durch den Saal zugewinkt. Jetzt war er tot, dem Geruch und Anschein nach mit Zyanid vergiftet.

In der Ferne heulten Martinshörner. Die Partygäste standen verstreut in einem Kreis um sie herum und murmelten miteinander. Die festliche, entspannte Atmosphäre war in Geisterstimmung umgeschlagen. Auf einmal verunzierte eine Leiche den glänzenden Parkettboden.

Rif reichte Thea eine Hand, um ihr hochzuhelfen. Sie nahm die Hilfe dankbar an, denn ihre Knie fühlten sich an wie aus Gummi.

General Jemwa schritt auf sie zu. »Ms Paris, meine Wachen lassen niemanden aus dem Gebäude, bis wir herausgefunden haben, was hier passiert ist. Die zuständigen örtlichen Beamten sind unterwegs.«

Wer auch immer Peter ermordet hatte, konnte ihm problemlos etwas in seinen Drink gekippt und ausreichend Zeit gehabt haben, den Empfang zu verlassen. Und selbst wenn der Mörder noch da wäre, würde es eine Weile dauern, irgendwelche Beweise zu finden.

Der General verkündete mit seiner donnernden Stimme: »Meine Damen und Herren, bitte begeben Sie sich auf die ge-

genüberliegende Seite des Saals. Die Kellner werden Ihnen weiter Getränke servieren. Niemand darf den Saal verlassen, bis die örtlichen Beamten eingetroffen sind und Ihnen die Erlaubnis zum Gehen erteilt haben.«

Thea sah den Gästen an, dass so ziemlich das Letzte, wozu sie Lust hatten, war, in einem Raum zu bleiben, in dem sich eine Leiche befand, aber niemand widersprach der Anweisung des Riesen. Immerhin war er der Sicherheitschef des Premierministers Kimweri.

»Könnten Ihre Männer sämtliche Fotos und Videoaufnahmen einsammeln, die heute Abend gemacht wurden?«, bat Thea den General. Es war unwahrscheinlich, dass Aufnahmen dabei waren, die den Mörder auf frischer Tat zeigten, aber es war die Mühe wert zu prüfen, ob jemand in der Nähe der Theke herumgelungert war, an der Peter gesessen hatte. »Außerdem würde ich die Barkeeper gerne verhören.«

»Tun Sie, was auch immer Sie für erforderlich halten.« Peters Tod schien den General sichtlich zu erschüttern.

Thea und Rif standen in der Nähe des Leichnams des Finanzchefs und warteten auf die Ankunft des Kriminaltechniker-Teams und des Gerichtsmediziners.

Rif strich sich über seinen Dreitagebart. »Ich war nie ein großer Fan von Peter Kennedy, aber das hat er nicht verdient.«

»Ich fühle mich so schlecht. Seine Ex-Frau, seine Kinder – sie werden am Boden zerstört sein.«

»Auf diesem Öldeal lastet ein Fluch. So viele Menschen, die in irgendeiner Weise damit zu tun haben, sind tot. Und dann auch noch Christos' Entführung. Es war die richtige Entscheidung herzukommen. Alles hängt miteinander zusammen.«

»Ich würde die Chinesen unter die Lupe nehmen. Sie haben am meisten zu gewinnen, wenn Paris Industries am Verhandlungstisch einknickt. Und du musst wissen …«

Nikos tippte ihr auf die Schulter. »Alles in Ordnung mit dir?«

»Weit davon entfernt. Aber wir werden das schon irgendwie durchstehen.« Ihre Augenlider fühlten sich schwer und müde an.

Ahmed gesellte sich zu ihnen. »Ich habe mit dem Premierminister gesprochen. Er hat angeboten, die Verhandlungen um ein oder zwei Tage zu verschieben. Das ist seine Art, uns für den Verlust, den wir erlitten haben, seinen Respekt zu erweisen.«

Sie würden Peters umfassende Kenntnis der Zahlen schmerzlich vermissen, aber Ahmed Khali war ein wahres Genie am Verhandlungstisch. Wer auch immer hinter Peters Ermordung steckte, wollte diese Verzögerung, weshalb Thea hoffte, dass Ahmed nicht einwilligen würde. Sie hatten genug Rückschläge erlitten. Ahmed brauchte eine starke Position an diesem Verhandlungstisch.

»Sind Sie trotz allem bereit weiterzumachen?«, fragte Thea ihn.

»Auf jeden Fall.« Ahmed rieb sich die Schläfe, als wollte er einen Anflug von Kopfschmerzen vertreiben.

»Vielleicht wäre es von Vorteil, wenn Bruder und Schwester gemeinsam am Verhandlungstisch von Paris Industries säßen«, sagte Nikos. »Sozusagen als Zeichen der Familiensolidarität.«

»Ich lasse den Premierminister wissen, dass wir bereit sind, morgen früh mit den Verhandlungen zu beginnen. Kommen Sie, Nikos, ich mache Sie miteinander bekannt.« Ahmed und Nikos gingen auf den Regierungschef von Kanzi zu.

Rifs finsterer Blick bereitete Thea Unbehagen.

»Was ist?«, fragte sie.

»Hältst du das wirklich für eine gute Idee? Christos würde in die Luft gehen, wenn er wüsste, dass Nikos sich auch nur in der Nähe dieses Verhandlungstisches befindet.«

»Ich bin es leid, immer nur zu reagieren. Es ist an der Zeit, selber die Initiative zu ergreifen, und es ist ja nicht so, als ob Nikos und ich tatsächlich die Verhandlungen führen würden. Das ist Ahmeds Job. Es geht eher darum, zu demonstrieren, dass die Familie Paris hinter dem Unternehmen steht. Außerdem müssen wir den Entführer aus der Reserve locken.«

»Er könnte näher sein, als du denkst«, entgegnete Rif.

»Was soll das hei...«

Zwei Personen bahnten sich ihren Weg durch den Raum. Als sie näher kamen, erkannte Thea Gabrielle Farrah und Maximilian Heros. War es zu viel verlangt, zu hoffen, dass sie hilfreiche neue Informationen hatten?

KAPITEL
47

Gabrielle drückte ihre Zigarette aus und ging zu Thea, die neben ihrem Bodyguard Rifat Asker stand. Es war eine verdammt gute Idee, dass sie jemanden an ihrer Seite hatte, der auf sie aufpasste. Die Leichen stapelten sich, und die Sabotage des Flugzeugs, in dem sie gesessen hatte, ließ es als wahrscheinlich erscheinen, dass Ms Paris ebenfalls ein Ziel darstellte.

Im Laufe der vergangenen Tage hatten sie und Hakan Asker Informationen bezüglich der Entführung von Christos Paris ausgetauscht. Gabrielle hatte die lateinischen Zitate, die er ihr geschickt hatte, an die Analysten der Hostage Recovery Fusion Cell weitergeleitet, damit diese sie durch ihre Programme laufen ließen, um herauszufinden, ob ähnliche Botschaften auch bei anderen Entführungen schon mal verwendet worden waren. Sie machte sich diesbezüglich allerdings keine großen Hoffnungen, denn dieser Fall fiel eindeutig aus dem Raster.

»Darf ich fragen?« Sie deutete mit dem Kopf auf die Leiche.

»Peter Kennedy, Finanzchef von Paris Industries und einer unserer Verhandlungsführer bei den Gesprächen über die Ölförderrechte in Kanzi«, erwiderte Thea. »Wie es aussieht, wurde er vergiftet. Der Mandelgeruch deutet auf Zyanid hin.«

»Sobald die hiesigen Kriminaltechniker da sind, sorge ich dafür, dass mein Team sich das Ganze auch mal ansieht.« Außerdem könne sie sich mit dem Außenministerium in Verbindung setzen und den beiden Unterstützung bei den Formalitäten im Zusammenhang mit dem Tod des amerikanischen Geschäftsmanns anbieten.

»Mein Beileid für Ihren Verlust«, sagte Max. »Werden die Verhandlungen jetzt gecancelt?«

»Unser Leiter des operativen Geschäfts, Ahmed Khali, wird die Verhandlungen führen. Aber ohne Peter wird es nicht das Gleiche sein.«

Gabrielle bewunderte die junge Frau. Ihr Vater war entführt, ihre Stiefmutter in die Luft gejagt und ihr Flugzeug sabotiert worden. Und jetzt war auch noch einer der Verhandlungsführer von Paris Industries tot, vergiftet. Trotzdem machte sie unermüdlich weiter. »Hätten Sie einen Augenblick Zeit für mich?«

»Selbstverständlich. Was gibt es?«

»Gehen wir bitte kurz da rüber.« Gabrielle steuerte die entgegengesetzte Ecke des Saals an, Thea, Rif und Max folgten ihr.

»Haben Sie etwas über meinen Vater in Erfahrung gebracht?«

»Hat Hakan Ihnen mitgeteilt, dass es sich bei dem Mann, der in Syrien vom IS als Geisel gefangen gehalten wurde, nicht um Christos gehandelt hat?«

»Ja.«

»Ich glaube immer mehr, dass Ares hinter dieser Entführung stecken könnte. Der Waffenhändler ist in Kanzi sehr präsent, und unter den lokalen Milizen gibt es Gerede, dass er in die Sache verwickelt ist. Max und ich gehen dieser Hypothese weiter nach. Mein Team zapft alle möglichen Kommunikationskanäle an und durchforstet sie nach Gesprächsschnipseln über die Entführung Ihres Vaters. Kriminelle scheinen ja nie die Klappe halten zu können – beziehungsweise, im Fall von E-Mails und Chats, nicht die Finger stillhalten zu können.«

»Hoffentlich stoßen sie auf irgendwas.«

Gabrielles Handy klingelte. »Den Anruf muss ich entgegennehmen. Ich halte Sie auf dem Laufenden.«

Mit diesen Worten wandte sie sich ab, hielt sich das Handy ans Ohr und ließ Max allein bei Thea und Rif zurück.

Max räusperte sich. »Wir haben auf der Jacht Ihres Vaters bisher nichts gefunden, das auf den Kidnapper hinweist, Ms Paris. Nur ein wenig Blut von Christos auf dem Hubschrauberlandeplatz. Aber die Kriminaltechniker der griechischen Polizei sind immer noch auf der *Aphrodite* und suchen weiter nach Spuren.«

»Danke für die Information.«

Max sah auf seine Uhr. »Ich habe mir eine Sondererlaubnis besorgt, um den Fall hier weiterbearbeiten zu können. Gleich treffe ich mich mit meinem Kontaktmann aus Harare. Er arbeitet dort im von hier aus nächsten Interpol-Büro. Es wäre mir eine Freude, Sie bei der Koordinierung des Informationsflusses zu unterstützen.«

»Wir nehmen jede Hilfe gerne in Anspruch.«

»Hat der Kidnapper irgendwelche Forderungen gestellt?«, fragte er.

Thea ließ ihren Blick durch den Saal zu Peters Leiche schweifen. Sie war immer noch erschüttert, dass er ermordet worden war. Jede Menge Fragen wirbelten in ihrem Kopf herum. War der Finanzchef in die Entführung involviert gewesen? Hatte er Paris Industries ausspioniert? Oder war er ein weiteres unschuldiges Opfer?

»Der Zeitpunkt ist gerade ein bisschen ungünstig, Mr Heros. Vielleicht können wir uns später unterhalten. Ich hoffe, Sie verstehen das. Ich möchte Peters Familie informieren und der Polizei zur Hand gehen, sobald sie eintrifft.«

»Natürlich. Entschuldigen Sie bitte. Bitte seien Sie versichert, dass ich Ihnen jederzeit zur Verfügung stehe, falls Sie irgendetwas brauchen.« Max schüttelte ihr und Rif die Hand und steuerte die auf der anderen Seite des Saals zusammenstehenden Partygäste an.

KAPITEL
48

Nachdem Thea mit der Polizei gesprochen und Peter Kennedys Familie informiert hatte und wieder im Hotel war, wollte sie nichts lieber, als sich in die Kissen auf ihrem Bett sinken lassen und vierundzwanzig Stunden lang schlafen. Doch sie hatte am Morgen des nächsten Tages um fünf Uhr in der Frühe ein Treffen mit Ahmed Khali und den Anwälten von Paris Industries, um die Rede durchzugehen, die sie halten würde, und möglicherweise noch allerletzte Verhandlungsdetails zu besprechen. Doch als sie ihre hochhackigen Schuhe auszog, fielen ihr auf dem Bett ein paar weitere vergilbte Seiten ins Auge, die genauso aussahen wie die Blätter, die sie in ihrer Computertasche gefunden hatte: weitere Auszüge aus Nikos' Bericht.

Bevor sie die Seiten las, inspizierte sie gründlich ihre Suite, Zimmer für Zimmer. In keinem war jemand. Wer auch immer da gewesen war, war längst wieder verschwunden. Sie rief die Rezeption an und fragte, ob jemand ihre Räume betreten habe. Soweit man wisse nur das Zimmermädchen, teilte man ihr mit. Doch außer dem Zimmermädchen war definitiv noch jemand anders da gewesen.

Es sprach einiges dafür, dass es Nikos gewesen war. Er war in Griechenland gewesen und war jetzt in Kanzi. Und wer – abgesehen von Rif und Hakan, der am anderen Ende der Welt war – sollte sonst Zugang zu den Aufzeichnungen oder ein Interesse daran haben, dass sie sie las? Der Gedanke bereitete ihr Unbehagen und machte sie traurig. Nach all den Jahren war ihr Bruder bereit, ihr die Wahrheit anzuvertrauen, doch er konnte sich nicht einfach mit ihr hinsetzen und es ihr erzählen? Möglicherweise war er von den Erinnerungen so traumatisiert, dass er nicht in der Lage war, die furchtbaren Dinge, die ihm widerfahren waren, in Worte zu fassen. Oder er hatte Angst, zurückgewiesen, stigmatisiert oder verachtet zu werden. Aber sie würde zu ihm stehen, ganz egal, was auch passiert war. Seine Geschichte hätte ihre sein können.

Sie vergewisserte sich noch einmal, dass die Sicherheitskette an der Tür vorgelegt war, und ließ sich auf die Matratze ihres Bettes sinken. Es beruhigte sie, dass Rif im Zimmer nebenan war, falls sie ihn brauchen sollte.

Die Neugier war stärker als ihre Müdigkeit, und sie begann zu lesen.

Landminenreihe
Wir spielten jede Woche Obas Lieblingsspiel, das er Landminenreihe nannte. Wir erhielten alle jede Woche Punkte dafür, wie gut wir beim Schießen das Ziel trafen, unsere Pflichten erfüllten oder uns bei den Kampfübungen anstellten. Oba versteckte eine Mine auf einem Feld neben dem Lager, und die sechs Jungen, die in der Woche am wenigsten Punkte zusammenbekommen hatten, mussten sich an den Händen fassen, in einer Reihe über das Feld gehen und aufpassen, nicht auf die Mine zu treten. Wenn einer die Hand des Jungen neben sich losließ, begann das Spiel von vorne.
Manchmal schafften es einige Wochen lang alle unversehrt über das Feld. Doch hin und wieder wurde ein Junge wie eine Rakete gen Himmel geschleudert, dann spritzten zu allen Seiten Blut und Körperteile. Wenn das passierte, lachten Oba und Kofi und sagten, der tote Junge hätte einen schlechten Soldaten abgegeben, wenn er nicht mal in der Lage war, eine Mine zu finden. Ich hatte immer eine hohe Punktzahl. Ich legte mich wirklich ins Zeug, weil ich zu viel Angst vor diesem Spiel hatte.

Wenn sich einer der Jungen weigerte, über das Feld zu gehen, mussten Blado und ich unsere Gewehre auf ihn richten und ihn mit vorgehaltenen Waffen dazu zwingen. Wenn er sich weigerte, mussten wir ihn erschießen, also zeigte ich ihm, dass ich es ernst meinte, auch wenn ich mich dabei schlecht fühlte.

Mein AK-47 wurde mein neuer bester Freund, und ich hielt es fest in den Händen. Meine dünnen Arme wurden jeden Tag stärker. Die Sonne brannte mir auf den Hinterkopf, selbst wenn es noch früh am Morgen war. Die Regenzeit war lange vorbei, und jetzt war es nur noch heiß.

Blado drückte mir zwei helle Pillen in die Hand und wartete, bis ich sie mir in den Mund gesteckt hatte. Er rammte mir den Lauf seines Maschinengewehrs in den Bauch und sagte: »Du Mzungu, ich der Chef.«

Ich war es leid, Weißer Junge genannt zu werden, aber das war jetzt mein Name. Blado sagte, ich würde aussehen, als ob jemand meine Farbe wegradiert und mich unsichtbar gemacht hätte. Genauso fühlte ich mich. Unsichtbar. Niemand hatte mich befreit, und nach fünfundsechzig Tagen hatte ich aufgehört, die Tage zu zählen. Papa würde nicht kommen.

Ich ließ die Pillen in meinem Mund, bis ich sie unbemerkt ausspucken konnte. Was auch immer das für Pillen waren, ich wollte sie nicht. Ich hatte gesehen, was das letzte Mal passiert war, als Blado sie den Jungen verabreicht hatte. Sie hatten herumgetanzt, wie Verrückte mit ihren Maschinengewehren in die Luft geballert und nach Blut geschrien.

Nachdem alle ihre Pillen genommen hatten, marschierten wir im Gänsemarsch zu dem Feld. Ich ging ganz hinten, spuckte die Pillen in meine Hand und steckte sie mir in die Tasche. Dann rannte ich, um die anderen einzuholen.

Meine alten Stiefel und meine olivfarbene Uniform waren mit roter Erde überzogen. Der bloße Gedanke an Oba ließ mir den Schweiß ausbrechen – er war in der vergangenen Woche weg gewesen und hatte Dörfer überfallen, um neue Rekruten heranzuschaffen, weshalb es im Lager

ruhig zugegangen war. Doch damit war es nun vorbei. Der Teufel war in die Hölle zurückgekehrt.
Wir standen stramm. Wir hatten gesehen, was mit denen passierte, die nicht parierten – darunter der arme kleine Nobo.
»Gott hat zu mir gesprochen.« Oba reckte eine Faust gen Himmel. »Ihr seid die Auserwählten, die Soldaten, die dazu auserkoren sind, die Ungläubigen zu eliminieren.« Er ging vor unserer Reihe auf und ab, inspizierte unsere Uniformen und musterte unsere Gesichter. Mir verengte sich die Brust. Die Pillen erzeugten bei den anderen Jungen die Wirkung, dass ihre Finger an ihren Maschinengewehren entlangtanzten und ihre Knie zuckten. Ich imitierte sie, um nicht aufzufallen.
»Bereitet euch auf den heiligen Krieg vor.« Oba hatte uns jede Menge Geschichten über die Macht Gottes erzählt und uns eingebläut, wie wichtig es sei, den christlichen Glauben zu verteidigen. Es klang anders als das, was sie in der griechisch-orthodoxen Kirche erzählten, in die meine Familie sonntags ging, auch wenn einige Dinge gleich waren.
Oba hatte eine Rasierklinge in der Hand. Er ritzte einem Jungen nach dem anderen die Haut an der Schläfe auf, und anschließend rieb Kofi ein weißes Pulver in die Wunde. »Ihr werdet jetzt Männer.« Mir fiel keine Möglichkeit ein, wie ich vermeiden konnte, dass dieses Gift in meinen Körper gelangte, was auch immer es war. Während ich wartete, bis ich an der Reihe war, brauchte ich die Wildheit, die sich auf den Gesichtern der anderen Jungen abzeichnete, nicht zu imitieren. Mein Herz hämmerte auch so gegen meine Rippen.
Das Blut aus den Schnittwunden rann den Jungen über ihre Gesichter und vermischte sich mit ihrem Schweiß. Oba ging die Reihe weiter ab. Dann war ich dran. Ich spürte einen stechenden Schmerz, als die Rasierklinge meine Haut aufritzte.
»Wie ich höre, bist du ein guter Schütze«, sagte Oba.
Ich starrte geradeaus, viel zu verängstigt, irgendetwas zu sagen. Bei Oba gab es nie eine richtige Antwort.
»Ich habe sogar gehört, dass du sehr gut bist.«

Ich nickte und starrte stur geradeaus. Die Männer, die uns bewachten, brachten uns jeden Tag zur Müllhalde, wo wir schießen übten. Ich traf fast immer ins Schwarze.

»Üb weiter, dann kannst du irgendwann in meine Jagdtruppe kommen.« Mit diesen Worten ging Oba zum nächsten Jungen.

Blut tropfte von meiner Schnittwunde auf meinen Arm. Kofi rieb das weiße Pulver in die Wunde. Ich hasste den dürren Mann. Der General mochte ein Tyrann gewesen sein, aber bei ihm hatte ich mich zumindest sicher gefühlt. Diese Männer waren wie tollwütige Tiere.

Das Pulver schien nicht zu wirken. Nichts passierte. Doch dann wurde mir ganz plötzlich heiß. Ich sah besser, mein Hirn funktionierte schneller, und meine Muskeln entspannten sich. Kofis Lachen klang lauter und hallte in meinem Kopf wider. Das Pulver hatte eine magische Wirkung. Es sorgte dafür, dass ich mich wie ein Gott fühlte.

»Bring die Gefangenen raus«, wies Oba Kofi an.

Zwei verdreckte, mit Fußketten gefesselte Männer schlurften vor die niedrige Steinmauer am Ende des Feldes. Sie waren so übel zusammengeschlagen worden, dass sie kaum noch wie Menschen aussahen. Einer der Männer war ganz in Schwarz gekleidet und trug einen weißen Kragen, der andere trug eine Uniform, auf deren Schulterteil die rot-schwarz-grüne Flagge Kanzis aufgenäht war. Meine Brust schwoll an, meine Muskeln entspannten sich noch mehr.

»Wir müssen unsere Feinde bestrafen.« Oba stand am Ende der Reihe und kommandierte uns, seine Truppe.

Meine Gedanken rasten. Was hatten diese Männer getan, um es verdient zu haben, getötet zu werden?

»Achtung! Präsentiert das Gewehr! Anlegen!«

Gehorsam schwang ich mein AK-47 in Schießposition und legte den Kolben an meine Schulter. Es war, wie auf Zielscheiben zu schießen, nur dass die Ziele diesmal eben Männer waren. Aber Moment mal. Wie konnte ich so denken? Lag es an dem magischen Pulver? Hatte das Leben in diesem irren Camp dazu geführt, dass für mich nichts von dem mehr galt, was mein Vater mir beigebracht hatte, wie man sich als guter und ehrenwerter Mensch zu verhalten hatte?

Aber ich musste gehorchen, andernfalls würde ich gezwungen werden, das Landminenspiel zu spielen, oder mir blühte noch Schlimmeres.

Mein Atem ging flach. Ich richtete das Visier aus.

»Fertig ... zielen ... Feuer!«

Unsere Gewehre knallten. Die Gefangenen schrien und tanzten wie aufgeschreckte Affen, als die Kugeln sie trafen. Ich drückte den Abzug, und das Maschinengewehr rammte wieder und wieder gegen meine Schulter. Die Luft roch nach Rauch. Die Körper der beiden Männer waren mit roten Punkten übersät. Der Kugelhagel ging selbst dann noch weiter, als die Männer bereits umgefallen waren.

Ich hatte über die Männer hinweggeschossen. Ich konnte es einfach nicht über mich bringen, auf Menschen zu schießen.

»Stopp!« Oba ging nach vorne zu der Stelle, an der die Gefangenen auf dem Boden lagen. Der Mann in Uniform regte sich noch. Oba nahm den Dolch von seinem Gürtel und stieß die Klinge in die Brust des Mannes. Danach bewegte er sich nicht mehr.

»Schafft die Gefangenen zur Feuerstelle und verbrennt sie!«, befahl Oba.

Die Jungen hoben die Leichen hoch und stapften mit ihnen davon. Meine Füße fühlten sich an wie Betonklötze.

»Mzungu.« Obas Stimme ließ mich erstarren. »Komm her!«

Mir schnürte sich die Kehle zu. Ich zwang mich, einen Fuß vor den anderen zu setzen, und hielt die Luft an. Wusste Oba, dass ich nicht auf die Männer geschossen hatte?

Meisterschütze

Ich fing an, zu vergessen, wie es zu Hause war. Papas Lektionen, Theas Lächeln, meine Freunde – all das verschwamm zusehends in meinen Träumen. Ich atmete Krieg, und mein Leben war Krieg. Oba brachte uns bei, jemandem aus dem Hinterhalt aufzulauern, sich als Scharfschütze an jemanden heranzupirschen, zu schießen – allen möglichen verrückten Kriegskram.

Oba war sehr hart zu mir. Er trat mich und stieß mir sein Gewehr in den Bauch. Er wusste, dass ich an der Schützenlinie gekniffen hatte. Ich drückte die Augen zu und wünschte mir, ich könnte mich in einen griechischen Gott wie Zeus oder Apollo verwandeln, um mich selber retten zu können. Ich hatte die Hoffnung aufgegeben, dass mich irgendjemand befreien würde. Der Dschungel war zu dicht. Weder aus der Luft noch von sonst irgendwo konnte uns jemand sehen. Wenn ich abhauen wollte, würde ich selber meinen Weg aus diesem Dschungel finden müssen.

Ich war gerade dabei, mein Gewehr zu reinigen, als mich etwas an der Schulter traf. Aua! Ich guckte nach unten. Blado hatte einen Stein nach mir geworfen. »Na los, Mzungu, beweg dich, du fauler Idiot! Oba will, dass wir zu ihm kommen.«

Ich hätte ihm am liebsten eine reingehauen, aber das war zu gefährlich. Big Blado war der Anführer unserer Truppe, und wir mussten tun, was er sagte. Ich stand auf, nahm mein Gewehr und folgte ihm. Er steuerte die Müllhalde an, wo wir schießen übten. Ich hielt mir die Nase zu. Der Gestank war furchtbar. Ich stolperte über eine leere Coladose.

Blado stieß mir beide Hände gegen die Brust und schubste mich. »Was bist du denn für ein Soldat! Du kannst ja nicht mal richtig gehen.«

Ich wollte ihn ebenfalls schubsen, hielt mich aber zurück. »Ich kann besser schießen als gehen.«

Er ballte seine Hand zur Faust und wollte mir eine reinhauen. In dem Moment waren Schritte zu hören. Blado ließ die Hand sinken. »Jambo, Sir.«

Oba und Kofi kamen auf uns zugestapft. Kofi hatte eine Papierzielscheibe dabei. »Zeit für ein paar Schießübungen.«

Kofi hängte die Zielscheibe knapp zwanzig Meter entfernt an einen Baum. Oba zeigte auf mich. »Du zuerst. Und diesmal winkt eine Belohnung. Der Bessere von euch beiden wird Anführer der Truppe.«

Mein Gesicht wurde ganz heiß. Das war meine Chance, Blados Boss zu

werden. Ich konnte besser schießen als der ältere Junge, wenn ich die Ruhe bewahrte.
Oba nahm sein Bandana ab und verband mir damit die Augen. Der Stoff stank, aber ich verharrte reglos. Ich wollte unbedingt ins Schwarze treffen. Wir hatten das Schießen mit verbundenen Augen geübt, damit wir lernten, im Dunkeln zu feuern und nachzuladen. Es wurde über nächtliche Überfälle geredet, und Oba wollte, dass wir dafür bereit waren. Wir mussten die Augen schließen, an Ort und Stelle stehen bleiben und schießen und wiederholten diese Übung wieder und immer wieder, bis wir das Ziel aus drei Metern trafen, dann aus sechs Metern und schließlich aus neun Metern. Es war erstaunlich, wie treffsicher wir wurden, ohne das Ziel auch nur zu sehen.
»Waffe anlegen!«
Ich vergrub meine Füße in der Erde und legte das Gewehr an.
»Feuer.« Obas Stimme dröhnte in meinen Ohren.
Ich verharrte reglos und betätigte den Abzug. Bum, bum, bum. Nachdem ich alle fünf Kugeln verschossen hatte, nahm ich mir das Tuch von den Augen. Ich hatte mit allen Schüssen den kleinen Kreis getroffen, aber ganz leicht rechts von der Mitte. Nicht gut genug. Blado lächelte.
»Nicht schlecht. Ich gebe dir noch einen Versuch.« Oba wandte sich Kofi zu. »Häng eine neue Zielscheibe auf.«
Dies war meine letzte Chance, Blado zu schlagen. Ich würde ein besserer Anführer der Truppe sein. Loyalität verdiente man sich nicht durch das Einflößen von Angst, sondern indem man ein guter Anführer war. Das hatte Papa gesagt.
Kofi riss die Zielscheibe ab und behielt sie, um sie später mit Blados Schießleistungen vergleichen zu können. Dann hängte er eine neue auf. Ich stellte mich wieder in Position und lud mein Gewehr nach.
Bei meinem ersten Versuch hatte ich zu weit nach rechts geschossen. Das sollte mir nicht noch einmal passieren.
Als Oba mir die Augen verband, stand ich still da und wartete auf sein Kommando.

Das Schlurfen von Schritten. Ein leiser Schrei. Wahrscheinlich Blado, der versuchte, mich abzulenken. Der Mistkerl würde unter keinen Umständen gewinnen. Ich stellte mich an die Schusslinie und stellte mir vor meinem inneren Auge die Zielscheibe vor. Ich konnte es schaffen.

»Feuer!« Obas Stimme klang weiter entfernt, aber mir war egal, was er gerade machte. Ich wollte nur gewinnen. Ich wollte, dass alle Kugeln ins Schwarze trafen. Ich drückte den Abzug und hielt den Lauf des Gewehrs ruhig.

Diesmal war das Geräusch der Kugeln, die das Ziel trafen, anders – als ob jemand mit einem Hammer auf eine Wassermelone einschlagen würde. Was war passiert? Ich hatte gut gezielt und das Gewehr ruhig gehalten. Ich riss mir die Augenbinde herunter.

Kofi und Oba hielten Blado vor die Zielscheibe. Der Junge war mit einem Tuch geknebelt. Die fünf Kugeln hatten einen kleinen Kreis auf seiner Brust hinterlassen, sein braunes T-Shirt war mit Blut durchtränkt.

Ich zitterte am ganzen Leib. Kofi lachte sein hyänenartiges Lachen.

Oba ließ Blados Leiche auf den Boden fallen. »Ich habe dir ja gesagt, dass der bessere Schütze von euch beiden die Truppen anführen würde. Und wir wussten ja bereits, dass du der beste Schütze bist. Herzlichen Glückwunsch. Du hast deinen ersten Feind getötet.«

Ich sank auf die Knie, unfähig, etwas zu sagen.

Oba sah Kofi an. »Schaff die Leiche ins Camp. Ich werde den Jungen sagen, dass Blado versucht hat abzuhauen und dass Mzungu ihn gestoppt hat. Das wird dafür sorgen, dass keiner aus der Reihe tanzt.«

Ich konnte es nicht glauben. Sie hatten einen Mörder aus mir gemacht.

Baby Brandon

Oba und ich waren auf der Jagd nach etwas zu essen, weil das Getreide, das Oba den Dorfbewohnern geraubt hatte, fast alle war. Ich war von oben bis unten mit Kohle und Matsch beschmiert, um meine Haut schwarz zu machen, damit die Tiere mich nicht kommen sahen. Mein Magen knurrte. Ich hatte in den zurückliegenden Wochen nur eine Mahlzeit am Tag gegessen. Meine Rippen zeichneten sich ab, meine Arme waren so dünn wie Streichhölzer. Ich brauchte Fleisch.

Ich vermisste die guten Abendessen, die es zu Hause immer gegeben hatte, versuchte jedoch, nicht daran zu denken. Thea und Papa wären ganz bestimmt nicht stolz darauf, dass Oba mich dazu gebracht hatte, Blado zu töten. Ich hatte den anderen Jungen nicht erzählt, was passiert war, aber seit jenem Tag sahen sie mich mit angsterfüllten Augen an. Nachrichten verbreiteten sich in einem Lager schnell.

Ich bewegte mich vorsichtig in dem dichten Gebüsch und versuchte, kein Geräusch zu machen. Zweige schnitten mir in die Haut, aber das machte mir nichts, weil ich jede Menge »Bonbons« gegessen und »Braun-Braun« geschnüffelt hatte – ein Gemisch aus Schießpulver und dem weißen Pulver. Es sorgte dafür, dass ich hellwach war.

Oba erstarrte und hob die Hand, um mir zu bedeuten, stehen zu bleiben. Ein Tier? Ich spürte, wie mir das Wasser im Mund zusammenlief. Heute Abend würden wir essen.

Er zeigte nach rechts und schlich wie eine Katze durch das Dickicht. Ich folgte ihm mit hämmerndem Herzen. Er war unmittelbar vor mir. Ich sah Licht zwischen den Bäumen. Die heiße Sonne brannte in meinem Nacken. Mein leerer Magen, die Hitze, der Rausch von dem Pulver – all das führte dazu, dass mir schwindelig war und ich beinahe stolperte.

Starke Finger umfassten meinen Arm. Oba bedachte mich mit einem bösen Blick. Ich schüttelte den Kopf und versuchte, diese komische Benommenheit abzuschütteln. Er war verrückt genug, mich über dem Feuer zu rösten, wenn sein Hunger zu groß wurde.

Ich hörte ein Geräusch. Zuerst nur ganz leise. Es klang wie das Lachen eines Kindes.

Oba rannte zwischen den Bäumen hindurch. Ich beeilte mich, um mit ihm mitzuhalten. Er richtete sein AK-47 vor sich aus.

Vor uns stand ein Land-Rover-Geländewagen mit einer Markierung auf der Tür. Ich ging näher heran. Mein Kopf funktionierte nicht richtig, aber ich wusste, dass es Mr Grantam, der Park-Ranger, und sein kleiner

Sohn Brandon waren. Papa, Thea und ich hatten im letzten Jahr eine Safari mit Mr Grantam gemacht. Die beiden standen auf dem Fahrersitz, und Brandon zeigte auf zwei Giraffen, die die Köpfe aneinanderstießen.
»Guck mal, Daddy. Sind die beiden böse aufeinander?«
Mr Grantam trug eine braune Uniform und hatte eine Pistole bei sich, um seinen Hals baumelte ein Fernglas. »Nicht wirklich, Brandon, sie versuchen nur herauszufinden, wer von den beiden der Chef ist. Du weißt schon, so wie Mom und ich manchmal.«
Der kleine Junge lachte erneut. Sein Vater wuschelte ihm durchs Haar. Ich beobachtete die beiden so intensiv, dass ich nicht sah, wie Oba sich dem Wagen näherte. Mr Grantam drehte sich um und sah sich Oba gegenüber, der sein Ak-47 auf ihn gerichtet hatte. Die Giraffen liefen davon, als ob sie wüssten, dass die Spielzeit vorbei war. Mr Grantam langte nach seinem Holster, aber Oba hielt ihn mit seinem Maschinengewehr in Schach.
»Die Pistole.«
»Daddy!« Brandon drängte sich in die Arme seines Vaters.
»Ganz ruhig bleiben. Sagen Sie mir einfach, was Sie von mir wollen.«
Mr Grantam sah erst Oba an und dann mich. Wusste er nicht, wer ich war? Vielleicht erkannte er mich wegen meiner Kohle- und Matschtarnung nicht wieder.
»Werfen Sie die Waffe weg.« Oba konnte ihn nicht verfehlen, wenn er schoss. Er war nur einen guten Meter von Mr Grantam entfernt.
Mr Grantam drückte Brandon an sich und warf das Holster mitsamt der Pistole auf die rote Erde.
»Was auch immer Sie brauchen – ich kann helfen.« Obwohl Oba das AK-47 auf ihn gerichtet hatte, wirkte Mr Grantam ganz ruhig. Vermutlich war er den Anblick von Waffen gewohnt.
Oba trat einen Schritt vor und packte das Kind. Brandon schrie: »Daddy!«
»Es wird alles gut, mein Kleiner. Hol einfach tief Luft.«
Brandon blieb still, doch seine blauen Augen waren so groß wie Untertassen. Sein Anblick erinnerte mich an Thea in jener Nacht, in der ich ent-

führt worden war. Sie hatte so eine Angst gehabt, dass sie nicht um Hilfe hatte rufen können.

»Haben Sie etwas zu essen?« Oba hielt Brandon am Genick fest, sodass er sich ihm nicht entwinden konnte.

»In der Tasche.« Mr Grantam zeigte auf die Tasche auf dem Beifahrersitz. »Sie können alles haben. Lassen Sie einfach nur den Jungen los.«

»Sagen Sie mir nicht, was ich tun soll, weißer Mann.« Oba wandte sich zu mir um. »Erschieß ihn. Dann verschone ich den Jungen.«

»Nehmen wir einfach ihr Essen mit und lassen sie in Ruhe.« Ich versuchte zu verarbeiten, was da gerade passierte, doch mein Hirn war benebelt, und ich nahm alles nur verschwommen wahr.

Das Gesicht des Mannes war kreidebleich. Oba zog Brandon noch näher zu sich heran und drückte dem Kind den Lauf seines Maschinengewehrs gegen den Kopf. »Erschieß den Mann!«, wies er mich an.

»Beruhigen Sie sich. Ich möchte einfach nur meinen Sohn nach Hause bringen.« Mr Grantams Stimme war fest, mutig.

»Tu es!« Oba war beängstigend ruhig. »Oder ich erschieße das Kind. Ich zähle bis drei.«

»Tu es nicht.« Mr Grantam sah mir in die Augen. Wusste er nicht, dass ich Nikos Paris war?

Oba fing an zu zählen. »Eins ...«

Was sollte ich bloß tun? Was sollte ich bloß tun? In meinem Kopf war alles wirr. Konnte ich Oba erschießen? Nein, das Kind würde zuerst sterben. Ich erinnerte mich daran, wie Oba Nobo getötet hatte. Er bluffte nie.

»Zwei ...« Blado zu erschießen war furchtbar gewesen, aber er war ein Tyrann gewesen. Dieses Kind war klein und unschuldig wie Thea. Ich konnte es nicht zulassen. Papa hatte mir immer eingebläut, auf Kinder, die kleiner waren als ich, aufzupassen. Meine Hände, mit denen ich das Gewehr hielt, zitterten.

»Drei.«

Ich feuerte direkt auf Mr Grantam. Bum, bum, bum. Drei rote Flecke zeichneten sich auf seiner Brust ab. Er sank zu Boden und streckte die Arme nach seinem Sohn aus.

Brandon schrie.

O mein Gott, was hatte ich getan? Ich hatte gerade den Vater des kleinen Jungen erschossen – vor seinen Augen. Ich ließ mein AK-47 fallen. Meine Beine fühlten sich an wie große Gummibänder. Ich beugte mich vornüber und erbrach mich. Als ich mich wieder aufrichtete, sah ich, wie Oba dem Jungen eine Kugel in den Kopf jagte. Hirnmasse spritzte auf den Boden. Oba ließ die kleine Leiche auf die rote Erde fallen.

Ich rannte hin und kniete mich neben den Jungen. »Nein! Du hast gesagt, du verschonst ihn, wenn ich seinen Vater erschieße.«

»Ist noch zu klein, um zu kämpfen. Wir können keine weiteren hungrigen Mäuler gebrauchen, die wir stopfen müssen. Wir sind schließlich nicht die UNICEF.«

Oba ging zu dem Geländewagen, packte die Tasche mit den Lebensmitteln und kippte alles auf den Boden. Er riss Verpackungen auf und stopfte sich den Mund voll. Äpfel, Schokoriegel, Sandwiches – lauter Dinge, von denen ich in den zurückliegenden Monaten geträumt hatte. Doch jetzt hätte ich sie nicht herunterbekommen, wenn ich es versucht hätte. Ich war innerlich tot.

Thea legte die Seiten aufs Bett. Ihr schwirrte der Kopf. Die Worte waren ergreifend, aber sie konnten nicht das ganze Ausmaß dessen herüberbringen, was tatsächlich passiert war. Sie hatte keine Ahnung gehabt, dass Nikos mit zwölf Jahren zu einem Kindersoldaten abgerichtet und gezwungen worden war zu töten. Der psychische Schaden, der ihrem Bruder zugefügt worden war, war unermesslich.

Sie wurde von einem Gemisch verschiedenster Emotionen überwältigt. Hass auf Oba, weil er Nikos zu so grauenvollen Gewalttaten gezwungen hatte. Doch unter der Oberfläche baute sich auch noch ein anderes Gefühl in ihr auf und wurde immer stärker: Wut. Unbändige Wut auf ihren Vater.

Papa hatte sie im Dunkeln gelassen. Sie konnte ja verstehen, dass er ihr diese sensiblen Dinge nicht anvertraut hatte, als sie noch ein Kind gewesen war, aber warum hatte er es ihr nicht später erzählt? Es war schließlich nicht so, als ob sie in ihrem Job nicht auch furchtbare Dinge mit angesehen hätte. Aber nein, Christos hatte beschlossen, ihr vorzuenthalten, was ihrem eigenen Bruder widerfahren war.

Sie konnte verstehen, dass es klug war, diese Informationen nicht ans Licht der Öffentlichkeit gelangen zu lassen. Dadurch, dass er als Kind entführt worden und ein Spross des Oberhauptes von Paris Industries war, war er auch so schon prominent genug. Wenn die Medien herausgefunden hätten, dass er ein Kindersoldat gewesen war und Menschen ermordet hatte, hätte er womöglich nie die Chance gehabt, ein normales Leben zu führen. In diesem Punkt musste sie ihrem Vater recht geben. Aber warum hatte er sein eigenes Kind aufgegeben und es komplett aus dem Familienunternehmen ausgeschlossen? Warum hatte er Nikos behandelt wie einen Aussätzigen?

Auf einmal schien alles auf makabre Weise Sinn zu ergeben. Nikos mochte in finanzieller Hinsicht alles gegeben worden sein, was er brauchte, und noch mehr, doch er war gezwungen gewesen, die Brutalität dessen, was er erlebt hatte, zu verheimlichen. Er war gezwungen gewesen, die Wahrheit, das, was wirklich passiert war, für sich zu behalten. Er war gezwungen gewesen, eine Lüge zu leben.

Für ihren Vater war dieses Schweigen nicht nur wichtig gewesen, um Nikos vor der Öffentlichkeit zu schützen. Er hatte ihn auch um seiner selbst willen dazu angehalten. Ihr Vater hatte seinen Sohn dazu gebracht zu schweigen, weil er keine Ahnung gehabt hatte, wie man mit einem traumatisierten Kind umging. Ohne eine Frau an seiner Seite, die ihm dabei hätte helfen können, war er schlicht und einfach überfordert gewesen und hatte seine gesamte Energie in seine Firma gesteckt, wo er erfolgreich sein konnte, anstatt sie auf die schwierige Aufgabe zu verwenden, zur Heilung seines Sohnes beizutragen, dessen Psyche so schlimm verletzt worden war. Er hatte Nikos weggeschickt, damit er nicht jeden Tag an das Grauen erinnert wurde, das seinem Sohn widerfahren war.

Ihr Vater musste seinen Reichtum und seine Macht eingesetzt haben, um dafür zu sorgen, dass nichts von dem, was Nikos während seiner Gefangenschaft getan hatte, je erwähnt wurde. In den Medien war beinahe ausschließlich über die eine Million Dollar Lösegeld berichtet worden, die General Ita Jemwa übergeben worden war. Schweigegeld. Sie fragte sich, ob es noch mehr gab, von dem sie nichts wusste.

Sie wurde von Emotionen überwältigt. Die Reaktion ihres Vaters auf das Martyrium, das Nikos erlitten hatte, machte sie traurig und wütend, doch gleichzeitig bereitete ihre Wut ihr ein schlechtes Gewissen. Mein Gott, er war gerade selber eine Geisel und wurde selber in seiner eigenen Hölle gefangen gehalten.

Und Nikos? Was empfand sie für ihn? Das Wort »kompliziert« reichte nicht aus, um die Gefühle, die sie gegenüber ihrem Bruder empfand, zu beschreiben. Ihr Bruder war an ihrer Stelle entführt worden. Dafür stand sie zutiefst in seiner Schuld. Und diese Schuld machte ihr noch immer schwer zu schaffen.

Doch was sie darüber gelesen hatte, was Nikos getan hatte, ängstigte sie. Wozu war ihr Bruder fähig? War es möglich, dass er hinter der Entführung ihres Vaters steckte? Zum Teil ergab es in makabrer Weise Sinn – plötzlich zuzuschlagen und Christos unmittelbar vor dem größten Deal seiner Karriere aus dem Verkehr zu ziehen. Die ultimative Rache. Doch Nikos hatte aufrichtig beunruhigt gewirkt, als er von der Entführung erfahren hatte. Konnte er so ein guter Lügner sein?

Die Aufzeichnungen ihres Bruders über seine Entführung hatten ihr die Augen geöffnet und ihr gezeigt, dass selbst Menschen, die sie liebte, Mitglieder ihrer eigenen Familie, zu allem fähig waren, wenn es hart auf hart kam. Während einer Operation hatte sie selber schon getötet, um nicht getötet zu werden. Manchmal wurden einem die Entscheidungen, die man zu treffen hatte, aus der Hand genommen.

Sie machte das Licht aus und kroch unter die Decke. Sie musste ihre Gedanken abschalten und ein paar Stunden schlafen. Am Morgen würden die Verhandlungen beginnen, und dann musste sie bei klarem Verstand sein. Nichts konnte für bare Münze genommen werden. Peter Kennedys Mörder lief immer noch frei herum, und wer auch immer es war, hatte vermutlich auch bei Christos' Entführung und bei allem anderen, was bisher passiert war, seine Finger im Spiel gehabt. Der General schien selbstgefällig, als ob er etwas wüsste, was sie nicht wussten. Und die Chinesen wollten um jeden Preis den Zuschlag für die Bohrrechte erhalten. Außerdem würde sie Nikos gegenübertreten müssen, den sie nun für alle Zeiten mit anderen Augen sehen würde, nachdem sie jetzt wusste, dass er ein Kindersoldat gewesen war. Ein Mörder.

KAPITEL
49

Die helle Sonne Afrikas fiel durch den Schlitz zwischen den Vorhängen, die Gabrielles Zimmer verdunkelten. Sie war schon lange vor dem Morgengrauen wach gewesen, kommunizierte mit ihrem HRFC-Team und bediente sich bereits nach Kräften ihrer Gitanes-Vorräte.

Ihr Bekannter, der ehemalige CIA-Agent Rick Dennison, hatte ihr unter der Hand ein Rundum-sorglos-Paket überreicht, in dem sich unter anderem eine SIG Sauer, ein Erste-Hilfe-Kasten, GPS-Tracker, ein paar Wanzen, ein M24-Scharfschützengewehr und ein Parabolrichtmikrofon befanden. Sie lächelte, überrascht, dass bei der Ausrüstung kein Flammenwerfer dabei war. Wer wusste schon, was sich womöglich als nützlich erweisen würde.

Es klopfte an ihrer Zimmertür. Sie blickte durch den Türspion. *Max.* Sie drückte ihre Zigarette in dem Glasaschenbecher aus und ließ ihn rein.

»Gibt's irgendwas Neues?«, fragte er.

»Nicht wirklich. Komm rein.«

Er warf kurz einen Blick auf das Mahagonibett in ihrem Zimmer. Es war gar nicht so leicht gewesen, seine Versuche abzuwehren, sie dazu zu bringen, ihre Eine-Nacht-Regel zu brechen, jedoch nicht aus den üblichen Gründen. Es konnte nämlich sein, dass sie ihn wirklich mochte, und das war sehr viel gefährlicher als Sex.

Er sah zerzaust und angespannt aus. »Ich habe mich mit

Interpol ausgetauscht und bin mit den Kollegen die Hinweise durchgegangen, die bei ihnen eingegangen sind. Später treffe ich noch meinen Kontakt aus dem Büro in Harare.«

Sie lächelte schief. »Unser Job ist nicht gerade kompatibel mit normalen Arbeitszeiten.«

»Und auch nicht mit einem normalen Leben«, entgegnete er.

»Und trotzdem haben wir diesen Job gewählt.« Sie musterte seine Cartier-Uhr und seinen Siegelring. »Warum bist du überhaupt ein hohes Tier bei der griechischen Polizei, wo deine Familie doch mehr Geld als Oliven hat?«

»Wegen meines Gerechtigkeitssinns. Jeder hat es verdient, dass ihm Gerechtigkeit widerfährt, egal ob er arm ist oder reich.«

»Da stimme ich dir zu.« Sie fragte sich, ob der Unfall seiner Schwester mit dazu geführt hatte, dass er so unnachgiebig war. Sie hätte gerne Näheres darüber erfahren, was passiert war, wollte jedoch nicht neugierig erscheinen.

»Du verstehst mich, Gabrielle.« Er trat näher an sie heran und tätschelte mit seiner rechten Hand ihre Wange.

Ihr Handy zirpte und zerstörte den Moment. Ein Teil von ihr war erleichtert.

Es waren zwei Textnachrichten von ihrem Analysten Ernest.

Max langte nach der hellblauen Schachtel Gitanes. »Darf ich?«

»Ich dachte, du hättest aufgehört.«

»Ich habe gerade wieder angefangen.« Er zündete sich eine Zigarette an, sog genussvoll den Rauch in die Lunge und checkte die Textnachrichten auf seinem Handy, während sie auf ihrem das Gleiche tat.

In der ersten SMS, die sie empfangen hatte, ging es um ein abgehörtes Gespräch zwischen dem Premierminister von Kanzi und seinem Schwager, Bini Salam. Der Information zufolge wollte Salam, dass General Ita Jemwa seines Postens als Sicherheitschef enthoben wurde, doch Kimweri lehnte dieses Ansinnen ab. Afrikanische Führer besetzten häufig Schlüsselpositionen mit Familienmitgliedern. Angesichts der Tatsache, dass sich aufgrund des Öldeals am Horizont große Reichtümer auftaten, war es naheliegend, dass die Verwandten des Premierministers um einflussreiche Posten rangelten. Wenn Bini Salam sich direkt mit dem General anlegen würde, würde Gabrielle auf den Mann des Militärs setzen.

Die zweite SMS brachte ihr Herz zum Rasen. Das Flugzeugkennzeichen, das Konstantin Philippoussis ihnen gegeben hatte, war zu einer belgischen Briefkastenfirma zurückverfolgt worden, die im Besitz einer Endverbleibserklärung war, eines international akzeptierten Dokuments, das der Firma die Lieferung von Waffen an einen über die entsprechende Genehmigung verfügenden Empfänger gestattete. Und die Endverbleibserklärung betraf ein von Ares eingefädeltes Waffengeschäft in Syrien.

Mehrere Analysten hatten sich durch die kompliziert verschleierten Besitzverhältnisse gearbeitet und die Briefkastenfirma schließlich einer Firma zuordnen können, die Autos produzierte und zwei Jahre zuvor an niemand anderen verkauft worden war als an Quan Chi, einen der beiden Konkurrenten bei den Verhandlungen über die Öl-Bohrrechte in Kanzi. War das die Verbindung, nach der sie gesucht hatte?

Sie tippte eine kurze Antwort in ihr Handy und wies ihr Team an, die Spur des Geldes zu anderen Briefkastenfirmen zu verfolgen. War es möglich, dass die Quans unter der Hand einen Waffendeal mit Ares eingefädelt hatten? Hatte Ares Christos Paris entführt, um die Verhandlungen zugunsten der Chinesen zu beeinflussen?

Es würde Sinn ergeben. Das Stockholm International Peace

Research Institute hatte zwar festgestellt, dass die Informationen über Waffengeschäfte der Chinesen nur schwer zu bestätigen seien, es jedoch allgemein bekannt sei, dass China einer der Hauptlieferanten von Waffen an die afrikanischen Länder südlich der Sahara war. China kaufte mineralische Rohstoffe, Erdöl und Erdgas auf und bot Militärhilfe oder andere Unterstützung im Tausch für die Lieferung dieser natürlichen Ressourcen.

Oder war einer der Quans in Wahrheit Ares und spielte ein Doppelspiel?

Eine Gänsehaut überzog ihre Arme.

Auf dem weltweiten Schwarzmarkt für Kleinwaffen wie AK-47-Sturmgewehre und Granaten spielten die Chinesen eine herausragende Rolle. Kleinwaffen waren leichter zu kaufen und zu verkaufen, und ihnen wurde eine größere zerstörerische Wirkung beigemessen als schweren Waffen, da sie allgegenwärtig waren. Kleinwaffen spielten eine wichtige Rolle dabei, in Afrika blutige Aufstände zu befeuern und den Ausbruch innerer Unruhen zu begünstigen. Belieferte Ares die Regierung Kanzis womöglich mit Waffen, um im Gegenzug die Kontrolle über die Öl-Bohrrechte zu erhalten?

Sie musste in dieser Hinsicht weitere Ermittlungen anstellen und die Informationen, die sie in ihrem Kopf gespeichert hatte, miteinander abgleichen. Sie warf einen Blick auf ihre Uhr. »Wir gehen besser. Die Verhandlungen müssten jeden Augenblick beginnen.«

KAPITEL
50

Thea, die unter der Dusche stand, ließ zum Schluss einen Schwall kaltes Wasser über sich laufen, um ihre Lebensgeister zu wecken, und zog sich einen marineblauen Hosenanzug, eine frische elfenbeinfarbene Bluse und schwarze Pumps an; all das hatte sie in der Stadt aufgetrieben. Dann steckte sie vorsichtshalber noch eine Extraration Insulin in die Tasche ihres Blazers. Die beiden großen Tassen Kaffee, die sie sich zu ihrem Frühstück bestellt hatte, sollten ihr den notwendigen Kick verpassen, den sie brauchte.

Früher am Morgen hatte sie mit Ahmed, Nikos und sechs Firmenanwälten von Paris Industries konferiert. Ahmed hatte zwar eingewilligt, dass Nikos mit am Verhandlungstisch sitzen sollte, doch sie würde die Familie repräsentieren und für Paris Industries die kurze Eröffnungsrede halten.

Nach ihrer Ansprache würde sie die Verhandlungsführung den Experten überlassen. Ahmed hatte sich von einem Redenschreiber ein vorbereitetes Statement für sie schicken lassen, und sie waren die wichtigen Punkte noch einmal durchgegangen. Sie war keine Ölmanagerin, aber sie hatte sehr wohl Erfahrung darin, in brenzligen Situationen die Ruhe zu bewahren. Verhandlungen über die Freilassung von Geiseln erforderten äußerste Disziplin und zogen sich oft über endlos erscheinende Tage. Selbst ein hochkarätiger Geschäftsdeal, bei dem jede Menge auf dem Spiel stand, machte sie nicht nervös.

Thea betrat den Konferenzraum, in dem der Verhandlungsgipfel stattfinden würde. Fenster, so groß wie die einer Kathedrale, ließen das grelle Licht der Morgensonne in den Raum fallen, die dunklen burgunderroten Vorhänge waren weit aufgezogen. Vorne im Raum waren zwei Tische platziert, auf einer kleinen Bühne standen zehn Stühle, die für die Würdenträger Kanzis bestimmt waren. Der Tagungsraum strahlte die gleiche opulente Anmut aus wie der Rest des Hotels. Sie begrüßte Ahmed Khali und das Team der Anwälte. Der Chef des operativen Geschäfts schien voll bei der Sache, seine Augen studierten das Angebot mit der gleichen Intensität, mit der die Nase eines Trüffelschweins den Boden nach Pilzen absucht. Dies war sein großer Moment, seine Chance zu glänzen.

Auf dem leeren Stuhl neben ihm hätte Peter Kennedy sitzen sollen.

Sie hatten immer noch keine Ahnung, wer den Finanzchef vergiftet hatte, doch die örtliche Polizei verhörte alle, die im Hotel gewesen waren. Der Tourismus stellte die wichtigste Einkommensquelle in Simbabwe dar, und es war schlecht fürs Geschäft, wenn in dem Land ein Ausländer ermordet wurde. Gabrielle hatte versprochen, sich wegen der Details im Zusammenhang mit Peters Tod mit dem State Department in Verbindung zu setzen. Auch Quantum International würde alle Hebel in Bewegung setzen, um herauszufinden, wer ihn vergiftet hatte. Jedoch nicht jetzt.

Heute würde sie für ihre Familie eintreten. Ihr Vater mochte persönlich nicht anwesend sein, doch im Geiste war er auf jeden Fall bei ihr.

Selbst zu dieser frühen Stunde war die afrikanische Hitze beinahe stärker als die Klimaanlage. Thea zog ihren Blazer aus und hängte ihn über die Lehne ihres Stuhls. Die Zuschauergalerie war voll besetzt mit Journalisten von Medien aller möglichen Länder, die über die Verhandlungen berichteten, Managern anderer Ölkonzerne und unzähligen anderen Zuschauern, unter ihnen auch Gabrielle und Max. Premierminister Kimweri hatte darauf bestanden, dass die Eröffnungsstatements öffentlich vorgetragen wurden, weil er zeigen wollte, dass die Regierung Kanzis im Gegensatz zu den Regierungen einiger Nachbarländer absolut keine Korruption tolerierte.

Eine Hand legte sich auf ihre Schulter. Sie drehte sich um. Nikos.

»Hast du gut geschlafen, Schwesterherz?«

»In Anbetracht der Umstände nicht schlecht. Und du?« Sie musterte ihren Bruder in seinem frischen weißen Hemd, seinem schwarzen Anzug und seinen glänzenden Oxford-Schuhen. Groß und fit, wie er war, sah er aus wie ein eleganter, selbstbewusster Geschäftsmann – ein Bild, das absolut nicht zu dem verlausten, verängstigten Jungen passte, über den sie gerade in seinen Aufzeichnungen gelesen hatte.

»Ich bin gespannt, wie sich die Dinge heute entwickeln.« Er setzte sich auf den Stuhl neben ihr. »Ich hatte bereits mit der Familie Quan zu tun, das habe ich dir ja gestern erzählt. Sie sind Meister des *guanxi*, verbringen jede Menge Zeit mit den Einheimischen und bauen sich ein Netzwerk aus Beziehungen auf. Wir wissen nicht, was sie dem Premierminister hinter verschlossenen Türen versprochen haben, aber Papa hat eine jahrelange Beziehung zu Kimweri, also sollte er diese Flanke abgedeckt haben.«

Guanxi – die der chinesischen Kultur entspringende Herangehensweise an Geschäfte, bei der die Verbindungen zu Mitbürgern des eigenen Landes Priorität hatten und das Wohlergehen der Gruppe höher gewertet wurde als das des Einzelnen. Sie hatte mit diversen Entführungen in Peking zu tun gehabt und wusste daher, wie sehr diese komplizierte Kultur auf Hierarchien und den Austausch von Gefälligkeiten ausgerichtet war.

Nikos hatte recht. Ahmed hatte ihr erzählt, dass sie Detektive damit beauftragt hatten, Informationen über die Quans zusammenzutragen und ihnen heimlich zu folgen, wenn sie nach Kanzi reisten. Deshalb wusste ihr Team genau, welche Vorteile und Vergünstigungen die Chinesen den Einheimischen versprochen hatten.

Angesichts der chinesischen Tradition, bei Verhandlungen alle Themen gleichzeitig anzusprechen, ohne dass irgendeine Ordnung erkennbar wurde, war Geduld eine entscheidende Tugend, damit die Dinge nicht aus dem Ruder liefen. Ahmed hatte ihnen außerdem gesagt, dass er nicht wolle, dass die Mitglieder des Paris-Industries-Teams wie typische US-Amerikaner herüberkamen – arrogant, risikobereit und übermäßig direkt. Das würde in diesem Fall nicht funktionieren. Anpassung war der beste Aktivposten eines guten Verhandlungsführers. Heute würden chinesische Traditionen, afrikanische Bräuche und US-amerikanischer Geschäftssinn miteinander kollidieren – und ihr die Chance geben, alle Mitspieler detailliert zu studieren.

Der Tisch für die Verhandlungsdelegation von Paris Industries stand vorne links in dem Raum, in der Nähe der Tür, durch die die Würdenträger Kanzis jeden Moment einmarschieren würden, damit die Eröffnungszeremonie beginnen konnte. Die Quans steuerten den für die Chinese National Oil Company bestimmten Tisch auf der rechten Seite an. Chi trug einen schwarzen Anzug und Xi-Ping ein enges schwarzes Kleid, das der Fantasie nur wenig Raum ließ. Die chinesische Schönheit sah Nikos an, als wäre er ein Stück Fleisch, das sie gerne verschlingen würde. Na gut, Thea hoffte, dass der Appetit Xi-Ping am Ende des Tages komplett vergangen sein würde. Ahmed hatte ein paar Überraschungen vorgesehen.

Nikos beugte sich nah zu ihr heran. »Ich bin sicher, dass

Vater ihnen einen fetten Unterzeichnungsbonus und Förderabgaben angeboten hat – auf dem Gebiet können wir also problemlos mit den Quans gleichziehen. Aber Ahmed muss darauf achten, sich nicht in Details zu verstricken. Denn chinesische Kinder lernen als Schriftsprache Symbole statt Buchstaben und entwickeln dadurch eine starke Affinität dazu, in großen Bildern zu denken. Wir dürfen nicht den Fehler machen, den Wald vor lauter Bäumen nicht zu sehen.«

Die Anwesenheit ihres kenntnisreichen Bruders beruhigte sie. Dank ihres Jobs als Geiselbefreiungsexpertin verfügte sie über eine gute Intuition, aber angesichts seiner Erfolge bei internationalen Geschäften brachte Nikos eine ganz besondere Qualifikation für das mit, was vor ihnen lag. Über die Freilassung einer Geisel zu verhandeln war etwas völlig anderes, als sich einen multinationalen, viele Milliarden Dollar schweren Vertrag zu sichern.

»Die Pipeline, die Papa entworfen hat, ist ein Riesenpluspunkt für uns.« Paris Industries besaß weltweit die größte Supertankerflotte, und ihr Vater plante, eine Pipeline zu bauen, die nach Westen führte, und das Öl von einem Hafen in Namibia in die ganze Welt zu transportieren.

»Chi wird kontern, dass sie eine direktere Route durch Simbabwe haben.« Nikos' Blick war ernst und intensiv.

»Simbabwe ist ein instabiles Land«, wandte sie ein. »Wie in Nigeria muss dort mit Angriffen von Rebellen auf die Pipeline gerechnet werden.«

»Die Regierung Simbabwes hat vor Kurzem eine große Lieferung militärischer Ausrüstung aus China erhalten, unter anderem ein dreizehn Millionen Dollar teures Radarsystem, sechs Hongdu JL-8-Düsenflugzeuge, zwölf JF-17-Thunder-Kampfflugzeuge und hundert Militärfahrzeuge. Ich würde sagen, was die Sicherheit angeht, sind sie gut ausgestattet.«

»Woher hast du diese Informationen?«, fragte sie. Ihr Bruder hatte die politischen Verhältnisse in Afrika immer gut im Blick, aber dies war etwas ganz anderes.

»Die Leute reden. Es würde mich nicht überraschen, wenn Quan Präsident Mugabe einen Besuch abgestattet und ihm für den Fall, dass China den Zuschlag für die Bohrrechte erhält, den Bau der Pipeline versprochen hätte. Diese Beziehung könnte für Kanzi, Simbabwe und China gleichermaßen profitabel sein.«

Das ergab Sinn. Die Beziehungen zwischen China und Simbabwe gingen bis in die Siebzigerjahre zurück, in die Zeit des rhodesischen Buschkrieges. Zu jener Zeit hatte Robert Mugabe versucht, für seine Zimbabwe African National Union die Unterstützung der Sowjetunion zu gewinnen, doch der Kreml, der bereits die Gruppierung Zimbabwe African People's Union von Joshua Nkomo mit Waffen belieferte, hatte ihn abblitzen lassen. Deshalb hatte sich Mugabe stattdessen an Peking gewandt. Die Beziehungen zu China waren für Simbabwe von vitaler Bedeutung. Aufgrund der langen Liste an Menschenrechtsverletzungen, die auf Mugabes Konto gingen, ließ sich kein anderer Mitspieler auf der internationalen Bühne auf offizielle Beziehungen zu dem afrikanischen Land ein. Die Folge war, dass Hunderte Millionen Dollar Investitionsgelder aus China in das Land strömten.

»So, es ist so weit. Zeit für die Eröffnungszeremonie. Ich hoffe, du hattest reichlich Kaffee.« Sie lächelte Nikos kurz zu. Als Kinder hatten sie in verschiedenen afrikanischen Ländern gelebt, und ein entscheidender kultureller Unterschied zwischen US-Amerikanern und Afrikanern bestand darin, wie sie Zeit wahrnahmen. US-Amerikaner mit monochromem Zeitverständnis standen auf Zeitpläne, Tagesordnungen und strukturierte Kommunikation. In Kulturen mit polychromem Zeitverständnis wie der, die in Kanzi vorherrschte, begannen und endeten Sitzungen spontan, mehrere Themen wurden gleichzeitig behandelt, und es konnte zu jeder Zeit Ad-hoc-Unterbrechungen geben. Außerdem herrschte, was die Gesprächsführung anging, eine eher informelle Herangehensweise vor, und der Informationsfluss verlief unstrukturiert und frei. Sie würden auf das Unerwartete gefasst sein und die Dinge nehmen müssen, wie sie kamen.

Die Chinesen würden als Erste an der Reihe sein, ihr Eröffnungsstatement vorzutragen und ihr erstes Angebot vorzulegen. Ein Mann in afrikanischen Gewändern rauschte in den Raum und setzte sich an den vorderen Tisch. Ihm folgten die Vertreter der Regierung Kanzis, darunter General Jemwa, Premierminister Kimweri und sein Schwager Bini Salam.

Mögen die Verhandlungen beginnen.

KAPITEL
51

Rif missfiel es zutiefst, dass Nikos mit am Verhandlungstisch saß. Christos würde das überhaupt nicht gefallen. Rif erinnerte sich daran, wie sich der Ölmilliardär während langer gemeinsamer Mittagessen mit ihm darüber ausgelassen hatte, dass er seinen Sohn komplett aus seinen Geschäften und seiner Firma heraushalten wolle. Aber jetzt war Christos weg, und Nikos schoss wie ein Raubvogel herab und machte sich breit.

Geier.

Rif, der sich in der Nähe des Ausgangs aufhielt, behielt Thea am Rand seines Sichtfelds im Auge. Sie hatte sich zusammen mit ihrem Bruder in einen dicken Ordner vertieft. Für seine Begriffe gingen die beiden viel zu vertraut miteinander um. Nikos verfolgte skrupellos seine Ziele und war in der Lage, jeden zu manipulieren, wenn er etwas oder jemanden wollte.

So wie Katie, Theas Freundin in ihrem letzten Jahr in der Highschool. Rif und Thea waren am Ende ihrer Teenagerjahre gewesen, Nikos Anfang zwanzig. Als Thea sich mit Katie angefreundet hatte, einer hübschen Blondine, war Nikos total angetan von ihr gewesen und hatte seine Schwester immer gedrängt, ihre neue Freundin mit nach Hause zu bringen. Nach einem Monat war Katie aus Theas Leben verschwunden. Thea war enttäuscht gewesen, ihre Freundin verloren zu haben, und hatte keine Ahnung gehabt, was sie falsch gemacht hatte. Jahre später war Katie Rif zufällig in einer Kneipe begegnet. Sie hatten stundenlang miteinander geredet, und nach etlichen

Tequilas hatte die Achtundzwanzigjährige ihm ihr Herz ausgeschüttet.

Katie war noch Jungfrau gewesen, eine Spätzünderin und sehr schüchtern gegenüber Jungen, und als Theas fescher Bruder ernsthaft ein Auge auf sie geworfen hatte, war sie ziemlich eingeschüchtert gewesen und hatte seinen Avancen zunächst widerstanden. Doch Nikos gewann sie mit seinem Charme und drängte sie heftig, Sex mit ihm zu haben. Da sie glaubte, verliebt zu sein, gab sie schließlich seinem Willen nach.

Sie hatte erwartet, dass ihr erstes Mal liebevoll und behutsam sein würde, doch Nikos ging sehr grob zur Sache. Als er fertig war, stieg er aus dem Bett, zog den Reißverschluss seiner Hose zu und sagte ihr, dass sie der schlechteste Fick seines Lebens gewesen sei und er sie nie wiedersehen wolle. Am Boden zerstört, ging sie der ganzen Paris-Familie fortan aus dem Weg. Katie hatte Nikos' dunkle Seite kennengelernt und keine Lust mehr, jemals wieder in seine Nähe zu kommen. Doch Thea konnte sie auch nicht mehr gegenübertreten. Selbst nach all den Jahren war für Rif unverkennbar gewesen, dass diese Erfahrung schwer auf der jungen Frau lastete.

Er hatte es Thea nie erzählt. Es war schließlich nicht an ihm, ihr dieses Geheimnis anzuvertrauen, außerdem war er nicht sicher, ob Thea ihm das Ganze überhaupt geglaubt hätte. Sie hatte ihren Bruder nie so gesehen, wie er tatsächlich war, und die Tatsache, dass sie ihn am Verhandlungstisch von Paris Industries neben sich akzeptierte, hatte nur einen einzigen Grund: Ihre Schuldgefühle plagten sie noch immer. Nikos nutzte diese Schuldgefühle aus, um seine Schwester zappeln zu lassen wie einen Marlin an einem Köder. Und Rif hatte ihren Bruder noch nie so entschlossen gesehen, sich in das Familienunternehmen hineinzudrängen.

Xi-Ping starrte Nikos missmutig an. Seine Anwesenheit am

Verhandlungstisch von Paris Industries musste auch für die Quans eine unerfreuliche Überraschung sein. Was genau führte er im Schilde?

Es war höchste Zeit, das herauszufinden.

Während die Vorbereitungen für die Eröffnung der Verhandlungen sich noch etwas hinzogen, ging Rif in den Spa-Bereich des Hotels. Er zog sich aus, verstaute seine Kleidung in einem Spind und schlüpfte in einen edlen weißen Bademantel und ein Paar lächerlich aussehende Frotteepuschen.

Dann eilte er zum Aufzug und drückte den Knopf für den zweiten Stock. Wie er erwartet hatte, war das Zimmermädchen bereits dabei, die Zimmer zu reinigen. Es stand gerade neben dem Putzwagen, zwei Türen von Nikos' Zimmer entfernt. Rif tat, als würde er in den Bademanteltaschen nach seinem Schlüssel suchen.

»Ich muss meinen Schlüssel im Spa vergessen haben.« Er zuckte mit den Schultern und lächelte das Zimmermädchen verlegen an. »Ich würde ja an der Rezeption um einen neuen bitten, aber da unten wimmelt es von Reportern, und ich bin nicht wirklich passend gekleidet, um mich in der Öffentlichkeit zu zeigen.«

»Es verstößt gegen die Vorschriften.« Sie runzelte die Stirn, kräuselte ihre zierliche Nase und rang ganz offensichtlich mit sich. Natürlich widersprach es den Hotelrichtlinien, irgendwelchen Gästen Türen zu Zimmern zu öffnen, aber sie wollte sich auch nicht die Aussicht auf ein mögliches Trinkgeld verscherzen.

»Bitte, sehen Sie doch auf Ihrer Liste nach. Ich heiße Paris, Nikos Paris.« Die Zimmermädchen hatten Listen, auf denen die Namen der Gäste und ihr Abreisedatum vermerkt waren, damit sie wussten, wann sie die Zimmer gründlich reinigen und die Bettwäsche wechseln mussten.

Sie zögerte. »Können Sie mir sagen, was sich in dem Zimmer befindet?«

Er hatte also das Glück, auf ein Zimmermädchen gestoßen zu sein, das alles richtig machen wollte. Nikos trug oft schwarze Designeranzüge und makellose, frisch gebügelte weiße Hemden, als stellte diese Ausstattung eine Uniform für Harvard-Absolventen mit MBA-Abschluss dar. Außerdem war er ein Ordentlichkeitsfanatiker. »Sie werden das Zimmer absolut aufgeräumt vorfinden, und im Schrank sind etliche schwarze Anzüge und weiße Hemden.«

Sie öffnete mit ihrem Generalschlüssel die Tür und betrat Nikos' Zimmer. Er folgte ihr, und tatsächlich: Mr Zwangsneurose hatte immer noch das Heft in der Hand. Sämtliche Oberflächen waren frei, nirgendwo lag etwas herum. Sogar die Prospekte für Touristen, die in jedem Hotel normalerweise auf einem Beistelltisch bereitgelegt wurden, waren weggeräumt worden. Sie warf einen Blick in den Schrank: schwarze Anzüge und weiße Hemden. Bingo.

Das Zimmermädchen lächelte. »Sie haben es mir leicht gemacht.«

Er holte den Zehndollarschein hervor, den er in die Bademanteltasche gesteckt hatte. Genug, um sie glücklich zu machen, aber nicht zu viel, um ihr Misstrauen zu erregen. »Ich bin Ihnen sehr verbunden, dass Sie mir eine peinliche Situation erspart haben.«

»Danke, Mr Paris.« Sie ging zur Tür und stopfte den Geldschein in die Tasche ihrer Uniform.

Sowohl er als auch Nikos waren große, aus der westlichen Welt stammende Weiße mit dunklem Haar. Natürlich waren sie keine Zwillinge, aber einander ähnlich genug, um bei einer groben Beschreibung miteinander verwechselt werden zu können. Und falls sich das Zimmermädchen je dessen bewusst werden sollte, den falschen Mann in das Zimmer gelassen zu haben, würde es dies bestimmt nicht zugeben und damit riskieren, seinen Job zu verlieren.

Er schloss die Tür hinter sich, streifte sich die Vinylhandschuhe über, die er mitgebracht hatte, und nahm sich als Erstes die Nachttische vor. Er hielt nach allem Ausschau, was einen Hinweis darauf geben konnte, warum Nikos in Kanzi war und ob er in die Entführung von Christos verwickelt war. Er fand nichts Offensichtliches – was nicht überraschend war, denn Theas Bruder war ein vorsichtiger Mensch.

Als Nächstes suchte er unter den Papierkörben. Wenn er selber auf Reisen war, steckte er wichtige Unterlagen oft in einen Umschlag und klebte diesen unter den Boden eines Papierkorbs, in den er nichts hineinwarf, damit das Reinigungspersonal ihn nicht hochnahm. Dort war auch nichts.

Im Badezimmer prüfte er die Shampooflaschen und die Lotionen. Die gefärbten Behälter eigneten sich hervorragend, um in ihnen etwas zu verstecken, doch an ihnen hatte Nikos sich auch nicht zu schaffen gemacht. Rif schob seine Hand unter die Matratze, wobei er darauf achtete, das perfekt gemachte Bett nicht in Unordnung zu bringen. Dort war auch nichts. Er suchte nach verborgenen Winkeln jeder Art, Verstecken, die leicht zugänglich, aber schwer zu entdecken waren. Fehlanzeige.

Dann nahm er sich den Safe vor. Leute, die dachten, in einem Zimmersafe wären ihre Wertgegenstände sicher, waren naiv, und Theas Bruder war ganz bestimmt kein gutgläubiger Mensch. Doch Nikos hatte keine Zeit gehabt, irgendwelche heiklen Dinge in den Hotelsafe zu bringen. Er war am Vorabend unmittelbar vor dem Beginn der Cocktailparty eingetroffen, und die Verhandlungen hatten am Morgen in aller Frühe begonnen. Vielleicht hatte er ja Glück.

Er klopfte mit der linken Hand auf die obere Seite des Safes und drehte mit der rechten die Wählscheibe. Die Tür des Safes klickte auf. Der Mechanismus funktionierte so, dass ein kleiner Motor einen Stift herunterfahren ließ, woraufhin der Verschlussriegel aufglitt. Indem er oben auf den Safe klopfte, ließen die Schockwellen den Stift herunterfahren, und wenn er im richtigen Moment die Wählscheibe drehte, ging die Tür auf, als ob er den Code eingegeben hätte.

In dem Safe befand sich eine Kühltasche voller Spritzen. Rif dachte spontan an Peters Vergiftung am Abend zuvor. Zyanid? Er schnupperte an der Düse einer der Spritzen. Kein bitterer Mandelgeruch. Stattdessen roch die Flüssigkeit in der Spritze wie die elastischen Pflaster, die ihnen als Kinder auf kleine Verletzungen geklebt worden waren. Merkwürdig. Was zum Teufel war das für ein Zeug? War Nikos drogensüchtig, oder waren diese Spritzen für jemand anderen bestimmt?

Geräusche im Flur vor dem Zimmer schreckten ihn auf. Ob das Zimmermädchen noch mal nach ihm sehen wollte? Er legte die Spritze zurück in die Kühltasche und verschloss den Safe wieder. Jemand war draußen an der Tür. Keine Zeit mehr, aus dem Zimmer zu gelangen. Er trat in den geräumigen Schrank, schloss die Tür hinter sich und verbarg sich hinter Nikos' frisch gebügelten Hemden. Durch die Ritzen konnte er ins Zimmer blicken.

Er hörte leise Schritte auf dem dicken Teppich. Nikos betrat das Zimmer und schloss die Tür hinter sich. Rif hoffte, dass er nicht die Absicht hatte, sich umzuziehen. Und überhaupt: Warum war er nicht bei den Verhandlungen? Im nächsten Moment klopfte es laut. Nikos öffnete die Zimmertür.

»Ich habe dir doch gesagt, dass wir nicht zusammen gesehen werden dürfen«, sagte er.

»Du kannst dich glücklich schätzen, dass sie die Sitzung kurz unterbrochen haben«, sagte Xi-Ping. »Das gibt dir Gelegenheit, es mir zu erklären. Warum bist du am Verhandlungstisch von Paris Industries platziert?«

»›Platziert‹ ist das richtige Wort. Ich sammle Informationen über die Verhandlungsstrategie von Paris Industries, damit wir sie ausmanövrieren können.«

»Warum hast du mir das nicht gesagt?«

»Ich bin dir nicht unterstellt und muss dir nichts erklären. An unserer Abmachung hat sich nichts geändert.«

»Ich bin deine Partnerin«, stellte sie klar. »Du musst mich auf dem Laufenden halten.«

»Hör auf, dich wie ein Kontrollfreak aufzuführen. Das macht mich total an.«

Sie lachte. Es war ein heiseres Lachen. Gott im Himmel, war Rif etwa bei einem Treffen von Psychos gelandet, die sich gegenseitig zu helfen versuchten? Hoffentlich fingen sie nicht auch noch an zu bumsen. Das wäre mehr, als er ertragen konnte.

»Haben wir Zeit?«, fragte Xi-Ping säuselnd.

»Später. Wenn wir alles richtig machen und dieses Spiel gewinnen, werden wir alle Zeit der Welt haben.«

Theas Bruder steckte also mit den chinesischen Mitbewerbern unter einer Decke. Wie es klang, spielte Nikos wieder mal nach seinen eigenen Regeln. Es war unverkennbar, dass er diese Frau benutzte – aber was war sein eigentliches Ziel?

Er musste Thea warnen.

KAPITEL
52

Nach Chis' Eröffnungsstatement wurde eine kurze Pause angesetzt. Thea wandte sich Ahmed Khali zu. »Wie es scheint, hat die Chinese National Oil Company Premierminister Kimweri ein ziemlich substanzielles Angebot unterbreitet.«

»Das stimmt, aber Paris Industries macht schon seit Jahrzehnten Geschäfte in Kanzi. Wir haben uns mächtig ins Zeug gelegt und Schulen, Krankenhäuser und Brunnen gebaut, um den Menschen hier zu helfen. Hoffentlich wird sich unser langfristiges Engagement auszahlen.«

Ihr Vater hatte in Kanzi seit mehr als zwanzig Jahren Biotreibstoffe gekauft und mit drei verschiedenen Premierministern zusammengearbeitet. Außerdem hatten sie auf dem an das neue Ölfeld angrenzenden Gebiet bereits Erkundungen und Bohrungen vorgenommen. So war das Ölfeld überhaupt erst entdeckt worden. »Mein Vater wäre sehr stolz darauf, wie Sie das Ganze in seiner Abwesenheit angehen.«

Aufgrund der politischen Instabilität, die in Afrika herrschte, wechselten Loyalitäten leicht; oft war es die vermögendste Firma, die zum Zuge kam. Und der Beweis dafür war das Lachen von Premierminister Kimweri, der sich gerade mit Chi Quan unterhielt. Thea sah sich nach Nikos um, um ihn zu fragen, was er noch über die Quans wusste, doch ihr Bruder war verschwunden.

Sie verließ den Konferenzraum und sah auf dem Flur nach. Auch dort war von Nikos nichts zu sehen, aber Gabrielle Farrah kam hinter ihr her und direkt auf sie zu.

»Haben Sie eine Minute für mich?«, fragte die Agentin der US-Regierung.

»Haben Sie Neuigkeiten?« Thea wagte, Hoffnung in sich aufkeimen zu lassen.

Die Frau drückte Thea ein zusammengefaltetes Blatt Papier in die Hand. »Nicht darüber, wo Christos festgehalten wird. Aber ich glaube inzwischen auch, dass seine Entführung unmittelbar mit diesen Verhandlungen zusammenhängt. Jedenfalls sind wir auf etwas gestoßen, das diesen Schluss nahelegt. Ich hoffe, es ist hilfreich.« Mit diesen Worten ging sie zurück in den Konferenzraum.

Thea studierte das Blatt – eine abgefangene E-Mail von Quan Chi an den Schwager des Premierministers. In der Mail bezifferte Chi exakt, wie viel Prozent der Einnahmen aus dem Ölgeschäft Paris Industries der Regierung Kanzis anbieten würde, und versprach, zwei Prozent mehr zu zahlen – was im Klartext viele Millionen Dollar bedeutete.

Sie erstarrte. Nur ein sehr kleiner Kreis Eingeweihter kannte die genauen Details ihres streng geheim gehaltenen Angebots. Wie war Chi an so delikate Informationen gelangt?

Das laute Bimmeln einer Glocke verkündete das Ende der Unterbrechung. Die Menge strömte zurück in den Konferenzraum.

Rif stürmte auf sie zu. Sein Gesichtsausdruck war angespannt. »Ich muss unter vier Augen mit dir reden.«

Die Mitglieder der Verhandlungsdelegationen wurden über die Sprechanlage des Hotels aufgefordert, ihre Plätze wieder einzunehmen.

Sie sah sich um. Niemand war in Hörweite. »Ich habe einen Beweis dafür, dass es bei Paris Industries eine undichte Stelle gibt.«

Sie reichte ihm das Blatt, und er überflog es schnell.

»Es könnte Nikos sein. Er trifft sich heimlich mit Xi-Ping.«

»Komm mir nicht wieder damit. Er hat mir bereits erzählt, dass er sie kennt, weil er aufgrund seiner Import-Export-Geschäfte mit ihr zu tun hatte.«

»Hat er erwähnt, dass er mit ihr schläft?«

»Wie bitte?« Konnte das wahr sein?

Plötzlich erschien Nikos an ihrer Seite. »Wir gehen besser wieder rein.«

»Wir reden später weiter über diese Sache«, stellte sie an Rif gewandt klar. Nikos konnte unmöglich die undichte Stelle sein, oder? Er hatte absolut keinen Zugang zu den Informationen, die bei Paris Industries im Laufe der monatelangen Vorbereitungen der Verhandlungen angefallen waren. Ihr Vater ließ ihn nicht an die Firma heran, und erst recht gewährte er ihm keinen Zugang zu irgendwelchen wichtigen Unterlagen.

»Sei auf der Hut.« Die Sorge, die in Rifs Stimme mitschwang, beunruhigte sie. Er war eigentlich nicht der Typ, der dazu neigte, überzureagieren.

Sie zögerte. Sie, Rif und Nikos waren die Einzigen, die noch im Flur standen. Ein letzter Aufruf an die Verhandlungsteilnehmer, sich wieder einzufinden, ertönte über die Sprechanlage. Die Türen des Konferenzraums würden jeden Moment geschlossen werden. Sie mussten wieder rein.

Nikos zog sie am Arm. »Na los, komm schon.«

Sie ging zögernd in den Konferenzraum und fragte sich, wie Rif diese neue, ihren Bruder betreffende Information herausgefunden haben mochte. Ein Schwall kalte klimatisierte Luft schlug ihr entgegen, und sie schauderte.

KAPITEL
53

Rif musterte die Sicherheitsleute, die an den Türen des Verhandlungsraums postiert waren. Es tat ihm leid, dass er Thea mit der Nachricht über Nikos' Verhältnis mit Xi-Ping durcheinandergebracht hatte. Aber sie musste wissen, dass ihrem Bruder nicht zu trauen war.

Ein stämmiger Hotelpage mit einem Tumi-Hartschalenkoffer in der Hand kam auf ihn zu. Rif war im Begriff, an die Seite zu gehen, um ihn vorbeizulassen, doch in dem Moment nickte der Page ihm zu. Er berührte Rif an der Schulter, sagte: »Entschuldigen Sie bitte, Sir«, und schob ihm ein zusammengefaltetes Blatt in die Tasche.

Rif ging auf die Herrentoilette, betrat eine Kabine, faltete das Blatt auseinander und las die Nachricht: *Wir haben Informationen über den Mann, der gestern Abend gestorben ist. Hundert Dollar. Kommen Sie heute ins Blue Zulu.*

Er erinnerte sich, in Victoria Falls das Schild eines Restaurants mit diesem Namen gesehen zu haben. Die Information war verdammt viel mehr wert als hundert Dollar, wenn sie zu demjenigen führte, der Peter Kennedy vergiftet hatte, aber der Preis sagte eine Menge über den Lebensstandard in diesem Land aus. Angesichts der geringen Tageslöhne, die in Simbabwe gezahlt wurden, stellte der Betrag wahrscheinlich ein Vermögen dar.

Da Thea mit den Verhandlungen beschäftigt war, würde er die Zeit nutzen und in die Stadt gehen. Zudem war er immer noch neugierig, wo sie am Vortag gewesen war, während er geduscht hatte. Vielleicht fand er ja heraus, was sie getrieben hatte.

Er war versucht, die paar Kilometer bis zu dem Restaurant zu joggen, doch die sengende Hitze überzeugte ihn, es lieber zu lassen. Als er aus dem Hotel trat, war seine Haut sofort von einem Schweißfilm überzogen, und seine Lippen waren trocken. Die intensive Hitze erinnerte ihn an seine Zeit im Tschad, und der bloße Gedanke ließ ihn zusammenzucken.

Er lenkte sich im Gehen damit ab, den Bungee-Springern zuzusehen, die sich von der gewaltigen Victoria Falls Bridge in die Tiefe stürzten und wie menschliche Jo-Jos über dem Sambesi auf- und abhüpften. In der Stadt fraßen Warzenschweine auf dem kurzen Gras, eine Horde Paviane lief hinter Touristen her, um ihnen etwas zu naschen abzujagen. Den Hotels auf der simbabwischen Seite der Victoriafälle war es wegen der inneren Unruhen unter der Herrschaft Robert Mugabes jahrelang sehr schlecht ergangen. Doch in letzter Zeit war der Tourismus wieder aufgelebt, und Menschen in Safarikleidung wirbelten auf ihrem Weg zu den 1700 Meter breiten Wasserfällen den für die Region typischen rötlichen Staub auf.

Rif passierte einige Banken und die Post und steuerte das Elephant's Walk Shopping Centre an. Dort betrat er das Restaurant Blue Zulu, setzte sich an die Theke und bestellte sich bei dem schon etwas älteren Barkeeper ein Tusker. Er erkannte den Mann von der Cocktailparty vom Vorabend wieder – er hatte an einer der Bars bedient.

Im Restaurantbereich befanden sich bereits einige Gäste und nahmen ein frühes Mittagessen ein, doch an der Theke saß nur Rif auf seinem Barhocker. Er schob einen Hundertdollarschein unter einen Bierdeckel, ließ jedoch seine Hand auf dem Deckel.

Der Barkeeper öffnete die Flasche Tusker, stellte sie auf die Theke und musterte ihn misstrauisch. Rif nippte an dem kalten Bier und wartete.

»Ich habe gesehen, dass Sie dem Mann, der gestern Abend gestorben ist, versucht haben zu helfen. Ich habe meinen Bruder gebeten, Ihnen die Nachricht zukommen zu lassen.«

»Der Hotelpage?«

Er nickte. »Die Polizei ist nicht daran interessiert, herauszufinden, was passiert ist, aber Sie vielleicht.«

»Dann lassen Sie mal hören, was Sie haben. Wenn die Information gut ist, gehört der Hunderter Ihnen.«

Der Barkeeper begann, die Theke abzuwischen. »Ich bin seit dreißig Jahren Barkeeper. Ich achte darauf, wer was trinkt, wer wen kennt und so weiter. Der Mann, der gestorben ist, hat Scotch getrunken, Glenfiddich, und er hat an meiner Bar herumgehangen, weil ich ordentlich einschenke.«

»Dann haben Sie sich bei Peter bestimmt beliebt gemacht.«

»Mir ist eine Frau aufgefallen, die früher am Abend Champagner getrunken hat. Doch später ist sie mit einem Scotch in der Hand an meine Theke gekommen und hat das Glas abgestellt, um auf ihr Handy zu sehen. Als ich dem Mann seinen nächsten Scotch hingestellt habe, hat sie sein Glas genommen und ihres stehen gelassen. Das war kurz bevor er zusammengebrochen ist.«

»Und wie sah die Frau aus?«

Der Barkeeper musterte den Hundertdollarschein. Rif schob ihm den Schein hin und ließ ihn los. Der alte Mann steckte sich das Geld ein.

»Es war eine Chinesin. Groß, in einem schwarzen Kleid, und sie hatte sehr langes Haar.«

Quan Xi-Ping.

Rif nahm einen Zwanziger aus seinem Portemonnaie und

legte ihn auf die Theke. »Danke für den Drink, mein Freund.« Er stand auf und ließ den Rest seines Tuskers auf der Theke stehen. In dem Moment sah er Max Heros ziemlich weit hinten im Restaurantbereich. Er war in Gesellschaft eines Einheimischen und trank Zambezi, ein simbabwisches Bier.

Rif ging an ihren Tisch.

»Darf ich mich zu Ihnen setzen?« Er zog sich einen Stuhl heran und setzte sich. »Irgendwas Neues über Christos?«

Max schien nicht gerade begeistert über Rifs Anwesenheit, aber er blieb höflich. »Darf ich vorstellen – Epi Buganda, ein Mitarbeiter von Interpol in Harare. Er ist für Kanzi zuständig und hilft uns bei den Ermittlungen im Fall von Mr Paris' Entführung.«

»Rif Asker, Quantum International Security«, stellte Rif sich vor. »Außerdem bin ich ein guter Freund von Christos Paris.« Er schüttelte Buganda die Hand. Sie war schweißnass und kalt.

»Meine Männer arbeiten hier vor Ort. Sie befragen Einheimische, ob sie irgendwelche ungewöhnlichen Aktivitäten gesehen haben.« Buganda schlürfte sein Bier.

Na klar, gesetzwidriges Verhalten war in diesem von Unruhen heimgesuchten Land ja auch so ungewöhnlich, dass es bestimmt auffiel. Man brauchte nur ein paar Leute zu schmieren, und schon herrschte das große Schweigen. Es wäre eine perfekte Gegend, um Christos zu verstecken, aber warum sollten die Kidnapper ihre Geisel in unmittelbarer Nähe des Ortes gefangen halten, an dem die Verhandlungen stattfanden? Das wäre viel zu riskant. »Und? Haben Sie irgendetwas herausgefunden?«

Max lehnte sich in seinem Stuhl zurück. »Wir überprüfen alle angekommenen Flüge der vergangenen Tage, um zu sehen, ob uns irgendetwas Verdächtiges auffällt, aber auf etlichen Landepisten gibt es nur einen Windsack. Deshalb ist es schwierig, herauszufinden, wer ins Land geflogen ist.«

»Und ich bin sicher, Präsident Mugabe erweist sich als so hilfreich wie immer.«

Das linke Auge des Interpolbeamten zuckte. Die Leute hatten Angst vor dem Diktator, da alle, die nicht auf seine Linie einschwenkten, normalerweise spurlos verschwanden.

Max sah auf seine Uhr. »Ich muss jetzt zurück ins Hotel. Mr Buganda, ich begleite Sie zu Ihrem Wagen. Bis später, Mr Asker.«

Er sah dem Griechen an, dass er aus einer wohlhabenden Familie stammte und es gewohnt war, sich alles, was ihm lästig war, mit einer schnellen Handbewegung vom Hals zu halten. Aber Rif würde sich unter keinen Umständen so leicht abwimmeln lassen. Der hohe Beamte musste mehr wissen, als er preisgab. Hakan zufolge war Max Heros zuverlässig. Was wahrscheinlich bedeutete, dass er für Christos irgendwelche Drecksarbeit erledigt hatte. »Wir sollten uns später noch auf einen Drink treffen. Ich melde mich bei Ihnen.«

Max runzelte die Stirn. Bevor er etwas erwidern konnte, stand Rif auf und verließ das Restaurant. Er brannte darauf, zurück zum Hotel zu kommen und Thea zu erzählen, was er in Erfahrung gebracht hatte. Auf der Park Way passierte er eine Apotheke und ein paar edle Kunsthandlungen. In der Stadt Victoria Falls konnte man Gegensätze studieren. Die Wohlhabenden schwelgten in Luxus, während die Armen darum kämpften, etwas zu essen auf den Tisch zu bekommen. Alle schienen sich an diese Gegensätze gewöhnt zu haben. Wie der Spruch es zum Ausdruck brachte: Das ist Afrika. Traurig, aber wahr.

Eine Gruppe Männer in roten Fußballtrikots und -hosen marschierte die Livingstone Way entlang. Er hielt einen Moment inne und stellte sich unter einer Akazie in den Schatten. Obwohl Fußball in dem Land die populärste Sportart war, jubelten die Einheimischen den Fußballern nicht zu. Stattdessen wichen sie ihnen aus, sahen nach unten und mieden jeglichen Blickkontakt. Ihre Angst war greifbar.

Rif musterte die Männer. Sie waren durchtrainiert und hatten die Schultern stocksteif durchgedrückt. In der linken Hand trugen sie jeweils Taschen, die Ausrüstung zu enthalten schienen, und die Art, in der sie sich bewegten, erinnerte eher an eine Militäreinheit als an eine Sportmannschaft. Irgendetwas stimmte da nicht. Rif ließ sie vorbei und folgte ihnen in sicherer Entfernung.

Am Ende der Straße stand ein alter gelber Schulbus, dessen Auspuff eine Dieselwolke in die Luft spuckte. An der geöffneten Tür des Busses stand ein ganz in Schwarz gekleideter Mann. Beim Anblick des bekannten Gesichts fuhr ein eiskalter Schauer durch Rif. Jaramogi, den er in General Jemwas Trainingslager gesehen hatte.

»Wie weit ist es von hier?«, fragte einer der Männer in den roten Trikots.

»Die Fahrt dauert zehn Minuten«, erwiderte Jaramogi. »Steigt ein.«

Die Fußballer stiegen schnell hintereinander in den Bus. Rif verbarg sich auf der anderen Seite des Busses hinter den Büschen. Sein Bauchgefühl riet ihm, herauszufinden, was zum Teufel diese Männer im Schilde führten – insbesondere angesichts der Tatsache, dass ganz in der Nähe in dem Hotel die Verhandlungen stattfanden.

Er nahm seinen Rucksack ab, glitt unter den Bus und sicherte seinen Körper mit den Riemen des Rucksacks an der Unterseite der Karosserie. Dann umfasste er mit beiden Händen das Fahrgestell. Zehn Minuten hatte Jaramogi gesagt. Wie schlimm konnte das schon sein?

Als der Bus sich in Bewegung setzte und die holprige Straße entlangrumpelte, bedauerte Rif seine Entscheidung. Er schloss die Augen, um sie vor dem aufgewirbelten Staub zu schützen, und umklammerte mit beiden Händen die Achse, während der Bus hin und her geworfen wurde. Im Stillen verfluchte er die simbabwischen Straßenbauer, während der Bus von Schlagloch zu Schlagloch polterte.

KAPITEL
54

Für den Fall, dass sie schnell und ohne zu stören den Raum verlassen musste, um einen Anruf entgegenzunehmen oder zu tätigen, hatte Gabrielle Farrah sich ganz hinten im Konferenzsaal auf einer Bank niedergelassen. Der Morgen zog sich endlos mit weiteren Ausführungen der chinesischen Delegation hin. Die Verhandlungen hatten gerade erst angefangen, und sie langweilte sich schon. Es gab schließlich einen Grund dafür, weshalb sie sich bei ihrer Berufswahl nicht für Jura oder Betriebswirtschaft entschieden hatte – beides bot für ihren Geschmack nicht annähernd genug Action. Ihre Vorstellung von Vergnügen bestand darin, in den Schießstand zu gehen und mit einem AR-15 draufloszuballern, bis ihr von den Rückstößen des Gewehrkolbens die Schulter wehtat.

Die Präsentationen der Eröffnungsangebote der beiden Delegationen waren öffentlich, weshalb sie beschlossen hatte, sich das Ganze anzusehen. Hakan war mit ihr einer Meinung, dass der Öldeal bei den Plänen der Entführer wahrscheinlich eine Rolle spielte. Es konnte also nicht schaden, sich in dem Raum umzusehen und in Augenschein zu nehmen, wer da war, und zwar sowohl aufseiten der Verhandlungsteilnehmer als auch unter den Zuschauern. Außerdem hoffte sie, Thea während der nächsten Verhandlungsunterbrechung kurz zur Seite nehmen zu können, um zu sehen, ob die Information über die undichte Stelle, die sie ihr geliefert hatte, bei ihr zu irgendwelchen Erkenntnissen geführt hatte.

Sie ließ den Blick über die Zuschauerränge schweifen und hielt nach Max Ausschau, doch er hatte den Raum vor einiger Zeit verlassen, um sich mit seinem vor Ort zuständigen Kollegen von Interpol zu treffen. Vielleicht würden sie gemeinsam zu Abend essen und sich über den Fall und ihre jeweiligen Leben auf den neusten Stand bringen. Er war einer der wenigen Menschen, mit denen sie über die Krebserkrankung ihrer Schwester gesprochen hatte. Das letzte Mal, als sie sich getroffen hatten, hatte es ihr wirklich geholfen, über ihre Gefühle zu reden und sich von Max über seine Kindheit auf Mykonos erzählen zu lassen.

Ihr Handy vibrierte. Sie sah nach unten. Das Stimmengewirr der ihre Präsentation vortragenden Verhandlungsteilnehmer verblasste im Hintergrund. Vom Display ihres Handys starrte ihr ein Foto von Christos Paris entgegen. Thea hatte eine Kopie der Nachricht erhalten.

Sie vergrößerte das Foto, um es sich genauer ansehen zu können. Der Milliardär hielt eine aktuelle Ausgabe der *New York Times* in den Händen, ein Beweis dafür, dass er lebte beziehungsweise zumindest am Morgen noch gelebt hatte. Falls das Foto echt war. Sie würde es zur weiteren Analyse ins Labor weiterleiten.

Heutzutage wurde der Beweis dafür, dass die Geisel noch lebte, meistens durch ein Telefonat oder durch die Beantwortung persönlicher Fragen geliefert, deren Antwort nur die Geisel kannte. Fotos zu schicken war altmodisch und eigentlich nicht mehr üblich.

Christos' Ausdruck erregte ihre Aufmerksamkeit. Sie hatte schon unzählige Fotos von Geiseln gesehen. Die meisten sahen erschöpft, ausgelaugt und angeschlagen aus. Nicht jedoch dieser Magnat. In seinen dunklen Augen funkelte Entrüstung, sein Kinn war leicht nach oben gerichtet. Die Haare auf der rechten

Seite seines Kopfes waren mit Blut verfilzt, aber er machte einen stabilen, regelrecht trotzigen Eindruck.

Paris saß auf einem Zementfußboden vor einer grauen Wand. Der Hintergrund lieferte keinen offensichtlichen Hinweis auf seinen Aufenthaltsort. Sie leitete das Foto an ihr Team weiter und versah ihre Nachricht mit einem Dringlichkeitshinweis. Ihre Kriminaltechniker würden es auf jegliche Informationen hin genau unter die Lupe nehmen.

Interessanterweise war das Foto an ihr privates Handy geschickt worden. Möglicherweise handelte es sich bei dem Entführer um die gleiche Person, die sie am Weihnachtstag angerufen und ihr die Nachricht von Paris' Entführung übermittelt hatte. Merkwürdig. Bisher war Thea der Hauptkontakt gewesen. Jetzt wollte der Entführer offenbar auch Gabrielle einbeziehen. Warum?

Sie löste ihre übereinandergeschlagenen Beine und empfand die Holzbank auf einmal als sehr unbequem. Sie suchte zu allen Seiten den Raum ab. Wurde sie von jemandem beobachtet? Niemand kam ihr übermäßig verdächtig vor; alle waren voll und ganz auf das Geschehen im Raum konzentriert. Die Vertreter der Chinese National Oil Company legten immer noch sorgfältig und detailliert ihr Angebot dar, der Premierminister und seine Leute lächelten und nickten.

Thea war ganz nach vorne auf die Kante ihres Stuhls gerutscht und konzentrierte sich auf jedes einzelne Wort. Gabrielle versuchte, sie auf sich aufmerksam zu machen. Sie hatten mutmaßlich einen Beweis dafür, dass ihr Vater lebte. Möglicherweise konnte Thea beurteilen, ob das Foto echt war.

Während Gabrielle sie ansah, langte die Geiselbefreiungsexpertin in ihre Jackentasche und holte ihr Handy heraus. Sie musste es auf Vibrationsalarm gestellt haben. Einen Augenblick lang erstarrte sie, fasste sich jedoch sofort wieder. Sie wandte sich Gabrielle zu, die sie erwartungsvoll ansah, und ihre Blicke trafen sich. Ein leichtes Nicken. Das war ein Durchbruch. Hoffentlich der entscheidende, auf den sie alle so dringend gewartet hatten.

KAPITEL
55

Nikos musterte die am vorderen Tisch sitzenden Vertreter der Regierung Kanzis und rief sich die intimen Details aus den Dossiers in Erinnerung, die er über jedes einzelne Mitglied der Delegation des afrikanischen Landes erstellt hatte. Jeder hatte einen schwachen Punkt, der jedoch bei einigen offensichtlicher war als bei anderen. Bei Premierminister Kimweri etwas zu finden hatte sich als schwierig erwiesen. Er war ein gottesfürchtiger Mann, der sein Bestes gab, um die Interessen der Bürger seines Landes so gut wie möglich zu vertreten. Er arbeitete hart, ließ sich nicht bestechen und führte das Land würdig. Es hatte intensiver Nachforschungen bedurft, doch schließlich hatte Nikos die Schwachstelle des Mannes entdeckt. Aber er würde sich ihrer nur bedienen, wenn es unbedingt erforderlich war. Wenn es eins gab, das Nikos gelernt hatte, dann, dass gründliche Recherche und Vorbereitung der Schlüssel zum Erfolg waren. Er hatte viel Zeit damit verbracht, die Firma seines Vaters genau unter die Lupe zu nehmen und nach Insiderwissen und Schwachstellen zu forschen – und beides aufgetan.

Chi trug den Männern vorne am Tisch sein Angebot vor, schmierte ihnen Honig ums Maul und legte ausgiebig dar, wie die Chinesen Kanzi revolutionieren könnten. Die langatmigen Vorträge, die mit Hinweisen auf die historischen Verbindungen zwischen China und der Region gespickt waren, wären nur schwer zu ertragen gewesen, wenn sie in Nikos' sich zuziehendem Netz nicht so eine wichtige Rolle gespielt hätten.

Neben ihm holte Thea unter dem Tisch ihr Handy hervor und starrte ein Foto ihres Vaters an, der eine aktuelle Tageszeitung in den Händen hielt. Ein realer Kontakt der Entführer statt dieser lateinischen Zitate. *Das wurde aber auch Zeit.* Christos sah aus, als hätte er ein paar harte Schläge eingesteckt, aber der toughe Mistkerl strahlte immer noch unerträgliche Arroganz aus.

Nikos machte Thea auf sich aufmerksam und deutete auf sein eigenes Handy. Sie nickte. Im nächsten Moment erschien das Foto auf dem Display seines iPhones. Er war versucht, das Foto als Hintergrundbild einzurichten, damit er sich immer, wenn er wollte, an Christos' Qualen ergötzen konnte. Er leitete das Foto an sein Team weiter und hoffte, dass es irgendeinen Hinweis auf den Aufenthaltsort seines Vaters enthielt – damit er seinen letzten Zug machen konnte.

Es musste das Werk eines Insiders sein, oder der Entführer verfügte über eine dicke Brieftasche und sehr gute, weit verzweigte Verbindungen. Einen Milliardär zu entführen, der von bestens ausgestatteten Leibwächtern geschützt wurde, war eine beachtliche Leistung. Nikos hatte Jahre gebraucht, um eine verwundbare Stelle zu entdecken. Wer auch immer der Entführer war, hatte einen ziemlichen Coup gelandet.

Doch Nikos wusste, dass er am Ende gewinnen würde. Er hatte Alec Floros einer Befragung unterzogen, den Mann, bei dem der Pilot des Hubschraubers, der seinen Vater von der Jacht weggeflogen hatte, verschuldet gewesen war. Und mithilfe seiner Kontakte beim griechischen Zoll hatten sie ja bereits herausgefunden, wohin das Flugzeug geflogen war, das auf Korfu gestartet war. Sie kamen dem Aufenthaltsort seines Vaters immer näher.

Der Kopf von Premierminister Kimweri wippte auf und ab wie der Kopf eines PEZ-Bonbonspenders in der Hand eines Fünfjährigen. Mein Gott, war das langweilig. Chi kam endlich zum Schluss seiner Präsentation, oder so schien es zumindest. Nikos fand das endlose Heruntergeleiere der Vertreter der chinesischen Delegation etwas lästig, und bei ihnen wusste man nie, wann sie fertig waren. Aber er hatte genug Verhandlungen in China geführt, um zu wissen, dass nichts jemals in Stein gemeißelt war, nicht einmal, nachdem die Tinte der Unterschriften unter den Verträgen getrocknet war.

Er musste lächeln, als er an die endlosen Verhandlungen dachte, die er über sich hatte ergehen lassen müssen, um sich Xi-Ping als Waffenlieferantin zu sichern. Sie war so intelligent und skrupellos, wie sie hübsch war. Er hatte ihr das Geheimnis seiner zwei Identitäten anvertraut, fragte sich jedoch, ob das klug gewesen war. Ihre Beziehung zueinander war zeitlich befristet, doch das gewaltige Arsenal an Waffen und Munition, zu dem sie Zugang hatte, hielt sie am Leben.

Der Schlag des Hammers, der auf den Tisch gehauen wurde, brachte Nikos zurück in die Gegenwart. *Das wurde auch verdammt noch mal Zeit.* Mittagspause. Er legte Thea seine Hand auf den Rücken und geleitete sie hinaus auf den Flur. Es war an der Zeit, sie nach Informationen anzuzapfen.

Und wie es aussah, hatte seine Stalkerin von der Hostage Recovery Fusion Cell die gleiche Idee, denn sie kam schnurstracks auf sie zugesteuert. Er hoffte, dass Gabrielle aufmerksam war. Ares war im Begriff, sich zu offenbaren.

KAPITEL 56

Thea betrachtete das Foto ihres Vaters auf dem Handy. Es gab keinen Zweifel: Ihr Vater sandte ihr ein Signal.

Gabrielle gesellte sich zu ihr und Nikos. »Suchen wir uns ein ruhiges Plätzchen?«

»Hier entlang.« Thea führte sie in die luftige Nische, die sie entdeckt hatte, als sie sich mit dem Hotel vertraut gemacht hatte. Eine Erkundung der örtlichen Gegebenheiten zahlte sich immer aus, und in Anbetracht der Situation musste sie sich jeden erdenklichen Vorteil zunutze machen. Die drei stellten sich hinter eine breite Säule, sodass die Leute, die auf dem Hauptflur hin und her gingen, sie nicht sehen konnten.

»Christos lebt.« Gabrielles dunkle Augen strahlten Mitgefühl aus.

»Sofern das Foto echt ist. Wird Ihr Team die Echtheit überprüfen?«

»Meine Leute sind bereits dabei.«

Thea wägte ihre Optionen ab. Sie konnte die Information, die sie dem Foto entnahm, für sich behalten, obwohl sie wusste, dass die Analysten der Regierung sie sowieso früher oder später entdecken würden. Sie holte tief Luft. Gabrielle hatte sich geduldig und hilfsbereit gezeigt. Vielleicht sollte Thea erkunden, ob sie womöglich effektiver waren, wenn sie zusammenarbeiteten.

»Mein Vater war früher beim Militär, deshalb kennt er sich mit Handzeichen aus. Außerdem hat er an einem unserer von

Quantum International Security angebotenen Entführungspräventionsseminare teilgenommen. Alle Führungskräfte von Paris Industries wurden instruiert, im Fall einer Entführung auf Fotos und Videos Hinweise unterzubringen, die jedoch so subtil sein sollten, dass die Entführer sie nicht bemerken.« Sie vergrößerte das Foto auf ihrem Handydisplay, bis nur noch die Hände ihres Vaters zu sehen waren. »Sehen Sie seine Finger? Er benutzt taktische Handzeichen für die Ziffern Null und Fünf. Jetzt müssen wir nur noch herausfinden, was er uns damit sagen will.«

»Haben Sie irgendeine Idee? Sie und Ihr Bruder kennen ihn am besten.« Gabrielle starrte auf das Foto.

Nikos' Mund verspannte sich. Er tat Thea leid.

»Fünf, Null – oder ist es Null, Fünf? Könnten es GPS-Koordinaten sein? Ein Hinweis darauf, wo die Kidnapper ihn festhalten?« Ihr Vater versuchte, ihr etwas mitzuteilen. Sie musste nur herausfinden, was.

»Hat die Zahl vielleicht irgendetwas mit diesem Öldeal zu tun?«, fragte Nikos.

Thea dachte an die Unmengen von Papieren, die sie durchgegangen war. »Ich glaube nicht, aber ich werde mir die Unterlagen daraufhin noch mal vornehmen.«

»Ich setze meine Leute sofort darauf an«, sagte Gabrielle. »Geben Sie mir Bescheid, wenn Sie herausfinden, was Christos uns mitzuteilen versucht.« Sie nickte den beiden zu und schritt über den Flur davon.

Thea drehte sich zu Nikos um. »Könnte Papa sich auf irgendwas beziehen, das passiert ist, als er fünfzig war? Also vor zehn Jahren?«

»Da fällt mir nichts ein. Der fünfzigste Bundesstaat? Das fünfzigste Land?«

»Vielleicht lesen wir die Zahlen nicht mal in der richtigen

Reihenfolge.« Ihr Kopf pochte. Also dann, der Zeitpunkt war so gut wie jeder andere. »Schläfst du mit Quan Xi-Ping?«

Er musterte sie eine Minute lang. »Du brauchst dir um meine Loyalität dir gegenüber keine Sorgen zu machen.«

»Mensch, Nikos, sie ist Papas Konkurrentin bei den Verhandlungen.«

»Das hat mich nicht gestört.«

»Hast du ihr Insiderinformationen über Paris Industries gesteckt?«, fragte sie.

»Unser Vater hat mich aus allem, was mit seinen Geschäften zu tun hat, immer komplett rausgehalten. Was hätte ich ihr also schon groß verraten können? Xi-Ping und ich haben uns bei dem Import-Export-Geschäft kennengelernt, von dem ich dir erzählt habe, das, bei dem es um Bukarest ging. Es war sehr hilfreich, einen persönlichen Kontakt zu haben. Aber die Hochzeitsglocken werden nicht läuten, das verspreche ich dir.«

Das glaubte sie ihm. Keine Frau wäre je imstande, mit ihrem Bruder klarzukommen. Trotzdem spürte sie, dass er irgendwas im Schilde führte. »Ich brauche mal ein paar Minuten alleine für mich in meinem Zimmer. Wir treffen uns in einer Viertelstunde an dieser Stelle wieder.«

Er nickte. »Keine Sorge, Schwesterherz, wir finden ihn.«

Als sie an Nikos' herzzerreißende Aufzeichnungen dachte, wurde sie erneut von einer Welle des Mitgefühls erfasst. Sie berührte seinen Arm. »Es tut mir so leid. Papas Entführung muss schlimme Erinnerungen in dir wachrufen.«

»Der Kreis schließt sich. Nur dass diesmal der Vater entführt wurde und nicht, wie vor zwanzig Jahren, der Sohn. Ich denke, wir können unserer Vergangenheit nicht entkommen.«

Da konnte sie ihm nur zustimmen. Nikos' Entführung hatte dafür gesorgt, dass sie ihr Leben der Befreiung anderer Entführungsopfer gewidmet hatte. Doch ihre größte Angst war, dass es ihr ein weiteres Mal misslingen würde, ihre eigene Familie zu beschützen.

KAPITEL 57

Der Bus kam mit quietschenden Reifen zum Stehen, und die Fußballspieler stiegen aus. Rif löste die Gurte, mit denen er sich am Fahrgestell festgeschnallt hatte, und ließ sich langsam nach unten auf den Boden sinken. Sein Mund war trocken und voller Staub, seine Schultern brannten von der Anstrengung, die es ihn gekostet hatte, sich während der ganzen Fahrt da unten festzuhalten.

Er streckte seine verkrampften Finger und drehte sich auf den Bauch. Dann robbte er zur Seite des Busses, der neben einem Gebäude angehalten hatte, und spähte vorsichtig unter dem Bus hervor. Jaramogi und die anderen Männer betraten ein verlassenes Lagerhaus. Von den Holzlatten blätterte weiße Farbe ab, durch die rostigen Stahltüren drang Neonlicht nach draußen. Er schob sich weiter vor, um besser sehen zu können.

Auf dem nicht asphaltierten Parkplatz standen etliche offene Jeeps. Das unverwechselbare Geräusch von Gewehren, die gesichert und geladen wurden, erweckte seine Aufmerksamkeit. Einige Männer kamen wieder aus dem Lagerhaus heraus. Sie hatten ihre Fußballuniformen und Sporttaschen gegen Kampfanzüge und AK-47-Sturmgewehre getauscht.

Weitere Männer kamen nach draußen. Es mussten mindestens dreißig sein.

»Ladet die Ausrüstung in die Jeeps«, wies Jaramogi die Soldaten an.

Rif vermutete, dass sie vorhatten, zum Victoria Falls Hotel zu fahren. Plante General Jemwa einen Militärputsch? Als ob sie mit den Verhandlungen über die Bohrrechte und Christos' Entführung nicht schon genug am Hals hätten. Er musste Thea warnen.

Er versuchte, ihr eine Nachricht zu schicken, hatte aber keinen Handyempfang. Afrikanische Telefongesellschaften funktionierten schon im besten Fall nicht besonders gut. *Verdammt.* Er würde zum Hotel zurückjoggen müssen, aber zuerst musste er unbemerkt entkommen.

Der Bus stand etwa einen Meter vor dem Lagerhaus und war leicht schräg geparkt, sodass der vordere Teil des Fahrzeugs sich näher an der Außenwand des Gebäudes befand. Da Jaramogis Soldaten dabei waren, die Jeeps mit Waffen und Ausrüstung zu beladen, musste Rif seinen Abgang gut timen. Es gab nur eine Möglichkeit zu entkommen: Er musste auf das Dach des Lagerhauses gelangen. Wenn er erst einmal auf dem Dach war, würde er schon einen Weg finden, an der Rückseite des Gebäudes wieder nach unten zu kommen.

Er wartete, bis die nächste Gruppe mit ihrer Ausrüstung an ihm vorbeigegangen war. *Jetzt.* Er robbte unter der Karosserie hervor, stemmte einen Fuß gegen den Bus, den anderen gegen die Außenwand des Lagerhauses, nahm die Arme zu Hilfe und arbeitete sich in der schmalen Lücke stückchenweise nach oben. Einmal rutschte sein Stiefel an der Wand ab und verursachte ein leises schabendes Geräusch. Er stabilisierte seine Position wieder und kletterte weiter nach oben.

Er hörte Stimmen. Die nächste Gruppe Soldaten war aus dem Lagerhaus im Anmarsch. Genau in dem Moment, in dem die Männer auftauchten, erreichte er das Dach. Er rollte über die Kante und legte sich flach auf den Rücken, sein Brustkorb hob und senkte sich von der Anstrengung.

»Habt ihr auch was gehört?«, fragte einer der Männer.

»Seht nach!«, wies Jaramogi sie an.

Rif blieb still liegen und ignorierte die glühend heiße Teerpappe, die seinen Rücken versengte.

»Fußabdrücke. Irgendjemand späht uns aus. Findet ihn!«

Das war's dann wohl mit dem stillklammheimlichen Davonmachen. Rif sprang auf und stürmte zur Rückseite des Gebäudes. Im Laufen riss er sich den Gürtel vom Leib und hielt nach einer Möglichkeit Ausschau, nach unten zu gelangen. Er entdeckte ein dickes Abflussrohr, schlang seinen Gürtel darum und hangelte sich nach unten.

Unten angekommen, drückte er sich mit dem Rücken gegen die Backsteinmauer und sah in beide Richtungen. Die Luft war rein. Er steuerte die Propangasflasche an, die der Versorgung des Lagerhauses diente.

Fünfzig Meter vor ihm ging der offene Hof in ein dicht mit Bäumen bewachsenes Stück Wald über.

Er musste den Wald erreichen, ohne vorher niedergemäht zu werden. Also musste er irgendwie für Ablenkung sorgen.

Leise Schritte knirschten über den Schotter neben dem Lagerhaus. Er suchte in seinem Rucksack nach einer Zigarette und einem Feuerzeug. Obwohl er nicht rauchte, hatte er auf Reisen immer einige Päckchen Zigaretten dabei. Sie wurden international als Tauschmittel akzeptiert und eigneten sich als handliche Sprengzünder. Er steckte sich eine Camel in den Mund und knipste das Feuerzeug an. Ein schneller Zug, und das Ende glühte. Dann riss er den zur Gasflasche führenden Schlauch ab, sodass Propan entwich, schnipste die Zigarette in Richtung Gasflasche und rannte los, als ob der Teufel hinter ihm her wäre.

Stimmen schrien durcheinander, doch bevor die Männer in Aktion treten konnten, übertönte ein lauter Knall alle anderen Geräusche. Eine Hitzewelle rauschte über Rifs Kopf hinweg und versengte seine Ohren. Er rannte im Zickzack weiter, um ein schwer zu treffendes Ziel abzugeben. Als er den Waldrand erreichte, schlugen zwei Kugeln in einem Baum direkt neben ihm ein. Der Beinahetreffer spornte ihn an, seine Beine arbeiteten wie Kolben, seine Stiefel jagten laut stapfend über den Waldboden.

Er rannte nach Osten, versuchte zu ergründen, was der direkteste Weg zum Hotel war. Sein Hemd war schweißdurchtränkt, seine Haut mit einer dicken Staubschicht überzogen. Er musste zu Thea, bevor es zu spät war.

KAPITEL 58

Gabrielle ging in ihrem Hotelzimmer auf und ab und telefonierte mit ihrem Chefanalytiker Ernest. Er hatte Neuigkeiten über die Ares-Verbindung.

»Ich habe eine weitere Kommunikation bezüglich dieser Endverbleibserklärung abgefangen. Der Inhalt der Mitteilung und der Ort, aus dem sie gesendet wurde, haben mich veranlasst, mir das Ganze genauer anzusehen.« Ernest sprach mit seiner üblichen Stakkatostimme. Immer wenn er fündig geworden war, klang er wie ein Maschinengewehr im Dauerfeuer.

»Erzählen Sie mir mehr.«

»Die Nachricht kam aus Victoria Falls. In ihr wurde diese belgische Firma genannt, die wir bereits mit Ares in Verbindung gebracht haben.«

»Sind Sie sicher?«

»Ja. Verglichen mit, sagen wir, New York City, gibt es in Victoria Falls nicht gerade viel Datenverkehr abzufangen und zu entschlüsseln. Da Sie den Verdacht geäußert haben, dass die Öl-Verhandlungen in Kanzi etwas mit den größeren Zielen des Kidnappers zu tun haben könnten, haben wir sämtliche Kommunikation, die etwas mit den Verhandlungen zu tun hat, überwacht.«

»Ares ist also hier?«

»Wahrscheinlich. Und es ist möglich, dass Christos Paris ganz in der Nähe gefangen gehalten wird. Falls Ares hinter der Entführung steckt und irgendwie auch an den Verhandlungen über die Bohrrechte beteiligt ist, könnte er die Geisel aufsuchen wollen, um an Insiderinformationen zu gelangen, die Christos ihm bieten könnte. Ich habe das Team ein geografisches Dossier von Victoria Falls erstellen lassen. Es überwacht die üblichen Quellen: Satellitenbilder, Wirtschaftsmeldungen und ungewöhnlichen Verkehr an Verkehrsknotenpunkten. Sobald wir handfeste Informationen haben, setzen wir ein zusätzliches Team darauf an, Ihnen zu helfen, die Geisel ausfindig zu machen.«

»Ich glaube, wir sind da an etwas dran. Informieren Sie mich sofort über jegliche weitere Kommunikation.« Sie beendete das Gespräch und drehte sich um, als sie hörte, dass die Tür aufging.

»Gute Nachrichten?« Max stand auf der Schwelle der Verbindungstür zwischen ihren Zimmern.

»Möglicherweise. Wahrscheinlich ist Ares hier. Das Problem ist, dass niemand den Waffenhändler beschreiben kann. Es ist, als ob er – oder vielleicht auch *sie* – gar nicht wirklich existieren würde.«

»Mein Freund aus Harare hat mir erzählt, dass Interpol seit elf Jahren versucht, Ares aufzuspüren, und keinen einzigen Hinweis auf seine Identität hat.« Max kam ins Zimmer und ließ sich in dem Queen-Anne-Sessel nieder.

»Warum haben wir dann innerhalb weniger Tage zwei deutliche Hinweise auf ihn bekommen?«

»Vielleicht ist er unachtsam geworden.«

»Möglich. Oder er hat beschlossen, aus irgendeinem Grund aus dem Dunkel hervorzukommen.«

»Um sich in Szene zu setzen?«, fragte er.

»Unsere Analytiker haben sich Ares' Geschäfte näher angesehen. Im ewigen Kampf zwischen den Davids und den Goliaths hat er ein Faible für die Davids. Er verkauft immer an die

Underdogs, sogar wenn ihm das weniger Geld einbringt. Das sagt mir, dass er eine Mission hat, dass er ein Anliegen verfolgt.«

»Das tun wir doch alle, oder?«

Sie musterte Max' Gesicht. »Ja, ich denke schon. Ich wollte die Wahrheit über den Tod meiner Eltern herausfinden, aber die libanesische Polizei hat mich auflaufen lassen.«

»Gib die Suche nie auf. Wir, unsere Familien, all das, was uns widerfahren ist ... wir sind auf ewig vom Schmerz gezeichnet.« Sein Gesicht lag im Schatten, aber sie konnte sein Leiden spüren.

»Was ist los mit dir? Ist etwas mit Laila? Hat sich ihr Zustand verschlechtert?«

Er antwortete nicht.

»Max, du kannst mit mir reden.«

Er stand auf und küsste sie sanft auf die Lippen. »Ich weiß. Du bist der einzige Mensch, dem ich vertraue.«

Doch anstatt ihr sein Herz auszuschütten, teilte er ihr mit, dass er einen Anruf zu tätigen habe.

Nachdem er gegangen war, schickte sie Ernest eine Nachricht, in der sie ihn um ein Update zum Zustand von Max' Halbschwester bat. Der hochrangige griechische Polizist ging ihr unter die Haut, und sie wollte wirklich mehr über ihn wissen. Kaum hatte sie die Nachricht versandt, bereute sie es auch schon. Eine Nacht – das war ihre goldene Regel. Bloß keine emotionale Bindung eingehen. Aber vielleicht war es dafür schon zu spät.

KAPITEL
59

Thea veränderte die Position auf ihrem Stuhl. Der Chinese hatte endlich jedes Argument erschöpfend breitgetreten, warum das Unternehmen, das er vertrat, die einzige Wahl für die Vergabe der Ölförderrechte in Kanzi sei. Das meiste, was er von sich gab, war natürlich Unsinn, aber Thea interessierte sich sowieso mehr für die Verhandlungsteilnehmer im Raum als für die Argumente. Sie beobachtete die Gesichter und achtete darauf, ob sich irgendjemand in irgendeiner Weise ungewöhnlich verhielt.

»Ms Paris«, sagte Premierminister Kimweri, »wir können Ihre Eröffnungsrede noch vor der Pause einschieben.«

»Danke. Ich sage nur ein paar Worte und übergebe das Wort dann an unseren Vorstand für das operative Geschäft, Ahmed Khali.«

Nikos beugte sich zu ihr herüber und flüsterte ihr zu: »Ich glaube an dich.«

Die Abgesandten Kanzis am vorderen Tisch sahen sie mit glasigen Augen an. Sogar der Premierminister schien von dem endlosen Monolog erschöpft. Zeit, ein bisschen Leben in die Bude zu bringen. Sie trat vor und drehte sich so, dass sie sowohl den Würdenträgern als auch dem Publikum zugewandt war.

»Mein Name ist Thea Paris. Paris Industries wurde von meinem Vater, Christos Paris, gegründet.«

Sie hielt inne.

Quan Chis Augenbrauen gingen zwei Zentimeter hoch. Xi-Ping kniff die Augen zusammen. Nikos lächelte sie an.

»Es stimmt zwar, dass China seit Langem ein vitales Interesse an dieser Region hat, aber wenn Sie entscheiden, mit wem Sie, Ihre Kinder und Ihre Enkelkinder in den kommenden hundert Jahren gerne zusammenarbeiten möchten, denken Sie bitte auch daran, dass mein Vater sich seit fast vierzig Jahren intensiv in Kanzi engagiert.«

Die benebelten Gesichtsausdrücke der Würdenträger am vorderen Tisch hellten sich auf. Sogar General Jemwa beugte sich vor.

»Christos Paris hat seine Familie in Ihr schönes Land gebracht. Er hat erkundet, ob es machbar ist, in Kanzi Biokraftstoffe zu produzieren, und er hat seine Zeit, seine Energie und sein Geld in die Menschen Kanzis investiert. Bis heute sichern viele Bauern ihre Existenz durch den Verkauf ihrer kompletten Jahresernten an Paris Industries.«

Sie machte eine kurze Pause und fuhr fort: »Und wenn mein Vater etwas versprochen hat, hat er seine Versprechen eingelöst. Paris Industries hat Schulen, Krankenhäuser und Trinkwasseraufbereitungsanlagen gebaut – das alles waren notwendige Investitionen, um den Lebensstandard in Kanzi zu erhöhen. Und er hat in die einheimische Bevölkerung investiert, indem er sie in seinem Unternehmen beschäftigt hat, anstatt Arbeitskräfte aus dem Ausland zu importieren. Mein Vater hat Hand in Hand mit den Menschen aus Kanzi zusammengearbeitet, und das schon, bevor die meisten anderen Firmen überhaupt von der Existenz dieses besonderen Landes wussten.«

Der Premierminister nickte.

Sie drehte sich um, ging zu ihrem Bruder, stellte sich hinter ihn und legte ihm die Hände auf die Schultern. Ahmed hatte ihrem Vorschlag zugestimmt, Nikos und dessen Geschichte in ihrer Eröffnungsrede zu erwähnen. Der Chef des operativen Geschäfts dachte strategisch. Auf die Familie anzuspielen, würde viele der Anwesenden emotional berühren, und das galt auch für den Premierminister, der sich seinen Verwandten sehr verbunden fühlte.

»Das ist mein Bruder, Nikos Paris. Als er zwölf Jahre alt war, wurde er entführt und neun Monate lang gefangen gehalten. Wir waren sehr dankbar, als wir ihn zurückbekommen haben.« Sie sah General Jemwa an, und er erwiderte ihren Blick. Unter ihren Fingern verspannten sich Nikos' Schultermuskeln.

Sie kehrte zurück zu ihrem Platz vorne im Saal.

»Obwohl sein Sohn aufgrund seiner hiesigen Geschäfte als Geisel gefangen gehalten wurde, hielt Christos an seiner engen Partnerschaft mit Kanzi fest. Er liebt das Land, seine Bewohner und seine Kultur. Er ist auch genauso zäh wie die Bürger Ihres Landes. Er hat klein angefangen, nämlich als Sohn eines Fischers in Griechenland, und war arm und oft hungrig. Er hat seine Firma durch harte Arbeit und Aufopferung aufgebaut.«

Der Premierminister richtete sich in seinem Stuhl auf.

»Als Beweis unseres familiären Engagements sind Nikos und ich heute hier und vertreten unseren Vater, der gerade eine schwere Zeit durchmacht. Er wurde vor einigen Tagen entführt. Wir sind hier, um Ihnen zu zeigen, dass Paris Industries Kanzi auch in seiner Abwesenheit treu bleibt.« Sie würde nicht um den heißen Brei herumreden. »Es geht bei dem Ganzen um Familie, und Kanzi war immer Teil der unseren. Geben Sie Paris Industries den Zuschlag, und Sie können sicher sein, dass diese Loyalität auch in Zukunft Bestand hat und sich weiterentwickelt. Danke für Ihre Zeit und Ihre Aufmerksamkeit.«

Sie ging zu ihrem Platz zurück und nickte Ahmed zu, der sich erhob und auf die Würdenträger zusteuerte.

»Danke, Thea.« Er räusperte sich. »Sehr verehrter Premierminister Kimweri, verehrte Würdenträger Kanzis, verehrte Damen und Herren … Paris Industries hat Ihnen noch etwas anderes zu bieten, das die Chinese National Oil Company Ihnen nicht bieten kann: den effizienten und sicheren Transport des Öls zum nächstgelegenen Hafen.«

Der General trommelte mit den Fingern auf den Tisch. Wahrscheinlich brannte er darauf, der ermüdenden Veranstaltung zu entkommen. Er war ein Mann der Tat, kein sesselfurzender Anzugträger.

Ein leises Knarren. Die Hintertür des Konferenzraums wurde geöffnet, und ein Mann in einem Kampfanzug kam herein. Irgendetwas an seiner starren Haltung beunruhigte Thea.

»Unsere Firma verfügt über ein unterschriebenes Abkommen mit der namibischen Regierung, und …«

Thea schenkte Ahmeds Rede keine Aufmerksamkeit mehr und fokussierte ihren Blick auf den Soldaten, der den linken Gang hinaufschritt. Eine kleine Ausbuchtung an seiner Hüfte ließ bei ihr die Alarmglocken schrillen. Sie streifte sich ihre Stöckelschuhe von den Füßen und behielt ihn in ihrem peripheren Sichtfeld im Auge.

Er kam dem Tisch, an dem die Würdenträger saßen, immer näher. Sie reagierte instinktiv, sprang auf, stieß ihren Stuhl zur Seite und stürmte auf den Mann zu.

Im nächsten Augenblick langte er an seine Hüfte und umfasste seine Waffe.

»Achtung! Schusswaffe!« Sie machte einen Satz nach vorn.

Der Soldat hob seine Pistole.

Sie wich ihm aus, vergrub ihre Finger in seiner Hand und bohrte ihm ihre Fingernägel ins Fleisch. Dann verdrehte sie ihm mit aller Kraft das Handgelenk. Die Pistole polterte zu Boden.

Bevor er seine Fassung zurückgewann, schlug sie ihm mit der Handkante mit voller Wucht auf den Bizeps. Ein lautes Knacken. Er schrie auf. Sie trat ihm die Beine weg und zwang ihn auf die Knie.

Die Leibwächter des Premierministers stürzten sich auf den Soldaten und legten ihm Handschellen an. Thea hob seine Pistole auf und richtete sie nach unten. Mehr als hundert Augenpaare waren auf sie gerichtet, im Saal war es plötzlich mucksmäuschenstill. Sie drehte sich zu dem Premierminister um, der völlig schockiert zu sein schien.

»Wir müssen Sie an einen sicheren Ort bringen, Sir.«

Premierminister Kimweri knallte den Hammer auf den Tisch und beendete die Sitzung. Alle stürmten aus dem Saal, es herrschte allgemeines Chaos. Thea schnappte sich ihre Tasche vom Tisch, schlang sie sich um den Oberkörper und stürmte zu Kimweri. Gleichzeitig hielt sie nach dem General Ausschau, doch er war während des Tumults verschwunden. *Merkwürdig.* Warum verschwand ausgerechnet der Mann, der für die Sicherheit des Premierministers verantwortlich war?

Sie erhaschte eine Bewegung draußen vor dem Fenster. Männer in Kampfanzügen schwärmten durch die Gärten. Durch den Innenhof hallten Gewehrsalven.

Die Leibwächter des Premierministers stürmten zu den Türen des Konferenzraums und schlossen sie. Thea rief sich den Grundriss des Hotels ins Gedächtnis und führte Kimweri zur Hintertür, die nach unten in den Kesselraum führte. Sie musste ihn an einen sicheren Ort bringen.

KAPITEL
60

Gabrielle huschte aus dem Konferenzraum, bevor die Leibwächter des Premierministers die Ausgänge blockierten. Draußen waren Schüsse gefallen, und sie musste herausfinden, was zum Teufel los war. Doch als Erstes musste sie in ihr Zimmer und sich ihre Waffen holen.

Sie hastete die hintere Treppe hoch, stürmte zu ihrem Zimmer und öffnete die Tür. Dann tippte sie die Kombination ihres Safes ein, es ertönte ein langer Piepton, und die Metalltür sprang auf. Sekunden später war ihre SIG Sauer geladen und schussbereit. Sie nahm noch ein paar Ersatzmagazine aus dem Safe und stopfte sie sich in die Taschen. Anschließend öffnete sie ihren Hartschalenkoffer, setzte schnell das M24-Scharfschützengewehr zusammen und hängte es sich am Riemen über die Schulter. Das parabolische Richtmikrofon, den Erste-Hilfe-Kasten und die anderen Ausrüstungsgegenstände, die ihr CIA-Kontakt ihr gegeben hatte, verstaute sie in ihrer Kuriertasche.

Sie klopfte an die Tür zu Max' Zimmer. Keine Reaktion.

Dann machte sie einen weiten Bogen um das Fenster, um kein potenzielles Ziel abzugeben, ging von der Seite an den Vorhang heran und hob ihn an, sodass sie auf den Vorhof hinabblicken konnte. Mit Kalaschnikows bewaffnete Soldaten hatten das Hotel umzingelt. Eine massige Gestalt kommandierte die Männer. General Ita Jemwa. Als ob das Ganze angesichts der Entführung von Christos Paris und der Tatsache, dass Ares sich in der Gegend aufhielt, nicht sowieso schon verrückt genug war. Was war das jetzt? Ein Putsch? Sie holte ihr Handy hervor und gab eine Kurzwahlnummer ein.

Stephen Kelly meldete sich beim ersten Klingeln. »Was gibt's Neues?«

»Die Lage verkompliziert sich ein wenig. Sieht so aus, als ob General Ita Jemwa versucht zu putschen.«

»Dieser Faschist. Wir dürfen auf keinen Fall zulassen, dass er die Kontrolle über Kanzi übernimmt. Ich werde ein paar Unterstützungskräfte mobilisieren. Tun Sie, was auch immer erforderlich ist, um den Premierminister am Leben zu halten. Verstanden?«

»Klar und deutlich. Als ich ihn das letzte Mal gesehen habe, hat Thea Paris Kimweri beschützt.«

»Verstanden. Melden Sie sich regelmäßig bei mir.«

Sie beendete das Gespräch und schickte Thea eine SMS. *Wo sind Sie? Ist der PM bei Ihnen?*

Sie klopfte noch mal an der Tür zu Max' Zimmer. Nichts. Sie versuchte, ihn anzurufen, landete jedoch direkt auf der Mailbox. Inmitten eines Putschversuchs wäre es hilfreich, einen weiteren ausgebildeten Sicherheitsbeamten an ihrer Seite zu haben. Insbesondere einen, den sie kannte.

Auf dem Vorhof des Hotels wurde erneut geschossen. Die Leibwächter des Premierministers nahmen es mit den Rebellen auf. Weder Thea noch Max antworteten ihr. Als sie Thea das letzte Mal gesehen hatte, hatte die Geiselbefreiungsexpertin die Kellertreppe angesteuert. Da unten gab es vermutlich keinen Empfang. Sie sollte selbst runtergehen und nachsehen, ob sie helfen konnte.

Sie öffnete die Tür einen Spalt weit und linste in den Flur. So weit, so gut. Ein Adrenalin- und Cortisolstoß versetzte ihren Körper in Kampfbereitschaft. Sie liebte die Arbeit an vorderster

Front und war dort für ihren Geschmack viel zu lange nicht mehr zum Einsatz gekommen.

Sie huschte den Flur entlang, blieb jedoch hin und wieder stehen und lauschte, um zu hören, ob sich irgendwo jemand bewegte. Auf dieser Etage war nichts zu hören. Das Chaos, das draußen herrschte, hatte wahrscheinlich alle Gäste überzeugt, in ihren Zimmern zu bleiben.

Ein leises *Pling* erweckte ihre Aufmerksamkeit. Der Aufzug. Jemand kam hochgefahren. Sie zog sich in der Nähe der Treppe in eine Nische zurück, drückte sich platt an die Wand und hoffte, dass es Max war.

KAPITEL
61

Thea führte den Premierminister die unregelmäßige Steintreppe hinunter, die in den Keller führte. »Bleiben Sie hinter mir. Wir müssen Sie in Sicherheit bringen.«

Ein Geräusch. Da unten war schon jemand. Sie hielt sich den Zeigefinger an die Lippen und bedeutete dem Premierminister zu warten. Dann stieg sie die Treppe hinunter und achtete darauf, kein Geräusch zu machen.

Am Fuß der Treppe schlich sie Zentimeter für Zentimeter weiter, um zu sehen, wer dort war. Es konnte ein Wartungsarbeiter des Hotels sein, ein Gast, der sich versteckte, oder einer der Rebellen. Sie nahm ein gelbes Schild mit der Aufschrift Vorsicht – *frisch gewischt* und hielt es hinter der Wand hervor in den Gang.

Zwei Schüsse durchlöcherten es.

Sie hatte die Antwort.

Sie zog das Schild wieder hinter die Wand zurück, ging in die Hocke und wartete ein paar Sekunden. Dann warf sie das gelbe Plastikschild in Taillenhöhe in die Luft, rollte hinter der Wand auf dem Boden hervor und blieb auf dem Bauch liegen. Der Soldat schoss auf das Schild. Sie feuerte aus ihrer Bauchlage zwei Schüsse ab. Der Soldat brach zusammen und sank zu Boden. Mit einem schnellen Tritt beförderte sie sein AK-47 aus seiner Reichweite. Dann hob sie das Sturmgewehr auf und suchte den Gang nach weiteren Bedrohungen ab, doch es herrschte Stille. Wie es aussah, war der Mann alleine gewesen.

Sie stürmte zurück zur Treppe. »Okay, jetzt ist es sicher, Premierminister. Gehen wir weiter.«

»Nennen Sie mich Mamadou. Sie haben mir in der letzten halben Stunde zweimal das Leben gerettet, deshalb denke ich, wir sollten uns mit dem Vornamen ansprechen.« Er lächelte sie matt an.

»Gut, dann also Mamadou. Hier rein, bitte.« Sie drückte eine Stahltür auf.

Sie betraten einen Kesselraum, in dem es ziemlich laut war. Es zischte, Wasser gurgelte, in die Decke waren vereinzelt Lampen eingelassen, die nur ein sehr schwaches Licht aussandten. An einer der Wände hingen Werkzeuge an Haken, an einer anderen standen Eimer, Wischmopps und andere Reinigungsutensilien.

Die intensive Hitze schlug ihnen mit voller Wucht entgegen, doch dieser Raum war jetzt fürs Erste ihr Zufluchtsort.

Sie verbarrikadierte die Tür von innen mit einer Werkbank. »Tut mir leid, dass hier solche Bedingungen herrschen, aber bis ich herausgefunden habe, was los ist, müssen wir mit dieser improvisierten Sauna vorliebnehmen.«

»Die Hitze macht mir nichts aus, mein Kind. Die meisten Menschen denken, ich wäre ein Stadtmensch, aber ich habe viele Sommer in der Steppe verbracht und Vieh gehütet. Im Grunde bin ich ein Wüstenjunge.«

»Das ist gut, wir könnten nämlich eine ganze Weile hier festsitzen.« Unmittelbarer Personenschutz bedeutete, die zu schützende Person, in diesem Fall also den Premierminister, an einem sicheren Ort zu verstecken.

Nach dem langen Morgen musste Thea sich dringend neues Insulin verabreichen. Die Blutwerte auf dem Display ihres Handys waren nicht gut. Sie langte in ihre Tasche, doch dann fiel ihr ein, dass sie den Kühlbeutel in ihrem Blazer gelassen hatte, der oben im Konferenzraum über der Lehne ihres Stuhls hing. *Verdammter Mist.* »Mal sehen, ob mein Kollege Rif weiß, was los ist. Wir müssen herausfinden, wer hinter dem Putsch steckt.«

»Diese Frage kann ich beantworten. General Ita Jemwa. Meine Spione haben mir berichtet, dass er fälschlicherweise davon ausgeht, ich würde ihn als Sicherheitschef ersetzen, wenn der Vertrag über die Bohrrechte in Kanzi unterzeichnet ist.«

»Sie hätten ihn in seinem Amt belassen?«

»Es ist besser, seine Feinde in der Nähe zu haben. Ich hätte nicht gedacht, dass er irgendetwas unternimmt, bevor die Verhandlungen beendet sind, doch ich habe ihn offenbar falsch eingeschätzt.«

»Meine Familie hatte auch schon mal mit dem General zu tun, und es war keine gute Erfahrung.« Sie checkte ihr Handy. Wie erwartet, hatte sie keinen Empfang.

Der Premierminister schüttelte den Kopf. »Sein Ehrgeiz und seine Gier haben über seinen gesunden Menschenverstand obsiegt.«

Sie respektierte seine Sicht der Dinge, aber sie erschien ihr ein wenig naiv. Ihre Erfahrung im Geiselbefreiungsgeschäft hatte sie gelehrt, dass jeder hinter Macht und Geld her war. Mineralien, Diamanten, Öl – all das brachte das Schlechteste in den Menschen zum Vorschein, erst recht auf einem rohstoffreichen Kontinent wie Afrika.

Sie checkte ihr Hand-Satellitentelefon, das sie sich während ihres Gangs zur Apotheke in der Stadt besorgt hatte, doch es brauchte Sichtverbindung zum Satelliten, um zu funktionieren. Fürs Erste konnte Sie weder kommunizieren noch auf Verstärkung bauen. Angesichts des Chaos über ihnen würden sie sich noch eine Weile in ihrem Zufluchtsort verkriechen müssen.

Für den Fall, dass sie verschwinden mussten, suchte sie nach einer weiteren Möglichkeit, aus dem Raum herauszukommen.

Die einzige Fluchtmöglichkeit, die halbwegs brauchbar schien, war der Belüftungsschacht der Klimaanlage. Sie schob eine Kiste unter den Schacht, stieg auf sie drauf und schraubte mit einem Schraubenzieher, den sie zuvor von der Wand mit den Werkzeugen geholt hatte, die Entlüftungshaube ab. Zum Glück war der Premierminister ein schlanker Mann. Wenn er nur fünf Kilogramm mehr auf den Rippen hätte, würde er nicht in den Schacht hineinpassen.

Schweiß rann ihr den Rücken herunter. Sie sprang von der Kiste, ging zum Waschbecken und spritzte sich kaltes Wasser ins Gesicht. Als ob die Hitze draußen nicht schon genug wäre, wurde die Luft im Kesselraum bis ins Unerträgliche aufgeheizt. Und zu ihrem Pech war Hitze für Diabeteskranke alles andere als günstig. Auf einem Tresen stand ein kleiner Becher. Sie füllte ihn mit Wasser und reichte ihn Mamadou. »Trinken Sie lieber etwas. Ich habe keine Ahnung, wie lange wir in dieser Sauna festsitzen.«

»Danke. Haben Sie etwas dagegen, wenn ich ein paar Minuten die Augen schließe? Es war ein ziemlich anstrengender Tag für einen alten Mann.«

»Überhaupt nicht. Wenn wir fliehen müssen, sage ich Ihnen Bescheid. Im Moment sind Sie hier am sichersten.« Sie nahm ein dickes Handtuch von der Fläche neben dem Waschbecken, rollte es zu einem improvisierten Kissen zusammen und reichte es Mamadou. »Damit haben Sie es vielleicht ein bisschen bequemer.«

Er lächelte, schloss die Augen und atmete schwer und tief ein und aus. Sie beobachtete ihn ein paar Minuten und wühlte dann in ihrer Aktentasche herum, um zu sehen, ob sie irgendetwas Nützliches fand.

Ein weiterer Stapel vertrauter vergilbter Seiten begrüßte sie – zusammen mit der alten Spieluhr, die sie vor etlichen Jahren verlegt hatte und die »Tie a Yellow Ribbon« spielte. Es war ein rührseliges Lied, erinnerte sie jedoch immer an jene Nacht, in der ihr Bruder entführt worden war.

Nikos musste die Seiten und die Spieluhr während der Verhandlungen unbemerkt in ihre Tasche gesteckt haben. Sie musste sich dringend mit ihm hinsetzen und über die Vergangenheit reden. Offensichtlich wollte er, dass sie die Wahrheit kannte. Doch erst mal musste sie dieses Chaos überleben. Sie war sich nicht sicher, ob sie weiterlesen wollte. Seine Schilderungen über seine Zeit in Obas Lager hatten sie mit Kummer erfüllt. Andererseits liebte sie ihren Bruder und wollte ihn besser verstehen.

Leichenzählung
Ich tötete und tötete und tötete. Anstatt die Tage zu zählen, begann ich, Leichen zu zählen. Ich war bei achtundvierzig angelangt. Wir überfielen Dörfer, raubten Nahrungsmittelvorräte und brannten Hütten nieder. Oba, Kofi und die älteren Jungen steckten ihre Penisse in Frauen und brachten sie zum Schreien. Mütter flehten um das Leben ihrer Kinder und boten den Soldaten im Gegenzug an, dass sie sie »nehmen« könnten. Oba sagte, dass sie insgeheim darauf stehen würden, dass sie sich dann wie jemand Besonderes fühlten.

Die Regenzeit kam und mit ihr jede Menge Moskitos. Ich schmierte mich von oben bis unten mit Matsch ein, aber die Wanzen waren noch blutrünstiger als Oba. Ich lag alleine auf dem Boden meiner kleinen Hütte, die mir als Anführer der Jungen zustand, aber ich konnte nie einschlafen, ohne vorher meine Bonbons zu nehmen. Immer wenn ich die Augen schloss, starrten Nobo und Brandon mich an. Ich hatte sie nicht beschützt. Ich war traurig darüber, dass sie tot waren. Und ich hasste Oba von Tag zu Tag mehr. Er tat nichts anderes, als alle herumzukommandieren.

Eines Nachts zog ein Unwetter auf. Wasser tropfte durch das Strohdach, große, dicke Tropfen klatschten mir auf die Stirn. Es war eine heiße

Nacht, und alle hatten sich früh zum Schlafen hingelegt. Keine Grillen, keine Ratten, keine Geräusche der anderen Jungen. Ich war hibbelig. Ich hatte eine Vorahnung, dass etwas passieren würde.
Eine warme Brise blies durch die Hütte. Der Geruch traf mich mit voller Wucht. Erdig, übel wie der Geruch des Todes. Ich zitterte am ganzen Leib und holte tief Luft, um ganz sicher zu sein. Diesen Geruch würde ich nie vergessen. Ich kroch zum Eingang meiner Hütte und sah nach draußen. Männer in olivfarbenen Uniformen betraten das Lager. Ein großer Umriss stach hervor, weil er humpelte. Der General.
Meine Gedanken rasten. Das war meine Chance. Obas Hütte war zwischen den Bäumen verborgen. Vielleicht hatte ich noch Zeit. Ich schnappte mir mein Messer, mein Gewehr und meine Machete. Alle Waffen waren geölt, gereinigt und einsatzbereit. Oba hatte mich gut ausgebildet. Ich schlich aus meiner Hütte und rannte durch den Dschungel. Als ich Obas Hütte erreichte, verlangsamte ich mein Tempo. Im Schatten unter den Bäumen bewegte sich eine Gestalt. Oba. Der Warlord wusste, dass sein Camp überfallen wurde. Doch anstatt zu kämpfen, versuchte er zu entkommen. Feigling.
Ich wusste, wo er sich verstecken würde. In der Höhle. Ich konnte es schaffen, vor ihm da zu sein, aber ich würde den Sumpf durchqueren müssen. Ich rannte wieder los, hackte mir mit der Machete einen Weg durch den Dschungel. Zweige schabten an meinem Körper, meine Arme waren voller Blut. Der Schmerz war mir egal. Das Einzige, was für mich zählte, war, die Höhle als Erster zu erreichen.
Aber ich musste den Sumpf durchqueren, um vor ihm da zu sein. Ich hoffte, dass die Krokodile schliefen. Ich streifte meine Stiefel ab und warf die Machete weg. Dann stapfte ich in das matschige Wasser und hielt mein Gewehr über meinen Kopf. Das Wasser stank so furchtbar, dass mir übel wurde. Ich atmete durch den Mund und schwamm auf das andere Ufer zu.
Noch fünfzehn Meter. Zwölf. Neun.
Ein Geräusch. Im Wasser bewegte sich etwas. Ich sah nach rechts und

nach links. Schatten und merkwürdige Geräusche. Ich umfasste das Gewehr fester und intensivierte meinen Beinschlag. Ein leises Platschen. Ich schwamm auf dem Rücken weiter, bereit zu schießen. Ich wollte Oba nicht warnen, aber ich wollte auch nicht von den Krokodilen gefressen werden.

Zwei hässliche Köpfe tauchten auf. Dann glitten die Krokodile wieder unter die Wasseroberfläche und verschwanden. Ich hatte Angst, furchtbare Angst. Ich schlug so schnell mit den Beinen, wie ich konnte. Wo waren sie? Etwas rammte mir in den Rücken. Ich drehte mich um. Land. Ich hatte das Ufer erreicht.

Ich taumelte aus dem Wasser, sank auf die Knie und rang keuchend nach Luft. Das war knapp gewesen. Ich hängte mir mein AK-47 an dem Schulterriemen vor die Brust und vergewisserte mich, dass ich mein Messer noch bei mir hatte.

Dann rannte ich den Pfad entlang, blieb stehen und lauschte. Stille. Ich hatte es geschafft und die Höhle vor Oba erreicht.

Ich kroch durch die Öffnung der Höhle und verwischte hinter mir die Spuren, die mein Bauch auf dem Boden hinterlassen hatte. Dann lehnte ich mich an die Höhlenwand und lauschte. Jemand näherte sich der Höhle. Oba. Ich stieg auf einen Felsvorsprung, um größer zu sein als er. Und wartete.

Schritte. Eine Gestalt kam in die Höhle.

Ich ließ meinen Gewehrkolben auf seinen Kopf krachen. Oba taumelte nach vorne, ließ sein AK-47 fallen und sank auf die Knie. Bevor er reagieren konnte, sprang ich von dem Vorsprung, trat sein AK-47 weg und richtete mein Gewehr auf ihn.

»Ach, du bist es, Mzungu.« Er lächelte, seine Augen und seine Zähne waren ganz gelb.

Wenn er glaubte, dass er mich immer noch herumkommandieren konnte, obwohl der General da war, hatte er sich geirrt. Ich hatte jetzt eine Möglichkeit, dieser Hölle zu entkommen. »Nicht Mzungu. Ich bin Nikos Christos Paris.«

Oba sah mich an, als wäre ich verrückt. Seine Hände langten nach seinem Gewehr.
»Keine Bewegung.«
Er ließ die Hände still, behielt jedoch seine Waffe im Blick.
»Was machst du denn da, du Idiot? Wir müssen uns verstecken. Unser Lager wird von Feinden angegriffen.«
»Du bist mein Feind.«
»Rede doch keinen Unsinn. Ich habe dich bei mir aufgenommen und dich wie meinen Sohn behandelt.«
»Du bist nicht mein Vater. Du bist ein Tyrann.« Ich hob mein AK-47.
»Das ist für Nobo.« Ich schoss ihm in sein linkes Bein. Er schrie und versuchte erneut, nach seinem Gewehr zu langen. »Und das ist für Mr Grantam.« Ich schoss ihm in sein rechtes Bein.
Ein weiterer Schrei. Er zuckte. Auf dem Boden sammelte sich eine Blutlache. »Lass mich in Ruhe. Wir brauchten etwas zu essen.« Speichel quoll aus seinem Mund. Oba hatte keine Ehre. Er tötete immer nur Menschen, die schwächer waren als er.
Ich trat vor und richtete das Gewehr auf seinen Kopf. »Das ist für Brandon.« Ich drückte ab, und Oba war tot.
Vor der Höhle waren Geräusche zu hören. Soldaten kamen hereingestürmt. Ich ließ mein Gewehr fallen. Ich hatte getan, was ich hatte tun müssen. Alles andere war mir egal.
Der General zwängte sich in die Höhle. Er hatte Kofi am Ohr gepackt. Die Augen des dürren Mannes waren glasig und weit aufgerissen. Am Ende hatte er doch auf das falsche Pferd gesetzt. Der General sah auf Oba hinab und zog die Augenbrauen hoch.
»Dann wollen wir dich mal nach Hause bringen, Junge.«
Nach Hause. Ich wusste gar nicht mehr genau, was das bedeutete.

Die Belohnung

Heute würde ich nach Hause kommen. Ich hatte zwei Wochen im Haus des Generals zugebracht, wo meine Wunden heilten und ich jede Menge zu essen bekam. Ich erbrach mich oft, da mir immer schlecht war, weil ich meine Bonbons nicht mehr bekam. Ich schwitzte viel und hatte entsetzliche Magenschmerzen. Der General sperrte mich nicht wieder in die Baracke, aber ich wurde nie alleine gelassen.

Ich nehme an, der Riese wollte einfach, dass ich besser aussah, bevor er mich zurück zu Papa schickte. Ein einheimischer Arzt gab mir eine Salbe, mit der ich meine Kratzer einreiben sollte. Mein Körper war mit Blutegelbissen übersät, und ich hatte jede Menge Blutergüsse. Ich blickte zum ersten Mal seit meiner Entführung in einen Spiegel. Im ersten Moment wollte ich nicht glauben, dass ich das war. Ich konnte meine Rippen zählen. Meine Augen waren anders, meine Wangen eingefallen.

Der General erzählte mir, dass ich neun Monate lang von zu Hause weg gewesen bin. War es tatsächlich so lange gewesen? Ich war total wütend. So viel Zeit war vergangen, und mein Vater hatte mich nicht finden können?

Eines Morgens gab der General mir neue Kleidung und ein glänzendes Paar Schuhe. Er trug seine Uniform, an der jede Menge Medaillen prangten, als ob er auf eine Parade gehen würde.

In der Küche lag eine Zeitung auf dem Tisch. Ich las die Schlagzeile. HELDENHAFTER GENERAL BEFREIT NIKOS PARIS UND BEKOMMT DAFÜR EINE MILLION DOLLAR BELOHNUNG.

Der General strich eine Belohnung ein? Er war doch derjenige, der mich ursprünglich entführt hatte. Was für ein Lügner. Ich überlegte, Papa alles zu erzählen, sobald ich ihn sehen würde, beschloss dann aber, es bleiben zu lassen. Ich wollte einfach nur, dass es vorbei war. Ich wollte vergessen.

Wir fuhren in dem schicken Mercedes Cabrio des Generals, die Sitze waren mit Zebrafellen überzogen. Ich saß mit meinem »Helden« hinten und fragte mich, wie es wohl sein würde, Papa und Thea wiederzusehen.

»Erzähl deinem Vater von den Dorfbewohnern und davon, wie sehr sie leiden. Er muss aufhören, ihre ganze Ernte aufzukaufen, um daraus Biotreibstoff herzustellen.«

»Warum geben Sie die Million Dollar nicht den Dorfbewohnern?«, fragte ich.

»Du hast keine Ahnung, wie die Welt funktioniert, Junge.«

»Ich weiß, was ich sehe. Sie leben in einem großen Haus und stopfen sich Ihren fetten Bauch voll, während Ihre Leute Hunger leiden. Sie sind schlimmer als mein Vater.« Ich hatte keine Angst mehr vor dem General. Ich hatte vor niemandem mehr Angst.

»Ich habe getan, was ich tun musste, um meinen Leuten zu helfen. Dein Vater ist einfach nur gierig. Das Einzige, was ihn interessiert, ist Geld. Ich frage mich, was er wohl hätte springen lassen, wenn deine Schwester entführt worden wäre. Das war eigentlich mein Plan, aber Kofi hat es verbockt. Vielleicht ist es besser, dass es so gekommen ist. Oba wäre ganz verrückt nach Thea gewesen.«

Ich wurde total wütend auf den General und überlegte, ob ich ihn erstechen sollte, um auf fünfzig Menschen zu kommen, die ich eigenhändig getötet hatte.

»Wir sind da.« Der Mercedes rollte auf einen kleinen Privatflughafen, auf dem der Jet meines Vaters stand. Einheimische säumten die Straße. Sie jubelten uns zu und hielten Schilder hoch. Der General lächelte und winkte ihnen zu. Dies war sein großer Moment. Ich hasste ihn.

Wir hielten neben dem Learjet, auf dessen Seite der Firmenschriftzug Paris Industries prangte. Ich blickte auf. Papa kam die Gangway herunter. Er hielt Theas Hand und lächelte in die Kameras. Er sah gesund aus, als ob er keine einzige Mahlzeit und keinen einzigen Nachtschlaf verpasst hätte. Theas Wangen waren rosig, ihre Augen glänzten vor Glück. Ich war froh, dass es ihr gut ging und dass ich sie in jener Nacht beschützt hatte.

Ich stieg langsam aus dem Wagen, mir tat immer noch alles weh. Mein Vater öffnete die Arme für eine Umarmung, doch ich streckte ihm stattdessen die Hand hin. Papa umfasste sie mit beiden Händen und drückte fest zu. Dann wandte er sich den Reportern zu und lächelte für das Foto. Mistkerl. Das Einzige, worauf er aus war, war ein Artikel über seine Firma. Ich stand völlig reglos da, erstarrt wie Thea in jener Nacht.

In dem Moment wurde mir etwas bewusst. Was meinen Vater anging, hatte der General recht: Er interessierte sich nur dafür, Geld zu verdienen.

Das richtige Leben
Ich bin seit Monaten wieder zu Hause. Ich habe diese Seiten für Sie geschrieben, Dr. Goldberg. Sie wollten, dass ich aufschreibe, was passiert ist. Ich habe meinen Bericht Papa gezeigt. Nachdem er meine Geschichte gelesen hatte, schwieg er eine lange Zeit. Dann sagte er leise: »Außer mit mir und Dr. Goldberg darfst du mit niemandem darüber reden, nicht einmal mit deiner Schwester.«
Ich fragte ihn, warum ich niemandem erzählen sollte, was passiert war, und er sagte, dass ich mir damit meine Zukunft ruinieren würde, weil die Leute dann Angst vor mir hätten. Ich erwiderte: »Aber es war doch nicht meine Schuld.« Und Papa sagte, dass das manchmal keine Rolle spielt.
Ich wurde für eine Zeit lang in eine Klinik geschickt. Dort musste ich alle möglichen Tests machen und wurde die ganze Zeit beobachtet. Schließlich wurde ich aus der Klinik entlassen. Danach tat ich, wonach immer mir der Sinn stand. Manchmal erwischte ich Papa dabei, dass er mich ansah, als wäre ich ein gefährliches Tier. Er redete nie mehr davon, dass ich Paris Industries eines Tages übernehmen soll. Jetzt soll ich auf eine spezielle Schule in Utah gehen, um »Hilfe zu erhalten«, aber ich weiß, dass Papa mich nur aus den Augen haben will. Ihm gefällt nicht, was ich in dem Camp getan habe, aber ich habe nur getan, was ich tun musste, um zu überleben.
Thea werde ich vermissen. Ich werde ihre Spieluhr mit nach Utah nehmen. Wenn ich sie auseinandernehme und wieder zusammensetze, werde ich an jene Nacht denken, die mein Leben verändert hat. Papa hat gesagt, dass das Lied von einem Mann handelt, der nach Hause kommt und nach einem gelben Band sucht, um zu sehen, ob seine Familie ihn noch liebt. Für mich gab es kein gelbes Band.
Aber egal. Ich werde mich nie wieder von jemandem herumkommandieren lassen.
Niemand erweist sich gegenüber Mzungu als respektlos. Niemand.

Auf der letzten Seite verschmierte die Tinte. Sie war nass von Theas Tränen. Soweit sie sich erinnern konnte, war es seit Jahren das erste Mal, dass sie außerhalb einer ihr als Zufluchtsort dienenden Dusche weinte. Sie tätschelte die alte Spieluhr und hörte in Gedanken die bekannte Melodie.

Sie rief sich Nikos als Kind vor Augen, als noch alle Möglichkeiten vor ihm gelegen hatten. Die Entführung hatte ihn nicht nur seiner Freiheit beraubt, sondern auch seiner kompletten Zukunft. Anstatt ein Ölmagnat zu werden, war er ein Mörder geworden.

Premierminister Kimweri regte sich. Er schlug die Augen auf und setzte sich aufrecht hin. »Ist alles in Ordnung mit Ihnen, meine Liebe? Das mit der Entführung Ihres Vaters tut mir wirklich leid. Er ist ein guter Mann.«

Er deutete ihre Tränen falsch. Oder vielleicht auch nicht, denn sie hatte um beide Männer ihrer Familie geweint. Um ihren Bruder, der durch die Hölle gegangen war, und um ihren Vater, der nicht in der Lage gewesen war, mit seinem traumatisierten Sohn klarzukommen.

Sie wischte sich die Tränen aus dem Gesicht und riss sich zusammen. »Haben Sie irgendwelche Gerüchte über Christos' Entführung gehört? Glauben Sie, dass General Jemwa etwas damit zu tun hat?«

»Ich habe leider gar nichts gehört. Der General hat eine kleine Armee und in Kanzi sicher sehr viel Einfluss, aber ich kann mir nicht vorstellen, dass er über internationale Beziehungen oder die erforderlichen Mittel verfügt, um so eine Sache wie die Entführung von Christos Paris durchgezogen zu haben.«

»Es sei denn, er hatte einen Partner.«

»Einen mächtigen Partner.«

Thea stand auf, ging zum Waschbecken und trank mehr Wasser.

Im Gang vor dem Kesselraum ertönte eine laute Explosion, die die Stahltür in ihrem Rahmen erbeben ließ. Eine leichte Rauchfahne quoll durch den Schlitz unter der Kesselraumtür. Thea eilte hin und legte die Hand neben dem Knauf auf die Tür. Sie war heiß. Sie mussten verschwinden. Sofort.

KAPITEL 62

Rif rannte die letzten Meter zum Hotel, seine Lunge brannte von der Anstrengung. Jaramogi und die Soldaten des Generals hatten das Gebäude bereits umstellt. Im Inneren wurde geschossen. Er brauchte eine Waffe.

Die Nischen in der Außenmauer des Hotels zum Schutz nutzend, schlich er an einen Soldaten heran, der am Hintereingang Position bezogen hatte. Als er nur noch drei Meter von ihm entfernt war, wartete er, bis der Mann die Außenmauer in die andere Richtung abschritt. In dem Moment stürzte er sich von hinten auf ihn und legte seinen Arm um den dicken Hals des Soldaten. Der Mann trat um sich und wand sich, konnte jedoch keinen Laut hervorbringen. Rif zerrte ihn in eine Nische und drückte fester zu. Sekunden später sackte der Soldat zu Boden.

Rif nahm dem Soldaten die Kalaschnikow, ein paar Ersatzmagazine, ein Kampfmesser und das Funkgerät ab, das an seinem Gürtel hing. Er hatte brauchbare Suaheli-Kenntnisse, sodass er vielleicht die Kommunikation zwischen den Soldaten mithören und herausfinden konnte, was sie vorhatten. Alle Hinweise deuteten darauf hin, dass General Jemwa einen Putschversuch gestartet hatte. Es war ein perfekt gewählter Ort und Zeitpunkt für einen Putsch, denn Premierminister Kimweri hatte nur seine Leibgarde dabei, die ihn auf Reisen begleitete, und darunter befanden sich womöglich sogar einige Männer, die auf der Seite des Generals standen. Zudem war Victoria

Falls relativ isoliert, sodass es einige Zeit dauern würde, bis Verstärkung einträfe.

Er versuchte es ein paarmal auf Theas Handy und auf ihrem neuen Satellitentelefon, konnte sie jedoch nicht erreichen. Das Beste, was er tun konnte, um zu helfen, war, Jemwas Männer unbemerkt zu eliminieren und sich nach innen vorzuarbeiten. Je länger er unbemerkt blieb, umso besser.

Er hatte dreißig Fußballspieler gezählt.

Einer war bereits erledigt, also musste er noch neunundzwanzig ausschalten.

Er arbeitete sich weiter um das Gebäude herum vor und entdeckte den nächsten Wachposten. Er schaltete das Funkgerät aus und schlich sich von hinten an den Mann heran. Dieser würde nicht so leicht zu überraschen sein – er war wachsamer, voll auf der Hut.

Rif bewegte sich schnell auf den Soldaten zu und nutzte die Säulen, um sich zu verbergen. Dann griff er mit dem Messer in der Hand an. Er zog die Klinge einmal schnell über den Hals des Mannes, worauf der zuckende Körper des Soldaten Blut verspritzend und heftig durch den Schlitz in der Luftröhre röchelnd zu Boden fiel.

Ein Geräusch. Rif drehte sich um. Ein weiterer Soldat des Generals tauchte aus den Schatten auf und setzte sein AK-47 an, um zu schießen. Rif warf sich auf den Boden, rollte weg und legte sein Maschinengewehr an, das er dem Soldaten abgenommen hatte. Wahrscheinlich würde er erschossen werden, aber er würde kämpfend untergehen.

Doch der Soldat schoss nicht. Stattdessen zerriss der vertraute Knall eines abgefeuerten Hochgeschwindigkeitsprojektils die Luft. Die Seite des Kopfes des Mannes explodierte. Er taumelte ein paar Schritte nach vorne und brach zusammen.

Ein Scharfschütze hatte soeben Rifs Leben gerettet.

Da war noch jemand, der sich in diese Schlacht einmischte. Jemand, der offenbar nicht wollte, dass der Putsch erfolgreich verlief. Aber wer?

KAPITEL
63

Gabrielle riskierte einen kurzen Blick aus der Nische neben dem Zugang zum Treppenhaus, als der Aufzug erneut klingelte. Sie hielt ihre SIG Sauer schussbereit und wappnete sich, den Ankömmling zu identifizieren. Freund oder Feind. *Bitte lass es Max sein.*

Die Türen glitten auf und gaben den Blick auf einen Soldaten in einem Kampfanzug im britischen DPM-Tarnmuster frei – die gleiche Uniform, die der Soldat getragen hatte, der den Premierminister töten wollte. Er hielt ein AK-47 in seinen Händen.

Definitiv ein Feind.

Sie zielte mit ihrer SIG Sauer, den Finger um den Abzug gelegt. Doch eine Bewegung, die sie im Augenwinkel wahrnahm, hielt sie davon ab zu schießen. Hinter dem Soldaten trat Nikos Paris aus dem Aufzug. Er hatte eine Glock in der Hand. Sie zögerte schockiert. Was hatte das zu bedeuten? War Nikos auf der Seite der Putschisten?

Der Soldat ging den Flur entlang, er wirkte entspannt. Nikos steckte eindeutig mit ihm unter einer Decke, die beiden unterhielten sich auf Suaheli miteinander. Sie konnte nicht verstehen, was sie sagten, erkannte jedoch die Sprache. Nikos zeigte den Flur hinunter. Der Soldat ging vor ihm.

Und dann hob Nikos ohne Vorwarnung seine Glock und schoss dem Soldaten einfach so in den Hinterkopf. Blut spritzte auf die weißen Wände, der Knall hallte den Flur entlang. Der Soldat sank zu Boden.

Was zum Teufel bedeutete das? Tat Nikos nur so, als stünde er auf der Seite der Putschisten, versuchte jedoch in Wahrheit, den Aufstand zu verhindern? Sie fragte sich, ob Thea irgendwie in das Ganze verwickelt war.

Sie spähte den Flur entlang. Nikos schob die Leiche des Soldaten mit dem Fuß zur Seite und klopfte an die letzte Tür. Im nächsten Moment ließ ihn jemand herein. Gabrielle konnte nicht erkennen, wer es war, hätte jedoch schwören können, die Stimme einer Frau gehört zu haben. Zu dumm aber auch, dass das parabolische Richtmikrofon, das ihr CIA-Kontakt ihr gegeben hatte, nicht durch Wände funktionierte. Sie beschloss, näher heranzugehen. Angesichts dessen, was sie gerade gesehen hatte, musste sie unbedingt wissen, was Nikos im Schilde führte.

KAPITEL 64

Rif rannte über den Vorhof des Hotels und wartete auf den nächsten Rebellen, der um das Hotel patrouillierte. Er wusste nicht, wie lange er unentdeckt bleiben würde, und er musste diesen Vorteil nutzen, solange Jemwas Männer ihn nicht bemerkt hatten. Es war nicht das erste Mal, dass er sich einer Übermacht gegenübersah, die so groß war, dass seine Situation ausweglos erschien. Das Geheimnis war, im Verborgenen zu bleiben und sich einen Feind nach dem anderen vorzunehmen. Konzentrier dich immer auf das, was gerade passiert. Nimm dir nicht zu viel auf einmal vor.

Er machte das Funkgerät an, stellte es auf leise und hoffte, einen Funkspruch abzufangen. Was war das Ziel des Generals? Wollte er, dass Premierminister Kimweri sich ergab, oder sollte er getötet werden?

Das Funkgerät knisterte, und es folgte ein Schwall Suaheli. Er hörte das Wort für »Feuer« heraus. Ein Tumult an der Ostseite des Hotels erweckte seine Aufmerksamkeit. Er suchte die unmittelbare Gegend um sich herum ab. Die Luft war rein. Er rannte auf den Tumult zu und erreichte die südöstliche Außenmauer. Dort ging er in die Hocke und verschnaufte. Drei Soldaten schlugen Fensterscheiben ein und warfen Granaten und Molotowcocktails in das Gebäude. Durchdringender Geruch nach weißem Phosphor hing in der Luft.

Im Ostflügel des Hotels zuckten Flammen auf. Explosionen erschütterten das Gebäude. *Scheiß drauf, nicht entdeckt zu werden.*

Er musste in das Hotel und sicherstellen, dass der Premierminister, Thea und andere unbeteiligte, unschuldige Menschen lebend da rauskamen.

Er legte sich die Kalaschnikow an die Schulter, zielte und eliminierte den ersten Soldaten, dann den zweiten und schließlich den dritten. Damit waren sechs erledigt und noch vierundzwanzig übrig.

Es war Zeit, nach drinnen zu gelangen. Er hoffte, dass der mysteriöse Scharfschütze sich um mögliche ungelöste Probleme kümmern würde.

KAPITEL
65

Rauch drang in den Kesselraum und zwang Thea und Mamadou, ihr Versteck zu verlassen. Während sie sich bereit machten zu verschwinden, atmeten sie durch nasse Tücher. Die meisten Opfer von Bränden starben an einer Rauchvergiftung und nicht durch die Flammen. Thea fühlte sich lethargisch, was an ihrem in die Höhe schießenden Blutzuckerwert lag. Sie verfluchte sich dafür, dass sie ihr Insulin oben im Konferenzraum vergessen hatte.

»Ich hoffe, Sie leiden nicht unter Klaustrophobie.«

»Durch den Luftschacht?«, fragte der Premierminister.

»Scheint der einzige Weg nach draußen zu sein.« Sie steckte ihr Satellitentelefon und ihr Handy in ihre Tasche und schlang sie sich über die Schulter. Dann schnappte sie sich das AK-47, das sie dem Soldaten abgenommen hatte, und stieg auf die Kiste. Ein Anfall von Schwindel überkam sie. Sie schüttelte ihn ab. Keine Zeit für Schwäche.

»Ich gehe zuerst rein und krieche vorweg. Ist es in Ordnung für Sie, durch den Schacht zu robben?«

»Ich mag zwar alt sein, aber ich bin gelenkig.« Seine Augen glitzerten wie eine Fata Morgana mitten in einer Wüste. Sie war sich nicht sicher, ob seine Augen vom Rauch feucht geworden waren oder ob seine Gefühle ihn überwältigt hatten.

»Folgen Sie mir einfach, und bewegen Sie sich leise. Ich suche nach einem Luftschacht, der nach draußen führt.« Die dichte Vegetation und die Wasserfälle westlich des Hotels boten ihnen die größte Chance, unversehrt aus dem Gebäude zu entkommen und sich in Sicherheit zu bringen, bis Verstärkung einträfe.

Ein letzter Blick auf ihr Handy. Immer noch kein Empfang, kein einziger Balken. Zu dumm aber auch. Im Moment könnte sie Rifs Hilfe wirklich gebrauchen.

KAPITEL
66

Nikos saß mit Xi-Ping und Chi in dem luxuriösen Wohnzimmer ihrer Suite. Der General hatte den Putsch gestartet, ohne auf sein Signal zu warten, aber Nikos hatte mit diesem Verrat gerechnet. Es war schließlich nicht so, als ob Ita Jemwa ein Mann wäre, dem man trauen konnte.

Explosionen ließen das Gebäude erbeben, die Erschütterung brachte die Fenster zum Klirren.

»War das wirklich nötig? Warum wurde dieses Spektakel nicht eingedämmt? Und war das gerade auf dem Flur nicht ein Schuss?« Chi war kurz davor durchzudrehen, Xi-Ping machte einen beherrschten Eindruck.

Nikos lächelte. »Kein Grund zur Sorge. Premierminister Kimweri ist tot. Ich führe Sie durch den Hinterausgang nach draußen. In ein paar Minuten wird General Jemwa der neue Regierungschef von Kanzi sein, und sobald die öffentliche Ordnung wiederhergestellt ist, erhalten Sie den Zuschlag für die Bohrrechte.«

»Hoffen Sie, dass es tatsächlich so kommt.« Chi beugte sich in seinem Sessel vor und schlug die Beine übereinander, veränderte dann aber sofort wieder seine Sitzhaltung.

»Wir müssen die elektronische Geldüberweisung auf das Konto des Generals in die Wege leiten.« Nikos ließ die Worte in der Luft hängen.

»Wir warten, bis der Papierkram erledigt ist. Ich will erst den unterschriebenen Vertrag über die Bohrrechte in den

Händen haben, bevor das Geld fließt.« Chi verschränkte die Arme.

»Ich kenne den General seit meiner Kindheit, als er mich aus den Fängen eines Warlords gerettet hat. Dieses persönliche Verhältnis zwischen uns ist unser größter Trumpf. Wollen wir ihm wirklich einen Grund geben, sich anderweitig umzusehen?« Nikos ging zum Fenster und spähte nach unten in den Hof. Zwei Soldaten lagen ausgestreckt auf dem Boden, Blut durchtränkte ihre Hemden. Zweifelsohne das Werk seiner Heckenschützen.

Xi-Ping wandte sich ihrem Bruder zu. »Er hat recht. Wenn wir zögern, könnte er mit den Russen oder den Iranern handelseinig werden.«

»Es ist eine Menge Geld«, murrte Chi.

»Und mit diesem Vertrag in der Tasche werden wir das Hundertfache einstreichen«, stellte die Wölfin klar.

Nikos schwieg.

Die Sekunden verstrichen.

»Na schön, wir machen es«, sagte Chi. »Aber ich will diesen Vertrag spätestens heute Abend in den Händen halten.«

»Dafür sorge ich.«

Chi nahm sein Handy und tippte eine Ziffernfolge ein. Als der Geldtransfer erledigt war, zeigte er Nikos die Bestätigungsnummer.

»Perfekt.«

Auf dem Hof knallten erneut Schüsse. Die Soldaten rückten vor. Keine Zeit, den Augenblick zu genießen.

»Dieser Öldeal wird Ihnen und der Chinese National Oil Company ein Denkmal setzen.« Nikos zog seine Militärpistole unter dem Bund seiner Hose hervor und steuerte den Sessel an, in dem Chi saß. Bevor dieser reagieren konnte, schoss er ihm zweimal in die Stirn.

Chi sackte auf die rechte Lehne des Sessels, Hirnmasse und Schädelfragmente spritzten in alle Richtungen.

»Ares« war jetzt »offiziell« tot.

Xi-Ping ging zu Nikos und küsste ihn gierig. »Danke. Du kannst dir nicht vorstellen, wie sehr ich meinen Bruder gehasst habe. Und jetzt lass uns so schnell wie möglich von hier verschwinden.«

Er zog sie an sich und umarmte sie fest, ihr Kopf lag an seiner Schulter. Dann hob er die Pistole und jagte ihr zwei Kugeln ins Herz. Ihr Gesicht erstarrte vor Schock, sie fasste sich an die Brust und fiel mit strampelnden Beinen rückwärts auf den Teppich.

»Du weißt zu viel.«

Er ließ das Handy in Chis Hand. Es war zwar ärgerlich, die Millionen zu opfern, aber er konnte es sich leisten. Die Beweisspur würde ergeben, dass Quan Chi der berüchtigte Waffenhändler Ares gewesen war, der Geldtransfer würde darauf schließen lassen, dass Chi General Jemwa angeheuert hatte, den Staatsstreich durchzuführen.

Die erste Hälfte von Nikos' Plan war vollbracht.

Er hockte sich hin, tauchte seine Hand in Chis Blut, das auf dem Boden eine Lache bildete, und schmierte es auf seine eigenen Beine und seinen Oberkörper. Für seine Zwecke war das mehr als ausreichend.

Sein Handy summte: Eine Nachricht von einem seiner Männer, der ihm mitteilte, dass es eine Bestätigung dafür gab, dass sein Vater ganz in der Nähe festgehalten wurde. *Gut.* Bei seinem finalen Schlag würde ihm niemand zuvorkommen. Er rief den Hubschrauberpiloten an und befahl ihm, sich bereitzuhalten.

Plane alles, verlasse dich auf nichts und niemanden.

KAPITEL
67

Durch die engen Rohre des Belüftungssystems zu kriechen, würde es mit Sicherheit nicht auf Theas Liste der zehn Dinge schaffen, die sie am liebsten tat. Ihr Atem, der von der Metallumfassung widerhallte, hörte sich schwer und rasselnd an. Es war paradox, dass ausgerechnet ein Belüftungsrohr sich anfühlte, als enthielte es gar keine Luft.

Sie kroch voran und beleuchtete den Weg mit der Taschenlampe ihres Handys, Mamadou war unmittelbar hinter ihr. An der ersten Verzweigung bog sie nach links und folgte der Richtung, die sie nach Westen führen würde.

Plötzlich waren unmittelbar unter ihnen Stimmen zu hören. Sie erstarrte, schaltete das Licht aus und lauschte angestrengt. Die einzelnen Worte waren nicht zu verstehen, aber sie erkannte die vertrauten Laute des Suaheli.

Eine leichte Berührung an ihrem Fußknöchel. Mamadou ließ sie wissen, dass er verstanden hatte, dass sie innehalten mussten. Die Sekunden vergingen wie Stunden, während sie warteten, was passierte. In der Ferne wurden vier Schüsse abgefeuert. Die Männer in dem Raum unter ihnen schrien einander an. Das laute Stapfen von Schritten kündete davon, dass sie den Raum verließen.

Nicht zu wissen, was da draußen vorging, brachte sie regelrecht um.

Sie wartete noch zwei Minuten, um ganz sicher zu sein, dass die Männer weg waren. Von ihrer Stirn tropfte der Schweiß auf den galvanisierten Stahl. Na gut, weiter. Sie kroch von dem Feuer weg und suchte nach einer ins Freie führenden Entlüftungsöffnung, durch die sie das Hotel unbemerkt verlassen konnten.

Sie hatte auf einmal entsetzlichen Durst und musste pinkeln. Das waren keine guten Zeichen. Ihre Blutzuckerwerte stiegen, da ihrem Körper das Insulin fehlte. Sie musste in ihr Zimmer oder zurück in den Konferenzsaal und sich eine Injektion geben. Doch als Erstes musste sie den Premierminister in Sicherheit bringen.

Sie erreichten eine weitere Verzweigung der Rohre. Thea rief sich erneut den Grundriss des Gebäudes in Erinnerung. Ihr Bauchgefühl sagte ihr, dass sie nach rechts mussten. Dieses Rohrsystem mit all den Verzweigungen war ein einziges Labyrinth. Sie hoffte inständig, dass sie sich nicht heillos verirrt hatten.

KAPITEL 68

Gabrielle versteckte sich in einer Nische neben dem Zimmer, in das Nikos gegangen war. Von ihrem Standort aus konnte sie Stimmen hören, jedoch nicht, was gesprochen wurde. Dann zwei Schüsse, gefolgt von zwei weiteren. Danach Stille.

Wer war noch in diesem Zimmer?

Ihr Handy vibrierte in ihrer Tasche und schreckte sie auf. Sie warf schnell einen Blick auf das Display. Max. *Christos Paris wird in der Nähe festgehalten. Wir treffen uns auf der Victoria Falls Bridge.*

Endlich gute Nachrichten. Sie schrieb zurück: *Hotel wird belagert. Komme, so schnell ich kann.*

Bewegung. Geräusche. Die Tür des Zimmers ging auf. Sie blieb in der Nische stehen, von der aus sie den Flur überblicken konnte. Es war wieder Nikos. Sie hoffte, dass er in die andere Richtung gehen würde. Zu ihrer Erleichterung kam er alleine aus dem Zimmer und steuerte die hintere Treppe an.

Sie wartete kurz, bis sie sicher war, dass er weg war. Was sollte sie tun? Sie zögerte, aber ihre Neugier siegte. Sie richtete ihre SIG Sauer vor sich aus und schlich auf das Zimmer zu. Die Tür stand einen Spalt weit offen. Sie lauschte, doch ihr schlug nur Stille entgegen. Vorsichtig schob sie die Tür weiter auf, sodass sie ins Zimmer blicken konnte.

Ein metallischer Geruch lag in der Luft. Auf dem weißen Teppich lag die Leiche einer Frau auf dem Rücken, umrahmt von karmesinrotem Blut. Quan Xi-Ping. Gabrielle blickte kurz nach links und sah dort Quan Chi, der in einem Sessel zusammengesackt war. Er war ebenfalls tot, Hirnmasse war auf den Stuhl und an die Wand gespritzt. Schwester und Bruder, für immer im Tod vereint.

Sie sah im Schlafzimmer und im Bad nach. In der Suite gab es keine weiteren Leichen.

Ein leichter Rauchgeruch stieg ihr in die Nase. Höchste Zeit, zu verschwinden. Unter Chis Hand lag ein Handy auf dem Boden. Sie nahm eine Serviette vom Tisch, hob das Handy damit auf und checkte das Display. Der Bildschirm war gesperrt. Sie ließ das Handy in ihre Tasche gleiten, um es sich später vorzunehmen. Vielleicht enthielt es Antworten, die Aufschluss darüber gaben, wie es zu dieser überraschenden Wendung der Ereignisse gekommen war, und sie wollte nicht, dass es im Feuer verbrannte.

Sie verließ das Zimmer, vergewisserte sich, dass niemand auf dem Flur war, und ging in Richtung Treppe. Nikos Paris hatte die chinesische Delegation umgebracht, die für die gleichen Ölbohrrechte ein Angebot unterbreitet hatte wie die Firma seines Vaters. Damit war, was die Verhandlungen anging, eine völlig neue Situation entstanden. Arbeitete er im Auftrag von Christos oder verfolgte er eigene Pläne? Wenn er und General Jemwa unter einer Decke steckten und einen Putsch durchführten, um die Bohrrechte an Paris Industries zu übertragen, warum musste er dann die Chinesen beseitigen? Und warum hatte Nikos den Soldaten erschossen? Fragen über Fragen. Doch sie vertagte die Klärung all dessen auf später. Sie musste zu der Brücke und Max finden.

KAPITEL 69

Nikos stieg die Treppe bis zum Erdgeschoss hinunter und steuerte den Ausgang des Hotels an. Die Männer des Generals hatten an der Ostseite Brandsätze in das Gebäude geworfen und ein Feuer entfacht. Es würde nicht mehr lange dauern, bis das als Wahrzeichen geltende Victoria Falls Hotel ein Opfer der gierigen Flammen sein würde.

Der General hatte nur eine kleine Truppe mitgebracht, wahrscheinlich weil sie sich auf dem Territorium eines anderen Landes befanden und er es nicht riskieren konnte, dass ihre Aktivitäten aussahen wie eine Invasion. Das verschaffte Nikos und seinen Männern einen Vorteil.

Er hatte draußen zwei Scharfschützen positioniert, die die Soldaten des Generals ins Visier nahmen, während drei seiner Leute im Inneren des Gebäudes ihre Aufträge erfüllten. Er hatte seinen besten Männern die Aufgabe übertragen, dafür zu sorgen, dass Thea sicher entkam. Ganz egal, wie gut die Einheit aus Kanzi auch ausgebildet sein mochte – mit seinem Spezialeinsatzteam würden die Männer es nicht aufnehmen können.

Nikos verließ das Gebäude, kroch ein Stück durch das nahe dichte Gebüsch und rannte dann auf den Land Cruiser des Generals zu, der am anderen Ende des Hotels parkte. Der Riese erteilte seine Kommandos aus dem sicheren gepanzerten Wagen. Dem Thron so nah, hatte er nicht die Absicht, sich in Gefahr zu bringen.

Als Nikos in Sichtweite des Generals kam, verlangsamte er seinen Schritt und tat so, als würde er humpeln. Chis Blut half dabei, seine vorgetäuschte Verletzung glaubwürdiger erscheinen zu lassen, und nach seinem Sprint keuchte er, als er sich dem Land Cruiser näherte. »Ich bin getroffen worden. Kimweri befindet sich im westlichen Teil des Hotels. Er lebt noch.«

Der General nahm ihn genau in Augenschein. Er hatte seine Position nicht erreicht, indem er sich wie ein Idiot verhalten hatte. Besessen von der Angst um seine eigene Sicherheit, ging er nie alleine irgendwohin, wovon die beiden Leibwächter kündeten, die hinten in dem Wagen saßen. Doch noch stärker als Ita Jemwas Paranoia war seine Machtgier, und genau darauf baute Nikos. Mehr als alles andere wollte der General der nächste Herrscher über Kanzi sein.

Sein Funkgerät knisterte.

»Der Premierminister flieht. Wir brauchen Verstärkung«, rief einer von Nikos' Scharfschützen auf Suaheli und tat so, als wäre er einer der Rebellen.

Der General drückte den Sprechknopf. »In welche Richtung?«

»Nach Westen.«

»Los!« Der General gab seinen beiden Leibwächtern ein Zeichen. »Hinterher! Sucht den alten Mann!«

»Nehmt den Dschungelpfad.« Nikos zeigte auf den Weg. »Ihr könnt ihn schnappen. Der Premierminister ist alt und langsam.«

»Tötet Kimweri und jeden, der bei ihm ist!«, wies der General die Leibwächter an.

Die beiden Männer stiegen aus dem Land Cruiser, stürmten über die offene Fläche und verschwanden im Dschungel. Regen prasselte Nikos ins Gesicht. Er öffnete die Beifahrertür. »Die Götter sind heute wütend.« Er zeigte zum Himmel.

»Weil sie wollen, dass ich Kanzi in eine neue Richtung führe.« Die Augen des Generals loderten.

»Ich fürchte, der Putsch ist vorbei.« Nikos holte blitzartig seine Glock hervor und richtete sie auf die Schläfe des Generals. »Hände ans Lenkrad!«

Auf dem Gesicht des Generals zeichnete sich bittere Erkenntnis ab. Er hatte selber zu viele Doppelspiele gespielt, um sich nicht darüber im Klaren zu sein, dass er reingelegt worden war. »Ich hätte es wissen müssen.«

Nikos durchsuchte ihn nach Waffen, nahm ihm ein Messer und eine Pistole ab, warf beides auf den Boden und schob die Waffen mit dem Fuß unter den Geländewagen.

»Leute glauben das, was sie am liebsten hören wollen. Und genau das nutzen Männer wie Sie und ich aus, um sie zu hintergehen.« Er blieb auf der Hut. Der General war ein erfahrener Krieger, der nicht so einfach aufgeben würde, und Nikos wollte ihn noch eine Weile am Leben lassen.

»Du brauchst mich. Sei kein Idiot.«

»Hände auf den Kopf legen und aussteigen! Bei der kleinsten Bewegung schieße ich Ihnen ins Bein – wie Kofi damals.«

»Denk daran, was ihm passiert ist.«

»Ich bin nicht Kofi.«

Der General bugsierte seinen massigen Körper aus dem Wagen. Auch wenn Rifs einstiger Entführer gealtert war, war er immer noch ein kraftstrotzendes Muskelpaket. Nikos verharrte in einer Entfernung, aus der er jeden Fluchtversuch des Generals mit einem Schuss in dessen Beine unterbinden konnte. Er wollte nicht, dass das Ganze jetzt schon endete, nicht, bevor er ihm gezeigt hatte, was er von ihm hielt.

»Hände nach vorne.« Er hielt die Glock in der einen Hand und holte mit der anderen einen dicken Kabelbinder aus der Tasche.

»Das ist nicht nötig. Als Team sind wir beide stärker.« Der General hielt ihm seine Hände hin, die Daumen aneinandergedrückt, die Handflächen nach unten gedreht, beide Hände zu Fäusten geballt.

»Fäuste öffnen und die Handgelenke nach innen drehen.« Nikos würde kein Risiko eingehen, dass der Riese sich irgendwie befreite. Er riss an dem Kabelbinder und vergewisserte sich, dass das dicke Plastikband fest um die fleischigen Hände des Generals gezurrt war. »Kimweri hat Ihnen vertraut. Und man sehe sich an, was passiert ist.«

»Du bist anders. Wir sind aus demselben Holz geschnitzt.«

»Verzweiflung erzeugt falsche Demut. Dank Ihnen kenne ich das aus eigener Erfahrung. Jetzt schließt sich der Kreis. Los, Bewegung!«

Der General stapfte schwerfällig in das Dickicht. Für den Fall, dass seine Leibwächter zurückkamen, wollte Nikos, dass er nicht mehr in der Nähe des Land Rovers war. Niemand sollte dieses längst überfällige Treffen stören.

»Du bist anders als dein Vater. Nicht so gierig. Dir liegen die Menschen, die in Kanzi leben, am Herzen.«

»Sie sollten meine guten Taten nicht falsch verstehen. Ich bin kein Kommunist. Ich helfe einfach nur gerne den Benachteiligten. Und jetzt nach rechts.« In Vorbereitung auf diesen Moment hatte er im Dschungel ein paar Dinge versteckt.

»Die Menschen in Kanzi lieben und respektieren mich.«

»Angst ist nicht das Gleiche wie Liebe und Respekt. Das weiß ich nur zu gut. Mein eigener Vater hat Angst vor mir, aber jegliche Liebe und jeglicher Respekt, die er mal für mich empfunden haben mag, ist nach meiner Entführung erloschen.«

»Ich habe versucht, dich vor dem Warlord zu beschützen.«

»Als ich zwölf Jahre alt war, war die Zukunft, die vor mir lag, voller grenzenloser Möglichkeiten. Nach neun Monaten im

Dschungel war mein Leben unwiderruflich zerstört. Mein Vater konnte es kaum noch ertragen, mich zu sehen, meine Schwester hat mich wie eine kaputte Puppe behandelt. Sie haben mir alles genommen, was mir etwas bedeutet hat.« Nikos trat gegen einen Autoreifen, der neben einer Akazie lag. »Stehen bleiben.«

»Du machst einen Fehler.« Die Stimme des Generals geriet ins Stocken, als er den Reifen und den danebenstehenden Benzinkanister sah. Necklacing war eine furchtbare Form der Lynchjustiz.

»Ich kann die Angst riechen, die Ihre Haut verströmt. Ein herrlich anderer Geruch als dieser Ölgestank, den ich mit mir herumgetragen habe, seitdem Sie mich das erste Mal eingesperrt haben.« Vor Nikos' innerem Auge blitzten die stinkende Kapuze und die Baracke des Generals auf. »Jetzt werden Rauch und der Geruch von Öl und Benzin Ihre letzten Atemzüge füllen.«

Nikos hielt die Pistole auf den Riesen gerichtet und kippte das Benzin in den Reifen und darüber. Dann trat er zurück, schob sich die Glock unter den Hosenbund, langte nach unten und hob den Reifen mit beiden Händen hoch.

Der General hob beide Arme über seinen Kopf, fuhr seine Ellbogen aus und rammte sich selber beide Hände mit voller Wucht in den Bauch. *Schnapp.* Die Wucht des Aufpralls zerriss den Schließmechanismus des Kabelbinders und schnitt dem General blutige Furchen in die Handgelenke.

Der Riese stürmte auf Nikos zu. Da Nikos mit beiden Händen den Reifen festhielt, blieb ihm nur eine Option. Er rammte dem auf ihn zustürmenden größeren Mann den Reifen in den Leib. Benzin verspritzte, tränkte sie beide und brannte in Nikos' Augen.

Der General sammelte sich und stemmte sich mit seinem ganzen beträchtlichen Gewicht gegen den Reifen. Nikos versuchte, seine Position zu behaupten, doch der Riese wog gut dreißig Kilogramm mehr als er. Nikos' Füße rutschten über den matschigen Boden, er drohte das Duell zu verlieren.

Er duckte sich, und der Reifen flog über seinen Kopf hinweg. Im nächsten Moment trat er dem General mit voller Wucht auf den rechten Fuß und brach ihm den Mittelfußknochen. Der Riese stöhnte und umfasste Nikos ungestüm mit seinen massigen Armen. Nikos versuchte, sich der Umarmung zu entwinden, aber der General war erstaunlich schnell – und stark. Er drückte zu wie eine Boa constrictor und presste ihm die Luft aus der Lunge. Einige von Nikos' Rippen brachen, das Knacken hallte in seinen Ohren wider.

Schweiß und Benzin tropften Nikos in die Augen, sodass er alles nur noch verschwommen wahrnahm. Er blinzelte, sah sich von Angesicht zu Angesicht den Tiefen der gewaltigen Wut des Generals gegenüber, legte seinen Kopf nach hinten und rammte ihn auf die Nase des großen Mannes. Blut spritzte. Der Griff des Riesen lockerte sich so weit, dass Nikos sich drehen und seinem Gegner mit voller Wucht das Knie in die Weichteile rammen konnte. Ein Stöhnen. Der Griff des Generals lockerte sich noch mehr. Nikos stemmte beide Hände gegen die Brust des massigen Mannes, drückte unter Aufbietung aller seiner Kräfte und schaffte es, sich aus der Umklammerung zu befreien.

Er japste nach Luft. Der Riese schüttelte den Kopf und stürmte mit ausgebreiteten Armen wieder auf ihn zu. Nikos zog seine Glock und gab schnell hintereinander zwei Schüsse ab. In jedes Bein eine Kugel. Der General sackte zu Boden, dunkles Blut verfärbte seine Hose. Doch er kroch immer noch auf Nikos zu, angetrieben von blinder Wut.

Wenn der Mistkerl noch nicht genug hatte, konnte er noch mehr haben.

Ein kräftiger Tritt unters Kinn beförderte ihn in Sitzposition. Der große Mann schwankte, der Tritt setzte ihm zu. Nikos packte den Reifen und stülpte ihn über den Kopf des Generals auf dessen riesige Schultern. Dann wischte er sich die Hand an seinem Hemd ab, langte in seine Tasche und holte ein Feuerzeug hervor. Ein kurzes Schnipsen, die Flamme zuckte auf, und er warf das brennende Zippo-Feuerzeug auf den General. Orange Flammen schossen fauchend hoch.

General Ita Jemwa stieß einen animalischen, tiefen Urschrei aus, als das Feuer seine Haut versengte. Blut durchtränkte seine Hosenbeine, Rauch verhüllte seine Stammesnarben, Flammen versengten seine Augenbrauen. Der Gestank von verkohltem Fleisch stieg Nikos in die Nase. Er atmete tief ein. Für den Mann, der ihm seine Unschuld geraubt hatte, gab es keinen Tod, der furchtbar genug war. Dieser musste reichen.

Sein Handy piepte.

Nikos las die Nachricht.

Die Zeit für die Bestrafung seines Vaters war gekommen.

KAPITEL 70

Thea kroch in dem Entlüftungsschacht weiter. An einer erneuten Abzweigung bog sie schnell nach rechts und hielt hoffnungsvoll inne. Sie schaltete die Handytaschenlampe aus, um sicher zu sein, dass sie keine Halluzinationen hatte. Am Ende des Schachts war Licht zu sehen. Sie kroch zu dem Entlüftungsgitter und betastete die Schlitze, um sich zu vergewissern, dass es real war.

Sie waren beinahe eine Stunde lang in dem Lüftungssystem eingezwängt gewesen und nur quälend langsam vorangekommen. Sie fühlte sich wie eine Gefangene, die zum ersten Mal seit Jahren wieder das Tageslicht sieht.

Drei Meter unter ihr erstreckte sich offenes Gelände und gleich dahinter der nahe Regenwald. Sie hatten wie geplant die Westseite des Hotels erreicht.

Regen prasselte auf das Pflaster unmittelbar unter der Entlüftungsöffnung. Durch die Schlitze drang frische, feuchte Luft, was eine Erleichterung war, doch am dringendsten benötigte sie ihr wichtigstes Lebenselixier: Insulin. Sie checkte mit ihrem Handy ihren Blutzuckerspiegel: 412 mg/dl. Nicht gut. Ihre Schläfen pochten, und ihr begann übel zu werden.

Mamadou umfasste ihren Fußknöchel und drückte ihn kurz. Er hatte sich ganz als der alte Hase erwiesen, der er war, und war durch den engen Schacht gekrochen, ohne sich auch nur im Geringsten zu beklagen. Sie wackelte als Antwort mit dem Fuß und konzentrierte sich darauf, das Entlüftungsgitter abzunehmen. An der oberen linken Seite hatte es sich gelockert. Sie presste ihr Gesicht an das Gitter und sah nach links und rechts. Niemand war zu sehen.

Zeit für ein bisschen Yoga. Sie stemmte ihren in dem beengten Raum auf dem Bauch liegenden Körper auf den aufgestellten Unterarmen in die Plank-Position, wölbte den Rücken und zog die Beine unter sich her, bis ihre Füße schließlich in Richtung Entlüftungsgitter zeigten.

Dann zog sie die Knie bis zu ihrer Brust heran, ließ die Beine hervorschnellen und trat mit voller Wucht gegen die obere linke Seite des Gitters. Die Metallkonstruktion hielt stand. Sie zog die Beine erneut an und trat noch einmal zu. Diesmal glitt das Entlüftungsgitter herunter und hing nur noch an einer einzigen Schraube.

Das war schon mal gut.

Sie drehte sich wieder um, schob den Kopf aus der Öffnung und sah sich um. In der Nähe des Gebäudes lagen verstreut einige tote Soldaten, aber sonst war niemand zu sehen. Sie hatte gedacht, es würde überall von Wachposten wimmeln.

Doch die Gefahr war noch nicht vorüber. Aus dem östlichen Teil des Gebäudes drangen Schüsse. Sie warf ihre Tasche und ihr Maschinengewehr nach unten und schob ihre Beine aus der Öffnung, bis sie vornübergebeugt in Sitzposition hockte. Dann sprang sie die drei Meter in die Tiefe und rollte sich ab, um die Wucht des Aufpralls abzumildern. Sie schnappte sich ihr AK-47 und suchte die Umgebung nach Feinden ab.

Die Luft war rein.

Mamadou Kimweris Kopf schob sich aus der Öffnung. Sie bedeutete ihm herunterzukommen, woraufhin er ganz leicht die Augenbrauen hochzog. Er war nicht so gelenkig, dass er sich in dem Schacht umdrehen konnte. Stattdessen schob er seinen rechten Arm an der Wand nach oben, umfasste die

Kante des Balkons über ihm und zog sich langsam aus dem Schacht, indem er ruckelnd seinen Unterkörper und seine Beine aus der Öffnung beförderte. Er hing ein paar Sekunden da und ließ sich fallen.

Thea hielt die Luft an. Der Mann musste auf die fünfundsiebzig zugehen. Ob seine Knochen den Sturz unversehrt überstehen würden?

Seine Füße kamen auf dem Boden auf. Dann schlug der Rest seines Körpers auf, er rollte über seine rechte Schulter weg und überschlug sich noch einmal, bevor er liegen blieb. Sie eilte zu ihm, um nach ihm zu sehen.

Er lächelte sie an. »Würden Sie diesem alten Mann bitte hochhelfen?«

»Gut gemacht.« Sie streckte ihm die Hand entgegen.

Das vertraute Rattern von Maschinengewehrfeuer trieb sie zum Handeln. Auf der anderen Seite des etwa dreißig Meter weiten offenen Geländes bot der Dschungel relative Sicherheit. Es war riskant, aber sie mussten es versuchen.

Sie hockten an der Außenwand des Hotels. »Laufen Sie im Zickzack auf die Bäume zu. Ich bin unmittelbar hinter Ihnen. Wenn ich getroffen werde, laufen Sie weiter, verstecken sich im Wald und rufen Hilfe herbei.« Sie reichte ihm ihr Satellitentelefon. »Alles klar?«

Sein sowieso schon runzeliges Gesicht legte sich noch mehr in Falten. »Ihr Vater hatte recht.«

»Womit?«

»Er hat mir erzählt, dass Sie der mutigste Mensch sind, den er kennt.«

Sie grinste. »Na, dann mal los – bevor ich noch eine Gelegenheit bekomme, zu beweisen, dass er sich geirrt hat.« Sie umfasste ihr Sturmgewehr fest mit beiden Händen und hoffte auf ein bisschen Glück.

Wie von ihr angewiesen, sprang Mamadou wie eine betrunkene Gazelle in großen Sätzen über das offene Gelände. Sie folgte ihm und wandte leicht den Kopf, um nach Soldaten Ausschau zu halten. Eine überwältigende Erschöpfung begann sie niederzudrücken. Sie konnte regelrecht spüren, wie ihr Blutzuckerwert stieg. *Nur noch ein paar Meter weiter.*

Irgendwo in der Nähe brach auf einmal Unruhe aus. Ein lauter Schrei. Zwei Soldaten des Generals waren um die Ecke des Gebäudes gekommen. Sie und der Premierminister waren entdeckt worden. Kugeln surrten an ihrem Ohr vorbei. Sie feuerte ebenfalls ein paar Salven ab, um ihnen Feuerschutz zu geben. Mündungsfeuer blitzte auf. Mamadou hatte es fast bis zum Rand des Dschungels geschafft. Sie feuerte weiter, bis das Magazin leer war. Der Premierminister verschwand im Dickicht.

Sie stürmte direkt auf dichtes, ineinander verwachsenes Gestrüpp zu. Zweige schlugen ihr ins Gesicht, Dornen kratzten an ihren Armen. Keuchend verlangsamte sie ihren Schritt und hielt nach Mamadou Ausschau.

Dann blieb sie wie angewurzelt stehen. Ein Soldat in voller Tarnmontur und mit Tarnfarbe im Gesicht hielt dem Premierminister mit der Hand den Mund zu und umklammerte ihn mit einem Arm.

»Schön, dich zu sehen, Thea.«

Johansson. Vor Erleichterung brach sie beinahe zusammen. »Höchste Zeit, dass du auftauchst.«

»Tag auch! Ach, übrigens, du bist offiziell Patentante meines Sohnes.«

»Herzlichen Glückwunsch. Den Champagner gibt's später.«

Jo nahm die Hand von Mamadous Mund. »Tut mir leid, Mister, ich wollte auf Nummer sicher gehen, dass Sie nicht schreien. Thea hat blitzschnelle Reflexe, und ich wollte nicht noch ein Loch in der Schulter haben.«

Sie überließ es Jo, in so einer Situation zu scherzen. »Bring Premierminister Kimweri bitte in Sicherheit. Wo ist der Rest des Teams?«

»Sie versuchen, Rif den Arsch zu retten. Er ist irgendwo in dem Hotel. Kommst du mit uns?«

»Nein, ich muss erst noch was anderes erledigen.«

»Du siehst nicht besonders gut aus.«

»Ich muss mich bloß ein bisschen ausruhen.« Und ich brauche Insulin.

»Nimm zur Sicherheit noch die hier.« Jo reichte ihr eine Glock.

Mamadou drückte ihr die Hand. »Und keine weiteren Sprünge in meiner Abwesenheit.«

Sie lächelte. »Sie sind ziemlich tough für einen Premierminister.«

»Einmal Wüstenjunge, immer Wüstenjunge.«

»Sie sind jetzt in besten Händen. Jo wird Sie zurückbringen nach Kanzi.«

»Vielen Dank, Thea. Ohne Sie wäre ich nicht mehr am Leben.«

»Bis bald.«

Sie ging in einem weiten Bogen zurück zum Hotel. Sie musste einen Weg zurück in den Konferenzsaal finden. Von der Ostseite des Hotels stieg unheilvoller schwarzer Rauch auf.

KAPITEL 71

Gabrielle stürmte die zentrale Hoteltreppe hinunter, ihre Füße tapsten über die mit Teppich ausgelegten Stufen. Auf dem Treppenabsatz sah sie sich auf einmal einem Rebellen gegenüber. Er erstarrte eine Millisekunde lang – ein schwerer Fehler. Sie verpasste ihm schnell hintereinander zwei Kugeln in die Brust.

Dann stürmte sie nach draußen, darauf bedacht, möglichst schnell zur Victoria Falls Bridge zu kommen.

Ihr Handy vibrierte. Sie las die Nachricht: *Max' Schwester Laila hatte keinen Verkehrsunfall. Sie erlitt bei einem Arbeitsunfall schwere Verletzungen und starb vor zwei Jahren auf dem Anwesen der Familie Heros. Lass mich wissen, ob du weitere Informationen benötigst.*

Vor zwei Jahren? Es war achtzehn Monate her, seitdem sie und Max ihre vertraute Unterhaltung über ihre Schwestern gehabt hatten und er ihr erzählt hatte, dass Laila lebte und litt. In ihrer Brust machte sich ein Schmerz breit. Warum log er sie an? Und warum ausgerechnet in dieser Angelegenheit?

KAPITEL
72

Thea sah alles nur noch verschwommen, ihr Kopf pochte, ihre Gedanken wirbelten durcheinander. So war es ihr erst ein Mal gegangen, und es war ein Anzeichen für ernsthafte Probleme. Sie checkte schnell ihren Blutzuckerwert. 437 mg/dl. Gefährlich hoch.

Völlig ausgelaugt stapfte sie, einen Fuß vor den anderen setzend, um das Hotel herum, darauf bedacht, nicht den wenigen verbliebenen Rebellen über den Weg zu laufen, die sich noch mit der Leibgarde des Premierministers ein Gefecht lieferten. Nur dass ihr Spezialeinsatzteam Mamadous Männern inzwischen eine entscheidende Verstärkung bot. Sie hoffte, dass die Männer des Teams Rif gefunden hatten. Und sie fragte sich, wo ihr Bruder war.

Ein Schrei riss sie aus ihren Gedanken. Es klang nach einem Tier, das unerträgliche Schmerzen litt. Einige Hundert Meter weiter stiegen dunkle, schmierige Wolken aus dem Dschungel. Was zum Teufel war da los?

Sie musste noch mal ins Innere des Gebäudes und ihre Utensilien finden. Wenn sie ihren Blutzuckerwert nicht stabilisierte, konnte sie weder Rif noch Nikos noch sonst irgendjemandem helfen. Bis zum Hotel waren es nur noch fünfzig Meter, doch die Entfernung kam ihr wie fünfhundert Meter vor. Sie suchte zu allen Seiten die Gegend ab. Keine Soldaten. Das Gefecht tobte auf der anderen Seite des Gebäudes.

Rauch aus dem Hotel trieb mit dem ständig die Richtung

wechselnden Wind weg und vermischte sich mit dem wie aus Eimern niederprasselnden Regen. Sie erreichte die Tür, die dem Konferenzraum, in dem sie getagt hatten, am nächsten lag. Ihre Hand schwebte über dem Türknauf, doch ihre Handfläche signalisierte ihr, dass der Knauf zu heiß war, um ihn anfassen zu können. Sie würde sich zur Vorderseite des Hotels vorarbeiten und ihr Glück dort versuchen müssen.

Sie taumelte außen um das Hotel herum, die Glock in der Hand. Das Gebäude kam ihr vor wie ein verschwommener weißer Riesenklotz. Alles um sie herum fühlte sich surreal an, als wäre sie Alice im Wunderland, die gerade durch das Loch im Kaninchenbau fiel. Sie konnte beinahe sehen, wie der Zucker in ihren Zellen kristallisierte.

Noch eine Ecke, die sie umrunden musste.

Sie arbeitete sich vorsichtig Zentimeter um Zentimeter vor und vergewisserte sich immer wieder, dass die Luft rein war. Ein junger Soldat lehnte zusammengesackt an der Außenwand, ein Ak-47 in den Händen. Aus einer Beinwunde sickerte Blut, sein Blick schoss in höchster Alarmbereitschaft hin und her. Wie eine in die Ecke gedrängte Ratte.

Sie zog sich hinter die Ecke zurück und versuchte zu denken. Sie musste an ihm vorbei. Was sollte sie tun? Sie hatte nicht mehr die Kräfte, an einem Wasserrohr hochzuklettern, um unbemerkt an ihm vorbeizukommen.

Keine Zeit zu verlieren. Sie hob ihre Glock und zielte auf den größten offenliegenden Teil seines Ak-47, den Bereich direkt über dem Abzugsbügel. Ihre Hände waren nicht ruhig, aber die Entfernung betrug nur zwanzig Meter. Sie konnte diesen Schuss platzieren.

Ihre Finger streichelten den Abzug.

Ein lautes metallisches Scheppern. Volltreffer. Das Maschinengewehr flog dem Soldaten aus den Händen, die abprallende

Kugel streifte seinen Unterarm. Er schrie. Sie taumelte verteidigungsbereit mit erhobener Glock über den Hof. Seine Augen weiteten sich vor Angst, doch sie hielt sich zurück. Angesichts seiner Beinverletzung stellte der Junge keine ernste Bedrohung mehr dar, und sie wollte ihn nicht sinnlos töten. Sie konnte nur noch daran denken, dass sie diese Spritze brauchte. Sie schwankte zu der Doppeltür an der Vorderseite des Hotels, stützte sich an der Wand ab und hantierte an einem Knauf herum, der kalt genug war, um angefasst werden zu können. Schließlich schaffte sie es, eine der Türen zu öffnen.

Als sie die Lobby betrat, schlug ihr ein Schwall Rauch entgegen. Sie duckte sich und hob sich den Zipfel ihrer Bluse vors Gesicht, um durch den Stoff zu atmen. Flammen leckten an den Wänden und versengten die Tapeten. Ein heftiger Schwindelanfall überfiel sie.

Sie musste weiter. Sie ging noch tiefer herunter und krabbelte auf allen vieren in Richtung Konferenzsaal. Deckenbalken knackten und ächzten. Sie versuchte, sich zu beeilen, aber ihre Arme und Beine fühlten sich schwer an, als ob sie sich durch dicken Schlamm arbeiteten.

Das Feuer knisterte, die Flammen fraßen die endlosen Massen von Holz, die in dem Gebäude verarbeitet waren. Sie erreichte den Konferenzsaal und krabbelte den zentralen Gang entlang zu dem Tisch, an dem die Delegation von Paris Industries gesessen hatte.

Über ihr grollte es laut, im nächsten Moment krachte ein großer Balken auf den Boden und landete, begleitet von fauchenden Flammen, zwischen den Tischen der beiden Delegationen. Trümmer flogen zu allen Seiten. Immer noch auf den Knien, langte sie, umwabert von Rauch, nach ihrem Blazer. Sie tastete nach dem Kühlbeutel, in dem sich die Spritzen befanden, ihre Finger bewegten sich unbeholfen und wie in Zeitlupe.

Als sie den Beutel gefunden hatte, nahm sie eine Spritze heraus, umfasste eine Hautfalte an ihrem Bauch, stach die Kanüle hinein und drückte den Knopf bis zum Anschlag.

Ein weiterer Balken krachte herunter, diesmal in unmittelbarer Nähe zu ihr. Sie drückte den Knopf mit aller Kraft nach unten, um sicherzustellen, dass sie sich die komplette Insulindosis injizierte. Jetzt musste sie schleunigst raus aus dem Konferenzsaal.

Durch den Schleier ihres benebelten Geistes nahm sie das laute Stapfen von Schritten wahr, was einen Adrenalinstoß durch ihre Adern jagte. Sie langte nach ihrer Glock, bereit, sich zu verteidigen.

Aber es war kein Rebell.

Rif stand über ihr und starrte auf die Spritze in ihrem Bauch.

Einen ausgedehnten Moment lang trafen sich ihre Blicke.

»Wir müssen hier raus.« Er ging in die Hocke, hob sie mit beiden Armen hoch und stürmte zum Ausgang. Die Türen waren von Flammen eingerahmt, doch er duckte sich, stürmte hindurch und brachte sie beide aus dem Hotel.

KAPITEL 73

Rif stürmte mit Thea in den Armen durch den Vordereingang des Hotels. Aufgrund des Rauchs, der ihre Lunge verstopfte, atmete sie rasselnd. Er huschte hinter das Gebüsch, um sie beide vor dem Beschuss der Rebellen zu bewahren, und legte sie auf den Boden. In der Nähe lag die Leiche eines Soldaten. Rif riss dem toten Rebellen die Jacke und die Stiefel vom Leib und reichte beides Thea. »Das wirst du brauchen.«

Sie zog sich die Stiefel an und schlüpfte in die Jacke. Beides war ihr zu groß, aber auf jeden Fall besser als gar kein Schutz. In der linken Jackentasche fand sie ein Messer, das sie sich sicherheitshalber in den rechten Stiefel schob.

Im nächsten Moment kam Jean-Luc um die Ecke gestürmt. Der erfahrene ehemalige Fremdenlegionär erfasste die Situation sofort. »Medizinische Evakuierung?«

»Ich bin so weit okay.« Thea hustete, ihr Gesicht war mit Ruß verschmiert.

»Gib uns einfach nur Feuerschutz, damit wir in das Dickicht dahinten fliehen können«, sagte Rif und hob Thea wieder mit beiden Armen hoch.

»Also los.« Jean-Luc hielt seinen M4-Karabiner in Position.

Rif suchte den Vorhof des Hotels nach allen Seiten ab. Es waren keine Soldaten zu sehen. Er stürmte über das offene Gelände.

Noch ein letzter Schritt, und er tauchte ein in die relative Sicherheit, die die Bäume boten. Das dichte Gestrüpp bohrte sich durch seinen Tarnanzug und kratzte an seinen Beinen. Er verlangsamte sein Tempo, ging jedoch weiter. Einige Zweige des Gestrüpps waren umgeknickt. Sie waren nicht die Einzigen, die durch das Dickicht brachen. Vor ihnen war schon jemand da gewesen, und zwar vor Kurzem.

»Lass mich runter. Ich kann selber gehen.« Sie wand sich in seinen Armen.

»Das ist ja wohl nicht dein Ernst. Du bist kreidebleich, abgesehen von dem Ruß.« Er nahm sie schützend noch fester in die Arme und überlegte, was sie sich wohl in den Bauch injiziert hatte. Sie konnte unmöglich drogensüchtig sein – das passte absolut nicht zu ihr. »Bist du krank?«

Sie schwieg einen endlosen Moment lang. »Ich habe Diabetes Typ 1.«

Diese Neuigkeit überraschte ihn wirklich, ergab jedoch Sinn. Sie war immer sehr auf ihre Privatsphäre bedacht gewesen und hatte ihn auf Distanz gehalten. War dies der Grund dafür? Er dachte an ihre Abneigung gegenüber Desserts, ihre strengen Essgewohnheiten und ihre beinahe zwanghafte Disziplin, was ihr Fitnesstraining anging. Diabetes ergab absolut Sinn. Er atmete tief ein und war darauf bedacht, dass seine ersten Worte nach dieser Offenbarung Unterstützung signalisierten. »Danke, dass du mir die Wahrheit anvertraut hast.«

Sie musste als Kind eine Insulinpumpe getragen haben, denn er hatte nie gesehen, dass sie sich Insulin injiziert hatte. Aber warum hatte sie es dem Team verheimlicht? Warum hatte sie es ihm nicht erzählt?

Er rief sich in Erinnerung, mit was für Einsätzen sie es zu tun hatten, und glaubte zu verstehen, warum sie es für sich behalten hatte. Als Thea zu Quantum gekommen war, hatten viele der Männer nicht gewusst, was sie davon halten sollten, dass eine Frau in ihre von Action geprägte Domäne eindrang. Sie hatte sich bewährt und mehr als das. Doch hin und wieder, wenn neue Männer ins Team kamen, ließen diese einen sexistischen Unterton durchkommen – bis Thea sie in den Schatten gestellt hatte und sie kleinlaut zu Kreuze krochen.

Und selbst wenn sie ein Mann gewesen wäre – bei dem Job, den sie machten, der jedem Einzelnen so viel abverlangte, wurden Krankheiten und körperliche Leiden nicht toleriert, da jede Schwäche vom Gegner ausgenutzt werden konnte. Wenn er an ihrer Stelle gewesen wäre, hätte er das Gleiche getan wie sie und die Krankheit verschwiegen.

»Brauchst du irgendetwas?«, fragte er. Er wollte ihr helfen.

»Bin gleich wieder auf dem Damm. Das Insulin wird bald wirken.«

Er dachte an die Spritzen in Nikos' Safe. Waren das Insulinspritzen für Thea gewesen? Wusste Nikos Bescheid, dass sie an Diabetes litt? Er fragte sich, wie viele Menschen von ihrer Erkrankung wussten. Er kannte sie nun schon seit so vielen Jahren und hatte keine Ahnung gehabt. Die Frau war ein Mysterium.

»Na los, lass mich runter.« Sie stieß sich mit den Händen von seiner Brust ab.

»Okay, aber stütz dich auf mich, wenn du nicht mehr kannst. Der Wald ist hier ziemlich dicht.« Er stellte sie auf die Füße und vergewisserte sich, dass sie stabil stand. Ihre Haut hatte wieder einen leicht rosafarbenen Ton angenommen. Das Insulin musste angefangen haben zu wirken.

Er reichte ihr seine Feldflasche. »Trink etwas.«

Sie nahm ein paar Schlucke. »Danke.«

»Du hättest mir dein Geheimnis ruhig anvertrauen können. Ich habe dir auch erzählt, was im Tschad passiert ist.« Er sprach bewusst leise, um ihr zu signalisieren, dass sie ihm immer alles sagen und auf seine Loyalität setzen konnte.

»Und befürchtest du jetzt, dass ich das Team hängen lassen könnte?«

»Ich würde niemandem mehr trauen als dir, wenn es darum geht, mich vor einer Gefahr zu beschützen. Wir sind alle Menschen und machen Fehler, aber wenn wir beide zusammenarbeiten, sind wir unschlagbar.« Er wischte ihr mit seinem rechten Daumen Ruß von der Wange.

Sie betrachtete ihn nachdenklicher und offener als je zuvor.

Dann legte sie eine Hand auf seine linke Wange, die andere auf die rechte und zog ihn näher an sich heran, bis ihre Lippen sich beinahe berührten. Sein Atem beschleunigte sich.

Plötzlich drehte der Wind, und ein furchtbarer Gestank hing in der Luft.

Sie rückten beide gleichzeitig voneinander ab.

»Was ist das?«, fragte sie.

Er richtete sein M4 vor sich aus. »Sehen wir mal nach.«

Der Regen prasselte auf sie nieder, während sie eine Lichtung überquerten. Eine noch intensivere Wolke dieses furchtbaren Gestanks schlug ihnen mit voller Wucht entgegen. Neben einem riesigen Baum war etwas, das selbst einen abgestumpften Soldaten wie Rif schockierte.

Ein großer Autoreifen glimmte um den Hals eines Mannes, dessen Kopf und Oberkörper bis auf die Knochen verkohlt waren. Das Feuer hatte jegliche Gesichtszüge ausgelöscht, aber eine schnelle Inaugenscheinnahme der Größe und Uniform des Opfers ließ keinen Zweifel.

General Ita Jemwa.

Thea hielt sich mit der Hand Mund und Nase zu. »Premierminister Kimweri hat vermutet, dass Jemwa hinter dem Putschversuch steckt. Aber Necklacing? Da hatte jemand wirklich ein Hühnchen mit dem General zu rupfen.«

»Allerdings. Ein schneller Schuss in den Kopf hätte es auch

getan.« Rif hatte nicht den geringsten Zweifel, um wessen Werk es sich handelte.

Nikos.

Thea musste sich endlich darüber klar werden, dass ihr Bruder gestört und gefährlich war. Sie vertraute Nikos zu sehr und hatte ihm gegenüber einen übermäßig ausgeprägten Beschützerinstinkt entwickelt. Rif hoffte, dass sie nicht für ihre fürsorgliche Natur würde zahlen müssen.

Sie starrte auf die schmale Lichtung im dichten Dschungel, die den Blick auf die beeindruckende Victoria Falls Bridge freigab, als das Handy ihres Vaters in ihrer Tasche summte. Sie las die Nachricht. *Alea iacta est.*

»Was ist los?«, fragte Rif.

»Noch ein verdammter lateinischer Spruch.« Sie suchte in ihrem Handy nach Informationen zu dem Zitat. *Alea iacta est* – der Würfel ist gefallen. Die letzte Textnachricht des Entführers. Das Zitat wurde Julius Cäsar zugesprochen, der die Worte gesagt haben soll, als er mit seinen Truppen den Rubikon überschritt, also den Punkt erreichte, ab dem es keine Rückkehr mehr gab. Sie sah auf. »Wirf den Würfel – gewinn oder stirb. Was will der Entführer uns sagen?«

»Der Rubikon wurde nach seiner Farbe benannt, die er den roten Schlammablagerungen verdankt.«

»In Simbabwe gibt es auch rote Schlammablagerungen und einen riesigen Fluss.« Sie zeigte auf den Sambesi und kam plötzlich in Fahrt. »Die Victoria Falls Bridge, das Überschreiten des Rubikons des Entführers. Was auch immer mit den Bohrrechten passieren sollte, spielt jetzt keine Rolle mehr. Der Entführer hat nie Geld oder die Erfüllung irgendwelcher Bedingungen gefordert. Es ging einzig und allein um diesen Moment, um die Inszenierung eines Showdowns.« Sie wandte sich in die Richtung, in der sich die Brücke befand. »Gehen wir.« Sie joggte unbeholfen los, ziemlich unsicher auf den Beinen.

Er rannte hinter ihr her. Angesichts der mysteriösen Textnachrichten, die der Entführer geschickt hatte, ergab ihre Logik auf absurde Weise Sinn. General Jemwa war eindeutig nicht der Entführer. Und angesichts dessen, was dem alten Kämpfer passiert war, fragte Rif sich allmählich, ob Nikos womöglich der Kidnapper war.

KAPITEL
74

Thea und Rif eilten auf die legendäre Victoria Falls Bridge zu, die Simbabwe und Sambia verband und die man mit dem Auto, mit dem Zug und zu Fuß überqueren konnte. Die Stahlträger überspannten stolz die zweite Flussschlucht, das beständige Tosen der Wasserfälle erinnerte auf unheilvolle Weise an die Macht der Natur. Ein dichtes Blätterdach hüllte die Landschaft zu beiden Seiten der Brücke in Schatten, es schüttete immer noch wie aus Eimern.

Thea fühlte sich noch ein wenig benommen und schwach, doch die Aussicht, ihren Vater zu finden, stachelte sie an.

»Kannst du in die Schlucht runtersteigen und die Brücke von unten in Augenschein nehmen?«, fragte sie Rif.

»Ich fände es besser, wenn wir zusammenbleiben.« Regen rann ihm das Gesicht hinunter.

»Wenn ich in Schwierigkeiten gerate, bin ich darauf angewiesen, dass du bereit bist, mir zu helfen.«

Er zögerte einen Moment. »Na gut, aber keine verrückten Aktionen. Lass uns über unsere Handys in Verbindung bleiben.«

Sie steckte sich einen Ohrhörer ins linke Ohr und rief ihn an. »Test.«

Er rückte seinen eigenen Ohrhörer zurecht. »Verstanden. Bis gleich.«

Dunkle Wolken brauten sich zusammen und sammelten Kraft. Der Wind wurde stärker und blies Thea aufgewirbelten

Staub und prasselnden Regen ins Gesicht. Ihre durchnässte Kleidung klebte an ihrem Körper.

Das typische Rattern von Rotorblättern erregte ihre Aufmerksamkeit. Im nächsten Moment flog ein Hubschrauber niedrig über sie hinweg in Richtung Sambia. Wer war denn bei diesem Wetter unterwegs?

Sie joggte auf der Hauptstraße weiter, während Rif den Fußweg nahm und die Unterseite der Brücke ansteuerte, um an einer anderen Stelle als sie Position zu beziehen.

Sie eilte zu dem Grenzposten. Drei Grenzwächter lagen zusammengesackt auf dem Boden und starrten mit leeren Blicken in den dunklen Himmel. Aus Einschusslöchern in ihren ordentlich gebügelten Uniformen sickerte Blut.

In der Mitte der menschenleeren Brücke standen zwei Gestalten, genau an der Stelle, an der sich die Absprungplattform für die Bungee-Springer befand. Sie erkannte das unverkennbare Profil ihres Vaters.

Er lebte!

Doch ihr Hochgefühl ging schlagartig in den Sturzflug. Neben ihrem Vater stand jemand mit einer Pistole in der Hand.

Sie stürmte auf die Brücke und rannte auf dem Fußgängerstreifen auf ihren Vater zu, der gefährlich nah am Rand der Plattform über dem Abgrund stand. Im nächsten Moment erkannte sie Maximilian Heros. Die Pistole in seiner Hand erklärte alles.

Der hochrangige griechische Polizeibeamte war der Entführer ihres Vaters.

Ihr fiel das Handzeichen ihres Vaters auf dem Foto ein. Fünf und Null. Das der Fernsehserie »Hawaii Five-o« entlehnte, allgemein bekannte Zeichen für Polizei. Max Heros. Aber warum?

Max drängte ihren Vater noch näher an die Kante der Absprungplattform. Ein leichter Schubser, und ihr Vater würde einhundertzwanzig Meter tief in den Sambesi stürzen. Falls er den Sturz überlebte, würden die Stromschnellen, die Felsen oder die Krokodile ihm den Rest geben. Eine Australierin, die in den Zwanzigern gewesen war, hatte den Sturz einst überlebt, als ihr Bungee-Seil gerissen war, doch sie war jung und gesund gewesen und hatte ein Riesenglück gehabt.

Thea rückte weiter zur Mitte der Brücke vor und sah, wie abgerissen ihr Vater aussah. Doch seine Schultern hingen nicht durch. Er hatte nicht aufgegeben – nicht mal ansatzweise.

»Die Brücke ist mit Sprengstoff vermint.« Max' Stimme war brüchig. Mit der linken Hand hielt er sein Handy hoch. »Bleiben Sie, wo Sie sind, oder ich jage uns alle in die Luft.«

Eine heftige Windböe zerrte an den Stahlträgern. Sie erstarrte, als sie die Sprengschnur sah, die einige Zentimeter über dem Asphalt über die Brücke gespannt war. Noch ein Schritt, und sie hätte sie womöglich alle in die Luft gejagt.

Sie peilte kurz die Lage und sah die Worte des griechischen Polizeibeamten bestätigt. Von der sambischen Seite war die Zufahrt mit einem Sattelschlepper blockiert, sodass von Westen niemand Zugang zu der Brücke hatte, und die simbabwische Seite war mit Sprengstoff präpariert.

Es war unerträglich. Ihr Vater war so nah, aber sie konnte nicht zu ihm.

Rifs Stimme meldete sich in ihrem Ohrhörer. »Rede weiter mit ihm. Ich steige von unten die Brücke hoch und versuche, die Bombe zu finden.«

Sie sah Max an. »Ich werde nicht weitergehen. Bitte kommen Sie vom Rand weg, damit wir reden können.« Sie blieb ruhig, doch ihre Gedanken rasten. Sie musste unbeteiligt bleiben und das Ganze so angehen wie jeden anderen Fall.

»Sie haben die letzte Nachricht also entschlüsselt«, stellte Heros fest.

»Helfen Sie mir zu verstehen, was das Ganze soll, Max.« Ihn bei seinem Vornamen anzusprechen würde die Beziehung zwischen ihnen festigen, und es war absolut wichtig, bei allem, was sie sagte, offen und ehrlich zu erscheinen. Wenn er das Gefühl hatte, hintergangen zu werden, war alles aus und vorbei.

»Ihr Vater ist nicht der Held, für den Sie ihn halten.« Er stieß Christos die Mündung der Pistole gegen den Kopf, und zwar ziemlich heftig. Ihr Vater taumelte kurz, dann sah er seinen Entführer finster an. Eine starke Windböe drohte sie alle in die Tiefe zu fegen.

»Was meinen Sie damit, Max? Niemand von uns ist perfekt. Wir haben alle unsere Schwächen.« Sie achtete darauf, mit gleichmäßiger, ruhiger Stimme zu sprechen. Deeskalation war entscheidend.

»Christos hat mich angeheuert, um seine eigene Entführung vorzutäuschen.«

Gabrielle brach durch das Dickicht. Sie war auf dem Weg zur Brücke und hielt ihr M24-Scharfschützengewehr schussbereit, den HS-Präzisionsschaft gegen die Schulter gedrückt. Für den Fall, dass sie den Soldaten von General Jemwa über den Weg lief, wollte sie gerüstet sein. Sie arbeitete sich an der Baumlinie entlang vor, doch in dem strömenden Regen war die Sicht sehr schlecht. Schließlich tat sich im Dickicht eine Öffnung auf. Auf der Absprungplattform für die Bungee-Springer konnte sie soeben drei Gestalten erkennen: Max, der neben Christos Paris stand, und vielleicht sechs Meter von den beiden entfernt Thea Paris.

Max hatte den Milliardär also aufgespürt. Der hochrangige Polizeibeamte würde in Griechenland als nationaler Held gefeiert werden.

Sie studierte Theas Körpersprache. Ihre Hände waren geöffnet, als ob sie versuchte, die Ruhe zu bewahren.

Aber Max hatte eine Pistole auf Christos gerichtet. *Er war der Entführer!* Aber warum? Was zum Teufel hatte das alles zu bedeuten?

Sie richtete sich weniger als sechzig Meter von der Brücke entfernt einen verborgenen Spähposten ein. Zwei Minuten später hatte sie das parabolische Richtmikrofon aus ihrem Rucksack aufgebaut.

Max' Baritonstimme dröhnte in ihrem Ohrhörer. »Die Brücke ist mit Sprengstoff vermint. Bleiben Sie, wo Sie sind, oder ich jage uns alle in die Luft.« Jegliche Hoffnung, dass sie die Lage fehlinterpretierte, verflüchtigte sich. Seine Stimme strahlte Anspannung und Wut aus.

Gabrielle verkeilte den pistolenförmigen Griff des Mikrofons so zwischen den Zweigen eines Busches, dass der Parabolspiegel, der einen Durchmesser von 45 Zentimetern hatte, auf die Brücke gerichtet war. Dann rückte sie das Ganze so lange hin und her wie die Zimmerantenne eines alten Fernsehers, bis das Richtmikrofon direkt auf das Ziel gerichtet war.

Sie legte ihr Gewehr wieder an, justierte das Zielfernrohr und zoomte Max heran. Er hielt ein Handy in der Hand. Wahrscheinlich wurde damit die Bombe gezündet.

Sie konnte auf keinen Fall zulassen, dass er die Brücke sprengte.

Sie ging im Kopf ihre Checkliste durch und schätzte die Windverhältnisse, den Regen und die Luftfeuchtigkeit ab. Max und Christos standen nah beieinander. Es würde ein schwieriger Schuss werden. Sie musste den Moment, in dem sie abdrückte, gut wählen. Christos stand am unbegrenzten Rand der Bungee-Springer-Plattform, und sie wollte die Geisel nicht dadurch verlieren, dass sie in die Tiefe stürzte.

Sie begab sich in den Scharfschützenmodus, atmete gleichmäßig und ignorierte um sich herum alles bis auf ihr Gewehr und das Ziel. Die Welt verengte sich, ihre Sinne wurden schärfer. Sie musste warten. Sie hatte den Kopf von Christos Paris im Fadenkreuz, der ihr die Sicht auf Max versperrte. Der Ölbaron sah entschlossen aus und zeigte kaum Angst. Er verlagerte seine Position und machte sich etwas breiter, wodurch er in ihrem Visier ein wenig nach unten rutschte. Dann legte er ganz langsam den Kopf schief, sodass er die Plattform besser mustern konnte. Er suchte ganz offensichtlich nach einem Ausweg.

Max kam in ihrem Zielfernrohr in Sicht. Die Qual, die sich auf seinem Gesicht abzeichnete, zerriss ihr das Herz. Sie hatte den Mann im Fadenkreuz, für den sie vielleicht zum ersten Mal ihre Ein-Mann-eine-Nacht-Regel gebrochen hätte. *Für den sie alle Regeln gebrochen hätte.*

Das war der Moment. Sie atmete tief ein, hielt die Luft an und legte ihren Finger um den Abzug. Jetzt brauchte sie nur noch abzudrücken. Sie hatte seinen Kopf direkt im Visier.

Tu es jetzt. Gute Schussgelegenheiten gab es bei Geiselnahmen nur selten, und Scharfschützen durften nicht zögern.

Ihr Finger am Abzug zitterte, aber er drückte nicht ab.

Sie konnte es nicht.

Sie atmete aus und verfluchte sich. Max war zum Feind geworden. Sie hatte ihn im Visier. Warum zum Teufel zögerte sie?

Max' Stimme dröhnte durch das Mikrofon. »Christos hat mich angeheuert, um seine eigene Entführung vorzutäuschen.«

Was?

KAPITEL 75

Rif kletterte einen steilen Hang hinab und hatte alle Mühe, nicht den Halt zu verlieren. Die Brücke überspannte den Sambesi zwischen Simbabwe und Sambia, eine beeindruckende gewölbte Stahlträgerkonstruktion, die die beiden Länder miteinander verband. An der Unterseite der Brücke entdeckte er eine behelfsmäßige, offenbar für Instandhaltungsarbeiten zusammengezimmerte Holzplattform, die die Arbeiter an diesem Tag wegen des Unwetters verlassen haben mussten. Er sah schnell ihre zurückgelassene Ausrüstung durch und stopfte eine Zange, einen Schneidbrenner und ein paar andere Werkzeuge in seinen Rucksack.

Er hoffte, dass Thea es schaffte, Max Heros noch so lange in ein Gespräch zu verwickeln, bis er die Bombe entschärft hatte. Der griechische Polizeichef hatte diese bizarre Situation eindeutig arrangiert, weil er eine Botschaft loswerden wollte, aber worauf genau wollte er hinaus?

Seine Finger umklammerten die glitschige Brüstung so fest, dass sie weiß wurden, während er die Stahlträger nach Auffälligkeiten absuchte. Er verfügte über ein paar Erfahrungen mit Sprengstoff, aber auf dem Gebiet war er nicht gerade ein Experte.

Max war sowohl ein hoher Polizeibeamter als auch ein reiches Arschloch, also würde er über die erforderlichen Kontakte und die finanziellen Mittel verfügen, um eine komplexe Sprengvorrichtung konstruiert zu haben. Wenn die Bombe aus zwei

Komponenten bestand, die sich vermischen mussten, damit die Bombe scharf war, entschärfte man sie am besten, indem man die einzelnen Komponenten in die Luft jagte, solange sie noch voneinander getrennt waren. Aber er hatte kein C4.

Doch er hoffte, dass Max angesichts der Umstände gezwungen gewesen war zu improvisieren und es nur für eine einfachere Bombe gereicht hatte. Er erinnerte sich an einen befreundeten Marine im Irak, der eine an einer Brücke angebrachte Bombe entschärft hatte, indem er in sicherer Entfernung der Bombe Hohlladungssprengkörper an dem Stahlgitter befestigt und dieses nach und nach weggesprengt hatte, sodass die Bombe mitsamt dem Gitter heruntergefallen war. Doch diese Technik würde ihm hier nichts nützen. Wenn die erste Ladung explodierte, könnte Max Christos einfach erschießen.

Ihm fiel ein metallisches Schimmern direkt unter der Brücke ins Auge. Er beugte sich vor, um besser sehen zu können. Die Bombe war am unzugänglichsten Punkt platziert. Er kletterte die Stahlträger hoch und vermied es, nach unten in den gähnenden Abgrund zu blicken, wo der reißende Fluss toste.

Schweiß und Regen machten ihm zu schaffen, er wünschte, er hätte Handschuhe. Seine Finger, die den nassen Stahl umklammerten, taten ihm weh. Theas Stimme in seinem Ohrhörer trieb ihn an. Sie machte ihre Sache hervorragend.

Er kletterte weiter. Fast geschafft. Die Bombe haftete an der Innenseite eines der Stahlträger wie ein Tumor an einem Knochen. Die meisten Sprengsätze bestanden aus einem von vier Nitraten – Ammonium, Sodium, Kalium oder Kalzium – und irgendeinem Gemisch, wie exotisch auch immer es sein mochte, das für den gewünschten Effekt sorgte. Meistens sollten Sprengsätze Feuer auslösen, Projektile verschießen oder Explosionsschäden verursachen. Dieser Sprengsatz zielte eindeutig auf letzteren Effekt ab – er enthielt genug C4, um die

Brücke in Schutt und Asche zu legen. Wenn er das Zündmittel von dem Sprengstoff entfernen konnte und das Ganze nicht mit einem Draht versehen war, der die Zündung auslöste, wäre dies sehr viel leichter, als den Zündmechanismus zu entschärfen.

Insbesondere diesen Zündmechanismus, der mit einem Handy verbunden war. Max oder sogar ein Komplize konnte die Bombe jederzeit zünden.

Blieb also nur eine Option.

KAPITEL 76

Thea fiel es schwer, Max' Worte zu verarbeiten. Ihr Vater sollte ihn angeheuert haben, um seine eigene Entführung zu inszenieren? *Niemals.* Doch Christos' unnachgiebiger Gesichtsausdruck und sein vor Entschlossenheit angespannter Kiefer schienen das Gesagte zu bestätigen. Sie kannte diesen Blick.

Ihr Magen wurde flau, doch ihre Stimme blieb fest. »Ich glaube Ihnen, Max. Aber warum hat mein Vater Sie angeheuert?«

»Oh, ich habe im Laufe der Jahre jede Menge Dinge für Christos erledigt. Wenn man darauf aus ist, dass jeder Deal zu seinen Gunsten ausgeht, und man zudem den Reißverschluss seiner Hose nicht zulassen kann, kann es sehr nützlich sein, einen hochrangigen Polizeibeamten in der Tasche zu haben.«

Da war etwas Wahres dran. Wenn ihr Vater etwas wollte, war er nicht aufzuhalten, und wie scharf er auf Frauen war, hatte sie mit eigenen Augen gesehen.

»Aber warum sollte er seine eigene Entführung inszenieren?«, fragte sie.

Max stieß Christos am Arm an. »Ich denke, diese Frage solltest du beantworten.«

Ihr Vater ergriff zum ersten Mal das Wort, sein Mund war blutig. »Nikos hatte geplant, mich zu entführen. Ich musste ihm zuvorkommen.«

Nikos? Das konnte nicht sein. »Aber ... der Mord an Piers? Er gehörte zur Familie! Und die komplette Besatzung der Jacht ...«

Sie nahm sich zurück. Sie konnte es sich nicht leisten, eine der Parteien gegen sich aufzubringen. Die Situation erforderte Deeskalation.

»Niemand sollte sterben.« Ihr Vater sah Max finster an. »Ich habe dem falschen Mann vertraut.«

Max kniff die Augen zusammen. »Bedauerlich, aber notwendig. Es ist eine Schande, dass diese Leute sich entschieden haben, für ein Monster zu arbeiten.«

Thea wandte sich an ihren Vater. »Warum hast du Nikos nicht damit konfrontiert, dass du wusstest, was er vorhatte?«

Er zögerte mit seiner Antwort. Sekunden verstrichen. »Weil ich Angst vor meinem eigenen Sohn habe. Er wollte mich nicht nur entführen. Er will mich töten. Dies war die einzige Möglichkeit, ihn aus der Reserve zu locken.«

Max' Gesicht verfinsterte sich. »Aus Prinz Nikos wurde ein Kindersoldat, ein Killer. Und jetzt ist er der berüchtigtste Waffenhändler der Welt.«

»Waffenhändler?«

»Ihr Bruder ist Ares – und Ares wollte seinen rechtmäßigen Thron zurückerobern.«

Nikos war der berüchtigtste Waffenhändler der Welt? Der Waffenhändler, der Firmenbosse kidnappen ließ? Schockwellen strömten durch Theas Hirn.

»Christos hat mich schon vor Jahren auf Ihren Bruder angesetzt«, fuhr Max fort. »Vor Kurzem bin ich zufällig auf etwas gestoßen, das sein Alter Ego enthüllt hat.«

»Als Nikos noch ein Kind war, habe ich mein Bestes getan, ihm zu helfen, aber er war so gestört, dass man ihm nicht mehr helfen konnte«, stellte Christos fest. »Als Ares hat er Waffen an Rebellen verkauft und politische Unruhen angezettelt. Er hat Menschen entführt und ermordet. Und dann bin ich auf seinen durchgeknallten Racheplan gestoßen.«

Auf Theas Armen breitete sich eine Gänsehaut aus, als sie daran dachte, wie ihr Bruder ausrasten konnte, wenn jemand seine Pläne durchkreuzte. Sie betastete die Narbe an ihrer Wange. Obwohl Max ihren Vater auf der Brücke als Geisel in seiner Gewalt hatte, sorgte sie sich noch mehr um Nikos.

Rifs Stimme murmelte in ihr Ohr: »Ich durchtrenne den Träger um die Bombe herum, damit sie in die Schlucht fällt. Warte auf mein Signal.«

Rif balancierte auf einem Brückenträger und drehte sich so, dass er an seinen Rucksack herankam. Tief unter ihm toste der reißende Fluss und bildete schwarze Strudel. Falls er das hier überlebte, könnte er jederzeit als Seiltänzer in einem Zirkus auftreten.

Das Gespräch auf der Brücke erschütterte ihn bis ins Mark. Dass Nikos so etwas geplant hatte, überraschte ihn nicht, aber was zum Teufel hatte Christos sich dabei gedacht, Heros zu engagieren, damit er ihn entführte? Warum war sein Patenonkel mit dem Problem nicht zu ihm gekommen?

Er schüttelte den Kopf und zündete den Schneidbrenner. Schwarzer Rauch vernebelte seine Sicht. Er wartete, bis er weggezogen war, und öffnete das Sauerstoffventil. Die weiß glühende Flamme des Schneidbrenners begann sich durch den Träger zu fressen. Aber würde die Zeit reichen?

KAPITEL
77

Thea schaltete ihren emotionalen Schmerz aus, um imstande zu sein, die Situation zu entschärfen und sie alle in Sicherheit zu bringen. Erst danach konnte sie sich intensiver mit den Machenschaften ihres Vaters und ihres Bruders befassen. Der Himmel hatte sich noch mehr verdunkelt. Donner grollten, das Echo des Donnergrollens hallte von den Wänden der Schlucht wider. Trotz des Regens war ihr Mund trocken und ausgedörrt. Die kalten Windböen, die über die Brücke fegten, kühlten sie bis auf die Knochen aus.

Sie starrte auf die Bungee-Jumping-Plattform und die eingerollten Seile mit dem Gurtzeug. Sie durfte Max nicht drängen. Es war wichtig, ihm zuzuhören und ihm offene Fragen zu stellen, die ihm die Möglichkeit gaben, Dampf abzulassen.

»Warum halten Sie meinen Vater gefangen, wenn er Sie bezahlt hat?«

»Es geht nicht um Geld. Christos behandelt seine Angestellten, als wären sie sein Eigentum. Wie Wegwerfartikel.« Er schlug Christos leicht mit seiner Glock auf den Hinterkopf. Ihr Vater zuckte zusammen.

In Thea stieg Wut auf, doch sie riss sich zusammen und sprach ernst und gefasst weiter: »Hat Christos Sie in irgendeiner Weise schlecht behandelt?«

»Es ging bei dieser Sache nie um mich. Es geht einzig und allein um meine Halbschwester Laila, eine talentierte Ingenieurin, die den Fehler gemacht hat, für Paris Industries zu arbeiten. Sie hatte Sicherheitsbedenken, was die Bohrinsel anging, auf der sie gearbeitet hat, und hat sich mit ihren Bedenken direkt an Christos gewandt. Er schlug ihr vor, die Probleme bei einem gemeinsamen Abendessen zu besprechen. Und was hat der Mistkerl gemacht? Er hat sie angebaggert! Eine Frau, die halb so alt war wie er!«

Max gestikulierte wild und fuchtelte mit der Pistole herum. Sie hätte sich am liebsten auf ihn gestürzt und ihn entwaffnet, musste sich aber zurückhalten, bis Rif ihr grünes Licht gab.

»Drei Wochen später kam es auf der Bohrinsel zu einer Explosion. Meine Schwester hat versucht, einige der Arbeiter zu retten, und ist dabei von der Plattform gestürzt. Sie hat sich nahezu sämtliche Knochen gebrochen, es aber irgendwie überlebt.« Max wandte sich Christos zu. »Sie stürzte einhundertzwanzig Meter in die Tiefe. Diese Brücke ist in etwa genauso hoch. Du hast also eine reelle Chance.«

Das Gesicht ihres Vaters verzog sich zu einer Grimasse. »Ich wusste nicht, dass Laila deine Halbschwester ist. Außerdem liegst du falsch. Ich habe sofort ein Team angewiesen, sich darum zu kümmern, die Probleme, die ihren Sicherheitsbedenken zugrunde lagen, zu beheben. Die Explosion wurde durch menschliches Versagen verursacht.«

»Halt die Klappe!« Max drückte ab, eine Kugel durchbohrte Christos' Oberschenkel.

Ihr Vater schrie und sackte zu Boden. Sie musste sich mit aller Macht zusammenreißen, um mit ruhiger Stimme weitersprechen zu können. »Bitte, Max. Erzählen Sie mir, was passiert ist.« Sie musste ihn dazu bringen, seine Aufmerksamkeit auf sie zu richten und nicht auf ihren Vater.

Die Stimme des hochrangigen griechischen Polizisten war bleiern und schmerzerfüllt. »Laila lebte noch eine Weile, allerdings war sie entstellt und litt unter starken Schmerzen. Sie hat mich gebeten, sie zu töten.« Tränen rollten ihm über das Gesicht und vermischten sich mit dem Regen. Seine Stimme wurde brüchig. »Ich habe sie mit einem Kissen erstickt.«

Thea atmete aus. »Das tut mir so leid, Max.« Ihr Vater drückte seine rechte Hand auf die Schusswunde und suchte mit den Augen die Plattform ab. Vermutlich hielt er Ausschau nach etwas, das er als Waffe benutzen konnte. Sie befürchtete, dass er etwas tun oder sagen würde, das Max erneut aufbrachte.

»Und jetzt, bevor Ihr Vater den größten Deal seines Lebens eintüten kann, wird er in den Tod stürzen.« Kummer hatte sich dauerhaft in die Linien um Max' Augen gegraben, durch seine Worte sprach der Schmerz. Dass er so verzweifelt war, verhieß nichts Gutes. Er war innen hohl, hatte nichts mehr zu verlieren.

»Die Sabotage des Flugzeugs, die Explosion der Limousine, Helena – war das alles Ihr Werk?«, fragte Thea, um ihn am Reden zu halten.

»Ich wollte, dass Christos alle Menschen verliert, die ihm wichtig sind: Sie, Rif und Helena. Ich wollte, dass er am eigenen Leib erfährt, wie ich leide.«

In Theas Kopf drehte sich alles. »Und das mit dem Supertanker?«

Max schüttelte den Kopf. »Das war ich nicht. Ich nehme an, Nikos wollte Zeit gewinnen, um Christos vor Ihnen zu finden. Er und seine Leute haben sich sofort auf die Suche gemacht.«

Es gab für Max keine einfache Lösung, aus dem Ganzen herauszukommen. Er konnte nicht einfach von der Brücke spazieren. Ihm musste klar sein, dass er den Rest seines Lebens hinter Gittern verbringen würde. Und das kam in seinen Plänen eindeutig nicht vor.

»Erzählen Sie mir von Laila.«

Max sah Thea an. »Ich weiß, was Sie tun. Sie versuchen, mich am Reden zu halten. Aber wir sind fertig.« Seine Tonlage veränderte sich, seine Stimme bebte. Er schien zum Ende kommen zu wollen, und sie hatte nicht das Gefühl, dass er die Absicht verfolgte, einen von ihnen das Ganze überleben zu lassen. Sie konnte nicht warten, bis Rif die Bombe entschärft hatte.

Dann kam ihr eine Idee.

»Wenn Sie meinen Vater von der Brücke stoßen, hat sein Leiden ein schnelles Ende.«

Max kniff die Augen zusammen.

Sie fuhr fort: »Allerdings hat Christos eine Achillesferse.«

»Was meinen Sie damit?«

»Mich.«

Rif hatte den Träger, an dem die Bombe befestigt war, auf der linken Seite durchtrennt und hatte die rechte Seite auch schon zur Hälfte durch, als Theas Worte ihn innehalten ließen.

Was hatte sie vor? »Ich hab's fast geschafft.« Er stabilisierte den Schneidbrenner in seinen Händen. Funken flogen durch die Luft, das Metall schmolz dahin. »Thea, tu es nicht.«

Sich selber als Köder anzubieten würde Max Heros nicht davon abhalten, Christos zu töten.

Er würde sie einfach nur in einer anderen Reihenfolge umbringen.

KAPITEL
78

Gabrielles Hände umklammerten das M24. Lailas furchtbarer Unfall und ihre Verletzungen, Max' Bereitschaft, ihrem Leiden ein Ende zu machen – all diese Enthüllungen erklärten die Finsternis in seinem Inneren. Gabrielle hat den Kummer, den sie nach dem Tod ihrer Eltern verspürt hatte, als erstickend empfunden, aber vor allem, weil sie mit dem Ganzen nicht hatte abschließen können. Weil sie nicht wusste, was eigentlich passiert war, hatte sie wie eine Besessene nach Gerechtigkeit gestrebt. Falls sie je herausgefunden hätte, wer für den Tod ihrer Eltern verantwortlich war, wäre es durchaus möglich gewesen, dass sie genauso einem kurzsichtigen Verlangen nach Rache erlegen wäre. Vielleicht war es das, was sie und Max zusammengebracht hatte – dass sie in dem anderen eine Seele erkannt hatten, die unter nagenden Qualen litt.

Ihr Job verlangte ihr ständig ab, Menschen richtig einzuschätzen, aber bei Max Heros hatten ihre Gefühle sie so blind gemacht, dass sie die Wahrheit nicht gesehen hatte. Typisch für sie, dass sie sich zu einem Mann hingezogen gefühlt hatte, der dabei war, in einem mörderischen Rausch Amok zu laufen. Was Max, ein Mann des Gesetzes, im Namen der Rache getan hatte, überschritt jede Grenze des Vorstellbaren. Unschuldige Menschen hatten mit dem Leben bezahlt. Wenn sie ihn weitermachen ließ, würde er Christos Paris und seine Tochter Thea töten.

Max würde seine Geisel niemals freilassen. Er mochte mit

Tea spielen, ihr falsche Hoffnungen machen, während er sie als Zuhörerin benutzte, der er sein Herz ausschüttete, aber am Ende würde er seinen Plan durchziehen.

Ein Rabe krächzte. Sie ignorierte ihn und begab sich in den Scharfschützenmodus. Sie atmete tief durch die Nase ein und hielt die Luft an.

Die Welt um sie herum wurde still.

Ihre Augen brannten, als das Fadenkreuz auf Max' Gesicht ruhte. Sie rief sich die kantige Linie seiner Nase in Erinnerung, die Spalte an seinem Kinn, die Lippen, die sie geküsst hatte.

»Es tut mir so leid, Max.«

KAPITEL
79

Nebelschwaden hingen an der sambischen Seite der Schlucht wie ein verängstigtes Kind am Rockzipfel seiner Mutter. Thea ging näher an Max und ihren Vater heran, wobei sie darauf achtete, nicht auf den Stolperdraht zu treten.

»Hör sofort auf mit diesem Irrsinn, Thea! Ich habe den Träger fast durch.« Rifs eindringliche Worte dröhnten in ihrem Ohrhörer, aber sie ignorierte sie. Ihr Vater blutete stark, und Max war jeden Augenblick so weit, sich nicht länger hinhalten zu lassen. Rif war unter der Brücke, also bekam er nicht mit, wie schnell die Situation außer Kontrolle geriet.

»Warum zerstören Sie nicht diejenige, die Christos am meisten liebt? Ich bin seine einzige Tochter, der Mensch, den er all die Jahre verwöhnt und beschützt hat.«

Na los, Max. Sie wollen mir wehtun.

Sie hob die Hände und neigte den Kopf.

»Sie wissen aus eigener Erfahrung, dass es schlimmer sein kann zu leiden als zu sterben. Lassen Sie Christos am eigenen Leib erfahren, wie es ist, alles zu verlieren, was ihm etwas bedeutet.«

»Nein!« Die Stimme ihres Vaters hallte über die Brücke. Sie klang fest, aber aufgewühlt. »Halt dich da raus, Thea. Du hast nichts damit zu tun.«

Max stellte sich ein wenig gerader hin. Ihre Worte und Christos' Reaktion hatten den logisch denkenden, scharfen Verstand des hochrangigen Polizeibeamten angeregt. Ihr Vorschlag stellte eine attraktive Alternative dar, bot eine Möglichkeit, das Leiden seines Feindes zu verlängern. Wie konnte er da widerstehen? Leid verlangte nach Gesellschaft. Thea beobachtete ihn hoffnungsvoll. *Kommen Sie schon, lassen Sie mich Ihren Panzer knacken. Lassen Sie mich näher an Sie heran, damit ich Sie entwaffnen kann.*

»Ich habe den Träger mit der Bombe so gut wie durch … Sie könnte auf dem Weg nach unten explodieren.« Rifs angespannte Stimme drang aus ihrem Ohrhörer. »Geh dieses verrückte Risiko nicht ein!«

»Ich habe noch eine bessere Idee: Ich lösche uns alle aus. Das würde doch am besten passen.« Max hob sein Handy hoch und bewegte langsam einen Finger auf das Display zu.

Ein lauter Knall zerriss die Luft. Thea erkannte das Geräusch und warf sich auf den Boden.

Ein pinkfarbener Sprühnebel vermischte sich mit dem Regen. Nachdem ihn eine großkalibrige Kugel genau in der T-Zone getroffen hatte, war von Max' Gesicht nur noch eine rote breiige Masse übrig. Sein Kopf schoss nach hinten, er taumelte und sackte auf den Asphalt.

Thea suchte den Horizont ab. *Wer hatte Max Heros erschossen?*

»Max ist erledigt. Versenk die Bombe, Rif! Ich glaube, er hat sie aktiviert.«

Aus dem Augenwinkel erhaschte sie eine Bewegung auf dem grasigen Gelände auf der simbabwischen Seite der Brücke. Gabrielle Farrah stürmte auf sie zu, über ihrer Schulter hing ein Gewehr.

»Scheiße! Du hast recht! Die Bombe ist aktiviert! Zehn Sekunden bis zur Explosion. Ich hab's fast geschafft.« Die Anspannung in Rifs Stimme war unüberhörbar.

Sie konnte es unmöglich zu ihrem Vater schaffen und rechtzeitig mit ihm von der Brücke fliehen. Ihnen blieb nichts anderes übrig, als auf Rif zu setzen.

»Geschafft!«

Thea lugte über den Rand der Brücke und sah die Bombe nach unten fliegen. Im nächsten Augenblick donnerte die Explosion durch die Schlucht, die Erschütterung warf Thea zu Boden, die ganze Brücke erbebte. Die Druckwelle breitete sich in alle Richtungen aus, begleitet von umherfliegenden Trümmern. Theas Ohren dröhnten, ihre Augen brannten.

Ihr Vater klammerte sich an das Geländer der Plattform.

»Rif, alles in Ordnung?«

Nichts.

»Rif! Sprich mit mir!«

Er antwortete nicht.

Dann hörte sie in ihrem Ohrhörer ein Husten. Und noch eins. »Verdammt.« Noch ein Husten. »Erinnere mich daran, nie wieder an irgendwelchen Brücken herumzuklettern.«

Gott sei Dank.

Das hohe Heulen eines kleinen Motors erregte ihre Aufmerksamkeit. *Was zum Teufel war das denn nun schon wieder?* Sie rieb sich den Schmutz aus dem Gesicht und ging auf die Knie.

Aus dem in der Schlucht hängenden Nebel tauchte ein Motorrad auf, das von der sambischen Seite auf sie zuraste. Es schlängelte sich um den Lastwagen herum, der die Zufahrt zur Brücke blockierte.

Als das Motorrad näher kam, erkannte Thea eine ihr vertraute Silhouette. *Nikos.*

KAPITEL 80

Theas Gedanken wirbelten wild durcheinander. Die Zeit verlangsamte sich wie in diesen furchtbaren Albträumen, in denen man unbedingt irgendwo hinkommen wollte, jedoch das Gefühl hat, als würde man durch eine Masse Matsch rennen. Sie taumelte auf ihren Vater zu und wusste, dass es kein Traum war.

Doch sie konnte nicht mit dem Motorrad mithalten, das mit Höchstgeschwindigkeit die Brücke entlangbretterte. Nikos erreichte die Plattform vor ihr und sprang im Fahren von der Maschine ab. Funken sprühten und Metall ächzte, als das Motorrad über den harten Asphalt schlitterte.

Er packte ihren Vater am Nacken und zwang ihn an die äußerste Kante der Plattform. Regentropfen rannen Nikos' Gesicht herunter. Sie sahen aus wie Tränen, aber sein Blick war ausdruckslos.

Thea stürmte weiter, ihr Puls hämmerte in ihrem Hals. Und dann standen die drei am Abgrund, die drei überlebenden Mitglieder der Paris-Familie. Der Moment war gekommen, in dem der Familienkrieg, der zwanzig lange Jahre unterschwellig gebrodelt hatte, überkochte.

Nikos blickte hinab auf Max' Leiche. »Er hat sich von seinen Gefühlen übermannen lassen.«

»Mach nicht den gleichen Fehler.« Ihr Vater versuchte, sich Nikos' Griff zu entwinden. »Das ist eine Sache zwischen dir und mir. Halt deine Schwester da raus.«

Ihr Bruder, der jünger und stärker war als ihr Vater, behielt die Oberhand. »Thea muss eine Entscheidung treffen. Sie kennt endlich die Wahrheit und weiß jetzt, dass deine Gier daran schuld war, dass ich entführt wurde.«

In Theas Bauch rangen Hoffnung und Angst miteinander. »Ich möchte deine Geschichte hören und werde alles tun, was ich kann, um dir zu helfen. Du bedeutest mir sehr viel, Nikos.« Vielleicht konnte sie einen Weg finden, ihn zu stoppen.

»Mehr als er?« In den Augen ihres Bruders lag tiefer Schmerz.

»Ich bin diejenige, die dich im Stich gelassen hat.« Sie meinte es aufrichtig, es war die ungeschminkte Wahrheit. »Wenn ich in jener Nacht um Hilfe gerufen hätte, wärst du nicht entführt worden. Es tut mir so leid.«

»Darum geht es nicht. Wenn du diejenige gewesen wärst, die entführt worden wäre, wäre dein Leben zerstört worden, und all das nur wegen der Gier unseres Vaters.«

»Diese Nacht wird mich für immer verfolgen. Ich weiß, dass ich es nie wiedergutmachen kann, aber ich habe es seitdem an jedem einzelnen Tag versucht.«

»Ich wollte nie dein Mitleid, Thea. Ich wollte nichts anderes, als von meinem Vater und meiner Schwester geliebt und akzeptiert zu werden. Du hast es getan. Er nicht.«

»Ich habe alles für dich getan, was ich konnte, mein Junge, aber ...« In der Stimme ihres Vaters schwang Reue mit.

»Du hast mich von dem Moment an, in dem du meinen Bericht gelesen hast, für verdorben gehalten. Und wir wollten den bedeutenden Namen Paris ja nicht besudeln, nicht wahr?«

»Du irrst dich, Nikos. Ich habe alles getan, was in meiner Macht stand, um dich zu beschützen.«

»Und deshalb hast du mich in die Klapse gesteckt. Und dann weit weg geschickt auf eine Schule für gestörte Kinder. Weil ich dir so am Herzen lag.«

Ihr Vater sah aus, als ob er mit sich selbst im Clinch lag. »Du brauchtest Hilfe.«

»Ich brauchte keine Hilfe von Fremden. Ich wollte, dass meine Familie zu mir steht.«

Die Augen ihres Vaters traten hervor. »Du wärst nicht sicher gewesen, wenn du bei uns geblieben wärst. Mein Gott, Nikos, ich habe einen Mord für dich vertuscht.«

Thea hatte das Gefühl, einen unerwarteten Schlag versetzt bekommen zu haben. »Mord? Was für einen Mord?«

Nikos sah sie an. »Unser Kindermädchen. Sie war eine Tyrannin.«

Jegliche Luft wich aus ihrer Lunge. Allison war eine strenge, unerbittliche Zuchtmeisterin gewesen, die sich weder bei ihr noch bei ihrem Bruder beliebt gemacht hatte, aber sie hatte sie nie körperlich gezüchtigt. Das plötzliche Verschwinden der Frau ergab auf einmal auf makabre Weise Sinn.

»Als ich aus Obas Lager kam, hatte ich eine Mission in meinem Leben zu erfüllen: das Gleichgewicht in der Welt wiederherzustellen, indem ich Tyrannen vernichte.«

»Es gibt viele Mittel und Wege, die Welt zu einem besseren Ort zu machen, aber Menschen zu töten ist nie eine gute Lösung.« Papa sprach langsam wie mit einem Kind.

»Gerechtigkeit ist eine schwierige Sache. Nach den Regeln zu spielen bringt nichts. Ares hat etwas bewirkt.«

Ares? Also rechtfertigte er den Handel mit Waffen als eine Methode, Tyrannei zu bekämpfen? Er redete, als ob er immer noch zwölf wäre und gerade erst aus den Fängen seiner Entführer befreit worden wäre. Er war der Held in seiner eigenen Geschichte, aber seine Mission war wirr.

Christos lief rot an. »Du bist nicht Robin Hood, sondern nur ein gemeiner Krimineller.«

Nikos lachte, ein kurzes, bellendes Lachen ohne jeden Humor. »Und du bist der Inbegriff der Gier und ein Tyrann. Deshalb lasse ich nicht zu, dass du die Kontrolle über Kanzi übernimmst.«

Christos schob eine Hand in einen zusammengerollten Haufen Seile und Gurtzeug. »Zu spät. Ich habe Kanzi bereits in der Tasche. Premierminister Kimweri und ich haben den Deal schon vor Wochen unter Dach und Fach gebracht. Die Verhandlungen waren pure Show.«

Ihr Vater hatte seine eigene Entführung vorgetäuscht, aber nicht, weil er Angst vor Nikos hatte. Er hatte Nikos in dessen eigenem wahnsinnigen Spiel schlagen wollen.

Trotz ihrer Einblicke und ihrer Menschenkenntnis war Thea, was den wahren Charakter der beiden Menschen anging, die ihr am nächsten standen, blind gewesen. Sie verstand, warum Nikos gestört war. Er war durch die Hölle gegangen und hatte keinen Weg zurück ins richtige Leben gefunden. Doch ihr Vater hatte diese Entschuldigung nicht.

Sie musste ihre aufgewühlten Gefühle beiseiteschieben und die Situation deeskalieren. »Wir sind eine Familie. Wir müssen für diesen Schlamassel eine Lösung finden.«

Nikos' Stimme bebte vor Emotion. »Du musst dich entscheiden, Thea. Für ihn oder für mich.«

Er war der verzweifelte Junge, der sich von seinem Vater im Stich gelassen gefühlt hatte, der Kindersoldat, der unschuldige Menschen hatte ermorden müssen, der Waffenhändler, der Waffen verkaufte, um Rebellen zu unterstützen. Konnte sie an den Bruder appellieren, den sie liebte, an den Bruder, der sie immer beschützt hatte?

»Wer ist jetzt der Tyrann, Nikos?«

Doch ihr Bruder war nicht mehr zugänglich für irgendwelche Selbstreflexionen.

»Tschüss, Papa«, sagte er und stieß ihren Vater noch näher

an den Rand der Plattform, doch Christos ging auf die Knie und breitete Arme und Beine aus, sodass es schwieriger war, ihn runterzustoßen. Er umfasste mit einer Hand das Seitengeländer und packte mit der anderen eins der Bungee-Seile.

Nikos trat ihm mit voller Wucht in die Seite und schob mit Gewalt Christos' Beine über die Kante. Christos' Hand rutschte vom Geländer, er tastete nach der Kante der Plattform, konnte sie jedoch nicht ganz erreichen. Dann arbeitete sein Körpergewicht gegen ihn und zog ihn über die Kante in die Tiefe. Das Bungee-Seil, das er gepackt hatte, riss er mit sich.

Thea machte einen Hechtsprung nach vorne zur Kante, doch ihre Hände fassten ins Leere. Christos stürzte auf den Sambesi zu, das Bungee-Seil um seinen Arm gewickelt. Das obere Ende schlängelte sich hinter ihm von der Plattform.

Während ihr Bruder sich über das Geländer beugte und zusah, ging Thea ein Stück zurück, schnappte sich ein Gurtzeug und befestigte es an ihren Hüften. Ihr und Nikos' Blick trafen sich für den Bruchteil einer Sekunde. Unzählige Erinnerungen wanderten zwischen ihnen hin und her, während er in ihren Augen sah, was sie vorhatte.

»Er ist es nicht wert.« Ihr Bruder stürzte auf sie zu.

Sie drehte sich von ihm weg und sprang von der offenen Seite der Plattform in den freien Fall. Sie stürzte mit dem Kopf voran in die Tiefe, die Luft schoss an ihren Ohren vorbei, das Brausen übertönte alle anderen Geräusche. Der Wind peitschte ihr Haar, während der Fluss auf sie zuraste. Sie fiel und fiel und suchte das Wasser nach ihrem Vater ab, konnte in dem tiefen reißenden Fluss jedoch keine Spur von ihm erkennen.

Dann erreichte das Bungee-Seil seine maximale Ausdehnung. Ein heftiger Ruck ging durch ihre Hüfte und ihre Beine, und sie flog wieder nach oben. Sie fühlte sich schwerelos. Blut schoss ihr in den Kopf, und sie verlor kurz die Orientierung. Nach einem endlos erscheinenden Moment stürzte sie wieder auf das Wasser zu, dann folgte ein weiterer heftiger Ruck, und sie wurde wieder nach oben gezogen. Hoch, runter, hoch, runter. *Daran fanden die Leute Spaß?*

Das Auf-und-nieder-Hüpfen wie ein lebendiger Jo-Jo verlangsamte sich, und schließlich schwang sie am Ende des Seils hin und her. Sie suchte das Wasser ab, das sich neun Meter unter ihr befand, und hielt nach ihrem Vater Ausschau. Schließlich fiel ihr auf dem Fluss etwas ins Auge, das sich bewegte. Ihr Vater hatte den Sturz überlebt und trieb vor einem Felsen im Wasser. Sein Kopf tauchte unter und wieder auf, sein Körper hüpfte wie ein Korken in der reißenden Strömung des Sambesi, der ihn mit sich ziehen wollte.

Thea faltete ihren Körper wie ein Klappmesser zusammen und umfasste mit der linken Hand das Bungee-Seil. Dann langte sie nach ihrem Stiefelmesser, um das Seil durchzuschneiden. Doch bevor sie das Messer aus dem Schaft ziehen konnte, rammte etwas gegen ihr rechtes Schulterblatt. Schmerz schoss ihr die Wirbelsäule hinunter, sie verlor das Seil aus der Hand und wirbelte kopfüber herum wie ein Kreisel.

Benommen hin und her baumelnd, sah sie Nikos neben sich an einem anderen Bungee-Seil auf und nieder hüpfen. »Du musst aufhören, Papas Lüge zu leben!«, rief er, als er erneut in sie hineinkrachte und mit der linken Hand ein großes Büschel von ihrem Haar packte. Sie drehte sich auf die Seite, holte mit ihrem rechten Bein aus und rammte es ihm mit voller Wucht gegen die Brust. Ein lautes Stöhnen. Er schwang wieder von ihr weg und nahm ein ganzes Büschel ausgerissener Haare mit. Ihre Kopfhaut brannte und schmerzte höllisch.

Er schwang erneut auf sie zu, verfehlte sie jedoch und segelte an ihr vorbei. Sie langte nach ihrem Messer und schaffte es, die

Hand um ihren Stiefel zu legen, konnte das Hosenbein jedoch nicht weit genug hochschieben.

In der Zwischenzeit war Nikos um sie herumgeschwungen, sodass ihre Seile sich umeinandergewickelt hatten.

Sie schwang in die entgegengesetzte Richtung, um die Seile wieder zu entwirren, doch als sie sich begegneten, rammte Nikos ihr mit voller Wucht die Faust gegen den Kiefer. Sie schmeckte Blut. Er wirbelte erneut um sie herum. Das Messer. Sie brauchte es sofort. Nicht mehr lange, dann würde er den Kampf gewinnen.

Nikos schwang wieder auf sie zu, doch sie machte sich krumm und schaffte es, ihm auszuweichen und ihr Hosenbein hochzureißen. Im Schwingen traf sein Fuß ihr Kreuz. Ein höllischer Schmerz schoss in die Tiefe ihrer linken Niere, vor ihren Augen tanzten weiße Punkte, und alles verschwamm. Ihre Gesichter waren nur wenige Zentimeter voneinander entfernt. Seine Lippen kräuselten sich vor Wut. »Wie kannst du es wagen, Papa mir vorzuziehen?«

In all den Jahren hatte sie diesen Nikos noch nie gesehen. Liebe und ihr schlechtes Gewissen hatten sie blind gemacht.

Sein Atem blies heiß gegen ihre Wange. Der durchdringende Geruch von Benzin stieg ihr in die Nase. Das Bild des Generals blitzte vor ihrem inneren Auge auf, der mit Benzin getränkte, angezündete Autoreifen, der ihm um Hals und Arme hing. Auf einmal verstand sie – das Ganze war ein Rachefeldzug.

Sie versuchte, sich wegzudrehen, aber seine Hände legten sich um ihren Nacken und drückten ihr die Luftröhre zu, während sie hin- und herschwangen und in ungünstiger Pose über dem Fluss durch die Luft wirbelten. Sie schlug auf seine Arme ein, aber seine Hände umklammerten sie wie ein Schraubstock.

Ich kriege keine Luft mehr. Ihr wurde schwarz vor Augen. Sie zog ihren Fuß zu sich heran, ihre Finger bekamen den Griff des Messers zu fassen. Sie zog es und schnitt wie von Sinnen an ihrem Seil.

Nikos drehte ihr Gesicht so, dass sie einander ansahen, doch seine Hände umklammerten immer noch ihren Hals. »Du hättest dich für mich entscheiden sollen. Nicht für ihn. Ich dachte, dass ich dir viel bedeute.«

»Du bedeutest mir viel«, keuchte sie.

Schnipp.

Sie stürzte mit ihrem ganzen Gewicht in die Tiefe, entriss sich seinen Händen und sauste auf den Fluss zu.

Die Wucht beim Aufprall war so stark, als wäre sie von einem Lastwagen angefahren worden, dann tauchte sie ein, und der kalte Fluss verschluckte sie. Während sie von der reißenden Strömung herumgewirbelt wurde, hielt sie mit aller Kraft ihr Messer fest.

Als sie wieder auftauchte, schlug ihr das ohrenbetäubende Tosen des rauschenden Wassers entgegen. Sie rang nach Luft und musste mehrmals husten. Ihr Hals brannte. Ihre Brust hob und senkte sich, ihre Lunge lechzte nach Luft. Sie blickte nach rechts und links und versuchte, sich zu orientieren. Nikos hing noch in der Luft an seinem Seil. Sie suchte das Wasser nach ihrem Vater ab.

Er lag mit dem Gesicht nach oben in einem langsamer wirbelnden Strudel, der durch ein paar Felsen in der Nähe des Ufers erzeugt wurde. Seine linke Hand hielt sich an einer Felszunge fest, doch das wirbelnde Wasser konnte ihn jeden Moment in die reißende Strömung mit sich ziehen.

Sie schwamm zu ihm und hielt dabei nach Krokodilen Ausschau. Seine Haut war blass, aber er war bei Bewusstsein. Seine Schusswunde hatte stark geblutet, und er hatte jede Menge Blut verloren.

»Ich kann meinen Arm nicht bewegen. Tut weh.« Er hatte die Zähne zusammengebissen, seine Augenlider flatterten. Sein rechter Arm hing ausgebreitet ein paar Zentimeter tiefer – der heftige Ruck des Bungee-Seils hatte seine Schulter ausgekugelt, aber das Seil hatte ihm das Leben gerettet.

»Das wird schon wieder.« Sie sah sich um und suchte einen Weg aus dem Wasser. Rif kam die Böschung heruntergeklettert, gefolgt von Gabrielle. Sie hatte sich noch nie so gefreut, ihn zu sehen.

Ein lautes Platschen ließ sie herumfahren. Nikos hatte sich in den Fluss stürzen lassen und tauchte gerade nicht weit von ihnen auf.

Ihr Bruder gab nicht auf.

Sie hob einen Arm hoch, winkte Rif zu und rief: »Kümmere dich um Papa!«

Ihr Vater sah ihr in die Augen. »Lass mich nicht alleine.«

»Rif ist da. Er hilft dir.«

Sie schwamm vom Ufer weg, sodass sie sich zwischen ihrem Bruder und ihrem Vater befand.

»Es ist vorbei, Nikos. Gib auf.«

»Aus dem Weg!« Mit ein paar kräftigen Schwimmzügen war ihr Bruder in null Komma nichts bei ihr.

»Ich bin nicht dein Feind, Nikos. Und Papa auch nicht.«

»Du hast deine Wahl getroffen.« Er langte mit seinem Arm nach ihr und drückte ihren Kopf unter Wasser. Sie tauchte unter ihm her, kam zu seiner Rechten wieder hoch und rammte ihm das Messer tief in die Schulter. Sein rechter Arm trieb schlaff neben ihm, aus der Wunde strömte Blut ins Wasser. Sie trat ihm in den Bauch und brachte ihn so auf Abstand.

Die Strömung trug sie auf die Stromschnellen zu. Sie hielt nach etwas Ausschau, woran sie sich festhalten konnte, und sah mit Entsetzen, wie zwei Krokodile vom Ufer ins Wasser glitten und mit kräftigen Schwanzschlägen schnell auf sie zukamen.

Nikos holte sie rasch ein, er schwamm trotz seines verletzten Arms mit voller Kraft.

Aus seiner Schulter strömte Blut, seine Augen verströmten Hass. Er rammte ihr seine linke Faust mit voller Wucht direkt auf die Nase. Ihr Kopf schnellte nach hinten. Ihr wurde schwindelig. Sie stach erneut mit dem Messer nach ihm, streifte jedoch nur seinen linken Bizeps.

Kurz vor den Stromschnellen nahm die Strömung zu und drohte sie unter Wasser zu ziehen. Wasser klatschte ihr ins Gesicht, in den Mund und in die Nase.

Nikos bekam ihr rechtes Handgelenk zu fassen und drehte es mit aller Gewalt. Sie spürte, dass ein Knochen brach, gefolgt von einem stechenden Schmerz. Das Messer sank hinab in die Tiefe.

Sie versuchte, ihrem Bruder einen Kopfstoß zu verpassen, aber er duckte sich zur Seite weg.

Plötzlich war er mit seinem ganzen Gewicht auf ihr, umklammerte sie mit seinem linken Arm und drückte sie unter Wasser. Der dunkle Fluss umhüllte sie, ihre Welt wurde schwarz.

Er würde erwarten, dass sie in Panik geriet und wild um sich schlug. Aber zu kämpfen erforderte zu viel Energie, er würde sie sehr schnell bezwingen. Stattdessen machte sie sich den Fluss zunutze. Sie ließ sich erschlaffen, entspannte jeden einzelnen Muskel.

Ihre Lunge brannte, lechzte nach Sauerstoff, doch sie ließ sich von dem Sog weiter flussabwärts ziehen. *Es war nicht mehr weit.*

Sein Griff, mit dem er sie umklammerte, lockerte sich. Sie wartete, brauchte unbedingt Sauerstoff, aber sie ließ die Kraft des Wassers gewähren. Ihre Kräfte schwanden. Sie konnte es nicht mehr sehr viel länger aushalten.

Plötzlich beschleunigte sich die Strömung, Wasser umwirbelte sie von allen Seiten. Sie hatten die Stromschnellen erreicht.

Sie rammte ihm ruckartig mit voller Wucht ihr Knie in die Weichteile.

Er krümmte instinktiv den Rücken. Sie nutzte den Moment und schwang schnell herum, sodass sie jetzt über ihm war. Sie hob den Kopf aus dem Wasser und sog Luft ein. Schäumendes Wasser klatschte ihr ins Gesicht. Sie schluckte einen Mundvoll. Hustete.

Die reißende Strömung trug sie durch die enge Schlucht.

Sie warf einen raschen Blick flussabwärts. Und sah ihre einzige Chance.

Sekunden bevor sie gegen eine kleine Insel schlug, die aus hervorstehenden Felsen bestand, stieß sie ihre Finger in die tiefe Wunde an Nikos' rechter Schulter. Er krümmte sich vor Schmerz.

Als sie die Felsinsel erreichten, drehte sie sich nach rechts, sodass Nikos' Hinterkopf gegen die Steine krachte. Sein Kopf schnellte nach vorne, und er ließ sie los.

Sein Körper erbebte, und er verschwand unter Wasser. Sie tauchte und versuchte, ihn zu finden, war jedoch nur von Schwärze umgeben.

Sie tauchte wieder auf und suchte nach irgendeiner Spur von ihm. Dann holte sie schnell Luft, tauchte wieder unter und suchte mit den Armen zu allen Seiten die Umgebung ab. Doch er war verschwunden.

Die Strömung riss sie weiter mit sich, ließ sie immer wieder gegen Felsen schlagen. Sie versuchte, zum Ufer zu schwimmen, um nicht in die nächsten Stromschnellen zu kommen, und tauchte hin und wieder unter, immer noch auf der Suche nach ihrem Bruder.

In der Ferne waren Stimmen zu hören. Rif lief am Ufer entlang auf sie zu.

Sie suchte das Wasser erneut nach Nikos ab.

Er *war weg*.

KAPITEL
81

Thea öffnete die Augen und sah sich um. Sie erkannte die dunkle Holzverkleidung und die üppigen Brokatvorhänge der Schlafkabine des Firmenjets von Paris Industries. Als sie in dem Bett ihre Position verlagerte, strahlten ihre Rippen einen stechenden Schmerz aus. Ihr rechter Arm war eingegipst.

Über sie gebeugt stand ein Arzt, der den Regler an einer Infusionsflasche einstellte. »Ihr Blutzuckerwert stabilisiert sich, aber sie ist immer noch dehydriert. In vierundzwanzig Stunden sollte sie wiederhergestellt sein – abgesehen von den Brüchen natürlich. Ich komme gleich wieder und kontrolliere ihre Werte.«

Der Arzt redete mit Gabrielle Farrah, die in der Ecke der Schlafkabine in einem Sessel saß. Ihre dunklen Augen hatten ihren Glanz verloren. Um ihren Mund herum zeichneten sich feine Stresslinien ab.

»Was ist mit meinem Vater?« Thea beugte sich vor, ihr Körper verspannte sich vor Schmerz.

»Er hat überlebt. Wir sind auf dem Weg zu ihm. Er wurde in die nächste Notfallklinik nach Johannesburg geflogen.«

Thea ließ sich erleichtert zurück in die Kissen sinken.

»Rif hat ihn im Hubschrauber begleitet.«

Sie erinnerte sich an den Moment im Fluss, als sie Rif gebeten hatte, sich um ihren Vater zu kümmern. Ausnahmsweise hatte er sich mal an ihre Anweisungen gehalten. Sie lächelte beinahe, doch dann fiel ihr schlagartig wieder alles ein, was passiert war. »Und Nikos?«

»Von dem gibt es bisher keine Spur, aber er wäre nicht der erste Mensch, der in den Gewässern des Sambesi verschwindet.«

Eine tiefe Traurigkeit überkam sie, ihr schmerzte das Herz.

Gabrielle beugte sich zu ihr vor. »Nikos steckte tief in der Scheiße. Ich kann immer noch nicht glauben, dass er Ares war, aber er hat nicht nur illegal mit Waffen gehandelt, sondern wir wissen auch, dass er Xi-Ping und ihren Bruder kaltblütig umgebracht und anschließend versucht hat, es so aussehen zu lassen, als wäre Chi Ares gewesen. Und wie es aussieht, hat er auch General Jemwa exekutiert. Die Auswirkungen, die dies auf die internationalen Beziehungen haben wird, sind unabsehbar. Das Außenministerium wird monatelang alle Hände voll damit zu tun haben, das Desaster in den Griff zu bekommen.«

Wenn sie doch bloß gewusst hätte, wie gestört er gewesen war. Vielleicht hätte sie ihm dann irgendwie helfen können. Da hatte sie jahrelang all den Geiseln geholfen, und derjenige, der sie am dringendsten gebraucht hätte, war ihr eigener Bruder gewesen.

»Wir haben in Xi-Pings Zimmer auch Beweise dafür gefunden, dass sie diejenige war, die Peter Kennedy vergiftet hat.«

Sie versuchte, sich darauf zu konzentrieren, was Gabrielle sagte. »Um die Konkurrenz auszuschalten?«

»Es sieht so aus, als ob Kennedy die undichte Stelle gewesen wäre. Anfangs hat er sie mit geheimen Details über das Angebot von Paris Industries versorgt, doch dann hat er den Spieß offenbar umgedreht und versucht, sie zu erpressen. Doch dafür hat er sich das falsche Opfer ausgesucht.«

Xi-Ping war hübsch und tödlich – und das war zweifellos genau die Mischung, die Nikos angezogen hat.

Gabrielle fuhr fort: »Wahrscheinlich hat Kennedy in dem Ganzen eine Gelegenheit gesehen, Kasse zu machen, aber er hatte keine Ahnung, mit wem er sich einließ.« Gabrielle seufzte. »Aber über all das sollten wir jetzt gar nicht reden. Sie müssen sich ausruhen. Sie haben zwei gebrochene Rippen, ein gebrochenes Handgelenk, jede Menge Platzwunden, überall Prellungen, außerdem ein hübsches Veilchen und möglicherweise eine Gehirnerschütterung...«

Und ein gebrochenes Herz. Theas Knochen und Wunden würden heilen, aber was den Rest anging, war sie sich nicht sicher. Ihre Familie war implodiert. Ihr Vater hatte ein paar sehr schlechte Entscheidungen getroffen, und Nikos ... Seine lange zurückliegende Entführung hatte seine Psyche gestört, und sein rasender Hass auf seinen Vater hatte ein Monster aus ihm gemacht. Und um ein Haar hätte er sie alle ausgelöscht.

Sie dachte an Mamadou. »Ist mit Premierminister Kimweri alles in Ordnung?«

»Ja, er hat vor einigen Stunden eine Pressekonferenz abgehalten. Er hat den Putschversuch für beendet erklärt und allen Soldaten, die sich daran beteiligt haben und zurück nach Hause wollen, Straffreiheit angeboten.«

»Wie klug von ihm. Ich bin erleichtert, dass ihm nichts passiert ist.«

»Er hat auch verkündet, dass Paris Industries das Bietergefecht um die Bohrrechte in Kanzi gewonnen hat.« Gabrielle lächelte matt. »Ich brauche wohl nicht zu erwähnen, dass die US-Regierung über diesen Teil der Entwicklung erfreut ist.«

»Mein Vater hat mir erzählt, dass er den Vertrag schon lange in der Tasche hatte. Die Verhandlungen waren eine reine Showveranstaltung. Und Sie wissen ja, dass er seine Entführung nur vorgetäuscht hat – zumindest am Anfang.« Sie musterte ihren Gipsverband. »Ist irgendwas so, wie es zu sein scheint? Oder irgendjemand?«

Gabrielle schüttelte den Kopf. »Keine Ahnung. Sehen Sie

sich nur an, wie falsch ich Maximilian Heros eingeschätzt habe.«

»Bestimmt war es nicht leicht für Sie, diesen Schuss abzufeuern«, sagte Thea teilnahmsvoll. »Vielen Dank, dass Sie uns gerettet haben.«

»Ich habe viele Tage mit ihm verbracht und hatte keinen Schimmer, dass er der Entführer war. Er ... Er hat mir etwas bedeutet. Es macht mir Angst, dass wir nicht sehen können, was sich direkt vor unseren Augen befindet.«

»Wir sind alle für einiges blind.«

»Max war so durchgeknallt, dass er allen Ernstes geglaubt hat, er täte mir einen Gefallen, mir Ares auf dem Silbertablett zu servieren. Und er hat Henri manipuliert, um ihn dazu zu bringen, bei Christos' Entführung zu helfen.« Sie seufzte. »Trotzdem – ihn zu erschießen war mit das Schwierigste, das ich je tun musste.«

»Es tut mir wirklich leid.«

Die Stimme des Piloten meldete sich über die Bordsprechanlage: »Wir erreichen Johannesburg in fünfzehn Minuten. Bereit machen zur Landung.«

»Ich gehe wohl besser zurück zu meinem Sitz. Ich habe einen Wagen bestellt, der Sie ins Krankenhaus bringen wird.«

»Danke, Gabrielle – für alles. Für eine Agentin der Regierung sind Sie gar nicht so übel.«

Sie nickte und lächelte matt. »Sie auch nicht – für eine Auftragsgeiselbefreierin.«

KAPITEL
82

Thea stand geschunden und lädiert vor dem Zimmer ihres Vaters und war dankbar, dass ihr Blut mit Schmerzmitteln vollgepumpt war. Gabrielle hatte sie unbemerkt durch den Hintereingang hineingeschleust, um der Medienmeute aus dem Weg zu gehen, die vor dem Krankenhaus lauerte.

Maschinen piepten, Krankenschwestern huschten hin und her, das ganze Zimmer war vollgestellt mit Blumensträußen. Von der Türschwelle sah Thea Rif und Hakan neben dem Bett ihres Vaters sitzen, die drei waren in eine leise Unterhaltung vertieft.

Der Körper ihres Vaters war extrem übel zugerichtet – von den Schlägen von Max und Nikos, seinem Sturz von der Brücke, und dann wäre er ja auch noch um ein Haar im Sambesi ertrunken. Doch die schlimmste Verletzung war die Schusswunde, die von dem Flusswasser zu eitern begonnen hatte. Bei seiner Einlieferung ins Krankenhaus hatten bereits mehrere seiner Organe ihre Arbeit eingestellt, und er wäre beinahe gestorben. Die Ärzte hatten es geschafft, ihn zu retten, aber sie hatten ein Bein vom Knie abwärts amputieren müssen. Für einen derart aktiven und dynamischen Mann würde es ziemlich schwer werden, mit so einem Verlust klarzukommen, und die Genesung würde nur langsam voranschreiten.

Sie humpelte in das Zimmer. Rif stand auf und bot ihr den Stuhl an, der am nächsten neben dem Bett ihres Vaters stand.

Sie setzte sich und nahm die Hand ihres Vaters. »Wie geht es dir, Papa?« Während ein Teil von ihr ihn umarmen wollte, wollte ein anderer ihn am liebsten erwürgen. Was zum Teufel hatte er sich bei all dem gedacht?

»Ich lebe, und das habe ich dir zu verdanken, mein Kind.« Seine Stimme war brüchig und schwach.

Christos' PR-Team hatte den Namen der Familie Paris reingewaschen. Weltweit hatten Fernsehsender, Zeitungen und Internetseiten Schlagzeilen, Bilder und Fotos von Christos in seinem Krankenbett gebracht. Quan Chi war bezichtigt worden, der Waffendealer Ares gewesen zu sein, Max war die alleinige Schuld für die Entführung in die Schuhe geschoben worden. Ihr gestörter Bruder war als Held dargestellt worden, der bei dem Versuch gestorben sei, »seinen Vater aus den Fängen von Max Heros zu befreien«. *Lügen über Lügen.*

Abgesehen von Rif, Hakan, einigen wenigen hochrangigen Regierungsbeamten, unter denen sich Gabrielle und ihr Chef in den USA befanden, wusste niemand, was tatsächlich passiert war. Aus Loyalität würden Hakan und Rif sich auf alles einlassen, was Christos wollte, und die US-Regierung würde strategisches Stillschweigen bewahren, um sicherzustellen, dass die USA ungestört Zugang zu den Ölquellen Kanzis hatten. Angesichts all dessen schien die Verbreitung der Wahrheit über ihren Bruder und seinen Tod die Regierung nicht weiter zu interessieren.

Rif berührte Hakan an der Schulter. »Lass uns eine Tasse Kaffee trinken gehen. Christos braucht mal eine Pause.«

»Wir bringen dir was Gediegenes aus der Cafeteria mit. Bestimmt haben sie da Kaviar und Champagner«, sagte Hakan grinsend.

Alle vier rangen sich ein Lachen ab.

Als die beiden gegangen waren, bedeutete Christos seiner Tochter, näher an ihn heranzurücken. »Glaub nicht, dass mir nicht bewusst ist, was du für diesen selbstsüchtigen alten Mann geopfert hast. Aber bitte führ dir vor Augen, dass der Nikos, den wir gekannt und geliebt haben, im Alter von zwölf Jahren gestorben ist. Der Junge, der nach der Entführung wieder nach Hause gekommen ist, war ein anderer Mensch.«

»Ich weiß, was passiert ist, Papa. Ich habe seinen Bericht gelesen.«

Er zuckte zusammen. »Er hatte sich durch seinen Aufenthalt in diesem Lager in eine Tötungsmaschine verwandelt. Er hat Drogen genommen und unschuldige Menschen erschossen. Und er hat seinen Gefallen daran nie verloren.« Christos verzog das Gesicht. »Er hat Allison mit bloßen Händen erwürgt. In dem Moment wurde mir bewusst, was aus ihm geworden war.«

Während all der Jahre hatte sie nie verstanden, warum ihr englisches Kindermädchen Hals über Kopf verschwunden war, ohne sich auch nur zu verabschieden. Allison war streng und fordernd gewesen, aber Thea hatte nie daran gezweifelt, dass ihr das Wohl der Kinder am Herzen gelegen hatte. Sie war eine anständige, liebevolle Frau gewesen, die ihren Schutzbefohlenen Grenzen und Maßstäbe gesetzt hatte. »War das der Grund, weshalb du ihn damals weggeschickt hast?«

»Auf eine Militärschule in Utah mit streng reglementiertem Alltag. Es war der einzige Ort, den ich mir vorstellen konnte, an dem ihm möglicherweise geholfen werden konnte. Aber er hat sich auch dort Ärger eingehandelt. Er hat angefangen, mit Drogen zu dealen, Mitschüler zu verprügeln und Lehrer zu bedrohen. Er war ein Manipulator. Und unglaublich clever – sie konnten ihm nie irgendetwas nachweisen.«

»Du hättest mir erzählen müssen, was mit ihm passiert ist. Ich hatte ein Anrecht darauf, die Wahrheit zu erfahren. Und du hast Nikos ungeschoren davonkommen lassen, nachdem er unser Kindermädchen – wie unzählige andere Menschen auch – ermordet hat, indem du den Mord vertuscht hast.«

»So ist es.«

»Und als du herausgefunden hast, dass er vorhatte, dich zu entführen, hast du beschlossen, ihm zuvorzukommen? Was hast du dir dabei gedacht? Warum hast du mich nicht um Hilfe gebeten? Oder Rif und Hakan. Warum *Max*?«

»Erinnerst du dich daran, dass ich dir am Morgen meines Geburtstags gesagt habe, dass ich mit dir über Nikos reden wollte? Ich wollte es dir erzählen. Ich hatte vor, dich nach deinem Treppenlauf in alles einzuweihen, aber Max hatte einen anderen Plan. Den Rest der Geschichte kennst du.«

»Und wir alle haben den Preis dafür bezahlt.«

»Es tut mir aufrichtig leid, dass alles so gekommen ist, wie es gekommen ist. Du musst mir glauben, dass es immer meine Absicht war, dich zu beschützen.« Er legte seine Hand auf ihre. Sie zwang sich, ihre Hand nicht wegzuziehen. Sie würde eine Weile brauchen, um das alles zu verarbeiten.

»Haben Hakan und Rif dir erzählt, was mit Helena passiert ist?«

Ihr Vater sah hinab auf seinen Schoß. »Max hat es mir erzählt. Er hatte geplant, alle Menschen, die mir etwas bedeuten, umzubringen, bevor er mich von der Brücke stoßen wollte. Ich gebe mir die volle Schuld dafür, dass Helena sterben musste.«

»Ich bin nicht sicher, ob man Max' Taten hätte vorhersehen können. Er hat seine Verbitterung gut kaschiert.« Trotzdem hatte ihr Vater ein schlechtes Urteilsvermögen gezeigt. Dem Polizisten als seinem Mitverschwörer zu trauen, hatte viele Menschen das Leben gekostet.

»Wie es aussieht, sind jetzt nur noch wir beide übrig.« In den Augen ihres Vaters lag tiefe Traurigkeit.

Das stimmte, aber Nikos' Schatten würde immer zwischen ihnen sein.

KAPITEL 83

VIER WOCHEN SPÄTER.

Thea blickte in der Londoner Zentrale von Quantum International Security in den Netzhautscanner. Es piepte, die Stahltür glitt auf und ließ sie und Aegis ins Lagezentrum. Es war ihr erster Arbeitstag seit den traumatischen Ereignissen auf der Victoria Falls Bridge.

Brücken führten einen normalerweise von einem Ort zum anderen und hatten etwas von einem Tor in ein gelobtes Land. Jedoch nur, wenn man sie überquerte, nicht, wenn man von ihnen heruntergekatapultiert wurde. Die letzten drei Mitglieder der Paris-Familie waren von der Brücke in die Tiefe gestürzt. Nur zwei hatten es lebend nach Hause geschafft.

Während ihrer Genesung hatte Hakan ein Team einheimischer Experten zusammengestellt, mit dem er intensiv den Sambesi und die ganze Gegend nach irgendeiner Spur von Nikos' Leiche abgesucht hatte, doch das Einzige, was sie gefunden hatten, war ein Fetzen von Nikos' Hemd gewesen. Die zuständigen Behörden vor Ort hatten ihr versprochen, sie umgehend zu informieren, wenn es etwas Neues gäbe. Ihr Bruder war nicht der erste Mensch, der in den von Krokodilen verseuchten Gewässern verschwand, und er würde auch nicht der letzte sein.

Sie betrat das Lagezentrum, und Aegis stürmte sofort zu Hakan und Rif und begrüßte sie freudig. Sechs mit Helium gefüllte Ballons mit der Aufschrift *Willkommen zurück* schwebten über einer riesigen Rohkostplatte und verschiedenen Dips.

»Wir hatten erst vor, dich mit einer Torte willkommen zu heißen, aber dann wurde uns klar, dass wir die Einzigen wären, die etwas davon essen würden«, sagte Hakan. »Du wirst dafür sorgen, dass wir uns alle gesünder ernähren.«

Sie wussten nun beide Bescheid, dass sie Diabetikerin war, und hatten sie in jeder Hinsicht unterstützt. Sie empfand es als eine Erleichterung, dass sie im Kreis der Menschen, denen sie vertraute, nun ganz sie selbst sein konnte und kein Geheimnis mehr vor ihnen haben musste.

»Danke. Ich habe Papa gerade in der Rehaklinik abgesetzt.« Ihr Vater bekam eine speziell für ihn angefertigte Beinprothese, und es sah so aus, als könnte er damit wieder gehen. »Stellt euch vor, er ist schon wieder im Schwimmbecken unterwegs. Und hat mich herausgefordert, in zwei Monaten gegen ihn anzutreten.«

»Du wirst verlieren«, stellte Hakan fest.

»Etwas anderes erwarte ich auch nicht.«

Aber die Vater-Tochter-Beziehung war weit davon entfernt, wieder in Ordnung zu sein. Zu viele Geheimnisse, zu viele Lügen. Sie wandte sich Rif zu. »Ich habe gestern mit Pater Rombola gesprochen. Er plant, das neue Waisenhaus in zwei Monaten zu eröffnen.« Thea hatte die Leitung der wohltätigen Stiftung in Afrika übernommen, die sie und ihr Bruder gemeinsam betrieben hatten. Als sie Rif davon erzählt hatte, hatte er sein Interesse bekundet, auch mitzuarbeiten. Die Stiftung kümmerte sich inzwischen auch um die Rehabilitation ehemaliger Kindersoldaten, vor allem in Kanzi. Es war eine wichtige Arbeit, etwas Positives, zu dem ihr Bruder beigetragen hatte.

»Lass mich einfach wissen, was du brauchst. Wie fühlt es sich an, wieder zurück zu sein?«, fragte er.

»Ich brauche etwas zu tun. Während meiner Genesung hatte ich zu viel Zeit zum Grübeln.«

»Wir sind froh, dass du wieder da bist«, stellte Hakan klar. »Es gibt jede Menge Arbeit.«

Rif streichelte Aegis' Kopf. »He, wir haben ganz vergessen, es Thea zu erzählen. Erinnerst du dich an diesen Arzt in dem Dreitausenddollaranzug, der vor seinem Mexikoaufenthalt an deinem letzten Entführungspräventionsseminar teilgenommen hat? Ich glaube, du hast ihn Mr Zegna-Anzug genannt. Er wurde gleich in der ersten Woche entführt.«

Sie rief sich die Veranstaltung über die Vorbeugung vor Entführungen in Erinnerung, die sie abgehalten hatte, bevor ihr Vater gekidnappt worden war. Es war schwer, den gut frisierten Mann zu vergessen, der jedes Wort hinterfragt hatte, das aus ihrem Mund gekommen war. »Wer hat sich um den Fall gekümmert?«

»Paco. Die Chefin des Typen, Annie, hatte speziell nach dir verlangt, aber du hattest ja gerade ein bisschen viel um die Ohren.«

»Ist Doc Zegna heil aus der Sache rausgekommen?«

»Er hatte Glück. Wurde von Profis gekidnappt, die nur auf Kohle aus waren. Paco hat keine zwei Wochen gebraucht, um die Sache einzutüten.« Rif schenkte ihr ein Glas Mineralwasser ein. »Und die Nachbesprechung hat ergeben, dass er eine Mustergeisel war. Sieht so aus, als hätte er jeden deiner Ratschläge befolgt. Er hat dir sogar Blumen und eine Dankeskarte geschickt.«

Sie lächelte. »Tatsächlich?«

Die beiden Männer lachten. Hakan schüttelte den Kopf. »Nein, er war keine Mustergeisel. Er hat einfach nur Schwein gehabt. Und sein Anwalt hat uns einen Brief geschickt und uns wissen lassen, dass er überlegt, uns zu verklagen. Einige Menschen sind einfach Arschlöcher, ganz egal, was ihnen passiert.«

»Ich bin trotzdem froh, dass es ihm gut geht.« Es fühlte sich gut an, wieder im Sattel zu sitzen – im Büro zu sein, bereit für die Arbeit. »Bitte bringt mich auf den neusten Stand, was alles ansteht.«

Hakan gab ihr einen Überblick über die aktuellen Fälle und fasste ihr zu jedem sämtliche verfügbaren Informationen zusammen. Sie brannte darauf loszulegen, und nicht nur, weil es sie zusehends langweilte, einfach nur zu genesen. Da draußen gab es Menschen, die ihre Hilfe brauchten. Und nach allem, was sie durchgemacht hatte, kam ihr Job ihr wichtiger vor als jemals zuvor.

Als Nikos entführt worden war, hatten sie mehr ertragen müssen als nur die Tatsache, dass er als Geisel festgehalten worden war. Der General und Oba hatten ihm seinen Seelenfrieden geraubt, sein Geborgenheitsgefühl, seine Zukunft. Sie und ihr Vater hatten neun Monate lang in einem furchtbaren Schwebezustand gelebt und in jeder Minute verzweifelt gehofft, dass er nach Hause zurückkommen möge, während alle anderen Menschen ihren gewohnten Alltagsbeschäftigungen nachgegangen waren. Und als Nikos schließlich heimgekehrt war, war ein finsterer Passagier namens Ares mit ihm gekommen. Die Entführer hatten etwas in ihm gebrochen und etwas Neues in ihm entstehen lassen, und Nikos hatte nie den Weg zurück ins richtige Leben gefunden. Und jetzt hatten sie ihn im trüben Wasser des Sambesi verloren.

Sie tätschelte den Santa-Barbara-Anhänger, der an der Kette um ihren Hals hing.

Ich verspreche, unermüdlich dafür zu arbeiten, dass so etwas keiner anderen Familie passiert, Mzungu. Bitte vergib mir.

Sie starrte auf die leuchtende elektronische Anzeigetafel, auf der alle aktuellen Einsätze angezeigt wurden, die gerade weltweit im Gange waren. Derzeit hatte Quantum achtundvierzig

Einsätze am Laufen. Einige liefen seit einigen Stunden, andere schon seit Jahren.

Du konntest nicht wirklich nach Hause kommen, Nikos, aber andere werden es schaffen.

DANK

Ich habe das Glück, während der vergangenen Jahre als Executive Director des *ThrillerFest* gearbeitet zu haben, der jährlichen Tagung der *International Thriller Writers*. Ich möchte mich bei meiner Mentorin Liz Berry, einer brillanten Frau und Disney-World-Liebhaberin, für ihre Unterstützung und die guten Ratschläge bedanken. Und bei Jessica Johns, meiner Tagungs-Koordinatorin, die mir das Leben mit ihrer optimistischen Einstellung und ihrer harten Arbeit leichter macht. Mein Dank gilt all meinen Mitarbeitern und Freunden beim *ThrillerFest* und bei den *International Thriller Writers*, unter anderem Jennifer Hughes, Heather Graham, Amanda Kelly, Kathleen Antrim, Terry Rodgers, Dennis Kennett, Shirley Kennett, Taylor Antrim, Jillian Stein, Jon Land, Jeff Ayers, Sandra Brannan, Luzmarie Alvarez, Joe Brannan, Kara Matsune, Christianna Mason, Olivia Mason, John Dixon, Jennifer Kreischer, Lissa Price, Ursula Ringham, Jenny Milchman, Roan Chapin, Bryan Robinson, Elena Hartwell, Shannon Raab, John Raab und so vielen anderen – ihr seid großartig. Es ist eine Gemeinschaft wie keine andere. Ein weiteres herzliches Dankeschön an den anderen »K. J.«, den phänomenalen K. J. Birch vom Grand Hyatt in New York City, der mich angefeuert hat, während ich versucht habe, die Organisation der *ThrillerFest*-Tagung mit dem Schreiben dieses Buches unter einen Hut zu bringen. K. J., Allison Wied und alle Mitarbeiter des Hyatt sind unglaublich – es ist für mich, als würde ich nach Hause kommen, wenn ich in diesem Hotel wohne.

Während meiner Zeit an der Seton Hill University hatte ich das Glück, die Anleitung einiger generöser und talentierter Autorinnen und Autoren genießen zu dürfen, unter anderem waren dies Patrick Piccairelli, Victoria Johnston, Felicia Mason, Tim Esaias und andere freundliche Seelen. Darüber hinaus weiß ich die Unterstützung von Freundinnen und Freunden wie Maria V. Snyder, Meline Nadeau, Heidi Miller, Jason Jack Miller, Ceres Wright, Jacki King und so vielen anderen sehr zu schätzen.

Großer Dank auch an Karen Dionne und Chris Graham für die unglaublichen Erfahrungen beim Salt Cay Writers Retreat und an Kelly Meister für die Beherbergung auf der herrlichen Blue Lagoon Island.

Rogue Women Writers – diese bahnbrechenden Frauen schreiben internationale Spionagethriller, und ich bin stolz darauf, sie meine Freundinnen nennen zu können: Gayle Lynds, Francine Mathews, Jamie Freveletti, Sonja Stone, Christine Goff, Karna Bodman und S. Lee Manning. Schauen Sie doch mal vorbei und besuchen Sie unseren Blog www.roguewomen writers.com.

Ich bin eine leidenschaftliche Rechercheurin und wollte, dass die Szenen im Flugzeug möglichst authentisch herüberkommen. Mein Dank gebührt dem talentierten Autor und ehemaligen Testpiloten William Scott. Ihre überbordende Begeisterung für die Fliegerei war ansteckend, und ich habe es wirklich genossen, von Ihnen etwas darüber zu erfahren. Dank auch dem ehemaligen Tarnkappenbomberpiloten James Hannibal. Sie haben viel zu viel Spaß daran, es in der Luft riskant werden zu lassen. Aber ich finde es super! Und Dave Hughes – danke für Ihre großartigen Ratschläge.

Donna Scher, die Einblicke, die Sie mir gewährt haben, um Nikos' Aufzeichnungen zu verfassen, waren brillant, und die

Analyse der Psyche der einzelnen Figuren – einschließlich der Analyse meiner eigenen Psyche – war ungeheuer lehrreich. Ihre Hilfe und Ihre Freundlichkeit weiß ich auf ewig zu schätzen. Wendy Chan, danke, dass du so eine warmherzige Freundin bist.

Als ich beschlossen habe, mich in die düstere Welt des Kidnappings zu vertiefen, gab es einige generöse Menschen, die mich geduldig in diese Welt eingeführt haben. Mein Dank gebührt Dr. Francis D. Grimm, der im richtigen Leben als Geiselbefreiungsexperte arbeitet. Sie haben maßgeblich dazu beigetragen, zu verstehen, wie die Welt der Lösegeldverhandler und Geiselbefreier funktioniert. Sie sind für mich der ultimative Geiselbefreiungsexperte. Clint Miles, die Einblicke, die Sie mir über die Nachbetreuung und Wiedereingliederung ehemaliger Geiseln gewährt haben, waren sensationell. Dr. Anthony Feinstein, danke für die Einblicke in die Denkweise einer Geisel. Peter Moore, Sie sind einer meiner Helden, und ich genieße immer wieder unsere »Käse«-Abenteuer. Ich habe tiefste Hochachtung dafür, wie Sie anderen ehemaligen Geiseln helfen. Ken Perry, Ihr Rat war brillant, und ich bewundere zutiefst, was Sie riskieren, um andere zu beschützen. Ich könnte Ihren Geschichten den ganzen Tag zuhören. Adam Hamon, Ihre Kenntnisse, was taktische Einsätze angeht, und Ihr hilfreiches Feedback waren phänomenal. Ich verspreche Ihnen ein Date mit Thea – wenn Sie sich anständig benehmen. Rigo Durazo, danke dafür, dass Sie mir für das Schreiben der Kampfszenen einen Bruchteil aus Ihrem unglaublichen Schatz an Kenntnissen über unausführbar scheinende Einsätze weitergegeben haben. Vielen Dank an Mark Harris, Lorna Titley und Alison Singhall von Quaynote dafür, dass Sie mir das Gefühl vermittelt haben, so willkommen zu sein. Außerdem bedanke ich mich für die Hilfe von Joel Whittaker, Andrew Kain, Jack Hoban, Betsy Glick und vielen anderen, die aus Sicherheitsgründen ungenannt bleiben müssen.

Bevor ich angefangen habe, Romane zu schreiben, habe ich über Medizin, Gesundheit und Fitness geschrieben. Weltweit leiden mehr als 371 Millionen Menschen unter Diabetes, und Wissenschaftler sind fieberhaft auf der Suche nach einer Heilungsmöglichkeit für diese Krankheit. Meine Protagonistin Thea Paris hat Diabetes Typ 1, und drei inspirierende Frauen haben mir dabei geholfen, sicherzustellen, dass Theas Erfahrungen mit dieser Krankheit authentisch dargestellt werden. Etwaige Fehler, die sich trotzdem eingeschlichen haben, gehen auf meine Kappe. Bethanne Strasser, vielen Dank für die hervorragenden Einblicke, die Sie mir gegeben haben, indem Sie mir von Ihrem ausgefüllten und aktiven Leben mit Diabetes Typ 1 als leidenschaftliche Läuferin, talentierte Autorin und Mutter erzählt haben. Laura Rogers, Ihre Reisen, die Sie seit vielen Jahren auf der ganzen Welt unternehmen und dabei alle möglichen Abenteuer auf sich nehmen, um Medikamente an alle möglichen Orte zu bringen, inspirieren mich zutiefst. Und mein Dank geht auch an Devin Abraham von der großartigen Buchhandlung *Once Upon a Crime* für Ihre Einblicke und Vorschläge. Außerdem ein dickes Dankeschön an Brenda Novak, die unermüdlich Spendengelder zusammentreibt, die helfen sollen, eine Heilungsmöglichkeit für Diabetes zu finden.

Mike Bursaw, George Easter, Don Longmuir, Larry Grandle, Michael Dillman, Ali Karim und Jacques Filippi – ihr wart immer da, um mich zu unterstützen, und dafür danke ich euch! Und dem Marketinggenie M. J. Rose von Author Buzz sowie Tony Mulliken und Fiona Marsh von Midas – danke für Ihre phänomenalen Ideen. Außerdem gilt mein Dank Meryl Moss. Ich weiß Ihre Unterstützung sehr zu schätzen.

Susan Jenkins, Königin der Sprache, Sie waren mir am Anfang meiner Schreibkarriere eine hervorragende Mentorin, indem Sie mir beigebracht haben, dass beim Schreiben weniger in Wahrheit oft mehr ist. Ich weiß Ihre Freundschaft sehr zu schätzen. Todd Allen, ich kann mir nicht vorstellen, einen großzügigeren, verständnisvolleren und dabei kritischen Kollegen zu haben. Ich kann es nicht erwarten, zu deiner ersten Buchsignierung zu kommen. Vielen Dank auch meinem tollen Freund und kanadischen Autorkollegen Simon Gervais. Deine unerschütterliche Unterstützung hat mich immer wieder angespornt, wenn sich Zweifel eingeschlichen haben. Auf den Bahamas ist es definitiv besser. Linda Pretotto, ich schätze Ihre Adleraugen und Ihren scharfen Verstand. Vielen Dank auch an Suzanna Zeigler, Robyn Strassguertl, Angela Trevivian, Linda Crank, Rachel Evans und an alle meine Tennisfreundinnen dafür, dass ihr so leidenschaftliche Cheerleader seid. Ein Dankeschön an Brian Henry für seine brillanten Lektionen und an Rick Weiler für seine Beratung über Verhandlungsprozeduren in Afrika. Vielen Dank an meine Eltern, Anne und Chuck Jones, für meine abenteuerreiche Kindheit, die ich in vielen Ländern der Welt verbracht habe. Und Dank an Russ und Pauline Howe für ihre leidenschaftliche Unterstützung.

Mentoren sind der Schlüssel zum Erfolg. Wir alle brauchen Menschen, die uns anleiten und inspirieren, und ich hatte großartige Mentoren. Peter Hildick-Smith von CODEX, danke dafür, dass Sie mir erklärt haben, wie wichtig die Botschaft von Titeln und Vorder- und Rückklappentexten ist – und dafür, dass Sie mich angeleitet haben. Ich kann Ihnen nicht genug für Ihre Geduld, Ihre Zeit und Ihre Energie danken. Jaime Levine, Ihr Rat als Lektorin war unglaublich hilfreich, und ich schätze Ihre Freundschaft sehr. Danke, Karin Slaughter, dafür, dass du etwas in meinen Kritzeleien gesehen und mich dem phänomenalen Team der Victoria Sanders Agency empfohlen hast. David

Morrell, Schöpfer von Rambo, hat die Motivation erkannt, die meinem Buch zugrunde liegt, und mich ermuntert, die Charaktere meiner Figuren tief auszuleuchten. David ist einer der einfühlsamsten Menschen, die mir je begegnet sind. Er hat mir auch seinen weisen Rat anvertraut, was die Investition von Zeit angeht: Wenn du ein ganzes Jahr (oder mehr) damit verbringst, ein Buch zu schreiben, solltest du durch diese Erfahrung lernen, innerlich wachsen und ein weiserer Mensch werden. Lee Child hat mir beigebracht, dass Schreiben wie Musik ist und du den richtigen Rhythmus finden musst, wenn du willst, dass der Leser mit dir tanzt – oder Jack Reacher. Und Peter James, danke dafür, dass du so ermutigend, so hilfsbereit und so freundlich warst – du bist einer der nettesten Menschen, die ich je kennengelernt habe.

Christopher Schneider von 5.11 Tactical, der von sich behauptet, mein größter Fan zu sein – Sie haben mir unglaublich viel geholfen. Thea wird in ihrem Job immer über die beste Ausrüstung verfügen, und falls Sie je von einer Schar Amazonen entführt werden sollten, wird sie kommen und Sie befreien – sofern Sie denn überhaupt befreit werden wollen.

Steve Berry, The Great One, was das Schreiben, das Veröffentlichen und das Marketing und überhaupt alles angeht – Sie haben mir die besten Ratschläge gegeben und mich auch für den Job bei ITW empfohlen. Ich bin nicht sicher, ob es auf der Welt genug Curly Wurlys gibt, um Ihnen für Ihre Freundlichkeit danken zu können.

Victoria Sanders, der Tag, an dem Sie mich unter Vertrag genommen haben, war einer der schönsten Tage meines Lebens, und Ihr unglaubliches Team – unter anderem Bernadette Baker-Vaughn, Chris Kepner und Jessica Spivey – hat mich wie ein Familienmitglied behandelt. Sie alle haben vom ersten Tag an an *Die falsche Geisel* geglaubt, und ich weiß Ihre unermüdliche

Begeisterung, Ihre weisen Ratschläge und Ihre unglaubliche Gastfreundschaft während meiner Besuche in der Zentrale von VSA sehr zu schätzen. Und vielen Dank an *The Gotham Group* für das gewissenhafte Ausloten der Möglichkeiten für eine Kino- oder Fernsehverfilmung.

Vielen Dank meinen Traum-Verlegern von Quercus, Headline und Hachette, Kanada. Nathaniel Marunas, ich schätze Ihren Sinn für Humor und Ihr ausgeprägtes Wissen auf so vielen einzigartigen Gebieten sehr. Elyse Gregov, es war ein Riesenvergnügen, Sie kennenzulernen, Sie sind so liebenswürdig. Vicki Mellor, danke dafür, dass Sie die Erste waren, die sich für Thea und ihre Truppe interessiert hat – ich bin Ihnen für immer dankbar. Amelia Ayrelan Luvino, Amanda Harkness, Alex Knight, Jennifer Doyle, Kitty Stogdon, Mari Evans, Jason Bartholomew, Sara Adams, Millie Seaward, Jo Liddiard, Martha Bucci, Donna Nopper: Ich fühle mich geehrt, mit euch allen zusammenarbeiten zu dürfen.

Und RJH, du hast nie aufgehört, an mich zu glauben. Danke.